HEYNE BÜCHER

Von Ellen Tanner Marsh sind
als Heyne Taschenbücher erschienen:

Gezähmtes wildes Herz · Band 01/7796
Der Glanz der Seide · Band 01/7882
Wogen der Zärtlichkeit · Band 01/7962

ELLEN TANNER MARSH

IM BANN DER LIEBE

Roman

Deutsche Erstausgabe

WILHELM HEYNE VERLAG
MÜNCHEN

HEYNE ALLGEMEINE REIHE
Nr. 01/8034

Für meine Schwester Gitti

Titel der Originalausgabe
SABLE
Aus dem Amerikanischen
übersetzt von Monika Koch

Printed in Germany 1990
Umschlagzeichnung: Oliviero Berni/Schlück
Umschlaggestaltung: Atelier Ingrid Schütz, München
Satz: Werksatz Wolfersdorf GmbH
Druck und Bindung: Elsnerdruck, Berlin

ISBN 3-453-04161-5

1

Milchiges Mondlicht sickerte durch einen Baldachin aus knorrigen Ästen und ließ die glattgeriebenen Pflastersteine der schmalen, gewundenen Straße silbrig schimmern. Ein heftiger Windstoß trieb trockene Blätter durch den Rinnstein, und die zarten Knospen der Schneeglöckchen duckten sich unter seinem Ansturm zu Boden. Zwei Passanten, die sich in dicke Mäntel gehüllt hatten, stellten ihre Kragen auf und hielten ihre Hüte fest, während sie ihre Schritte beschleunigten, um möglichst schnell nach Hause ins Warme zu gelangen.

Lady Sable St. Germain saß auf einem gepolsterten Sitz im Erker und stützte ihre Ellenbogen auf die marmorne Fensterbank. Als die beiden Männer aus ihrem Gesichtskreis entschwanden, seufzte sie tief. War es wirklich nur einen Tag her, seit sie mit ihrer Familie im Hyde Park ausgeritten war und die warme Frühlingssonne auf ihren Schultern gespürt hatte? Die Vögel hatten gesungen, und überall hatten die Krokusse ihre Köpfe aus der Wiese gereckt. Sable hatte nicht einmal ein Cape überziehen müssen, und sie hatte das Gefühl gehabt, daß der Winter endgültig in seine Schranken gewiesen worden war.

Doch der heutige Tag zeigte sich grau und kalt, und die durchdringende Feuchtigkeit erinnerte eigentlich eher an unfreundliche Novembernachmittage. Wieder seufzte Sable, während sie ihre Nase noch immer gegen die kalte Scheibe drückte. Es schien, als ob es niemals Frühling werden wollte. Der vergangene Winter war endlos lang gewesen, und nicht einmal das Weihnachtsfest hatte die gedrückte Stimmung aufheitern können. Die Familie hatte das Fest nämlich zum allerersten Mal nicht in North Head verbracht. Sable hatte das schrecklich gefunden.

»Ich wäre glücklich, mein liebes Kind, wenn Sie endlich aufhörten, aus dem Fenster zu starren, und sich lieber für das Fest bei den Havertys umzögen.«

Sable fuhr herum und erblickte Lucy Walters, die gerade hereingekommen war, die Hände in die Hüften gestützt hatte und ihren Schützling mit spöttischem Lächeln ansah. Doch Sables trauriger Gesichtsausdruck weckte ihre Besorgnis.

»Was ist denn los?« fragte sie. »Sie denken doch hoffentlich nicht an Master Derek, oder?« Die Art, wie sie das sagte, drückte aus, daß dieser Verehrer keines Gedankens wert war.

»Um Himmels willen, nein!« protestierte Sable vehement, was Lucy zufrieden zur Kenntnis nahm. »Wenn es nach mir ginge, würde ich am liebsten nicht einmal an ihrem Fest teilnehmen. Oh, Lucy, mir hängen diese Gesellschaften und Bälle zum Hals heraus.«

Wie immer ließ bereits die geringste Emotion Sables dunkelgrüne Augen wie geschliffene Smaragde aufleuchten. Einfach atemberaubend, dachte Lucy Walters mit einer Spur mütterlichen Stolzes, als das junge Mädchen mit leicht geröteten Wangen vor ihr stand. Ein Umhang aus pflaumenfarbener Shantungseide verlieh ihrer Haut einen rosafarbenen Schimmer und betonte ihre festen Brüste. Ihre hüftlange Lockenpracht war eine interessante Mischung aus schwarz und brünett, auf die das Lampenlicht goldfarbene Reflexe zauberte. Zarte Augenbrauen wölbten sich über betörenden mandelförmigen Augen und einer bezaubernden Stupsnase.

Doch im Augenblick war die junge Dame alles andere als kindlich oder reizend, sondern funkelte ihr Mädchen an, wobei sie einen Schmollmund zog und sich gerade aufrichtete.

»Am liebsten würde ich mich bei den Havertys entschuldigen und Vater und Mutter allein hingehen lassen«, verkündete sie.

»Sie werden nichts dergleichen tun«, gab Lucy Walters entschieden zurück, während sie den hübschen Mahagonischrank öffnete, um unter den zahlreichen Abendkleidern das passende auszusuchen. »Master Derek hat Sie gestern nachmittag im Park ganz persönlich eingeladen.«

Die Erinnerung an den gestrigen Ritt weckte in Sable sofort wieder Heimweh nach Cornwall. Sie sah plötzlich ganz traurig aus und nickte nur lustlos, als Lucy ein Kleid in die Höhe hielt.

»Was ist denn nur los, mein Kind?«

»Oh, Lucy, wann fahren wir denn endlich nach Hause?«

Mit großer Erleichterung stellte Lucy fest, daß sich das Mädchen nach North Head sehnte und keineswegs nach einem ihrer zahlreichen, liebeskranken Verehrer. Im stillen hatte sie sich schon beinahe darauf eingestellt, daß die zartfühlende Sable schließlich doch auf Derek Havertys hübsche Sprüche und süßliche Gedichte hereingefallen war. Aber das Kind hatte glücklicherweise nur Heimweh.

»Na, na, mein Liebes«, sagte Lucy tröstend, während sie das Kleid rasch über die Satindecke auf Sables Bett ausbreitete, um dann ihren jungen Schützling herzlich zu umarmen. »Ich denke, daß wir schon in wenigen Wochen London endgültig den Rücken drehen können.«

Sable seufzte aus tiefstem Herzen. »Ich hoffe, Sie haben recht.«

Die ältere Frau wußte, daß Sables Eltern genauso empfanden. Obwohl der Graf und die Gräfin in London eine große Zahl von Freunden und Bekannten besaßen und geradezu mit Einladungen überschwemmt wurden, sobald sie in der Stadt waren, konnten sie doch kaum verbergen, wie eilig sie es hatten, das Stadtleben endlich wieder hinter sich lassen zu können. Sie liebten die Stille und Einsamkeit ihres Landsitzes in Cornwall.

»Ich werde Ihnen jetzt Ihr Bad richten«, sagte Lucy in einem Ton, der andeutete, daß die Angelegenheit für den Augenblick erledigt war. »Ihre Mutter hat um Pünktlichkeit gebeten, und ich habe nicht die Absicht, sie zu enttäuschen.«

»Oh, Lucy! Sie wissen doch, daß ich mich niemals verspäte«, schimpfte Sable, doch ihr Mädchen hatte bereits den Raum verlassen. Lächelnd schloß Sable die Tür, die Lucy in der Eile offengelassen hatte, und als ihr Blick dabei auf das elegante, weiße Brokatkleid und die zahlreichen Unterröcke fiel, glänzten ihre grünen Augen plötzlich rebellisch. Ihrer Ansicht nach konnte der Aufbruch nach Cornwall gar nicht schnell genug erfolgen, denn sie war der ständigen Verfolgung durch Derek Haverty müde und empfand seine dauernden Heiratsanträge allmählich als lästig.

Wenn sie doch wenigstens mit ihrer Mutter darüber sprechen könnte, dachte Sable häufig wehmütig, aber sie wußte, daß das unmöglich war. Schließlich waren sie hauptsächlich wegen Lady St. Germains Krankheit in die Stadt gekommen. Zwar war der Winter hier ebenso trübe und finster wie in Cornwall, doch Sables Vater war der Ansicht, daß seine Frau in London fachkundigere Hilfe bekommen konnte. Die schrecklichen Hustenanfälle und Brustschmerzen, unter denen Lady St. Germain seit Beginn des Herbstes gelitten hatte, waren glücklicherweise seit geraumer Zeit überwunden. Ungeachtet ihrer eigenen Schwierigkeiten fand Sable es sehr vernünftig, daß ihr Vater den Aufbruch noch bis Frühjahrsbeginn aufgeschoben hatte.

Als sie an North Head dachte, leuchteten ihre Augen auf. Zweifellos wartete ihr geliebtes Pferd mittlerweile genauso ungeduldig wie sie selbst auf den ersten Galopp über die hügeligen Moorwiesen, die sich bis zum Meer hin erstreckten. Seit wie vielen Monaten hatte sie ihren Bruder Edward nicht mehr zu Gesicht bekommen? Er hatte die Weihnachtsferien bei ihnen in London verbracht. Doch jetzt war es bereits März. Sie war stolz auf ihren Bruder, der augenblicklich für den gesamten Besitz verantwortlich war. Offenbar hielt ihr Vater große Stücke auf Ned, denn er hatte ihm im Alter von siebzehn Jahren die Sorge um North Head anvertraut. Sable vermißte ihren Bruder sehr, doch die Anwesenheit ihres jüngeren Bruders Liam in London milderte ihren Schmerz beträchtlich. Wahrscheinlich hatten ihre Eltern ähnliche Empfindungen, und deshalb wollte Sable ihnen nicht noch ihre eigenen Probleme aufhalsen.

»Sind Sie bereit, Lady Sable? Das Bad ist fertig.«

Sable schreckte aus ihren Gedanken auf, nickte und folgte Lucy in den Wohnraum hinüber, wo eine mit duftendem Wasser gefüllte Messingwanne mitten auf dem Teppich stand. Sorgfältig rollte sie ihr glänzendes Haar zu einem dicken Knoten auf und steckte ihn auf dem Kopf fest, bevor sie ihren Seidenmantel zu Boden gleiten ließ und in die Wanne stieg. Seufzend schloß sie die Augen und ließ das warme Wasser ihren Körper liebkosen. Sie dachte nicht länger an den unerfreulichen Abend, der ihr bevorstand, sondern träumte lieber von dem glücklichen Wiedersehen mit North Head und mit Ned, der sie bestimmt sehnsüchtig erwartete. Wenn es nach ihr ginge, würde sie sich am liebsten niemals wieder aus Cornwall wegrühren. Nachdem sie ihre Hände mit parfümierter Seife eingeschäumt hatte, wusch sie ihre langen Glieder, bis ihre Haut rosafarben schimmerte. Ihr glänzendes Haar war bereits am Vormittag gewaschen worden, um ›den Stallgeruch‹ zu entfernen, wie Lucy sich ausgedrückt hatte, die es gar nicht gern sah, wenn ihre junge Schutzbefohlene soviel Zeit in den Ställen verbrachte.

»Manchmal ziehe ich die Gesellschaft von Vaters Pferden der von diesen langweiligen jungen Leute vor«, murmelte Sable vor sich hin, während sie nach dem Handtuch griff und sich trockenrieb. In Wirklichkeit schätzte sie die meisten Freunde und Bekannten ihrer Eltern und hatte auch selbst viele neue Freundschaften geschlossen. Aber Leute wie Derek Haverty hatte sie vom ersten Augenblick an gehaßt. Im Frühherbst war sie in die Gesellschaft eingeführt worden, und seitdem hatte sie keine ruhige Minute mehr gehabt. Noch vor ihrer Abreise nach London war sie von ihrem Vater vor den vielen hartnäckigen Verehrern gewarnt worden, doch Sable hatte sich nicht im Traum vorstellen können, wie viele ihr bei jeder Gelegenheit begegnen würden.

»Wie eine Horde hungriger Wölfe«, sagte sie laut zu sich selbst, während sie das Handtuch beiseite warf und nach der Spitzenunterwäsche griff, die Lucy bereitgelegt hatte. Als sie gerade einen Strumpf über die seidenweiche Haut ihres Beines streifte, betrat Lucy das Zimmer und warf einen kurzen Blick auf die Messinguhr auf dem marmornen Kaminsims.

»Ich komme, um Ihnen beim Anziehen behilflich zu sein«, sagte sie und war erleichtert, daß Sable nicht mehr im warmen Wasser saß.

Geduldig ließ sich Sable die zahllosen Petticoats über den Kopf ziehen und über den abstehenden Reifen ordnen. Dann folgte das bauschige Brokatkleid, dessen Rock Lucy sorgfältig glattzog, bevor sie die vielen Perlenknöpfchen des Mieders in Sables Rücken schloß. Anschließend trat sie einen Schritt zurück und betrachtete Sable mit kritischen Augen.

»Nun noch die Frisur«, – sie schnalzte zustimmend mit der Zunge –, »und dann werden Sie die Schönste des Abends sein.«

Sable antwortete unwillig. »Lieber wäre ich ein wenig unscheinbarer. Dann würden mich meine Bewunderer wenigstens für einige Zeit in Ruhe lassen.«

»Selbst in Lumpen würden Sie noch jedermanns Herz gewinnen«, entgegnete Lucy voller Überzeugung.

Und damit hatte sie recht. Obwohl sie keinen Schmuck trug und die schwarze, schimmernde Haarflut nur achtlos hochgesteckt worden war, war Sable eine hinreißende, atemberaubende Schönheit. Das schulterfreie weiße Brokatkleid brachte ihre samtene Haut und ihren hübschen Hals wirkungsvoll zur Geltung. Feinste Spitze aus Bordeaux enthüllte gerade soviel von ihren Brüsten, wie es schicklich war. Das schmale Mieder war über und über mit winzigen Perlchen bstickt, und unter den Rüschen des Rocksaums lugten winzige Satinschuhe hervor.

Obgleich Sable ein Gesicht zog, ließ Lucy sich nicht davon abhalten, ihre Haare mit der gewohnten Sorgfalt zu bearbeiten, und der Erfolg gab ihr recht. Sie hatte die Masse der glänzenden Locken nach hinten gekämmt und mit Perlmuttkämmen festgesteckt, die die Gräfin ihrer Tochter zum siebzehnten Geburtstag geschenkt hatte. Die kleinen Diamanten, mit denen die Kämme besetzt waren, funkelten im Lampenlicht, als Sable sich gehorsam auf Lucys Wunsch hin zu einer letzten Inspektion im Kreis drehte. Dabei glitzerte ihr Haar, als hätte man zahllose Edelsteinchen darüber gestäubt. Zusätzlich hatte Lucy ein kleines Sträußchen frischgepflückter Schneeglöckchen mit einem weißen Satinband umwunden und in die glänzenden Locken geflochten. Nachdem sie Sable als Krönung noch einen aufgeschlagenen Fächer mit perlenbesetztem Ebenholzgriff in die Hand gedrückt hatte, nickte sie zufrieden.

»So können Sie selbst vor Ihrer Majestät erscheinen«, meinte sie und seufzte, als sie wieder einmal feststellen mußte, daß das reizende Mädchen inzwischen zu einer jungen Frau herangewachsen war. Ihr Körper war voll erblüht, und in ihren Augen leuchteten Erwartung und Lebensdurst, der nur zu bald von einem Mann zu wahrer Leidenschaft erweckt werden würden. Zum erstenmal würde Sable Liebessehnsucht empfinden, die nur von dem richtigen Mann gestillt werden konnte.

»Ich hoffe nur, daß es nicht dieses Milchgesicht Derek Haverty sein wird«, murmelte Lucy leise vor sich hin.

»Wie bitte?« fragte Sable.

Lucy, der gar nicht bewußt war, daß sie laut gesprochen hatte, zuckte nur mit den Schultern und lächelte entschuldigend. »Ich glaube, ich werde senil auf meine alten Tage.«

»Aber, Lucy!« entrüstete sich Sable, wobei ihre Augen voller Zuneigung leuchteten. »Sie sind doch noch so jung, daß Sie wieder heiraten können. Sie sind doch nicht senil.«

»So, jetzt fehlt nur noch der Schmuck«, sagte Lucy rasch, während sie eine mit dunkelblauem Samt bezogene Schachtel vom Frisiertisch holte. »Der Graf möchte den Schmuck der St. Germains heute abend an seinen Damen bewundern.«

»Versuchen Sie nicht, vom Thema abzulenken, Lucy«, neckte Sable sie lächelnd, wobei ein bezauberndes Grübchen auf ihrer Wange erschien. »Sie haben versprochen, daß Sie Reece und Jims nach unserer Rückkehr mitteilen werden, für wen Sie sich entschieden haben.« Eine goldfarbene Augenbraue hob sich in spöttischem Vergnügen. »Nun, wer ist denn der Glückliche? Der muskulöse Stallmeister oder der empfindsame, verliebte Metzger?«

Lucy konnte nicht verhindern, daß ihr die Röte in die Wangen stieg. Sie war zweiundvierzig Jahre alt, seit mehr als zehn Jahren Witwe und hatte die Hoffnung auf eine Wiederverheiratung längst aufgegeben, als ihr plötzlich kurz hintereinander diese beiden Angebote gemacht worden waren und sie sogar noch das seltene Glück hatte, auswählen zu können. »Ich habe mich noch nicht entschieden«, antwortete sie bestimmt. »Aber ich werde keinesfalls etwas verraten, bevor es nicht der Bräutigam selbst erfahren hat.«

»Richtig so, Lucy!« kam eine sanfte Stimme von der Tür her. »Sable ist manchmal sehr hartnäckig, aber Sie tun recht daran, ihr die Geheimnisse nicht vor der Zeit zu enthüllen.«

Raven St. Germain, Gräfin von Monterrey, trat lächelnd ins Zimmer, wobei ihre zahlreichen Unterröcke leise raschelten. Ihr dunkelrotes Taftkleid ließ sie schmal und atemberaubend schön erscheinen. Durch die lange Dauer ihrer Krankheit war ihre Haut noch durchsichtiger und ihr Gesichtsausdruck ernster geworden. Ihr dunkles Haar schimmerte wie die äußerst selten zu findende schwarze Jade. Sie trug es straff aus dem schmalen, regelmäßig geformten Gesicht gekämmt, das bis auf die goldfarbenen Augen dem ihrer Tochter verblüffend ähnlich sah. Raven St. Germain war entzückt gewesen, daß Sable wenigstens die dunkelgrünen Augen und das scharze, manchmal golden schimmernde Haar ihres Vaters geerbt hatte. Als sie jetzt ihre Tochter vor sich stehen sah und – genau wie Lucy – erkannte, daß diese inzwischen zu einer bildschönen jungen Frau herangereift war, empfand sie eine tiefe Zärtlichkeit für ihr erstgeborenes Kind.

»Bist du fertig, Sable?« fragte sie lächelnd. »Dein Vater wartet bereits unten.«

»Hier, nehmen Sie das noch«, sagte Lucy und legte Sable einen warmen Schal um die Schultern. »Heute nacht ist es ziemlich kühl, und Ihr Mantel ist vielleicht nicht warm genug.«

Sable bedankte sich, hakte ihre Mutter unter und trat mit ihr auf den Flur hinaus. Obwohl ihre Eltern hochgewachsene Menschen waren, war Sable klein und zierlich und wirkte durch ihre Schlankheit äußerst zerbrechlich.

Charles St. Germain, der im elegant vergoldeten Foyer wartete, lächelte seiner Frau und seiner Tochter erwartungsvoll entgegen, während sie die Treppe hinabstiegen. Wie gewöhnlich suchten seine Augen zuerst nach

Raven, und bei ihrem Anblick schlug sein Herz regelmäßig ein wenig höher. Obwohl er ihr selbst gerade noch beim Ankleiden geholfen und diesen Vorgang immer wieder durch Liebesspiele unterbrochen hatte, konnte er sich an ihrem bordeauxfarbenen Kleid und ihrer mädchenhaft schlanken Figur nicht sattsehen. Um ihren schmalen Hals trug sie den tropfenförmigen Diamanten, den er ihr zu Sables Geburt vor beinahe achtzehn Jahren geschenkt hatte und der ihr seine Liebe zeigen und sie daran erinnern sollte, welche Schwierigkeiten sie am Beginn ihres gemeinsamen Lebens hatten übewinden müssen, bevor sie in Ruhe leben konnten. Seine breite Brust füllte sich mit Stolz, während er Sable über den Marmorboden auf sich zukommen sah. Sie deutete einen kleinen Knicks an und lächelte, wobei sich ein bezauberndes Grübchen auf ihrer Wange bildete und ein spöttisches Lachen in ihren grünen Augen erschien, die den seinen so ähnlich waren.

»Ich bin pünktlich, nicht wahr, Papa?« fragte sie, während sie sich auf die Zehenspitzen stellte, ihrem Vater die Arme um den Hals legte und ihm einen herzhaften Kuß auf die glattrasierte Wange drückte.

»Pünktlichkeit ist ein Charakterzug der Barrancourts«, bemerkte Lady Raven an ihren Mann gewandt, der seiner Tochter lächelnd versicherte, daß er nicht habe warten müssen.

»Wenn ich vorher gewußt hätte, daß dieser langweilige Charakterzug von meiner Frau an meine Kinder vererbt werden würde, hätte ich wahrscheinlich jemand anderen geheiratet.«

»Hättest du das tatsächlich getan?« schnurrte Raven, und Sable konnte wieder einmal beobachten, wie die Augen ihres Vaters voller Verlangen auf dem bezaubernden Gesicht seiner Frau ruhten. Sie fand es absolut nicht ungewöhnlich zu sehen, welch tiefes Gefühl ihre Eltern füreinander hatten, denn ihre Brüder und sie waren mit derartigen Szenen aufgewachsen. Trotzdem fühlte sie plötzlich einen Kloß im Hals – und eine seltsam neugierige, erwartungsvolle Leere in ihrem Herzen.

Zärtlich streichelte Charles die Wange seiner Frau und wandte sich dann mit zufriedenem Lächeln an seine Tochter. »Nun, meine Damen, seid ihr bereit? Wir sollten die Havertys nicht länger warten lassen.«

Sable runzelte ein wenig die Stirn. Sie wußte sehr genau, daß ihr Vater von den Havertys nicht allzu begeistert war und diese Einladung hauptsächlich aus Höflichkeit angenommen hatte, da George Haverty einer seiner Geschäftspartner war. Oder steckte etwa mehr hinter der Einladung, als auf den ersten Blick erkennbar war. Diese Frage drängte sich ihr auf, während sie in die frostige Nachtluft hinaustraten, wo ein Wagen auf sie wartete. War sich ihr Vater möglicherweise der Gefühle von Derek Haverty bewußt, und billigte er sie vielleicht sogar?

Sable hoffte, daß das nicht der Fall war, doch sie ließ sich ihre Gedanken nicht anmerken, während ihr Vater ihr in den Wagen half. Als sie dann noch ihren kleinen Bruder Liam am Fenster seines Schlafzimmers entdeckte, hatte sie ihre Probleme rasch wieder vergessen. Man hatte ihn bereits vor einer Stunde ins Bett geschickt. Während sich der Wagen langsam in Bewegung setzte, winkte Sable Liam zu. Sofort erhellte sich die Miene des Kleinen, und er winkte begeistert zurück. Das Letzte, was Sable sah, war die ungebändigte Lockenpracht, die ihm bis in die Augen hing.

Das Stadthaus der Havertys lag nur einige wenige Meilen vom eleganten Haus in Mayfair entfernt, das der Graf und die Gräfin von Monterrey während ihrer Aufenthalte in London bewohnten. Auf den breiten Alleen herrschte nur wenig Verkehr, so daß der elegante Wagen rasch vorankam und bereits nach kurzer Zeit vor dem hell erleuchteten Eingang hielt. Einige Diener eilten herbei, doch der Graf benötigte ihre Hilfe nicht, sondern reichte seiner Frau selbst die Hand. Während er ihr hinunterhalf, hielt er sie einige Sekunden lang im Arm, und Raven fühlte sich sofort wieder in die Zeit zurückversetzt, als sie sich in den wundervollen, hinreißenden Kapitän der *Orient Star* verliebt hatte. Der Graf von Monterrey war sehr formell in Schwarz gekleidet und wirkte sehr beeindruckend. Seine aufrechte Haltung und das kantige Gesicht hatten sich kaum verändert, seit er vor vielen Jahren die schöne, stürmische Raven Barrancourt geheiratet hatte. Ganz im Gegenteil. In Ravens Augen war er heute wesentlich attraktiver als in seiner Jugend. Ein wunderbares Leben und zahlreiche Erfahrungen hatten die Linien in seinem Gesicht vertieft. Sobald sie die kleine Narbe auf seiner Wange ansah, die seinen abenteuerlustigen Charakter noch betonte, schlug ihr Herz schneller.

Als ihr bewußt wurde, daß einer der Diener sie neugierig und respektvoll beobachtete, lächelte Raven dem Mann freundlich zu, bevor sie mit ihrem Ehemann und ihrer Tochter die breite Treppe hinaufstieg. Während die Ankunft des Grafen und der Gräfin von Monterrey mit ihrer Tochter, Lady Sable St. Germain, angekündigt wurde, beugte sich Raven rasch zu dem muschelförmigen Ohr ihrer Tochter hinunter und flüsterte: »Mach' dir um Derek Haverty keine Sorgen, mein Liebes. Dein Vater und ich haben nicht die Absicht, seine Werbung anzunehmen.«

Sable hatte gerade noch Zeit, ihrer Mutter einen überraschten Blick zuzuwerfen, als sie auch schon von den Havertys begrüßt wurden. Sekunden später war Derek an Sables Seite. Er war korrekt gekleidet und sah nicht einmal übel aus. Das blonde Haar trug er zurückgekämmt, so daß seine Stirn noch höher wirkte, und seine Augen musterten Sable fast schamlos.

»Darf ich mir die Bemerkung erlauben, daß Sie heute abend hinreißend aussehen, Lady Sable?« flüsterte er feurig, während er sie in eine etwas abgelegene Ecke zog und ihre Hand länger festhielt, als schicklich war.

»Es ist wirklich nett von Ihnen, daß Sie das sagen, Mr. Haverty«, erwiderte Sable mit gezwungenem Lächeln, während sie hilflos beobachtete, wie ihr Vater mit seinen Freunden aus dem St. James Club plauderte. Ihre Mutter wurde sofort von Bekannten und Bewunderern umringt, die ihr Komplimente über ihr Aussehen machten und wissen wollten, wie sie sich fühlte. Von dieser Seite war also keinerlei Hilfe zu erwarten, dachte Sable und lächelte gequält. Sie mußte sich selbst helfen und konnte nur hoffen, daß sich Derek nicht so hartnäckig verhielt wie in der Vergangenheit.

»Dort drüben sehe ich Lydia Cromwell«, sagte sie, als sie plötzlich eine ihrer engsten Freundinnen entdeckte, die auf der anderen Seite des Saales stand und Champagner schlürfte. »Ich habe sie schon seit Tagen nicht mehr gesehen.« Ihre grünen Augen blickten entschuldigend in Dereks gerötetes Gesicht. »Sie haben doch sicher nichts dagegen, wenn ich mich kurz mit ihr unterhalte, nicht wahr?«

»Warten Sie noch einen Augenblick«, bat Derek. Während er mit einem Finger seinen Kragen lockerte, errötete er plötzlich und grinste sie an. »Ich bin nämlich die ganze Nacht aufgeblieben, um ein Gedicht für Sie zu verfassen. Und ich glaube«, flüsterte er beschwörend hinzu, »daß es meine Gefühle für Sie sehr gut beschreibt.«

»Ich glaube nicht –« wollte Sable protestieren, doch Derek überhörte ihren Einwand, räusperte sich vernehmlich und begann mit leidenschaftlicher Stimme zu deklamieren: »Sie hat Lippen wie Korallen, meine Liebste, meine Liebste, ihre Brüste –«

»Mr. Haverty!«

»Ja?« fragte Derek höflich und blickte sie erwartungsvoll an.

»Ich kann nicht zulassen –«

»Aber ich bin doch noch nicht fertig!« protestierte er. »Es wird Ihnen bestimmt gefallen. Wo war ich stehengeblieben? Ach, ja. Ihre Brüste –«

»Oh, Sable! Da bist du ja! Ich habe deine Mutter gesehen und wußte, daß du irgendwo stecken mußt.«

Sable seufzte erleichtert, als sie die hübsche, bleiche Lydia Cromwell in einem enganliegenden Kleid aus schwarzem Satin vor sich stehen sah.

»Es macht Ihnen doch sicher nichts aus, Derek, wenn ich Ihnen Sable entführe?« fragte Lydia in vertrautem Ton, da sie einander schon lange kannten. Sie strahlte den enttäuschten jungen Mann an, bevor sie Sable mit sich fortzog.

»Du kamst genau im richtigen Augenblick, Lyddie«, stieß Sable hervor, als sie außer Hörweite waren.

»Wollte dir Derek wieder eines seiner Werke vortragen?« fragte Lydia spöttisch.

»Oh, ja! Wenn du nur eine Sekunde später gekommen wärst, wäre ich gezwungen gewesen, einer abscheulichen, poetischen Beschreibung meiner Anatomie zu lauschen.«

Lydia Cromwell lächelte ihrer hübschen Freundin zu. »Irgendwie kann ich Derek ja verstehen. Ist das ein neues Kleid, Sable? Du siehst wirklich zauberhaft aus.« Sie seufzte völlig neidlos und war froh darüber, daß dieses außerordentlich hübsche, warmherzige und fröhliche Mädchen zu ihren Freundinnen zählte.

»Ich glaube, ich bin ihm nur vorübergehend entronnen«, sagte Sable, nachdem sie sich umgewandt und Dereks enttäuschtes Gesicht bemerkt hatte.

»Mach' dir keine Sorgen«, meinte Lydia praktisch. »In Kürze wird getanzt werden, und dann kannst du dich bestimmt vor Verehrern kaum retten.« Sie kicherte. »Dann wird es der arme Derek sehr schwer haben, dich wieder zu entführen.«

Sable konnte nur zustimmen, denn als sie sich umsah,

erblickte sie viele junge Männer, die ihr in den letzten Monaten den Hof gemacht hatten. Innerlich stöhnte sie und wünschte, sie hätte ihre Drohung wahr gemacht und den Abend zu Hause verbracht. Während die Freundinnen am Fenster standen und an einem Glas Champagner nippten, das ihnen von einem Diener in Livree gereicht worden war, glitt Sables Blick über die Gesellschaft, streifte einige Damen, die in einer Ecke miteinander tuschelten und klatschten, und blieb schließlich an einer einsamen Gestalt hängen, die an einem Türrahmen lehnte. Eigentlich war Sables Aufmerksamkeit hauptsächlich durch die knallrote Seidenweste erregt worden, die eine breite Brust bedeckte und farblich so wohltuend vom formellen Grau oder Schwarz der anderen Herren abstach. Langsam wanderte Sables Blick nach oben bis zu einem sonnengebräunten Hals, um den eine grauseidene Krawatte geschlungen war, und weiter, bis er von den unglaublichsten blauen Augen gefangengenommen wurde. Ihr Glitzern stand dem harten und zugleich durchsichtigen Funkeln von Sables Saphirhalsband in nichts nach.

Sable stockte der Atem, und sekundenlang geriet ihr Herz aus dem Takt. Sie hatte plötzlich das Gefühl, als ob diese Augen sie bereits seit ihrer Ankunft beobachteten, konnte sich aber nicht erklären, wie sie überhaupt auf diesen Gedanken kam, denn nichts an seiner Haltung verriet ein besonderes Interesse. Der Fremde lehnte lässig an der Wand und hatte seine Arme vor seinem breiten seidenbedeckten Oberkörper veschränkt. Nachdem Sable ihren Blick endlich von ihm gelöst hatte, stellte sie fest, daß sein Gesicht hart und kantig wie Granit war. Im Gegensatz zu den Zügen ihres Vaters, die unverkennbar aristokratisch waren, ließen seine auf einen inneren Konflikt schließen, der zwar überwunden war, aber dennoch deutliche Spuren hinterlassen hatte.

Es war ein eindrucksvolles Gesicht, sonnengebräunt

und ziemlich mager, dazu hohe Backenknochen und volle, fast fleischige Lippen sowie ein eckiges Kinn. Die faszinierenden blauen Augen blickten unter dunklen, buschigen Brauen hervor, und seine starke, aber trotzdem elegant gebogene Nase steigerte noch die habichtsartige Schärfe seines etwas rücksichtslosen Gesichtsausdrucks. Er war von gleicher Größe wie ihr hochgewachsener, schlanker Vater, aber im Gegensatz zu ihm viel breitschultriger und kräftiger.

In seinem formellen Abendanzug, der ganz offensichtlich von einem erstklassigen Schneider stammte, schien er sich ein wenig fremd zu fühlen, aber seine ungezwungene Haltung deutete darauf hin, daß es ihm nicht schwerfiel, von einer Welt in eine ganz andere zu wechseln. Sein dunkles Haar trug er ziemlich lang, so daß es ihm in ungebändigten Locken in die Stirn fiel. Instinktiv wußte Sable, daß dieser Mann auf dem Meer zu Hause war. Sein selbstsicheres Benehmen machte deutlich, daß er keine andere Autorität außer seiner eigenen anerkannte.

Als sie gewahr wurde, daß diese eisblauen Augen sie immer noch ganz ruhig betrachteten, fröstelte es Sable, und sie wandte den Blick ab. Irgend etwas an diesem Mann verwirrte sie und ließ ihr Herz schneller schlagen. Sie fühlte sich wie ein wildes Tier, das Gefahr wittert, obwohl es dafür keinen Grund gab.

»Bitte, Sie müssen den ersten Tanz mit mir tanzen!«

»Nein, Lady Sable, den haben Sie mir bereits bei unserem letzten Treffen versprochen.«

Sable sah auf und zwinkerte ein wenig verwirrt. Eine Menge aufgeregter Gesichter umdrängte sie, und erst in diesem Augenblick wurde ihr bewußt, daß das Orchester den Tanz mit einem verführerischen Walzer eröffnet hatte und sich die ersten Paare bereits auf dem Parkett drehten, darunter auch ihre Eltern.

»Ich fürchte«, sagte Sable, die sich inzwischen wieder

erholt hatte und ihre Verehrer mit einem reizenden Lächeln bedachte, »ich fürchte, ich kann mich nicht entscheiden.«

»Dann tue ich es für Sie«, sagte Derek Haverty, während er vortrat und Sables schmale Hand nahm. »Schließlich sind meine Eltern die Gastgeber«, fügte er hinzu und warf den Freunden einen schadenfroh triumphierenden Blick zu.

Dann führte er Sable zur Tanzfläche, legte den Arm um sie und hatte nur noch Augen für seine Partnerin, ihre golden schimmernden schwarzen Haare und die funkelnden, kleinen Diamanten auf den Perlmuttkämmchen. Sable ertrug seine enge Umarmung voller Höflichkeit und wandte nur einmal kurz den Kopf, um zu dem Fremden hinüberzusehen, der sie so eindringlich angestarrt hatte.

Ihr Herz setzte beinahe aus, als sie bemerkte, daß er sie unverändert betrachtete. Allerdings umspielte jetzt ein leichtes Lächeln seine Lippen, ganz so, als ob er ihren Blick erwartet hätte. Da er nicht tanzte, konnte Sable gut beobachten, daß zahlreiche bewundernde Blicke der Damenwelt auf ihn gerichtet waren und sogar manche Fächer in seine Richtung deuteten.

»Wer ist der Mann dort drüben?« fragte sie, als ihre Neugier schließlich die Oberhand gewonnen hatte.

»Ich habe nicht die leiseste Ahnung«, antwortete Derek, nachdem seine Augen ihrem Blick gefolgt waren. »Wahrscheinlich ein Geschäftspartner meines Vaters.«

»Haben Sie ihn noch nie gesehen?«

Derek schüttelte sein blondes Haar und faßte Sable enger um die schmale Taille. »Zerbrechen Sie sich nicht unnötig den Kopf, Mylady. Bestimmt ist er nur gekommen, um sich bei Papa einzuschmeicheln.«

Im stillen dachte Sable, daß dieser Mann bestimmt nicht zu denen gehörte, die sich pausenlos über ihr Verhältnis zu anderen Menschen Gedanken machten. Als der Walzer einige Augenblicke später endete, war sie sofort von den zahllosen Verehrern umringt, die Derek vorhin den Vortritt hatten lassen müssen. Und sie vergaß den Fremden. Da Sable keinen enttäuschen wollte, tanzte sie nacheinander mit allen, was ihr eine ausgetrocknete Kehle und schmerzende Füße bescherte, als die Musiker endlich eine Erfrischungspause einlegten.

»Ein Glas Limonade«, erwiderte sie keuched auf die Frage ihres begeisterten Tanzpartners. »Ich bin schrecklich durstig.«

»Keinen Champagner?« fragte dieser ein wenig enttäuscht.

»Nein, wirklich nicht. Danke«, erwiderte Sable, in deren Kopf sich noch alles drehte.

Nachdem er zum Büfett gegangen war, verspürte sie plötzlich heftiges Verlangen, allein zu sein. Nach einem schuldbewußten Blick über die Schulter eilte sie rasch quer durch den Raum und schlich sich leise durch eine der Doppeltüren hinaus auf die Terrasse.

Die Nachtluft war frisch, doch nach der Hitze im Saal war Sable dankbar für jeden kühlen Luftzug, der ihre heißen Wangen kühlte. Sie stützte die Hände auf die Balustrade und seufzte tief, als sie an ihr gemütliches Bett zu Hause dachte. Diese Feste waren wirklich überaus dumm, entschied sie, und verabscheute plötzlich die große Aufmerksamkeit und die verlogenen Komplimente, die man ihr zuteil werden ließ. Sie sehnte sich nach North Head und dem einfachen Leben im Kreis ihrer Familie und einiger weniger Freunde. Der Londoner Gesellschaftstrubel ging ihr zunehmend auf die Nerven.

»Es ist Ihnen also gelungen, Ihren Verehrern zu entkommen. Werden Sie sie denn nicht vermissen?«

Noch bevor Sable herumfuhr, wußte sie, daß diese tiefe Stimme mit dem spöttischen Unterton niemand anderem als dem verwirrenden Fremden mit den eisblauen Augen gehören konnte. Obwohl sie auf seinen Anblick gefaßt war, erschrak sie, als sie feststellte, daß er ganz dicht hinter ihr stand und seine breite Brust ihr die Sicht nahm. Auch mit zurückgelegtem Kopf sahen ihre Augen nur seinen sonnengebräunten Hals und die etwas gelokkerte Krawatte.

»Haben Sie denn überhaupt kein Herz?« fuhr er fort, als sie ihn immer noch mit großen grünen Augen anstarrte. »Sie dürfen sie doch nicht so sehr enttäuschen.«

Der Klang seiner tiefen Stimme brachte Sable wieder zur Vernunft. Er sprach zwar wie ein gebildeter Mann, doch sie hatte nur Ohren für den überheblichen Unterton und sah nur das spöttische Funkeln in seinen blauen Augen.

»Das mag alles richtig sein, Sir«, entgegnete sie kühl, »aber ich kann nicht ganz verstehen, weshalb Sie das interessiert.«

»Sie sticheln gern, nicht wahr?« fragte er mit breitem Grinsen, das Sable vielleicht entwaffnet hätte, wenn sie sich nicht so sehr über seine Arroganz geärgert hätte. »Und außerdem sind Sie nicht sehr höflich, wenn ich das sagen darf«, fuhr er kurz darauf fort.

»Dieses Kompliment gebe ich Ihnen zurück«, meinte Sable und warf ihren Kopf zurück. »Schließlich gehört es sich auch nicht, mir hierher zu folgen. Wir sind einander bisher nicht vorgestellt worden, wenn ich mich nicht irre.«

Seine Augen glitzerten im Dunkeln. »Dann lassen Sie mich das Versäumte nachholen.« Mit einer Verbeugung fuhr er fort: »Ich bin Morgan Carey, Kapitän der *Defiance*, die im Augenblick unten am Themseufer vertäut liegt.«

»Also hatte ich doch recht«, rief Sable aus. »Sie sind tatsächlich ein Seemann!«

»Woraus haben Sie das geschlossen?« fragte Morgan Carey neugierig. Aus der Nähe betrachtet, war diese junge Frau noch viel schöner, als er vermutet hatte. In ihren durchsichtigen grünen Augen spiegelten sich die Lichter des Ballsaals. Ihre Haut war seidenweich, und ihr mit Diamanten und Blumen geschmücktes dichtes Haar erinnerte ihn an das glänzende Fell einer verhätschelten, wohlgenährten Katze.

»Mein Vater war Kapitän«, erklärte Sable, während sie den Blick abwandte, weil sie der seltsame Blick dieser blauen Augen irritierte. Sie war mittlerweile alt genug, um das erotische Interesse eines Mannes in seinen Augen zu erkennen, doch was ihr Angst machte, war die augenfällige Wildheit seiner Emotionen, die Hitze seines Körpers, die trotz des Zwischenraums spürbar war. Angesichts der glühenden Kraft dieses Mannes und seines schmalen, aber energischen Kinns wurde ihr unbehaglich zumute, während er so auf sie hinunterstarrte.

»Ich möchte lieber wieder hineingehen«, murmelte sie unsicher, während sie überlegte, was wohl geschehen würde, wenn sie allein mit Morgan Carey hier draußen blieb.

»Noch vor einer Minute waren Sie froh, diesem verrückten Treiben endlich entronnen zu sein«, erinnerte er sie, während er auf den Ballsaal deutete, wo die Paare sich hinter den Glasscheiben bewegten.

»Ich wollte nur ein wenig frische Luft schnappen«, gab Sable steif zurück. »Doch davon habe ich jetzt genug. Vielen Dank. Entschuldigen Sie mich bitte.«

Sie machte einen Schritt, um an ihm vorbeizugehen, und schrie leise auf, als Morgans Arm plötzlich hervorschoß und seine große Hand sich fest um ihr schmales Handgelenk legte. sie hatte nicht aus Angst aufgeschrien, sondern sie war erschrocken, als der feste Griff seiner langen, stahlharten Finger ihr förmlich das Fleisch verbrannte. Sie sah ihm an, daß er es offenbar genauso empfunden hatte. Sekundenlang betrachtete er sie schweigend, und Sable fühlte deutlich, wie ihr das Herz bis zum Hals hinaufschlug. Als der kühle Märzwind ihr eine schimmernde Locke ins Gesicht blies, strich Morgan sie ihr völlig abwesend aus dem Gesicht. Sable zuckte heftig zusammen, als ihr unter seiner Berührung wieder dieses seltsame Gefühl über den Rücken lief.

Morgan Careys tiefe Stimme klang spöttisch. »Wovor haben Sie Angst? Der Ballsaal hinter uns ist voller Menschen, und ich bin sicher, daß mindestens zwei Dutzend Ihrer Verehrer nur darauf warten, beim kleinsten Hilfeschrei herbeizueilen und mich außer Gefecht zu setzen.«

»Ich – ich habe keine Angst«, gab Sable zurück, da sie ihre Eltern in der Nähe wußte. Aber trotzdem beunruhigten sie Morgan Careys Größe und seine verwirrende Nähe, und sie verspürte ein seltsames Zittern.

»Auf mich wirken Sie wie ein ängstliches, junges Mädchen, das auf seinen ersten Kuß wartet«, bemerkte Morgan beiläufig.

»Dann haben Sie wohl große Erfahrung auf diesem Gebiet?« vermutete Sable, wobei sie vergeblich versuchte, sich aus seinem Griff zu befreien.

»Das will ich meinen«, bemerkte er mit teuflischem Grinsen, wobei seine weißen Zähne in der Dunkelheit leuchteten. »Aber ich bin mir ziemlich sicher, daß Sie nicht zu diesen unschuldigen Dingern gehören, oder?«

»Was wollen Sie damit sagen?« fragte Sable. Während sie in sein schamlos grinsendes Gesicht starrte, war ihr plötzlich bewußt, daß er mit ihr spielte, daß es ihm gefiel, jungen Mädchen Angst einzujagen.

»Ich habe beobachtet, wie Sie mit Ihren treuen Verehrern umgegangen sind«, erklärte er gehorsam. »Die Art, wie Sie einen gegen den anderen ausgespielt haben, gefiel mir, und ich wollte Sie gern kennenlernen. Doch leider konnte ich den ganzen Abend über nicht in Ihre Nähe gelangen. Als ich sah, wie Sie unbemerkt auf die Terrasse schlüpften, habe ich die Gelegenheit beim Schopf ergriffen.«

»Also sind Sie mir absichtlich gefolgt. Weshalb?«

Morgan zuckte die Schultern. »Weshalb denn nicht? Dieses Fest war bis dahin ohnehin ein wenig langweilig.«

»Und bei mir hofften Sie, Zerstreuung zu finden?« fragte Sable ungläubig.

Wieder grinste er. »Ihre Beobachtungsgabe ist verblüffend.«

»Wie können Sie es wagen«, fauchte Sable.

»Ah! Sie besitzen also auch Temperament. Dachte ich es mir doch«, sagte Morgan, während Sables grüne Augen vor Verachtung nur so blitzten. »Obgleich Ihre Tanzpartner Sie wie ein kostbares Porzellanpüppchen behandelt haben, hatte ich das sichere Gefühl, daß sich unter dieser hochmütig hübschen Schale eine äußerst leidenschaftliche Frau verbirgt. Es freut mich, daß ich mich in diesem Punkt nicht geirrt habe.«

»Ich fürchte, Sie haben sich geirrt«, entgegnete Sable kühl und gab sich Mühe, die Ungezogenheit nicht zur Kenntnis zu nehmen. »Ich bestehe darauf, daß Sie mich augenblicklich loslassen. Falls nicht, werde ich meinen Vater rufen.«

»Ich hatte schon häufiger mit zornigen Papas zu tun«, meinte Morgan Carey gleichmütig. »Die beeindrucken mich schon lange nicht mehr, meine Liebe.«

»Welch arroganter Mensch!« Als sie bereits die Hand erhoben hatte, um ihn zu schlagen, packte er plötzlich ihr Handgelenk, so daß sie aufschrie, und zog sie ohne Warnung an sich. Bevor sie sich wehren konnte, hatte er sie bereits mit seinen mächtigen Armen umschlungen. Ihr Gesicht wurde gegen die seidene Weste gepreßt, so daß sie seinen starken, regelmäßigen Herzschlag hören konnte und ihr der Duft eines exotischen Eau de Cologne, vermischt mit einem sehr männlichen Geruch, in die Nase stieg. Ganz unerwartet begann sie zu zittern.

»Sie sind so schön, daß man Sie einfach lieben muß«, flüsterte Morgan Carey, dessen tiefe Stimme plötzlich ganz heiser klang, weil ihm die Strömungen zwischen ihren Körpern keineswegs entgangen waren. Und er zog die schlanke, zerbrechliche Sable noch näher an sich heran, so daß sie zu ihm aufsehen mußte.

Ihre dunkelgrünen Augen betrachteten ihn, und ihre weichen Lippen waren leicht geöffnet. Bei jedem ihrer schnellen Atemzüge drückten sich ihre festen Brüste gegen ihn. Plötzlich stöhnte Morgan leise, während er den Kopf hinunterbeugte und seine Lippen auf ihren Mund drückte. Der Kuß wirkte wie ein Stromstoß. Er erschütterte Sable bis in die Tiefen ihrer Seele und quälte sie mit Gefühlen, die sie noch niemals vorher empfunden hatte. Die Hitze von Morgans Körper umgab sie förmlich und zwang ihrem Körper Reaktionen ab, die sie weder verstand noch verweigern konnte. Ihre Hände, die sie bis dahin fest gegen seine Brust gestemmt hatte, gaben nach und legten sich um die breiten Schultern, während sich ihr Körper an den seinen schmiegte.

Sable schnappte nach Luft, als sie durch ihre vielen Unterröcke fühlte, wie sich etwas Hartes gegen sie preßte. Ihre Brustwarzen versteiften sich, während Morgans große Hände ihren Rücken entlang tasteten, ihre Hüften packten und sie eng zwischen seine muskulösen Oberschenkel drückten. Während er sie rücklings gegen die Balustrade preßte, löste er seine Lippen von ihrem Mund, beugte sich hinunter und liebkoste ihre Kehle.

Sable stöhnte leise. Ihre Furcht war mittlerweile einer sehnsuchtsvollen Schwäche gewichen. Als er wieder ihre Lippen küßte, drängte sie sich gegen ihn und fühlte, wie seine forschende Zunge ihre vorsichtig tastende berührte.

»Bei Gott! Sie bringen mein Blut zum Kochen«, stöhnte Morgan, während seine Hände besitzergreifend ihren willfährigen Körper betasteten und versuchten, ihre vollen Brüste aus dem Kleid zu befreien.

Die Berührung seiner Hand auf ihrer nackten Haut brannte wie Feuer, doch als er ungeduldig an ihrem Mieder zerrte, machte sich Sable plötzlich aus seiner Umarmung frei. Mehr konnte sie nicht zulassen, obwohl es ihr schwerfiel, die verführerisch warme Umarmung zu verlassen. Wie würde sie sonst vor den anderen Gästen dastehen!

»Bitte, nicht!« flüsterte sie in leichter Panik und war erstaunt, als Morgan ihre Bitte ohne Widerrede befolgte.

Er ließ sie augenblicklich los und trat einen Schritt zurück. Die vollen Lippen, die sie gerade noch so leidenschaftlich geküßt hatten, grinsten zynisch. »Sie sind eine wahre Tigerin, meine Liebe«, sagte er ein wenig atemlos, während er sie sehnsuchtsvoll ansah. Insgeheim war er von der Intensität seiner Gefühle und dem aufsteigenden Verlangen, das ihn gepackt hatte, als er seine Lippen auf diesen unsagbar weichen Mund gepreßt hatte, mehr als überrascht. Er hatte eigentlich nur ein bißchen tändeln wollen, um das Terrain zu sondieren und möglicherweise eine nette Abwechslung für seinen Aufenthalt in London zu finden. Doch nun war er plötzlich ganz unverhofft Opfer seiner Unternehmungen geworden. Die Seiten hatten sich verkehrt, und er konnte an nichts anderes mehr denken als daran, wie sehr er diese stolze, kleine Schönheit begehrte. Ihre smaragdgrünen Augen brannten auf seinem Gesicht, und ihre Lippen waren immer noch feucht und weich. Doch während er sie mit halbgeschlossenen Augen betrachtete, zog sie sich ein wenig von ihm zurück, weil sie ohne Zweifel seine Gedanken spürte und bestimmt auch sich selbst nicht traute.

»Ich muß jetzt aber wirklich hineingehen«, sagte Sable leise. Ihr Herz hämmerte, während sie Morgans schönes Gesicht und seinen festen und zugleich vollen Mund betrachtete. »Mein – mein Vater wird mich bestimmt schon vermissen.«

»Sie sprechen oft von ihm«, bemerkte Morgan, während er betont lässig seine zerdrückte Krawatte zurechtrückte. Seine Gleichgültigkeit verletzte Sable, die allerdings das leichte Zittern seiner Hände in der Dunkelheit nicht erkennen konnte. »Sie schätzen ihn wohl sehr?«

»Ich liebe ihn«, sagte Sable, wobei ihr Ton klarmachte, daß Morgan Carey niemals dieses Geschenk von ihr erhalten würde.

»Er ist ein sehr glücklicher Mann«, sagte Morgan schneidend. Er fühlte sich, ohne eigentlich zu wissen weshalb, durch ihre Worte ein wenig verletzt. »Kenne ich ihn?«

»Das hoffe ich nicht«, sagte Sable verächtlich. Sie erholte sich allmählich. Ihr Blut floß wieder langsamer, und sie wollte nichts weiter, als diesem gutaussehenden, beängstigenden Riesen zu entkommen, der sie gegen ihren Willen geküßt und so seltsame Gefühle in ihr geweckt hatte. Die Tatsache, daß sie auf seine Regungen geantwortet hatte, entsetzte sie so sehr, daß sie ihn in ihrem Leben niemals wiedersehen wollte.

»Wie heißt er?« fragte Morgan, als Sable schwieg und nur verstohlen versuchte, dem Druck seines Körpers zu entkommen, der ihr den Weg noch immer nicht freigab.

»Charles«, flüsterte Sable zögernd und überlegte, ob sie ihn einfach darum bitten sollte, sie gehenzulassen. »Charles St. Germain.«

Eine Augenbraue hob sich voller Überraschung. »Der Graf von Monterrey?«

Sable nickte. »Bitte, lassen Sie mich gehen«, sagte sie im selben Atemzug, doch Morgan verstellte ihr weiterhin den Weg. Er war Sable so nah, daß sie die Wärme seines Körpers fühlen konnte. Zitternd wandte sie ihren Kopf zur Seite, und die Tränen stiegen ihr in die Augen, als sie spürte, wie die seltsame Atemlosigkeit wieder von ihr Besitz ergriff.

»Der Graf von Monterrey hat nur eine einzige Tochter, und die ist gerade erst siebzehn.«

Sable hob überrascht den Kopf, da sein strenger Ton sie verblüffte. »Ich bin Sable St. Germain«, sagte sie stolz, »und in diesem Sommer werde ich achtzehn Jahre alt.«

Auf Morgans Gesicht breitete sich Staunen aus. »Sie sind Lady Sable St. Germain?«

»Genau die«, erwiderte Sable würdevoll, was ihr nicht leicht fiel, wenn sie daran dachte, wie ungeniert dieser Klotz von Mann sie gerade geküßt und ihre nackten Brüste berührt hatte.

»Ich muß mich entschuldigen«, sagte Morgan abrupt. Leise Verachtung lag in seiner Stimme. »Wenn ich gewußt hätte, daß Sie noch so jung sind, hätte ich Ihnen niemals meine Aufmerksamkeit zugewandt.«

Sable starrte ihn mit offenem Mund an und konnte kaum die Wut, die in ihr aufstieg, unterdrücken. »Ihr Dünkel ist offenbar unermeßlich groß, Morgan Carey«, fuhr sie ihn an, während ihr schmaler Körper vor Verachtung zitterte. Durch seine heftige Umarmung hatten sich einige Locken aus ihrer Frisur gelöst und umspielten ihre Nacken. »Offenbar sind Sie es gewohnt, daß Ihnen die Frauen zu Füßen sinken, sobald Sie nur mit dem Finger schnippen. Aber merken Sie es sich gut, Sir: Ich gehöre nicht zu diesen Frauen, sondern ich hoffe inständig, Ihnen in meinem ganzen Leben nie mehr zu begegnen!«

Zornig drängte sie sich an ihm vorbei, und er hielt sie nicht zurück. Erst als sie die Tür zum Ballsaal erreicht hatte, hörte sie hinter sich sein spöttisches Lachen. Wütend fuhr sie herum und sah, wie er breitbeinig vor der Balustrade stand und seine Hände in die Hüften gestützt hatte. Geradeso wie der Kapitän eines Piratenschiffs auf seinem Achterdeck.

»Ich hoffe sehr, daß wir uns eines Tages wiederbegegnen, meine liebe Sable«, sagte er eindringlich. Das Versprechen in seinem Ton war nicht zu überhören. »Wenn Sie eines Tages erwachsen sein werden, werde ich kommen und meinen Anteil beanspruchen.«

»Eher bringe ich Sie um!« zischte Sable und verschwand durch die Glastüren, ohne weiter auf sein leises Lachen zu achten, das hinter ihr in der Nachtluft verklang.

»Sable, mein Liebes, wo bist du denn gewesen? Ich habe schon überall nach dir gesucht.«

Sable war überrascht, ihre Mutter so plötzlich vor sich stehen zu sehen, und als sie deren kummervollen Gesichtsausdruck wahrnahm, schmerzte ihr Herz. Doch Raven, die die Regung ihrer Tochter bemerkt hatte, legte rasch eine Hand auf Sables Arm.

»Keine Angst, es geht mir gut«, versicherte sie ihrer Tochter flüsternd. »Ich bin nur ein wenig müde. Vater und ich würden uns gern auf meine Schwäche berufen und uns verabschieden.« Fragend blickte sie in das leicht gerötete Gesicht ihrer Tochter. »Oder möchtest du lieber noch hierbleiben, Sable?«

»Oh, nein«, beeilte sich Sable zu versichern. »Wenn du müde bist, sollten wir auf der Stelle aufbrechen. Außerdem«, fügte sie mit Entschlossenheit hinzu, »habe ich ohnehin genug vom heutigen Abend.«

Raven lächelte erleichtert und blickte sich nach Charles um, der sich auf der anderen Seite des Raums bereits von George und Dorothy Haverty verabschiedete. Raven wurde ganz warm ums Herz, als sie an die lange, gemütliche Nacht dachte, die vor ihnen lag, so daß ihr die ungewöhnliche Schweigsamkeit ihrer Tochter nicht auffiel, während sie ihre Mäntel in Empfang nahmen und auf den Wagen warteten.

2

»Liam! Was, um Himmels willen, willst du denn damit beweisen?«

Edward Hadrian St. Germain, Viscount Audley, zügelte seinen hochbeinigen Braunen und sah wütend auf seinen kleinen Bruder hinunter. Wenn man Edward reizte, konnte er genauso furchterregend wütend werden wie sein Vater, obwohl er normalerweise für seine siebzehn Jahre bereits eine bewundernswerte Selbstkontrolle und die Sicherheit eines jungen Erwachsenen hatte.

Die neuerworbene Autorität seines Bruders ließ Liam sehr schuldbewußt dreinschauen, als er auf seinem dikken, kleinen Pony bei Edward ankam. Sable hatte ihre Stute ebenfalls zum Stehen gebracht und sah sehr erschrocken aus.

»Es tut mir leid, Ned, aber der Sprung sah so einfach aus, als du es gemacht hast«, sagte er und schluckte, während er auf die Steinmauer deutete, über die seine beiden Geschwister gerade in kühnem Schwung gesprungen waren und damit seinen Ehrgeiz angestachelt hatten, es ihnen nachzutun.

»Um Himmels willen! Wir reiten doch Jagdpferde«, schimpfte Ned, in dessen smaragdgrünen Augen noch immer Wut und Erschrecken standen. Das Bild seines kleinen Bruders, der auf seinem winzigen Pony den großen Steinwall übersprang, hatte sein Herz stillstehen lassen. »Du hättest Lillibets sämtliche Beine brechen können und nicht zuletzt auch deinen eigenen, sturen Hals!«

Unter dem strafenden Blick seines Bruders verzog sich Liams Gesicht. »Es tut mir leid«, murmelte er niedergeschlagen.

Sofort glättete sich Edwards Miene, und er beugte sich hinunter, um Liams dünne Schulter zu drücken. Schließlich war der Junge erst acht Jahre alt, dachte Ned, der sich noch sehr gut an seine eigene Jugend erinnern konnte. »Es ist schon gut, du kleiner Dummkopf. Ein paar Jahre lang wirst du dich allerdings noch mit deinem kleinen Pony zufriedengeben müssen.«

»Ich hätte niemals gedacht, daß Lillibet so gut springen kann«, fügte Sable aufmunternd hinzu und lächelte Liam zu, der den Tränen nahe war. »Ich glaube, du wirst eines Tages ein ebenso guter Reiter wie Vater.«

»Glaubst du das wirklich?« stammelte Liam atemlos, wobei ein Leuchten über sein Gesicht ging.

Sable und Edward lächelten einander zu.

»Falls du es überhaupt erlebst«, meinte Ned spöttisch und sagte dann ernst: »Versprich mir, daß du keine solchen halsbrecherischen Sachen mehr machst, Liam.«

»Versprochen«, schwor der dunkelhaarige Junge leise.

Danach ritten die Geschwister zusammen den gewundenen Weg zum Fischerdorf St. Ives hinunter. In Cornwall hatte der Frühling Einzug gehalten, die Hügel waren bereits grün, und eine warme Sonne beschien das wilde Meer und die windumtosten Klippen.

Die jungen St. Germains waren wirklich hübsche Kinder. Ned und Liam sahen ihrem Vater sehr ähnlich, hatten aber gleichzeitig das schwarze Haar ihrer Mutter geerbt. Im Gegensatz zu seinem großen Bruder war Liam mit seiner Stupsnase und den zahllosen Sommersprossen wirklich noch ein Kind. Beide trugen hohe, schwarze Stiefel und rote Jacken und bildeten den passenden Rahmen für ihre hübsche Schwester. Sables Wangen waren vom Wind und der frischen Salzluft gerötet. Sie trug ein brombeerfarbenes Reitkostüm mit schmalen gelben Paspeln und sah mit ihren glänzenden Haaren einfach hinreißend aus. Ned lächelte ihr zu, als ihre smaragdgrünen Augen einander trafen.

»Wenn du schnurren könntest, würdest du das jetzt tun, nicht wahr, Sable?«

»Ich bin wirklich glücklich, wieder zu Hause zu sein.« Während sie ihr schmales Gesicht der Sonne entgegenhob, atmete Sable tief ein. »Ich kann kaum glauben, daß wir erst seit einer Woche wieder hier sind. Mir kommt es so vor, als wären wir niemals fort gewesen.«

»Wir gehören nach North Head«, meinte Edward, der eine beinahe so volltönende Stimme wie sein Vater besaß. »Mutter hat sich auch sofort besser gefühlt. Sie scheint aufzublühen.«

»Nicht wahr?« stimmte Sable glücklich zu. »Sogar Vater meint, daß wir viel früher hätten zurückkehren sollen.«

»Bist du auch froh, Liam?« fragte Ned, der beobachtete, wie sein Bruder mit seinem Pony hinter den großen Pferden Schritt zu halten versuchte.

Liams dunkler Kopf nickte heftig. »Oh, ja! Besonders weil Perry mit uns zurückgekommen ist.«

Sable und Ned brachen in herzliches Gelächter aus, denn sie wußten genau, wie sehr Liam den Koch der St. Germains und seine ausgezeichneten Pasteten liebte.

Kurz bevor sie die weißgestrichenen Häuser von St. Ives erreicht hatten, beschlossen sie umzukehren. Die Sonne stand schon hoch, und weder Sable noch Edward benötigten Liams Gerede über seinen Hunger, um zu wissen, daß bald das Mittagessen serviert werden würde. Langsam ritten sie zwischen den Feldern, die für die Frühjahrssaat vorbereitet wurden, nach North Head zurück. Die Bauern legten eine Pause ein, grüßten den jungen Erben von Monterrey höflich und starrten bewundernd hinter Lady Sable her, die während ihrer Abwesenheit nur noch schöner geworden war.

»In diesem Jahr kann früh gesät werden«, bemerkte Ned zufrieden.

Sables Blick folgte dem ihres Bruders hinüber zu den

Mauern aus Granitsteinen, die die umgepflügten Felder voneinander trennten. Vor einigen hundert Jahre waren diese ›steinernen Hecken‹ von keltischen Farmern unter Anführung der Vorfahren der Barrancourts angelegt worden. Darüber erstreckten sich die felsbedeckten Hochflächen und mit Heidekraut bewachsenen Hügel bis nach Gunard's Head.

»Ich glaube, wir bekommen einen wunderbaren Sommer«, meinte auch Sable. Sie spürte einen Kloß im Hals, als sie von der wilden Schönheit Cornwalls überwältigt wurde.

Inzwischen hatten die Pferde die Höhe erreicht, und der Wind, der unten in der Nähe des geschützt liegenden Hafens mild und sanft geweht hatte, tobte sich ohne Unterlaß an der Steilküste aus. Sable ließ sich die Sonne ins Gesicht scheinen und blickte immer wieder auf den klarblauen Atlantik hinaus, auf dessen Oberfläche sich kleine, weiße Schaumkronen zeigten. Obwohl die Südküste Cornwalls mit dem tiefblauen Wasser, weißen Sandstränden und der üppigen Vegetation wunderschön war, bevorzugte Sable den rauhen Norden mit den vorspringenden Klippen, die Stürmen und endlosen, feuchtkalten Nebeln schutzlos ausgeliefert waren.

In der Ferne konnte man bereits North Head oberhalb des Heidelandes liegen sehen. Das Haus stand fast waghalsig am äußersten Ende einer Klippe. Zwei Türme aus gelbem Stein ragten in den blauen Himmel empor. Direkt unterhalb des Hauses umschifften zwei Fischerboote mit prallen weißen Segeln die trügerischen Klippen, um einem Makrelenschwarm in Richtung auf Land's End zu folgen. Sorgfältig wichen sie den versteckten Buchten aus, in denen die Schmuggler früher ihre Waren entladen hatten, und wagten sich dank der Furchtlosigkeit und Hartnäckigkeit ihrer kornischen Schiffer immer wieder in Gewässer, die Sable an ihrer Stelle sorgfältig gemieden hätte.

»Die Austernsaison ist vorbei«, meinte Ned, der ihrem Blick über das aufgewühlte Wasser gefolgt war. »Die kannst du leider erst im nächsten Jahr wieder bekommen.«

»Das macht nichts«, gab Sable zurück. »Dann halten wir uns eben an Krabben und Hummer.«

»Und an die Pasteten«, fügte Liam hinzu und leckte sich die Lippen, als er an gefüllten Hering in Blätterteig dachte, der zu Perrys Spezialitäten gehörte.

»Ich nehme an, daß Perry sich heute selbst übertreffen wird«, sagte Ned zu seinem jüngeren Bruder. »Ich habe gehört, wie Kewie Stephens mit seinem Fischkarren schon kurz nach Sonnenaufgang etwas abgegeben hat.«

Die Aussicht auf frische Fischpasteten beflügelte Liam. Er zwang Lillibet zum Galopp, so daß das kleine, dicke Pony in einer großen Staubwolke den Weg entlangpreschte. Sable und Ned folgten lachend.

Obwohl Sable in North Head geboren und aufgewachsen war, konnte sie sich dem Gebäude niemals nähern, ohne von seiner Großartigkeit beeindruckt zu sein. Es war von einem erfolgreichen Kapitän und Seefahrer namens Sir Reginald Barrancourt, der im Auftrag seines Königs Charles II. Kaperfahrten unternommen hatte, erbaut worden. North Head bezeugte bis auf den heutigen Tag die tiefe Liebe Sir Reginalds zur turbulenten, großartigen und wilden Schönheit des Meeres.

Der Hauptteil des Gebäudes, der an beiden Seiten durch imposante Seitenflügel ergänzt worden war, war dem Wind zugewandt. Direkt unterhalb des Hauses dröhnte der Ozean tagaus tagein gegen die massiven Felsen. Aber es gab auch immer wieder mal Tage, an denen nur ein sanfter Wind wehte und der Sonnenschein durch die hohen Räume flutete. Wenn man sich zu solchen Stunden in den Gängen oder im Salon des Hauptteils aufhielt, konnte man beobachten, wie die Lichtreflexe der silbernen Wellen über die Wandtäfelungen spielten, und riechen, wie sich der Duft der Rosen und des Geißblatts, die draußen im Garten wuchsen, mit dem salzigen Tanggeruch mischten.

Die Fischerboote waren längst außer Sicht, als Sable und ihre Brüder im gepflasterten Hof von den Pferden stiegen. Die Aussicht auf Wasser und Himmel war atemberaubend. Ein einzelner Kormoran segelte über ihren Köpfen im Wind, und sein einsamer Schrei ging beinahe im Brandungsgeräusch unter, das wie Donner zu ihnen heraufhallte.

»Hatten Sie einen guten Ritt?« fragte der Stallmeister. »Hat Ihnen die Stute Schwierigkeiten gemacht, Lady Sable?«

»Überhaupt nicht, Sam.« Liebevoll strich Sable über Amourettes samtene Nase, bevor das Pferd von einem Stallburschen weggeführt wurde. »Sie hat mich wiedererkannt.«

»Das will ich meinen. Sie vergißt man doch nicht, Lady Sable«, bemerkte er grinsend. Sam, der schon in der Jugendzeit ihrer Mutter grau und zerfurcht gewesen war, hatte sich während der langen Jahre überhaupt nicht verändert, genau wie die uralten Zedern, die fest und aufrecht in der fruchtbaren Erde Cornwalls wurzelten.

»Wir haben uns beeilt, weil es Fischpasteten gibt, Sam«, verkündete Liam, während er von Lillibets Rükken rutschte.

»Tatsächlich?« fragte Sam zwinkernd und stellte fest, daß Liam während seiner Abwesenheit zu einem kleinen Mann herangewachsen war.

»Kewie Stephen hat heute morgen frischen Hering gebracht«, erklärte Ned, während er seinem Bruder liebevoll die Hand auf die Schulter legte. »Ich hoffe nur, Perry hat auch genug zubereitet.«

»Ich fürchte, Sie werden Ihre Mahlzeit teilen müssen«, meinte Sam, wobei sich seine weißen Augenbrauen unwillig zusammenzogen.

»Was soll das heißen, Sam?« fragte Sable, die beobachtet hatte, daß sich Sams Hand fester um den tropfnassen Schwamm geschlossen hatte, den er aus dem Sattelraum mitgebracht hatte.

»Dieser Tunichtgut aus Blackburn Hall ist vor zehn Minuten angekommen«, antwortete Sam freundlich. »Bestimmt wird ihn die Gräfin zum Essen einladen. Er hat seinen Wallach wieder einmal viel zu hart querfeldein gejagt«, fügte er empört hinzu, denn Sam maß den Wert eines Mannes an der Art, wie dieser sein Pferd behandelte.

»Wyecliffe Blackburn?« fragte Sable.

»Ja, der junge Herr persönlich.«

Sable und Ned blickten einander bestürzt an.

»Wir sollten uns jetzt umziehen«, sagte Ned schließlich. »Und du säubere bitte auch dein Gesicht, bevor du zu Tisch kommst, Liam!«

Liam entfernte sich widerspruchslos und beschloß, den Rat seines Bruders zu beherzigen, weil er keinen Tadel seiner Mutter riskieren wollte, wenn er staubig und ungekämmt am Tisch erschien. Ned und Sable folgten langsam, und Sables Röcke raschelten leise, als die Geschwister das Haus durch den Dienstboteneingang am Ende des Westflügels betraten.

»Du machst ein Gesicht, als stünde der Weltuntergang bevor«, meinte Ned und grinste seine Schwester mit dem entwaffnenden Charme der St. Germains an.

Er erhaschte noch einen Blick auf ihr Grübchenlächeln, bevor sie tief seufzend auf das Wasser hinausblickte, als könnte von dort Hilfe kommen. »In London hat mich Derek Haverty auf Schritt und Tritt verfolgt, doch im Vergleich zu Wyecliffe Blackburn wäre er mir jetzt höchst willkommen.« Sie schüttelte sich, doch Ned legte sofort beruhigend seine Hand auf ihre.

»Du weißt, daß Mutter und Vater niemals die Absicht haben, eine Werbung von ihm anzunehmen. Außerdem ist ja bisher nicht einmal sicher, ob das überhaupt seine Absicht ist.«

»Vielleicht hast du recht«, räumte Sable ein, doch insgeheim wußte sie sehr gut, daß Wyecliffe sie begehrte. Obwohl sie, was Männer betraf, noch sehr unerfahren war, hatte sie es an seinen Blicken erkannt und an der Art, wie er ihre Hand immer länger als üblich festhielt. Der Stiefsohn des verstorbenen Squire Blackburn war hassenswerter als ein Dutzend Derek Havertys. Der war wenigstens harmlos und sogar manchmal amüsant gewesen, doch Wyecliffe Blackburn mit seinen finsteren Augen und der bleichen, ungesunden Haut hatte ihr schon immer Unbehagen eingeflößt. Tatsächlich hatte sie ihn während der langen Wintermonate in London vergessen. Um so plötzlicher kam jetzt der Schock über seinen Besuch. Vielleicht hatte Mutter ihn ja überhaupt nicht zum Essen eingeladen, überlegte Sable hoffnungsvoll, während sie sich auf dem Flur von Ned trennte.

In ihrem Zimmer waren die schweren Vorhänge ganz zurückgezogen worden, so daß die Sonne jeden Winkel des Raumes erleuchten konnte. Durch die Fenster konnte sie den tiefblauen Ozean sehen, und sofort war Wyecliffs bedrohliche Gegenwart vergessen. Sable eilte zum Fenster hinüber und ließ sich von der Aussicht überwältigen. Ganz gleich, ob Herbstnebel, Südweststürme, das winterliche Leichentuch oder der klare, kornische Sommer North Heads starke Mauern umgaben – für Sable waren alle Jahreszeiten faszinierend.

»Wußte ich es doch!«

Sable fuhr herum und erblickte Lucy Walters, die ungeduldig mit dem Fuß auf den Boden tippte.

»Ganz gleich, ob es die Londoner Straßen sind oder die Küste von Cornwall – Sie scheinen für Ihr Leben gern aus dem Fenster zu schauen, Lady Sable. Doch jetzt kommen Sie lieber wieder zurück auf die Erde und ziehen Sie diese Kleider aus. Das Essen wird gleich serviert, und außerdem haben Sie einen Gast.«

»Ich weiß«, erwiderte Sable in gedehntem Ton. »Sam hat mich bereits gewarnt.«

»Dann brauchen wir keine Zeit mehr mit Jammern zu verbringen«, meine Lucy und schnitt eine Grimasse, als sie Sable die staubigen Stiefel von den Füßen zog. »Ihre Eltern sitzen bereits bei Tisch und Hannah, die Gute, ebenfalls.«

Sable riß erstaunt die Augen auf, denn Hannah Daniels, die frühere Gouvernante ihrer Mutter, kam nur ganz selten zum Essen nach unten. »Danny ißt mit uns?«

Lucy brummte. »Sie wissen sehr gut, daß der alte Drachen niemals zulassen würde, daß sich ein Blackburn in diesem Haus aufhält, ohne daß sie zugegen ist.«

Sable lachte, denn sie wußte, daß Lucys Gebrumm liebevoll gemeint war. Hannah Daniels war schon über achtzig Jahre alt und ein gern gesehenes Mitglied im Haushalt der St. Germains. Sable und ihre Brüder waren mit der aufregenden Geschichte groß geworden, wie Hannah Daniels die junge Raven Barrancourt vor mehr als zwanzig Jahren nach Indien begleitet hatte. Die Geschichte war abenteuerlicher und spannender gewesen als Liams Lieblingserzählung von König Artus und den Rittern der Tafelrunde.

Nachdem Ravens Vater bei einem Jagdunfall ums Leben gekommen war, hatte Squire Josiah Blackburn das verwaiste Mädchen gezwungen, England zu verlassen und nach Pandschab zu reisen. Kurz vor seinem Tod hatte James Barrancourt nämlich eine größere Summe von dem Squire geliehen und anschließend erleben müssen, wie seine Investitionen fehlgeschlagen und seine Schulden nur noch größer geworden waren. Nach seinem Tod ergriff der habgierige Squire blitzartig die Gelegenheit beim Schopf, North Head an sich zu bringen, und stellte

Raven vor die Wahl, entweder das Darlehen zurückzuzahlen oder ihn als Ehemann zu akzeptieren.

Da Raven wild entschlossen war, weder ihr Haus zu verlieren noch den hassenswerten Squire zu ehelichen, war sie mit Danny nach Indien gereist, was sie allerdings beinahe das Leben gekostet hätte. Ohne das rechtzeitige Eingreifen von Charles St. Germain, der Kapitän des Schnellseglers *Orient Star* war, hätte Raven wahrscheinlich einlenken und dem Verlangen des Squire nachgeben müssen. Danny hatte diesem Mann zeitlebens nicht verziehen, welche Qualen er damals ihrer Schutzbefohlenen bereitet hatte. Nachdem der alte Squire vor einigen Jahren die Augen geschlossen hatte, lebte Danny nur noch dem Vergnügen, auf seinem Stiefsohn herumzuhacken, sobald er nach North Head zu Besuch kam.

»In Wirklichkeit ist Cliffe gar kein richtiger Blackburn«, bemerkte Sable und schüttelte ihre Haare, während Lucy ein mit Spitzen besetztes Musselinkleid aus dem Schrank nahm. »Er ist nur Josiahs Stiefsohn.«

Lucy brummelte. »So wie sich dieser Junge aufführt, könnte man glauben, daß eine hübsche Portion vom Blut des Alten in seinen Adern fließt. Als er den Besitz geerbt hat, habe ich wirklich angenommen, er würde sich darum kümmern.« Sie schüttelte sorgenvoll ihr graues Haupt. »Blackburn Hall ist ein wunderschönes Haus, doch er läßt es genauso verkommen wie der Squire. Außerdem geht es seinen Bauern schlecht. So behandelt man seine Pächter nicht.«

»Das stimmt! Es ist eine Schande«, stimmte Sable ihr zu, während Lucy ihr das flaschengrüne Kleid über den Kopf zog. Der Musselin fühlte sich auf der Haut ganz kühl an. »Mutter sagte, daß das Haus früher wunderschön gewesen sei, aber nachdem es so heruntergekommen ist, kann man davon fast nichs mehr erkennen.«

Blackburn Hall lag ungefähr drei Meilen jenseits des Gebiets von North Head und war früher ein Jagdschloß von Heinrich VIII. gewesen, der dort gelebt hatte, bis sein Schloß in Pendennis Point in der Nähe von Falmouth fertiggestellt worden war. Das Haus war sehr groß und aus dem grauen Stein der Gegend errichtet. Mittlerweile war es völlig von Efeu überwuchert. Während der vergangenen dreihundert Jahre war es wenigstens zweimal umgebaut worden, was aber seinem würdevollen Aussehen nicht geschadet hatte. In Cornwall ging die Sage um, daß König Artus ursprünglich diese Stelle für sein Schloß ausgesucht, sich aber dann aus strategischen Gründen doch für Tintagel entschlossen hätte. Die einst fruchtbaren Felder, die früher Gemüse und Korn für Hampton Court hervorgebracht hatten, lagen inzwischen brach, und der hübsche Rosengarten war völlig von Unkraut überwuchert.

»Am besten behandeln Sie Master Wyecliffe höflich«, mahnte Lucy, während sie letzte Hand an Sables Frisur legte und einen Schritt zurücktrat, um das Ergebnis zu bewundern. Sie wußte, daß es gar nicht Sables Art war, Wyecliffe Blackburn grausam zu behandeln. Dafür war sie viel zu sanftmütig und gutherzig.

»Oh, machen Sie sich keine Sorgen, Lucy«, erwiderte Sable mit blitzenden Augen. »Ich werde mich hüten, Danny ihren Spaß zu verderben.«

Mit raschelnden Röcken lief sie aus dem Zimmer und freute sich plötzlich nur noch auf frischen, knusprigen Blätterteig und die Gesellschaft ihrer Familie. Doch als sie durch die große, mit Steinplatten ausgelegte Halle ging und plötzlich Wyecliffes hohes, beinahe krächzendes Lachen hörte, erstarrte sie. Augenblicklich stand die Vision seines bleichen, dünnen Gesichts mit den glühenden Augen vor ihr und verfolgte sie bis in den komfortablen, glasgedeckten Wintergarten, wo die St. Germains alle Mahlzeiten bis auf das Abendessen einnahmen. Dort wurde ihre Vision allerdings von der Realität noch um einiges übertroffen.

Wyecliffe Blackburn schien noch blasser und ausgemergelter zu sein, und sein Gehrock und die engsitzenden Hosen sahen so gar nicht nach Landedelmann aus. Sein dünnes braunes Haar hing ihm in die Stirn und reichte fast bis zu den Augen, und sein großer Mund verzog sich zu einem gierigen Lächeln, als Sable auf der Schwelle erschien.

Sofort stand er auf, lief ihr entgegen und zog ihre Hand an seine Lippen, wobei sein Blick blitzschnell ihre Augen, die durch die flaschengrüne Farbe ihres Kleides noch intensiver leuchteten, und die alabasterweiße Zartheit ihres Halses und ihrer nackten Schultern wahrnahm. »Ganz offenbar ist Ihnen die Saison in London nicht übel bekommen, Lady Sable«, murmelte er mit seiner heiseren Stimme, die sie so haßte.

Höflich widerstand Sable der Versuchung, ihre Hand aus der glatten, kalten Umklammerung zu befreien, und sagte statt dessen nur: »Es ist sehr nett von Ihnen, uns so bald nach unserer Heimkehr zu besuchen.«

»Ich mußte die St. Germains doch in Cornwall willkommen heißen«, meinte Cliffe, während er Sable zu ihrem Platz führte. »Nachdem mein Vater tot ist, habe ich diese Aufgabe üernommen.«

»Sein langweiliges Gesicht sehen zu müssen, war für mich niemals eine Freude«, tönte eine harte Stimme vom Ende der Tafel.

»Danny, bitte! Sie sollten nicht so über den Squire reden!« tadelte die Gräfin. »Besonders nicht nach seinem Tod. Er kann sich doch nicht mehr verteidigen.«

»Es ist schon in Ordnung«, beschwichtige Wyecliffe geflissentlich, ohne zu bemerken, wie Ravens Lippen leise zuckten, als ihre Augen Dannys rebellischem Blick begegneten. »Ich weiß sehr wohl, daß zwischen meinem Stiefvater und Mrs. Daniels nicht gerade ein liebevolles Verhältnis bestand. Schon aus diesem Grund möchte ich die Bande zwischen den Blackburns und den St. Germains ein wenig enger knüpfen.« Während dieser Worte lächelte er zu Sables gesenktem Kopf hinüber, und so entging ihm auch die Tatsache, daß der Graf kurz die Zähne zusammenbiß.

Charles St. Germain saß am Kopf des polierten Eichentisches und der quirlige Liam zu seiner Linken. Wie üblich saß die Gräfin auf der rechten Seite. Ned hatte den Platz am anderen Ende der Tafel, von wo aus er mit gerunzelten Brauen beobachtete, mit welch gierigen Blikken Wyecliffe Blackburn Sable verschlang.

»Bah!« war Dannys explosiver Kommentar zu Cliffes optimistischer Rede. Vor dem hohen Rücken ihres Eichenstuhls wirkte sie winzig und zerbrechlich, aber ihre Augen funkelten. Ihr Haar war mittlerweile weiß geworden, und ihre Hände mager und voll blauer Adern. Doch mit ungebrochenem Kampfgeist fuhr Danny fort, sich an dem Clan der Blackburns zu rächen. Sie hatte den Tod des alten Squire ehrlich bedauert, denn ihre Wortgefechte hatten ihr großes Vergnügen bereitet. Mit achtzig Jahren brauchte sie endlich kein Blatt mehr vor den Mund zu nehmen. Sie hatte eine scharfe Zunge bekommen und pausenlos gestichelt, sobald der Squire sich in North Head hatte blicken lassen. Manchmal hatte sie geglaubt, ihn endgültig vertrieben zu haben, doch er kam immer wieder zurück, weil sein Verlangen nach Raven St. Germain im Lauf der vielen Jahre um nichts geringer geworden war.

Nachdem er tot und beerdigt war und seine mausgraue Frau, die sich nicht an den Nebel und die vielen Stürme hatte gewöhnen können, wieder nach Devon zurückgekehrt war, blieb nur noch Wyecliffe Blackburn als Zielscheibe für Dannys Spott übrig. Ihn zu ärgern, war zwar nicht ganz so befriedigend, denn er war leider so hirnlos und dumm, daß er kaum merkte, wenn man ihn beleidigte. Trotzdem hatte Danny ihren Spaß daran. Ihr Kampfgeist war nur noch gewachsen, als sie bemerkt hatte, daß Wyecliffe Blackburn ernsthafte Absichten auf Sable zu entwickeln begann.

»Ja, ja. Sie sind wirklich in die Fußstapfen Ihres Vaters getreten, Master Blackburn«, bemerkte sie, denn ihr war sein gieriger Blick nicht entgangen, den er auf Sables rosenfarbenen Mund gerichtet hatte.

»Hmm!« räusperte sich der Butler Parris. »Kann ich jetzt servieren?«

»Ja, bitte!« antwortete der Graf mit ernstem Gesicht, obwohl er innerlich über Dannys Vorstellung lächeln mußte. Seit er einmal vor vielen Jahren vorsichtig versucht hatte, seine Frau dazu zu bewegen, ihre frühere Gouvernante zu besserem Benehmen zu ermahnen, und ihm daraufhin diese Pflicht herzloserweise selbst auferlegt worden war, hatte er nicht mehr daran gerührt. Er hatte zwar Piraten, Sikhs und auch gewaltigen Stürmen die Stirn geboten, aber er brachte es nicht fertig, eine zerknitterte alte Frau mit der Zunge einer Schlange und einem goldenen Herzen zurechtzuweisen.

Zu Liams Entzücken waren die Pasteten hervorragend, wunderbar gefüllt und wurden mit einer pikanten Soße gereicht. Für einige Zeit kehrte Stille ein, und sogar Wyecliffe vergaß alles um sich herum, bis er vier dieser Pasteten in sich hineingestopft hatte.

»Du hast bisher noch nicht erzählt, Sable«, begann Edward ziemlich unvermittelt, während die Teller abgeräumt wurden, »ob dir in London jemand dein Herz gestohlen hat.«

Mit dieser Frage wollte er eigentlich Wyecliffe ärgern. Deshalb war er sehr überrascht, als Sable flammendrot wurde und ihre hübschen grünen Augen senkte.

»Nein«, flüsterte sie.

»Was aber sicher nicht auf mangelndes Interesse der Londoner Knaben zurückzuführen ist«, neckte die Gräfin, die von ihrem Platz aus das Gesicht ihrer Tochter nicht sehen konnte. Dramatisch warf sie ihren Kopf in den Nacken. »Aber es ist auch nicht Sables Schuld. Ich kann dir nur verraten, Ned, daß es in den gehobenen Kreisen dieser Stadt keine herausragenden Leute gibt.«

»Ich bin froh, das zu hören, Madam«, sagte der Graf, und seine grünen Augen glitzerten, als er seine Frau über sein Weinglas hinweg ansah. »Ich hätte es auch nicht gern, wenn du deine Zuneigungen zu sehr verteilst.«

Die Gräfin erwiderte seinen Blick. »Tatsächlich fand ich nur einen einzigen Mann wirklich interessant. Er erinnerte mich ein wenig an dich, als du noch jünger warst. Das gleiche gefährlich gute Aussehen, die gleiche Arroganz. Ich konnte mir keinen rechten Vers auf ihn machen.«

»Und wer war dieser Mann?« fragte der Graf.

»Sir Morgan Carey. Wir haben ihn bei den Havertys getroffen, falls du dich erinnerst.«

Charles nickte. »Ja, ich weiß. Ein ungewöhnlicher Mann. Ich frage mich, was er in einer Gesellschaft wie dieser verloren hatte.«

»Kennst du ihn?« fragte Raven neugierig.

Sable starrte immer noch auf ihren Teller und lauschte aufmerksam. Ihre Kehle war wie zugeschnürt.

»Nein, nicht persönlich. Wenn ich es mir recht überlege, so habe ich seinen Namen zum erstenmal von der Königin gehört, und zwar während meines Besuches in Windsor, kurz bevor Liam geboren wurde. Sie hatte ihn gerade zum Ritter des Bath-Ordens geschlagen.«

»Was bedeutet das, Papa?« fragte Liam.

»Er hat einen militärischen Orden bekommen«, erklärte der Graf. »Carey hatte sich im Krimkrieg ausgezeichnet und war berechtigterweise für seine Tapferkeit belohnt worden. Ihm gehört ein Schnellsegler namens *Defiance*, der unschlagbar sein soll.«

Raven mußte lächeln, als sie den Glanz in Charles' Augen bemerkte. »Ich nehme an, du würdest einiges dafür geben, mit der *Orient Star* gegen ihn anzutreten, nicht wahr?«

Zu ihrer Überraschung schüttelte Charles den Kopf. »Nein, Madam. Ich habe das Leben auf See längst jüngeren Männern wie Carey überlassen. Ich muß mein Glück nicht mehr suchen, ich habe es hier gefunden.«

Als Raven den gefühlvollen Unterton in seiner Stimme hörte, mußte sie schlucken. Ihre Kinder, die an derartige Zuneigungsbeweise gewöhnt waren, wunderten sich in keiner Weise, doch Wyecliffe Blackburn war äußerst überrascht. Guter Gott, dachte er bei sich, die St. Germains waren doch schon seit mehr als zwanzig Jahren verheiratet und benahmen sich immer noch wie ein kindisches Liebespaar. Er hatte vor, das mit Lady Sable anders zu machen, und betrachtete immer wieder ihr hübsches Profil. Außerhalb der Schlafzimmertür würde es bei ihnen keinerlei Demonstrationen von Zuneigung geben.

Wyecliffes Herz schlug schneller. Bei Gott, allmählich wurde er wirklich verrückt vor Sehnsucht nach der verführerischen Lady Sable. Wie lange mußte er wohl diese Verehrerpose noch beibehalten, bis der Graf ihm endlich vertraute und er es wagen konnte, um Sables Hand zu bitten? Wenn nicht dieser Schatten auf dem Namen der Blackburns lasten würde, würde der Graf ihn sicher mit ganz anderen Augen ansehen. Doch Wyecliffe war fest entschlossen, den eingeschlagenen Weg zu verfolgen und sich nicht unterkriegen zu lassen. Er wollte die St. Germains bald für sich einnehmen, denn er war viel zu schlau, sich North Head und die bezaubernde Lady durch die Finger gleiten zu lassen, wie das seinem armen, dummen Stiefvater passiert war.

»Ich bin immer froh, wenn ich ihn wieder von hinten sehe«, meckerte Danny, nachdem das Essen beendet und Wyecliffe gegangen war. Die Familie blieb noch eine Weile am Tisch sitzen, denn der Graf genoß seinen Brandy mit Soda, und die anderen unterhielten sich. »Ich schwöre, daß er mich genauso wütend macht, wie der alte Squire das getan hat.«

»Dich würde jeder ärgern, der den Namen Blackburn trägt«, sagte Edward und beugte sich quer über den Tisch, um Danny zärtlich in die Wange zu kneifen.

»Diese Blackburns! Alles derselbe Sumpf!« stellte Danny wütend fest, wobei sie Ed freundlich zuzwinkerte. Dieser Junge, der das gute Aussehen seines Vaters geerbt hatte, hatte sich mit seinem Charme schon vor langer Zeit in ihr Herz geschlichen.

»Ich muß zugeben, daß ich Cliffe anfangs, nachdem er den Besitz geerbt hatte, einiges zugetraut habe«, sagte der Graf ernst, während er sich in seinen großen Stuhl zurücklehnte. »Aber jetzt sehe ich keinerlei Unterschied mehr zwischen ihm und seinem Stiefvater.«

»Es ist eine Schande«, stimmte auch Raven zu, während sie einem Diener gestattete, grünen Tee nachzuschenken. »Mit der richtigen Verwaltung könnten seine Äcker genausoviel erbringen wie die von North Head.«

Ned lachte leise. »Ich glaube, die Landarbeit sollten wir doch lieber den Männern überlassen, Madam. Da wir gerade davon sprechen«, fügte er hinzu, während er sich erhob und um den Tisch herumkam, um seiner Mutter die Wange zu küssen, »ich werde zu den Weiden hinunterreiten und nachsehen, wie hoch das Gras schon –«

»Warte noch einen Augenblick, Ned!« unterbrach ihn sein Vater. »Ich muß euch noch etwas Wichtiges mitteilen.«

Charles betrachtete die fünf Gesichter, die sich ihm erwartungsvoll zugewandt hatten, und er fühlte ein leichtes Ziehen in seiner Brust. Alle diese Menschen waren ihm ans Herz gewachsen – auch Danny, die so ungeheuer viel für seine geliebte Raven getan hatte.

»Ich weiß, daß ihr alle sehr enttäuscht wart, als wir den letzten Herbstball wegen der Krankheit eurer Mutter absagen mußten«, begann er und genoß die leichte Verwirrung, die diese Aussage auf den Gesichtern hervorrief. »Der Herbstball ist auf North Head Tradition, und im letzten Jahr solltest du dort dein Debüt feiern, liebe Sable, und nicht in einem stickigen Londoner Ballsaal.«

»Das hat mir doch nichts ausgemacht, Papa –«, begann Sable, doch ihr Vater hob die Hand, um sie zum Schweigen zu bringen.

»Das weiß ich, mein Schatz, aber als Dank dafür, daß du dich nicht beklagt hast, und um allen Freunden in Cornwall mitzuteilen, daß die St. Germains wieder gesund nach Hause zurückgekehrt sind, beabsichtige ich, morgen in einer Woche einen Ball zu geben.«

»Einen Herbstball?« fragte Raven ungläubig.

»Nein, natürlich nicht«, antwortete er sanft und amüsierte sich. »In diesem Jahr werden wir eben ein Frühjahrsfest veranstalten und statt der üblichen Jagd am nächsten Tag eben ein Pferderennen.«

»Oh, Vater, welch' wunderbare Idee!« rief Sable, während alle übrigen wild durcheinandersprachen.

»Werden auch alle Farmer und die Leute aus dem Dorf eingeladen?« piepste Liam dazwischen.

»Es wird keinen Unterschied zu unseren Herbstbällen geben, mein Sohn«, versprach sein Vater.

Liams Augen leuchteten, als er sich daran erinnerte, wie er und einige Freunde von den umliegenden Gutshöfen die Küche unsicher gemacht und von Perrys köstlichen Gerichten genascht hatten.

»Du lieber Himmel, wir werden neue Kleider nähen müssen«, rief Raven Danny zu, die vor Freude in die Hände klatschte.

»Ja, Miß Raven, ja«, stimmte die alte Frau begeistert zu. »Ich werde zuallererst meine Schnittmuster hervorsuchen. Oh, denken Sie doch nur, welch' wunderschöne Stoffe wir verwenden können. Keine dicken, schweren Wollstoffe, sondern leichte Seiden und Satins, Taft –«

Während alle durcheinandersprachen, beugte sich Ned über den Tisch und flüsterte Sable ins Ohr: »Vielleicht wirst du ja auf diesem Ball deinen Herzbuben treffen, oder wenigstens einen, der dich den schönen Verehrer vergessen läßt, der dich in London so sehr beeindruckt hat.«

Er hatte gehofft, daß sie ihn auslachen würde, doch statt dessen wurde Sable ganz ernst und sah ihn mit verkniffenen Lippen an. »Judas, ich hoffe du hast recht, Ned!« murmelte sie und verließ fluchtartig den Raum, während er ihr verblüfft und verwirrt nachsah.

3

Im Glanz unzähliger Lichter war North Heads große Halle tatsächlich imstande, mit den riesigen Empfangsräumen im Buckingham Palast zu konkurrieren. Viele hundert handgezogene Wachskerzen brannten in glänzenden Messinghaltern an den Wänden und oben im großen Kristallkandelaber, und ihr weiches Licht fiel auf die wunderbaren Tapeten und spiegelte sich im sanften Glanz der Steinfliesen, die im Schachbrettmuster ausgelegt waren. Auf der Galerie spielten schwarzgekleidete Musiker, und die leisen Violinenklänge vermischten sich mit dem sanften Gemurmel der Gäste.

Die meisten Gäste kamen aus der unmittelbaren Umgebung und gehörten bekannten Familien an. Aber es gab auch einige, die große Entfernungen zurückgelegt hatten, um am Frühjahrsball der St. Germains teilzunehmen. Der Champagner floß in goldfarbigen Strömen aus langhalsigen Flaschen in feine Glaskelche.

Die Abendroben der Damen leuchteten in allen Farben wie die wilden Blumen draußen im Garten. Man fächelte sich frische Luft zu und schwatzte fröhlich mit den jeweiligen Begleitern. Einen größeren Gegensatz zu den düsteren, formellen Empfängen in London als dieses fröhliche, ausgelassene Fest konnte man sich gar nicht denken.

In Anlehnung an das Motto hatte man die große Halle mit frischem Grün aus dem Garten dekoriert, und die Tische bogen sich unter riesigen Sträußen aus Blumen und Heidekraut, die erst am frühen Morgen gepflückt worden waren. Man trank Glühwein, Apfelwein oder Champagner und reichte dazu eine gesunde Mischung aus Spezialitäten des Landes und feinen Delikatessen. Ausgelassene, lärmende Stimmen und freundlich lächelnde Gesichter, wohin man auch blickte. Man unterhielt sich geräuschvoll, und alle waren einstimmig der Überzeugung, daß dieser Ball des Grafen und der Gräfin von Monterrey wieder einmal mehr als gelungen war.

Als das Orchester schließlich eine hinreißende Mozartsonate beendete und ohne Pause in einen fröhlichen Tanz hinüberwechselte, ging ein Ruck durch die versammelte Gesellschaft. Viele Füße zuckten erwartungsvoll, denn die meisten der Anwesenden hatten die Melodie des berühmten Barrancourt-Tanzes, der immer zu Beginn eines Ballabends auf North Head gespielt wurde, auf der Stelle erkannt.

Am heutigen Abend waren die Erwartungen der Gäste besonders hochgespannt, denn alle wußten, daß der Graf höchstpersönlich mit seiner Tochter den Tanz eröffnen würde. Lady Sable war bei Freunden und Bekannten überaus beliebt, und so drängte man sich um die Tanzfläche, schob die anderen beiseite und reckte sich, um einen möglichst guten Blick auf Lady Sable zu haben, die wie eine Braut erwartet wurde.

Als sie schließlich am Arm ihres Vaters die große Halle betrat, schien sie den allgemeinen Seufzer der Bewunderung und des Entzückens gar nicht wahrzunehmen, so intensiv waren ihre Augen auf das Gesicht ihres Vaters gerichtet. Das Gefühl, Teil einer jahrhundertealten Tradition der Barrancourts zu sein, schnürte Sable die Kehle zu, und das stolze Leuchten in den Augen ihres Vaters verlieh der Situation nur noch mehr Bedeutung. Kein Debüt in London hätte Lady Sable für diesen Auftritt entschädigen können.

Ihr Kleid aus weißer Seide raschelte leise, als sie neben ihrem Vater auf der Tanzfläche Aufstellung nahm. Da die Zeit für verschwenderische Stickereien viel zu kurz gewesen war, hatte man den Rock kurzerhand in Bahnen geschnitten, die kunstvoll mit Bändern und Spitzen miteinander verbunden worden waren. Im Kerzenschein schimmerten Sables Haare wie schweres Ebenholz, und ihre Augen glitzerten noch lebendiger als der traumhafte Schmuck, den sie um den Hals trug.

Sable hatte die schweren Schrittfolgen des Familientanzes bereits vor Jahren gelernt, und nach den Proben, die ihre Mutter während der letzten Woche mit ihr veranstaltet hatte, fühlte sie sich jetzt absolut sicher. Ruhig legte sie ihre Hand auf die ihres Vates und wartete auf den ersten Schritt. Gedämpfter, aber begeisterter Beifall brandete auf, als Charles St. Germain seine bezaubernde Tochter, die so viel Ähnlichkeit mit ihm hatte, aufforderte und sich mit ihr unter dem beifälligen Nicken und leisen Flüstern der Umstehenden im Tanz drehte.

Als die Musik schließlich endete, stürzten sich alle Gäste auf die errötete und aufgeregte Sable, um ihr zu gratulieren. Mit einer übertriebenen Geste zog der Graf ihre Hand an die Lippen und hielt dann Ausschau nach seiner Frau, um sie um den nächsten Tanz zu bitten. Sable hatte kein öffentliches Lob erwartet, doch die begeisterte Zustimmung, die sie in seinen grünen Augen lesen konnte, wärmte ihr Herz mehr, als alle Worte das jemals gekonnt hätten. Ein übermütiger Ned faßte ihre schmale Hand und tanzte mit ihr davon, bevor ein anderer sie auffordern konnte.

»Habe ich es gut gemacht?« fragte Sable ein wenig atemlos.

»Du warst einfach fantastisch!« rief Ned begeistert. Mrs. Fallows wäre stolz gewesen, wenn sie dich heute abend gesehen hätte.«

Bei dem Gedanken an ihre frühere Tanzlehrerin kicherte Sable. Die große, stattliche und leider völlig humorlose Mrs. Fallows war immer wieder der Verzweiflung nahe gewesen, als sie dem jungen St. Germain und seiner Schwester die einfachsten Grundlagen der Tanzkunst hatte beibringen sollen. »Wahrscheinlich haben wir ihr Leben um ein Dutzend Jahre verkürzt«, bemerkte Sable kichernd.

»Weshalb wollte sie auch unbedingt einen Gentleman und eine Lady aus uns machen?« fragte Ned grinsend. »Ich glaube, wir St. Germains sind dazu viel zu wild und ungeeignet.«

»Besonders Liam«, ergänzte Sable.

Als Ned sie fragend ansah, deutete sie diskret zu den offenstehenden Doppeltüren hinüber, wo Liams sommersprossiges Gesicht vorsichtig um die Ecke lugte. Als er seine Geschwister erblickte, winkte er ihnen begeistert zu und war kurz darauf wieder verschwunden.

»Wie man sieht, ist er wieder in der Küche gewesen«, schloß Ned angesichts der Sahnespuren auf Liams Gesicht. »Wahrscheinlich wird er morgen früh wieder Bauchschmerzen haben.«

»Das gehört doch dazu«, meinte Sable. »Ein Herbstball – ein Frühlingsfest ohne Liams Magenverstimmung? Undenkbar!«

Ned warf seinen Kopf zurück und lachte herzlich. Als kurz darauf der Tanz zu Ende war, führte er seine Schwester zu den Stühlen unter den hohen Fenstern hinüber. »Ich fürchte, ich muß mich jetzt um die anderen Damen kümmern. Mutter hat mich ausdrücklich darum gebeten.«

»Das will ich meinen«, bemerkte Sable angesichts der zahlreichen Blicke, mit denen die jungen Mädchen Neds Bewegungen verfolgten. Ihr Grübchen wurde tiefer. »Das ist der Preis, den die Männer der St. Germains für ihr unverschämt gutes Aussehen bezahlen müssen.«

»Herzloses Biest!« murmelte Ned und machte sich auf den Weg in die andere Ecke des Saales. Das hektische Flattern der vielen Fächer verriet Sable, daß die Mädchen sein Kommen sehr wohl verfolgten, auch wenn sie nicht hinsahen. Sie mußte lächeln.

»Worüber freuen Sie sich, Lady Sable?«

Sable stöhnte innerlich auf, als sie Wyecliffe Blackburns Stimme erkannte. Er beugte sich über sie, und seine bleichen Wangen und das lange Genick ragten aus einem unmöglichen steifen Kragen empor.

»Sie werden einem alten Freund bestimmt einen Tanz schenken, nicht wahr?« fragte er, als sie nichts sagte.

Da Sable zu keinem ihrer Gäste unhöflich sein wollte, selbst zum hassenswerten Wyecliffe nicht, stand sie zögernd auf und nahm seinen Arm.

»Sie wirkten so zerbrechlich, als Sie mit Ihrem Vater tanzten«, murmelte er, während er sie um die Taille faßte. »Manchmal zweifle ich an seiner Fähigkeit, gut mit Ihnen umzugehen.«

»Was soll das heißen?« fragte Sable kühl. Falls das Cliffes neueste Strategie sein sollte, konnte er sich jetzt schon auf einen Mißerfolg gefaßt machen, denn Sable war nicht gewillt, Kritik an ihren Eltern hinzunehmen.

»Ich habe immer das Gefühl, daß unter seiner polierten Oberfläche guter Manieren ein gewalttätiger Vulkan brodelt«, fuhr Wyecliffe fort, ohne zu bemerken, daß Sables Augen blitzten. »Wie ist er eigentlich an diese entstellende Narbe gekommen? Das hat mir bisher noch niemand verraten.«

Sable hatte die Narbe ihres Vaters immer für ein Zeichen von Mut und Abenteuerlust gehalten und fand Wyecliffes Bemerkung äußerst verletzend und unpassend. »Die Narbe ist wahrscheinlich der größte Liebesbeweis meines Vaters für meine Mutter«, sagte Sable spitz. »Als er ihr das Leben rettete, wurde er von einem türkischen Dolch verwundet, der eigentlich sein Herz treffen sollte.« Das Funkeln ihrer Augen wurde stärker. »Doch dieser Mann hat die Tat mit seinem Leben bezahlt.«

Wyecliffe hatte noch niemals einen solch blutrünstigen Satz gehört und war wieder einmal entsetzt, wie wild und ungestüm die St. Germains hinter ihrer Fassade aus feiner Lebensart und Reichtum doch eigentlich waren. Die zauberhaft schöne und sanfte Sable war, wie er vermutete, genauso barbarisch und ungestüm wie die restliche Familie. Irgendwie erregte ihn dieser Gedanke, und er umfaßte sie fester, wobei ihm allerdings der mißmutige Ausdruck ihres Gesichts entging.

Glücklicherweise war der Tanz kurz darauf zu Ende, und Sable konnte Cliffes Gegenwart entfliehen. Voller Wonne wandte sie sich den anderen Tanzpartnern zu, die sie meistens schon von Jugend auf kannte, weil ihre Eltern miteinander befreundet waren. Sie amüsierte sich hemmungslos, lachte und trank mehr Glühwein, als ihr guttat.

Als die Musik gegen Mitternacht eine kleine Pause einlegte, gelang es Sable, unbemerkt in den Garten zu schlüpfen und ein wenig frische Luft zu schöpfen. Die Nacht war kühl, doch da der Garten durch eine hohe Mauer vor den Seewinden geschützt war, wehte nur eine leise, ein wenig nach Salz schmeckende Brise. Als sie ein Stück weit auf den sorgfältig gepflegten Wegen gegangen war, drehte sie sich um und blickte zum Haus zurück, dessen Fenster hell erleuchtet waren. Leises Lachen und Stimmengemurmel drangen an ihr Ohr. Offenbar unterhielten sich die Gäste prächtig, und Sable seufzte erleichtert.

»Es gehört sich aber nicht, vom eigenen Debüt wegzulaufen, Lady Sable St. Germain!«

Sable schnappte nach Luft, als plötzlich ein großer Mann direkt vor ihr aus dem Schatten trat und ihr den Weg verstellte. Das Licht, das aus der Halle in den Garten fiel, beleuchtete sein Gesicht und seine aristokratischen Züge. Das spöttische Glitzern der graublauen Augen war nicht zu übersehen.

»Sie!« rief Sable und schlug erschreckt die Hände gegen ihre Wangen. Völlig entsetzt sah sie zu ihm auf und registrierte unbewußt seine breiten Schultern und den eleganten Schnitt seines Anzugs. Wahrscheinlich träumte sie!

Die Lippen, die sie vor gerade zwei Wochen so hingebungsvoll auf einer Londoner Terrasse geküßt hatten, grinsten spöttisch. »Wie ich sehe, sind Sie überglücklich, mich wiederzusehen.«

»Was machen Sie hier?« fragte sie, als der erste Schrekken vorüber war. Doch seine Nähe und seine Größe hatten eine verheerende Wirkung auf ihre innere Ruhe.

»Ob Sie es glauben oder nicht: Ich wurde eingeladen«, informierte sie Morgan Carey. »Ich bin zwar zu spät gekommen, aber Ihre Mutter hat liebenswürdigerweise meine Entschuldigung angenommen. Als sie Sie mir vorstellen wollte, waren Sie verschwunden, und niemand wußte, wo Sie sich aufhielten. Dank meiner Erfahrung vermutete ich, daß Sie wieder einmal ins Freie geflüchtet waren. Und wie man sieht, habe ich mich nicht geirrt.«

Sable wußte nicht recht, wie sie am besten auf diese sarkastische Bemerkung reagieren sollte. Die Tatsache, daß er so plötzlich vor ihr aufgetaucht und noch dazu eingeladen worden war, hatte sie völlig außer Fassung gebracht. »Mein Vater hat Sie eingeladen, sagten Sie?« fragte sie ungläubig.

Morgan lachte leise. »Es fällt Ihnen wohl schwer, das zu glauben, nicht wahr? Vielleicht kann ich Ihren Glauben an Ihren Vater wiederherstellen, wenn ich erkläre, daß ich ihn um eine Unterredung gebeten habe und daß er mir vorgeschlagen hat, nach North Head zu kommen. Daß ich genau heute gekommen bin, war reiner Zufall.«

»Sie sind nach Cornwall gekommen, um mit meinem Vater zu sprechen? Worüber?«

Sir Morgan betrachtete sie finster. »Sie sind mir ein wenig zu neugierig. Seien Sie versichert, daß ich nur reguläre Geschäfte mit Lord Monterrey zu besprechen habe.«

Man konnte förmlich das Mißtrauen in ihren Augen sehen, die im Dunklen fast schwarz waren. Das weißseidene

Ballkleid schimmerte dagegen wie Silber, und Morgan Carey konnte nicht umhin, ihre nackten Schultern und die runden, festen Brüste zu bewundern, die sich bei jedem ihrer aufgeregten Atemzüge hoben und senkten.

»Wahrscheinlich fragen Sie sich, welcher Art die Geschäfte sind, die ein Mann wie ich mit Ihrem Vater zu besprechen hat«, fuhr er fort, doch plötzlich machte es ihm keinen Spaß mehr, sie noch weiter zu necken. Statt dessen erinnerte er sich an das starke Begehren, das ihn überkommen hatte, als er Sable St. Germain in den Armen gehalten hatte, und das trotz einiger Liebesabenteuer noch immer ungestillt geblieben war. Doch als er Sable ansah, ärgerte er sich plötzlich über sich selbst. Trotz ihrer Schönheit war sie schließlich nur ein Kind. Ihr unerfahrener Körper und ihre widerspenstigen Lippen konnten seine Bedürfnisse mit Sicherheit nicht befriedigen, auch wenn der äußere Schein dagegen sprach. Was faszinierte ihn eigentlich so sehr an ihr?

»Es interessiert mich nicht, welche Geschäfte Sie mit meinem Vater zu besprechen haben«, teilte ihm Sable mit, doch ihre Stimme zitterte, obwohl sie es zu unterdrücken suchte. »Wenn er Sie in unser Haus eingeladen hat, werde ich das respektieren. Doch jetzt entschuldigen Sie mich bitte. Ich muß mich um meine Gäste kümmern.«

Ohne ein weiteres Wort drehte sie ihm ihren schmalen Rücken zu und verschwand in der Dunkelheit. Morgan Carey starrte ihr verdutzt und mit widerwilliger Bewunderung nach. Dann schüttelte er den Kopf und lächelte wehmütig. Sie war nichts weiter als ein verzogenes, hochnäsiges Kind, das leider viel zu gut aussah.

Nach ihrer Rückkehr in den Saal entschwebte Sable sofort mit einem stolzen Tanzpartner und würdigte Morgan Carey, der mittlerweile ebenfalls hereingekommen und in ein intensives Gespräch mit dem Grafen vertieft war, keines Blickes. Als er sie jedoch ebenfalls nicht beachtete und sie völlig vergessen zu haben schien, erwachte ihre Neugier. Ihr Vater hatte kein Wort von dieser Einladung erwähnt. Welche Art von Geschäften konnte wohl ein solch arroganter, waghalsiger Kapitän mit Charles St. Germain haben?

Einige Zeit später beobachtete Sable, wie Sir Morgan ihre Mutter zur Tanzfläche führte. Die Gräfin lächelte dem Mann zu und schien sich sehr gut zu amüsieren. Sable erinnerte sich sofort wieder daran, daß ihre Mutter Morgan Carey schon bei ihrer ersten Begegnung faszinierend gefunden hatte, und überlegte grimmig, wie ihre Eltern wohl reagieren würden, sollten sie jemals erfahren, was er in der Nacht bei den Havertys auf der Terrasse zu ihr gesagt und mit ihr gemacht hatte. Wenn sie die Wahrheit wüßten, wäre er ihnen wahrscheinlich nicht gerade willkommen.

»Du siehst aus, als hättest du saure Trauben gegessen«, neckte Edward seine Schwester, als sie sich wenig später zu ihm setzte. »Hat dich etwa der galante Cliffe noch einmal beehrt?«

Mit gerunzelten Brauen beobachtete Sable, wie Morgan Carey ihre Mutter galant wieder zu ihrem lächelnden Ehemann zurückführte. »Nein«, sagte sie kurz. »Ich fürchte, es ist noch viel schlimmer.«

Ned sah sie fragend an, doch sie schüttelte nur den Kopf und seufzte. »Ich wünschte nur, die St. Germains würden nicht jeden, der an diese Tür klopft, so gastfreundlich aufnehmen.«

Bevor Ned noch nach dem Sinn dieser Worte fragen konnte, ließ sie sich wieder von einem ihrer Bewunderer entführen. Ned dachte noch eine Weile über diese Bemerkung nach, die für Sable so gänzlich untypisch war.

Als sich endlich die letzten Gäste in ihre Zimmer zurückgezogen hatten, war es bereits weit nach Mitternacht. Vor den dunklen Fenstern der Halle stieg langsam die erste Morgendämmerung über den Horizont. Sable war erschöpft und wollte nicht mehr darüber nachdenken, aus welchem Grund Morgan Carey in North Head war. Er hatte sie nicht einmal zum Tanzen aufgefordert, wie es sich eigentlich gehört hätte.

Oben in ihrem Zimmer mußte sie sich allein auskleiden. Sie hatte Lucy nicht gerufen, weil sie sie noch vor kurzem mit dem stämmigen Diener von Blackburn Hall in dem Raum, der den Dienern und Dorfbewohnern vorbehalten war, hatte tanzen sehen. Lucy hatte ihr zugewunken und dabei so gestrahlt, daß Sable wußte, daß die Wahl des Ehemannes offenbar entschieden war. Gähnend stieg sie mit einiger Mühe aus ihrem Ballkleid und setzte sich dann beim Schein einer einzelnen Kerze noch einen Augenblick auf die gepolsterte Bank vor dem Fenster, wobei sie die Arme um ihre seidenweichen Knie schlang. Sie war zwar müde, doch sie fühlte auch, wie der Wein und die Musik noch immer in ihren Adern kreisten, und wußte, daß sie mit Sicherheit nicht einschlafen konnte. Bestimmt war der Ball ein großer Erfolg gewesen, überlegte Sable, als sie an ihre Eltern dachte, die einander glücklich im Arm gehalten hatten, während sie sich von ihren Gästen verabschiedet hatten. Erschöpft und mit geröteten Wangen hatten sich alle bedankt und sich dann entweder zu ihren Wagen oder in ihre Zimmer begeben. Sie mußte auch an Morgan Carey denken, dessen Gesicht sie mit denen ihrer jugendlichen Tanzpartner verglich. Und sie stellte sich die Frage, weshalb sie von diesem Mann so beeindruckt war, der sie doch nur schlecht behandelt, sich außerdem noch über sie lustig gemacht und sie beleidigt hatte. Sie fand es unerträglich, daß sie die überwältigende Leidenschaft seiner Küsse und das Feuer, das sie in ihr entzündet hatten, nicht vergessen konnte. Doch vielleicht war alles nur so faszinierend, weil sie es niemals zuvor erlebt hatte und entsprechend neugierig war. Was machte es schon, daß seine Küsse sie so beunruhigten? In Wirklichkeit hielt sie ihn für den eingebildetsten, unerträglichsten Mann, den sie jemals in ihrem Leben getroffen hatte, und sie hoffte inständig, ihn möglichst bald davon überzeugen zu können, ohne allzu unhöflich zu sein.

Am nächsten Morgen erwachte Sable, weil Liam kichernd an ihrer Decke zog. Unruhig hüpfte er von einem Fuß auf den anderen und grinste sie an.

»Oh, Liam!« stöhnte Sable und drehte sich noch einmal um. »Was willst du denn?«

»Lucy hat gesagt, daß ich dich wecken soll. Sie meint, daß ich das besser kann.«

Das stimmte sogar, denn Liam platzte förmlich vor Aufregung, und das reizte sie natürlich mehr als Lucy Walters ungeduldiges Schimpfen. Normalerweise war Sable eine Frühaufsteherin, doch nach dieser langen Nacht wollte sie gern noch eine halbe Stunde länger schlafen.

»Beeil' dich, Sable!« bettelte Liam, als seine Schwester keine Anstalten machte aufzustehen. »Am Nachmittag ist doch das Rennen. Papa ist schon ausgeritten, um De Cœur ein wenig zu trainieren. Wenn wir uns beeilen, können wir ihn noch einholen.«

Einige Sekunden lang lag Sable ganz still und stellte sich vor, wie sie mit Amourette quer über die Heide galoppierte und die salzige Luft spürte. Nach einer durchtanzten Nacht war das bestimmt nicht das Schlechteste.

»Ist Ned schon auf?« fragte sie, während sie aus dem Bett stieg und sich rasch an der hübschen Porzellanschüssel wusch.

»Der ist schon seit Stunden im Stall«, sagte Liam. »Beeil' dich doch, Sable!«

Sie lächelte den ungeduldigen Bruder an, während sie sich mit der Bürste durch die Lockenpracht fuhr. »Schikke mir Lucy herauf, damit sie mir beim Ankleiden hilft«, schlug sie vor. »Dann bin ich in wenigen Minuten unten.«

Wie der Blitz war Liam verschwunden. Sable legte die Bürste aus der Hand und ging zum Fenster hinüber. Als sie die schweren Vorhänge zurückgezogen hatte, strömte helles Sonnenlicht ins Zimmer. Die weiten Heideflächen und der Ozean schimmerten in einem dunklen Grün.

Da es in North Head Tradition war, den Gästen ein ausgiebiges Frühstück in den Zimmern zu servieren, konnte Sable bis zum Mittagessen tun, was ihr gefiel. Sie lauschte nur mit halbem Ohr auf Lucys Geschnatter und ließ nur widerwillig die übliche Morgentoilette über sich ergehen. Zwischendurch aß sie Kekse und trank Tee, der ihr auf einem Silbertablett gebracht worden war. Zehn Minuten später steckte sie bereits in ihrem lilafarbenen Reitkostüm, dessen Jacke ihre Hüften betonte, und auf ihrem zu einer Krone geflochtenen dunklen Haar thronte ein kleiner Hut mit einer Feder.

Als der alte Sam sie mit ihrer ledernen Reitpeitsche in der Hand über den Hof auf sich zukommen sah, strahlte er. »Guten Morgen, Lady Sable! Lord Liam wartet bereits auf Sie. Ich habe die kleine Stute für Sie gesattelt.«

Auf Sables Wangen erschienen die verführerischen Grübchen. »Vielen Dank, Sam. Wo ist Edward?«

»Er ist bereits mit Seiner Lordschaft unterwegs.« Der verhutzelte alte Mann blinzelte seine junge Herrin an. »Sieht Ihnen gar nicht ähnlich, daß Sie die beiden allein ausreiten lassen.«

»Stimmt!« erwiderte Sable. »Aber heute morgen mußte ich ein wenig ausschlafen.«

Sam nickte verständnisvoll. Die Gräfin hatte ebenfalls nicht mit ihrem Mann ausreiten können, da sie sich um die Gäste kümmern mußte. Mit zufriedenem Lächeln beobachtete er, wie die langbeinige Stute und das dicke, kleine Pony den gewundenen Weg entlangritten. Lady Sables lilafarbener Rock bauschte sich in der leichten Brise und enthüllte ihre schmalen Füße, die in feinen Lederstiefeln steckten. Sables Sitz war fehlerlos, und dieser Anblick trieb dem alten Mann die Tränen in die Augen. Ja, die St. Germains waren Reiter, auf die man stolz sein konnte.

»Wohin wollte Vater reiten?« fragte Sable, als die imposanten Mauern von North Head bereits ein ganzes Stück hinter ihnen zurückgeblieben waren und sie auf die windumtosten Klippen zuritten.

»Bis nach Gunard's Head und wieder zurück«, piepste Liam. »Wir können ihn doch noch einholen, wenn wir uns beeilen, oder?«

Sable mußte lächeln, als sie in sein erwartungsvolles Gesicht blickte. »Das kommt ganz darauf an, wie schnell Lillibet laufen kann.«

»Sie rennt so lange, wie ich es ihr sage«, behauptete Liam, obwohl er sehr genau wußte, daß die Faulheit des Ponys immer wieder zu Scherzen innerhalb der Familie Anlaß gab. »Ich habe sie trainiert, und Papa sagt, daß sie schon viel besser auf mich hört.«

Zum Beweis drückte er Lillibet seine Hacken in die Seite, und zu Sables Überraschung reagierte das kleine Biest tatsächlich. Sie mußte Amourette sogar zum Galopp zwingen, um mit ihrem Bruder Schritt halten zu können. Seite an Seite ritten sie über die Heidefläche.

Weiter nördlich, wo die wellige Heidelandschaft an den Klippen endete, zügelte Charles St. Germain seinen aufgeregten Hengst, als er die beiden heranreiten sah. Voller Stolz beobachtete er, wie sich der Körper seiner Tochter flach auf den Nacken ihres Pferdes legte, während Liam alles daransetzte, daß Lillibet Schritt hielt. Konnte er sich einen schöneren Anblick vorstellen? Voller Stolz stellte er diese Frage auch dem breitschultrigen Mann, der hinter ihm herangekommen war.

Da Sir Morgan Carey auch als Soldat gedient hatte, gab es nichts daran auszusetzen, wie er mit Pferden umging. Er schien auch mit schwierigen Tieren bestens auszukommen. Offenbar hatte Sam Sir Morgans leicht arrogantes Benehmen mißfallen, denn er hatte ihm Falstaff zugeteilt, bevor Charles St. Germain das hatte verhindern können.

Sable hatte den störrischen Wallach vor einigen Jahren auf dem Markt von Truro gekauft, nachdem sie Zeugin davon geworden war, wie schlecht der damalige Besitzer das Tier behandelt hatte. Das junge Pferd war halbverhungert gewesen und voller Parasiten, aber trotzdem hatte die junge Dame mit sicherem Blick sein Potential erkannt. Charles St. Germain hatte ihre Ansicht heftig bezweifelt, aber trotzdem dem Kind und Sam die Erlaubnis erteilt, ihn aufzupäppeln. Nach monatelanger hingebungsvoller Pflege hatte sich Falstaff zu seiner großen Überraschung als elegantes und unglaublich starkes Pferd entpuppt. Doch je größer er wurde, desto heimtükkischer wurde sein Charakter, bis er sich schließlich nur noch von Sable und Raven reiten ließ.

Die Tatsache, daß Sam dieses störrische Tier für den Gast des Grafen gesattelt hatte, wurde erst entdeckt, als es bereits zu spät war und Morgan Carey sich in den Sattel geschwungen hatte. Falstaff hatte die Ohren angelegt und seine scheußlich langen Zähne gebleckt, doch zu Charles und Edward St. Germains Überraschung nur ein wenig getänzelt. Morgan hatte daraufhin das unruhige Tier einige Male auf dem Hof hin und hergehen lassen, und binnen kürzester Zeit hatten die beiden offenbar eine Art Abkommen getroffen. Kurze Zeit später waren die drei Männer einträchtig davongeritten und hatten einen verblüfften Sam zurückgelassen, der sich nachdenklich den Kopf gekratzt hatte.

Sable bereitete es keinerlei Schwierigkeiten, bereits von weitem die breiten Schultern und das von der Sonne gebleichte Haar des Kapitäns Sir Morgan Carey zu erkennen. Sie war überrascht, daß er mit ihrem Vater ausgeritten war, denn von einem Kapitän hatte sie dererlei Fähigkeiten nicht erwartet. Aber noch überraschter war sie, als sie erkannte, daß er ganz lässig auf dem heimtückischen und völlig unberechenbaren Falstaff saß, der ihm offenbar aufs Wort gehorchte. Vor lauter Verwunderung vergaß sie sogar für einen Moment ihre Abneigung. Sam hatte nicht erwähnt, daß Sir Morgan ihren Vater und Bruder begleitete. Ob er wohl insgeheim gehofft hatte, den ungeliebten Gast durch Falstaff auf bequeme Art loszuwerden?

»Guten Morgen, mein Liebes«, begrüßte der Graf seine Tochter, wobei er Amourettes Zügel ergriff und das Pferd so neben De Cœur dirigierte, daß er seine Tochter auf die Wange küssen konnte. Beifällig bemerkte er ihre leicht geröteten Wangen, ihre hübsche Frisur und das Leuchten ihrer grünen Augen. Dieses lilafarbene Reitkostüm stand ihr ausgezeichnet. Voller Stolz bewunderte er die Schönheit seiner einzigen Tochter, die ihn so sehr an die junge Raven erinnerte.

»Sie haben meine Tochter gestern abend kennengelernt, nicht wahr?« wandte er sich an Sir Morgan, der die Begrüßung mit undurchsichtiger Miene beobachtet hatte.

Sir Morgan nickte. »Das habe ich. Ich nehme an, Sie haben gut geschlafen?«

Sable, die den spöttischen Unterton sehr wohl hörte, bemühte sich, nicht zu erröten, sondern warf den Kopf hochmütig zurück. »Ja, danke, das habe ich.« Dann wanderten ihre Augen zu seinen Händen, die lose die Zügel hielten und sehr stark aussahen. »Ich bin überrascht, daß Falstaff Sie akzeptiert hat.«

Morgan zog die Augenbrauen in die Höhe, und seine glitzernden blauen Augen blickten sie durchdringend an. »Wenn man weiß, wie es geht, kann man alles zähmen«, sagte er und fügte mit besonderer Betonung hinzu: »Oder auch jeden!«

Sable war wütend, daß er es wagte, in Gegenwart ihres

Vaters so mit ihr zu sprechen, und wandte die Augen ab. Doch offensichtlich hatte der Graf den Spott nicht wahrgenommen, denn er machte im selben Augenblick den Vorschlag, nach Hause zurückzureiten.

»Wird die Rennstrecke rechtzeitig vermessen sein?« fragte Sable neugierig, während sie zwischen Ned und ihrem Vater ritt und sich möglichst weit von Morgan Carey entfernt hielt.

»Wenn wir zurückkehren, werden die Männer fertig sein, denke ich.« Charles St. Germain tätschelte De Cœurs glänzenden Nacken und freute sich schon darauf, seinen muskulösen, reinrassigen Vollblüter gegen die Kontrahenten laufen zu lassen, die mit ihren Besitzern im Lauf des gestrigen Tages eingetroffen waren.

»Werden Sie auch teilnehmen, Kapitän Carey?« fragte Liam aufgeregt.

Sable war sehr überrascht, als sie sah, wie Morgan Careys kantiges Gesicht weich wurde, als er in das erwartungsvolle Gesicht ihres kleinen Bruders hinunterblickte. »Ich fürchte, ich habe kein Pferd, mein Junge.«

»Weshalb nehmen Sie nicht Falstaff?« schlug Liam vor.

Als der Graf und Sir Morgan in herzliches Gelächter ausbrachen, fühlte Sable einen kleinen Stich. Ganz offensichtlich mochte ihr Vater diesen jüngeren Mann, und auch Liam schien große Stücke auf diesen breitschultrigen Kapitän zu halten. Sables anfängliche Abneigung wandelte sich immer mehr zu einer regelrechten Wut, als sie darüber nachdachte, in welch kurzer Zeit es Sir Morgan Carey gelungen war, die Gunst ihres Vaters und ihres Bruders zu gewinnen.

Bei ihrer Rückkehr übergab Sir Morgan dem etwas dümmlich dreinschauenden Sam Falstff, und drehte sich dann Amourette zu, es schien, als ob er Sable beim Absteigen behilflich sein wollte. Doch sie ignorierte ihn geflissentlich, zog ihre Stiefel aus den Steigbügeln und rutschte elegant auf das Pflaster hinunter. Ein hochmütiger Blick war Morgans einziger Lohn, doch zu Sables Ärger verbeugte er sich nur höflich und wandte sich gleichmütig ab.

»Ich glaube beinahe, daß du ihn nicht besonders leiden kannst«, bemerkte Edward, als Sir Morgan Carey mit dem Grafen quer über die Wiese zum Haus hinüberging. Liam hüpfte glücklich neben den beiden her.

Sable legte den Arm um Amourettes Nacken und streichelte sie. »Stimmt!« gestand sie, obwohl sie gleichzeitig feststellen mußte, daß Sir Morgan genauso groß und breitschultrig wie ihr Vater war und in seinem gutgeschnittenen Reitdress und den Kalbslederstiefeln eine ausgesprochen gute Figur machte. »Weshalb ist er eigentlich hier?« fragte sie und sah ihren Bruder mißtrauisch an. »Und weshalb ist er mit Vater und dir ausgeritten?«

»Vater hat ihn darum gebeten«, antwortete Ned achselzuckend. »Er scheint doch ganz nett zu sein. Vater scheint ihn zu mögen.« Dann überzog ein anerkennendes Grinsen sein hübsches Gesicht. »Jedenfalls habe ich noch nie erlebt, daß sich Falstaff bei einem Fremden so friedlich benimmt.«

Sam, der gerade vom Absatteln zurückgekommen war und die letzten Worte gehört hatte, nickte eifrig mit seinem grauen Kopf. »Tja, Lord Edward, das möchte ich meinen. Ich hätte nie erwartet, daß er auf dem Rücken dieses Teufels zurückkommt.«

Nachdenklich nagte Sable an ihrer Lippe. Offensichtlich hatte auch Sam Sympathien für diesen unwillkommenen Besucher entwickelt. Allmählich konnte sie diese Lobeshymnen nicht mehr hören. Wenn sie ihrem Vater doch nur erzählt hätte, wie ungehörig der arrogante Kapitän sie in London behandelt hatte. Ganz bestimmt hätte er sich dann während dessen Anwesenheit in North Head anders verhalten.

»Ich weiß nicht genau, weshalb er hier ist«, fuhr Ned

fort, als er mit Sable über die große Wiese zum Haus hinüberging. »Soviel ich weiß, haben er und Vater ein Geschäft miteinander zu besprechen, das sie in London begonnen haben.«

»Doch nicht mit unserer Gesellschaft!« rief Sable. »Erzähle mir nur nicht, daß Kapitän Carey mit den Barrancourts zu tun hat.«

Edward schüttelte den Kopf. »Nein, das nicht. Aber ich habe gehört, daß Vater in der nächsten Woche auf Sir Morgans Schiff nach Marokko fahren will.«

Es lag Sable auf der Zunge zu sagen, daß Sir Morgan bestimmt nicht nur Passagiere von einem Ort zum anderen transportierte, doch sie zwang sich zum Schweigen. Sie wollte nicht schlecht über andere reden und sich auch nicht bei ihrer Familie beklagen, denn sie wollte ihnen nicht den Grund ihrer Abneigung diesem Mann gegenüber nennen. Ihre Augen funkelten. Kein Wunder, daß es Sir Morgan Carey ausgesprochen Spaß machte, sich über sie lustig zu machen. Er wußte sehr genau, daß sie ihrem Vater nichts von ihrer ersten Begegnung erzählen würde, besonders jetzt nicht, nachdem der Graf ihn so gastfreundlich in seinem Haus aufgenommen hatte. Es würde ihre Eltern nur unnötig schmerzen, wenn sie erführen, daß Sir Morgan Carey versucht hatte, ihre Tochter sozusagen unter ihren Augen zu verführen. Sie wollte ebenfalls nicht mehr daran erinnert werden und betete inständig, er möge möglichst bald aufbrechen. Sie konnte wirklich nicht mehr lange für ihre unechte Freundlichkeit garantieren.

Nachdem North Heads Gäste unter einem bunten Sonnendach auf der Wiese gespeist hatten, begaben sie sich zum Startplatz hinüber und stellten sich entlang der Rennstrecke auf. Die farbenfreudigen Kleider und Sonnenschirme der Damen zusammen mit den grauen Zylindern und Cuts der Herren erinnerten an den Derby-

Day in Epsom. Alle Zuschauer waren äußerst erregt, und sogar die zurückhaltendsten Damen hatten nicht widerstehen können, einige Münzen auf den Ausgang des Rennens zu wetten.

Es war dem Grafen gelungen, ein Feld von zehn Startern zu versammeln, von denen einige sogar aus Suffolk und Lincoln angereist waren. Der Graf von Monterrey ließ seine Pferde nur selten starten, und deshalb war für Freunde und Bekannte seine Einladung zu diesem Rennen eine wunderbare, einmalige Gelegenheit, ihre Pferde mit den seinen zu messen.

»Eine ausgezeichnete Idee!« hörte Sable einen elegant gekleideten Herrn mit Schnurrbart zu seiner Frau sagen. »Ich hätte sonst niemals die Chance gehabt, meinen Imperion gegen St. Germains De Cœur zu testen.«

Die Ehefrau nickte ein wenig abwesend, sie sah, wie Sable feststellen konnte, zum Grafen hinüber, der ganz in der Nähe der Startlinie stand und De Cœur am Halfter hielt, während Sam einen leichten Rennsattel auf dem breiten Rücken des Pferdes befestigte. Sable mußte lächeln, als sie sah, wie Edward eifrig beim Befestigen der Gurte half, während Liam ungeduldig herumhüpfte und alles beobachtete.

Überall wurden Pferde für den Start vorbereitet, und es herrschte entsprechende Unruhe. Allmählich verteilten sich die Zuschauer entlang der Rennstrecke, die ungefähr eine Meile lang und am Vormittag von den Bediensteten des Grafen abgesteckt worden war. Viele Farmer und Dorfbewohner waren herbeigekommen, um sich den Spaß nicht entgehen zu lassen. Man war bester Stimmung und sehr aufgeregt, und auch Sable konnte die wachsende Spannung kaum mehr ertragen.

»Genau das richtige Wetter für ein Rennen, nicht wahr, Lady Sable?«

Sie wandte den Kopf und erblickte unter der breiten Krempe ihres Florentiners hervor Lord Spender. Er war

Direktor der Bank in Falmouth, wo ihr Vater die meisten seiner Geschäfte abwickelte. Sie lächelte dem großen, rundlichen Gentleman zu, den sie seit Kinderzeiten kannte.

»Es könnte wirklich nicht besser sein«, stimmte sie zu und blickte bestätigend zum blauen, wolkenlosen Himmel hinauf. Dabei spürte sie den sanften, kühlen Salzwind auf ihrer Wange.

»Haben Sie schon gewettet?« fragte Lord Spender zwinkernd. Die Tochter des Grafen war eine kleine Schönheit geworden. Ihr dunkles Haar mit dem kupferfarbenen Schimmer hatte sie zu einem Knoten im Nakken frisiert, und dazu trug sie ein blaßblaues Baumwollkleid, in dem sie besonders jung aussah.

»Ich habe nicht einen einzigen Penny gewettet«, antwortete Sable schelmisch lächelnd, »denn das wäre nicht fair.«

Lord Spender zog fragend die Augenbrauen in die Höhe. »So?«

Sables Grübchen vertieften sich. »Natürlich, denn ich weiß genau, daß De Cœur gewinnen wird.«

Der große Mann folgte ihrem Blick zu dem kastanienbraunen Hengst hinüber, der von seinem erfahrenen Reiter beruhigt wurde. »Wahrscheinlich haben Sie recht, junge Dame«, stimmte er zu. »Ich sollte mich bei meinem Wetteinsatz wohl besser von Ihrer Überzeugung leiten lassen.«

»Sable! Sable! Wo steckst du denn? Es geht gleich los!« Es war eindeutig Liams aufgeregte Piepsstimme, und Sable entschuldigte sich und ging hinüber zur Startlinie, um ihren Platz zwischen Mutter und Bruder inmitten der großen Menschenmenge einzunehmen.

Mittlerweile waren alle Reiter aufgesessen. Einige Pferde wurden von Jockeys in den Stallfarben, die meisten jedoch von ihren Besitzern persönlich geritten, die diese Herausforderung nur zu gern angenommen hatten. Sables Herz setzte eine Sekunde lang aus, als sie Wyecliffe Blackburn auf seinem großen, schwarzen Pferd zum Start hinüberreiten sah. Seine blassen Augen musterten unablässig die Zuschauermenge. Unwillkürlich wich Sable einen Schritt zurück, doch Wyecliffe hatte sie bereits erkannt. Er zog seine Mütze und verbeugte sich kurz in ihre Richtung, worauf Sable vor Überraschung errötete.

»Ich habe Vater in deinem Namen Glück gewünscht«, sagte Liam, während er an ihrem Ärmel zupfte.

»Das war sehr lieb von dir. Wo ist denn Ned?« fragte Sable und war froh über die Ablenkung.

»Ganz hinten am Ziel, zusammen mit Kapitän Carey. Darf ich zu ihnen gehen? Bitte, Mama!«

»Auf keinen Fall!« erwiderte die Gräfin. »Ned allein kann dich keinesfalls beaufsichtigen. Und außerdem«, fügte sie etwas sanfter hinzu, als sie sein enttäuschtes Gesicht sah, »wird das Rennen bereits vorbei sein, wenn du dort ankommst.«

»Liam, paß auf, es geht los!« sagte Sable.

Sofort richtete sich die Aufmerksamkeit des kleinen Jungen auf die Pferde, die direkt vor ihnen Aufstellung genommen hatten. De Cœur hatte die schwierigste Position, nämlich die Außenseite gezogen. Das Gesicht des Grafen wurde von dem Schirm seiner Mütze beschattet, so daß Sable sein Gesicht nicht genau sehen konnte. Doch sie wußte auch so, daß er sich voll auf die vor ihm liegende Strecke konzentrierte.

»Sind wir bereit, Gentlemen?« Lord Spender, dem die ehrenvolle Aufgabe des Starters zugefallen war, stand auf einer Kiste, die mit bunten Bändern verziert war, und daneben hatte sich Sam mit den Duellpistolen des Grafen aufgestellt. Als Lord Spender nach der Pistole griff, blickte der Graf sekundenlang zur Seite, und seine Augen suchten seine Frau, die ihre Kinder in den Armen hielt und ihn erwartungsvoll ansah. Ein kurzes Lächeln huschte über seine Lippen, und er winkte.

Doch noch bevor sie seinen Gruß erwidern konnten, wurde der Schuß abgefeuert, und in einem Durcheinander von Überraschungsschreien der Damen, Anfeuerungsrufen und Beifall starteten die Pferde.

»De Cœur führt!« schrie Sable, die die Stallfarben am Schwanz des Pferdes und den dunklen Kopf ihres Vaters erkannt hatte.

Die Zurufe ringsum waren ohrenbetäubend, und Sable mußte sich gehörig recken, um über die vor ihr stehenden Zuschauer hinweg überhaupt etwas erkennen zu können. Liam, der zu klein war, hopste von einem Fuß auf den anderen, zog an ihren Röcken und fragte immer wieder, was vor sich ging, bis Lord Spender sich schließlich erbarmte, sich hinunterbeugte und den Jungen auf die Arme nahm.

»Dein Vater führt, mein Junge. Oh, Gott, bin ich froh, daß ich auf ihn gesetzt habe.«

Liam strahlte voller Stolz, doch noch bevor er etwas sagen konnte, ging ein Aufschrei durch die Menge.

»Was ist geschehen?« riefen Sable und Raven gleichzeitig, weil sie nichts erkennen konnten.

»Ich glaube, ein Pferd ist gestürzt«, antwortete Lord Spender, und die Besorgnis in seiner Stimme ließ die beiden Frauen frösteln.

»Ein Pferd«, wiederholte Raven, während sie sich einen Weg durch die Menge bahnte und ebenfalls auf die Kiste hinaufkletterte. Doch mittlerweile war wegen der Menschen, die gestikulierend zur Unglücksstelle hinüberliefen, nichts mehr zu sehen.

»Was ist los, Mutter?« fragte Sable mit klopfendem Herzen, weil sie die Angst ihrer Mutter spürte.

Lord Spender hatte einem der Umstehenden sein Fernglas weggenommen und richtete es auf die Rennstrecke. »Es ist wahr, Mylady«, sagte er ernst. »Offenbar ist ein Pferd gestürzt.«

»Welches?« fragte Raven verzweifelt.

»Das kann ich nicht sagen. Guter Gott! Offenbar ist auch ein zweites gestürzt. Ich gehe selbst hinüber.«

Sable keuchte, während sie ihrer Mutter und Lord Spender über die Wiese folgte. Liam hatte sich an die Röcke seiner Mutter geklammert, und so eilte sie wie alle anderen Zuschauer zur Unglücksstelle. Je näher sie kamen, desto häufiger hörten sie Bemerkungen von Leuten, die offenbar Augenzeugen geworden waren.

»Er hat ihn glattweg umgerannt.«

»Er konnte nicht ausweichen, nicht bei diesem engen Feld.«

»Wie schwer ist er verletzt?«

Dann hörte Sable nichts mehr, denn plötzlich öffnete sich vor ihr eine Gasse, und sie sah ihren Vater bewegungslos im Gras liegen. Der schmerzvoll hinkende De Cœur wurde in der Nähe versorgt, während ein weiteres Pferd unbeweglich auf dem Rasen lag. Im Unterbewußtsein registrierte Sable, daß es Wyecliffe Blackburns Pferd war, doch im Augenblick hatte sie nur Augen für ihren Vater.

»Papa!« rief Liam, als er seinen Vater erblickte. Er brach in hemmungsloses Schluchzen aus und verbarg sein Gesicht in Sables Rockfalten.

In diesem Augenblick erschien Morgan Carey, und seine breite Brust verstellte Sable den Blick. Nachdem Morgan einen kurzen Blick auf das bleiche Gesicht des Grafen geworfen hatte, sagte er etwas zu Edward, der an seiner Seite stand. Auf der Stelle drehte sich der junge Erbe von Monterrey um und nahm seine Schwester in die Arme.

»Oh, Ned! Ist er ...?«, stieß sie hervor, aber sie konnte den Satz nicht vollenden, weil ihr die Stimme versagte.

»Nein, er wird wieder ganz gesund werden«, versicherte Edward. Die Autorität, die in seiner jungen Stimme lag, beruhigte Sable.

Inzwischen hatte Sir Morgan seine Hand unter den Ellenbogen der Gräfin gelegt und sie zu Charles hinübergeführt. Der dankbare Blick, den ihre Mutter daraufhin dem Kapitän zugeworfen hatte, war Sable nicht entgangen, und auch die große Fürsorglichkeit nicht, mit der Sir Morgan sich ihrer annahm.

»Weshalb steht er denn nicht auf?« fragte Sable ungeduldig. »Ned sagt, daß er nicht schlimm verletzt ist. Weshalb liegt er dann noch immer auf dem Boden?«

Morgan Careys Gesichtsausdruck war so sanft, daß Sable es voller Erstaunen bemerkte. »Er hat sich am Rücken verletzt«, erklärte er ihr. »Da ist es klüger, man läßt ihn liegen, bis der Arzt ihn untersucht hat.«

»Oh, Gott, nein!« flüsterte Sable, während ihr die Tränen in die Augen stiegen.

»Es wird alles gut werden«, versicherte Morgan Carey, und als Sable in sein ernstes Gesicht blickte, glaubte sie ihm. Von ihrer Abneigung war nicht mehr allzuviel zu merken. Sie war nur noch froh, daß er da war und die Dinge in die Hand nahm.

»Bringen Sie Ihre Schwester und Ihren Bruder lieber schon ins Haus hinüber. Doktor Pengelly wird jeden Augenblick eintreffen. Ich werde mich um das Pferd Ihres Vaters kümmern und veranlassen, daß das andere erschossen wird.«

Sable schüttelte den Kopf. »Nein, ich will hierbleiben. Bitte, Ned, ich möchte zu Vater«, bat sie mit weit aufgerissenen Augen.

In diesem Augenblick fühlte sie, wie sich eine starke Hand auf ihren Arm legte, und sie las nicht nur Verständnis, sondern auch Entschlossenheit in Morgan Careys Gesicht. »Sie warten besser im Haus!« meinte er in einem Ton, der keine Widerrede duldete.

»Er hat recht, Sable«, sagte Ned und zog sie fort, doch sie folgte ihm nur widerstrebend. Alles drehte sich um sie, und sie hörte nur ganz entfernt, wie ein Pistolenschuß Wyecliffes Pferd von seinen Qualen erlöste. Gesichter und Stimmen sprachen ihr Mut zu, doch sie konnte die teilnehmenden Worte kaum aufnehmen. Mit der einen Hand umklammerte sie den schluchzenden Liam und mit der anderen hielt sie sich an Edward fest und beobachtete, wie einige Männer, zu denen auch Morgan Carey gehörte, ihren Vater unter Doktor Pengellys Anleitung sanft auf eine Bahre hoben. Mühsam unterdrückte Sable ihre Tränen und folgte dem Zug ins Haus.

Als sich die Schlafzimmertür hinter dem Grafen schloß, nahm Lucy ihre drei Schutzbefohlenen unter ihre Fittiche. Später konnte Sable nicht mehr sagen, wie lange ihr Warten gedauert hatte. Lucy bot ihr immer wieder Essen an, doch sie weigerte sich und zog sich mit Liam in den gelben Salon zurück, um ungestört zu sein. Ned ging wieder nach draußen, um sich um die Gäste zu kümmern.

Als Liam sich schluchzend auf das gelbe Sofa warf, ermahnte ihn Sable mit gekünstelter Fröhlichkeit. »Was machst du denn da?« fragte sie und setzte sich neben ihn. »Du wirst noch den schönen Bezug ruinieren. Und du weißt doch, wie sehr Mutter jedes Stück in diesem Raum hütet.«

Als Liam ihr sein tränenüberströmtes Gesicht zuwandte, bettete sie nur einfach seinen Kopf auf ihren Schoß und flüsterte sanft: »Weine nicht, mein Schatz! Ned hat gesagt, daß Vater nicht schlimm verletzt ist, und du weißt genau, daß er uns niemals anlügen würde.«

»Warum hat Doktor Pengelly ihn dann auf der Bahre heimtragen lassen?« stieß Liam hervor.

Sable verstand seine Angst sehr gut, denn sie hatten ihren Vater noch niemals so hilflos gesehen. Mühsam schluckte sie ihre Tränen und ihre eigenen Ängste hinunter, die in ihr aufstiegen.

Als die Tür sich leise öffnete, schoß Sable herum und richtete sich gerade auf. Sie blickte in Morgan Careys blaue Augen. Er zögerte ein wenig, als er sie mit Liam in den Armen auf dem Sofa sitzen sah. Ein unergründlicher Ausdruck lag auf seinem Gesicht.

»Bitte entschldigen Sie mein Eindringen«, sagte er kühl. »Ich wollte nicht stören.«

»Warten Sie, bitte!« Sable stand auf und hielt Liams schmale Hand fest. »Wissen Sie, wie es ihm geht?«

»Doktor Pengelly ist immer noch oben.« Langsam betrat Morgan Carey das Zimmer und blieb schließlich auf der anderen Seite des Sofas stehen. Ganz offensichtlich war Sable zutiefst beunruhigt, was sie aber um jeden Preis verbergen wollte. Voller Bewunderung betrachtete er sie und dachte daran, daß sie den Mut der Barrancourts geerbt hatte. Sie war ihrer Mutter ähnlicher, als die Gräfin wußte. Ihm fiel ein, daß Lady Raven sich gestern abend auf der Tanzfläche lächelnd darüber beschwert hatte, daß ihre Tochter genauso dickköpfig wie ihr Vater wäre.

»Sie sollten auf den Schreck hin einen Schluck trinken«, schlug Morgan vor, weil Sable sehr blaß war. »Ein Schluck Brandy oder Schnaps wirkt wahre Wunder.«

»Nein, danke«, murmelte sie gequält.

Besorgt kam Morgan Carey um das Sofa herum. »Geht es Ihnen wirklich gut, Sable?«

Sie blinzelte ein wenig, als sie ihn sansah. Am liebsten hätte sie ihren Kopf an seine breite Schulter gelegt und geweint, denn instinktiv spürte sie, daß sie in diesen starken Armen Zuflucht und Trost finden würde. Doch plötzlich packte sie ein heftiger Widerwille, und sie trat einen Schritt beiseite.

»Danke, mir geht es gut«, versicherte sie kühl. »Liam und ich brauchen nichts.«

Morgan Carey runzelte die Stirn, doch Sable bemerkte es nicht. Mit zurückgelegtem Kopf und angehaltenem Atem lauschte sie, und schließlich bemerkte es auch Morgan: Oben auf dem Flur waren Schritte zu hören.

Rasch nahm Sable Liam auf den Arm und lief, von Morgan Carey gefolgt, in die Halle hinaus. Gemeinsam beobachteten sie, wie der ältliche Butler Parris die Stufen hinuntersprang. Als er plötzlich Sables ängstlichen Blick auf sich gerichtet fühlte, hielt er inne, wobei seine Hand das geschnitzte Geländer umklammerte.

»Ihrem Vater geht es ausgezeichnet, Lady Sable, Lord Liam«, informierte er sie in offiziellem Ton, wobei seine Augen allerdings ein wenig zwinkerten. »Nicht einmal gebrochene Knochen. Ich soll Ihnen Bescheid sagen, daß Sie hinaufkommen können.«

»Oh! Dem Himmel sei Dank! Sagen Sie bitte auch Ned Bescheid«, bat Sable, während sie, ohne an Morgan Carey zu denken, rasch mit Liam die Stufen hinaufstieg.

Die privaten Räume des Grafen und der Gräfin von Monterrey beeindruckten die St.-Germain-Kinder immer wieder, obwohl sie genau wußten, daß sie jederzeit willkommen waren. Alle drei waren in dem großen Bett zur Welt gekommen, in dem der Graf jetzt lag. Sable und Liam zögerten kurz auf der Schwelle, als sie Stimmen von drinnen hörten. Für sie waren diese Räume immer noch die private Sphäre ihrer Eltern, und obwohl Sable schon lange kein Kind mehr war, konnte sie doch niemals eintreten, ohne immer wieder dieses winzige Gefühl der Fremdheit zu empfinden, das sie auch schon als Kind gespürt hatte.

Doch heute hatte sie keine Augen für die wunderschöne Mahagonitäfelung oder die handgemalte chinesische Tapete, die ihr Vater persönlich aus Hongkong mitgebracht hatte. Mit einem einzigen Blick umfaßte sie das große Himmelbett mit den schweren zurückgeschlagenen Vorhängen, den Arzt, ihre Mutter und einige Freunde, die das Bett umstanden. Die Gräfin, die ihre Anwesenheit gespürt haben mußte, drehte sich um, und ihr besorgter Gesichtsausdruck schmolz dahin, als sie ihre Kinder erblickte. Liams zitternde Unterlippe ließ sie die

Arme öffnen, und der kleine Junge stürzte zu ihr hinüber. Sable näherte sich ein wenig unsicher dem Bett.

»Komm zu mir, Mädchen!« befahl die tiefe Stimme ihres Vaters. »Ich liege noch nicht auf dem Totenbett.«

Überglücklich beugte sich Sable über ihn und küßte seine Wange. »Oh, Vater!« flüsterte sie mit belegter Stimme. »Wir hatten solche Angst um dich.«

»Mir geht es schon wieder ausgezeichnet«, brummte Charles St. Germain gerührt angesichts der Tränen in Sables Augen.

»Du bist noch lange nicht gesund«, bemerkte die Gräfin ernst und warf ihm über Liams Lockenkopf einen vielsagenden Blick zu. »Doktor Pengelly hat angeordnet, daß du mindestens vierzehn Tage lang im Bett bleiben mußt. Und ich werde persönlich dafür sorgen.«

»Stimmt!« meinte der Arzt. »Sie haben einige Nerven im Rücken verletzt, und erst wenn die wieder ausgeheilt sind, dürfen Sie das Bett verlassen.«

Sable war glücklich, als sie sah, welche Grimasse ihr Vater dem Arzt schnitt. Wenn sein Humor schon wieder so ausgeprägt war, konnte es ihm wirklich nicht sehr schlechtgehen.

»Vater!« Auf Neds jugendlichem Gesicht spiegelte sich grenzenlose Erleichterung, als er an das Bett seines Vaters eilte. »Parris hat mir gesagt, daß es dir schon wieder gutgeht.«

»Nur, wenn er Doktor Pengellys Anordnungen befolgt«, bemerkte die Gräfin in strengem Ton. Sie war immer noch blaß, und Sable konnte sich lebhaft vorstellen, wie entsetzt und erschrocken sie über den Unfall ihres Mannes gewesen sein mußte.

»Verzeihung, Mylady!« hüstelte Parris von der Tür her. »Master Blackburn wartet draußen und möchte sich für das Mißgeschick entschuldigen.«

»Ich werde mit ihm sprechen, Parris«, gab Raven zur Antwort und erhob sich mit Liam. Sie sah zu ihrem

Mann hinüber und stellte fest, daß sich auf seinem Gesicht Müdigkeit und Schmerz abzeichneten. »Du mußt dich jetzt unbedingt ausruhen!« erklärte sie in einem Ton, der allen Anwesenden klarmachte, daß sie sich verabschieden mußten.

»Hast du herausfinden können, was geschehen ist?« fragte Sable ihren Bruder leise, als sie die Treppe hinunterstiegen. »Ganz offensichtlich hat Wyecliffe versucht, an Vater vorbeizukommen, ihm dabei aber den Weg abgeschnitten und ihn gerempelt. De Cœur stürzte und riß Wyecliffes Pferd mit sich.«

Sable starrte ihn durchdringend an. »Glaubst du, daß es Absicht war?«

Ned, der ihre Frage offenbar erwartet hatte, schüttelte den Kopf. »Jeder, mit dem ich gesprochen habe, hat das verneint. Und Wyecliffe selbst war entsetzt, als sein Pferd getötet werden mußte. Ich glaube es nicht.«

Aber er war sich seiner Sache nicht völlig sicher. Das erkannte Sable an seinem Gesichtsausdruck und seiner Stimme. Und sie konnte es ebenfalls nicht so recht glauben. Wyecliffe Blackburn war ihr sicherlich nicht sympathisch, aber sie traute ihm nicht zu, ihren Vater absichtlich verletzt zu haben. Wozu denn auch? Was konnte es ihm denn nützen? Sable wußte, daß sie nur allzu häufig bereit war, das Böse in einem Menschen zu übersehen. Aber sie konnte keinen Grund für ein vorsätzliches Handeln entdecken. Wyecliffe war ein bedingungsloser Kämpfer und hatte sicher jede Vorsicht außer acht gelassen, weil er unbedingt gewinnen wollte.

In Gedanken versunken, begleitete Sable Ned und Liam zu den Ställen hinüber, wo Sam gerade schwitzend damit beschäftigt war, De Cœurs Vorderfuß einen Umschlag anzulegen. Der ungebärdige Hengst wurde von zwei Pferdeknechten beruhigt, und Sable eilte sofort hinüber, um ihn ebenfalls zu tätscheln.

»Wie schlimm ist die Verletzung?« fragte Ned besorgt.

»Nichts, was man nicht richten könnte«, antwortete Sam zuversichtlich, während er mit geübten Händen die Bandage anlegte. »Umschläge und viel Ruhe werden ihn in etwa einer Woche wieder auf die Beine bringen. Wie geht es Seiner Lordschaft?«

»Ruhe und viele Teller von Perrys köstlicher Suppe werden ihn ebenfalls in etwa einer Woche auf die Beine bringen.«

Sam zwinkerte. »Ich freue mich, das zu hören.«

»Schade um Wyecliffes Pferd«, fügte Sable leise hinzu, während sie De Cœurs Fell streichelte und das Tier nur ab und zu die Ohren bewegte.

Sam kniff die Lippen zusammen. »Für rücksichtsloses Reiten gibt es keinerlei Entschuldigung«, sagte er nur, aber es war klar, daß er über diesen Vorfall außerordentlich empört war.

Als Sable kurze Zeit später zum Haus zurückging und sah, daß sich einige Gäste zum Aufbruch rüsteten, schlüpfte sie durch die Seitentür, weil sie ihnen nicht in die Arme laufen wollte.

»Sable! Lady Sable, warten Sie!«

Ihr Herz schlug heftig, als sie Wyecliffe Blackburn im Korridor hinter sich erkannte. Ihm wollte sie am allerwenigsten begegnen, doch als sie seinen traurigen Blick bemerkte, fühlte sie sich fast ein wenig schuldig. Er hatte einen häßlichen Schnitt über dem Auge davongetragen, und seine Kleider waren mit Erde und Grasflecken beschmiert. Mit Sicherheit sah er nicht aus wie einer, der mit Absicht ein Pferderennen sabotiert hatte, dachte Sable.

»Ich wollte mich auf diesem Weg unauffällig aus dem Staub machen«, gestand er, als er vor ihr stand. »Ich fürchte, die Freunde Ihres Vaters haben im Augenblick nicht allzu viel für mich übrig.«

»Oh, Cliffe, es war doch nicht Ihre Schuld«, rief Sable impulsiv. »Jeder weiß, daß es ein Unfall war.«

Das schmale Gesicht entspannte sich ein wenig. »Ich kann gar nicht sagen, wie froh ich bin, daß Sie das sagen. Lady Monterrey war so freundlich, meine Entschuldigung anzunehmen, aber ich habe trotzdem deutlich die Distanz zwischen uns gespürt. Ich schwöre Ihnen, ich hätte niemals...«

»Es ist schon in Ordnung, Cliffe«, sagte Sable rasch, weil sie Mitleid mit ihm empfand.

Als er in ihr liebliches, weiches Gesicht blickte, wurde er von seinen Gefühlen übermannt. Stöhnend riß er Sable in seine Arme. Sie war so verblüfft, daß sie sich nicht einmal wehrte, als seine Lippen sich in einem harten, nassen Kuß auf ihren Mund drückten. Mit Erleichterung oder Reue hatte dieser Kuß allerdings nichts zu tun, sondern nur mit überwältigendem Begehren. Offenbar begehrte Wyecliffe sie sehr, doch Sable vermißte das heiße Gefühl, das Morgan Careys Lippen in ihr verursacht hatten. Nachdem der erste Schrecken vorbei war, war sie nur noch entsetzt und ekelte sich vor diesen geifernden Lippen und der suchenden Zunge.

»Cliffe, hören Sie auf!« japste sie.

»Stoßen Sie mich nicht zurück, Sable«, murmelte er, wobei sein heißer Atem ihre Wange streifte.

Mit aller Macht versuchte sie sich aus seiner Umarmung zu befreien, doch er erwies sich als überraschend stark. Seine Arme packten sie nur fester und drückten sie gegen seinen Körper, während sich sein Mund wieder dem ihren näherte.

»Mister Blackburn, ich schlage vor, daß Sie die Dame in Ruhe lassen!«

Obwohl diese Worte ganz leise gesprochen wurden, schwang doch in dem seidenweichen Ton eine so unterschwellige Drohung mit, daß Wyecliffe Sable losließ, als hätte er sich verbrannt. Er fuhr herum und blickte direkt auf eine breite Brust. Sein Mund öffnete sich vor Schrekken, und als er schließlich nach oben sah, blickte er in blaue, feindselige Augen. Wer war dieser Mann? Wyecliffe durchforschte sein Gedächtnis und versuchte, diese Nase und das schmale, sonnengebräunte Gesicht einzuordnen. Carey war sein Name, Sir Morgan Carey. Der Kapitän, den Lord Monterrey zum gestrigen Ball eingeladen hatte.

Ja, jetzt konnte er sich auch wieder an den Tratsch erinnern, den man sich über diesen Mann erzählt hatte. Nach dem Krimkrieg war er offenbar von der Königin ausgezeichnet worden und hatte sich außerdem auch als Blockadebrecher oder ähnliches im amerikanischen Krieg hervorgetan – an mehr konnte er sich nicht erinnern. Fest stand, daß dieser Mann lediglich ein flüchtiger Bekannter des Grafen von Monterrey war und bestimmt kein seit langen Jahren vertrauter Nachbar wie die Blackburns. Und mit Sicherheit hatte er nicht das Recht, sich in Sables Angelegenheiten einzumischen.

Als Wyecliffe sich zu Sable umdrehte, um ihr das zu sagen, blieben ihm jedoch die Worte in der Kehle stekken. Er sah nur, wie sie sich wütend mit dem Handrükken über die Lippen wischte, als ob sie seinen Kuß ungeschehen machen wollte. Auf der Stelle durchflutete ihn heiße Wut – eine solche Beleidigung würde er sich nicht gefallen lassen! Nicht von ihr!

»Möchten Sie der Dame noch etwas sagen, Mr. Blackburn?«

Als Wyecliffe ihm ins Gesicht sah, spürte er, daß der ältere Mann ihn genau durchschaut hatte. Sekundenlang verspürte er wirkliche Angst angesichts dieser glitzernden Augen.

»Ich entschuldige mich, Lady Sable«, murmelte er, obwohl er innerlich noch kochte. »Die plötzliche Freude darüber, daß Sie mir verziehen haben – ich habe meinen Kopf verloren.«

»Es ist schon in Ordnung, Cliffe«, murmelte Sable, ohne ihm ins Gesicht zu sehen. Statt dessen blickte sie zu

Morgan Carey hinüber, um ihm mit Blicken für sein Eingreifen zu danken. Doch als sie feststellte, daß er die Situation höchst amüsiert verfolgte, wurde sie wütend. Er lehnte mit verschränkten Armen am Treppengeländer und grinste.

Als Wyecliffe bemerkte, daß dieser Mann sich auch über ihn lustig machte, errötete er. Für den Augenblick hatte er genug von beiden. »Verzeihen Sie, bitte!« sagte er brüsk. »Ich möchte mich jetzt verabschieden. Lady Sable, ich entschuldige mich noch einmal ausdrücklich.«

Als die Tür hinter ihm ins Schloß gefallen war, breitete sich fast greifbare Stille aus. Sable hatte sich bereits auf einen bissigen Kommentar gefaßt gemacht und war sehr erleichtert, als sie Lucy Walters vertraute Stimme vom oberen Treppenabsatz hörte.

»Was ist denn geschehen, Kind?« fragte sie, als sie Sables gerötetes Gesicht bemerkte. Während sie langsam die Treppe herunterstieg, blickte sie mißtrauisch zu Morgan Carey hinüber. »Was ist geschehen?« fragte sie und stemmte die Hände in die Hüften.

»Ich möchte lieber nicht darüber reden, Lucy«, antwortete Sable würdevoll. »Vielleicht ist Kapitän Carey so freundlich und erklärt die Situation.« Sie vermied es, noch einmal in seine spöttischen Augen zu schauen, raffte ihre Röcke und floh, um irgendwo ungestört ihre Gedanken zu ordnen.

Sicher war der Unfall ihres Vaters die Ursache dafür, daß Wyecliffes Kuß sie so aufgeregt hatte. Noch nie in ihrem Leben hatte sie sich so abgestoßen, so bedrängt gefühlt. Sehr beunruhigend war allerdings, daß seine Annäherungsversuche sie so kalt ließen, während doch Morgan Careys leidenschaftliche Küsse die Sehnsucht nach mehr in ihr geweckt hatten. Sie konnte sich nicht erklären, weshalb das so war. Sable hoffte, daß er sich jetzt nicht öffentlich über ihre Unfähigkeit lustig machen würde, mit einem so unbedeutenden Menschen wie Wyecliffe Blackburn fertigzuwerden. Hoffentlich besaß er jetzt wenigstens genug Feingefühl, sich, nachdem ihr Vater krank war, möglichst rasch zu verabschieden.

4

Als es Nacht wurde, kehrte wieder Stille auf North Head ein. Die Diener und Hausmädchen, die fieberhaft gearbeitet hatten, um alle Schlafzimmer und Wohnräume, die die Gäste der St. Germains benutzt hatten, aufzuräumen, hatten einen harten Tag hinter sich. In der Küche war alles wieder fleckenlos, die Kupfertöpfe blinkten in Reih und Glied, und schließlich entließ auch ein zufriedener Perry seine Mannschaft. Parris und Timms, die sich immer als letzte zurückzogen, wünschten einander eine gute Nacht und ihrem Herrn baldige Genesung. Dann löschten sie die Lichter und verschwanden in ihren Räumen.

Im oberen Stock des östlichen Flügels schloß Raven St. Germain seufzend die Tür zum Zimmer ihrer Tochter. Seit Jahren hatte sie nicht mehr nach ihren schlafenden Kindern gesehen, doch heute hatte sie ganz plötzlich dieses Bedürfnis gehabt. Da Doktor Pengelly ihr geraten hatte, während der Genesung ihres Mannes in einem anderen Raum zu schlafen, wollte sie noch einmal kurz bei ihm vorbeischauen. Sie war darauf gefaßt gewesen, ihn schlafend vorzufinden, doch zu ihrer Überraschung hörte sie Stimmengemurmel. Sie staunte nicht schlecht, als sie Sir Morgan Carey mit einem halbleeren Glas neben dem Bett ihres Mannes sitzen sah. Bei ihrem Eintritt erhob er sich höflich, doch Raven hatte nur Augen für ihren Mann, der gegen Kissen gelehnt im Bett saß und Wein trank. Es war kaum zu glauben, daß er sich nachmittags beinahe den Hals gebrochen hatte.

»Guten Abend, Liebes!« begrüßte Charles sie und zwinkerte verschwörerisch, als er ihren aufsteigenden Ärger bemerkte. »Sir Morgan und ich haben über Geschäfte geredet. Die *Defiance* soll morgen auslaufen, da wollte ich ihn nicht unnötig aufhalten.«

»Wie bitte?« rief Raven, während sie hilflos von einem Gesicht zum anderen blickte. »Kapitän Carey…«, begann sie drohend.

»Nein, Raven! Der Fehler liegt ganz allein bei mir«, unterbrach sie ihr Mann. Kleinlaut griff er nach ihrer Hand. »Ich habe darauf bestanden, ihn heute abend noch zu sprechen.«

»Und einem Wunsch meines Gastgebers muß ich doch Folge leisten, nicht wahr?« ergänzte Morgan, obwohl Raven wußte, daß er sicher nichts gegen seinen eigenen Willen tat.

Raven schüttelte den Kopf, weil sie wußte, daß Charles niemals aufgab, wenn er sich etwas in den Kopf gesetzt hatte. Klugerweise wandte sie sich deshalb direkt an Morgan Carey. »Kapitän Carey, darf ich Sie darum bitten, die Besprechung mit meinem Mann so kurz wie möglich zu gestalten?«

Als Morgan das ovale Gesicht dieser stolzen, dunkelhaarigen Frau, die nur wenige Jahre älter war als er, betrachtete und die Ähnlichkeit mit der wunderschönen Sable feststellte, wurde er plötzlich ganz weich. Er lächelte sanft, und seine blauen Augen zwinkerten ein wenig, obwohl er ganz ernst antwortete: »Ich gebe Ihnen mein Wort, daß ich ihn nicht ermüden werde.«

Raven lächelte, und die Grübchen auf ihrer Wange vertieften sich. »Ich danke Ihnen.« Und zu Charles gewandt fügte sie warnend hinzu: »Ich werde draußen warten.«

»Das ist lieb von dir, mein Schatz«, erwiderte Charles und sah ihr lächelnd nach, als sie hinausging.

Morgan Carey hatte den Blick, den die beiden getauscht hatten, sehr wohl gesehen und fühlte sich plötzlich wie ein Eindringling. Nachdenklich setzte er sich. Bisher hatte er nicht glauben wollen, daß es tatsächlich diese Art von Liebe gab, doch jetzt mußte er zugeben, daß es sehr wohl möglich war, für einen anderen Menschen so tief zu empfinden. Er war glücklicherweise bisher von den Verstrickungen und Fallen der Ehe verschont geblieben und hoffte sehr, daß das bis an sein Lebensende so blieb.

Raven St. Germain setzte sich neben das Kaminfeuer im angrenzenden Raum und blätterte lustlos in einem Buch. Von nebenan drang gedämpftes Stimmengemurmel an ihr Ohr. Erst vor wenigen Tagen hatte ihr Charles von Sir Morgan Careys Bitte berichtet, und sie war einverstanden gewesen, ihn nach North Head einzuladen, wenn die *Defiance* in Falmouth ankerte. Sie wußte, daß Charles von diesem Mann begeistert war, und war überzeugt, daß er mit Sicherheit die richtige Entscheidung traf, ganz gleich um welche Geschäfte es sich handelte. Gleichzeitig war sie jedoch ungeduldig, denn sie hatte sehr wohl bemerkt, daß Charles Ruhe brauchte und noch große Schmerzen hatte, auch wenn er das nicht zugeben wollte.

Als sie schließlich Schritte hörte, wartete sie noch einige Augenblicke, bevor sie sein Zimmer betrat. Er lag mit geschlossenen Augen im Bett, so daß sie ein wenig zögerte und sich ihre Kehle angstvoll zusammenzog, als sie sein blasses Gesicht sah. Doch als er die Augen öffnete und ihr zulächelte, lief sie rasch an seine Seite und nahm seine Hand.

»Du mußt jetzt schlafen«, mahnte sie.

Charles sah sie übermütig an. »Wie kann ich das, wenn ich genau weiß, daß du nebenan allein im Bett liegst?«

Raven lächelte, doch seine fröhliche Antwort konnte sie nicht täuschen. Sie fühlte, daß er noch Schmerzen hatte. »Daran wirst du dich gewöhnen müssen, mein Lieber, denn ich habe die Absicht, Doktor Pengellys Anordnungen aufs Wort zu befolgen.«

»Dieser Mann ist ein Quacksalber«, brummelte Charles.

»Das ist mir gleich«, gab Raven zurück. »Du wirst jedenfalls tun, was er gesagt hat. Und das heißt, daß du dieses Bett erst in zehn Tagen verlassen darfst.«

Charles schnitt eine Grimasse. »Seit wann ist mein hübsches, friedliches Frauchen ein solcher Drachen?«

»Seit ich mich entschlossen habe, dich schnell gesund zu machen. Ich meine es ernst, Charles. Bisher hast du von niemandem Befehle angenommen, aber in diesem Fall bestehe ich darauf, daß du tust, was Doktor Pengelly für richtig hält.«

Charles lächelte kläglich, worauf sie sich hinunterbeugte und ihn auf die Wange küßte.

»Willst du mir nicht verraten, was du mit Sir Morgan zu besprechen hattest?« fragte sie, während sie sich wieder aufrichtete.

»Das hat Zeit bis morgen. Aber ich muß noch zwei andere Dinge mit dir besprechen.«

»Und welche?« fragte Raven stirnrunzelnd. Er sollte wirklich lieber schlafen, statt sich mit ihr zu unterhalten.

»Lucy hat mir berichtet, was heute nachmittag zwischen Sable und Wyecliffe Blackburn auf der Hintertreppe vorgefallen ist«, sagte Charles schlicht. »Hast du darüber mit Sable gesprochen?«

Raven riß die Augen auf. »Oh, Charles! Aber weshalb denn? Lucy muß uns derartige Dinge berichten, doch Sable schien nicht übermäßig durcheinander zu sein, also habe ich kein Aufhebens um die Sache gemacht.«

»Aber du hast gesagt, daß sie allein in ihrem Zimmer gegessen und nicht am Abendessen teilgenommen hat«, sagte Charles finster.

Raven mußte lachen. »Wie typisch es doch für Väter ist, ihre Töchter beschützen zu wollen.« Sie fühlte ein warmes Gefühl der Liebe für ihn und fuhr mit dem Finger zärtlich über seine Narbe auf der Wange. »Heute hat es doch überhaupt kein normales Abendessen gegeben. Erinnerst du dich? Ich habe hier oben bei dir gegessen, die Jungen unten im Wintergarten mit Danny, und Sir Morgan hat den Abend auf seinem Schiff verbracht.«

Charles blickte ein wenig einfältig drein. »Wenn das so ist, gibt es nichts mehr zu sagen.«

»Stimmt!« unterbrach ihn Raven, die verhindern wollte, daß Charles Wyecliffe zur Rede stellte, solange er noch bettlägrig war.

»Am meisten beunruhigt mich jedoch dieser Wyecliffe selbst«, sagte Charles Sekunden später. »Ich habe ihm noch nie getraut, und ich fürchte, daß er es noch einmal versucht, während ich an dieses verdammte Bett gefesselt bin.«

»Das würde Sable niemals zulassen«, versicherte Raven.

»Da wäre ich nicht so sicher«, brummte der Graf, der sich in dieser Lage sehr hilflos fühlte. »Du weißt doch, wie sanftmütig unsere Tochter ist. Sie ist viel unschuldiger und vertrauensvoller als du in ihrem Alter warst. Vielleicht kann sie ihm ja nicht widerstehen.«

»Nichts wird geschehen«, versicherte Raven. »Und falls doch«, fügte sie zwinkernd hinzu, »werde ich Timms oder einen anderen der Männer auf ihn hetzen und ihn hierher vor dein Bett schleifen lassen. Wie ich Wyecliffe einschätze, wird das seinen Enthusiasmus fürs erste dämpfen.«

Charles strich Raven über die schimmernden Haare und bewunderte wieder einmal ihre Fähigkeit, ihn aus seinen niedergeschlagenen Stimmungen zu reißen. Sie lächelte ihn an und schien seine Gedanken zu lesen.

»Weshalb sagst du mir nicht endlich, was dir sonst noch auf der Seele liegt?«

Charles spitzte die Lippen. »Wenn du willst: Ich habe beschlossen, Edward nach Marokko zu schicken.« Seine Augen glitzerten, als er Ravens Erstaunen bemerkte.

»Du scheinst überrascht, meine Liebe? Habe ich noch nichts davon gesagt?«

»Charles...«, begann Raven warnend.

»Ich meine es ernst«, sagte er. »Du weißt doch, daß es Telleborough endlich gelungen ist, für mich eine Audienz mit dem Sultan in Fes zu vereinbaren.«

Raven seufzte tief. »Ich weiß. Darüber habe ich mir schon den ganzen Tag lang Gedanken gemacht. Ich weiß, wie lange du auf diese Einladung gewartet hast, und hatte Angst, daß du auf dieser Verabredung bestehen wirst.«

»So jung und kräftig wie früher bin ich nicht mehr«, räumte er ein. »Und deshalb bin ich auf den Gedanken verfallen, Ned an meiner Stelle hinzuschicken. Ich hatte bereits in London diese Idee, als es so aussah, als ob deine Krankheit uns dort länger festhalten würde.«

»Aber er ist doch noch nicht erwachsen«, protestierte Raven.

»Das stimmt nicht!« betonte Charles stolz. »Er hat durch seine Verwaltungsarbeit bestätigt, daß er fähig ist, die Interessen der Familie zu vertreten.«

»Aber ihn gleich als deinen Vertreter nach Tanger zu schicken«, rief Raven. »Ned hat doch keinerlei Erfahrung, was Diplomatie oder Politik angeht. Du hast selbst gesagt, daß Marokko ein sehr isoliertes Land ist, und ich traue es Ned nicht zu, dort eine Firmenniederlassung zu gründen.«

»Darum wird sich ja Dimitri kümmern«, erklärte Charles. »Der Sultan wird es als Ehre empfinden, wenn ich meinen Sohn schicke.«

Die Erwähnung von Dimitris Namen nahm Raven die größte Sorge, wie Charles sehr wohl wußte. Vor vielen Jahren war Dimitri Sergejew der Erste Offizier der *Orient Star* und Charles' engster Freund gewesen. Während ihrer schicksalhaften Reise nach Indien hatte Raven den treuen, rundlichen Russen ebenso lieben gelernt, wie

Charles das tat. Dimitri war ihr treu ergeben gewesen und hatte sie immer seine kleine Prinzessin genannt.

Nach ihrer Hochzeit und Rückkehr nach North Head hatte Charles Dimitri das Kommando der *Orient Star* übergeben und sich geschäftlich mit Sir Hadrian Barrancourt, Ravens Großonkel, zusammengetan, der früher Londons größter Seiden- und Teefirma vorgestanden hatte. Mit Sir Hadrians Erfahrung und Charles St. Germains zahlreichen Verbindungen rund um die Welt war die Firma Barrancourt Ltd. zu einer respektablen Import- und Exportfirma angewachsen, die überall großes Vertrauen genoß.

Als Sir Hadrian vor etwa zehn Jahren starb, hatte Dimitri, der sich in der Zwischenzeit mit einer wunderschönen eingeborenen Frau und vielen Kindern in Barbados niedergelassen hatte, begeistert Charles' Angebot angenommen, in die Firma einzutreten. Als schnelldenkender Geschäftsmann und Kapitän war er eine wertvolle Bereicherung für das Unternehmen geworden.

Seit Monaten hatte Charles St. Germain bereits die Absicht, in Marokko eine Zweigniederlassung zu gründen, um mit den französischen Gesellschaften, die bereits dort ansässig waren, besser konkurrieren zu können. Dem britischen Attaché Sir Harry Telleborough, der als einer der wenigen Europäer Zugang zum Sultanspalast in Fes hatte, war es gelungen, eine Audienz für Dimitri und Charles zu verabreden. Natürlich hätte Charles Dimitri auch allein schicken können, doch es erschien ihm klüger und höflicher, ihm seinen Sohn als seinen Stellvertreter an die Seite zu geben.

»Unser Sohn ist fast ein Mann, Raven«, sagte er. »Der Sultan wird ihn als würdige Vertretung akzeptieren.«

Raven schwieg nachdenklich, und Charles versuchte, ihre Gedanken zu lesen. Es war bestimmt nicht leicht für sie festzustellen, daß ihr Sohn inzwischen erwachsen war. Charles mußte lächeln. Er dachte daran, wie er sich erst heute nachmittag bei seiner Unterredung mit Lucy Walters gefühlt hatte. Sobald er aufstehen konnte, wollte er mit Wyecliffe Blackburn reden. Wie kam dieser junge Mann nur dazu, seine Tochter in ihrem eigenen Heim zu belästigen?

»Ich glaube, wir sollten unsere Unterhaltung lieber auf morgen verschieben. Ich möchte die Sache überschlafen. Und außerdem müssen wir erst einmal Edward fragen.«

Charles legte seiner Frau liebevoll die Hand auf den Arm. »Mach' dir nicht allzuviele Gedanken«, schlug er vor. »Vielleicht hätte ich doch besser nicht darüber reden sollen.«

Raven erhob sich und zog die Decken glatt. »Das ist nicht weiter schlimm, Charles. Segelt Kapitän Carey morgen ab?«

Der Graf nickte. »Ich mag ihn sehr gern, aber ich bin trotzdem froh, daß er uns verläßt. Er erinnert mich ein wenig zu sehr an mich, als ich in seinem Alter war. Ich glaube, daß ihr Barrancourt-Frauen für diese Art Charme sehr empfänglich seid. Sieh doch nur, was alles geschehen ist, seit wir uns getroffen haben.«

»Das war der schrecklichste Augenblick meines Lebens«, stimmte Raven zu, wobei ihr besorgter Gesichtsausdruck einem spitzbübischen Lächeln Platz machte. Sie lächelten einander an und dachten an die Reise durch Indien, die ihr Leben in völlig neue Bahnen gelenkt hatte.

»Wäre es denn so schlimm, wenn Sable sich in einen gutaussehenden Kapitän verlieben würde?« neckte Raven.

»Dazu wird es nicht kommen, mein Schatz, denn deine Tochter braucht einen verantwortungsvollen, ausgeglichenen Menschen, der allein um ihr Glück besorgt ist.«

»Diese Eigenschaften darf man natürlich bei einem Seemann nicht erwarten«, fügte Raven bedeutungsvoll hinzu.

»Selbstverständlich nicht!« stimmte Charles zu und vergaß seine Schmerzen, als er sie an sich zog, um ihr einen warmen, liebevollen Kuß auf die Lippen zu drücken.

Als Sable am nächsten Morgen erwachte, freute sie sich, daß das milde, sonnige Wetter angehalten hatte. Der Blick auf den schimmernden Ozean unterhalb ihres Fensters war so verlockend, daß sie sofort ihr Reitkleid aus dem Schrank nahm und sich ankleidete. Rasch bürstete sie ihr Haar, schlang es zu einem Knoten und griff nach ihren Handschuhen. Auf dem Treppenabsatz hielt sie einen Augenblick inne, drehte sich dann um und ging rasch in den anderen Flügel hinüber, wo das Zimmer ihrer Eltern lag. Sie wollte kurz nach ihrem Vater sehen und sich nach seinem Befinden erkundigen. Als auf ihr Klopfen Edward die Tür öffnete und sie ungeduldig an den Händen ins Zimmer zog, war sie völlig überrascht.

»Ich wollte eigentlich sehen, wie es Vater geht«, begann Sable, doch Edward unterbrach sie atemlos.

»Es geht ihm besser, aber ich war gerade auf dem Weg zu dir, um dir die Neuigkeit zu berichten.«

»Welche Neuigkeit?« Sie hatte ihren Bruder noch nie so aufgeregt gesehen.

»Vater schickt mich nach Tanger. Ob du es glaubst oder nicht: Ich werde übermorgen nach Marokko fahren.«

Überrascht blickte Sable zu ihren Eltern hinüber, die jedoch angesichts der Aufregung ihres Sohnes nur lächelten. Ihr Vater legte seine Gabel auf das Frühstückstablett, das neben ihm stand, und ergriff Ravens Hand.

»Es ist wahr, mein Schatz. Da ich meine Verabredung mit dem Sultan gezwungenermaßen nicht einhalten kann, habe ich beschlossen, Edward an meiner Stelle hinzuschicken.«

»Ich werde Dimitri in Tanger treffen«, ergänzte Edward und wirbelte Sable vor Begeisterung durchs Zimmer. »Von dort aus werden wir auf dem Landweg nach

Fes reisen, vielleicht sogar auf Kamelen. Stell dir das nur vor.«

»Ist das wirklich wahr?« fragte Sable ungläubig. Es wollte ihr nicht in den Kopf, daß ihr Vater tatsächlich Doktor Pengellys Anordnungen befolgte.

»Das ist es«, antwortete die Gräfin, die die Gedanken ihrer Tochter lesen konnte. »Doktor Pengelly hat mir sogar gestattet, ihn notfalls ans Bett zu fesseln, um ihn am Wegfahren zu hindern.«

»Weiß Liam es schon?« fragte Sable.

»Er hat noch Unterricht, aber sobald er fertig ist, werde ich es ihm sagen.« Als Edward seinen Vater ansah, mußte Raven schlucken, so ähnlich sahen sich die beiden. »Ich verspreche, daß ich dir keine Schande machen werde«, meinte Edward.

Charles zwinkerte. »Das weiß ich, mein Sohn!«

»Verzeihen Sie, Sir, Madam!«

Raven hob den Kopf und sah zur Tür hinüber. »Was gibt es, Parris?«

»Ich wette, Cliffe Blackburn ist hier«, spottete Ned, als er den säuerlichen Gesichtsausdruck des Butlers bemerkte. »Entweder das oder Perry hat das Essen anbrennen lassen.«

Sable kicherte, und sogar der korrekte Parris konnte ein Schmunzeln nicht unterdrücken. Doch rasch nahm er sich wieder zusammen. »Master Wyecliffe Blackburn wartet im gelben Salon.«

»Oh, je«, entfuhr es Raven. »Hat er gesagt, was er möchte?«

»Ich glaube, er möchte sich nach dem Gesundheitszustand Seiner Lordschaft erkundigen.«

»Ich werde hinuntergehen und mit ihm sprechen«, erklärte Sable seufzend. Nach seinem gestrigen Benehmen hatte sie zwar nicht gerade große Lust, doch sie spürte, daß ihre Eltern allein sein wollten, und Edward traute sie kein diplomatisches Benehmen zu. Der arme Wyecliffe fühlte sich wahrscheinlich schuldig für das, was er angerichtet hatte.

»Ich glaube, Sie sollten sich beeilen, Lady Sable«, fügte Parris noch hinzu. »Mrs. Daniels ist nämlich schon bei ihm.«

»Doch nicht allein?« spottete Edward, während die anderen sich vor Lachen ausschütten wollten.

»Begleite deine Schwester lieber, Edward«, schlug der Graf vor.

Sables Augen funkelten. »Oh, ich kann sehr gut mit ihm allein fertigwerden, Papa. Vielen Dank. Ned, du wolltest ohnehin Liam deine Neuigkeit überbringen. Er wird dich beneiden.« Sable umarmte ihn. »Ich freue mich so sehr für dich.«

Errötend verabschiedete sich Edward, während Sable noch rasch ihre Eltern auf die Wange küßte, bevor sie nach unten lief, um Wyecliffe aus Dannys Klauen zu retten.

Als sie sich der Salontür näherte, lächelte sie, denn nach der Stentorstimme, die ihr entgegenschallte, hielt die alte Dame gerade eine flammende Rede an jemanden, dessen größter Fehler es war, Blackburn zu heißen. Als Sable gerade eintreten wollte, hörte sie Danny Morgan Careys Namen erwähnen und hielt inne. Im Glauben, sich verhört zu haben, lauschte sie auf das, was die alte Dame zu sagen hatte, und was sie hörte, nagelte sie förmlich auf der Stelle fest.

»Tja, Mr. Blackburn!« sagte Danny genüßlich. Man hörte förmlich, welches Vergnügen ihr das bereitete »Für weitere Nachstellungen gibt es keinerlei Grund mehr, denn Seine Lordschaft hat das Kind dem Kapitän Sir Morgan Carey versprochen.«

Falls Wyecliffe Blackburn von Hannah Daniels Eröffnung schockiert war, so versuchte er erfolgreich, das zu verbergen. »Ich kann das nicht glauben, Mrs. Daniels. Noch gestern abend habe ich mit der Gräfin und auch mit Lady Sable selbst gesprochen, aber keine von ihnen hat ein Wort davon erwähnt.«

»Bah! Weshalb sollte man Ihnen eine so private Information geben? Außerdem hat sich alles erst gestern, gewissermaßen privat, zwischen dem Grafen und Sir Morgan Carey entschieden. Ich weiß nicht einmal, ob Lady Sable überhaupt schon Bescheid weiß. Ihnen habe ich es nur gesagt, damit Sie endlich Ihre Finger von diesem Kind und von North Head lassen.« Ihre Stimme zitterte beinahe vor Empörung. »Ich rate Ihnen gut, sich daran zu halten, denn Sie wissen ja selbst, wie groß und kräftig Kapitän Carey ist. Ich glaube nicht, daß er es schätzt, wenn Sie weiterhin seiner zukünftigen Frau den Hof machen.«

»Das ist eine Schande! Weshalb sprechen Sie so mit mir?« fragte Cliffe, doch er schien unsicher zu sein. Natürlich war es möglich, daß der Graf seine Tochter bereits einem anderen Mann versprochen hatte. Es konnte die Wahrheit sein, was ihm diese alte Krähe erzählte.

Und genau dasselbe dachte Sable, die immer noch bewegungslos vor der Tür stand. Zuerst hatte sie angenommen, daß Danny diese wilde Geschichte nur erfunden hatte, um Wyecliffe loszuwerden, doch plötzlich fiel ihr wieder ein, daß sie immer noch nicht wußte, weshalb Kapitän Carey überhaupt nach North Head gekommen war. Möglicherweise hatten ihre Eltern bisher wegen Neds bevorstehender Reise nach Tanger noch nicht mit ihr gesprochen. Außerdem hatte sie ja den gestrigen Abend allein in ihrem Zimmer verbracht und nur mitbekommen, daß Sir Morgan das Haus erst spät am Abend verlassen hatte. Hatten die beiden etwa in Vaters Zimmer ihre Heirat beschlossen, während sie unschuldig schlief?

Nein, das konnte sie nicht glauben. Ihre Eltern würden sie niemandem versprechen, ohne sie wenigstens vorher zu fragen. Wahrscheinlich war alles ein Mißverständnis, oder Danny hatte etwas in ihrem alten Kopf durcheinandergebracht. Aber weshalb war Sir Morgan nach North Head gekommen? Was war nur der Grund?

»Ich glaube nicht, daß Lord Monterrey eine solche Hochzeit arrangiert, ohne seine Tochter wenigstens vorher zu fragen.« Wyecliffe schien aufgeregt zu sein.

»Es war Sir Morgan, der um ihre Hand angehalten hat. Lord Monterrey hat sich Bedenkzeit ausgebeten«, tönte Danny frohlockend. »Natürlich wird Lady Sable entscheiden dürfen, aber Sie können sicher sein, daß sie sich einen so guten Fang bestimmt nicht entgehen läßt.«

Entsetzt wirbelte Sable herum und stürzte aus der Haustür, wobei sie ihre Röcke raffte und quer über die Wiese zum Stall hinüberrannte. Sie befahl Sam, ihr Amourette zu satteln und stampfte ungeduldig mit ihrem Fuß auf. In diesem Zustand konnte sie unmöglich ihren Eltern gegenübertreten. Erst einmal mußte sie reiten und in der Einsamkeit ihre Gedanken ordnen. Der alte Mann bemerkte zwar ihr blasses Gesicht, fragte aber nichts, als er ihr das Pferd brachte.

Ohne ein weiteres Wort schwang sich Sable in den Sattel und jagte ihre kleine Stute quer über den Hof und dann in Richtung auf die Hochebene zu. Der Wind peitschte ihr ins Gesicht, als sie wie vom Teufel besessen querfeldein über kleine Mauern und Bäche setzte. Amourette war derartige Aufgaben nicht gewohnt, doch sie gab sich redliche Mühe, bis Sable irgendwann begriff, wie sehr sie das Tier überanstrengte. Voller Reue verlangsamte sie das Tempo und beugte sich vor, um entschuldigend Amourettes schmalen Hals zu tätscheln. Hochzeit mit Morgan Carey! Sie biß sich auf die Lippen, und ein harter Ausdruck trat in ihre Augen. Lieber wollte sie sterben, als mit diesem unmöglichen, arroganten, selbstsüchtigen Flegel verheiratet zu werden.

Nein, sie hielt es einfach für ausgeschlossen, daß ihr Vater Morgan Carey Hoffnungen gemacht hatte. Je länger sie darüber nachdachte, desto mehr kam sie zu der Überzeugung, daß Danny nur gelogen hatte, um Wyecliffe zu vertreiben. Sie warf ihren Kopf zurück, genoß die Wärme der Sonne auf ihrem Gesicht und lachte über ihre Ängstlichkeit. Doch als ihr wieder einfiel, wie ernst Danny gesprochen hatte, blieb ihr das Lachen förmlich im Hals stecken. Es hatte sich alles so angehört, als ob sie Wyecliffe die Wahrheit gesagt hätte. Doch woher hatte sie ihre Informationen? Sable runzelte die Brauen, und ihre Hand faßte die Zügel fester. War es vielleicht tatsächlich so, daß Morgan Carey nach North Head gekommen war, um um ihre Hand anzuhalten? Und daß Danny, als sie davon erfahren hatte, überzeugt war, daß Sable das Angebot annehmen würde?

»Absurd!« schimpfte Sable laut, doch dann fiel ihr ein, daß Morgan Carey ihr bei den Havertys angekündigt hatte, sie eines Tages für sich zu verlangen. Verzweiflung stieg in ihr auf. Es konnte doch unmöglich sein, daß er sein Vesprechen eingehalten und ihren Vater um ihre Hand gebeten hatte. Das paßte nicht zu ihm. Instinktiv wußte Sable, daß Morgan Carey nicht zum Ehemann geboren war, sondern sie für etwas ganz anderes wollte.

Amourette schüttelte ihre Mähne, und das Klirren des Geschirrs riß Sable aus ihren Gedanken. Plötzlich wurde ihr bewußt, daß sie ihr Pferd über Felder und Weideland in Richtung auf Penzance und Falmouth gejagt hatte. Wieder zogen sich ihre Brauen zusammen. Falmouth. Hatte nicht Morgan Carey erwähnt, daß die *Defiance* dort vor Anker lag? Möglicherweise war er ja schon mit der einsetzenden Flut ausgelaufen, aber vielleicht hatte er seine Abfahrt ja auch noch aufgeschoben – vielleicht wartete er auf eine Antwort des Grafen.

Nach kurzem Nachdenken folgte Sable dem eingeschlagenen Weg. Falls die *Defiance* noch im Hafen ankerte, konnte Sable herausfinden, was Morgan Carey da angerichtet hatte.

Tatsächlich hatte die *Defiance* die Abfahrt auf die nächste einsetzende Flut verschieben müssen; denn als Sir Morgan spät aus North Head zurückgekehrt war, war leider der Arzt, den er in London angeheuert hatte, verschwunden. Nach einer systematischen Suche fand man ihn betrunken unter einem Wirtshaustisch. Nachdem er dann endlich an Bord gebracht worden war, war an ein Auslaufen nicht mehr zu denken gewesen.

Wütend hatte Morgan Carey Order erteilt, sobald wie möglich die Anker zu lichten, und hatte sich zur Erleichterung seiner Mannschaft in seine Kabine zurückgezogen. Der junge Offizier Daniel Hayes war der erste, der das Ruderboot einige Zeit später sichtete. Normalerweise war der Anblick eines solchen Bootes nichts besonderes, denn alle Matrosen kehrten nach der unfreiwilligen Verlängerung auf diese Weise zum Schiff zurück. In diesem Boot saß jedoch ohne Zweifel eine Frau.

Sofort richtete er sein Fernglas auf sie und staunte nicht schlecht, als er das Profil eines zauberhaften Mädchens erblickte. Er erkannte eine lilafarbene Jacke mit gelben Paspeln und dunkles Haar, das im Sonnenlicht wie Kupfer glänzte.

Der Seemann, dem Daniel das Glas weiterreichte, pfiff anerkennend. »Guter Gott! Wer von uns ist wohl der Glückliche? Wen will *sie* wohl besuchen?«

Daniel runzelte die Stirn. Was auch immer diese Dame wollte, er jedenfalls hoffte, daß es nicht lange dauern würde, denn laut Befehl des Kapitäns mußten sie bei Beginn der Flut sofort ablegen. Nach und nach hatten sich einige Besatzungsmitglieder versammelt und beobachteten bewundernd, wie die junge Frau an Bord kletterte, und pfiffen, als der Wind ihre Röcke blähte und ihre zarten Fesseln sehen ließ.

Daniel Hayes schob seine Männer beiseite und trat vor. »Ich bin der wachhabende Offizier, Miß«, sagte er höflich. »Womit kann ich behilflich sein?«

Sie sprach in sanftem, aber sehr entschiedenem Ton. »Ich möchte Kapitän Sir Morgan Carey sprechen. Ist er an Bord?«

Daniel Hayes zögerte. Sollte er lügen und seinem Kapitän die vielleicht unwillkommene Begegnung ersparen? Bei der gegenwärtigen Laune von Morgan Carey war es außerdem geradezu leichtsinnig, ein so zartes Wesen seinem überschäumenden Temperament und seiner losen Zunge auszusetzen. Auf der anderen Seite war sie offenbar von weit hergekommen und ganz bestimmt nicht mit einer negativen Antwort einverstanden.

Bevor Daniel Hayes zu einem Entschluß kommen konnte, bewegten sich die umstehenden Männer plötzlich und von hinten ertönte die dunkle, drohende Stimme des Kapitäns.

»Was soll das bedeuten, Mr. Hayes?«

Daniel Hayes fuhr herum und errötete. »Hier ist jemand, der Sie sprechen möchte, Sir. Ich habe allerdings ihren Namen nicht...«

»Vielen Dank, aber ich kann für mich selbst sprechen«, unterbrach ihn Sable kühl, während sie um ihn herumging und gerade noch das Erstaunen auf Kapitän Careys Gesicht bemerkte, bevor er sie wieder völlig gleichmütig ansah.

»Sie wünschen mich zu sprechen, Madam?« fragte er, während er mit gerunzelten Brauen den leeren Kai musterte. »Ohne Begleitung? Tja, ich hoffe nur, Ihr Vater weiß nichts davon.«

»Ich muß mit Ihnen sprechen«, wiederholte Sable kühl. »Vor versammelter Mannschaft oder allein ist mir gleichgültig.«

Die umstehenden Matrosen tauschten bewundernde Blicke. Wie mutig doch diese kleine Schönheit mit ihrem

Kapitän sprach. Nach Aussehen und Sprache zu urteilen, war sie ohne Zweifel eine wirkliche Lady. Wo hatte der Kapitän nur einen solchen Fang gemacht?

Morgan musterte die Männer mit finsterem Blicken, und nach und nach verdrückten sie sich. Als Sable schließlich allein mit ihm an Deck stand, fühlte sie einen kleinen Anflug von Angst, denn hier auf seinem Schiff, umgeben von seinen Männern, wirkte er noch größer und bedrohlicher, als sie ihn in Erinnerung hatte. Sie fühlte sich unsicher, und ein Blick sagte ihr deutlich, daß er ihre Gefühle durchschaute. Sie mußte alle Kraft zusammennehmen, um sich daran zu erinnern, weshalb sie hergekommen war.

»Ich möchte wissen, weshalb Sie überhaupt nach North Head gekommen sind?« fragte sie und sah ihm geradewegs in die Augen. »Außerdem wüßte ich gern, was Sie meinem Vater gesagt haben und wie Sie dazu kommen, eine solche Forderung zu stellen.«

Morgan sah sie verständnislos an. »Was, zum Teufel, reden Sie da? Weiß Ihr Vater überhaupt, daß Sie hier sind?«

»Natürlich nicht.«

Morgan grinste, doch auf Sable wirkte diese Überlegenheit entnervend. »Dann schlage ich vor, daß Sie erst einmal nach Hause reiten und fragen, ob Sie sich in etwas einmischen dürfen, was Sie überhaupt nichts angeht.«

»Oh!« Sable fuhr zurück, als ob er sie geschlagen hätte. »Wie können Sie es wagen!«

Blitzschnell packte Morgan sie am Arm, so daß sie nicht reagieren konnte, und zog sie gewaltsam näher, bis sich seine glitzernden Augen ganz nah vor ihrem Gesicht befanden. »Dieses scheinheilige Getue ist überflüssig, meine Liebe! Lady Monterrey hat mich vor Ihrer Dickköpfigkeit gewarnt, doch ich glaube allmählich, daß sie Sie immer noch mit liebenden Augen sieht und überhaupt nicht objektiv sein kann. Mit Sicherheit wäre es mir eine Freude, Ihnen jetzt gleich hier Benehmen beizubringen.«

Seine Wut überflutete sie förmlich, und Sable mußte schlucken, als sie so fest gegen seinen harten Körper gepreßt wurde und sich seine Finger schmerzhaft in ihr Fleisch gruben.

»Außerdem müssen Sie noch lernen«, fuhr Morgan Carey wütend fort, »Ihre hübsche, kleine Nase nicht in jede Angelegenheit zu stecken.«

»Sie werden niemals bekommen, was Sie haben wollen, ganz gleich was mein Vater Ihnen versprochen hat«, flüsterte Sable wütend.

Morgan lachte brutal. »Wirklich nicht? Ich hätte nicht übel Lust, Sie jetzt gleich mitzunehmen, um Ihnen zu beweisen, wie sehr Sie sich irren.«

»Das würden Sie nicht wagen«, keuchte Sable, doch in ihren Augen war die Angst zu lesen, die sie empfand.

Abrupt ließ Morgan Carey sie los, weil er plötzlich den Druck ihres sanften, weichen Körpers nicht länger ertragen konnte. Das Verlangen hatte seine Wut verdrängt, und er verfluchte sich, daß er sie begehrte, obwohl sie eigentlich wie ein ungezogenes Kind eine Tracht Prügel verdient hatte.

»Ich fürchte, Sie müssen noch lernen, daß ich zu allem fähig bin, wenn ich etwas erreichen will. Und wenn ich zurückkomme«, versprach Morgan Carey mit einer Stimme, die ihr Herz stocken ließ, »werden Sie erfahren, was ich damit meine.«

Es war Sable klar, daß er beschlossen hatte, sie zu besitzen, ganz gleich, was sie davon hielt. Die Tränen sprangen ihr in die Augen. »Ich verstehe immer noch nicht, weshalb mein Vater nicht wenigstens vorher mit mir gesprochen hat.«

Morgan wurde immer gereizter. »Wahrscheinlich hält er Ihre Meinung in dieser Frage für unwichtig«, sagte er spöttisch.

Sable stieß einen erstickten Schrei aus und rannte davon. Genüßlich beobachtete Morgan Carey, wie sie zurück in das Boot kletterte, das kurze Zeit später hinter dem Schiff außer Sicht geriet. Er wartete solange, bis das Boot an einem hölzernen Steg anlegte, und wandte sich dann ab. So neugierig seine Männer auch waren, sie wagten nicht zu fragen, als er unter Deck erschien und sie seine gereizte Miene erblickten. Doch natürlich überlegten alle, was dieses hübsche Mädchen wohl von ihrem Kapitän gewollt haben konnte.

Als die Türme von North Head vor Sable auftauchten, hatte sie sich ausgeweint. Obwohl sie sicher sein konnte, daß ihre Eltern sie niemals zwingen würden, Kapitän Morgan Careys Hand anzunehmen, wenn sie das nicht wollte, fürchtete sie, daß er sein Ziel trotzdem erreichen könnte. Zum erstenmal in ihrem Leben fühlte sie, daß ihre gesicherte Existenz von etwas bedroht wurde, was sie nicht kontrollieren konnte.

Jedenfalls war sie fest entschlossen, eine Verlobung mit Sir Morgan Carey zu verhindern. Als sie sich an die Hände erinnerte, die ihren Körper gepackt hatten, und an die Lippen, die sie beinahe hatten schwach werden lassen, mußte Sable wieder weinen. Nein, sie hatte nicht die Absicht, Morgan Careys Spielzeug zu werden und seinen Gelüsten zu Willen zu sein. Sie war sich sicher, daß er sie damals in London mit Absicht so erregt hatte, und kniff wütend die Lippen zusammen. Ohne Zweifel hatte er damit gerechnet, daß sie in Cornwall nur sehnsüchtig auf sein Erscheinen wartete.

»Es wird Ihnen nicht gelingen, Morgan Carey!« schwor Sable. Nach dieser Reise wollte er zurückkehren – doch sie wollte ihren Eltern inzwischen klarmachen, daß sie sich lieber ins Meer stürzte, als diesen verhaßten, ordinären Kerl zu heiraten. Sable mußte beinahe lachen, als sie sich so fluchen hörte, doch innerlich fühlte sie keinen Triumph, sondern nur eine seltsam nagende Leere. Zum erstenmal in ihrem Leben war sie anderer Meinung als ihre Eltern und wurde von Gefühlen beherrscht, über die sie keine Macht hatte. Sie konnte nicht abstreiten, daß es Morgan Carey schon einmal gelungen war, mit einem einzigen Kuß ihren Willen zu beherrschen. Dieser Verlust der Kontrolle wurmte sie, und sie schwor, daß sie das auf keinen Fall ein weiteres Mal zulassen wollte.

»Hallo, Liam! Was machst du denn hier?« fragte Sable überrascht, als sie ihr Pferd in den Stall führte, wo ihr Bruder gelangweilt auf einer der Türen thronte.

Bei ihrem Anblick leuchteten seine Augen auf, und er sprang herunter. »Ich wollte dich unbedingt als erster finden. Jeder sucht dich, Sable. Wo bist du denn gewesen?«

Sables Herz schlug schneller. »Ich bin weiter geritten, als ich beabsichtigt hatte«, murmelte sie und fragte dann zögernd: »Was ist los? Weshalb sucht man mich?«

Liam sah sie verwundert an. »Weißt du denn nicht, daß Ned an Vaters Stelle nach Marokko geschickt wird?«

Sable übergab Amourettes Zügel einem der Stallburschen und begann, ihre Handschuhe auszuziehen. »Natürlich weiß ich das. Er hat es mir heute morgen gesagt. Aber was hat das denn mit mir zu tun?«

Liam hopste aufgeregt neben ihr her, als sie über die Wiese zum Haus gingen. Er war glücklich, daß seine Geduld belohnt worden war und er ihr die Neuigkeit mitteilen konnte. »Mama und Papa haben nämlich beschlossen, dich mitzuschicken.«

Wie angewurzelt blieb Sable stehen und sah ihren Bruder ungläubig an. »Mich? Weshalb denn das?«

»Mama hat Lucy gesagt, daß es gut für dich sei, während Papas Krankheit zu verreisen.« Seine Brauen zogen sich zusammen. »Ich glaube, es hat mit Wyecliffes vielen Besuchen zu tun, oder vielleicht auch wegen Kapitän Carey. Aber der ist doch weg, oder nicht, Sable?« fragte er und machte kein Hehl aus seiner Enttäuschung. Er hatte den großen Kapitän in sein Herz geschlossen, weil dieser ebensogern Pasteten aß wie er.

»Das ist er. Zum Glück!« sagte Sable grimmig, obwohl Liams Worte sie sehr erleichtert hatten. Ihr war es recht, daß sie nicht mit ihren Eltern reden mußte, solange ihr Vater noch im Bett lag. Durch diese glückliche Fügung konnte sie die Diskussion bis nach ihrer Rückkehr aufschieben. Nach Vaters Genesung wollte sie ihren Eltern dann mitteilen, was sie von Morgan Carey hielt.

Als sie schließlich bemerkte, daß Liam schon seit geraumer Zeit an ihrer Jacke zupfte, beugte sie sich zu ihm hinunter. »Was ist los, mein Schatz?« fragte sie sanft und war schon in viel besserer Stimmung.

»Fährst du mit?« fragte er aufgeregt. »Papa will es dir überlassen. Also, was machst du?«

Sie lachte, nahm ihn auf die Arme und küßte ihn, bis er heftig protestierte. »Nicht im Traum würde ich daran denken abzulehnen.«

Die Erinnerung an die unerquickliche Begegnung mit Morgan Carey verblaßte allmählich. Was machte es schon aus, daß er sie bereits als seinen Besitz betrachtete? Er war fort, und es interessierte sie überhaupt nicht, wann er wiederkam. Sollte er doch zurückkommen! Sie würde ihm nur ins Gesicht lachen und ihm voller Wonne mitteilen, daß er in North Head nicht länger willkommen sei und er besser gleich wieder verschwände, bevor der Graf ihn an die Luft setze.

5

An einem warmen, sonnigen Nachmittag im späten Mai des Jahres 1867 legte das Dampfschiff *Eliza*, das dem Grafen von Monterrey gehörte, im Hafen von Tanger an. Die Passagiere, die ihre Kabinen verlassen hatten, um das Anlegemanöver zu verfolgen, waren vom Anblick der grünen Hügel und der weiten, blendend weißen Strände überwältigt.

Sable St. Germain trug ein kornblumenblaues Baumwollkleid und einen breitrandigen Strohhut, der ihr Gesicht vor der Sonne schützen sollte. Sie lehnte neben ihrem Bruder an der Reling, und ihre grünen Augen glänzten vor Begeisterung. »Kannst du die Altstadt sehen?« fragte sie, während sie an seinem Ärmel zupfte.

Ned nahm das Fernglas von den Augen und grinste sie spöttisch an. »Du lieber Himmel, Sable! Ich bin doch kein Einheimischer! Bisher habe ich verschiedene Festungen und irgendwelche Palastruinen entdeckt, aber ich habe keine Ahnung, was was ist. Schau' selbst durch das Glas oder frage Kapitän Joudy!«

»Der hat im Augenblick bestimmt zuviel zu tun, um sich auch noch mit meinen Fragen zu beschäftigen«, antwortete Sable und griff nach dem Glas.

»Bist du sicher? Seit Vater ihm dein Wohlergehen anvertraut hat, ist er unermüdlich um dich besorgt, wenn ich das so sagen darf.«

»Ach, hör doch auf!« tadelte Sable, während sie jetzt selbst die Küste musterte. »Er fühlt sich eben für uns verantwortlich. Das ist alles.«

»Aber für dich entschieden mehr«, meinte Ned.

Der junge, hübsche Kapitän der *Eliza* war während der Überfahrt von England über sich selbst hinausgewachsen, um der Tochter des Grafen von Monterrey jeden Wunsch von den Augen abzulesen. Immer wieder hatte man ihn an ihrer Seite gesehen. Er erklärte ihr alle Sehenswürdigkeiten, an denen sie vorbeikamen. Sable waren seine Aufmerksamkeiten sehr willkommen, denn seine guten Manieren und sein Witz ließen sie das Heimweh schnell ergessen, das sie beim Auslaufen aus Falmouth empfunden hatte.

Niemals hätte sie gedacht, daß sie ihr Zuhause und ihre Familie so sehr vermissen würde. War es etwa das schlechte Gewissen, weil sie sich während der letzten Tage ihren Eltern gegenüber so zurückhaltend benommen hatte? Mit angehaltenem Atem hatte sie nur darauf gewartet, daß diese die Sprache auf Morgan Carey und seinen Antrag brächten. Irgendwie war sie erlöst, aber gleichzeitig auch ein wenig verwundert als überhaupt nichts geschah. Sie fühlte immer noch den kleinen Knoten im Hals, wenn sie sich daran erinnerte, wie ihre Mutter ihnen nachgewunken hatte.

Weshalb hatte sie sich ihren Eltern nicht sofort anvertraut? Sable stelle sich diese Frage immer wieder. Jetzt, nachdem der erste Schock und die Wut verflogen waren, konnte sie überhaupt nicht mehr verstehen, daß sie sich nicht sofort an ihre Eltern gewandt hatte. Sie nahm sich vor, gleich nach ihrer Ankunft bei den Telleboroughs einen Brief zu schreiben, den Kapitän Joudy auf dem Rückweg nach England mitnehmen konnte. Schriftlich konnte sie leichter erklären, weshalb sie vor ihrer Abreise so distanziert gewesen war. Außerdem wollte sie sich bei ihnen bedanken, daß sie sie nicht noch kurz vor ihrer Abfahrt unter Druck gesetzt und eine Entscheidung von ihr verlangt hatten, obwohl diese Schonung nicht nötig gewesen wäre, denn sie konnte Morgan Carey so wenig leiden, daß eine Heirat mit ihm ohnehin niemals in Frage kam. Schriftlich ließen sich diese Gedanken leichter in klare, unmißverständliche Worte fassen. Sie traf diese

Entscheidung, während sie von Deck aus zusah, wie die Leinen des Postschiffs vertäut wurden.

»Verzeihen Sie, Lady Sable, Eure Lordschaft.«

Als Sable sich umdrehte, erblickte sie Kapitän Joudy, der in seiner tadellosen, dunkelblauen Uniform beinahe bedeutend aussah. Neben ihm stand ein nervöser kleiner Mann mit grauem Haar, der dauernd nickte, während sie einander vorgestellt wurden. Er hieß Edmund Proust und war Sir Harry Telleboroughs Sekretär.

»Ich bin gekommen, um Sie abzuholen«, erklärte er, während er hartnäckig den erwartungsvollen Blicken der St. Germains auswich und nervös an seinem hohen Kragen zerrte. »Sir Henry läßt sich entschuldigen. Er wurde geschäftlich aufgehalten, und Lady Telleborough ist wegen einer Migräne leider unpäßlich.«

»Oh, Himmel! Ich hoffe, wir kommen nicht völlig ungelegen«, rief Sable bekümmert, und ihre großen Augen blickten besorgt unter dem Strohhut hervor auf Mr. Proust.

»Nein, denn wir haben ja das Telegramm Ihres Vaters rechtzeitig erhalten. Sein Unfall hat uns natürlich entsetzt. Lady Telleboroughs Unpäßlichkeiten sind leider sehr häufig und haben mit Ihrer Ankunft absolut nichts zu tun.«

Als er nach langem Zögern endlich das hübscheste Mädchen, das ihm jemals begegnet war ansah, spürte er, wie ihm die Röte in die Wangen stieg. »Bitte, Sie dürfen nicht glauben, daß Sie uns nicht willkommen sind, Lady St. Germain«, fügte er hastig hinzu. »Ich bin sicher, daß Ihre Gastgeberin sich bereits erholt hat, wenn wir eintreffen.«

Sable und Edward lächelten. Der kleine Mann schien sehr nett zu sein. Er gab sich solche Mühe, damit sie und Edward sich wohlfühlten. Als Mr. Proust feststelle, daß das bezaubernde Lächeln ihm galt, wurde er immer verlegener. Sein Herz klopfte schneller, und er mußte rasch ein Taschentuch hervorholen, um sich die Stirn zu wischen.

Da Ned die Wirkung seiner Schwester auf Männer kannte, konnte er nur mühsam ein amüsiertes Lachen unterdrücken. Wie so oft hatte Sable wieder einmal ganz unbewußt eine Eroberung gemacht. Der Blick, den Kapitän Joudy dem nichtsahnenden Mr. Proust zuwarf, ließ darauf schließen, daß ihm die Sache ebenso aufgefallen war.

»Ich werde Ihr Gepäck holen lassen, Lady Sable«, bot der Kapitän an, während er näher an Sable herantrat, um sie vor Mr. Prousts bewundernden Blicken zu schützen.

»Lassen Sie auch bitte unseren Bediensteten Bescheid sagen, daß wir von Bord gehen können«, fügte Ned hinzu. Mit Bediensteten meinte er seinen Diener Hugh und das Mädchen Katie, die an Stelle der frisch verlobten Lucy Sable auf dieser Reise begleitete.

Nachdem das Gepäck in dem großen Wagen verstaut war, den Mr. Proust mitgebracht hatte, und alle Platz genommen hatten, gab Edmund Proust dem arabischen Fahrer Weisung, nach Hause zu fahren.

»Ich wüßte gern, weshalb Sir Harry sich in Tanger niedergelassen hat und nicht in Rabat oder Casablanca, die doch beide näher bei Fes liegen«, überlegte Ned. »Oder hat er nicht so häufig mit dem Sultan zu tun?«

»Hier in Tanger gibt es eine sehr nette europäische Kolonie«, begann Edmund Proust, doch Sable hörte nicht zu. Gebannt blickte sie statt dessen durch das schmale Fenster des Wagens. Sie bewunderte die massive Festung aus dem siebzehnten Jahrhundert auf der Spitze des Hügels, in der früher der englische Gouverneur untergebracht war, und die Altstadt mit dem Königspalast und den ausgedehnten Gärten. Nichts, was Sable von zu Hause kannte, war mit diesem Leben vergleichbar. Sie war tatsächlich in einer fremden Welt, dachte sie, während sie die Lehmhäuser betrachtete, die sich auf den

Hügeln zusammendrängten, die die Stadt umgaben. Die Straßen waren äußerst schmal, und auf den Marktplätzen wimmelte es von Männern und Frauen, die alle knöchellange Baumwollgewänder trugen oder Kaftane aus farbenfrohen Seidenstoffen. Esel waren offenbar die einzigen Transportmittel, doch gelegentlich erspähte Sable auch ein Kamel mit einem Sattel, an dem zahllose kleine Glöckchen befestigt waren.

Viel zu rasch war die Fahrt vorbei. Edmund Proust half Sable beim Aussteigen, nachdem der Wagen vor einem prachtvollen Besitz angehalten hatte. In seinem Garten wuchsen die exotischsten Pflanzen, und Blumen in allen Farben säumten die Wege und füllten die Töpfe, die auf den Treppenstufen vor dem Hauseingang standen.

»Ruht Lady Telleborough noch?« fragte Edmund Proust, als ihnen die Tür von einem großen maurischen Bediensteten geöffnet wurde.

Fasziniert lauschte Sable dem raschen, singenden Tonfall der arabischen Sprache, während der Maure antwortete. Auf Anweisung von Mr. Proust zogen sie ihre Schuhe aus und bekamen von dem Diener weiche, bestickte Pantoffeln gereicht. Das Haus war nicht übermäßig groß und besaß kaum Fenster, dennoch vermittelte die Möblierung den Eindruck von Weite und Größe. Die Einrichtung bestand überwiegend aus wunderbaren Antiquitäten und feinen Orientteppichen, und an den weißgekalkten Lehmziegelwänden hing eine aufregende Mixtur aus europäischen Porträts und afrikanischen Kunstwerken.

Man brachte Sable und Katie in ein kleines Schlafzimmer, das an einem Innenhof lag, in dem ein Brunnen plätscherte und der mit grünen Büschen bepflanzt war.

»Oh, Katie«, fragte Sable ihr Mädchen, »ist es hier nicht wunderschön?«

»Wenn Sie es sagen, Mylady«, antwortete diese ohne Begeisterung. Ihr war die Seefahrt nicht gut bekommen, und selbst jetzt war sie noch blaß und ihr sommersprossiges Gesicht sah recht mitgenommen aus.

Sable legte dem jüngeren Mädchen den Arm um die Schultern und führte sie zu einem schmalen Bett im benachbarten Zimmer. »Ich möchte, daß Sie sich erst einmal hinlegen. Das Gepäck kann warten. Ich brauche jetzt auch kein Bad und will mich nicht umziehen.«

»Oh, Mylady, das kann ich unmöglich zulassen«, protestierte Katie.

»Doch, das müssen Sie und das werden Sie auch«, antwortete Sable entschlossen.

Da Katie die Kraft zu weiterem Widerspruch fehlte, streckte sie sich aus und war schon kurze Zeit später eingeschlafen. Vorsichtig deckte Sable ihr die Füße zu und verließ leise das Zimmer. Dann machte sie sich auf die Suche nach Ned und Mr. Proust, die sich in einem Wohnraum, der voller afrikanischer und asiatischer Kunstgegenstände war, unterhielten.

»Sable, stell dir vor, Mr. Proust sagt mir gerade, daß die *Orient Star* morgen oder übermorgen hier eintreffen wird«, berichtete Ned aufgeregt. »Wir werden wahrscheinlich kurz danach nach Fes aufbrechen, und zwar mit einer maurischen Eskorte. Wie es aussieht, werden wir tatsächlich auf Kamelen reiten.«

Sable unterdrückte ein Lächeln und dachte, daß hinter Edwards erwachsener Fassade doch immer noch der spitzbübische kleine Junge steckte. Sie fand die Aussicht, auf einem dieser stinkenden, von Flöhen wimmelnden Kamelsätteln zu reiten, keineswegs so verlockend, und war insgeheim froh, daß sie in Tanger bleiben und die Stadt gründlich kennenlernen konnte. Dem beim Abschied tränenüberströmten Liam hatte sie ein Geschenk versprochen, und sie konnte es kaum erwarten, um einen der wunderschönen, handgeschmiedeten Dolche zu feilschen, die sie auf einem Markt gesehen hatte. Wenn sie sich richtig erinnerte, hatte sie beinahe jedem Bewohner von North Head ein Geschenk versprochen. Mit Sicherheit war es nicht weiter schwer, unter den zahlreichen Armreifen und Fußringen, dem Spielzeug, den Messingwaren, den Stoffen und Kaftanen etwas Passendes für jeden zu finden.

»Außerdem hat Mr. Proust verraten, daß wir heute abend an Brod der Jacht des Generalagenten zu Abend essen werden. Freut dich das, Sable?« fuhr Edward fort. »Bist du begeistert?«

»Vielleicht hat Lady St. Germain ja erst einmal genug von Schiffen aller Art«, meinte Mr. Proust. In ihrem kornblumenblauen Kleid und den hübsch aufgesteckten Haaren erschien sie ihm so zart und zerbrechlich. »Ich könnte Lady Telleborough vorschlagen, daß wir statt dessen lieber hier im Haus essen.«

»Oh, nein. Ich freue mich auf das Segeln.«

»Haben Sie keine Angst vor dem Wasser?« fragte Mr. Proust verwundert. Wenn die Jacht *Aloysius* auch groß war, so war sie dennoch nicht mit einem Dampfschiff zu vergleichen. Er hatte bereits einmal erfahren müssen, was es bedeutete, ein schlechter Seemann zu sein, und mochte gar nicht daran denken, daß Lady Sable einmal in eine ähnliche Situation kommen könnte.

»Meine Schwester ist eine ausgezeichnete Seglerin«, versicherte Ned dem beunruhigten Mr. Proust. »Sie vergessen, Sir, daß wir in Cornwall aufgewachsen sind. Da hat man ein bißchen Seemannsblut in den Adern.«

»Werden Sie uns denn begleiten, Mr. Proust?« fragte Sable, als der nervöse kleine Mann immer noch unsicher dreinschaute.

»Sir Harry hat mich ausdrücklich darum gebeten.«

»Dann müssen Sie aber auch kommen«, sagte Sable.

Edmund Proust errötete bis an seine grauen Haarspitzen. Als welch bezauberndes Wesen sich doch die hübsche Tochter des Grafen entpuppt hatte. Als er Sir Harrys laute Stimme in der Halle hörte, stand er rasch auf und nahm eine kämpferische Haltung ein. Wie Edmund Proust sehr gut wußte, war sein Vorgesetzter ein notorischer Schürzenjäger und hatte sich sogar schon mit Frauen eingelassen, die weit jünger und weniger schön gewesen waren als Lady Sable.

Nachdem Sir Harry von einem Diener erfahren hatte, daß die St. Germains bereits im Empfangsraum warteten, ging er unverzüglich dorthin und erblickte zuerst Sable, die immer noch in der Tür stand. In dem Augenblick, in dem ihre Augen einander trafen, wußte er, daß er die wunderbare Kind-Frau von seltener, unverdorbener Schönheit vor sich sah, von der er ein Leben lang geträumt hatte. Doch im selben Augenblick erinnerte er sich daran, daß sie die Tochter – die einzige Tochter – des Grafen von Monterrey war.

Sir Harry kannte den Grafen bereits seit einer Reihe von Jahren. Sie waren sich mehrmals in London und auch während eines internationalen Handelstreffens in Genf begegnet. Unter Charles St. Germains Fassade schlummerte – wie Sir Harry wußte – ein Mann mit festen Grundsätzen und einem starken Charakter, der nicht zögern würde, seiner Tochter in jeder Situation beizustehen und sie zu verteidigen. Sir Harry verwarf seine Gedanken, denn die Risiken waren ihm viel zu groß. Er respektierte den Grafen auch viel zu sehr, um dessen Tochter zu verführen. Er beschloß, die Finger von dem Mädchen zu lassen, tat das aber mit größtem Bedauern.

»Meine liebe, liebe Lady Sable!« rief er mit seiner warmen Baritonstimme. »Ich darf Sie doch einfach so nennen, nicht wahr? Nach den vielen Erzählungen Ihres Vaters habe ich durchaus das Gefühl, Sie schon lange zu kennen.«

Er führte ihre Hand an die Lippen und verbeugte sich formell. Sable war von seinen lustigen braunen Augen und seinem Charme ganz hingerissen. Ihr Vater hatte erwähnt, daß Sir Harry eine Art Wüstling sei, aber ansonsten völlig harmlos, und sie mochte ihn auf den ersten Blick. Er war groß, und seine grauen Schläfen verliehen im ein distinguiertes Aussehen, das durch den dunklen Anzug und die polierten Schuhe nur noch bestätigt wurde – das perfekte Bild eines vermögenden Bankiers, Finanziers und persönlichen Attachés des britischen Botschafters am Hof des Sultans.

»Und dies ist demnach Viscount Audley?« fragte er, während er einem ernsten Ned die Hand schüttelte. Bewunderung und Anerkennung lagen in dem Blick, mit dem er den jungen Erben von Monterrey musterte. Der junge Edward St. Germain war eindeutig aus demselben Holz geschnitzt wie sein Vater.

»Ich entschuldige mich, daß ich Sie nicht persönlich abgeholt habe«, fuhr er fort, während er Sable zu einer mit Kissen übersäten Sitzbank hinüberführte.

»Aber Sie verstehen – Geschäfte. Die nehmen einen voll und ganz in Anspruch. Möchten Sie etwas mit mir besprechen, Edmund?« fragte er, während er seinen Sekretär, der immer noch mit etwas unglücklicher Miene neben ihm stand, eindringlich musterte.

»Nein, Sir. Die Akten können warten, nehme ich an.«

»Genau meine Meinung«, stimmte Sir Harry zu. »Bitten Sie Ovid, einige Erfrischungen zu servieren, und sagen Sie auch Mrs. Telleborough Bescheid, daß unsere Gäste eingetroffen sind.«

»Lady Telleborough ist augenblicklich unpäßlich«, meinte Edmund bedauernd.

»Doch nicht schon wieder eine ihrer Kopfschmerzattacken?«

»Ich fürchte, doch, Sir.«

»Gut, dann lassen Sie sie ruhen. Vielleicht geht es ihr später besser, damit sie uns wenigstens heute abend auf die *Aloysius* begleiten kann.«

»Ich hoffe nur, wir kommen nicht ungelegen«, sagte Sable.

Sir Harry tätschelte ihre kleine seidenweiche Hand. Wirklich verdammt schade, dachte er bei sich. »Nein, überhaupt nicht. Marianne haßt Marokko, und ihre Krankheitsanfälle sind nichts weiter als meine Strafe dafür, daß ich sie hierhergebracht habe.«

»Hm«, murmelte Sable höflich. Kein Wunder, daß Sir Harry sich dann anderweitig tröstete. Weshalb erstickten manche Ehen nur in solcher Bitterkeit, während andere – wie die ihrer Eltern – so überaus glücklich waren?

Nachdem Edmund Proust auf diese Weise verabschiedet worden war, hielt Sir Harry einen längeren Vortrag über das Schiff. Ned und Sable lauschten höflich, während sie ab und zu an ihren Getränken nippten. Sable spürte, daß ihr Bruder viel lieber Fragen zu seiner bevorstehenden Reise nach Fes gestellt hätte.

»Beunruhige dich nicht«, flüsterte sie ihm zu, als sie sich später in ihre Zimmer zurückzogen, um sich umzuziehen. »Heute abend wirst du noch genügend Gelegenheit haben, ihn über den Sultan auszufragen.«

»Er scheint sich mehr für die *Aloysius* zu interessieren als für Vaters Geschäfte«, bemerkte Edward verdrießlich.

Sable reckte sich auf die Zehenspitzen und küßte ihn auf die Wange. »Mach' dir nichts draus! Ich glaube, Sir Harry weiß, was er tut. Er hat schließlich Erfahrung mit dem Sultan.«

Sable wußte sehr wohl, daß Ned, so sehr er sich auch auf diese Reise gefreut hatte, jetzt doch unsicher war, weil ihm die nötige Erfahrung fehlte. Er fürchtete, sich bei Sultan Moulay möglicherweise ungeschickt zu verhalten. Er war doch gerade erst siebzehn Jahre alt.

»Du solltest dir wirklich nicht so viele Gedanken machen«, wiederholte Sable. »Unter Sir Harrys Fittichen wirst du keine Fehler machen.«

»Ich hoffe nur, daß du recht behältst«, murmelte Ned skeptisch. Er hatte sich sehr auf die Reise gefreut, doch als dann plötzlich die ganze Verantwortung auf seinen

Schultern lastete, hatte ihn das zunehmend verunsichert. Mittlerweile wünschte er geradezu, daß sein Vater an seiner Stelle gekommen wäre.

»Heute abend wollen wir uns jedenfalls amüsieren«, verkündete Sable und hängte sich bei ihm ein. »Und morgen werden wir uns dann über den Sultan und Fes Gedanken machen.«

Der Zuspruch entspannte Edward sichtlich. Während der Schiffsreise war er sehr mit seinen eigenen Problemen beschäftigt gewesen, aber trotzdem war es ihm nicht entgangen, daß Sable ebenfalls Probleme hatte. Offenbar hatte sie sie inzwischen selbst gelöst, denn sie war wieder ganz die alte Sable, die lachte und vergnügt war und ihren ganzen Charme spielen ließ, was ansteckend wirkte und ihm ein wenig Sicherheit zurückgab.

»Oh, Sable!« rief er und drückte ihre Hand. »Ich bin so froh, daß wir hergekommen sind. Plötzlich habe ich das Gefühl, daß es klappen wird.«

Sable lächelte ihm zu. »Ich weiß, daß es gutgehen wird. Dir traue ich alles zu.« Zärtlich streichelte sie ihm über die Wange, bevor sie in ihr Zimmer ging, um den Brief an ihre Eltern zu schreiben und sich für den kommenden Abend umzuziehen.

Die *Aloysius* war tatsächlich so imposant, wie Sir Harry sie beschrieben hatte. Sie war fast zwanzig Meter lang und neigte sich unter dem Druck der weißen Segel, die an den beiden hochaufragenden Masten befestigt waren. Das Deck bestand aus liebevoll gepflegtem altem Holz, was Sable so sehr begeisterte, daß sie nur mit angehaltenem Atem auftrat.

»Ist das Schiff nicht wunderbar?« fragte Sir Harry.

Sable nickte, und ihre grünen Augen glänzten vor Begeisterung.

»Hoffentlich ist es in der Bucht nicht zu windig«, bemerkte Lady Telleborough skeptisch. »Du weißt, daß mein Magen keinen Seegang verträgt, Harry.«

Lady Marianne Telleborough war eine bleiche Frau, die an zahlreichen echten und ebensovielen eingebildeten Krankheiten litt. Sie hatte Sable mit schwachem Druck die Hand geschüttelt, als sie einander vorgestellt wurden, hatte kurz bemerkt, welch hübsches Kind sie doch sei, war plötzlich auf dem Sofa zusammengesunken und hatte nach ihrem Riechsalz gerufen. Als Sable äußerst beunruhigt Sir Harry verständigte, hatte der sie beruhigt und erklärt, daß diese Schwindelanfälle nicht von Bedeutung seien. Aus der Art, wie die beiden miteinander umgingen, entnahm Sable, daß zwischen ihnen nicht mehr allzu viel Liebe existierte, und sie fragte sich, wie man eine solche Folter überhaupt so lange ertragen konnte.

Doch alle diese Gedanken waren rasch vergessen, als ihr von einem jungen Mauren in gestreiftem Hemd und weißer Baumwollhose beim Betreten der *Aloysius* geholfen wurde. Der Eigentümer des Schiffes, der Sir Harry großzügigerweise seine Jacht zur Verfügung gestellt hatte, war nicht anwesend, aber einige europäische Ehepaare waren der Einladung des Engländers gefolgt. Nachdem alle einander vorgestellt worden waren, begab man sich nach hinten, um den Sonnenuntergang zu bewundern.

Wie Sable leicht amüsiert feststellte, hatte Ned offenbar seine anfängliche Nervosität überwunden und unterhielt sich mit Sir Harry und den anderen Herren über den Marktanteil der Firma Barrancourt Ltd. in Indochina. Sable selbst war von den Damen sofort in ein Gespräch über Mode verwickelt worden, das sich an Sables traumhaftem Abendkleid, das alle begeistert beklatscht hatten, entzündet hatte. Katie hatte darauf bestanden, daß sie das goldene Chiffonkleid trug, das die Gräfin hatte einpacken lassen, falls ihre Tochter an einem offiziellen Dinner teilnehmen mußte. Anfangs hatte Sable protestiert, weil sie sich für eine kleine Kreuzfahrt nicht so formell anziehen wollte, doch Katie hatte darauf bestanden. Und nachdem Sable die anderen Damen – Lady Telleborough trug zum Beispiel ein azurblaues Seidenkleid und dazu Perlenketten und passende Ohrringe – gesehen hatte, mußte sie ihrer Kammerzofe recht geben.

Der Ausschnitt ihres Kleides war so raffiniert geschnitten, daß er die weichen Rundungen ihres Busens betonte. In der Taille war es nicht ganz anliegend, aber dafür lag ein silberner Schal aus Crêpe um ihre schmalen Hüften. Die Haare hatte Sable mit goldschimmernden Nadeln hochgesteckt, so daß im Licht der zahlreichen Öllampen, die man entlang der Reling befestigt hatte, nicht nur ihre grünen Augen glitzerten, sondern ihre ganze Gestalt wie ein Sternenhimmel leuchtete.

Als sich die *Aloysius* langsam vom Kai löste, näherte sich die Sonne gerade dem Horizont, der sich blutrot färbte. Auf der Bucht und den umliegenden Hügeln lag ein zauberhaftes orange- und rosafarbenes Licht.

»Sobald wir den Hafen hinter uns gelassen haben, wird das Essen serviert werden«, teilte Sir Harry lächelnd mit, während einer der Stewards Champagner ausschenkte. Sable nippte immer wieder an ihrem Glas und lehnte sich dann gedankenverloren in die Kissen zurück und entspannte sich zum erstenmal.

Ein warmer Wind umspielte ihre Wangen, und die Segel über ihr wölbten sich golden im vergehenden Tageslicht. Auf der gegenüberliegenden Seite des Decks unterhielt sich Edward immer noch mit den anderen Gästen. Ihr wurde ganz warm ums Herz, als sie das vertraute St. Germain-Profil betrachtete, und Sable konnte sich ihr plötzliches Gefühl der Zufriedenheit nur damit erklären, daß der Genuß des Champagners wohl etwas damit zu tun hatte. Sie glaubte auf einmal, daß an diesem besonderen Abend ihr Leben eine völlig neue Wendung nehmen würde. Unsinn! sagte sie sich selbst. Diese Gefühle haben wahrscheinlich alle, die ihren Champagner zu rasch trinken.

»Haben Sie jemals einen so wunderbaren Sonnenuntergang gesehen?« fragte Lady Telleborough seufzend. Mittlerweile ragte nur noch ein roter Halbkreis über den Horizont, der die Wolken am Himmel in Brand gesetzt zu haben schien. Die *Aloysius* segelte jetzt parallel zur Küste, wo gerade die ersten Lichter auf den Hügeln aufflammten.

»Sicher gibt es in Cornwall ähnlich schöne Sonnenuntergänge«, vermutete Winnifred James.

»Manchmal sind sie sogar noch viel aufregender«, gab Sable zur Antwort. »Das Sonnenlicht wird von den Klippen reflektiert und verwandelt sie – besonders im Winter – oft in pures Gold. Ein aufregender Anblick«, sagte sie und fügte großzügig hinzu: »Ich kann mich allerdings nicht erinnern, daß ich jemals einen Sonnenuntergang so sehr genossen habe wie diesen.«

Lady Telleborough lächelte entzückt. »Wir hoffen, daß es Ihnen beiden hier gefällt. Harry hält so viel von Ihrem Vater, meine Liebe. Oh, da kommt Kelrah mit unserem Essen!«

Sable sah auf und bemerkte, daß ein Steward geduldig neben Lady Telleborough stand und ihr ein Kupferbekken und ein Handtuch hinhielt. Sie beobachtete, wie ihre Gastgeberin die Seife entgegennahm, ihre Hände damit wusch und sie schließlich im Wasserbecken abspülte. Als Sable an der Reihe war, machte sie es ihrer Gastgeberin nach, während Lady Telleborough erklärte, daß Marokkaner es gewohnt seien, mit den Fingern zu essen. Auch wenn sie selbst in ihren Kreisen diesen Brauch nicht einhielten, wollten sie doch nicht mehr auf diese Waschungen verzichten.

Während sich die Männer langsam zu ihnen gesellten, wurden zwei große Tische, die mit wunderschön bestickten Tüchern bedeckt waren, herbeigebracht und aufgestellt. Auch die Männer wuschen nun ihre Hände, dann servierten die Stewards Terrakottaschalen mit köstlichen Hammelfleischgerichten, feurigen Kebabs aus Rinderwurst, die auf runden Brotscheiben serviert wurden. Außerdem gab es in Fenchel gebratenen Fisch und schmackhafte Hühnerbrüstchen, die mit Datteln und Rosinen gefüllt waren.

Als Abschluß wurde eine reichhaltige Auswahl an Früchten gereicht. Die saftigen Orangen hatten es Sable besonders angetan, und sie langte kräftig zu. Zum Schluß gab es noch einmal eine Waschzeremonie, und kurze Zeit später erschien Kelrah mit einer riesigen Teekanne, die er vor ihnen abstellte.

»Normalerweise wird der Tee in der Küche zubereitet«, erklärte Lady Telleborough, »doch ich dachte, daß unsere jungen Gäste bestimmt gerne sehen wollen, wie er bereitet wird.«

Interessiert beobachtete Sable, wie Kelrah drei Silberdosen neben die Teekanne stellte. Aus der ersten entnahm er Teeblätter, legte sie in die Kanne und goß kochendes Wasser darüber. Danach brach er ein Stück von einer Zuckerplatte ab, die in dem zweiten Gefäß aufbewahrt wurde, und fügte schließlich ein wenig Minze aus dem dritten hinzu. Als Sable schließlich probierte, mußte sie anerkennend eingestehen, daß sie noch niemals so köstlichen Tee getrunken hatte.

»Es schmeckt fantastisch!« stimmte auch Ned nach einem ersten Schluck zu. »Ich hätte niemals gedacht...«

Seine weiteren Worte wurden von einem entsetzten Schrei unterbrochen, den der Mann am Ruder ausstieß.

»Was ist los?« Sir Harry sprang auf und verschüttete fast den Inhalt seiner Tasse.

»Guter Gott!« schrie er, während sich seine Augen vor Schreck weiteten.

»Was ist los, Harry?« rief nun auch Lady Tellebo-rough ängstlich.

Die Sonne war bereits vor einiger Zeit untergegan-gen, und den größten Teil der Mahlzeit hatten sie bei Laternenschein eingenommen. Am Horizont leuchtete nur noch ein schmaler, roter Lichtstreifen, doch das ge-nügte, um zu erkennen, was den Mann zu diesem Schrei veranlaßt hatte.

Später konnte Sable sich nicht mehr genau erinnern, wie das Schiff ausgesehen hatte, das plötzlich in der Dunkelheit auf sie zugekommen war. Bei Sir Harrys Aufschrei war sie ebenfalls aufgesprungen, doch ihre Neugier hatte sich augenblicklich in tiefes Entsetzen verwandelt.

Sir Harry war zum Ruder gerannt und hatte einige Befehle erteilt, worauf sich die *Aloysius* kräftig zur Seite legte, so daß Sable beinahe den Halt verloren hätte. Ei-nen Augenblick lang schien es, als ob sie noch auswei-chen konnten. Für Sable war die Situation völlig uner-klärlich, denn die *Aloysius* war hell erleuchtet, also gut zu sehen.

Welche Mächte auch immer das Schicksal der *Aloy-sius* in dieser Nacht bestimmten, das Glück war jeden-falls nicht darunter. Während die Gäste gut gespeist und die Mannschaft ihr Bestes gegeben hatte, war der riesige Segler unbemerkt herangekommen. Kurz vor dem Zusammenstoß hatte Ned noch ihren Namen ge-rufen. Die Kollision selbst war mit explosionsartigem Knall erfolgt, und Sable hatte noch gespürt, wie sie hochgehoben und leicht wie eine Feder durch die Luft gewirbelt wurde, bevor sie ins Wasser fiel.

Der Schock des Untertauchens brachte sie wieder zur Besinnung, und sie kämpfte sich an die Oberfläche zu-rück, indem sie heftig gegen ihre schweren Röcke an-kämpfte, die sie nach unten zu ziehen drohten. Als sie schließlich die Oberfläche erreicht und sich das Wasser aus den Augen gewischt hatte, war es bereits so dunkel, daß sie absolut nichts mehr erkennen konnte. Völlig verängstigt spähte sie in alle Richtungen und suchte nach der *Aloysius*.

»Hilfe! Helfen Sie mir, bitte!« schrie sie und meinte, aus großer Entfernung ein Rufen zu hören, das der Stimme ihres Bruders ähnelte.

»Ned!« schrie sie, doch diesmal herrschte absolute Stille. Während Sable heftig auf der Stelle paddelte, versuchte sie, ihre erste Panik zu überwinden. War sie tatsächlich so weit vom Schiff weggetrieben worden? Bestimmt war sie nur einige Sekunden lang unter Wasser gewesen. Als sie Schwimmbewegungen versuchte, stellte sie fest, daß sie überhaupt nicht vorwärts kam, eine starke Strömung zog sie in die entgegengesetzte Richtung.

»Ned!« schrie sie noch einmal.

Doch es war nutzlos. Die Strömung zerrte gnadenlos an ihr, so daß Sable gehorchen, sich auf den Rücken legen und sich mit forttreiben lassen mußte. Im Augenblick war es jedenfalls sinnlos, weitere Energie aufs Schwimmen zu verschwenden, das war ihr klar. Der Unfall war so überraschend gekommen, daß sie große Mühe hatte zu begreifen, was geschehen war.

»Ich muß an Land schwimmen«, flüsterte sie und fühlte gleichzeitig, wie die Strömung unablässig an ihren Haaren und ihren schweren Röcken zerrte. Als sie den Kopf wandte, konnte sie plötzlich die Lichter von Tanger in nicht allzu großer Entfernung sehen, und ihr Herz machte einen gewaltigen Freudensprung. Für eine geübte Schwimmerin wie sie durfte es nicht allzu schwer sein, das Ufer zu erreichen. Ihr Vater hatte ihr als Kind Schwimmunterricht gegeben, und sie hatte keinerlei Angst vor dem Wasser. Gleichzeitig wußte sie, daß es vergeblich war, gegen den Strom schwimmen zu wollen, und erst recht dann nicht, wenn man noch schwere Kleidung trug. Es war besser, sich treiben zu lassen, bis man der Strömung entkommen war. Erst dann konnte man versuchen, das Ufer zu erreichen. Sie versuchte, sich von ihrem Kleid zu befreien, doch der einzige Erfolg war, daß sie unterging. Als sie endlich hustend und spuckend wieder die Oberfläche erreicht hatte, beschloß sie, sich lieber wieder friedlich auf den Rücken zu legen und sich nicht mehr zu bewegen.

Inzwischen hatte sie längst jedes Zeitgefühl verloren. Als schließlich der Sog des Wasser nachließ, hatte sie keine Vorstellung mehr davon, wie weit sie inzwischen vom Ort des Unglücks abgetrieben worden war. Das Wasser war zwar nicht sehr kalt, aber trotzdem fröstelte sie, als sie schließlich in Richtung Küste losschwamm. Sable war wirklich eine ausgezeichnete Schwimmerin, doch die Lichter näherten sich nicht, so sehr sie sich auch anstrengte. Schließlich stiegen ihr Tränen der Wut in die Augen. Sie kämpfte gegen die Angst vor dem Ertrinken an und stellte sich immer wieder vor, welchen Kummer sie ihren Eltern mit ihrem Tod bereiten würde.

Sie sprach sich selber Mut zu, doch es war vergeblich, und ihre Kräfte ließen langsam nach. Vor Erschöpfung schluchzend drehte Sable sich wieder auf den Rücken, um ein wenig auszuruhen. Wie lange konnte sie das wohl noch aushalten? Sie fürchtete sehr, wieder in eine Strömung zu geraten, die sie womöglich weit aufs Meer hinauszog.

Vielleicht stimmte es tatsächlich, daß man nachts Geräusche besser wahrnehmen konnte als am Tage, oder vielleicht lauschte Sable besonders intensiv – jedenfalls drang irgendwann ein Geräusch an ihr Ohr. Elektrisiert hob sie den Kopf aus dem Wasser und konzentrierte sich darauf. Und dann hörte sie es wieder – es war der unverkennbare Klang, den eine Seilrolle verursachte, wenn sie gegen Holz schlug.

Sable holte tief Luft und schrie aus Leibeskräften um Hilfe. Als niemand antwortete, versuchte sie es ein zweites Mal.

»Ahoi!« kam die Antwort durch die Dunkelheit.

»Hilfe!« schrie sie wieder. Sie konnte es kaum glauben, daß sie gehört worden war.

»Wo sind Sie?«

»Hier drüben!« rief sie zurück, wobei ihr vor lauter Erleichterung fast die Stimme versagte. »Helfen Sie mir, bitte!«

Sekunden später flammten einige Lichter auf. Obwohl Sables Augen vom Salzwasser verklebt waren, konnte sie die schwachen Umrisse eines Schiffsrumpfes erkennen.

»Hilfe!« schrie sie noch einmal. »Ich bin über Bord gefallen!«

Kommandos schallten durch die Dunkelheit, und als Sable hörte, wie ein Boot zu Wasser gelassen wurde, hätte sie am liebsten geweint. Das Knarren der Ruder gab ihr noch einmal Kraft. Sie biß die Zähne zusammen und schwamm dem Boot mit letzter Anstrengung entgegen. Plötzlich tauchte es vor ihr auf, und sie sah eine Laterne, sowie den Mann, der am Bug stand und sie in der Hand hielt.

»Hier ist er!« hörte Sable ihn rufen, doch in diesem Augenblick verließen sie die Kräfte.

Sechs Arme packten sie, bevor sie unterging, und einer der Männer schaffte es schließlich, sie unter den Armen zu fassen. Dann zogen sie sie in gemeinsamer Anstrengung über die Bordwand ins Boot. Dort brach Sable zusammen.

»Du lieber Himmel! Das ist ja ein Mädchen!« hörte sie eine überraschte Stimme rufen, doch sonst nahm sie nichts um sich herum wahr. Sie spürte nicht einmal das helle Licht der Laterne auf ihrem Gesicht. Ein unkontrollierbares Zittern hatte ihren ganzen Körper erfaßt, und schließlich sank sie nach überstandenem Schrecken in eine tiefe Ohnmacht.

6

Sir Morgan Carey, der Kapitän des Schiffes *Defiance* beobachtete schweigend, wie sich eine Gruppe seiner Männer an der Reling versammelte, um das zurückgekehrte Boot an Bord zu hieven. Am Bug der Barkasse konnte er seinen Ersten Maat Jackson Torance ausmachen, dessen scharfes Profil im Licht der Laterne gut zu erkennen war.

Als Torance spürte, daß das prüfende Auge des Kapitäns auf ihm ruhte, hob er den Kopf. »Wir haben ein Mädchen aufgefischt, Sir! Ich habe keine Ahnung, wie sie dorthingekommen ist.«

»Ist sie tot, Jack?« rief der Kapitän mit unbeteiligter Stimme zurück.

»Nein, Sir, jedenfalls glaube ich es nicht. Aber sie ist völlig unterkühlt.«

Morgans Lippen waren nur noch ein dünner Strich. Das Letzte, was er im Augenblick gebrauchen konnte, war ein Mädchen an Brod seines Schiffes. Und ein krankes noch dazu.

»Mr. Hayes!«

Ein junger Mann mit dunkelblauer Mütze stand stramm. »Aye, Sir!«

»Schicken Sie jemanden nach unten. Pierson soll heraufkommen. Und falls er nicht innerhalb von dreißig Sekunden an Deck ist, werde ich ihn holen lassen. Verstanden?«

Der junge Daniel Hayes senkte die Augen, weil er sich vor dem kalten Blick des Kapitäns fürchtete. »Aye, aye, Sir.«

Daraufhin wandte sich Morgan wieder der Reling zu, wo das Rettungsboot mittlerweile gesichert worden war. Einige Besatzungsmitglieder halfen, das armselige Bündel an Deck zu heben. Langsam trat der Kapitän näher, wobei er sich unsicher mit der Hand durch die dunklen Locken fuhr.

»Ist sie tatsächlich noch am Leben, Jack?« fragte er ohne jede Emotion, während er außerhalb der Gruppe stehenblieb.

Bei seinen Worten bildeten die Männer respektvoll eine Gasse, so daß Morgan das Mädchen in seinen durchweichten Kleidern sehen konnte. Ihr Gesicht war leichenblaß und teilweise von schwarzen Haarsträhnen bedeckt.

»Nicht tot, Sir, nur ohnmächtig«, gab Jack Torance zurück. Er war ein kleiner, drahtiger Mann und bereits über fünfzig Jahre alt, verschwiegen und loyal, wie ein Mann aus Devon nur sein konnte. Er hatte zu den ersten fähigen Seeleuten gehört, die auf der *Defiance* angeheuert hatten. Für Morgan war Jack Torance einer der wenigen Männer, denen er bedenkenlos sein Leben anvertrauen würde.

»Kapitän! Mr. Hayes sagt mir gerade, daß Sie ein Mädchen aufgefischt haben.«

Dr. Aaron Pierson war etwas zerzaust und außer Atem auf Deck erschienen. Seine Brille thronte wie gewöhnlich auf der Spitze seiner langen, dünnen Nase. Morgan unterdrückte seinen aufsteigenden Ärger, weil er wußte, daß seine Ablehnung diesem Mann gegenüber nur darauf beruhte, daß er kein guter Seemann war. Als er den großen Arzt für diese Reise angeheuert hatte, hatte ihm der aus Schottland stammende Mann versichert, daß er keinerlei Schwierigkeiten mit der Seefahrt hätte, was sich jedoch rasch als Lüge entpuppt hatte. Denn als die *Defiance* nach der Abfahrt aus England in stürmisches Wetter geraten war, hatte Doktor Pierson mit allen Anzeichen heftigster Seekrankheit seine Kabine aufsuchen müssen. Schlimmer noch war, daß das einzige Gegenmittel, auf das er schwor, eine Flasche oder auch zwei des besten Brandys war, den Morgan ihm dann auch widerwillig zugestanden hatte. Dem glücklosen Doktor war wohl niemals ganz klargeworden, daß er beinahe in Lissabon an Land gesetzt worden wäre. Doch Morgan brauchte auf dieser Reise dringend die Dienste eines fähigen Arztes, und trotz aller seiner Flausen besaß dieser Schotte auf medizinischem Gebiet große Fähigkeiten.

»Geht es ihr schlecht?« fragte Daniel Hayes bekümmert, als Doktor Pierson mit einer kurzen Untersuchung fertig war.

»Es scheint kein Wasser in der Lunge zu sein«, erwiderte Pierson. Er rutschte seine Brille zurecht und ließ Sables kraftlose Hand auf die Planken zurückfallen. »Ihr Puls ist normal. Ich glaube, sie ist nur völlig erschöpft.«

Morgan Careys Gesicht entspannte sich. »Dann wird sie also nicht sterben?«

Doktor Pierson blickte verwundert auf. Er hatte sich noch immer nicht an den unverblümten Ton des Kapitäns gewöhnt. Irgendwie beunruhigte ihn dieser große Mann, und er hegte den Verdacht, daß Sir Morgan das wußte.

Er wandte sich wieder Sables reglosem Körper zu. »Im Gegenteil. Sie wird in Kürze ihr Bewußtsein wiedererlangen.«

Morgan nickte beifällig. »Wunderbar. Jack, sobald sie wach wird, flößen Sie ihr Brandy ein, und dann wird sie an Land zurückgeschickt.«

Doktor Pierson riß die Augen auf. »Das dürfen Sie nicht tun!«

Morgan runzelte die Brauen. »So? Meinen Sie?«

Die umstehenden Männer rückten näher, und Pierson wußte sofort, daß er etwas Falsches gesagt hatte. Offenbar durfte man Befehlen des Kapitäns nicht widersprechen. Aaron Pierson mochte vielleicht ein Feigling und Trinker sein, aber er hatte immer das Wohl seiner Patienten über alles gestellt. Nachdem er sich aufgerichtet hatte, starrte er unverwandt in diese kalten blauen Augen.

»Ich sagte, daß sie wieder zu Bewußtsein kommen wird, aber nicht, daß sie schon stark genug ist, um transportiert zu werden.«

Morgan runzelte die Stirn. »Was soll das heißen?«

»Ihre Körpertemperatur ist gefährlich niedrig. Sie muß unbedingt in ein warmes Bett. Jedenfalls riskieren Sie ihr Leben, wenn Sie sie während der Überfahrt weiterhin der kalten Nachtluft aussetzen.«

Morgan kniff die Lippen zusammen. »Was erwarten Sie eigentlich von mir, Pierson?« schimpfte er. »Ich kann sie doch hier nicht pflegen, bis sie stark genug ist, um nach Tanger zurückgebracht zu werden. Wir haben ohnehin schon viel zuviel Zeit verloren.«

Doch Aaron Pierson blieb unnachgiebig. Obwohl er fast so groß war wie der Kapitän, war er dünner, ja fast wirkte er ein wenig schmächtig. Er konnte Morgans wachsenden Ärger körperlich spüren, aber obwohl seine Unterlippe dabei zitterte, hielt er dem Blick unverwandt stand.

»Wenn Sie sie jetzt transportieren, wird sie eine Lungenentzündung oder Schlimmeres bekommen.«

»Es geht hier auch um andere Leben, Doktor Pierson«, sagte Morgan leise, aber mit solcher Eindringlichkeit, daß der Arzt einen Schritt zurücktrat.

Morgan musterte die umstehenden Matrosen. »Tragt sie in meine Kabine!« schnarrte er. »Sobald der Lotse von Bord geht, schicken wir sie mit.«

»Dann haben Sie ihren Tod auf dem Gewissen, Kapitän«, schrie Aaron Pierson.

Schweigen breitete sich auf dem dunklen Deck aus. Morgan, der schon den halben Weg zum Ruder zurückgelegt hatte, machte auf dem Absatz kehrt. Die Geschmeidigkeit seiner Bewegungen ließ den ängstlichen Arzt an einen Panther denken, der zum Sprung ansetzt.

Doch bevor noch irgend jemand etwas sagen konnte, hustete Sable einmal stark und stöhnte, wodurch sich sofort wieder alle Augen auf sie richteten.

Morgans Gesicht wirkte wie versteinert, während er dem Arzt zusah, der sich rasch wieder über das Mädchen beugte. Er trat Schritt für Schritt näher, bis schließlich seine Stiefelspitzen Sable fast berührten. Teilnahmslos betrachteten seine Blicke den durchweichten goldenen Stoff, der sich eng an ihren Körper schmiegte. Sie hustete und stöhnte noch einmal. Dabei warf sie den Kopf zur Seite, so daß die verklebten Haare zurückfielen und er ihr Gesicht sehen konnte.

»Guter Gott!« explodierte Morgan.

Aaron Pierson schrie ängstlich auf, als er durch Morgans ungeduldige Bewegung zur Seite gestoßen wurde. »Um Gottes Willen!« schrie er erschrocken. »Was machen Sie denn da?«

»Ich tue ihr schon nichts, Sie Narr!« Morgan kniete neben Sable nieder und betrachtete das bleiche Gesicht. Ihre Lippen waren blutleer, und sie zitterte unaufhörlich. Doch Morgan sah nur die Schönheit ihrer Züge und den hübschen Schwung ihrer kleinen Stupsnase. Nein, es konnte nicht sein. Er durfte keine Sekunde lang glauben, daß dies tatsächlich dieselbe junge Frau war, die er vor ungefähr einem Monat auf einer Londoner Terrasse geküßt hatte und deren schüchterne Erwiderungen in ihm eine Sehnsucht geweckt hatten, die er bisher nicht hatte befriedigen können. Er dachte an den Tag, als sie trotzig und herausfordernd hier vor ihm auf dem Deck gestanden hatte und ihn mit ihren hochnäsigen Worten und den roten, verführerischen Lippen zur Weißglut gebracht hatte.

Er konnte es einfach nicht glauben. Sein großer Daumen folgte der Linie ihrer Lippen, doch ihre Haut fühlte sich eiskalt an und überhaupt nicht warm und seidenweich, wie er es in Erinnerung hatte. Sables Brauen zogen sich bei der kaum wahrnehmbaren Berührung zusammen, und sie stöhnte unwillig. Morgans Brust weitete sich, so tief holte er Atem, als sie die Augen öffnete, die genau auf ihn gerichtet waren. Sie blinzelte immer wieder und versuchte, das undeutliche Bild zu fixieren, doch noch bevor sie ihn erkennen konnte, schlossen sich ihre Lider wieder. Aber der winzige Augenblick war genug: Morgan hatte die tiefgrünen Augen wiedererkannt, die ihn seit seiner Abfahrt aus England verfolgten.

»Jack!«

Der Erste Maat war sofort zur Stelle. »Aye, Sir.«

Morgan stand auf, wobei er den kleineren Mann überragte. »Bringen Sie sie in meine Kabine! Und bringen Sie alle überzähligen Decken, die Sie finden können!« Sein Zeigefinger bohrte sich in die knöcherne Brust des Arztes. »Pierson, Sie sind mir verantwortlich für sie. Falls sie stirbt, wird es Sie Ihren Kopf kosten. Verstanden?«

Doktor Pierson schnappte nur noch nach Luft und war außerstande, die Veränderung, die in dem Giganten vorgegangen war, zu begreifen. Sir Morgans Augen blitzten, und sein Gesicht glühte vor Heiterkeit. Er wirkte wie ein Krieger, der einen wichtigen Feind in seine Gewalt bekommen hat.

»Ich habe bereits gesagt, daß sie die Überfahrt nach Tanger keinesfalls überleben wird«, schrie er.

»Sie wird dieses Schiff nicht verlassen«, gab Morgan zurück, was die Männer, die Sable gerade davontrugen, innehalten ließ. »Ja«, fuhr er fort, wobei sein wütender Blick alle einschloß, »ich kann meine wertvolle Zeit nicht damit vergeuden, sie in den Hafen zurückzubringen.«

»Aber Sie können sie doch auch nicht einfach so hierbehalten«, protestierte Jack Torance schockiert. »Das – das wäre doch Entführung, Sir!«

Die blauen Augen schossen Blitze, und Jack wußte, daß er zu weit gegangen war, aber er gab nicht nach, sondern blickte Morgan weiter fragend an.

»Können Sie mir einen anderen Vorschlag machen?« fragte Morgan schon wesentlich friedlicher. »Pierson sagt, daß sie stirbt, wenn ich sie mit dem Lotsen zurückschicke. Auf der anderen Seite kann unsere Reise unmöglich so lange aufgeschoben werden, bis sie sich besser fühlt, und noch viel weniger können wir wieder Stunden verschwenden, um zurück in den Hafen zu segeln und sie abzusetzen.«

»Aber Sie wissen doch nicht einmal, wer sie ist, Kapitän«, beharrte Jack, dessen Herz mit dem zarten Wesen auf seinen Armen Mitleid hatte. »Ihre Familie wird glauben, sie sei ertrunken.«

Morgans ärgerlicher Blick streifte die Gesichter seiner Männer. Er konnte sehen, daß sie wie sein Erster Maat dachten. Er lächelte etwas zynisch. »In dieser Beziehung irren Sie sich, Jack. Ich weiß sehr wohl, wer sie ist, und ich werde dafür sorgen, daß der Lotse eine Botschaft an ihre Lieben mitnimmt. Nach unserer Rückkehr wird das Mädchen ihren Angehörigen unversehrt zurückgegeben werden.«

Mit diesen Worten machte er auf dem Absatz kehrt, und kurz darauf hatte die Dunkelheit ihn verschluckt.

Jack blieb nichts anderes übrig, als das zitternde Mädchen tatsächlich in die große Kabine des Kapitäns zu bringen. Als er sie in die Koje legte, während Doktor Pierson hektisch um ihn herumtanzte, wurde ihm schwer ums Herz. Er wußte genau, daß der Kapitän richtig entschieden hatte, denn von der Schnelligkeit der *Defiance* hingen einfach zu viele Leben ab. Jack war ein einfacher, ehrenhafter Mann, und das bleiche, schmale Gesichtchen rührte ihn zutiefst. Er mochte gar nicht an den Kummer denken, den sie ihr bereiteten, indem sie sie so weit von zu Hause mitnahmen.

»Was haben Sie gesagt?« fragte er, als er Doktor Pierson leise neben sich murmeln hörte.

Der Arzt sah auf. »Das Zittern wird immer stärker. Ich

fürchte, sie wird Fieber bekommen. Wahrscheinlich ist es wirklich die klügste Entscheidung, sie mitzunehmen. In dieser Verfassung wird sie noch lange sehr schwach sein. Helfen Sie mir, bitte, ihr das nasse Kleid auszuziehen, ja?«

»Das werde ich tun, Jack.« Morgans dunkle Stimme klang kühl, und sein Gesicht war ausdruckslos. Er war unbemerkt in die Kabine gekommen.

»Aye, Sir! Ich werde die Decken holen.«

Während der Kapitän dem Mädchen die Kleider auszog, beachtete er ihren nackten Körper überhaupt nicht, sondern dachte nur fieberhaft darüber nach, weshalb sie wohl in Marokko war. Hatte das Schicksal sie ins Meer geworfen und so weit von zu Hause ausgerechnet auf sein Schiff gebracht? Er würde unendlich viel Zeit haben, darüber nachzudenken. Er begann ihren willenlosen Körper mit einem Handtuch trockenzureiben. Unter seinen Händen spürte er, wie sich das Zittern verstärkte und das Fieber stieg. Rasch steckte er sie in eines seiner Hemden und deckte sie dann zu.

»Wie krank ist sie eigentlich?« fragte er, als er Aaron Piersons besorgten Gesichtsausdruck sah.

»Nicht sehr – jedenfalls bisher nicht«, erwiderte der Arzt vieldeutig. »Das wird die Zeit zeigen.«

»Und Sie werden tun, was in Ihrer Macht steht!« Das war ein Befehl, der keinen Widerspruch duldete.

Doktor Pierson gestikulierte. »Sie wird aber dauernde Pflege brauchen, Sir.«

»Das überlassen Sie mir, Pierson! Ich will sie nicht verlieren.« Als er wieder so hintergründig grinste, fühlte der Arzt sich äußerst unwohl. »Nur ein Narr würde wegwerfen, was ihm das Meer so bereitwillig und großzügig in den Schoß geworfen hat, oder?«

Aaron Pierson mußte schlucken. Obwohl Morgan Careys Kabine wirklich sehr geräumig war, die Heckfenster offenstanden und ein Stück nachtblauen Sternenhimmel sehen ließen, schien der riesige Mann allein durch seine Gegenwart alles um sich herum zu verkleinern, so daß der Raum stickig und eng wirkte. »Ich glaube, Sie haben recht, Sir«, erwiderte er erschöpft.

Unter der Besatzung gab es manches Gerede über die Entscheidung des Kapitäns, das Mädchen an Bord zu behalten. Doch als die Besatzung erfuhr, daß ihr Fieber während der Nacht gestiegen war, hielten es alle nachträglich für richtig.

»Wie geht es ihr?« fragte ein besorger Jack Torance den Arzt, als dieser am nächsten Morgen an Deck kam. Eine bleiche Sonne stand an einem wolkenlosen Himmel, und Marokko lag als schimmernder Landstrich weit hinter ihnen. Um diese Zeit war Sir Morgan sonst immer schon an Deck, und der Erste Maat war entsprechend neugierig. Umständlich nahm Doktor Pierson seine Brille von der Nase und reinigte sie mit einem Tuch, das er aus seiner Brusttasche hervorgezogen hatte.

»Ich fürchte, die junge Dame ist ernsthaft krank«, informierte er Jack und schüttelte bedauernd den Kopf. »Das Fieber ist hoch, und ein Delirium kann nicht ausgeschlossen werden.«

»Und der Kapitän?« fragte Jack.

»Er hat die ganze Nacht neben ihr gewacht, soweit ich weiß.« Er wollte noch hinzufügen, daß Morgan Carey ein sehr seltsamer Mann sei, doch dann besann er sich und schwieg. Er hatte mittlerweile begriffen, daß niemand an Bord der *Defiance* Kritik am Kapitän schätzte. Möglicherweise hatte Sir Morgan ja tatsächlich aus Mitleid gehandelt. Doch als Aaron Pierson diesen Gedanken einer näheren Prüfung unterzog, schien er ihm doch sehr unwahrscheinlich zu sein. Seit der Kapitän verkündet hatte, daß ihm die Identität des Mädchens bekannt sei, hegte Pierson den Verdacht, der Kapitän wolle vielleicht eine Art Lösegeld fordern.

Ganz offensichtlich war ihre geheimnisvolle Patientin

eine recht vermögende junge Frau, denn das Kleid, das der Kabinensteward zum Waschen und Flicken mitgenommen hatte, war kostspielig gewesen. Außerdem ließen ihre schmalen Hände und die feinen Gesichtszüge auf eine aristokratische Herkunft schließen. Plante Sir Morgan etwa, von ihrer Familie Geld für die sichere Rückkehr zu fordern? Die ganze Affäre überstieg Piersons Fassungsvermögen. Jedenfalls gab es an der Pflege des Mädchens während der vergangenen Nacht nichts auszusetzen. Immer wenn er in die Kabine gekommen war, um nach seiner Patientin zu schauen, hatte Sir Morgan mit gekreuzten Beinen in einem Sessel gesessen und das fiebernde Mädchen in seiner Koje unverwandt angesehen. Die kalten Kompressen waren immer erneuert worden und auch sonst waren Piersons Anordnungen genauestens ausgeführt worden.

»Ich bin wirklich überrascht, wie bewundernswert Sir Morgan sich um sie kümmert, aber ich kann mir nicht erklären«, konnte er sich nicht verkneifen hinzuzufügen, »weshalb er das tut.«

Das Gesicht von Jack Torance blieb ausdruckslos. »Zum erstenmal, Doktor«, sagte er in seiner ruhigen, direkten Art, »sind wir beide einer Meinung.«

Als die Sonne höher stieg, wurde die Luft in der Kabine des Kapitäns unangenehm warm. Morgan Carey erhob sich aus dem Sessel, in dem er die Nacht über verbracht hatte, und streckte seine langen Glieder. Er durchquerte den Raum mit zwei Riesenschritten und stieß die Fenster auf. Als dabei die Angeln quietschten, sah er zur Koje hinüber, doch Sable schien nichts gehört zu haben.

Mit gerunzelter Stirn betrachtete er das Mädchen. Das entsetzliche Zittern hatte aufgehört, doch sie schien immer noch in tiefer Bewußtlosigkeit zu liegen. Während der Nacht hatte sie sich unablässig hin und her geworfen und die Decken von ihrem heißen Körper abgestreift.

Dann wieder hatte die Kälte sie zittern lassen, und Morgan hatte sie zugedeckt, bis alles wieder von vorn begann. Im Augenblick befürchtete er, daß Sable tatsächlich sehr schwer krank war und seine selbstsüchtige Handlungsweise sie womöglich das Leben kostete. Doch dann verdrängte er den Gedanken wieder. In Tanger konnte sie nicht besser versorgt werden als hier auf seinem Schiff, und ganz nebenbei war sie ja eine St. Germain. Nach allem, was er während seines Aufenthalts bei dieser Familie mitbekommen hatte, waren sie aus hartem Holz.

Ein leises Stöhnen brachte Morgans Gedanken wieder in die Gegenwart zurück. Als er auf Sable hinuntersah, waren ihre Augen geöffnet und auf ihn gerichtet. Doch sie schien ihn nicht zu erkennen. »Sable«, sagte er ganz sanft, um sie nicht zu erschrecken. »Lady Sable, verstehen Sie mich?«

»Ich habe Durst«, flüsterte sie, wobei sie kaum die Lippen bewegte. »Schrecklichen Durst.«

Morgan griff nach dem Krug auf der Kommode, füllte ein Glas und stützte Sable an den Schultern. Ihr offenes Haar fiel über seine Brust, als sie das kühle Wasser mit ihren aufgesprungenen Lippen schlürfte. Die Anstrengung erschöpfte Sable völlig, und als sie leise hustete, legte Morgan sie wieder sanft auf die Kissen zurück. Nachdem er das Glas weggestellt und sich ihr wieder zugewandt hatte, waren die Augen bereits wieder geschlossen.

»Kapitän?«

Irritiert sah er auf und bemerkte den Steward, der in der Tür stand. »Was gibt es, Grayson?«

»Ich denke, Sie können jetzt ein Frühstück gebrauchen.«

Morgan fuhr sich mit der Hand über die Augen, um seine zunehmende Gereiztheit zu verbergen. Er war übermüdet, und es gab überhaupt keinen Grund, sich an einem Steward abzureagieren. »Servieren Sie es mir hier!«

Auf den ersten Blick war zu erkennen, daß Grayson vom Scheitel bis zur Sohle ein Gentleman war, und man fragte sich unwillkürlich, was einen Diener seiner Klasse und Qualifikation dazu gebracht hatte, eine sichere Existenz in Devonshire mit dem unsteten, unbequemen Leben an Bord eines Schiffes zu vertauschen. Eine Erklärung war mit Sicherheit, daß Grayson Sir Morgan Carey bereits zu einer Zeit gedient hatte, als dieser seine Wunden aus dem Krimkrieg auskurierte. Die Tatsache, als Kabinensteward arbeiten zu müssen, hatte seine untadelige Haltung zu keinem Zeitpunkt ins Wanken gebracht. Er hielt das freie Leben auf dem Meer für das einzig wirksame Mittel, um den kriegsmüden und erschöpften Seelenzustand seines Herrn wieder ins Lot zu bringen. Im Lauf der Zeit hatte Grayson sich an Blockadefahrten und Rettungsunternehmen wie die gegenwärtige Fahrt gewöhnt. Aber die Entscheidung Sir Morgans, das Mädchen auf die Reise mitzunehmen, hatte ihn zum erstenmal veranlaßt, verwundert eine Augenbraue in die Höhe zu ziehen.

»Wie geht es der jungen Dame?« fragte er höflich, als er den Raum betrat. Im Gegensatz zu Morgans abgetragenen Hosen und seinem einfachen Baumwollhemd wirkten Graysons glänzende Schuhe, seine perfekt geschnittene graue Weste und sein hoher weißer Kragen fast ein wenig albern.

Morgan sah zu dem regungslosen Körper in seiner Koje hinüber. »Ich fürchte, sie ist sehr krank. Pierson hatte recht. Wenn wir sie an Land gebracht hätten, hätte sie das umgebracht.«

Grayson erwiderte nichts. Er mußte nicht lange fragen, weshalb der Kapitän nicht die wenigen Stunden geopfert hatte, um das Mädchen in Tanger abzuliefern; denn er und Jack Torance waren die einzigen, die über den Zweck der Reise informiert worden waren und wußten, was die geringste Verspätung bedeuten konnte.

»Ich habe die Kleidungsstücke der jungen Dame gewaschen und gebügelt«, fuhr er fort, während er Geschirr und Besteck auf dem Tisch verteilte. »Ich hoffe, es geht ihr bald so gut, daß sie sie wieder tragen kann.«

Ein Lächeln spielte um Morgan Careys Mundwinkel. »Hoffen Sie vielleicht auch, daß sie bald meine Kabine verlassen kann? Ich glaube nicht, daß Sie mit ihrer Anwesenheit einverstanden sind.«

Grayson zuckte die Achseln. In den neun Jahren seiner Dienstzeit hatte er schon viele Frauen in Morgan Careys Bett erlebt. »Ich bin nur um Ihr Wohl besorgt, Sir. Wo werden Sie schlafen, während sie – äh –, während sie sich erholt?«

»Ich werde mir aus der Mannschaftskajüte eine Hängematte bringen lassen«, erwiderte der Kapitän, während er sich an den Tisch setzte und sich müde die Schläfen rieb.

»Verzeihen Sie, Sir«, begann Grayson zögernd, während er den Kaffee einschenkte. »Mr. Torance sagt, daß Sie die junge Dame kennen, und einige Männer wollen sie sogar an Bord dieses Schiffes gesehen haben, als wir in Falmouth vor Anker lagen.«

Morgan warf ihm einen spöttischen Blick zu. »Möchten Sie wissen, wer sie ist?«

Grayson nickte. »Ich möchte nicht aufdringlich erscheinen, aber ich muß zugeben, daß ich neugierig bin. Wir alle sind neugierig.«

Grayson war drei Jahre älter als Morgan Carey, und das erklärte vielleicht, daß der Kapitän ihm mehr durchgehen ließ als den anderen.

»Also gut«, sagte Morgan schließlich, »ich werde es Ihnen sagen: Ja, ich kenne das Mädchen. Sie übrigens auch, zumindest haben Sie schon von ihrem Vater gehört. Sie ist Lady Sable St. Germain, die Tochter des Grafen von Monterrey.«

Grayson starrte fassungslos zu der reglosen Gestalt hinüber. »Das darf doch nicht wahr sein, Sir!«

Morgan mußte lachen. »Ist es aber, Grayson. Allerdings interessiert es mich wirklich«, sagte er, während er einen Schluck Kaffee trank und nachdenklich Sables leicht gerötetes Gesicht betrachtete, »wie sie in die Bucht von Tanger gekommen ist, nachdem ich sie doch zuletzt im Haus ihres Vaters in Cornwall gesehen habe.«

»Und ich wüßte gern«, meinte Grayson ruhig, während er einen Korb voll frischer Croissants aufdeckte, »was Sie mit ihr machen wollen.«

»Machen?« wiederholte Morgan und grinste plötzlich. »Was macht ein Mensch normalerweise mit einer jungen Frau, die ihm das Glück so einfach in den Schoß geworfen hat?«

Schockiert stieß Grayson beinahe die Zuckerdose um. »Bestimmt werden Sie sie doch nicht als – als Ihre Geliebte hierbehalten, Sir!« Sein Ton machte deutlich, daß ihm das völlig undenkbar schien. Das traute er nicht einmal Sir Morgan Carey zu.

Morgan lachte in sich hinein, doch sine Augen blickten kühl. »Nein, ich glaube nicht, daß ich die Geduld aufbringen kann, sie zu meiner Geliebten zu machen, Grayson. Sie ist nämlich ein verdorbenes, unerzogenes Kind, das mich regelmäßig in Wut versetzt.« Ohne es zu wollen, mußte er wieder an die dunkle Terrasse der Havertys denken, und plötzlich war ihm, als fühlte er Sables willige Lippen und ihren weichen Körper, der sich gegen seine suchenden Hände preßte. Er spürte ein Ziehen in der Lendengegend und warf seinem Steward einen skrupellosen Blick zu.

»Andererseits habe ich nichts dagegen, mich ein bißchen mit ihr zu amüsieren, bevor ich sie ihrer Familie zurückgebe.«

»Lord Monterrey soll ein sehr rachsüchtiger Mann sein«, bemerkte Grayson beunruhigt. Der Ausdruck auf dem Gesicht des Kapitäns gefiel ihm nicht und seine Pläne erst recht nicht. »Selbst wenn er jetzt eine hohe Meinung von Ihnen hat, glaube ich nicht, daß er etwas Ähnliches dulden würde.«

Morgan zuckte die Achseln. »St. Germain mag vielleicht ein harter Gegner sein, aber im Grunde berührt mich das nicht.«

Ein Stöhnen aus der Koje brachte ihn sofort auf die Füße, und Grayson sah zu, wie Morgan sich über Sable beugte. Wie schmal und verletzbar sie doch aussah! Wie groß und kräftig waren dagegen diese Hände, die die Kompressen wechselten, und wie sonnenverbrannt im Gegensatz zu der blassen Haut des Mädchens. Kummervoll zog sich Graysons Herz zusammen. Ganz offensichtlich hatte sich der Kapitän entschieden, das Mädchen bei sich zu behalten. Er hatte es ja mehr oder weniger klar geäußert. Daß er sie ganz allein in seiner Kabine pflegte, obwohl Aaron Pierson an Bord war, war ebenfalls kein gutes Zeichen. Seufzend goß Grayson noch einmal Kaffee nach. Falls Lady Sable St. Germain ihrem Vater auch nur ein ganz klein wenig ähnlich war, dann standen dem Kapitän mit Sicherheit noch einige Auseinandersetzungen bevor, sobald sie sich erholt haben würde. Grayson sah größere Schwierigkeiten voraus und verfluchte insgeheim das Geschick, das ihnen dieses Mädchen beschert hatte.

Als Sable erwachte, schmerzte ihr Kopf zum Zerspringen. Ihre Kehle war ausgetrocknet, und an Bewegung war nicht zu denken. Sie war völlig apathisch und registrierte dankbar den kühlen Luftzug auf ihrer Haut. Mit geschlossenen Augen lag sie einfach nur da und spürte mit Erleichterung, daß die Qual, die ihre Glieder gepeinigt hatte, verschwunden war. Allmählich drangen die

Geräusche ihrer Umgebung in ihr Bewußtsein. Zuerst das heisere Kreischen der Möwen und schließlich das Kratzen einer Feder auf Papier. Offenbar befand sie sich in ihrem Zimmer in North Head, wo die Möwen immer so kläglich vor ihrem Fenster schrien. Aber wer saß an ihrem kleinen Tisch und raschelte auf so entnervende Art mit dem Papier?

Als Sable die Augen öffnete, weil sie den Schreiber um einen Schluck Wasser bitten wollte, erblickte sie zu ihrer großen Verwunderung keine Samttapete und auch keine geschnitzte Krone an der Zimmerdecke, sondern nur Balken, starke, solide Balken. Auch roch es eindeutig nach Salzluft, aber Sable vermißte den feinen Duft der Parfüms, die sie in kleinen Flakons auf ihrem Frisiertisch aufbewahrte. Statt dessen roch es nach Leder und schwach nach einem nicht unangenehmen Eau de Cologne.

Als sie verwirrt den Kopf bewegte, verschwamm das Bild vor ihren Augen, so daß sie heftig zwinkern mußte. Wie durch einen Schleier hindurch sah sie, daß sich ein großer Mann von einem Stuhl erhob und an ihr Bett trat. Doch sie hatte keine Ahnung, wer es war. Plötzlich empfand sie Angst, und ihr sechster Sinn sagte ihr, daß sie sich an einem fremden, unsicheren Ort befand. Das Gefühl verstärkte sich noch, als die fremde Person den Mund aufmachte und die Worte wie grollender Donner klangen.

»Sind Sie endlich aufgewacht? Ich habe mich schon gefragt, wann Sie es endlich schaffen werden.«

Sable blinzelte noch einmal und fixierte schließlich ein männliches Gesicht – ein kantiges Gesicht, gutaussehend, aber zugleich auch angsteinflößend. Ein schmaler Bart am eckigen, gebräunten Kinn, eine lange, gebogene Nase und blaue Augen, die sie mit spöttischem Lächeln ansahen.

»Wer sind Sie?« fragte Sable, doch ihre Stimme krächzte nur. Sie mußte husten.

Sekunden später fühlte sie sich von starken, muskulösen Armen gestützt, die sie sehr an die ihres Vaters erinnerten. Unbewußt ließ sie sich dagegensinken. Als der Hustenanfall schließlich vorbei war, spürte sie, wie ihr ein Glas Wasser an die Lippen gehalten wurde.

»Trinken Sie das!« befahl die tiefe Stimme.

Sie gehorchte, und augenblicklich spürte ihre brennende Kehle Erleichterung. Als sie die Augen aufschlug, sah sie wieder in diese blauen Augen, die sie zu verbrennen schienen. Ängstlich versuchte sie, sich zu befreien, doch der Arm gab sie nicht frei.

»Seien Sie ganz ruhig, Sable. Ich tue Ihnen nichts.«

Ihr Name und der Klang der weichen, tiefen und seltsam vertrauten Stimme beruhigten sie. Und kurz darauf schlief sie wieder ein.

Als sie ein weiteres Mal erwachte, war es bereits Abend. Die Fenster waren geschlossen, und eine Öllampe verbreitete mildes Licht. Diesmal fühlte sie sich wesentlich frischer, und als sie sich umsah, wußte sie sofort, daß sie sich auf einem Schiff befand. Aber auf welchem? Ned und sie hatten die *Eliza* doch bereits vor geraumer Zeit verlassen. Außerdem hatte es auf der *Eliza* keine Kabinen mit Teakholzverkleidung, einem Schreibtisch und einer so großen Kajüte gegeben. Vorsichtig schob Sable einen Fuß aus dem Bett und zog sich dann an einem Balken hoch, bis sie aufrechtstand. Sie fühlte sich entsetzlich schwach, und jeder Knochen in ihrem Körper schmerzte. Trotzdem wolle sie Kapitän Joudy suchen und ihn fragen, was mit ihr geschehen war. War sie etwa krank gewesen? Und wer war die Person mit den sanften, tröstenden Händen, die sie gepflegt hatte?

»Weshalb, zum Teufel, sind Sie nicht im Bett?«

Sable zuckte zusammen. Sie erblickte einen fremden Mann, der unangemeldet ihre Kabine betreten hatte. Er war größer als alle Männer, die sie kannte, ihren Vater natürlich ausgenommen, und außerdem so breitschultrig, daß er die ganze Kabine auszufüllen schien. Seine dichten, braunen Locken waren vom Wind zerzaust, und sein weißes Hemd stand ein Stück weit offen, so daß Sable seine glatte, gebräunte Brust sehen konnte. Abgetragene, kalbslederne Kniehosen schmiegten sich eng an seine muskulösen Schenkel. Wieder mußte Sable zwinkern, denn sekundenlang glaubte sie, einen jungen, griechischen Gott zu sehen.

»Wer – wer sind Sie?« stammelte sie, während sie immer noch den Pfosten umklammerte.

Morgan mußte lächeln. Nach dem ersten Schrecken, Sable außerhalb der Koje vorzufinden, sah er sie plötzlich mit anderen Augen. Welcher Mann konnte schon wegsehen, wenn ein Mädchen in einem dünnen Baumwollhemd, das nur bis zu ihren Schenkeln reichte, barfuß vor ihm stand? Ihr offenes Haar fiel bis zu ihren Hüften herab und schimmerte im Lampenlicht. Als Folge des Fiebers war ihre Haut ganz durchsichtig und zart geworden, und der Ausschnitt des Hemdes zeigte Morgan die Ansätze ihrer festen, wohlgerundeten Brüste. Als er sich ihr näherte, richtete sie sich trotzig auf, und ihr bleiches Gesicht war von atemberaubender Schönheit.

»Wer ich bin?« wiederholte er, während er ganz nah an sie herantrat, so daß er sie überragte, und ihre schmalen, nackten Füße fast zwischen seinen Stiefeln verschwanden. »Sie wollen doch wohl nicht behaupten, daß Sie sich an nichts erinnern können, meine liebe Sable?«

Sie runzelte die Stirn. »Es ist aber so«, bekannte sie hilflos und wünschte, er würde den Raum verlassen. Ihr Kopf schmerzte entsetzlich, und sie war so durcheinander, daß sie überhaupt nichts mehr begriff.

Morgan lachte, und seine tiefe Stimme ließ ihr Herz schneller schlagen. »Nun, ich habe Sie die ganze letzte Woche über gepflegt, meine Liebe. Es kann Ihnen doch nicht entgangen sein, daß ich mich um Sie gekümmert habe?«

Die Verwirrung, die sich auf ihrem Gesicht spiegelte, erregte Morgans Mitleid, und plötzlich hatte er die Lust an diesem Spiel verloren. »Gehen Sie wieder ins Bett!« sagte er rauh und machte eine Geste, als ob er ihr helfen wollte. Doch Sable zuckte vor ihm zurück, während ihre dunklen Augen ihn nicht losließen.

»Ja«, sagte sie schließlich, denn ihre Erinnerung war wieder da. »Natürlich weiß ich, wer Sie sind. Sie sind Sir Morgan Carey, ein Scharlatan wie aus dem Bilderbuch.« Wild blickte sie um sich. »Was machen Sie hier? Werden Sie mich endlich über das Geschehene aufklären? Wo ist Ned? Ich möchte Ned sehen.«

Plötzlich begann sie wieder zu zittern, und Morgan, der um ihre schwache Gesundheit fürchtete, nahm sie in die Arme. Sie wehrte sich nur wenig, als er sie zu seiner Koje trug und dort niederlegte. Sie lag ganz friedlich in seinem Arm. In ihren Augen schimmerten Tränen. Noch während er sie zudeckte, war sie bereits eingeschlafen. Ihre Wehrlosigkeit rührte Morgan, während er auf sie hinunterblickte. Vielleicht hätte er liebevoller mit ihr reden, ihre Ängste zerstreuen sollen, statt sich über sie lustig zu machen. Nein, dachte er dann, während er sich aufrichtete und von seiner Koje abwandte: Der Teufel sollte sie holen! Er hatte alles getan, um sie gesundzumachen, aber verwöhnen mußte er sie nicht.

Sable träumte von einer untergehenden Sonne, die ihr warm ins Gesicht schien. Bilder von großer Schönheit erstanden vor ihren Augen: das schimmernde Meer, die grünen Hügel, ein Segelschiff, dessen weiße, geblähte Segel leuchteten. Sie murmelte etwas und kuschelte sich tiefer in ihr Kissen, doch plötzlich änderte sich ihr Traum. Sie hörte Schreie, Menschen brüllen, und sie erlebte noch einmal den Augenblick des Zusammenstoßes auf der *Aloysius*. Sie sah, wie das andere Schiff unausweichlich näherkam, hörte Neds entsetzten Schrei, bevor sie in hohem Bogen ins Meer geschleudert wurde. Eiskalt schlug das Wasser über ihrem Kopf zusammen und zog sie tiefer und tiefer, bis nur noch Dunkelheit um sie war und sie zu ersticken drohte.

Sable schrie. Sie schoß hoch und blickte mit entsetzten Augen in die undurchdringliche Finsternis, die sie umgab. »Nein!« flüsterte sie und verbarg ihr Gesicht in den Händen.

»Sable!«

Sie spürte, daß jemand bei ihr war, und als sie instinktiv die Arme ausstreckte, glitten ihre Hände über einen starken Nacken. Sie preßte sich an die Person und verbarg ihr Gesicht an einer warmen Schulter. Zwei starke Arme legten sich um sie, worauf Sable zufrieden seufzte, denn der Alptraum war verschwunden.

Morgan, der bei ihrem Schrei blitzartig aus seiner Hängematte gesprungen war, machte es sich in seiner Koje bequem, ohne Sable zu stören, die mit dem Gesicht auf seiner Brust wieder eingeschlafen war. Offenbar hatte sie geträumt, und er wollte sie keinesfalls noch einmal aufwecken. Wahrscheinlich war sie gar nicht richtig wach geworden. Im Augenblick war Schlaf jedenfalls das Wichtigste für sie.

Schweigend hielt er das schlafende Mädchen in seinem Arm und spürte das Heben und Senken ihrer Brüste. Das Baumwollhemd, das sie trug, war hochgerutscht, so daß er ihre nackten Beine wahrnahm. Der Duft ihres Haars, das er erst vor kurzem gewaschen hatte, und die Weichheit ihrer Haut erregten seine Sinne.

Er fühlte, wie seine Erregung wuchs, und hatte keinen Zweifel mehr daran, daß er dieses Mädchen begehrte, und zwar seit dem Abend, an dem er sie im weit entfernten London geküßt hatte. Weshalb ihn diese bezaubernde Mädchen-Frau so beeindruckte, konnte er nicht sagen, doch er mußte zugeben, daß seine Gefühle nicht einmal nach der letzten, etwas unfreundlichen Begegnung in Falmouth weniger geworden waren. In seinem

Leben war er vielen Frauen begegnet, die ihn innerhalb kürzester Zeit erregt hatten. Er war überrascht, daß dies auch einem so unschuldigen Kind gelungen war. Allerdings war das Gefühl, das er empfand, nicht allein nur Lust. Sie strahlte etwas Unschuldiges, Verletzbares aus, das an seinen Beschützerinstinkt appellierte.

Bei diesen Gedanken hätte Morgan fast laut protestiert. Unschuldig war Sable, das stand fest, aber verletzbar? Er rief sich wieder ihre Begegnung in North Head ins Gedächtnis, wo sie unbedingt ihren Willen durchsetzen wollte. Sie war wie ihr stolzer, dominierender Vater. In Cornwall hatte er bereits beschlossen, sich auf den Clan der St. Germains nicht näher einzulassen.

Er wußte aber, daß er dieses bezaubernde Geschenk des Meeres nicht einfach übersehen konnte. Sable gehörte jetzt ihm, wenn auch nicht freiwillig, und er hatte vor, ihr Respekt vor seiner Autorität beizubringen, bevor er sie nach Tanger zurückschickte. Er vergrub sein Kinn in ihren seidenen Locken, worauf sie im Schlaf murmelte. Völlig unerwartet überkam ihn ein Gefühl des Friedens, und kurz darauf schlief auch er.

7

Als Sable erwachte, spürte sie eine rauhe, kratzende Decke an ihrer Wange. Nachdem sie sie weggeschoben und sich umgesehen hatte, stellte sie überrascht fest, daß sie sich in genau derselben mit Teakholz ausgekleideten Kabine befand, die sie in ihren Fieberträumen gesehen hatte. An die Ereignisse der letzten Tage erinnerte sie sich kaum, der fürchterliche Unfall der *Aloysius* war ihr jedoch klar im Bewußtsein.

Sie kletterte aus der Koje und ging zu den Fenstern hinüber um hinauszusehen, doch außer einem schmalen Küstenstreifen in einiger Entfernung sah sie nur Wasser. Sie erinnerte sich, daß sie bei dem Unfall über Bord geschleudert worden war, und ganz offensichtlich hatte man sie vor dem Ertrinken gerettet. Sable runzelte die Brauen, denn während ihrer Fieberträume hatte sie auch das Gesicht von Kapitän Morgan Carey gesehen, der ihr so viele unruhige Stunden beschert hatte. Ach, mit Sicherheit hatte sie nur geträumt!

»Weshalb sind Sie aufgestanden? Wollen Sie etwa wieder Fieber bekommen?«

Sable wirbelte herum. Morgan Carey stand leibhaftig vor ihr. Sie konnte es nicht glauben.

»Also sind Sie es *wirklich*!« rief sie mit blitzenden Augen. »Ich hatte gehofft, einer Sinnestäuschung erlegen zu sein.«

Morgan überraschte sie, denn er legte einfach den Kopf in den Nacken und lachte. Der tiefe Klang seiner Stimme war so lebendig wie der ganze Mann, der breitbeinig vor ihr stand und sie musterte.

»Sie haben mich also in die hinterste Ecke Ihres Bewußtseins verbannt«, bemerkte er, während er näherkam. »Ganz offensichtlich geht es Ihnen besser, denn Ihre scharfe Zunge ist wieder zum Leben erwacht.«

Als sein Blick über ihren Körper wanderte, wurde es Sable bewußt, daß sie nur ein Herrenhemd trug, das ihr hoffnungslos zu groß war und ihre Beine halb entblößte. Rasch verzog sie sich wieder ins Bett und wickelte sich in die Decke.

»Ihre Sittsamkeit ist offenbar auch wieder erwacht«, stellte Morgan fest, während er lässig die Arme vor der Brust kreuzte.

»Wo sind meine Kleider?« fragte Sable errötend.

»Grayson wird sie Ihnen bringen«, erwiderte Morgan höflich, doch sein freches Grinsen wurde immer breiter. »Sie müssen sich nicht schämen, meine Liebe. Während Sie krank waren, habe ich Sie gepflegt«, – und jetzt leuchteten seine blauen Augen besonders intensiv –, »und ich kann Ihnen versichern, daß mir kein Stückchen Ihres Körpers verborgen geblieben ist, während ich Sie mit dem Schwamm gebadet habe.«

Sable schwieg, doch Morgan bemerkte, daß sie heftig schluckte. Er biß die Lippen aufeinander. Warum machte es ihm Spaß, Sable St. Germain zu quälen? Zugegeben, ihre hochmütige Art ärgerte ihn regelmäßig, doch andererseits war sie die Tochter eines Mannes, den er sehr schätzte. War das denn nicht Grund genug, sie gut zu behandeln? Er betrachtete ihren gesenkten Kopf. Offensichtlich hatten seine Worte sie verletzt. Er hätte schwören können, kleine Tränen an ihren goldenen Wimpern bemerkt zu haben. Voller Bedauern, aber auch gleichzeitig wütend über diese Reaktion, sagte er knapp: »Ich werde Ihnen meinen Steward schicken, um Ihnen zu helfen.«

»Vielen Dank«, erwiderte Sable steif, ohne den Kopf zu heben. Das Licht spielte auf ihrem dunklen Haar und ließ es immer wieder aufleuchten. Morgan wußte sehr gut, daß es sich weich und sanft wie geschmeidiger Satin anfühlte.

Abrupt verließ er die Kabine und warf die Tür so heftig hinter sich zu, daß Sable sich die Ohren zuhalten mußte. Weshalb war sie ausgerechnet von der *Defiance* und ihrem gewissenlosen Kapitän aufgefischt worden? Sie wollte nicht mehr leben, doch im nächsten Augenblick tadelte sie sich für derartige Gedanken. Ihre Eltern wären über ihren Tod bestimmt untröstlich, und Ned... guter Gott! Und wenn ihre Eltern sie für tot hielten? Sie war ja nach dem Unfall nicht wieder in Tanger gewesen. Und augenblicklich lag die *Defiance* mit geblähten Segeln im Wind. Sables Herz schlug immer schneller. Wohin fuhren sie eigentlich? Und was war mit Ned geschehen?

»Guten Morgen! Sir Morgan schickt Ihnen Ihre Kleider.«

Bei diesen freundlichen Worten hob Sable den Kopf und erblickte einen Mann, der kaum älter war als der Kapitän. Liebevolle Augen betrachteten sie, und das Lächeln auf seinen Lippen schien herzlich und echt zu sein. Er hielt ihr Kleid und ihre Unterwäsche in der Hand, und plötzlich fühlte Sable sich sehr erleichtert. War es möglich, daß sie jemanden gefunden hatte, der ihr freundlich gesonnen war?

»Ich danke Ihnen, Sir«, sagte sie mit schüchternem Lächeln.

»Grayson, Mylady«, korrigierte er sie, während er ihr goldenes Kleid über einen Stuhl breitete. Insgeheim hatte er jedoch alle Mühe, seine Sinne unter Kontrolle zu halten, denn Sables hinreißende Schönheit machte ihn sprachlos. Ihre Augen glänzten so grün wie Sommergras, und ihre Stimme tönte wie kleine Glocken. Kein Wunder, daß Sir Morgan sich nicht von ihr hatte trennen wollen.

»Oh, bitte, gehen Sie nicht«, bat Sable, als Grayson sich verbeugte und den Raum verlassen wollte.

Überrascht registrierte er den kleinen Anflug von Verzweiflung in ihrer Stimme und sah, daß ihre Unterlippe verdächtig zitterte.

»Was ist los, Mylady?« fragte er besorgt und bemerkte, wie Sables Augen feucht wurden. Offenbar hatte sie tatsächlich einen Freund gefunden.

»Ich wüßte gern, was geschehen ist. Ich weiß nur, daß ich krank gewesen bin und daß ich über Bord gefallen bin, doch ich möchte erfahren, ob...«

»Vielleicht ist es besser, wenn Sie Sir Morgan alles erklären lassen«, meinte Grayson.

Sable warf die Decke zurück und packte Grayson am Ärmel. Dem verzweifelten Ausdruck auf ihrem Gesicht konnte er ebensowenig widerstehen wie dem Weinen eines verängstigten Kindes.

»Sir Morgan würde mich nur mit Halbwahrheiten und Rätseln quälen«, sagte Sable. »Können Sie mir denn nicht alles erzählen?«

Grayson ließ sich schließlich erweichen. »Ich nehme an, daß der Kapitän nichts dagegen haben wird.« Er errötete heftig, als ihm bewußt wurde, daß sie nichts weiter trug als Sir Morgans Hemd, das einen großen Teil ihrer Beine sehen ließ. »Möchten Sie sich erst anziehen, Mylady?« fragte er höflich.

Sable genierte sich, doch sie gab sich große Mühe, das zu verbergen, und wickelte sich wieder in die Decke. Es ärgerte sie, daß sie wie eine Geliete in seinem Bett liegen mußte. Aber sie hatte ja keine andere Wahl. Im Augenblick wollte sie nur Antworten auf ihre Fragen haben.

»Ich werde Ihnen erzählen, was ich weiß«, sagte Grayson, der Mitleid mit ihr hatte.

»Oh, ja, bitte!« flüsterte Sable.

Er strich den Rock ihres goldenen Chiffonkleides glatt, um ihr nicht in die Augen sehen zu müssen. »Aus Ihren Fieberträumen hat Sir Morgan den Unfall rekonstruiert. Auf diese Weise haben wir erfahren, warum Sie ins Wasser fielen.«

»Dann hat mich also die *Defiance* aufgefischt?« fragte Sable. »Ich kann mich an ein Boot und auch an ein Gesicht erinnern, aber das ist auch schon alles.«

Grayson nickte. »Sie waren völlig durchgefroren und fiebrig, als Sie an Bord gebracht wurden. Doktor Pierson sagte, daß Sie die Rückfahrt nach Tanger im Lotsenboot niemals überleben würden, und deshalb hat Sir Morgan beschlossen, Sie hierzubehalten.«

»Und weshalb hat man mich nicht in den Hafen zurückgebracht, als es mir besser ging?« fragte Sable.

Grayson war etwas verlegen. »Ich fürchte, das war unmöglich, Mylady. Wir hatten einen strikten Zeitplan und haben ihn noch. Seitdem man Sie an Bord gebracht hat, sind wir pausenlos unterwegs.«

Sable erblaßte und starrte Grayson mit großen, ängstlichen Augen an. »Wohin, in Gottes Namen, fahren wir denn?«

Grayson hüstelte. »Ich bin nicht befugt, das zu sagen.«

»Soll das heißen«, flüsterte Sable, während ihr langsam die Zusammenhänge dämmerten, »daß die *Defiance* ein bestimmtes Ziel hat und man mich einfach mitgenommen hat? Daß Sie nicht Zeit genug gehabt haben, mich in Tanger abzusetzen, ist doch Unsinn. Wie weit bin ich denn auf das Meer hinausgetrieben worden?«

»Bitte!« flehte Grayson. »Wenn Sie über das Ziel unserer Reise informiert wären, würden Sie nicht so –«

»Diese Reise interessiert mich überhaupt nicht«, fauchte Sable. »Hatten Sie denn gar kein Mitleid mit mir? Mit Sicherheit hätten die wenigen Stunden, die es gekostet hätte, mich zu meinem Bruder zurückzubringen, diese großartige Reise in keiner Weise gefährdet.«

»Sir Morgan hat Ihrer Familie durch den Lotsen eine Nachricht geschickt«, versuchte Grayson sie zu beruhigen. Ihre bleiche Gesichtsfarbe und die mit Mühe unterdrückten Tränen machten ihm Sorgen.

»Wie edel von ihm«, höhnte Sable. »Ned ist sicherlich

äußerst erleichtert, wenn er erfährt, daß ich nicht ertrunken, sondern statt dessen entführt worden und auf eine Reise mit unbekanntem – und wie ich vermute – höchst verwerflichem Ziel mitgenommen worden bin.« Ihre Stimme zitterte. »Vorausgesetzt natürlich, daß er die Botschaft von Sir Morgan Carey überhaupt zu Gesicht bekommt. Können Sie garantieren, daß der Lotse sie übergeben hat? Woher wollen Sie denn wissen, daß –« sie schluckte heftig – »mein Bruder nicht selbst verletzt in irgendeinem Krankenhaus liegt?«

»Jetzt ist es genug, Sable! Wenn Sie sich so aufregen, werden Sie wieder Fieber bekommen.« Es war die Stimme von Sir Morgan, der beim Betreten seiner Kajüte gerade noch ihre leidenschaftlich hervorgestoßenen Worte gehört hatte. Grayson wirkte ein wenig erleichtert, doch Sable warf sich völlig unerwartet auf den Kapitän und schlug mit ihren kleinen Fäusten auf ihn ein, wobei ihre Augen wütend funkelten.

»Sie!« schrie sie außer sich. »Ich hasse Sie! Wie konnten Sie das nur meinem Bruder und meinen Eltern antun?«

Morgan packte ihre schmalen Handgelenke, doch es war ihm unmöglich, sie zu beruhigen. Mittlerweile weinte sie und versuchte, ihn zu treten, doch er legte nur den Arm um sie und drückte sie an sich.

»Kein Mann kann so grausam, so herzlos sein«, fauchte Sable, während ihre grünen Augen in Tränen schwammen. »Ich hoffe, daß Sie dafür in der Hölle schmoren werden.«

Über ihren gesenkten Kopf hinweg tauschte Morgan einen kurzen Blick mit Grayson, der sekundenlang Mitgefühl in den blauen Augen sah. Zufrieden wandte er sich ab, denn zum erstenmal in seinem Leben hatte er, wenn auch nur andeutungsweise feststellen können, daß Sir Morgan Carey tatsächlich so etwas wie Verantwortungsgefühl besaß.

Doch schon im nächsten Augenblick wurde seine neugewonnene Erkenntnis auf eine harte Probe gestellt, als Morgan nämlich Sable heftig schüttelte. »Nehmen Sie sich zusammen, Sable!« herrschte er sie an. »Schniefen und Weinen werden Ihr Schicksal nicht ändern. Außerdem benimmt sich eine Dame nicht so.«

Verzweifelt versuchte Sable, sich aus seiner Umklammerung zu befreien. Am liebsten hätte sie dieses Grinsen von seinen Lippen geprügelt, doch Morgan lachte nur und packte sie fester. Er las ihre Gedanken.

»Mich zur Hölle zu wünschen, hilft ebenfalls nichts, denn dort habe ich schon seit Jahren einen Stammplatz. Ziehen Sie sich lieber an und lassen Sie sich von Doktor Pierson untersuchen.«

»Das werde ich nicht«, entgegnete Sable, die es haßte, wie ein Kind herumkommandiert zu werden. Plötzlich schmerzte ihr Kopf, und die Welt um sie herum begann sich zu drehen.

»Sie werden es wohl oder übel tun müssen, denn ohne Untersuchung kommen Sie nicht an Deck«, sagte Morgan knapp. »Sie werden diese Kabine erst verlassen, wenn Doktor Pierson das für richtig hält.«

Als er sie freigab, erwartete er, daß sie wieder auf ihn losgehen würde, doch Sable blieb einfach mit gesenktem Kopf mitten im Raum stehen. Morgan sah sie einen Augenblick lang an, bevor er mit Grayson die Kabine verließ. Sobald sich die Tür hinter ihnen geschlossen hatte, packte sie eine leere Kaffeetasse, die auf dem Tisch stand, und schmetterte sie mit aller Kraft gegen das dicke Holz.

Obwohl die Tasse zu massiv war, um zu zerbrechen, genügten doch der Knall und die kleinen Holzsplitter, die der Aufprall verursachte, um Sable zu beruhigen. Sekundenlang wartete sie auf Sir Morgans wütende Rückkehr, doch als alles ruhig blieb, zuckte sie nur die Achseln. Dann schloß sie sich ein und stieg aus dem Riesenhemd, das sie achtlos in die Ecke warf. Als sie in den Spiegel sah, stellte sie fest, daß sie durch das Fieber an Gewicht verloren hatte. Ihre Rippen waren deutlich zu sehen, und ihre Haut war leichenblaß und brauchte dringend ein wenig Sonne.

Sie schnaubte immer noch verächtlich, während sie in ihre Kleider stieg, doch allmählich wich der Haß gegen Morgan Carey. Sie fühlte sich nur noch erschöpft. Irgendwie mußte sie die Mannschaft überzeugen, sie nach Tanger zurückzubringen. Ihr war völlig gleichgültig, wohin die *Defiance* fuhr, und sie hatte nicht die Absicht, auch nur eine Sekunde länger als nötig an Bord zu verbringen. Der arme Ned war gewiß völlig aufgelöst vor Sorge um sie. Als sie an ihn dachte, stiegen ihr wieder die Tränen in die Augen.

Und sie sprach sich selbst Mut zu. Sie mußte alle ihre Kräfte zusammennehmen, wenn sie mit Kapitän Morgan Carey Krieg führen wollte. Sable biß sich auf die Lippen, als sie an seine eisenharten Hände dachte, die ihre Handgelenke festgehalten hatten. Es war nicht leicht, jemanden wie ihn zu überwinden und von diesem Schiff herunterzukommen, doch schließlich waren die St. Germains keine Feiglinge. Sable war zum Kampf entschlossen.

Es klopfte leise an der Tür, als sie sich gerade vor dem Spiegel ihre Haare bürstete. Die langen Locken fühlten sich sauber und seidenweich an, und Sable überlegte, wer ihr wohl während ihrer Krankheit das Salz herausgewaschen hatte. Es mußte Morgan Carey gewesen sein, denn er hatte ja eine entsprechende Äußerung getan. Aus ihrer Hilflosigkeit Vorteil zu ziehen, das sah ihm ähnlich.

»Lady Sable St. Germain?«

Die Stimme hatte einen leisen schottischen Unterton.

»Wer ist da?« fragte sie mißtrauisch.

»Doktor Pierson. Darf ich eintreten?«

Zögernd strich Sable ihre Röcke glatt und schob dann den Riegel zurück. Aus seinem erstaunten Blick schloß Sable, daß der Arzt ganz offenbar überrascht war, sie angezogen vorzufinden. Tatsache war, daß ihn ihre Schönheit überwältigte.

»Auch ohne Untersuchung kann ich feststellen, daß Sie gewaltige Fortschritte gemacht haben.«

Sable antwortete mit einem halbherzigen Lächeln. Sie fühlte sich in Gegenwart des Arztes unbehaglich, und seine gespreizte Art zu reden, sowie seine hohe, quiekende Stimme zerrten an ihren Nerven. Doch seine Untersuchung war fachkundig, und als er sie beendet hatte, konnte er ihr einen ausgezeichneten Gesundheitszustand bescheinigen.

»Ruhe, gutes Essen und Sonnenschein«, meinte er, während er ihre schmale Hand ergriff, um ihr aufzuhelfen, »werden Sie in kürzester Zeit wieder in den alten Zustand versetzen.«

Als Sable das Wort Essen hörte, knurrte ihr Magen, und sie stellte plötzlich fest, daß sie völlig ausgehungert war. Im selben Augenblick betrat Grayson mit einem Tablett die Kabine, wofür er mit einem hinreißenden Lächeln belohnt wurde, das ihn beinahe umwarf.

»Sir Morgan schickt Ihnen dies hier«, stotterte er, während er die duftende Herrlichkeit auf den Tisch stellte.

Fast hätte Sable geantwortet, daß sie von dem verhaßten Kapitän der *Defiance* nichts annähme, doch inzwischen hatte Grayson das Tuch abgenommen und herrliches Roastbeef, Gemüse und ein Stück frischgebackenes Brot enthüllt, was sehr verlockend duftete. Sable lief das Wasser im Mund zusammen, und der Steward mußte lächeln, als er ihre hungrigen Augen sah.

»Falls Sie Ihre Untersuchung beendet haben, Doktor Pierson«, er wandte sich dem Arzt zu, der immer noch hingerissen Sables feines Profil betrachtete, »bittet der Kapitän Sie zum Bericht aufs Achterdeck.«

Doktor Pierson entfernte sich nur zögernd, doch seine junge Patientin hatte ihn bereits vergessen. Sie nahm am Tisch Platz und widmete sich hingebungsvoll den Speisen, die Grayson ihr vorlegte. Danach holte er eine Flasche aus einem kleinen Schrank und goß ihr ein.

»Ist der Wein nach Ihrem Geschmack, Mylady?« fragte er, als Sable vorsichtig einen Schluck probierte.

»Wunderbar«, versicherte sie.

Grayson war glücklich, als er sah, daß Sable zunehmend lebendiger aussah, obwohl ihre Augen vom vielen Weinen noch ein wenig gerötet waren. »Sie sollten nicht so hart über Sir Morgan urteilen, Mylady«, sagte er impulsiv. »Wenn Ihnen die Umstände bekannt wären und der enorme Druck, unter dem er augenblicklich steht –«

»Bitte, fühlen Sie sich nicht verpflichtet, Ihren Kapitän zu verteidigen, Grayson«, meinte Sable kühl. »Nichts, was Sie oder sonst jemand vorbringen, kann den Haß, den ich empfinde, verringern. Um mich selbst habe ich keine Angst«, fügte sie hinzu, während ihre Augen ihn um Verständnis baten. »Ich mache mir nur Sorgen um meinen Bruder. Zum erstenmal haben meine Eltern ihm die Sorge um mich anvertraut, und er glaubt bestimmt, daß ich tot bin. Er –« Sie brach ab und sah auf ihren Teller.

Grayson fühlte sich sehr hilflos, denn er wußte genau, daß er nicht die richtigen Worte finden würde. »Vielleicht kann ich Ihnen erklären, weshalb Sir Morgan so gehandelt hat«, begann er, doch Sable schüttelte nur den Kopf.

»Es interessiert mich nicht.«

Der Steward füllte wieder ihr Weinglas, das sie bereits in einem langen, verzweifelten Zug geleert hatte. »Vielleicht ja doch.«

Sables Augen funkelten. »Wahrscheinlich ziehen Sie sich den Zorn des großen Meisters zu, wenn Sie mir seine Geheimnisse verraten.«

Grayson senkte den Kopf. »Das kann schon sein, doch ich kann nicht danebenstehen und zusehen, wie Sie sich quälen. Es kann unter Umständen Wochen dauern, bis wir wieder nach Tanger zurückkehren, und es schadet nur Ihrer Gesundheit, wenn Sie sich weiterhin mit Haß und Zweifeln quälen.«

Sable hatte zwar die feste Absicht, bereits morgen auf dem Rückweg nach Tanger zu sein, doch sie sagte nichts. Als sie in Graysons liebenswertes Gesicht blickte, fühlte sie, wie ihr Zorn ein wenig schmolz.

Offenbar war Grayson das nicht entgangen, denn er begann einfach zu sprechen. »Die ganze Geschichte hängt mit verschiedenen Ereignissen während des Krimkrieges zusammen. Sir Morgan war noch jung, als England in den Krieg eintrat, doch er zeichnete sich rasch aus und hatte bereits ein Kommando übernommen, als die Schlacht bei Balaklava stattfand.«

Sable wußte über diesen Krieg sehr wohl Bescheid, obgleich sie damals noch ein kleines Mädchen gewesen war. Mit weit aufgerissenen Augen fragte sie: »Soll das heißen, daß Sir Morgan daran teilgenomen hat?«

»Daran teilgenommen?« Grayson rief sich die Ereignisse noch einmal ins Gedächtnis zurück. Sir Morgan hatte ihm erzählt, daß kleinliches Gezänk unerfahrener Regimentsoffiziere, die Rivalität der Kommandeure untereinander und die mangelnde Vorbereitung zu der schrecklichen Niederlage geführt hatten. Derartige Erlebnisse verändern einen Menschen für immer, und Grayson wußte besser als alle anderen, welch tiefe Wunden diese Ereignisse in Morgan Careys Seele hinterlassen hatten.

»Dabeigewesen?« wiederholte er noch einmal und schüttelte traurig den Kopf. »Er war nicht nur dabei, Mylady, sondern er hat als einziger versucht, die Tragödie abzuwenden, sechshundert britische Kavalleristen gegen eine ganze russische Armee aufzubieten. Bis zur letzten

Minute hat er noch in Sichtweite der russischen Truppen versucht, das Verhängnis aufzuhalten.«

Sable hatte ihre Mahlzeit völlig vergessen und starrte Grayson an. Selbst wenn sie Morgan Carey aus ganzer Seele verabscheute, so konnte sie ihm doch die Bewunderung für diese Tapferkeit nicht verweigern. »Aber er hatte keinen Erfolg?« fragte sie schließlich.

Grayson schüttelte den Kopf. »Leider nein. Wie Sie wahrscheinlich wissen, haben nur weniger als ein Drittel der sechshundert Soldaten überlebt. Sir Morgan«, fügte er ruhig hinzu, »konnte sich dieses Versagen nie verzeihen, obwohl die Schlacht nur durch das Eingreifen Gottes hätte aufgehalten werden können. Für einen Mann wie ihn ist Versagen eine bittere Pille, und ganz besonders dann, wenn so entsetzlich viele Menschenleben davon betroffen sind.«

»Wie ist es ihm selbst auf dem Schlachtfeld ergangen?« fragte Sable atemlos.

»Er wurde verwundet und von den Russen gefangengenommen.«

»Um Himmels willen! Wie hat er das denn überlebt?« fragte Sable, die sich lebhaft an die Erzählungen ihres Vaters über die Brutalität russischer Offiziere gegenüber ihren Kriegsgefangenen erinnerte.

»Wahrscheinlich wäre er in ihrer Hand umgekommen«, berichtete Grayson. »Doch er war mit einem jungen Leutnant namens Sergej Vilyusk befreundet, der ihn betreut und gepflegt hat und der ihm schließlich unter Lebensgefahr zur Flucht verholfen hat.«

Schweigend stocherte Sable in ihrem Essen herum. Ohne Zweifel hatten die Schrecken des Krieges und das sinnlose Massaker an britischen Soldaten den jungen Morgan Carey tief beeindruckt. Er war verbittert und hart geworden, ein grausamer, zynischer Mann, den sie verachtete.

»Ich kann nicht genau erkennen«, sagte sie schließlich,

ohne mehr Verständnis für ihren Peiniger zu empfinden als vorher, »was das alles mit meiner Entführung zu tun hat.«

Grayson nickte. »Ich verstehe Ihre Gefühle, Mylady, und möchte es Ihnen gern erklären.« Unruhig trat er an eines der Fenster, legte die Hände auf den Rücken und sah gedankenvoll hinaus. »Zwei Jahre später war der Krieg zu Ende. Nach Einstellung der Kämpfe bemühte sich Sir Morgan, der damals Leutnant war, um Nachrichten über den Verbleib von Sergej Vilyusk. Er wollte dem Mann danken, der ihm das Leben gerettet hatte, doch Vilyusk war seit dem letzten Gefecht mit den Türken vermißt, so daß Sir Morgan seine Dankesschuld nicht begleichen konnte.«

Sable schwieg, während Grayson eine Pause einlegte. Sie spürte, daß die Erklärung unmittelbar bevorstand. Sie spießte ein Stück Fleisch auf die Gabel und schob sie in den Mund, während ihre Augen unablässig auf Graysons Gesicht ruhten.

»Im letzten Winter kehrte die *Defiance* von einem Wolltransport aus Australien zurück«, fuhr er wenige Augenblicke später fort. »Im Hafen von Dakar begegneten wir einem türkischen Schiff, dessen Kapitän, nachdem er von Sir Morgans Teilnahme am Krimkrieg erfahren hatte, eine äußerst interessante Mitteilung machte. Während der vergangenen zehn Jahren hatten zwei Russen, die in Eupatoria gefangengenommen worden waren, dem Sultan von Istanbul als politische Berater gedient.«

Sable erfaßte die Situation rasch. »Soll das heißen, daß einer der Russen Sergej Vilyusk ist?«

Grayson nickte. »Sir Morgan segelte augenblicklich nach London, um die Queen um eine Audienz zu bitten. Da die Türkei und England auf derselben Seite gekämpft hatten, rechnete er fest damit, daß Victoria eine Amnestie für die beiden Russen erreichen konnte. Schließlich hatte sie dem Sultan den Hosenbandorden verliehen, so daß man ihrer Bitte mit Sicherheit wohlwollend gegenüberstehen würde.«

»Wie ist es ausgegangen?« fragte Sable.

»Ihre Majestät hat es abgelehnt, sich offiziell mit diesem Fall zu befassen. Wegen des ohnehin angespannten Verhältnisses zwischen der Türkei und Rußland zog sie es vor, nicht noch zusätzlich in alten Wunden zu stochern.«

»Irgendwie kann ich sie verstehen«, meinte Sable. »Das Schicksal von zwei einzelnen Menschen darf nicht das Verhältnis zweier Länder gefährden.«

»Das war die Meinung der Königin, doch Sir Morgan –« Grayson sah Sable stumm an.

»Wollen Sie damit andeuten, daß Sir Morgan die beiden auf eigene Faust retten will?« Als er nickte, explodierte sie. »Das ist doch völlig verrückt. Wie kann man nur soviel auf das Wort eines türkischen Kapitäns geben. Seit der Gefangennahme sind schließlich zehn Jahre vergangen, in denen Sergej Vilyusk und sein Gefährte bestimmt irgendwann hätten entkommen können.« Spöttisch fuhr sie fort: »Hat Sir Morgan etwa vor, den Palast des Sultans zu stürmen? Ich nehme an, daß er zwei reiche, zufriedene Russen vorfinden wird, die überhaupt nicht in ihr Land zurückkehren wollen und die sich seine Einmischung von ganzem Herzen verbitten werden.«

Der Steward schüttelte den Kopf. »Nach allem, was wir gehört haben, glaube ich das nicht. Natürlich ist es seltsam, daß so viele Jahre verstrichen sind, doch Sir Morgan will die Sache nicht auf sich beruhen lassen. Er will eigene Nachforschungen anstellen.«

Sable nahm wieder ihr Gabel in die Hand, doch der Appetit war ihr vergangen. Beleidigende Worte brannten auf ihren Lippen, doch sie besann sich noch rechtzeitig. Sie konnte Morgan Carey nicht dafür verurteilen, daß er seiner Überzeugung folgte. Tief in ihrem Herzen wußte sie, daß ihr Vater für seinen Freund Dimitri Sergejew genau dasselbe getan hätte, ganz gleich wieviel Zeit inzwischen verstrichen wäre. Vielleicht hatte man Sergej Vilyusk tatsächlich nicht die ganze Zeit über gegen seinen Willen festgehalten. Doch falls Morgan Carey genauso entschlossen wie ihr Vater war – und Sable vermutete das –, dann würde er nicht eher ruhen, bis er sich eine Meinung gebildet hatte.

»Weshalb hat er es denn dann so eilig? Wenn Sergej Vilyusk tatsächlich schon zehn Jahre in Gefangenschaft lebt, hätte Sir Morgan Carey ihn auch noch einige Stunden länger seinem Schicksal überlassen und mich zuerst nach Tanger zurückbringen können.«

Grayson entschuldigte ihn. »Das hätte er auch mit Sicherheit getan, doch dem Bericht des türkischen Kapitäns war zu entnehmen, daß einer der Russen schwer erkrankt ist und ihm die Ärzte des Sultans nicht helfen können oder möglicherweise auch nicht helfen wollen.«

»Aha«, meinte Sable, während ihre Augen Grayson kühl musterten. »Weshalb hatte Sir Morgan dann Zeit, nach Cornwall zu segeln, wenn doch Sergej Vilyusks Leben am seidenen Faden hing?«

»Ich nehme an, daß er von Lord Monterrey wichtige Hilfe bekommen hat«, erwiderte Grayson. »Ich kenne zwar den Grund nicht, doch ich weiß, daß es für den Kapitän unumgänglich war, persönlich nach Cornwall zu fahren.«

Sable schwieg. Es kostete sie große Mühe, ihren wachsenden Ärger zu unterdrücken. War Sir Morgan nach North Head gekommen, um ihren Vater um Hilfe zu bitten? Hatte ihr Vater gewußt, daß er gleichzeitig von Sir Morgan ausgenutzt worden war, um Sable in seine Gewalt zu bekommen? Es war doch nicht gut möglich, daß Morgan Carey nach Tanger gesegelt war, um dort auf sie zu warten? Blitzartig schoß ihr der Gedanke durch den Kopf, daß er vielleicht sogar den Zusammenstoß zwischen der *Aloysius* und dem unbekannten Schiff arrangiert haben könnte, doch sofort wies sie den Gedanken von sich. Das war zu fantastisch. So skrupellos Sir Morgan auch sein mochte, etwas derartig Gewalttätiges traute Sable ihm nicht zu. Außerdem hatte er gar nicht wissen könnnen, daß sie mit ihrem Bruder nach Marokko fuhr. Schließlich hatten sie das erst entschieden, nachdem er Cornwall wieder verlassen hatte.

»Fühlen Sie sich nicht wohl, Mylady?« fragte Grayson ängstlich, als sie seufzte und sich ihre schmerzenden Schläfen rieb.

»Nein, ich fühle mich gut, aber es gibt vieles, was ich noch nicht verstehe.« Sie wollte nicht zugeben, daß sie sich fürchtete. Sie war diesem Kapitän ausgeliefert, und ihre Familie war so weit von ihr entfernt.

Grayson räumte das gebrauchte Geschirr auf das Tablett. »Sie sollten mit dem Kapitän darüber reden«, schlug er vor und fürchtete, bereits zuviel gesagt zu haben. Ihr Gesundheitszustand war noch so labil, daß er sie vielleicht besser geschont hätte.

»Was hat Sir Morgan vor, wenn wir in Istanbul ankommen?« Sable konnte nicht widerstehen, diese Frage zu stellen, und sie sah Grayson verächtlich an. »Doch wohl nicht den Palast erobern, oder?«

Grayson zuckte die Achseln, doch er hatte den sorgenvollen Gesichtsausdruck sehr wohl bemerkt. »Das werden wir erfahren, sobald wir dort sind, Mylady. Bisher hat der Kapitän alle Pläne für sich behalten.«

Obwohl Sable mit dieser Antwort überhaupt nicht zufrieden war, stellte sie ihm keine weiteren Fragen. Im Grunde war es auch unwichtig. Sie hatte nicht die Absicht, mit der *Defiance* und ihrem halbverrückten Kapitän bis in die Türkei zu segeln. Je eher sie ihn überreden konnte, sie freizulassen, desto besser.

Jetzt kam es ganz allein auf sie und ihr Vorgehen an. Sable blickte in den Spiegel, steckte ihren Zopf auf dem Kopf zu einem Knoten zusammen und strich ihre Röcke glatt, bevor sie die enge Treppe zu den oberen Decks hinaufstieg. Sie wollte Sir Morgan auf der Stelle gegenübertreten, um nicht noch mehr Zeit zu verlieren.

Oben angekommen, wurde sie vom hellen Sonnenlicht geblendet, so daß sie einen Augenblick lang stehenbleiben mußte. Blinzelnd versuchte sie sich an die Helligkeit zu gewöhnen. Aufgrund der vielen Reisen, die Sable früher auf der *Orient Star* unternommen hatte, war sie mit Segelschiffen wohlvertraut und sah sofort, daß die *Defiance* mindestens so schnell und so gut bemannt war wie das Schiff ihres Vaters. Auf einem gepflegten Schiff gab es immer etwas zu tun, und deshalb wunderte sich Sable auch nicht, daß überall Messing geputzt, Deckplanken geschrubbt und Leinen aufgewickelt wurden. Immer wieder machte der eine oder andere Matrose eine kleine Pause und starrte verwundert zu der goldenen Schönheit hinüber, die vor ihnen aufgetaucht war. Nacheinander grüßten die Männer höflich, und wenn Sable zurücklächelte, erröteten sie und wandten sich hastig wieder ab. Der warme Sonnenschein liebkoste Sables Schultern, während sie über das Deck zu einem Mann hinüberging, der Werkzeug in einer Holzkiste verstaute.

»Verzeihen Sie!«

Beim Klang iher Stimme richtete der Mann sich auf und drehte sich um. Sable war sehr überrascht, als sie in seine Augen blickte, denn eines war blau und das andere blaßgrün wie die verwaschene Farbe alter Bronzestatuen.

»Aye, Mylady?« fragte er höflich, nachdem er sich von der Überraschung erholt hatte.

»Ich möchte bitte den Kapitän sprechen.«

»Ich fürchte, das ist im Augenblick nicht möglich. Er steht am Ruder.«

Sable schaute finster drein, obwohl der Mann höflich geantwortet hatte. »Dann möchte ich den Ersten Maat sprechen.«

Der kleine Mann tippte an seinen Mützenrand. »Mit

dem sprechen Sie bereits, Mylady. Ich bin Jack Torance, der Erste Maat der *Defiance.*«

Schweigend betrachtete Sable den kleinen Mann. So unscheinbar er war, er schien Charakter und ein gewisses Gefühl für Fairness und Ehre zu besitzen. Sie zögerte. Ob sie ihn um Hilfe bitten konnte? Oder war das Zeitverschwendung? Aus Erfahrung wußte sie, daß Seeleute immer loyal zu ihrem Kapitän standen und sein Wort niemals in Zweifel zogen.

»Kann ich etwas für Sie tun, Mylady?« fragte Jack, weil sie immer noch schwieg und ihn nur unverwandt ansah. Sie war ganz entschieden das hübscheste Mädchen, das ihm jemals begegnet war. Er konnte im nachhinein verstehen, daß Sir Morgan sie mitgenommen hatte. Die Männer hatten seit ihrer Abreise heftig über die neue Errungenschaft ihres Kapitäns spekuliert und sogar Wetten darüber abgeschlossen, wann sie zum erstenmal an Deck erscheinen und wieviel Mühe es Sir Morgan kosten würde, sie zu zähmen.

Wahrscheinlich kostete es ihn viel Mühe, entschied Jack Torance. Denn bei aller Zerbrechlichkeit schien Sable zu wissen, was sie wollte. Und das ließ auf bevorstehende Schwierigkeiten schließen. Ihr verzweifelter Gesichtsausdruck konnte nur bedeuten, daß sie Hilfe suchte, und plötzlich war Jack Torance wütend auf seinen Kapitän, weil er sie in diese Schwierigkeiten gebracht hatte.

»Nein, vielen Dank, Mr. Torance«, sagte Sable schließlich. Sie fühlte nur Verzweiflung. Denn während sie die Männer, die sie immer wieder verstohlen betrachteten, ansah, wurde ihr klar, daß sie vielleicht deren Sympathien gewinnen konnte, ihre Pflicht band sie jedoch an Morgan Carey. Er würde letztlich immer Sieger bleiben. Wenn sie sich von ihm befreien wollte, mußte sie sich etwas anderes einfallen lassen.

»Wir sind froh, daß es Ihnen wieder gutgeht, Lady Sable«, sagte ein Seemann, der mit der Mütze in der Hand vorgetreten war. »Doktor Pierson hat uns schon informiert.«

»Nat Palmer gehörte zu denen, die Sie aus dem Wasser gezogen haben«, erklärte Jack Torance.

»Dann verdanke ich Ihnen also mein Leben«, sagte Sable. Für einen Augenblick war sie frei von Bitterkeit.

Nat Palmer errötete bis zu den Haarwurzeln. »Das war doch selbstverständlich, Lady Sable.«

»Lady Sable, ist es wahr, daß Sie während einer Kollision über Bord geschleudert wurden?«

Nachdem Jack Torance das Eis gebrochen hatte, indem er das goldene Wesen angesprochen hatte, versammelten sich die Matrosen der *Defiance* um sie, weil sie vorgestellt werden und das hübsche Gesicht aus der Nähe betrachten wollten. Ihr Dialekt gefiel ihnen, ebenso ihre dunkelgrünen Augen, und alle waren übereinstimmend der Meinung, daß sie weit hübscher war, als sie erwartet hatten, nachdem man sie als bemitleidenswertes Strandgut an Bord gezogen hatte.

Vom Achterdeck seines Schiffes aus beobachtete Sir Morgan Carey, wie der Kreis der Bewunderer um Sable immer größer wurde. Es überraschte ihn nicht, daß seine Männer sich wie liebestolle Hähne benahmen, doch Sables scheue, freundliche Antworten hatte er nicht erwartet. Ob sie versuchte, seine Männer zu ihren Verbündeten zu machen, indem sie an deren Schwäche fürs weibliche Geschlecht appellierte?

Er konnte ja nicht wissen, daß es überhaupt nicht Sables Art war, Menschen gegenüber unfreundlich zu sein. Sie war ein zartfühlendes, liebevolles junges Mädchen, und ihre Bitterkeit und ihre Wut richteten sich allein gegen Morgan Carey, der für ihre Entführung verantwortlich war. Seine Männer waren einfache Seeleute, denen gegenüber sie sich nicht abweisend verhalten wollte. Für Morgan waren ihr lächelndes Gesicht und ihre warmen, leuchtenden Augen bloße Täuschungsmanöver und

Tricks, und er beschloß, jeden Mann, der ihr irgendwie half, streng zu bestrafen.

Die endlosen Nächte, in denen er gegen das Fieber angekämpft und in denen er nicht gewußt hatte, ob er sie nicht doch letztlich verlieren würde, hatten ihn mehr gekostet, als er sich eingestehen wollte. Seiner Meinung nach hatte er Anspruch auf einen gewissen Ausgleich, bevor er sie gehen ließ.

Er beobachtete, wie der warme Wind in ihren Haaren spielte. Das goldene Chiffonkleid betonte Sables Hüften und Brüste, so daß Morgan augenblicklich Sehnsucht nach ihr verspürte. Wie lange hatte er keine Befriedigung gefunden? Verdammt, es war viel zu lange! Seit Sable St. Germain diese Sehnsucht in ihm geweckt hatte, hatte er in vielen Betten Befriedigung gesucht, doch sie war ungestillt geblieben. Seine Sehnsucht konzentrierte sich nur auf dieses dunkelhaarige, lachende Mädchen dort unten auf dem Deck.

Als wenn sie seinen nachdenklichen Blick gespürt hätte, drehte Sable sich plötzlich um und sah nach oben. Beider Blicke trafen sich über die Entfernung hinweg: der kühle, berechnende Blick des Jägers und der unsichere, ängstliche Blick der Beute. Rasch wandte Sable sich ab und drehte dem Kapitän den Rücken zu, doch Morgan war sicher, daß sie seinen Blick verstanden hatte. So unschuldig war sie nun auch wieder nicht.

Tatsächlich hatte Sable instinktiv begriffen, daß Morgan Carey sie besitzen wollte. Mit diesem kurzen Blick waren die Fronten abgesteckt worden. Sable zitterte ein wenig und hatte plötzlich entsetzliche Angst. Falls er tatsächlich beschlossen hatte, sie zu besitzen, konnte sie ihn bestimmt nicht daran hindern.

»Geht es Ihnen nicht gut?« fragte Jack Torance, weil sie plötzlich ganz blaß geworden war. »Soll ich Doktor Pierson rufen oder vielleicht den Kapitän?«

»Nein!« rief Sable voller Panik, doch gleich darauf

schenkte sie Jack Torance ein bezauberndes Lächeln, um ihn ihre Unhöflichkeit vergessen zu lassen. »Mir geht es wirklich gut. Vielen Dank. Ich bin nur ein wenig müde und will mich lieber wieder hinlegen.«

Hastig wies sie alle Angebote, sie zu begleiten, zurück und verschwand wieder unter Deck. Als sie Morgans Kabine betrat, zitterte sie immer noch. Wie konnte sie diesem unausweichlich scheinenden Schicksal entrinnen? Ruhelos wanderte sie umher und suchte nach einem Gegenstand, der ihr vielleicht als Waffe dienen konnte, um sich selbst und ihre Ehre gegen einen Mann zu verteidigen, der beides um jeden Preis besitzen wollte.

Als sie zufällig im Spiegel ihr enganliegendes Kleid und die sich darunter abzeichnenden Formen ihres Körpers erblickte, fiel ihr sofort der leidenschaftliche Ausdruck in Morgan Careys Augen ein, den sie am Abend bei den Havertys und auch in North Head gesehen hatte. Damals hatte er ihr angekündigt, sie eines Tages für sich zu beanspruchen, offenbar sollte diese Prophezeiung nun in Erfüllung gehen. Sable wußte sehr gut, daß sich Widerstand nur lohnte, wenn sie etwas in der Hand hatte, was ihn abschreckte.

Der Spiegel zeigte ihr die einzige Waffe, die sie besaß. Weshalb sollte sie den arroganten Sir Morgan nicht hereinlegen, indem sie die Verfüherin mimte? Er hatte ihren Eltern gesagt, daß er sie heiraten wolle, doch Sable wußte sehr genau, daß er ihren Vater belogen hatte. Morgan wollte sie überhaupt nicht heiraten, sondern sie sollte lediglich sein Bett wärmen. Auch wenn sie auf dem Gebiet der Liebe unerfahren war, so wußte sie doch sehr genau, was Sir Morgan veranlaßt hatte, sie nicht nach Tanger zurückzubringen.

Sie war unschuldig, das stimmte, und sie hatte keinerlei Ahnung, wie erfahren eine Frau sein mußte, um ein solches Spiel erfolgreich zu spielen. Bestimmt war es genug, auf ihn einzugehen, wie sie das in der Vergangenheit – wenn auch unbewußt – bereits getan hatte. Ängstlich dachte sie daran, wie stark und beherrschend Morgan war, doch dann verdrängte sie ihre Bedenken und spottete über ihre Feigheit. Was sollte sie sonst tun? Sich friedlich verhalten, während Morgan ihre Ehre kompromittierte und sie auf eine gefährliche Reise mitnahm, um einen unbekannten russischen Soldaten aus dem Palast des Sultans zu befreien? Niemals! Sable biß die Zähne aufeinander. Sie war eine St. Germain und stammte aus Cornwall! Mit Sicherheit gehörte sie nicht zu denen, die Schwierigkeiten aus dem Weg gingen.

Die Decks lagen bereits verlassen da, und es dunkelte, als Morgan Carey endlich das Ruder aus der Hand gab. Die Wache hatte gewechselt, und der jetzige Kurs konnte bis zum kommenden Morgen beibehalten werden. Die *Defiance* glitt in gleichmäßiger Fahrt auf die griechischen Inseln zu, und über Morgan standen die Segel prall im Wind. Einige Augenblicke lang verharrte er auf der Leiter und spürte die Bewegung des Schiffskörpers unter ihm. Nur hier auf dem offenen Meer fühlte er sich wirklich lebendig und dem Frieden nahe, dem er ein ganzes Leben lang nachgelaufen war.

Schließlich schüttelte er den Kopf über seine Gedanken und machte sich auf den Weg nach unten, wo im Augenblick dringende Probleme auf ihn warteten. Was sollte er mit seiner kleinen Gefangenen machen, nachdem sie nun gesund war? Doktor Pierson hatte es ihm bestätigt und sich dabei selbst für seine Arbeit gelobt. Unerwähnt ließ er den Anteil, den Morgan Carey zu Sables Genesung beigetragen hatte.

Als er die Tür zu seiner Kabine öffnete, hielt er sekundenlang inne. Sable lag nicht schlafend in der Koje, wie er erwartet hatte, sondern sie saß auf der Bank unterhalb der Fenster, hatte die Arme um die Knie geschlungen und den Kopf daraufgelegt. Sie trug wieder eines seiner

Hemden, dessen Arme bis auf das Lederpolster herunterhingen. Als er sie ansprach, rührte sie sich nicht, und da merkte er, daß sie eingeschlafen war. Das Mondlicht schimmerte silbern auf ihren dunklen Haaren, und er konnte deutlich erkennen, wie sich ihre Brust hob und senkte. Sie schien so jung, so hilflos zu sein, daß Morgan sich der Lust schämte, die er empfand.

Schließlich bewegte sich Sable, weil ihre Haltung unbequem war, und drehte sich zur Seite, wobei sie ihre Wange an den harten Holzrahmen unterhalb der Fenster lehnte. Die Füße hatte sie unter den Körper gezogen, und sie hielt ihren Kopf so, daß das Mondlicht auf ihren Hals und den Ansatz ihrer weichen Brüste fiel.

Morgan betrachtete andächtig den zauberhaft schönen Körper, den er nur zu gut kannte. Während er Sable gepflegt hatte, hatte er ihre weiche Haut so häufig berührt, daß ihm jede Rundung vertraut war. Zu der Zeit hatte er jedoch keinerlei Leidenschaft empfunden, sondern war nur darauf bedacht gewesen, das hartnäckige Fieber zu brechen und Sable wieder ins Leben zurückzuholen. Doch jetzt waren auch die letzten Anzeichen der Krankheit überwunden. Sable kauerte wie eine verwöhnte Katze auf der Bank und sah im silbernen Mondlicht überirdisch schön und äußerst begehrenswert aus. Vorsichtig streichelte Morgan mit seiner großen Hand ihre Haare, die über ihre Schultern herunterhingen, doch Sable reagierte nicht, worauf er sich näher hinunterbeugte.

»Sable, können Sie mich hören?«

Sie öffnete die Augen. Ihre weichen Lippen waren leicht geöffnet. Morgan vergaß augenblicklich, daß sie sich gerade erst in den Schlaf geweint hatte, sondern beugte sich stöhnend über sie, nahm sie in seine Arme und setzte sich. Sable, die noch mehr oder weniger schlief, fand es schön, gegen eine harte, muskulöse Brust gedrückt zu werden, und bewegte vorsichtig ihre Lippen, als sie seinen Mund fühlte. Morgan reagierte darauf, indem er sie nur fester an sich drückte und schließlich auf seinen Schoß zog und mit seinem starken Arm ihre Taille umschlang.

Ohne so recht zu wissen was sie tat, legte ihm Sable die Arme um den Nacken, wobei ihre Finger durch seine dunklen Locken fuhren. Seufzend schmiegte sie sich an ihn, so daß ihre Brüste seinen Körper berührten. Sie hatte völlig vergessen, daß sie geplant hatte, Morgan diese Nacht zu verführen. Sie fühlte nur noch seine Hände, die durch den dünnen Stoff ihres Hemdes ihren Körper streichelten, und spürte, wie seine Zunge ihren weichen Mund erkundete.

Morgans Hand tastete über ihe nackte Haut bis zu ihren Brüsten. Seine Finger liebkosten das weiche Fleisch, bis Sable sich stöhnend an ihn drängte. Als ihre kleine Zunge Morgans berührte, wurde er von seinem Begehren überwältigt. Voll unterdrückter Sehnsucht nahm er Sable auf die Arme und trug sie zur Koje hinüber.

»Meine süße, verführerische Sable!« murmelte er heiß und preßte sich der Länge nach gegen ihren Körper.

Sable vergaß fast zu atmen, als sie seinen harten Körper zwischen ihren weichen Schenkeln spürte. Ihr Hemd war bedenklich weit nach oben gerutscht, so daß sich nur noch Morgans Hose zwischen ihren nackten Körpern befand. Sie fühlte sich fast erdrückt, und als sie in seine Augen blickte, erschrak sie vor der dunklen Leidenschaft, die in ihnen glühte.

Auf Morgans Oberlippe standen kleine Schweißtröpfchen, und er atmete so heftig, betastete sie mit so verzweifelter Wildheit, daß sie instinktiv wußte, daß er dabei war, die Kontrolle zu verlieren. So unerfahren sie auch war, intuitiv erspürte sie sehr wohl den Unterschied zwischen Liebe und bloßer Vergewaltigung. Sie wußte, daß sie es niemals akzeptieren konnte, von Morgan Carey gegen ihren Willen genommen zu werden. Im Grunde war sie ja nicht unwillig, aber sie spürte, daß er sich dem Punkt näherte, an dem er sie gewaltsam nehmen würde, ohne einen Gedanken an ihr Empfinden zu verschwenden.

»Bitte, nicht!« flüsterte sie, obwohl das Vibrieren ihres Körpers ihren Worten widersprach. »Nicht so!«

Ihre Stimme war kaum zu hören, doch hob Morgan den Kopf. Seine Nasenflügel bebten heftig. Das Bedürfnis, ihr das Hemd vom Leib zu reißen und gewaltsam in sie einzudringen, überkam ihn so übermächtig, daß er sich mit aller Gewalt beherrschen mußte. Sable hielt den Atem an und beobachtete mit hämmerndem Herzen, wie er versuchte, sich unter Kontrolle zu bekommen. Abrupt erhob er sich, und die Bewegung war so plötzlich, daß Sable erschrak.

»Wenn die Dame nicht möchte«, stieß Morgan zwischen den Zähnen hervor, »dann werde ich sie nicht zwingen.«

Obwohl er ihrem Wunsch nachgegeben hatte, fühlte Sable einen kleinen Stich. Die Enttäuschung schmerzte sie, und sie hatte das Gefühl, zurückgewiesen und erniedrigt worden zu sein. Rasch drehte sie sich zur Wand und schluckte heftig, um ihre Tränen zurückzudrängen. Morgan wußte, daß jede Faser seines Wesens nach ihr verlangte, doch er weigerte sich, das zur Kenntnis zu nehmen, und während er beobachtete, wie sie sich in seiner Koje zusammenrollte, sah er deutlich, daß auch sie noch vor Verlangen zitterte. Doch er konnte sie nicht berühren, ohne fürchten zu müssen, endgültig die Gewalt über sich zu verlieren.

Noch nie in seinem Leben hatte er ein so heftiges Verlangen verspürt. Der Duft ihres Haares und ihre weichen Lippen hätten ihn beinahe um den Verstand gebracht, und diese Erkenntnis machte ihn unsicher. Emotionen, die so tief gingen, waren gefährlich. Er wollte alles tun, um sich in Zukunft vor ihnen zu schützen. Heftig stopfte er sich sein Hemd in die Hose und verließ den Raum, wobei er die Tür hinter sich zuknallte. Sable stiegen die Tränen in die Augen, denn sie begriff, daß sie, ohne es zu wollen, diesen Wutanfall ausgelöst hatte. Sie setzte sich auf und strich sich die Haare aus dem Gesicht. Ihre Unterlippe zitterte. Hätte sie anders handeln sollen? Es war verrückt gewesen zu glauben, daß sie ihn verführen könnte. Denn schon die kleinste Berührung seiner Lippen ließ sie wie eine gehorsame Sklavin vor Sehnsucht vergehen.

Sie konnte nicht verstehen, daß er sich so abrupt abgewandt hatte, daß er ihre Bitte erfüllt und sie alleingelassen hatte. War das das Ende? An ein Entkommen von der *Defiance* war nicht zu denken, im Gegenteil. Alles schien nur schlimmer geworden zu sein. Sie wußte, daß sie sich nach Morgan Carey sehnte und daß er mit einem einzigen brennenden Kuß ihren Widerstand brechen konnte.

Heiße Tränen brannten in Sables Augen, und sie rollte sich auf die Seite. Doch Morgans Geruch hing noch in ihrem Haar und auch auf dem Kissen. Sable weinte ein wenig und fühlte sich so allein und ängstlich wie nie zuvor. Sie war nicht nur die hoffnungslose Gefangene dieses mächtigen Mannes, der nach Belieben über sie verfügen konnte, sondern auch die Gefangene ihrer eigenen unwiderstehlichen Sehnsucht nach Liebe.

8

Die Morgendämmerung zog herauf, als Sable erwachte. Durch die verhängten Fenster sickerte schwaches Licht, doch es genügte, um zu erkennen, daß die Hängematte, die an den Balken mitten in der Kabine hing, leer war. Sable setzte sich auf, strich sich ihre Haare aus dem Gesicht und seufzte erleichtert. Nach den Ereignissen der letzten Nacht konnte sie eine weitere Begegnung mit diesen spöttischen Augen nicht ertragen. Sie fühlte, wie ihr die Schamröte ins Gesicht stieg, als sie sich daran erinnerte, mit welch starkem Verlangen sie auf Morgan Careys leidenschaftliche Küsse reagiert hatte. Seine dreisten, suchenden Hände hatten ihr Verlangen geweckt und sie willenlos gemacht. Und sie spürte wieder, wie sich sein harter Körper langsam zwischen ihren Schenkeln breitgemacht hatte. Mit dem Morgengrauen war ihre innere Unruhe keineswegs verschwunden, wie sie gehofft hatte, sondern war durch Morgans schwachen Duft, der immer noch in der Kabine hing, nur wieder neu belebt worden.

Sable blickte finster drein und zog sich rasch mit hastigen, fahrigen Bewegungen an. Ein ausgiebiger Spaziergang auf dem verlassenen Deck war jetzt das einzig Richtige, um einen klaren Kopf zu bekommen. Außerdem konnte sie unmöglich tatenlos herumsitzen und warten, bis Grayson ihr das Frühstück brachte. Ein flüchtiger Blick in den Spiegel zeigte ihr ein blasses Gesicht mit dunklen Rändern unter den Augen. Ihre Lippen waren immer noch von Morgans heftigen Küssen geschwollen. Sie seufzte verzweifelt auf, bevor sie ganz schnell die Kabine verließ.

An Deck bemerkte sie sofort, daß es fast windstill war

und die Segel schlaff herunterhingen. Im Westen schimmerten noch einige wenige Sterne, und die Luft war schwer. Rasch trat Sable an die Reling, von wo aus sie im silbrigbleichen Licht die Umrisse einiger Inseln erkennen konnte. Sie sog die Luft tief ein, während ein sanfter Windhauch durch ihre Haare fuhr. Es war sehr vernünftig gewesen, an Deck zu kommen, dachte sie, nachdem sie spürte, wie sie merklich ruhiger wurde.

»Was, zum Teufel, suchen Sie denn hier so früh?«

Sable wich vor der dunklen Stimme zurück. Augenblicklich fühlte sie, wie ihre Zufriedenheit schwand und sich Aufregung und Unsicherheit wieder einstellten. Die verzweifelte Erkenntnis, daß Morgan Carey sie auch in diesem Augenblick noch genauso faszinierte wie in der vergangenen Nacht, beunruhigte Sable. Er trug nur Kniehosen, die sich eng an seine schmalen Hüften und die muskulösen Schenkel schmiegten, und in dem immer heller werdenden Licht konnte sie einen dünnen Schweißfilm auf seiner breiten, nackten Brust erkennen und die Ader, die stark und kräftig an seinem Hals pulsierte. Seine Augen und der zynisch lächelnde Mund quälten sie.

»Ich konnte nicht mehr schlafen«, gestand Sable und blickte besonders hochmütig drein, denn sie wußte, wie leicht er den Grund für ihre Ruhelosigkeit mißdeuten konnte. »Ich bin schon viel zu lange auf diesem Schiff eingesperrt. An ein so untätiges, ruhiges Leben bin ich nicht gewöhnt.«

»Mit Sicherheit bevorzugen Sie Ausritte über das weite Moor«, sagte Morgan finster. Er hatte ebenfalls an die zurückliegende Nacht gedacht und spürte immer noch die Sehnsucht, die unbefriedigt geblieben war. Im rosafarbenen Licht der Morgendämmerung sah Sable einfach unwiderstehlich aus. Er spielte mit dem Feuer, sobald er in ihre grünen, ausdrucksvollen Augen blickte. Am liebsten hätte er ihr das wunderschöne, goldene Kleid vom Körper gerissen und gleich hier auf dem Deck seines Schiffs seine Gier an ihr gestillt. Statt dessen biß er die Lippen aufeinander und wandte sich ab. Weshalb tat er es nicht einfach? Schließlich war er allein Kapitän auf diesem Schiff und niemandem Rechenschaft schuldig. Also weshalb machte er sich nicht über sie her? Welch alberne Hemmungen hielten ihn zurück?

Dann hörte er, wie Sable hinter seinem Rücken mit tränenerstickter Stimme sagte: »Am liebsten möchte ich weit weg von hier sein, Kapitän Carey. Nur die Erinnerung an Cornwall, an meine Familie und auch an mein Pferd hält mich davor zurück, mich auf der Stelle ins Meer zu stürzen.«

Morgan drehte sich um und sah erstaunt in ihre angstvollen Augen. »Das würden Sie tatsächlich tun? Nur um von hier wegzukommen?«

Sable nickte, doch ihre Unterlippe zitterte beängstigend. Morgan konnte ja nicht wissen, daß es weder Haß noch Furcht vor ihm waren, die ihr diesen Gedanken eingaben, sondern es war ihre Sehnsucht, die unter seinen Händen erwacht war und die ihr große Angst machte. Sie spürte sehr genau, daß sie bereit war, ihr Herz und ihren Willen an diesen grausamen, arroganten Menschen zu verschenken. Ihr war klar, daß dieser Herumtreiber von keiner Gesellschaft wirklich akzeptiert wurde, und der Gedanke, was es für ihre Eltern und ihre Familie bedeuten würde, wenn sie sich ihm hingäbe, peinigte Sable. Sie fühlte sich schuldig für ihre Gefühle.

Morgan nahm ihre Worte ernst. Er fluchte leise und starrte über das stille Wasser zu den Inseln hinüber, deren Konturen im zunehmenden Licht immer deutlicher wurden. Die schwache Brise spielte in seinen dunklen Locken, und Sable, die ihn von der Seite betrachtete, fand ihn äußerst verführerisch.

Er dehnte seine Brust, als er tief einatmete. Dann

wandte er sich Sable zu, die zusammenzuckte, als sie seinen abweisenden Gesichtsausdruck bemerkte.

»Sie haben nichts zu befürchten, Sable St. Germain«, sagte er schließlich knapp, und seine Worte wirkten wie ein Peitschenhieb. »Weder von mir noch von einem Mitglied meiner Mannschaft. Wenn Ihnen Ihre Lage so mißlich erscheint, daß Sie schon Selbstmord in Betracht ziehen müssen, um ihr zu entfliehen, dann können die Dinge nicht so weiterlaufen wie bisher.« Seine Blicke bohrten sich in ihre Augen. »Ich trage für jeden Menschen auf diesem Schiff die Verantwortung, Sie eingeschlossen, und ich habe bereits mein Wort gegeben, daß Sie am Ende dieser Reise unversehrt Ihrer Familie übergeben werden. Und so werde ich es auch halten.«

Sable schluckte und preßte ihre Hände gegeneinander. Sie konnte Morgans Wut fast körperlich spüren, und die Art, wie seine riesigen Hände die Reling umklammerten, zeigte deutlich, daß er sich nur mühsam beherrschte. Sable fühlte sich erleichtert, doch ihr Sieg schmeckte bitter. Ein kleiner, undefinierbarer Schmerz bohrte in ihrem Herzen. Unsicher und verwirrt starrte sie Morgan weiterhin unverwandt an, bis er sie schließlich so feindselig ansah, daß ihr das Herz bis zum Hals klopfte.

»Habe ich mich klar genug ausgedrückt, Mylady?« Seine Stimme klang rauh.

Sable nickte stumm.

»Dann gehen Sie jetzt bitte nach unten!« Mit dem Kopf deutete er auf die Treppe, und Sable gehorchte zitternd. Nachdem ihre schmale Gestalt verschwunden war, fluchte Morgan laut und kehrte mit grimmigem Gesicht auf das Achterdeck zurück.

Als Sable genug Mut gesammelt hatte, um wieder an Deck zu gehen, stand die Sonne bereits hoch am Himmel, und das Schiff hatte gerade die Insel Kreta passiert. Sie hatte sich in der Kajüte ihren Kummer von der Seele geweint, doch als Grayson ihr später das Frühstück gebracht hatte, wurde er mit einem freundlichen Lächeln empfangen. Und seine Frage, ob sie Kummer habe, hatte sie verneint.

Grayson hatte nicht weiter nachgefragt, denn für ihn lag es auf der Hand, daß Lady Sables Tränen und Sir Morgans schlechte Laune irgend etwas miteinander zu tun haben mußten. Als sie schließlich wieder an Deck erschien, betrachtete Morgan sie überhaupt nicht. Er beugte sich immer wieder über die Navigationskarte, besprach sich mit seinen Offizieren und schien das hübsche, junge Mädchen auf Deck unter ihm gar nicht wahrzunehmen. Ein- oder zweimal begegneten sich ihre Blikke, doch sein Gesichtsausdruck blieb unverändert.

Sable ärgerte sich, daß Morgan sie wie Luft behandelte. Sie haßte ihn, das stimmte, und fürchtete sich vor ihm, doch gleichzeitig konnte sie seine Gleichgültigkeit kaum ertragen. Sie mißtraute seinem Versprechen, sie unversehrt nach Hause zu bringen, und überlegte, ob nicht vielleicht alles nur ein böses Spiel war, um ihre Wachsamkeit zu täuschen und sie in Sicherheit zu wiegen. Allerdings sah es Morgan Carey überhaupt nicht ähnlich, sich hinter Vorwänden zu verstecken. Er war ein sehr direkter, mutiger Mann, der sie zweifellos ohne zu zögern genommen hätte, wenn er das wirklich gewollt hätte.

Das war genau der Punkt, der ihr zu schaffen machte. Sie hatte sehr genau gespürt, daß er sie begehrt und nur mit aller Kraft sein Verlangen zurückgedrängt hatte, als sie einander heute morgen auf Deck begegnet waren. Es hatte ihn mindestens ebenso viel Anstrengung gekostet wie in der vergangenen Nacht, als er ihr so nahe gewesen war und sie seinen Körper auf sich gespürt hatte. Sie biß sich auf die Lippen und starrte unverwandt auf das Wasser, weil sie sich keinesfalls umdrehen und zu ihm hinübersehen wollte.

»Bald können Sie die Küste der Türkei sehen, Mylady.«

Der blonde Schiffszimmermann und Segelmacher Nat Palmer stand plötzlich neben ihr. Obwohl noch Tränen in ihren Augen glänzten, gab sie sein freundliches Lächeln zurück, worauf der junge Mann errötete. »Ich hätte nie gedacht, daß ich das alles eines Tages zu sehen bekäme.«

»Schade, daß wir keine Zeit hatten, Ihnen Kreta zu zeigen«, meinte Nat. »Griechenland ist wirklich ein Paradies.«

Nach Sables Ansicht war das wahrscheinlich nicht übertrieben, denn die Inseln erhoben sich wie Smaragde aus dem schimmernden Meer und vom Deck des Schiffes aus konnte man deutlich weiße Sandstrände und zahlreiche, weißgekalkte Häuser erkennen. Es war einfach unmöglich, von diesem Anblick nicht gefesselt zu sein, und zum erstenmal seit dem Unfall fühlte Sable so etwas wie Freude in sich aufsteigen. Wenn nicht die Sorge um ihre Familie und um das womöglich gefährliche Reiseziel der *Defiance* sowie die beunruhigende Gegenwart des Kapitäns gewesen wären, hätte Sable, nachdem sie nun wieder gesund und kräftig war, die Reise eigentlich genießen können. Das Meer und das Gefühl, ein solides Schiff unter sich zu haben, hatte sie schon immer geliebt, und die warme Sonne des Mittelmeers hätte ein übriges dazu getan. Sie warf einen kurzen Blick zu Sir Morgan hinüber, der auf dem Achterdeck stand und ihr seinen sonnengebräunten Rücken zukehrte. Doch sofort wandte sie sich wieder ab. Nein, es war unmöglich, diese Reise als etwas anderes zu sehen als einen schrecklichen Alptraum, selbst wenn das Paradies um sie herum noch so verlockend war.

»Möchten Sie uns ein wenig Gesellschaft leisten, Lady Sable?«

Erleichtert nahm Sable die schüchterne Einladung des

Matrosen Gilpin an und setzte sich zu einigen Männern, die mit ungeschickten, verarbeiteten Händen ein großes Segel flickten. Obwohl sie die Namen der Männer erst gestern gehört hatte, erinnerte sie sich doch an viele und erntete manch dankbares Lächeln.

Während Morgan Sables Verhalten beobachtete, sah, wie sie lächelte und freundlich war, fühlte er Wut in sich aufsteigen. Sie verursachte wirklich nichts als Schwierigkeiten, diese Nixe, und er bedauerte heftig, sie überhaupt an Bord seines Schiffes geholt zu haben. Keine Frau war es wert, daß man wegen ihr sein inneres Gleichgewicht verlor, aber Sable St. Germain mit ihrem betörenden Körper und den dunkelgrünen Augen hatte ihn genau dorthin gebracht. Der Teufel sollte sie holen! Er war froh, daß er bereits eine Entscheidung getroffen hatte. Sie war wirklich nichts anderes als ein scharfzüngiges, unerzogenes Kind. Auf dem Rückweg würde er dieses komplizierte Geschöpf schnellstens ihrem Vater übergeben und herzlich froh sein, sie endlich losgeworden zu sein.

Als Sable am späten Nachmittag in die Kajüte ging, verspürte sie bereits Hunger. Da Sir Morgan noch beschäftigt war, blieb ihr genügend Zeit, sich frischzumachen, bevor Grayson mit dem Abendessen kam. Ein Blick in den Spiegel zeigte, daß die Mittelmeersonne einen rosenfarbigen Schimmer auf ihre Wangen gezaubert hatte. Während sie ihre Haare löste, nahm sie sich vor, Grayson um einen Sonnenhut zu bitten, damit sie nicht braun wie ein Matrose nach Cornwall zurückkehren mußte.

Bei dem Gedanken an Cornwall und an ihre Familie zog sich ihr Herz zusammen. Doch sie verdrängte sehr schnell alle weiteren Gedanken, die sie nur traurig machen würden. Sir Morgan hatte sein Wort gegeben, sie nach Hause zu schicken, und sie mußte eigentlich dankbar sein, soviel erreicht zu haben.

»Störe ich, Lady Sable?«

Sie fuhr herum. »Oh, hallo, Grayson!«

»Ich bringe Ihnen Ihr Abendessen: Suppe, gebratenes Hühnchen und Zitronenpudding.« Falls Grayson Sables aufgewühlten Zustand bemerkte, sagte er jedenfalls nichts. Er war so offen und freundlich wie immer. Sein rotes Haar war sorgfältig gestriegelt, und seine Weste und Hose waren peinlich genau gebügelt.

»Wie können Sie es nur mit ihm aushalten?« fragte Sable impulsiv, während der Steward das Essen auf den Tisch stellte.

Er blickte sie rasch an und sah dann wieder weg. »Mit wem, Mylady?«

»Sie wissen sehr gut, wen ich meine. Mit dem Allgewaltigen, mit Kapitän Sir Morgan Carey natürlich. Ich muß gestehen, daß mich seine Arroganz und sein Benehmen zum Wahnsinn treiben. Er ist so schrecklich –« Sie gestikulierte, doch es fehlten ihr die Worte.

Grayson überlegte, was wohl geschehen war. Ob sich die beiden gestritten hatten, oder war sie nur über seine gefühllose Behandlung verärgert? Keine Frau schätzte es, von einem Mann mißachtet zu werden, ganz gleich ob sie ihn mochte oder nicht.

»Ich habe mich an ihn gewöhnt, Mylady«, meinte er, während er das Besteck auflegte. »Ich kann Ihnen jedenfalls versichern, daß er in seiner Jugend noch weit schlimmer war.«

»Das kann ich nur schwer glauben«, entgegnete Sable und wurde immer zorniger, je länger sie über Morgans ablehnendes Verhalten nachdachte. Drei Stunden hatte sie mit seinen Männern gelacht und gescherzt, und er hatte sie nicht ein einziges Mal zur Kenntnis genommen.

Grayson blickte kurz zu ihr hinüber und mußte lächeln. Wahrscheinlich gab es wirklich nichts Schrecklicheres als eine zornige Frau, dachte er, als er ihre funkelnden Augen sah. »Sie werden sich nicht länger mit dem unmöglichen Menschen herumquälen müssen, Mylady«, sagte er beschwichtigend. »Ich kann Ihnen mitteilen, daß Sir Morgan heute nachmittag eine Kabine für Sie hat herrichten lassen.«

Sable riß erstaunt die Augen auf. »Tatsächlich?«

»Ja, in der Tat. Mr. Torance hat sich freundlicherweise bereiterklärt, zu dem jungen Dany Hayes zu ziehen. Sie bekommen seine Kabine, die sich weiter hinten auf diesem Gang befindet.«

Sable mußte die überraschende Neuigkeit erst verdauen. Hieß das vielleicht, daß Sir Morgan tatsächlich beabsichtigte, sein Wort zu halten? Ihr eine eigene Kabine zu geben, bedeutete auf jeden Fall, daß nichts Unschickliches zwischen ihnen geschehen konnte. Sie fühlte sich sehr erleichtert, weil sie sich nachts nun nicht mehr schlaflos herumwälzen mußte, denn Morgans Nähe beunruhigte sie. Und sie mußte sich nicht mehr schlafend stellen, wenn er morgens in der Dämmerung aufstand und seinen nackten Körper im Waschbecken wusch. Oh, Gott! Sie war wirklich froh, daß das endlich vorbei war.

»Mr. Torance hat sich meinetwegen solche Mühe gemacht!« sagte Sable, während sie sich an den Tisch setzte.

Grayson hüstelte. »Da Sie jetzt wieder gesund sind, Mylady, ist es nur – nur angebracht, daß Sie eine eigene Kabine haben.«

Sable errötete heftig und senkt den Kopf. »Sie haben ja recht«, murmelte sie.

»Außerdem«, fuhr Grayson in energischem Ton fort, »sind Sie durch unglückliche Umstände hierhergelangt. Sie sind schließlich eine Dame, und Ihre Ehre sollte keinesfalls kompromittiert werden.«

In Wirklichkeit hatte Grayson es kaum glauben können, daß Sir Morgan Lady Sable eine eigene Kabine zuwies. Er hatte das Mädchen doch unbedingt bei sich behalten wollen. Vielleicht hatte er ja mittlerweile eingesehen, daß Lady Sable St. Germain viel zu jung und unschuldig war, um so kaltschnäuzig mißbraucht zu werden. Was auch immer der Grund war, Grayson hatte Mühe, seine Erleichterung zu verbergen.

»Ich werde Ihre Sachen hinüberbringen und die Kabine herrichten lassen«, kündigte Grayson an, während er ihr Suppe auf den Teller schöpfte.

»Ich besitze doch nichts außer diesem Kleid«, erinnerte ihn Sable mit einem zaghaften Lächeln. »Und das scheint mir für eine derartige Reise ohnehin nicht sehr geeignet zu sein.«

Das wunderschöne Chiffonkleid war wirklich eher für große, festliche Empfänge gedacht als für eine Schiffsreise. Immer wieder die zahllosen Knöpfe und Haken zu öffnen und zu schließen, war äußerst mühsm, und außerdem war Sable bereits mehrmals über die schweren Röcke gestolpert, als sie die engen Stufen zum Oberdeck hinaufgestiegen war.

»Ich wünschte, ich hätte etwas anderes zum Anziehen«, sagte sie seufzend, während sie den Löffel in die Hand nahm.

»Ich glaube nicht daß wir etwas Passendes mitführen«, meinte Grayson. »Sie können sich höchstens Hemd und Hose von einem Matrosen ausleihen.« Seine Augen weiteten sich, als er Sables verschmitzten Gesichtsausdruck sah. »Oh, nein, Mylady, das werden Sie nicht tun!«

»Weshalb denn nicht?« fragte Sable, der Gedanke, endlich das heiße, schwere Kleid loszuwerden, schien sehr verlockend.

»Es – es gehört sich nicht.«

»Manchmal muß man eben auch zu ungewöhnlichen Mitteln greifen«, meinte Sable praktisch. »Und ganz besonders in Augenblicken wie diesen.« Entschlossen fragte sie: »Sie werden mir einige Kleider besorgen, nicht wahr, Grayson? Daniel Hayes ist klein. Vielleicht hat er noch eine Hose, die er mir leihen kann.«

Und Grayson wußte, daß er verloren hatte. »Der Kapitän wird nicht begeistert sein«, versuchte er einzuwenden, doch er sah sofort, daß das der falsche Weg war. Das kleine Kinn reckte sich noch ein wenig höher, und die Augen begannen zu blitzen.

»Kapitän Carey muß auch nicht Tag für Tag in weiten Röcken auf dem Achterdeck herumlaufen. Er wird eben ganz einfach begreifen müssen, daß ich das ebenfalls nicht kann.«

Grayson schluckte, denn er war sich wohl bewußt, daß es nicht seine Aufgabe war, mit einer Lady zu streiten. »Aye, Mylady!« murmelte er unglücklich. »Ich werde sehen, was ich tun kann.«

Er hoffte inständig, daß Danny Hayes keine weitere Hose besaß, um sie Lady Sable zu leihen. Doch aus der Tiefe seiner Kiste zog der Matrose ein Exemplar, das dort jahrelang gelegen hatte und somit ziemlich staubig geworden war. Nach einigen Reinigungs- und Flickarbeiten sah sie jedoch zu Graysons Kummer ganz passabel aus, und Lady Sable freute sich, als er sie ihr später am Abend überreichte.

»Ich habe mir erlaubt, sie zu waschen und zu reparieren, Mylady«, informierte er sie mürrisch. »Wollen Sie sie wirklich anziehen?«

»Die Hose ist einfach wunderbar«, versicherte Able, stellte sich auf die Zehenspitzen und küßte Grayson auf die Wange, bevor sie die Tür ihrer Kabine wieder schloß.

Grayson errötete tief, und als er sich abwandte, lief er Sir Morgan in die Arme, der gerade heruntergekommen und Zeuge von Sables impulsiver Geste geworden war. Ein Lächeln lag auf seinen Lippen, doch seine blauen Augen blickten kalt.

»Versuchen Sie jetzt, das Mädchen in Ihr eigenes Bett zu locken, Grayson?« fragte Sir Morgan.

Grayson richtete sich unerschrocken auf. In den vergangenen neun Jahren hatten die beiden Männer bereits soviel miteinander erlebt, daß Grayson vor seinem großen Gegenüber keine Angst mehr hatte. Doch im Augenblick war er sprachlos und fühlte sich in die Defensive gedrängt.

»Ich würde nicht im Traum daran denken, Lady Sable so etwas anzutun«, sagte Grayson in einem Ton, der Morgan die Augenbrauen runzeln ließ.

»Wollen Sie damit sagen, daß meine Moral zweifelhaft ist, weil ich einmal derartige Absichten hatte?« Seine Stimme war leise und ruhig, doch Grayson wurde unsicher. Sobald es um Lady Sable St. Germain ging, waren die Reaktionen seines Herrn unberechenbar. Was hatte wohl zu dieser Entfremdung zwischen den beide geführt? Auch früher waren sie über Morgans Frauen nicht immer eine Meinung gewesen, und Grayson hatte seinen Herrn oft genug vor den Fallen der Liebe gewarnt, doch Sir Morgan hatte nur gelacht und die Bedenken seines Dieners regelmäßig in den Wind geschlagen. Immer wieder hatte er sich letzten Endes geschickt aus der Affäre gezogen.

Diesmal lagen die Dinge jedoch anders. Zuerst war Sir Morgan entschlossen gewesen, diese grünäugige Beute um jeden Preis zu behalten, doch ganz plötzlich hatte er seinen Entschluß revidiert und sie gehen lassen, obwohl, wie Grayson sehr genau beobachten konnte, er immer noch Sehnsucht nach ihr hatte. Grayson wurde zusehends nervöser, denn der Blick dieser blauen Augen war entnervend. Er bemühte sich, auf unverfänglicheres Terrain zu gelangen, und sagte: »Lady Sable hat sich für meine Dienste als Kabinensteward bedankt. Wie Sie ja wissen, ist sie eine reizende, freundliche Person.«

»Die ganz offensichtlich nicht mit den Beweisen ihrer Zuneigung geizt«, ergänzte Morgan und blickte auf die verschlossene Tür. »Sie haben Glück, Grayson, offenbar haben Sie sie verdient.«

»Jedenfalls habe ich nichts getan, was ihr schaden könnte«, erwiderte Grayson bestimmt.

Die eiskalten Augen wurden schmal, und an seinem gebräunten Hals trat eine Ader deutlich hervor. Grayson fühlte förmlich das Unheil nahen und war um so überraschter, als Morgan nur den Kopf in den Nacken warf und lachte. »Sie verdammter Kerl!« brummte er. »Ich hätte Sie schon vor Jahren entlassen sollen.«

Grayson war überaus erleichtert. Erst jetzt stellte er fest, daß sein Herzschlag ausgesetzt hatte und ihm sehr heiß geworden war. »Soll ich Ihnen jetzt das Abendessen servieren, Sir?« fragte er förmlich.

»Aye«, stimmte Morgan zu. »Bitten Sie Torance und Pierson, mit mir zu essen.« Und nach einer Pause fügte er hinzu: »Und Lady Sable ebenfalls. Ich fürchte, sie wird auch weiterhin in meiner Kabine essen müssen, denn ihre ist wirklich zu klein.«

»In Ordnung, Sir«, gab Grayson zurück und entfernte sich erleichtert, nachdem er sich erfolgreich aus der schwierigen Situation befreit hatte.

Als er eine halbe Stunde später die geräumige Kapitänskajüte betrat, um den Tisch für das Abendessen zu decken, stellte er erfreut fest, daß sich die Laune des Kapitäns wesentlich gebessert hatte. Sir Morgan war gerade aus der Badewanne gestiegen und im Begriff, sich zu rasieren, was, wie Grayson seit neun Jahren nicht müde wurde zu betonen, eigentlich seine Aufgabe war. Sir Morgans nackte Brust schimmerte feucht und seine engen Hosen klebten förmlich an seinem Körper. Er drehte sich kurz um und nickte Grayson zu.

»Ihre Gäste werden gleich kommen, Sir«, sagte Grayson mit leichtem Tadel in der Stimme. »Soll ich Ihnen helfen?«

Sir Morgan lachte, während er das Rasiermesser im heißen Wasser ausspülte. »Danke, Grayson, aber ich kann mir selbst die Kehle durchschneiden. Weiß Lady Sable, daß sie heute abend hier essen soll?«

»Ja, Sir, sie war erleichtert, das zu hören.«

Morgan war darüber erstaunt, doch seine Stimme klang gleichmütig. »So?«

»Aye, Sir.« Falls Grayson das Zögern seines Kapitäns bemerkt hatte, so ließ er sich nichts anmerken. Während er mit dem Korkenzieher beschäftigt war, fügte er hinzu: »In Master Jacks Kabine ist ja kaum Platz, um sich umzudrehen.«

»Torance ißt ja auch normalerweise mit der Mannschaft«, meint Morgan, während er sich sein Kinn mit dem Handtuch abtrocknete. »Herein!« fügte er hinzu, als es an der Tür klopfte.

»Ich hoffe, ich komme nicht zu spät«, sagte Sable mit leiser Stimme, als sie eintrat. Doch die Entschuldigung erstarb auf ihren Lippen, als sie Morgan nur in Hosen und Stiefeln vor sich stehen sah. Die braungebrannte Haut schimmerte im Lampenlicht, und die dunklen Haare, die er gerade gewaschen hatte, kringelten sich an Stirn und Nacken. Als Sable den Duft seines Rasierwassers roch, errötete sie leicht.

»Was haben Sie denn da an, um Himmels willen!« rief Morgan, nachdem er sie angesehen hatte.

Bei diesem Ausruf schoß Graysons Kopf in die Höhe, und er konnte gerade noch ein Stöhnen unterdrücken. Seine gute Laune war augenblicklich verschwunden. Eine eigene Kabine und anständige Mahlzeiten in der Gesellschaft netter Menschen am Tisch des Kapitäns waren doch eigentlich Gründe genug, um die Geduld des Kapitäns nicht weiter herauszufordern. Weshalb tat sie es trotzdem?

Bei jeder anderen Frau hätte die männliche Kleidung ihre weiblichen Reize verhüllt. An Sable jedoch wurden sie nur noch betont, denn sie hatte sich in eine Hose gezwängt, die ihre schmalen Hüften und die ausgeprägten

Schenkel stark betonte. Der Lederfleck auf der Rückseite wirkte aufreizend und verführerisch, und das weiße Hemd aus Musselin hing nicht formlos an ihr herunter wie das des Kapitäns, sondern entblößte ihren schmalen Hals und betonte die Rundungen ihrer Brüste. Das Haar hatte sie zu einem einfachen Knoten geschlungen und hochgesteckt, doch einige Löckchen tanzten aus der Reihe und kringelten sich an Stirn und Schläfen.

Ihr Gesichtsausdruck war fast kindlich und stand im krassen Gegensatz zu ihrem verführerischen Körper in der enganliegenden Lederhose. Grayson warf einen kurzen Blick zum Kapitän hinüber, und sein Herz sank, als er sah, wie wütend die eisblauen Augen blitzten. Sir Morgans Stimme war ungewöhnlich leise.

»Was haben Sie denn da angezogen?« wiederholte er.

Sable hob trotzig den Kopf, obgleich ein kleiner Anflug von Angst in ihrem Gesicht zu lesen war. »Meine – meine neuen Kleider.«

Er durchquerte den Raum und baute sich vor Sable auf, wobei sein massiger Körper Grayson jede Sicht nahm. Sables Unterlippe zitterte, doch sie gab nicht nach. Sie hatte ja Ablehnung erwartet, aber diese eiskalte Wut schüchterte sie doch ein wenig ein. Sie wandte den Blick ab und starrte lieber auf Morgans nackte Brust, die sich direkt vor ihrem Gesicht befand. Ohne es zu wollen, wurde sie daran erinnert, wie er sie an sich gepreßt und seine Hände ihre weiche Haut gestreichelt hatten. Sehnsucht, sich an ihn zu schmiegen, überfiel sie. Ohne sich dessen bewußt zu sein, hob sie ihr Gesicht, ihre Lippen waren leicht geöffnet und in ihren dunklen Augen schimmerte Sehnsucht.

Morgans Gesicht blieb undurchdringlich. Durch ihr Verhalten war sein Begehren plötzlich mit aller Macht entbrannt. Mit jeder Faser seines Wesens verlangte er danach, Sable in seine Arme zu nehmen, ihr die Kleider von ihrem verführerischen Körper zu reißen und tief in sie einzudringen. Er wollte spüren, wie sie ihn umschloß, während sich ihre weichen, willigen Lippen unter seinen öffneten.

In diesem Augenblick rutschte der Korken mit einem lauten Geräusch aus der Flasche, so daß alle zusammenzuckten. Morgan unterdrückte einen verzweifelten Seufzer, packte Sable an den Armen und hob sie fast vom Boden auf, als er sie an sich preßte. Trotz seiner Wut fühlte er ihren weichen, nachgiebigen Körper und das wilde Hämmern ihres Herzens.

»Ziehen Sie diese Sachen aus!« befahl er in einem Ton, der ihr das Blut in den Adern gefrieren ließ.

»Das werde ich nicht tun«, flüsterte sie.

»Verdammt! Das werden Sie, oder ich werde es selbst tun«, drohte er.

Beide starrten einander heftig atmend an. Für Grayson war klar, daß die beiden mit mehr als nur mit ihrer Wut zu kämpfen hatten, und er lief rasch hinüber, um das Schlimmste zu verhindern.

»Bitte, Sir«, sagte er hastig. »Ich allein bin dafür verantwortlich. Ich habe Lady Sable diese Kleider besorgt.«

Der Klang seiner Stimme brach die Spannung, die in der Luft hing. Morgan stieß Sable unsanft zurück, ohne die Tränen zu beachten, die in ihren Augen standen.

»Sie, Grayson?« fragte Morgan ganz ruhig.

Der Diener nickte. »Da es draußen sehr heiß geworden ist, nahm ich an, daß sich Lady Sable in Hosen wohler fühlen würde.«

»Das stimmt nicht«, sagte Sable und blickte Morgan an, während sie sich noch immer ihre schmerzenden Arme rieb. »Ich habe Grayson gesagt, daß mein Kleid für dieses Klima ungeeignet sei, und er hat spaßeshalber angeboten, mir Hosen zu besorgen.«

»Und auf diesen Vorschlag sind Sie natürlich voller Wonne eingegangen«, bemerkte Morgan so kühl und reserviert, daß es Sable fror.

»Ja, genau«, erwiderte sie tapfer. »Grayson hat sie mir besorgt, und ich habe nicht die Absicht, sie wieder herzugeben.«

»Mylady, bitte –« bat Grayson, doch Morgan hob die Hand, um ihn zum Schweigen zu bringen. Einen Augenblick lang stand er ganz still und betrachtete Sables Gesicht mit den riesigen Augen. Dann lächelte er höhnisch.

»Wenn Sie unbedingt darauf bestehen, können Sie diese Sachen anbehalten. Ganz offensichtlich haben Sie mehr Ähnlichkeit mit einem Gassenjungen, als ich bisher angenommen habe.«

Sable stieß einen Wutschrei aus, doch das warnende Funkeln in Morgans Augen hielt sie davon ab, ihn anzugreifen. Sie hatte keine Ahnung, weshalb ihn ihre Hose so wütend machte, aber sie hatte auch keineswegs die Absicht, sie herzugeben. Nein! Sie wollte sie tragen, ganz gleich, was dieser verdammte, langbeinige Pirat davon hielt.

Das Essen entpuppte sich als eine ziemlich entnervende Angelegenheit für Sable, die Morgans Schweigen ertragen mußte. Sie saß an dem kleinen Tisch direkt neben ihm, so daß sich ihre Schultern beinahe berührten und Sable sich seiner Gegenwart dauernd bewußt war. Von Zeit zu Zeit betrachtete er ihren gesenkten Kopf, doch so sehr Sable sich auch mühte, sie konnte ihn nicht übersehen. Je länger der Abend dauerte, desto schwerer fiel es ihr, Doktor Piersons galante Bemerkungen zu belächeln. Morgan Carey hatte ihr ihre Ruhe genommen, die sie sich sehnlichst zurückwünschte.

»Ich glaube, ich habe genug getrunken, Kapitän«, gähnte Doktor Pierson einige Zeit später. Er lallte merklich, und als er auf die Uhr sah, zitterte seine Hand. »Halb zwölf?« Er blinzelte verwirrt. »Das kann doch unmöglich stimmen.«

»Ich versichere Ihnen, es stimmt«, erwiderte Morgan

kühl und beobachtete mit zusammengepreßten Lippen, wie der Arzt seine Uhr schüttelte und leise vor sich hinmurmelte. »Vielleicht waren Sie zu – zu beschäftigt, so daß Sie nicht bemerkt haben, wie die Zeit vergangen ist.« Seine langsame, sehr gedehnte Sprechweise und der kurze Blick, den er Sable unter halbgeschlossenen Lidern hervor zuwarf, machten zur Genüge klar, was er meinte. Sable fühlte, wie ihr die Röte in die Wangen stieg, doch Doktor Pierson war durch den genossenen Madeira so benommen, daß er die Wut seines Kapitäns nicht realisierte.

Nachdem er sich unsicher erhoben hatte, griff er quer über den Tisch nach Sables schmaler Hand. »Aye, Kapitän, ich muß zugeben, daß die heutige Gesellschaft sehr unterhaltend war. Ich hätte nie gedacht, daß einer Lady Hosen so gut stehen«, fügte er hinzu, bevor er aufstoßen mußte. »Ihr Diener, Mylady!«

»Gute Nacht, Lady Sable, Kapitän!« schloß sich Jack Torance hastig an. Er sprang auf, packte den Doktor fest um die Schultern und schob den protestierenden Mann gewaltsam durch die Tür. Danach senkte sich absolute Stille über den Raum. Rasch warf Sable Morgan einen prüfenden Blick zu, doch sie stellte nur wieder fest, daß er sie ruhig und unverwandt betrachtete, was sie so sehr haßte. Langsam erhob sie sich und stolperte ein wenig, was sofort ein hämisches Grinsen zur Folge hatte.

»Sie sind nicht viel trinkfester als Pierson, stelle ich fest«, bemerkte er kühl. »Wenn Sie sich schon wie ein Mann kleiden, sollten Sie auch das Trinken lernen.«

»Machen Sie sich doch nicht lächerlich«, fauchte Sable. »Ich habe nicht die Absicht, mein Geschlecht zu ändern. Sogar Sie sollten eigentlich zugeben, daß ein schweres Chiffonkleid mit Spitzenunterröcken bei diesem Wetter nicht gerade die ideale Kleidung für eine Schiffsreise ist, oder?« Wütend starrte sie ihn an, doch er blickte nur unverwandt in ihr leicht gerötetes Gesicht.

»Außerdem sind Sie der einzige, dem mein Aufzug nicht gefällt«, fügte sie hinzu, doch ihre Worte wurden vom Zurückschieben des Stuhls übertönt. Morgan war aufgestanden und hatte sich in voller Größe vor ihr aufgebaut. Sie legte den Kopf in den Nacken und sah ihn wie ein in die Enge getriebenes Reh an, das zwar die Gefahr wittert, aber noch nicht flüchtet. Er trat einen Schritt auf sie zu und sah auf sie hinunter, doch das Lächeln auf seinen Lippen warnte Sable. Sie versuchte, ihm auszuweichen, doch plötzlich war sie zwischen seinem massigen Körper und dem Tisch gefangen. Trotzdem gab sie nicht auf.

»Ich beklage mich nicht über Ihren Aufzug, Mylady«, sagte Morgan heiser. »Ich muß zugeben, daß ich ihn sogar sehr – sehr attraktiv finde.«

Noch während er das sagte, umfaßte er sie und zog sie an sich. Sable schnappte nach Luft, als sie fühlte, wie sie gegen seine muskulösen Schenkel gepreßt wurde. Morgans stahlharter Arm hatte ihre Taille umfaßt und hielt sie gefangen, während die andere Hand ihr Kinn anhob.

»Sie spielen mit dem Feuer, wenn Sie sich so kleiden, Sable St. Germain«, murmelte er. »Sind Sie eine geborene Verführerin? Oder wirklich zu unschuldig, um zu wissen, was ein Mann empfindet, wenn er Sie so sieht? Diese enge, lederne Hose läßt wirklich nur wenig Raum für meine Fantasie.«

»Bitte, nicht!« flüsterte Sable mit klopfendem Herzen. Sie sahen einander in die Augen, doch Sable konnte den Blick nicht abwenden, da Morgans Hand noch immer ihr Kinn umfaßt hielt.

Er stöhnte nur auf und nahm ihren Kopf in seine Hände, während sich seine Lippen in einem heftigen Kuß auf ihren Mund preßten. Unter ihren Händen fühlte sie das Klopfen seines Herzens und spürte, wie sein Begehren wuchs. Ein entsetzter Seufzer entfuhr ihr, als sie spürte, wie ihr Körper seinem Drängen nachgeben wollte und sich gegen ihn preßte.

»N – nein!« stöhnte sie.

Als Morgan die tränenerstickte Stimme hörte, ließ er Sable augenblicklich los. Sable kühlte ihre erhitzten Wangen mit den Händen und starrte ihn an.

»Sie haben es versprochen«, flüsterte sie erregt. »Sie haben Ihr Wort gegeben, daß Sie mich nicht wieder berühren werden! Oh, Gott! Von mir aus können Sie mich einen Gassenjungen schimpfen, aber lügen Sie mich nicht an.«

»Sable –«

»Diese Gelegenheit war wohl viel zu gut, um sie ungenutzt verstreichen zu lassen, nicht wahr? Daß ich Ihnen so einfach in die Hände gefallen bin, paßt natürlich besser in Ihr Konzept, als wenn Sie mich heiraten müßten.«

Bei diesen Worten sah Morgan sehr verwirrt drein. »Wovon, um Himmels willen, reden Sie?«

»Oh, tun Sie gefälligst nicht, als sei ich völlig übergeschnappt«, schrie Sable. »Ich weiß, weshalb Sie nach North Head gekommen sind. Den richtigen Grund, und nicht nur die dumme Geschichte von Sergej Vilyusk, die Sie meinem Vater als Köder angeboten haben. Ich weiß auch, daß Sie meine Eltern gebeten haben, mir nichts davon zu sagen, bis Sie aus Istanbul zurückkehren. Sie können davon ausgehen, daß meine Eltern ihr gegebenes Versprechen gehalten haben. Ich habe es von jemand anderem im Haus erfahren. Wenn es Ihnen auch gelungen ist, meine Eltern zu täuschen, so weiß doch wenigstens ich, was Sie wirklich wollen.«

Morgan packte Sable an den Armen, ohne auf ihre kleinen geballten Fäuste zu achten, und starrte ihr ungläubig ins Gesicht. »Werden Sie jetzt endlich aufhören, solchen Blödsinn zu reden, und mir sagen, was Sie überhaupt meinen?« herrschte er sie an. »Was ist das für ein Gerede über eine Heirat?«

Sable funkelte ihn an, wobei sich ihr gerötetes Gesicht genau vor seinem befand. In ihrer Erregung bemerkte sie nicht einmal, daß sein Griff sie entsetzlich schmerzte und Morgan sie praktisch vom Boden hochgehoben hatte, denn ihre ganze Aufmerksamkeit war auf ihn gerichtet – auf dieses Ungeheuer, das soviel Unordnung und Zerstörung in ihr Leben gebracht hatte. Sie wollte ihm ein für allemal klarmachen, daß sie in diesem Spiel nicht der Verlierer sein wollte.

»Sie wissen genau, wovon ich rede«, sagte sie scharf. »Sie kamen nach North Head, um meinen Vater um meine Hand zu bitten, obwohl Sie in Wirklichkeit nur –«

Sie erschrak, als er plötzlich den Kopf in den Nacken warf und mit brüllendem Gelächter ihre Rede unterbrach. Verwirrt starrte sie ihn an und überlegte ernsthaft, ob er den Verstand verloren hatte.

»Ich kann es einfach nicht glauben«, japste er, als er wieder sprechen konnte. »Wie kommen Sie nur auf einen derartig verrückten Gedanken?«

Als Sable sah, daß er sich wirklich ehrlich wunderte, blickte sie weg und versuchte, ganz ruhig zu bleiben. »Ich habe es von Hannah Daniels, der früheren Gouvernante meiner Mutter, erfahren. Ich habe gehört, wie sie Wyecliffe Blackburn erzählte, Sie hätte meinen Vater gefragt und er wäre einverstanden gewesen, meine Zustimmung natürlich vorausgesetzt.«

Plötzlich verschwand das Grinsen von Morgans Gesicht, so daß Sable einen Augenblick lang unsicher schwieg.

»Ist es denn wahr?« fragte sie schließlich.

»Zum Teufel!« explodierte Morgan. »Natürlich nicht! Wenn ich jemals heirate, dann bestimmt kein heißblütiges, schlecht erzogenes Kind wie Sie.«

Sein Ausbruch überraschte Sable. »Ist es bestimmt nicht wahr?« flüsterte sie.

»Dank dem Himmel, nein!« erwiderte Morgan rauh.

»Ich kann mir nicht erklären, wie Ihre Gouvernante zu einer solch absurden Aussage kommt, doch ich kann Ihnen versichern, daß sie es erfunden haben muß.«

Sable schwieg. Sie fühlte sich erniedrigt, doch sie war viel zu stolz, es ihn merken zu lassen. Sie biß die Zähne aufeinander und wich dem Blick der blauen Augen aus.

»In diesem Fall bin ich nur froh, wenn Danny tatsächlich unrecht hat«, erklärte sie hochmütig, obwohl ihrer Stimme anzuhören war, daß sie die Tränen mühsam zurückdrängen mußte. »Ich habe keinesfalls den Wunsch, Ihre Frau zu werden, und Sie wollen mich ebenfalls nicht heiraten. Jedenfalls haben Sie das klar genug zum Ausdruck gebracht.« Ihre Augen durchbohrten ihn förmlich vor Wut. »Ich möchte Sie nur noch einmal darauf aufmerksam machen, daß Sie kein Recht haben, mich zu berühren, solange ich mich auf Ihrem Schiff befinde, und daß mein Vater Sie für alles, was Sie getan haben, zur Rechenschaft ziehen wird.«

Noch bevor er sie zurückhalten konnte, war sie gegangen. Einige Augenblicke lang stand Morgan nur heftig atmend da. Dann griff er plötzlich nach einer Kristallflasche, die auf dem Tisch stand, und schlug sie mit aller Kraft gegen einen Stützbalken, wo sie in tausend Splitter zerplatzte.

Als Grayson später die Kabine betrat, um den Tisch abzuräumen, war der Raum leer. Schweigend machte er Ordnung und kehrte die Splitter zusammen. Als er schließlich weit nach Mitternacht fertig war, stieg er besorgt auf das obere Deck hinauf, wo Sir Morgan neben dem Ruder an der Reling stand. Es war zwar stockdunkel, doch trotzdem konnte Grayson die Umrisse des Kapitäns im Sternenlicht ausmachen. Glücklicherweise war es viel zu dunkel, so daß er die Wut und die Verzweiflung, die sich auf Morgan Careys Gesicht spiegelten, nicht bemerkte.

Nach einigen Stunden ging Morgan schließlich unter

Deck. Als er an der niedrigen Tür am Ende des Korridors, die zu Sables Kabine führte, vorbeikam, bemerkte er überrascht einen dünnen Lichtstreifen. War sie etwa immer noch wach?

»Wer ist da?« fragte Sable, nachdem er an die Tür geklopft hatte.

»Morgan.«

Sable öffnete gehorsam die Tür, doch sie hielt den Kopf gesenkt und starrte geradewegs auf seine breite Brust. Sie schwiegen eine Weile, doch dann mußte Morgan lachen.

»Machen Sie sich keine Sorgen, Mylady. Ich habe nicht die Absicht, Sie zu ermahnen.«

Sable legte den Kopf in den Nacken, und sein Herz zog sich beim Anblick ihres schmalen Gesichts zusammen. Ganz offensichtlich hatte sie geweint. Ihre schönen Augen waren rot und verschwollen, und an den dunklen Wimpern glitzerten immer noch Tränen. Wahrscheinlich war er der Grund für ihre Tränen, dachte er voller Reue.

»Es tut mir leid, Sable«, sgte er und fühlte sich zum erstenmal in seinem Leben sehr unbeholfen. »Ich wollte Sie nicht so hart anfahren. Sie müssen verstehen, daß Ihre Mitteilung etwas – etwas überraschend für mich war.«

Sie zog ihre schmalen Schultern in die Höhe und wandte sich dann ab, wobei sie ihre Augen mit einer seltsam kindlichen Geste rieb. »Das ist nicht so schlimm.«

Er runzelte fragend die Stirn. »Was ist denn dann so schlimm?«

Einen Augenblick lang glaubte er, daß sie nicht antworten würde, doch schließlich sagte sie so leise, daß er es fast nicht verstehen konnte: »Es geht um meine Eltern. Ich war sehr unfreundlich zu ihnen, bevor Edward und ich nach Tanger gefahren sind. Ich habe wirklich ernsthaft geglaubt, daß sie mich hintergangen haben, indem sie mich – indem sie einverstanden waren, bevor sie mich überhaupt gefragt hatten. Jetzt weiß ich, daß sie es nicht getan haben, aber ich hätte es wirklich besser wissen sollen. Was müssen sie nur von mir denken.«

»Es war ein Mißverständnis«, sagte Morgan sanft. »Man kann Ihnen keinen Vorwurf daraus machen, daß Sie glaubten, was sie hörten.«

Sable rang die Hände und wollte sich nicht trösten lassen. Morgan konnte sich gut in ihre Qualen hineinversetzen und verfluchte Wyecliffe Blackburn als den Verursacher dieser Mißverständnisse.

»Weshalb schreiben Sie Ihren Eltern nicht einfach einen Brief? Wir werden morgen frische Lebensmittel an Bord nehmen. Falls wir Glück haben, treffen wir ein englisches Schiff im Hafen.«

Sable strahlte. »Meinen Sie das ernst?«

Er mußte lächeln. »Aber natürlich.«

Sable konnte sich keine bessere Gelegenheit wünschen, um endlich das Mißverständnis aus der Welt zu schaffen. Sie hatte sich bittere Vorwürfe gemacht, nachdem sie begriffen hatte, daß sie ihren Vater und ihre Mutter zu Unrecht so schlecht behandelt hatte. Sie hoffte, daß ihr erster Brief immer noch auf ihrem Nachttisch im Haus der Telleboroughs in Tanger lag.

»Grayson wird Ihnen morgen Schreibzeug bringen«, fuhr Morgan in sachlichem Ton fort. »Es wird bald dämmern, und Sie müssen wenigstens ein bißchen schlafen.«

Er war überrascht, als sie einfach nickte. Ihr offenes Haar lag wie eine dunkle Wolke auf ihren Schultern, und es erinnerte ihn daran, daß es sich ebenso seidenweich anfühlte wie die Haut einer jungen Dame namens Sable.

»Morgan?«

»Hm.«

»Weshalb sind Sie denn nun wirklich nach North Head gekommen, wenn Sie nicht...?«

»Wenn ich schon nicht um Ihre Hand angehalten habe?«

Sable errötete und wandte sich ab. Doch Morgan, der sie von der Tür aus beobachtete, registrierte sehr wohl, daß sie auf seinen Scherz nicht aggressiv reagierte. »Ja«, flüsterte sie nur.

Er antwortete ihr: »Das ist eine lange Geschichte. Die kann ich Ihnen unmöglich noch so spät in der Nacht erzählen.«

Sie fühlte, daß er ihr absichtlich auswich, und das mißfiel ihr. »Werden Sie sie mir morgen erzählen?«

Angesichts des bittenden Ausdrucks in ihren Augen wäre auch ein weit entschlossenerer Mann schwach geworden. Abrupt wandte Morgan sich ab und sagte nur kurz über die Schulter: »Vielleicht. Schlafen Sie jetzt, sonst enttäuschen Sie morgen Ihre zahlreichen Bewunderer!«

Er hörte noch, wie Sable die Tür wütend ins Schloß warf, und grinste zufrieden. Ganz offensichtlich hatte sie ihre alte Verfassung wiedergefunden.

9

Als Sable einige Tage später an einem sonnigen Vormittag das Deck betrat, stellte sie überrascht fest, daß die *Defiance* während der Nacht Anker geworfen hatte und die Segel zusammengerollt waren.

»Mr. Hayes!« rief sie dem rothaarigen Offizier zu, der gerade etwas in ein Buch eintrug.

»Aye, Lady Sable?« antwortete er mit breitem Lächeln. Es gab nur weniges, was ihm besser gefiel, als sich mit dem hübschen Passagier der *Defiance* zu unterhalten. Sabel St. Germain war zusehends schöner geworden, seit die griechische Sonne ihre blasse Haut mit einem sanften Goldton überzogen hatte. Inzwischen waren die Männer daran gewöhnt, sie in Hose und Hemd zu sehen. Ihre Haare hatte sie gewöhnlich unter einem breitrandigen Hut versteckt. Dieses grünäugige, sanfte Mädchen hatte sie alle bezaubert, und Daniel Hayes hatte sich, wie viele andere, Hals über Kopf in sie verliebt.

»Weshalb liegen wir hier vor Anker?« fragte Sable, während sie ihm zulächelte.

Daniel fühlte, wie sein Herz aussetzte. »Kapitän Sir Morgan wartet auf die Genehmigung, in den Hafen von Istanbul einlaufen zu dürfen. Das entscheidet der Sultan, Mylady«, erklärte er, während Sable ihn unter ihren dichten Wimpern hervor fragend ansah. »Die türkische Regierung muß jedem europäischen Schiff eine spezielle Genehmigung erteilen, bevor es nach Istanbul segeln kann.«

»Sind wir denn schon da?« fragte Sable aufgeregt.

Daniel deutete nach Steuerbord. »Schauen Sie, dort.«

Sable lief zur Reling hinüber und starrte über das funkelnde Wasser zu den sieben Hügeln hinüber, die im

Sonnenlicht zu erkennen waren. Der Tag war klar, so daß sie den blauen Bosporus mit seinen zahllosen Fähren, Dampfschiffen und schwerbeladenen Lastkähnen sehr gut sehen konnte.

»Hinter dem Bosporus beginnt das Schwarze Meer«, erklärte Daniel weiter. »Können Sie die Hügel von Kleinasien sehen?« fragte er, während Sable fasziniert das glitzernde Panorama betrachtete.

»Ich habe niemals geglaubt, daß ich das einmal sehen würde«, sagte sie mit glänzenden Augen.

»Ich bin bereits zweimal hiergewesen«, berichtete Daniel Hayes stolz. »Ich werde Sie gern herumführen, wenn wir im Hafen liegen.«

»Lady St. Germain wird nicht an Land gehen, Mr. Hayes«, hörten sie den Kapitän sagen, der hinter ihnen stand.

Beide fuhren herum. Morgan war von der Unschuld der beiden jugendlichen Gesichter beeindruckt und biß die Lippen aufeinander, weil er wieder an die Zartheit von Sables Haut denken mußte. Zu seiner Überraschung rückte Daniel auf die barsche Ankündigung hin näher an Sable St. Germain heran. Er schien sie beschützen zu wollen. Das brachte Morgan in Zorn.

»Gehen Sie wieder an Ihre Arbeit!« befahl er, worauf Daniel gehorchte. Doch Sable straffte ihre Schultern, als der stahlharte Blick auch sie erfaßte. »Sie brauchen sich nicht zu fürchten«, sagte Morgan kalt. »Ich habe nicht die Absicht, Sie wie einen gewöhnlichen Seemann herumzukommandieren, doch der Teufel weiß, daß Sie es wegen Ihres Aufzugs eigentlich verdient hätten.«

Sable betrachtete ihn trotzig. Er war der einzige, der sie immer noch wegen ihrer ungewöhnlichen Kleidung verspottete. Und obwohl es sie verletzte, ließ sie es ihn nicht merken. »Weshalb kann ich nicht an Land gehen?« fragte sie tapfer.

»Dies ist keine Besichtigungsreise, die nur zu Ihrem Vergnügen stattfindet. Sie werden nur im Weg sein.«

»Wie ich es schon die ganze Reise über gewesen bin«, ergänzte Sable und gab vor von seiner Unfreundlichkeit nicht beeindruckt zu sein. »Darf ich Sie daran erinnern, daß ich für Ihren Entschluß, mich an Bord zu behalten, absolut nichts kann? Sie hätten mich auf der Stelle nach Tanger zurückbringen sollen. Da Sie es nicht getan haben, tragen Sie allein die Verantwortung für meine Gegenwart.«

»Ohne mich wären Sie gestorben«, erinnerte Morgan sie sanft, worauf sie den Blick abwandte.

Es stimmte. Doktor Pierson und Grayson hatten ihr immer wieder bestätigt, daß Morgan Carey sie während ihrer schrecklichen Krankheit umsichtig und aufopfernd gepflegt hatte. Doch bisher war sie zu stolz gewesen, um ihm dafür zu danken. Und das quälte sie, doch Sable hätte sich lieber die Zunge abgebissen, als auch nur ein einziges freundliches Wort an den arroganten Kapitän zu richten.

»Darf ich Sie außerdem daran erinnern«, fuhr Morgan fort, »daß Sie es allein Ihrem Wahn, ich könnte jemanden wie Sie heiraten wollen, zu verdanken haben, daß Sie nach Marokko gefahren sind? Ich kann Ihnen versichern, Mylady, daß die *Defiance* nicht in Tanger auf der Lauer gelegen und auf Sie gewartet hat.«

»Das mag alles stimmen«, räumte Sable ein, während sie sich abwandte. »Aber erwarten Sie keine allzu große Dankbarkeit dafür, daß Sie mich damals aus dem Wasser gezogen haben. Sie haben mich nicht besser behandelt als den letzten Matrosen. Wenn das alles ist, was mir zusteht, möchte ich lieber auf der Stelle sterben.«

Mit hocherhobenem Kopf stolzierte sie von dannen, und Morgan fluchte heftig. Was hatte ihn nur zu dem Glauben verleitet, daß er sie begehrte? Sie war ein hassenswertes, schlecht erzogenes und gänzlich unerträgliches Weibsbild! Fast bereute er die vielen Stunden, die er während der Pflege neben ihrem Bett zugebracht hatte.

»Ich hätte sie besser den Haien zum Fraß vorwerfen sollen«, brummte er, während er ihr ohne es eigentlich zu merken, nachsah.

Gegen Abend erhielt die *Defiance* die Erlaubnis, in den Bosporus einzulaufen. Auf das Kommando ihres Kapitäns hin wurden die wartenden Matrosen lebendig, lichteten die Anker und setzten die Segel. Sable, die an der Reling stand und die Brise genoß, verspürte plötzlich eine unerklärliche Erregung. Das große Schiff manövrierte langsam in den Wind, wobei Gischt über den Bug flog. Sie hatte die sonnigen Tage an Deck lieben gelernt, und war den warmen, goldenen Abenden geradezu verfallen, wenn die Sonne die See kupferrot färbte und die Luft nach den exotischen Düften des Orients roch.

In einem der kleinen Häfen, in dem sie vor einigen Tagen vor Anker gegangen waren, waren sie einem Frachtschiff begegnet, das über Tanger und Rabat nach England fuhr. Sable war es erlaubt worden, dem Kapitän einen Brief an Edward mitzugeben, aber Sir Morgan hatte sich geweigert, daß sie selbst mit dem anderen Schiff weiterreiste. Nachdem Sable die lüstern blickenden, ungepflegten Matrosen, die verrotteten Decks und die geflickten Segel gesehen hatte, war es auch nicht länger ihr Wunsch gewesen. Sie wußte, daß sie auf der *Defiance* besser behandelt wurde.

Obwohl Kapitän Maldoon ein Trunkenbold war, so war er absolut zuverlässig, so daß Sable sicher sein konnte, daß ihr Brief North Head erreichte. Sie war nun erleichtert, und die Sorge um ihren Bruder und ihre Eltern ließ ein wenig nach. Sable begann, den Rest der Reise zu genießen.

Ihre Aufregung wuchs, je mehr sie sich Istanbul näherten. Noch nie in ihrem Leben hatte sie ein so prächtiges, exotisches Bild gesehen. Vor ihnen lag das Goldene Horn, und Pavillons und Gärten bedeckten die Anhöhen zu beiden Seiten. Auf den Hügeln waren wunderschöne Moscheen zwischen kleinen Zypressenwäldchen zu sehen.

»Wie heißt dieser Berg dort?« fragte Sable. Sie nahm an, daß Daniel Hayes oder Doktor Pierson in ihrer Nähe waren. Sie hatte in der letzten Zeit viele Stunden mit ihnen verbracht.

»Der asiatische Olymp, falls Sie den mit Schnee bedeckten Berg meinen«, antwortete Morgans tiefe Stimme hinter ihr.

Sable war viel zu aufgeregt, um Anstoß an seiner Nähe zu nehmen. Sie lächelte kurz zu ihm auf, bevor sie sich rasch wieder umdrehte, um die zauberhaften Kuppelbauten und Minaretts zu bewundern, die vor ihr aufgetaucht waren.

»Das ist das Serail«, erklärte Morgan gehorsam, während er seine muskulösen Arme wie zufällig neben Sable auf die Reling stützte. »Nur noch ein kurzes Stück, dann können Sie die dreifachen Wälle des alten Byzanz sehen und die Sommerpaläste der Paschas und Sultanstöchter bewundern.«

Sable drehte sich um und sah ihn fragend an. »Waren Sie schon einmal hier?«

»Vor vielen Jahren«, erwiderte er, wobei seine Stimme ganz sanft wurde. »Lange bevor ich wußte, daß Sergej Vilyusk bei Sewastopol umgekommen sein soll.«

Sable registrierte erstaunt, daß er offenbar wußte, daß ihr der Zweck der Reise bekannt war. Bestimmt hatte Grayson ihm schon vor Tagen von ihrer Unterredung berichtet, doch bis zu diesem Augenblick hatte Sir Morgan das nicht erwähnt. »Glauben Sie, daß er noch lebt?« fragte sie neugierig.

Morgans Gesicht war so verschlossen wie immer, doch sekundenlang meinte Sable, eine kleine Regung gesehen zu haben. »Ich kann es nur hoffen.«

Nachdenklich biß sich Sable auf die Unterlippe. Morgans Reaktion bewegte sie mehr, als sie zugeben wollte. Noch nie hatte sie ein Zeichen menschlicher Schwäche, Freundlichkeit oder Mitleid bei ihm bemerkt. Seine Unzugänglichkeit, die ablehnende Haltung und auch sein Mangel an Feingefühl hatten sie regelmäßig in Wut gebracht. War es denn möglich, daß er sich nur dahinter versteckte und in Wirklichkeit ernsthaft um andere besorgt war?

Doch bereits mit seinem nächsten Satz zerschmetterte Morgan ihre schönen Hoffnungen und überzeugte sie wieder einmal, daß er eben doch der unerträgliche, grausame Mann war, für den sie ihn hielt. »Ich kann mir vorstellen, daß Sie sich über seinen Tod freuen würden, oder?«

»Was wollen Sie damit sagen?« fragte Sable angriffslustig, während sie sich ihm zuwandte. Ihre Augen blitzten, und sie war so aufgeregt, daß ihr gar nicht auffiel, wie nahe sie nebeneinanderstanden.

Starr fixierten sie die blauen Augen. »Am liebsten würden Sie doch ›Sehen Sie!‹ sagen und mir zeigen, daß es überhaupt verrückt war hierherzukommen.«

Sable schnappte nach Luft und fuhr zurück, als ob er sie geschlagen hätte. »Nehmen Sie ernsthaft an, daß ich einem Mann den Tod wünsche, nur um recht zu behalten?«

»Warum denn nicht?« fragte Morgan, der sich nicht eingestehen wollte, daß er sie verletzt hatte. »Ihnen macht es doch Freude, mich als rücksichtslosen Menschen hinzustellen.«

»Es tut mir leid, daß Sie eine solche Meinung von mir haben«, sagte Sable steif und wandte sich rasch ab, doch Morgan hatte das leichte Zittern ihrer Unterlippe bereits gesehen.

Er wußte, daß er ungerecht war. In North Head hatte er Sable St. Germain auch als liebevolle junge Frau kennengelernt, die von anderen nur das Beste glauben wollte. Außerdem hatte er viel zu wenig in Rechnung gestellt, daß sie eigentlich noch ein Kind war, das zum erstenmal in ihrem Leben weit weg von den sicheren, behütetenden Armen ihrer Familie entfernt war. Konnte er ihr ernsthaft Vorwürfe machen, daß sie sich ihm gegenüber feindlich verhielt, nachdem er doch diese Haltung immer wieder herausgefordert hatte? Nachdenklich biß er sich auf die Lippen. Normalerweise war er nicht so nachdenklich, doch Sable St. Germain berührte ihn irgendwie und zwang ihn immer wieder, seine Handlungen zu überdenken, wie er es seit Jahren nicht mehr getan hatte. Er mußte sich für seine letzte Bemerkung entschuldigen.

»Kapitän! Der Wind dreht sich«, hörte er eine aufgeregte Stimme rufen, doch Morgan hatte die beinahe unmerkliche Bewegung des Schiffes bereits unter seinen Füßen gespürt. Er nickte Sable kurz zu und ging dann nach hinten, während sie nach oben blickte, wo die Matrosen bereits über die Rahen turnten, um die Segel zu richten.

Morgans gehässige Bemerkungen wurmten sie, doch sie mußte zugeben, daß sie sie sogar ein wenig verdient hatte. Sie hatte sich ihm als eine vorlaute, wenig einfühlsame Person gezeigt, und sie beschloß, in Zukunft etwas freundlicher zu ihm zu sein, auch wenn ihr das schwerfallen sollte. Vielleicht gab er dann endlich die Versuche auf, sie in sein Bett zu locken – denn davor fürchtete sich Sable am meisten.

Sie konnte nicht leugnen, daß Morgan Carey einen geheimnisvollen Zauber auf sie ausübte, der sie, sobald er sie berührte, vor Sehnsucht beinahe vergehen ließ. Wenn sie doch nur wüßte, weshalb er nach North Head gekommen war und was er ihrem Vater verdankte. Sie hatte mehrmals versucht, mit ihm darüber zu reden, doch Morgan hatte jedesmal brüsk das Thema gewechselt, so daß sie immer noch nicht klüger war als zuvor. Auch Grayson schien nichts Näheres zu wissen. Verbissen überlegte Sable, wie sie die Wahrheit herausfinden konnte. Diese Information konnte ihr sicher helfen, Morgan in seine Schranken zu weisen.

Mittlerweile verfolgte das Schiff einen neuen Kurs, und die Segel gaben ihr Bestes. Sable beobachtete Morgan bei seiner Arbeit am Ruder, und sah, wie seine kräftigen Hände das messingbeschlagene Rad hielten. Als sie das Leuchten seiner Augen und die Freude darin sah, versetzte es ihr einen kleinen Stich. Ein wenig wehmütig stellte sie fest, daß es offenbar das Schönste für ihn war, ein Schiff zu dirigieren und das Leben eines Kapitäns zu führen, der niemandem außer Gott verantwortlich war. Gab es auf dieser Erde überhaupt eine Kraft, die ihn zähmen konnte?

Abrupt wandte Sable sich ab und stellte verwundert fest, daß sie plötzlich traurig war. Weshalb machte es ihr etwas aus, daß Morgan Carey sich offenbar nur auf dem Meer zu Hause fühlte? Sie sollte froh und glücklich sein, daß er nirgendwohin gehörte, denn er schien sich wirklich nicht für ein ganz normales Leben zu eignen. Er gehörte zu den rauhbeinigen Männern, die dem Meer gehorsam ergeben waren.

»Der Teufel soll ihn holen!« flüsterte sie vor sich hin. »Ich hätte doch mit der *Harriet Clay* nach Tanger zurückfahren sollen.«

Als die *Defiance* etwa eine halbe Stunde später zwischen einer eindrucksvollen, türkischen Fregatte und einem Frachter, auf dem es von lärmenden Matrosen nur so wimmelte, Anker warf, stand Sable immer noch an der Reling. Das Manöver verlief mit großer Präzision, und das große Schiff gehorchte seiner guttrainierten Mannschaft in jeder Weise. Im Licht der untergehenden Sonne glänzten die Segel wie Gold, und die Hügel, die sich direkt hinter dem Kai erhoben, schimmerten in einem geheimnisvollen Licht. Sable konnte deutlich schmale, überfüllte Straßen erkennen, die sich zwischen den Häuserzeilen bis zum Wasser hinunterzogen. Die fremdartige Atmosphäre war so verlockend, daß sie am liebsten sofort das alte Konstantinopel erkundet hätte. Morgan würde ihr diesen Ausflug bestimmt nicht verbieten.

»Mr. Hayes!«

»Aye, Sir?«

Beim Klang von Morgans dunkler Stimme wandte Sable sich um.

»Sagen Sie den Männern, daß sie das Schiff verlassen dürfen, sobald ihre Wache beendet ist. Hier werden wir wohl keine Schwierigkeiten haben. Verstanden?«

»Aye, Sir. Wird gemacht!« Daniel eilte davon, und Morgan blickte quer über das Deck direkt in Sables Augen.

»Werden Sie auch an Land gehen?« fragte sie zögernd, nachdem er zu ihr herübergekommen war.

»Ich muß Verschiedenes mit dem Hafenmeister besprechen«, erklärte er kurz. »Danach vielleicht.«

Sie schwieg einen Augenblick und überlegte, wie sie ihre Frage am besten formulieren sollte, doch Morgan wußte bereits, was sie fragen wollte. Während er seine großen Hände neben ihr auf die glatte, hölzerne Reling stützte, sagte er beiläufig: »Wir werden hier warten, bis der Sultan mich empfängt. Ich habe einen Empfehlungsbrief von Disraeli persönlich. Ihr Vater hat unsere Begegnung arrangiert, als er noch in London war.«

Sie starrte ihn völlig verwirrt an. »Sie haben den Premierminister getroffen? Vater hat uns kein Wort davon gesagt. Im Gegenteil, er hat sogar behauptet, er habe vor dem Abend bei den Havertys noch niemals ein Wort mit Ihnen gewechselt«, erinnerte sie sich.

Morgans Lippen zuckten und er dachte, daß der Graf von Monterrey es mit dieser wißbegierigen Tochter bestimmt nicht leicht hatte. »Sicher werden Sie ihm vergeben, wenn Sie begreifen, daß er in eine Geschichte verwickelt ist, die ohne Wissen der Königin durchgeführt wird und mit Sicherheit ihr allergrößtes Mißfallen erregen würde, wenn sie es wüßte.«

»Grayson hat gesagt, die Queen habe sich geweigert, im Fall Sergej Vilyusk zu vermitteln«, erinnerte sich Sable.

»Das stimmt. Und deshalb habe ich mich an Ihren Vater gewandt, der mit Mr. Disraeli gut bekannt ist. Nachdem dieser meine Geschichte gehört hatte, war er sofort bereit, mich auch ohne Wissen der Königin zu unterstützen. Sein Brief soll uns Einlaß in das Serail gewähren, was mir allein sicher niemals geglückt wäre.« Seine Augen leuchteten. »Ich kann jetzt nichts anderes tun als warten, bis der Sultan mich rufen läßt, was ich natürlich wesentlich angenehmer finde, als heimlich im Schutz der Dunkelheit einzudringen.«

Sable zitterte leicht und wandte sich ab. Ihr war plötzlich klar, wie gefährlich das ganze Unternehmen war. Zwar waren englische Schiffe und ihre Mannschaften in der Türkei willkommen, doch was Morgan Carey plante, brachte ihn automatisch in Konflikt mit dem Sultan und auch mit seiner eigenen Regierung. Sekundenlang setzte ihr Herzschlag aus. Was würde geschehen, sollten seine Pläne entdeckt werden?

»Da mein Vater Ihnen ja bereits in London geholfen hat«, sagte Sable kurz darauf, »wüßte ich gern, weshalb Sie dann trotzdem noch nach Cornwall gekommen sind?«

Sie fürchtete, er würde überhaupt nicht antworten, doch dann sah er ihr direkt in die Augen und sagte mit weicher Stimme: »Wegen eines Mannes mit Namen Andrej Vilyusk.«

Völlig überrascht über seine Antwort, sah Sable zu ihm auf.

»Andrej Vilyusk war ein höherer Mitarbeiter in der russischen Botschaft in Paris, als ihr Vater noch den Titel eines Comte de Monteraux führte und in Paris lebte. Ihr Vater hat ihn gut gekannt.«

»Ist er ein Verwandter von Sergej?« fragte Sable. »Oder vielmehr war er ein Verwandter? Ich nehme an, daß er inzwischen tot ist, oder?«

Morgan nickte. »Er ist schon seit einigen Jahren tot. Andrej war Sergej Vilyusks Vater.«

Zu Sables Verwunderung preßte Morgan plötzlich fest die Lippen aufeinander und wirkte sehr bedrückt. Als er dann weitersprach, klang seine Stimme wieder unpersönlich. »Ich bin lediglich nach Cornwall gekommen, um einige Erkundigungen einzuziehen. Ich wollte möglichst viel über diesen Mann erfahren, und Lord Monterrey war mir freundlicherweise behilflich. Doch jetzt müssen Sie mich entschuldigen. Ich habe zu arbeiten.«

Während sie ihm nachsah, wie er unter Deck verschwand, umklammerten ihre Hände ganz fest die Reling. Sie hatte so sehr gehofft, daß er ihr diesmal alles erzählen würde, doch statt dessen hatte er ihr nur weitere Rätsel aufgegeben. Weshalb war er bei der Nennung von Andrej Vilyusks Namen zusammengezuckt, und in welcher Beziehung stand der frühere russische Diplomat zu ihrem Vater?

Sable war verwirrter denn je, doch sie hatte inzwischen begriffen, daß Morgan niemals auf Fragen antwortete, solange er nicht bereit war, die Dinge zu erzählen. Zu gegebener Zeit würde sie alles erfahren, doch es fiel ihr schwer, ihre Ungeduld und die vielen Ängste, die er in ihr geweckt hatte, zu besänftigen. Die Reise der *Defiance* hatte möglicherweise Folgen, die vielleicht sogar zu Gewalttaten und Blutvergießen führen würden.

Noch nie war eine Nacht so quälend langsam vergangen wie Sables erste Nacht in der Türkei. Da fast alle Männer das Schiff verlassen hatten, gab es nur noch Grayson, mit dem sie sich unterhalten konnte. Doch dazu war sie viel zu nervös. Gegen neun Uhr hatte Morgan dem Matrosen Harley Gump befohlen, ihn an Land zu rudern, und Sable hatte ihm heimlich nachgesehen, bis seine breitschultrige Gestalt in der Nacht verschwunden war.

Sekundenlang hatte sie mit dem Gedanken gespielt, ihm zu folgen, doch die dunklen, gewundenen Straßen und die fremde Umgebung hatten ihr Angst gemacht. Außerdem war sie klug genug, um nicht offen gegen Morgans Befehl, auf dem Schiff zu bleiben, zu verstoßen. Er hatte mit Sicherheit der Wache Anweisung gegeben, sie nicht von Bord zu lassen und jede Mißachtung seiner Befehle zu melden.

Sable schüttelte den Kopf. Nein! Sie wollte sich nicht Morgan Careys Zorn ausliefern. Sie fand ihn zwar immer noch verachtenswert, arrogant und sogar bedrohlich, aber andererseits machte sie sich auch Gedanken über ihn. Wie konnte er nur glauben, seine Mission würde erfolgreich verlaufen? Er hatte die zahlreichen Paläste und Festungen entlang des Bosporus doch gesehen, als sie daran vorbeigefahren waren. Falls Sergej Vilyusk noch am Leben war, konnte er in irgendeinem dieser Gebäude untergebracht sein. Wie aber sollte Morgan seinen Aufenthaltsort herausfinden, ohne Verdacht zu erregen?

Sable wünschte Grayson beizeiten eine gute Nacht und zog sich in ihre Kabine zurück. Als sie sich auszog, stieß sie sich das Knie an der niedrigen Koje und hatte auf der Stelle Sehnsucht nach Morgans geräumiger Kabine. Selbst das Buch, das Doktor Pierson ihr geliehen hatte, konnte sie nicht ablenken, und so gab sie es schließlich auf, blies die Kerze aus und zog die Decke bis unters Kinn.

Sie wußte nicht, wie viele Stunden sie wachgelegen hatte. Ab und zu war sie eingenickt, doch ihr Schlaf war sehr unruhig. Sie fuhr auf, als sie in der Morgendämmerung endlich Morgans Schritte im Korridor hörte. Sable schlüpfte aus dem Bett und schlich hinaus in den Flur. Unter seiner Tür war ein schmaler Lichtstreifen zu sehen, und als Sable hörte, daß er die quietschende Tür des kleinen Glasschranks öffnete, wußte sie, daß er die Brandyflasche herausholte. Sie schlich mit einem erleichterten Seufzer auf Zehenspitzen wieder zurück in ihr Bett. Und diesmal schlief sie tief und traumlos.

Sable ging am nächsten Morgen schon zeitig an Deck. Obwohl Morgan erst vor kurzem auf sein Schiff zurückgekehrt war, war er bereits auf seinem Posten. Sie war verblüfft, daß er offenbar hellwach und gut gelaunt war. Irgendwie mochte sie sich nicht eingestehen, daß sie sich über die Begegnung freute und sich in der letzten Nacht sehr um ihn gesorgt hatte. Verdammt, sie konnte doch jetzt nicht nachgeben, oder? Dazu gab es keinen Grund. Im Gegenteil. Sie durfte einfach nicht vergessen, daß er sie in Tanger entführt hatte.

»Schauen Sie morgens immer so finster drein, Mylady?«

Sable blickte sich um und sah, daß Morgan vom Achterdeck heruntergestiegen war und auf sie zukam. Die Hände hatte er lässig in seinen Hosentaschen vergraben. Der Wind zerrte an seinen dunklen Locken, er sah sehr jung aus. Während er auf Sable zuging, betrachtete er sie ohne die sonst übliche Kälte.

»Ja, wenn ich daran denke, in welche Schwierigkeiten Sie in der vergangenen Nacht hätten kommen können«, gab sie zurück.

Sofort wurde sein Gesichtsausdruck wachsam. »Haben Sie sich Sorgen um mich gemacht, Mylady?«

Sable nahm den kleinen Satz, den ihr Herz bei dieser Frage gemacht hatte, nicht zur Kenntnis, weil sie nicht zugeben wollte, daß sie dabei war, eine Art Zuneigung für diesen langbeinigen Riesen zu empfinden, obwohl er sie seit ihrer ersten Begegnung so gequält hatte. Bewunderte sie ihn vielleicht, weil er solche Gefahren auf sich nahm, um einen Mann aus dem stark bewachten Sultanspalast zu befreien? Unsinn! sagte sie verdrießlich zu sich selbst. Morgan Carey konnte sehr wohl auf sich aufpassen, und man benötigte sicher mehr als ein paar königliche Wachsoldaten, um ihn aufzuhalten.

»Es belastet mich, wenn Menschenleben möglicherweise sinnlos aufs Spiel gesetzt werden«, sagte sie scharf. »Ganz gleich, um wen es sich dabei handelt.«

Morgans Gesicht wurde wieder so undurchsichtig wie bisher. »Ich verstehe«, sagte er und blickte zusehens finsterer drein. »Für Ihren kleinen Kopf mag unser Unternehmen vielleicht sinnlos sein, doch für einige von uns bedeuten Pflicht und Freundschaft viel.« Seine blauen Augen durchbohrten sie förmlich, und seine wütend hervorgestoßenen Worte trafen sie wie Peitschenhiebe. »Wirklich schade, daß Ihre Eltern Ihnen nichts anderes beigebracht haben, als sich um Kleider und ähnlichen Tand zu sorgen.«

Sable holte tief Luft, als sie begriff, daß Morgan sie immer noch für ein dummes, unsensibles Ding hielt. Anfangs war ihre Abneigung ihm gegenüber nur zu berechtigt gewesen, doch in der letzten Zeit hatte sie sich über seine Behandlung nicht mehr beklagen können. Sie hatte nur besessen, was sie auf dem Leib trug, als man sie an Bord gezogen hatte, doch die Mannschaft hatte sie freundlich aufgenommen. Und Sir Morgan, der doch alles andere als begeistert über ihr Erscheinen war, hatte sie trotzdem aufopfernd gesundgepflegt, ohne jemals ein freundliches Wort von ihr zu hören. Statt dessen hatte er Hochmut und Beleidigungen geerntet. Nachdem sich sein Benehmen ihr gegenüber wesentlich gebessert hatte, war sie ihm in keiner Weise entgegengekommen. Irgendwie schämte sie sich. Seit ihrer Ankunft auf diesem Schiff hatte sie sich eigentlich nur egoistisch aufgeführt, und sie wußte sehr gut, daß ihre Eltern das mit Sicherheit nicht gebilligt hätten. Kein Wunder, daß Morgan Carey sie für eitel und kaltherzig hielt.

»Morgan, warten Sie!«

Ihr Aufschrei und die Tatsache, daß sie ihn zum erstenmal beim Vornamen nannte, verwirrte beide. Carey, der bereits unterwegs zum Achterdeck gewesen war, drehte sich um und sah sie fragend an. Sable lief hastig hinter ihm her und sah bittend zu ihm auf.

»Es tut mir leid«, sagte sie ganz ernst. »Es war falsch von mir, so etwas zu sagen. Nur wenige Menschen habe den Mut, so zu handeln, wie Sie es tun. Seit Sie mich an Bord geholt haben, habe ich mich äußerst undankbar aufgeführt. In Wirklichkeit verdanke ich Ihnen mein Leben. Und es gibt überhaupt keinen vernünftigen Grund, mich Ihnen gegenüber ekelhaft zu benehmen, da –.« Sie zögerte und errötete. »Besonders da ich mich so gründlich geirrt habe, was Ihren Besuch in North Head betrifft.«

Sie holte tief Luft und hätte sich beinahe von seinem intensiven Blick entmutigen lassen, doch dann fügte sie rasch hinzu: »Ich habe nur Angst, daß Sergej Vilyusk nicht mehr lebt und Sie Ihr Leben ganz umsonst riskieren.«

»Sie haben tatsächlich Angst um mich, Sable?« fragte Morgan ungläubig.

Sable wollte wegsehen, doch sie konnte ihren Blick nicht von seinem lösen. Sie blickten einander an, als ob sie allein auf der Welt wären. »Ich glaube, ja«, flüsterte sie.

Wieder überraschte sie Morgan, indem er den Kopf zurückwarf und herzlich lachte. Empört sah sie ihn an, doch als er auf sie hinunterblickte und sie das intensive Gefühl erkannte, das in seinen Augen brannte, blieb ihr der Atem weg. »Fangen Sie etwa an, mich zu mögen, Sable St. Germain?«

»Vielleicht ein wenig«, gestand sie, während eine sanfte Röte in ihre Wangen stieg.

Morgan kam näher, bis ihr Gesicht nur noch wenige Zentimeter von seiner breiten Brust entfernt war. Der Duft seines exotischen Rasierwassers vermischte sich mit seinem Körpergeruch, und Sable zitterte leicht, als Morgans große Hand ihr Kinn umfaßte und ihren Kopf ganz langsam zurückbog, bis ihre Augen einander begegneten.

»Sie sind mir ein Rätsel«, sagte er nachdenklich. »Manchmal glaube ich tatsächlich, daß dieser hübsche Körper nichts weiter enthält als eine herzlose, barbarische Seele, doch dann glaube ich wieder, daß wir Aphrodite und keine Frau aus Fleisch und Blut aus dem Meer gezogen haben.«

»Ich kann Ihnen versichern, daß ich sehr lebendig bin«, entgegnete Sable bewegt. Ihr Puls raste, und Morgan, der mit seinem Daumen sachte über ihre Kehle strich, bemerkte es und lächelte. Ein verheerendes Lächeln, das Sable schwach werden ließ und seine schmalen, habichtsähnlichen Gesichtszüge verjüngte und belebte.

»Ja, ich bin mir sehr wohl bewußt, daß Sie keine Illusion sind«, sagte er sanft. Die Vertrautheit, die in seiner heiseren Stimme lag, war nicht zu überhören. Er blickte einige Augenblicke schweigend in ihr wunderschönes Gesicht und ertrank beinahe in den geheimnisvollen grünen Tiefen ihrer Augen.

»Kapitän! Wollen Sie jetzt gehen?«

Morgan fluchte leise, während er Sable losließ. Dann wandte er sich an den Matrosen, der in respektvollem Abstand hinter ihm wartete.

»Ist die Barkasse bereit?«

»Aye, Kapitän.«

»Ich komme sofort«, sagte Morgan.

»Aye, Sir.«

»Gehen Sie wieder in die Stadt?« fragte Sable besorgt.

Morgans Lippen zuckten. »Ich will mich nur ein wenig mit der Gegend vertraut machen. Nichts Gefährliches.«

»Oh, bitte, darf ich mitkommen? Ich verspreche auch, nicht im Weg zu sein. Ich bin jetzt seit Wochen auf diesem Schiff eingesperrt.«

Zuerst dachte sie, er würde ablehnen, doch schließlich zuckte er die Achseln. »Weshalb eigentlich nicht? Ein bißchen Bewegung kann wirklich nicht schaden. Aber, Sable«, warnte er sie eindringlich, als sie einen kleinen Begeisterungsschrei ausstieß, »Sie müssen unbedingt bei Daniel bleiben und seine Anweisungen befolgen. Verstanden?«

Sie war viel zu glücklich, um seinen arroganten Ton überhaupt zu bemerken. »Oh, ja! Das verspreche ich.«

»Und ziehen Sie diese Hose aus!« brummte er. »Die Türken haben eigene Ansichten was Frauen und ihre Kleidung betrifft.«

»Warten Sie solange?« fragte Sable mit glänzenden Augen. »Ich brauche nur eine Minute.«

Morgan seufzte. »Ich nehme an, daß mir gar nichts anderes übrigbleibt.«

»Vielen Dank, daß ich mitkommen darf«, hauchte Sable. Ganz impulsiv reckte sie sich auf die Zehenspitzen und küßte Morgan auf die Wange. Rasch legte er seinen Arm um ihre Taille und drehte seinen Kopf so, daß ihre Lippen sich berührten. Der Kuß war kurz und ohne Leidenschaft, doch Sable errötete heftig. Ihr Herz raste, als sie sich abwandte.

Daniel Hayes stand wartend neben der Barkasse, als Sable zurückkam, und riß vor Begeisterung die Augen auf, als er sah, daß sie wieder das goldene Chiffonkleid trug. Sable hatte ihre dunklen Locken geflochten und zu einem hübschen Krönchen aufgesteckt. Ihre grünen Augen strahlten, und als sie Daniel zulächelte, errötete dieser.

»Sie sehen sehr gut aus, Lady Sable«, stammelte er und reichte ihr die Hand, um ihr in die Barkasse hineinzuhelfen.

»Lassen Sie es gut sein, Mr. Hayes«, hörten sie plötzlich die Stimme des Kapitäns, und Sable fühlte, wie ihre Hand von einer weit geröößeren umfaßt wurde. Sie bemerkte Morgans beifälligen Blick, dessen Vertrautheit den verlegenen Daniel Hayes ausschloß.

»Ich hatte ganz vergessen, wie gut Ihnen dieses Kleid steht«, sagte Morgan, als er ihr ins Boot half.

»Viel besser als Hosen?« neckte ihn Sable, die froh über den offensichtlichen Waffenstillstand war. Während sie ihre Röcke auf der Holzbank ausbreitete, warf sie Morgan einen herausfordernden Blick zu.

»Sie sind nicht geschaffen, um wie ein Mann herumzulaufen«, sagte er kurz, doch seltsamerweise gefiel ihr diese Antwort.

»Oh, was ist das?« fragte sie neugierig, während Daniel Hayes den Männern den Befehl zum Rudern gab.

Morgans Augen folgten ihrer Hand, die auf ein schmales Boot mit hochgebogenem Bug wies, das von einem Ruderer in enger, schwarzer Hose und einem langen, weißen Hemd bewegt wurde. Er trug eine Blume an seinem Fes, und die schwarze Quaste wehte lustig im Wind.

»Das ist ein Mietboot«, erläuterte Morgan. »Man kann sich damit übersetzen lassen, so wie Sie mit einem Mietwagen von einem Ende Londons zum anderen fahren können. Man nennt es Kayik.«

Während das Schiff vorbeiglitt, betrachtete Sable die beiden jungen Türken, die sich gemütlich in die Kissen zurückgelehnt hatten. Danach sah sie zu Morgan auf, der so dicht neben ihr saß, daß ihre Schultern einander beinahe berührten.

»Können wir auch einmal damit fahren?« fragte sie aufgeregt.

Morgans Lippen zuckten. »Wir machen keine Vergnügungsreise, Mylady.«

»Ich weiß, aber es sieht so hübsch aus«, sagte sie mit sehnsüchtigem Blick.

»Vielleicht auf unserem Rückweg«, stellte Morgan in Aussicht.

Während die Barkasse sacht durch das blaue Wasser glitt, beobachtete Sable die zahlreichen Lastschiffe, die zwischen den Ufern des Goldenen Horns hin und her fuhren. Sie waren mit Melonen und Feigen oder Körben voll saftiger Trauben oder Birnen beladen. In einiger Entfernung entstiegen zahlreiche Passagiere einem Dampfschiff, sie wurden von wartenden Booten an Land gebracht. Als direkt vor dem Bug der Barkasse die eindrucksvollen Kuppeln der Yeni Cami, der Neuen Moschee, aufragten, wurde Sable zusehends aufgeregter. Noch nie hatte sie etwas so Exotisches und Fremdes erlebt wie diesen Blick auf Istanbul. Sie wollte sich jede Einzelheit merken, damit sie Liam und Edward alles haargenau beschreiben konnte, wenn sie nach Hause zurückgekehrt war. Wie sehr würden die beiden sie um diese Reise beneiden!

Sable warf Morgan eine kleinen Seitenblick zu und fühlte sich seit vielen Tagen zum erstenmal glücklich. Die große Spannung zwischen ihnen hatte sich auf rätselhafte Weise verflüchtigt, ja Morgan hatte sich sogar bereiterklärt, ihr Istanbul zu zeigen. Sie war wirklich glücklich. Vielleicht konnte sie Daniel Hayes dazu überreden, mit ihr einen dieser quirligen Märkte zu besuchen, um einige Geschenke für ihre Familie zu kaufen.

Sable war überrascht, wie liebenswert Morgan Carey sein konnte, denn als sie an Land gingen, half er ihr fürsorglich aus dem Boot. Sie hörte nicht hin, als er seinen Männern Befehle gab, sondern starrte nur mit offenem Mund um sich. Sie war tatsächlich in Istanbul! Die gewundenen Straßen waren uneben, und um die verputzten Holzhäuser, deren Fenster mit Holzgittern versehen waren, schlichen knurrende Hunde. Zahllose hochbeladene Eselskarren rumpelten durch die Straßen zum Markt, und Sable geriet beinahe außer sich vor Entzükken, als sie einen Türken in langem Gewand erblickte, der ein Kamel am Halfter führte, das mit funkelnden Steinen besetzt war.

»Was möchten Sie sehen, Mylady? Was kann ich Ihnen zeigen?«

Morgans tiefe Stimme riß sie aus ihrer Betrachtung. »Oh, am liebsten alles!«

Eine Augenbraue zog sich in die Höhe. »Alles? Ich fürchte, dafür reicht unsere Zeit nicht.«

»Dann wenigstens die Blaue Moschee und die Hagia Sophia«, bat Sable.

»Woher wissen Sie denn überhaupt, daß es sie gibt?« fragte Morgan völlig überrascht.

»Mr. Hayes hat mir alles Wissenswerte über die Stadt erzählt«, antwortete Sable und lächelte dem jungen Mann zu, wobei ihr der finstere Schatten entging, der über das Gesicht des Kapitäns zog.

»Also gut«, stimmte er schließlich zu. »Mr. Hayes, ich nehme an, daß ich Ihnen die Dame anvertrauen kann?«

»Gehen Sie denn nicht mit uns?« fragte Sable völlig überrascht.

Morgans Antwort war knapp. »Im Augenblick habe ich Wichtigeres zu tun. Mr. Hayes, Sie wissen, was Sie zu tun haben?«

»Aye, aye, Sir«, antwortete Daniel zögernd und lächelte Sable ermutigend zu, während Morgan sich mit den übrigen Männern auf den Weg in die Stadt machte.

»Wohin sollen wir zuerst gehen, Mylady?« fragte er.

Nachdem Sable ihre Enttäuschung überwunden hatte, konnte sie wieder lächeln. »Sie müssen mich führen, mir ist alles recht.«

»Dann also los!« rief er enthusiastisch und reichte Sable den Arm. Er war überglücklich, die schöne Frau einen ganzen Vormittag lang für sich allein zu haben. Und noch dazu mit Kapitän Morgans ausdrücklicher Erlaubnis.

Während Sable an Daniels Arm durch die Straßen ging, bewunderte sie die Schönheit der türkischen Frauen in ihren wunderschönen fließenden Seidengewändern und den feinen Spitzenschleiern. Ihre Dienerinnen trugen Ketten aus Gold, oder Silbermünzen um die Stirn. In den Höfen der alten Häuser konnte sie immer wieder Männer in farbigen Gewändern sitzen sehen, die aus einer großen Wasserpfeife rauchten und ihre Geschäfte in ausführlichen Gesprächen abwickelten. Straßenhändler priesen ihre Waren in allen Ecken und Enden an. Dazu hatten sie Brot, Süßigkeiten oder auch Getränke auf großen Holztabletts aufgebaut, die sie auf dem Kopf balancierten.

»Oh, Mr. Hayes, was ist das?« fragte Sable, nachdem sie eine Kreuzung überquert hatten und auf einen großen Gebäudekomplex zugingen, aus dem ihnen unglaubliches Stimmengewirr entgegenschallte. Schwach drang das Sonnenlicht durch die Kuppeln, und durch die weit geöffneten Türen konnten sie sehr viele Menschen sehen. Es waren Türken, Araber und europäische Seeleute.

»Das ist der Basar«, antwortete Daniel gehorsam. »Möchten Sie hineingehen?« fügte er hinzu, als sie ihn fragend ansah.

»Nur zu gern«, erwiderte sie und blickte ihn schüchtern an. »Aber nur, wenn es Ihnen nichts ausmacht.«

Daniel schüttelte den Kopf und sah mit stolzgeschwellter Brust auf das strahlende Mädchen hinunter, das, ohne es zu ahnen, sein Herz in ihren schmalen Händen hielt. Er wußte, daß er ihr nichts abschlagen konnte, und vermutete, daß sich der Kapitän wahrscheinlich in einer ähnlichen Situation befunden hatte, als Sable ihn um diesen Besuch bat.

»Wenn Sie möchten, können wir auch einige Dinge einkaufen«, schlug er galant vor.

Der Basar bestand aus zahllosen Gassen mit unzähligen Geschäften. Die Händler saßen auf Damastkissen, rauchten lange Pfeifen und wurden erst lebendig, als sie Sable erblickten, die in ihrem Chiffonkleid nicht nur wunderschön, sondern auch recht wohlhabend aussah.

»Oh, das würde meiner Mutter gefallen«, seufzte Sable, als sich ein bärtiger Händler zu ihr durchdrängte und ihr eine wunderschöne, mit Intarsien verzierte Schatulle aus Sandelholz in die Hände legte. Doch auf seinen fragenden Blick hin, schüttelte sie nur den Kopf. Er weigerte sich jedoch, das Kästchen zurückzunehmen, und bedeutete ihr gestenreich und wortgewaltig, daß sie es behalten solle.

»Das kann ich doch nicht«, sagte Sable auf Englisch, obwohl sie genau wußte, daß er sie nicht verstehen konnte. »Ich habe doch kein Geld.«

Noch bevor sie den Satz zu Ende gesprochen hatte, sah sie, wie Daniel dem Händler eine Kupfermünze zuwarf, die dieser flink wie ein Wiesel in den Falten seines Gewandes verschwinden ließ, und sich dann wieder in das Innere seines Ladens zurückzog.

Entsetzt fuhr Sable herum. »Oh, Mr. Hayes, das hätten Sie nicht tun sollen. Ich kann es Ihnen doch nicht zurückgeben.«

»Betrachten Sie es einfach als Geschenk.«

»Das kann ich nicht annehmen«, sagte Sable bestimmt, weil sie genau wußte, daß der junge Mann nur einen bescheidenen Lohn erhielt.

»Dann wollen Sie also Lady Monterrey eines so wundervollen Geschenks berauben?« schimpfte Daniel. »Wirklich, Mylady, Sie sind ja dickköpfiger als der Kapitän.«

»Also gut«, gab Sable mit einem kleinen Lächeln nach.

»Ich nehme es aber nur als Darlehen und bestehe darauf, daß mein Bruder Ihnen das Geld zurückerstatten darf.«

»Einverstanden«, sagte Daniel fröhlich. »Dann wollen wir aber auch sehen, ob wir für diesen Bruder nicht vielleicht einen silbernen Dolch finden können. Und was halten Sie von einer schönen Pfeife für Lord Monterrey?«

Sable ließ sich von seiner Begeisterung mitreißen. Dieser liebenswerte junge Mann war doch so ganz anders als Sir Morgan. In seiner Gegenwart fühlte sie sich sicher und glücklich, und seine etwas wirren Haare und die lachenden Augen erinnerten sie immer wieder ein wenig an Edward. Urplötzlich überfiel sie starkes Heimweh, und sie fühlte, wie ihr die Tränen in die Augen stiegen. North Head war so weit von ihr entfernt. Ob sie es jemals wiedersehen und den Frieden finden würde, den sie dort gehabt hatte, oder war sie jetzt für immer die Gefangene dieser quälenden Sehnsüchte, die Morgan Carey in ihr geweckt hatte?

»Sind Sie müde, Lady Sable?« fragte Daniel besorgt, als er sah, daß sie ganz blaß geworden war.

»Ein wenig«, gab sie zu.

»Dann wollen wir uns lieber wieder auf den Rückweg machen.«

»Oh, bitte, noch nicht«, protestierte Sable. »Es gibt noch soviel zu sehen.«

Daniel schüttelte den Kopf. Er fürchtete, daß sie ihn bitten könnte, denn er wußte sehr gut, daß er ihren betörenden grünen Augen nicht widerstehen konnte. »Kapitän Sir Morgan hat ausdrücklich befohlen, daß ich Sie sofort zum Schiff zurückbringen muß, sobald Sie müde werden.«

Unwillig verzog Sable das Gesicht. »Ich bin doch kein Kind mehr, Mr. Hayes, und ich fühle mich durchaus wohl. Außerdem bezweifle ich, daß mir Sir Morgan einen zweiten Ausflug erlauben wird. Ich muß mir also jetzt alles ansehen, besonders die Moscheen.«

Daniel Hayes seufzte und gab nach. »Also gut, Mylady.«

Beschwingt und beglückt verließen der junge Offizier und das grünäugige Mädchen den Basar und blieben auf Sables Bitte hin einen Augenblick stehen, um den unglaublichen Verkehr auf der Galata-Brücke zu bestaunen. Zwischen den Fußgängern und Lastträgern ritten dunkelhäutige Mauren auf tänzelnden Araberpferden, bunt gekleidete Palastdamen hinter weißen Schleiern wurden in vergoldeten Wagen vorbeigefahren und fromme Pilger aus Persien warfen den Zigeunerinnen, die am Ufer bettelten, einige Münzen zu.

Daniel handelte einem Verkäufer eine saftige Orange ab und überreichte sie Sable mit einer tiefen Verbeugung. Er versuchte sich zu erinnern, wann er in seinem Leben schon jemals so glücklich gewesen war. Als Sohn eines Schmieds aus Yorkshire hatte er lange Zeit von einem besseren Leben geträumt. Von dem, was seine Mutter als Näherin verdient hatte, war er zur Schule geschickt worden, und er hatte schließlich auch den Aufstieg in die Marine Ihrer Majestät geschafft. Doch zwei Jahre später war der Traum zu Ende gewesen. Von einem neidischen Offizier war er eines Diebstahls bezichtigt worden, den er niemals begangen hatte. Man hatte ihn verhört und verurteilt, und damit war seine Karriere beendet. Sein früherer Vorgesetzter war jedoch ein enger Freund von Sir Morgan Carey, und dieser hatte ihm, als er die Mannschaft für sein Schiff zusammenstellte, von der schwierigen Lage des Jungen berichtet. Ohne zu zögern, hatte Sir Morgan ihn vor dem Gefängnis bewahrt, indem er ihn anheuerte. Daniel würde ihm diese Großherzigkeit und das Vertrauen niemals vergessen.

Zwar fürchtete er seinen Kapitän, doch er wußte gleichzeitig, daß er ihm sei Leben verdankte. Sir Morgan hatte ihn nicht nur vor dem Galgen bewahrt, sondern auch den wahren Dieb ausfindig gemacht und der gerechten Strafe übergeben und damit seinen Namen von jedem Makel reingewaschen. Doch das alles war gar nichts im Vergleich zu der Gunst, einen ganzen Tag in der Gesellschaft von Lady Sable verbringen zu dürfen. Er war über beide Ohren in sie verliebt. Als Sable ihm mit einem scheuen Lächeln für die Frucht dankte, war sein Glück vollkommen. In ihren grünen Augen hatte er ein kleines Stück des Paradieses erblickt.

»Ich kann mich nicht mehr daran erinnern, wann ich mich zuletzt so amüsiert habe«, seufzte Sable, als sie Stunden später zum Schiff zurückgingen. Damit hatte sie Daniels Gedanken laut ausgesprochen. Sie hatten die eindrucksvoll glitzernde Fassade der Blauen Moschee gesehen und die überwältigende Größe der Hagia Sophia bewundert. Zu Sables großer Enttäuschung waren jedoch die Innenräume für Christen nur mit einer speziellen Erlaubnis zugänglich, so daß sie sich mit einem flüchtigen Blick vom Hof aus auf die Marmorsäulen und die leuchtenden Mosaiken zufriedengeben mußten. Allein die Größe der aus dem vierten Jahrhundert stammenden Hagia Sophia, die erst vor ungefähr dreißig Jahren von zwei Architekten aus der Schweiz sorgfältig restauriert worden war, hatte Sable zutiefst beeindruckt.

Nachdem sie dem Gebäude endültig den Rücken gekehrt hatten und langsam zum Schiff zurückgingen, konnten sie von nichts anderem mehr sprechen. Der Abend zog herauf, und kleine Kamelkarawanen verließen den Basar, während überall die Geschäfte geschlossen wurden. Lärmende Kinder spielten in den Straßen, und überall roch es nach fremden Speisen.

»Ich glaube, wir müssen jetzt wirklich zurückgehen«, meinte Daniel, als er auf seine Taschenuhr blickte.

Sable nickte und war ein wenig traurig, weil sich ihre vorübergehende Freiheit dem Ende näherte. Sie war ziemlich sicher, daß ihr Sir Morgan nicht noch einmal erlauben würde, an Land zu gehen. Es war wirklich sehr unfair, denn schließlich war sie kein Mitglied seiner Mannschaft. Er hatte keinerlei Recht, so über sie zu verfügen. Mit seiner Absicht, Sergej Vilyusk zu befreien, hatte sie nicht das geringste zu tun und mußte sich deshalb auch nicht auf Schritt und Tritt bewachen lassen.

»Schauen Sie, Lady Sable«, unterbrach Daniels Stimme ihre ärgerlichen Gedanken. »Dies ist ein echter türkischer Hamam. Ich hatte sehr gehofft, daß wir einen sehen würden. Haben Sie schon davon gehört?«

Sable wandte den Kopf, um das mit Marmor verkleidete, unscheinbare Gebäude am Ende der Straße zu betrachten. Es wirkte weit weniger aufregend als alles, was sie vorher gesehen hatten, und das sagte sie auch, worauf Daniel Hayes leise lachte.

»Ein Hamam muß von außen nicht schön sein, Mylady. Er ist nämlich ein öffentliches Bad«, erklärte er ihr, nachdem sie ihn veständnislos angesehen hatte. »Für ein paar Münzen können Sie dort baden, sich massieren lassen und im heißen Dampf alle Gebrechen loswerden.«

»Das hört sich sehr frivol an«, sagte Sable ablehnend. »Ich habe in meinen Geschichtsbüchern einiges über römische Badehäuser gelesen.«

Daniel errötete und dachte, daß die hübsche Lady Sable manchmal so unverblümt wie ein Mann spach. »Das ist nicht ganz – nicht ganz dasselbe. Die – die Geschlechter baden hier streng getrennt, und man geht allein aus dem Grund hin, um den Körper und die Seele zu reinigen.«

»Haben Sie schon ein Badehaus besucht?« fragte Sable neugierig.

Stolz nickte Daniel. »Es war einfach wunderbar.«

»Glauben Sie, daß wir als Fremde dort willkommen sind? Braucht man keine besondere Genehmigung?«

Wenn Daniel Hayes sie besser gekannt hätte, hätte er den berechnenden Ausdruck bemerkt, der plötzlich in ihre Augen getreten war, und hätte sich vorgesehen.

Doch da er keine Ahnung von ihren Hintergedanken hatte, antwortete er ganz arglos. »Die einzige Eintrittskarte, die Sie brauchen, Mylady, ist ein bißchen Geld. Für ein paar Münzen steht der Hamam jedem ohne Rücksicht auf Nationalität oder Religion offen.«

Er hielt das Thema für abgeschlossen und reichte Sable wieder seinen Arm, doch ihre Gedanken beschäftigten sich noch mit dem, was sie gerade gehört hatte. Auf dem Schiff mußte sie mit einem Eimer heißen Wassers, den Grayson ihr jeden Morgen brachte, und einem rauhen Schwamm zurechtkommen. Da sie es von zu Hause gewöhnt war, regelmäßig in parfümiertem Wasser zu baden, vermißte sie es sehr. Sie wußte zwar, daß Sir Morgan in seiner Kabine einen Badezuber besaß, doch sie war zu dickköpfig und viel zu stolz, um ihn darum zu bitten. Sie war sich sicher, daß er ablehnen würde.

Weshalb sollte sie nicht einmal ein türkisches Bad ausprobieren? Der Gedanke an das Dampfbad, das Daniel ihr beschrieben hatte, war eine himmlische Vorstellung. Da Fremde willkommen waren, hatte sie nichts zu befürchten, und Eintrittsgeld konnte sie sich von Grayson oder Daniel Hayes leihen. Das einzige Hindernis war Morgan, denn sie wußte, daß er nicht damit einverstanden wäre. Energisch biß sie die Lippen aufeinander, weil sie es haßte, wie er ihr Leben kontrollierte. Sie war schließlich Lady Sable St. Germain, die Tochter des Grafen von Monterrey, und nicht einer von Sir Morgan Careys gehorsam ergebenen Matrosen. Er durfte sie nicht herumkommandieren, und sie mußte ihm nicht gehorchen.

»Sie sind so still, Lady Sable«, meinte Daniel Hayes, während er ihr schmales Gesicht besorgt musterte. »Sind Sie müde?«

Ihr strahlendes Lächeln ließ sein Herz schneller schlagen. »Überhaupt nicht, Mr. Hayes. Ich fühle mich wirklich wunderbar.«

Dem Äußeren nach zu urteilen, mußte es stimmen, dachte Daniel Hayes bei sich. Ihre Wangen schimmerten in einem zarten Rosa, und ihre Augen strahlten wie das Meer an einem sonnigen Morgen. Sie ging leichtfüßig neben ihm her und hatte sich offenbar endgültig von ihrem Fieber erholt. Der Ausflug hatte ihr sichtlich gutgetan, und er nahm sich vor, mit dem Kapitän zu sprechen und ihn um die Erlaubnis zu einem weiteren Ausflug zu bitten. Möglicherweise konnte sie dann eine Bootsfahrt über das Goldene Horn unternehmen. Wenn der Kapitän sah, wie gut ihr dieser Tag bekommen war, würde er es bestimmt erlauben.

Wenn der arme Daniel Hayes imstande gewesen wäre, die Pläne zu durchschauen, die sich in Sables Kopf formten, wäre er mit Sicherheit weniger zuversichtlich gewesen.

10

»Möchten Sie noch mehr Tee?«

Überrascht sah Sable auf. Grayson stand mit der Teekanne vor ihr und sah sie fragend an. Verwirrt blickte sie auf ihre Tasse, deren Inhalt noch unberührt und mittlerweile kalt geworden war.

»Vielen Dank, nein«, sagte sie leise.

Grayson nickte nur und ging hinaus, doch innerlich war er wütend auf den Kapitän, der ganz offensichtlich für Lady Sables augenblickliche Traurigkeit verantwortlich war. Als Daniel Hayes und Lady Sable gestern abend bei Sonnenuntergang auf die *Defiance* zurückgekehrt waren, hatte der Kapitän persönlich auf sie gewartet. Sein finsterer Blick hatte äußerst drohend ausgesehen.

In unheilvollem Ton hatte er gesagt, daß Lady Sable bereits vor Stunden hätte zurückkehren sollen und er Daniel dafür verantwortlich zu machen gedenke. Als Sable versucht hatte, ein gutes Wort für Daniel Hayes einzulegen, hatte Sir Morgan nur knapp geantwortet, er hätte genug von der Art, wie sie seine Anordnungen mißachtete, und sie hätte für die folgenden drei Tage in ihrer Kabine zu bleiben. Sable hatte wütend protestiert, bis der Kapitän sie schließlich persönlich nach unten geschleppt und eingeschlossen hatte. Von dem Moment an hatte auch Grayson nicht mehr daran glauben könnnen, daß die Wut des Kapitäns allein auf die Sorge um Sable zurückzuführen war.

Einige Zeit später war er mit einem Tablett zu ihrer Kabine gegangen, aus der ihr lautes Schluchzen zu hören war. Daraufhin hatte er eine Sekunde zu lang gezögert, was Sable das Abendessen gekostet hatte. Denn im selben Moment war Sir Morgan aus seiner Kabine aufgetaucht und hatte den verdutzten Steward davon in Kenntnis gesetzt, daß Lady Sable kein Abendessen bekommen solle.

Als Grayson ihr am folgenden Morgen das Frühstück brachte, waren ihre wunderschönen Augen noch immer rotgeweint. Sein halbherziger Versuch, Sir Morgans grausame Handlungsweise zu entschuldigen, entlockte Sable nur ein bitteres Lachen.

»Er hat überhaupt kein Herz, und das wissen Sie auch, Grayson. Ach, wenn ich Sie nicht so sehr mögen würde, würde ich Sie hassen, weil Sie ihm gegenüber so loyal sind.«

Sie bedauerte ihre harten Worte sofort. Als er eine halbe Stunde später das Frühstück abräumen wollte, war es noch unberührt. Während er das Tablett in die Küche zurücktrug, überlegte er, ob er nicht Sir Morgan um Aufhebung der Strafe bitten sollte. Drei Tage in diesem Gefängnis? Das arme Mädchen mußte ja verrückt werden, dachte er, aber gleichzeitig entschied er, nichts zu unternehmen. Man stellte die einmal getroffenen Anordnungen des Kapitäns nicht in Frage, ohne sich seinen schrecklichen Zorn zuzuziehen. Außerdem war der Kapitän heute früh zur russischen Botschaft gefahren, und Grayson hatte keine Ahnung, wann er zurückkehren würde.

Das Schiff wirkte ohne die liebenswerte Lady Sable wie verlassen. Die Mannschaft diskutierte heftig über die unfaire Strafe. Kapitän Sir Morgan Carey war mit Sicherheit ein fordernder, schwieriger Mensch, aber bisher war er niemals ungerecht gewesen. Doch diese Strafe für einige Stunden Verspätung war ungerecht.

Sable wäre höchst erfreut gewesen, hätte sie davon gewußt. Während am zweiten Tag ihrer Gefangenschaft die Stunden nur quälend langsam verstrichen, wurde Sable immer wütender. Welches Recht hatte Sir Morgan eigentlich, ihr das anzutun? Noch nie in ihrem Leben hatte man sie wie eine Verbrecherin eingesperrt. Ihm würde ja nur recht geschehen, wenn sie ihm davonliefe und er den Zorn ihres Vaters zu spüren bekäme, weil ihm Sable in den überfüllten Gassen von Istanbul abhanden gekommen war.

Plötzlich leuchteten Sables Augen auf. Die Langeweile und die Wut beflügelten ihre Fantasie. Sie wollte ja nicht wirklich weglaufen, sondern nur für einige Stunden in dem Hamam verschwinden, den Daniel Hayes ihr gezeigt hatte, und sie wollte Morgan in der Stadt nach ihr suchen lassen. Die Angst um sie würde ihn lehren, ihr so etwas nicht noch einmal anzutun.

Der Gedanke ließ Sable keine Ruhe mehr, und sie begann, Pläne zu schmieden. Grayson um Hilfe zu bitten, kam nicht in Frage, denn sie wollte nicht, daß jemand für sie büßen mußte. Sie wurde immer noch wütend, wenn sie daran dachte, wie der arme Daniel Hayes behandelt worden war. Schließlich hatte *sie* ihn darum gebeten, länger in der Stadt zu bleiben. Sable lächelte. Wenn sie erst einmal an Deck war, konnte sie leicht, während die Wache wechselte, eines der kleinen Boote herbeirufen. Der Rest war dann ganz einfach. Solle Sir Morgan ruhig einige Stunden lang glauben, daß sie ihm entkommen war!

Als Grayson ihr einige Stunden später das Mittagessen brachte, stellte er überrascht fest, daß Sables unglückliche Stimmung verflogen war. Sie begrüßte ihn freundlich und sah zu, wie er das Tablett auf der kleinen Seemannskiste am Ende ihrer Koje abstellte.

»Machen Sie sich keine Gedanken. Ich habe mich daran gewöhnt, in dieser Haltung zu essen«, bemerkte sie fröhlich, als Grayson den mangelnden Platz beklagte.

Er sah zu, wie sie ihre Röcke auf dem engen Bett ausbreitete und geschickt nach einem Sandwich griff, ohne das Glas mit Limonade umzustoßen. Als sie ihm schließlich auch noch aufmunternd zulächelte, zog sich sein Herz zusammen. Wie konnte sie nur so fröhlich sein, obwohl Sir Morgan sie wie eine Gefangene behandelte?

»Lady Sable, möchten Sie nicht lieber oben an Deck essen?« fragte er ganz impulsiv. »Es ist schönes Wetter. Keine Wolke ist am Himmel, und ich weiß doch, wie gern Sie in der Sonne sitzen.«

Sables Herz machte einen kleinen Sprung, doch sie wollte Grayson keinesfalls in ihre Flucht hineinziehen. »Oh, das möchte ich lieber nicht. Der Kapitän wird nur wütend.«

»Sir Morgan wird den ganzen Tag über in der Stadt sein«, informierte Grayson sie mit einem verschwörerischen Lächeln.

Sable erschrak. Was hatte Morgan vor? Suchte er wieder in finsteren Gassen nach Informationen, oder versuchte er sogar selbst, Einlaß in das Serail zu finden? Rasch und entschlossen schob sie diese beängstigenden Gedanken von sich, denn im Augenblick hatte sie mit ihren eigenen Problemen gerade genug zu tun.

»Ich muß noch bis morgen hierbleiben«, sagte sie bestimmt, weil sie Graysons Freundlichkeit nicht ausnutzen wollte.

»Der Kapitän muß es ja nicht erfahren«, meinte er und überlegte, weshalb sie plötzlich so folgsam war, nachdem sie doch in der Vergangenheit keine Gelegenheit hatte verstreichen lassen, dem Kapitän zu widersprechen. »Sie können ja an Deck bleiben, bis seine Barkasse zurückkehrt.«

»Und die anderen Männer?« fragte Sable skeptisch.

Grayson sah beleidigt drein. »Glauben Sie etwa, daß die Sie verraten? Sie unterschätzen die Freunde, die Sie an Bord haben.«

Sable kämpfte eine ganze Weile mit der Versuchung, doch schließlich gewann ihre Ehrlichkeit. »Es tut mir leid, Grayson«, sagte sie mit einer Stimme, die sein Herz erbeben ließ. »Ich möchte nicht, daß Sie wegen mir Schwierigkeiten mit Sir Morgan bekommen.«

Grayson zuckte die Achseln. »Machen Sie sich darüber

keine Gedanken. Ich bin jetzt so lange bei Sir Morgan, daß ich mir ein oder zwei Fehltritte erlauben kann.« Er zwinkerte. »Immer vorausgesetzt, daß er es überhaupt erfährt.«

Sable hielt den Atem an und sah ihm in die Augen. »Meinen Sie das im Ernst?«

Grayson lachte leise. »Selbst wenn ich mir seinen Zorn zuziehe, habe ich keine Angst. Sir Morgan würde mich niemals entlassen, denn auf der weiten Welt bin ich der einzige, der es mit ihm aushält.«

Sable lachte, und ihre Bedenken schwanden. »Also gut, dann werde ich gern die nächsten Stunden auf Deck verbringen.«

Als die wenigen Männer, die Sir Morgan zur Nachmittagswache eingeteilt hatte, sie an Deck kommen sahen, liefen sie eilig herbei, um sie zu begrüßen. Sable stellte überrascht fest, daß sie sich ebenfalls freute und verschwendete eine kostbare halbe Stunde darauf, mit ihnen zu lachen und zu schwätzen, bevor die Männer wieder an ihre Arbeit zurückkehren mußten. Als sie endlich allein war, lief sie rasch nach unten, und ihr Herz hämmerte beträchtlich, als sie die Tür zu Morgans Kabine öffnete.

In der Kajüte roch es noch nach Morgans Gesichtswasser, was sie etwas verwirrte, doch sie gab sich Mühe, die herumliegenden, sehr persönlichen Gegenstände gar nicht wahrzunehmen. Die Schublade seines Schreibtischs war unverschlossen. Mit zitternden Fingern zog Sable sie auf. Noch nie hatte sie jemandem etwas gestohlen, und sie mußte sich regelrecht zwingen, eine Handvoll Münzen einzustecken. Sie versuchte sich einzureden, daß sie es nicht aus Rachsucht tat. Trotzdem fühlte sie sich nicht ganz wohl, als sie schließlich wieder auf das Deck zurückkehrte.

Im Lauf der langen Zeit war sie mit dem Wechsel der Wachen vertraut geworden, sie wußte, als sie zur Reling hinüberging, daß Gordon Masters nicht vor zehn Minuten um die Ecke kommen würde. Am liebsten hätte sie ihren Plan wieder aufgegeben, wenn nicht genau in diesem Augenblick ein kleines Fährboot ganz dicht vorbeigefahren wäre, daß sie mitnehmen konnte.

Mit einigen türkischen Wörtern, die sie während des Ausflugs von Daniel Hayes aufgeschnappt hatte, machte sie dem Mann klar, daß sie an Land gebracht zu werden wünschte. Er grinste und beobachtete, wie sie die schwierige Leiter überwand und hinunterkletterte. Als sie unten angekommen war, half er ihr ins Boot. Keuchend und mit klopfendem Herzen lehnte sich Sable in die Kissen zurück. Sie erwartete jeden Moment Alarmschreie und Rufen hinter sich zu hören, doch auf der *Defiance* blieb alles ruhig und die schimmernde Wasserfläche zwischen ihr und dem Schiff vergrößerte sich zusehends.

Eigentlich hatte sie erwartet, in der Stadt dauernd angestarrt oder verfolgt zu werden, während sie durch die gewundenen Straßen den Hügel hinaufging. Doch zu ihrer Erleichterung nahm niemand Notiz von ihr. Es war mitten am Nachmittag und damit Zeit für das Gebet. Überall saßen die Gläubigen mit geschlossenen Augen auf den Gebetsteppichen, die sie auf der sonnenheißen Straße in Richtung Mekka ausgebreitet hatten. Sable ging leise an ihnen vorbei. Nur die bettelnden Kinder beäugten die dunkelhaarige junge Frau, doch keines sprach sie an.

Ohne die geringsten Schwierigkeiten fand Sable den Weg zu dem Hamam, den Daniel Hayes ihr gestern gezeigt hatte. Doch als sie vor dem Marmorportal stand, verließ sie plötzlich der Mut, und sie fing an, ihren Entschluß zubereuen. Obwohl Daniel ihr versichert hatte, daß die öffentlichen Bäder sowohl von türkischen als auch von europäischen Frauen besucht wurden und sie nichts zu befürchten hatte, konnte sie sich nicht entschließen einzutreten.

Während sie noch zögerte, öffneten sich die Türen, und ein buckelnder Angestellter begleitete zwei Geschäftsleute hinaus auf die Straße. Nachdem sie gangen waren, fiel sein Blick auf Sable, die unsicher neben dem Eingang stand. Mit einer aufmunternden Geste faßte er sie am Arm und führte sie hinein.

Der plötzliche Wechsel zwischen Sonnenlicht und Dämmerung machte Sable einige Augenblicke lang zu schaffen. Schließlich erschien eine Badefrau, und Sable hörte, wie die beiden in weichem, wohlklingendem Türkisch miteinander sprachen. Als ihre Augen sich an das Dämmerlicht gewöhnt hatten, war auch ihre Furcht verschwunden. Schließlich bedeutete ihr die Badefrau freundlich, ihr zu folgen, und führte Sable in einen kleinen Vorraum, der mit gepolsterten Bänken ausgestattet war. Halbrunde Fenster aus buntem Glas ließen nur wenig Licht herein, und auf einem Kocher in der Ecke stand ein silberner Teekessel, aus dem es schwach nach Pfefferminz duftete.

»*Camekan*«, sagte die Wärterin, wobei sie die Arme ausbreitete und den ganzen Raum zu umfassen schien.

»Wie bitte?« fragte Sable und kam sich sehr dumm vor. Sie hatte nicht die leiseste Ahnung, was man von ihr erwartete. Weshalb war sie nur hierhergekommen und nahm freiwillig Morgans Zorn auf sich?

Unter Schwierigkeiten und mit schrecklicher Aussprache bemühte sich die Badefrau, Englisch zu sprechen, und strahlte, als sie sah, daß Sable sie verstand. »Bitte«, fügte sie hinzu, während sie Sable ermunterte, alle Kleider abzulegen.

Sable fühlte sich ein wenig verlegen, während die türkische Frau ihr half, das Chiffonkleid, die Spitzenunterröcke und schließlich auch die Unterwäsche auszuziehen. Doch die Frau schien sie überhaupt nicht zu sehen, und so legte sich dieses Gefühl rasch. Als sie völlig nackt war, wurde sie in ein langes, riesiges Handtuch gewikkelt. Dann bot man ihr Tee an, und plötzlich war alle Unruhe von ihr abgefallen, und sie nahm sich vor, diese neue Erfahrung in aller Ruhe auszukosten. Mit hochgezogenen Füßen lehnte sie sich gegen die Kissen, schloß die Augen und konnte sich nicht erinnern, jemals zuvor so entspannt und ruhig gewesen zu sein.

Morgan Carey fluchte vor sich hin, während er durch den vollbesetzten Speisesaal des Hotels Lotosblume ging. Das Hotel gehörte zu den wenigen Häusern, die für Europäer erbaut worden waren. Sie sollten ihrer Bequemlichkeit dienen. Bequemlichkeit traf allerdings nicht ganz zu, wie Morgan ironisch feststellte. In den einfachsten Städten Afrikas gab es sauberere Gasthäuser.

Nachdem er sich in einer ruhigen Ecke niedergelassen hatte, eilte ein übergewichtiger, schwitzender Besitzer in völlig verdreckter Schürze herbei. Morgan hatte so schlechte Laune, daß er sich kaum beherrschen und ein Bier bestellen konnte. Obgleich er hungrig war, wollte er mit dem Essen bis zur Rückkehr auf sein Schiff warten, denn mit Sicherheit bekam er dort genießbarere Speisen.

Einige betrunkene Seeleute, die an einem Nachbartisch saßen, nahmen ihn ins Visier, doch als er einmal scharf hinüberblickte, sahen sie rasch weg. Morgan mußte lächeln. Falls sie Streit suchten, kamen sie bei ihm genau an den Richtigen. Er war in so schlechter Stimmung, daß er sich nicht gescheut hätte, einige dieser Dummköpfe zusammenzuschlagen. Doch offenbar konnten sie hellsehen und ließen ihn in Frieden, was ihm ebenso recht war.

Wieder hatte er den ganzen Vormittag in der russischen Botschaft verbracht, doch keiner der unfähigen Attachés, mit denen er gesprochen hatte, hatte jemals etwas über inhaftierte russische Offiziere gehört. Nach ihren völlig verblüfften Gesichtern zu urteilen, mußte er ihnen einfach glauben. Die Information, die er von dem türkischen Kapitän in Dakar erhalten hatte, war mit Sicherheit korrekt. Doch die Tatsache, daß die russische Botschaft nichts von der Anwesenheit der beiden Männer wußte, machte ihn mißtrauisch. Weshalb hatte der Sultan sie überhaupt so lange behalten? Von welchem Nutzen konnten ihm diese beiden Offiziere sein?

Morgan brummte unzufrieden vor sich hin, was die Nächstsitzenden veranlaßte, beunruhigt zu ihm hinüberzusehen. Er grinste, als sich einige von ihm fortsetzten. Sollten sie ihn doch für einen seltsamen Kauz halten. Auf diese Weise hatte er wenigstens seine Ruhe.

Was konnte er noch tun, um an Informationen zu kommen? Und wie lange mußte er noch warten, bis der Sultan endlich geruhte, ihn zu empfangen? Im Augenblick wurden seine Probleme noch zusätzlich durch Sable St. Germains Ungehorsam vergrößert. Als er daran dachte, daß sie in der winzigen Kabine eingesperrt war, fühlte er einen leichten Anflug von Gewissensbissen. Die Sonne hatte ihr so gutgetan, und er hatte sie an diesen dunklen Ort verbannt. Wieder brummte er und stellte fest, daß er sich schon genauso anhörte wie sein vorwitziger Diener. Sable hatte bestraft werden müssen, weil sie sich seinen Anordnungen widersetzt hatte, und sie mußte begreifen, daß die Straßen von Istanbul nicht der sichere, gepflegte Park in ihrem geliebten North Head waren.

»Kapitän?«

Morgan begrüße seinen Ersten Maat, als dieser plötzlich neben dem Tisch stand. Die ungewöhnlichen Augen des kleinen Mannes aus Devonshire leuchteten, so daß Morgan sich gespannt vorbeugte. »Was haben Sie herausgefunden?«

»Vielleicht das, was wir brauchen«, erwiderte der grauhaarige Offizier. Doch zuerst bestellte er sich ein Bier. Die Geräusche im Speisesaal waren so laut, daß er eigentlich frei sprechen konnte, doch er senkte trotzdem seine Stimme. »Haben Sie schon von der Gesellschaft der Neuen Ottomanen gehört?«

Morgan runzelte die Brauen. »Die Jungtürken? Ja, davon hat mir Fasir Nanak erzählt.«

Beide Männer lächelten wehmütig, als sie an den auffallenden Türken dachten, der sie vor zwei Jahren kurzfristig begleitet hatte. Nachdem die *Defiance* ihr kurzes Gastspiel im amerikanischen Konflikt beendet hatte, waren sie bis nach Asien und in den Orient gesegelt, um neue Aufgaben zu suchen. Morgan hatte in Bahrein den Türken mit dem silbernen Bart aus der Hand einiger Halsabschneider gerettet und ihm gern die Bitte erfüllt, ihn in die Türkei mitzunehmen. Der Glücksritter und glühende Aktivist hatte sich als sehr unterhaltsamer Gast entpuppt, besonders als er in einer Nacht versucht hatte, Morgan den Vorrat an Goldmünzen, den er in seiner Seemannskiste aufbewahrte, zu rauben.

Die beiden Männer hatten einander eine geschlagene halbe Stunde lang verprügelt, bevor sie anschließend blutig und voller Narben miteinander angestoßen hatten. Morgan hatte es leid getan, seinen Kumpan zu verlieren, dem er sogar einen Platz in der Mannschaft angeboten hatte, doch die Politik war die eigentliche Passion des bärtigen Türken. Zu dieser Zeit war Fasir bereits tief in ein Komplott gegen den türkischen Sultan verstrickt, und Morgan war sehr traurig, als er ein Jahr später erfuhr, daß Fasir bei einer Messerstecherei wegen der Ehefrau eines arabischen Scheichs umgekommen war.

»Für ein Mitglied eines Geheimbundes war Fasir allerdings sehr gesprächig«, erinnerte sich Morgan grinsend.

»Deshalb ist er ja vielleicht umgebracht worden«, meinte Jack, während er einen tiefen Schluck aus seinem Krug nahm und angewidert das Gesicht verzog. Das Bier war warm und schmeckte abscheulich. »Vielleicht war die Geschichte mit der arabischen Frau auch nur ein Vorwand.«

Morgan reagierte ungeduldig. »Das ist doch Vergangenheit, Jack. Ich möchte mich auch nicht gern mit Fasirs früheren Kollegen einlassen. Alles, was ich möchte, ist Sergej zu finden und aus Istanbul herauszubringen.«

»Dann, fürchte ich, werden Sie sich mit ihnen einlassen müssen«, erwiderte Jack.

Morgan runzelte die Brauen. »Als Fasir Mitglied der Neuen Ottomanen war, versuchten sie, die Regierung in eine konstitutionelle Monarchie umzuwandeln. Außerdem wollten sie die Situation der Christen im Land verbessern.«

»Ja, und soviel ich weiß, haben sie immer noch dieselben Ziele«, informierte ihn Jack.

Morgan sah immer finsterer drein. »Aber das hat doch nicht allzuviel mit unserem Problem zu tun, Jack. Wie eng war Ihr Kontakt mit diesen Leuten?«

»Eng genug, um einige interessante Einzelheiten zu erfahren«, sagte Jack und sah seinen Kapitän eindringlich an. »Ihr Name ist bei diesen Leuten nicht unbekannt, Kapitän. Ganz offenbar ist er durch Fasirs eifrige Zunge auch Namik Kemal, dem Oberhaupt der Neuen Ottomanen zu Ohren gekommen, der ihn nicht vergessen hat. Er wollte wissen, was Sie nach Istanbul geführt habe, und wir beide haben uns vor einer Stunde ausgiebig unterhalten.« Selbstlob lag Jack nicht, doch gegen sein breites Grinsen war er machtlos. »Nachdem ich ihm den Grund unseres Hierseins verraten hatte, hat er mir gesagt, daß er über zahlreiche Augen und Ohren im Sultanspalast verfügt.«

Morgan stellte seinen Krug ab und starrte seinen Ersten Maat an. »Und was haben Sie herausgefunden?«

Jack schenkte ihm noch eines seiner seltenen Lächeln. »Daß zwei Russen am Hof von Abdul Asis gefangengehalten werden. Einer von ihnen war im Krimkrieg Major, ihm sind wahrscheinlich eine Menge Einzelheiten der russischen Strategie bekannt. Der andere ist sein Leutnant, Sergej Vilyusk. Soweit Namik Kemal informiert ist, werden die beiden seit Kriegsende gefangengehalten.«

»Mit Sicherheit können zwei untergeordnete Offiziere nicht von so großem Nutzen für den Sultan sein«, protestierte Morgan.

»Ursprünglich waren sie als eine Art Faustpfand gedacht, falls die Russen ihre Abmachungen nicht einhalten sollten. Später jedoch hat man sie ins Gefängnis geworfen und sie dann, wie ich glaube, einfach vergessen.«

»Und jetzt?« fragte Morgan ungeduldig.

»Mit der Gesundheit des Majors steht es nicht zum besten, und da sich die Beziehungen zu Rußland wesentlich gebessert haben, sagt man, daß der Wesir ihren Tod fordert, um endlich dieses Ärgernis loszuwerden.«

»Dann haben wir nicht mehr allzu viel Zeit«, stellte Morgan fest. Er sah seinen Maat durchdringend an. »Was verlangt Kemal als Gegenleistung für diese Information?« fragte er, weil er wußte, daß diese Gefälligkeiten niemals umsonst waren.

Jack grinste breit. »Allen Revolutionären dieser Welt fehlt es an Geld. Sie sind arm wie die Kirchenmäuse. Kemal bildet da keine Ausnahme. Nach der Übergabe haben wir nichts mehr mit ihm zu tun.«

Morgan stand abrupt auf. »Sehr gut, Jack! Treffen Sie die Vereinbarung und sorgen Sie dafür, daß unsere Schuld beglichen wird. Wußte Kemal auch, wo Sergej und der Major gefangengehalten werden?«

»Aye, Kapitän, aber dieses Geheimnis will er erst bei der Geldübergabe mitteilen.«

»Sorge dafür, daß sie es erhalten!«

»Aye, aye, Sir.«

Draußen war die Luft warm und feucht. Die Sonne ging allmählich unter, und in etwa einer Stunde würden die Tore am Goldenen Horn für die Nacht geschlossen. Einen Augenblick lang blieb Morgan auf dem Platz vor dem Hotel stehen, das weiter oben am Abhang eines Hügels stand. Von hier aus hatte er einen wunderbaren Blick über die ganze Stadt. Das Meer schimmerte im Licht der untergehenden Sonne, und mit geübtem Blick erkannte er die Umrisse der *Defiance*, die unterhalb der Galata-Brücke vor Anker lag. Der Gedanke, daß Sable sich an Bord dieses Schiffes befand, wirkte irgendwie beruhigend auf sein aufgewühltes Gemüt. Als er sich zu Jack umdrehte, stellte er fest, daß dieser ihn nachdenklich ansah. Flüchtig überlegte Morgan, ob man ihm seine Gedanken wohl vom Gesicht ablesen konnte.

Er lächelte wehmütig und klopfte seinem Ersten Maat auf den Rücken. »Los, Mann, kommen Sie! Wir wollen zurück zum Schiff.«

»Kapitän Carey! Sir!«

Als Morgan sich umwandte, sah er einige seiner Leute, die von Nat Palmer angeführt wurden, auf sich zukommen. Völlig überrascht erkannte er den schwitzenden Nat, dem das blonde Haar feucht auf der Stirn klebte.

»Was, zum Teufel, hat das zu bedeuten?« fragte Morgan irritiert. »Sie sollten doch zum Schiff zurückkehren, nachdem Sie Ihre Arbeit erledigt hatten.«

»Aye, Sir«, sagte Nat hastig und rieb sich mit dem Hemdsärmel über das verschwitzte Gesicht. »Aber am Hafen haben wir Mr. Grayson und Harley Gump getroffen.«

Morgan stützte die Hände in die Hüften. »Was, zum Teufel, tut Grayson denn an Land?«

»Es geht um Lady Sable, Sir«, keuchte Nat. »Sie ist verschwunden.«

»Verschwunden?« wiederholte Morgan drohend. »Was soll das heißen?«

»Genau das! Grayson hat sie für kurze Zeit an Deck gelassen, damit sie frische Luft schöpfen konnte. Seitdem ist sie verschwunden. Sie haben das ganze Schiff nach ihr abgesucht und nirgends eine Spur von ihr gefunden.«

Sekundenlang schoß Morgan Sables grausige Drohung durch den Kopf, sich lieber ins Meer zu stürzen, als das Elend der Gefangenschaft länger zu ertragen. Sein Verstand wies diese schreckliche Möglichkeit aber sofort zurück. Sable war viel zu willensstark, um einen solchen Ausweg zu wählen.

»Haben Sie eine Ahnung, wohin sie gegangen sein könnte?« fragte Morgan.

»Wir haben den Ruderer eines dieser Kayiks gefunden, der sie an Land gebracht hat«, antwortete Nat. Er war froh, daß er wenigstens diese Nachricht hatte, denn Morgan Carey sah aus, als ob er sie alle am liebsten auf der Stelle erwürgen würde. »Er meint, daß sie in westliche Richtung gegangen ist, aber mehr war aus ihm nicht herauszubekommen, obwohl Mr. Grayson ihn genauestens ausgefragt hat.«

»Wir haben uns in drei Gruppen aufgeteilt, um nach ihr zu suchen, Kapitän«, erklärte Dr. Pierson, der gerade bleich und elend aussehend hinter Nat Palmers Gruppe den Hügel heraufkam.

Morgan blickte zur Sonne hinüber, die wie eine rot schimmernde Kugel über den Hügeln hing. »Bis zur Dunkelheit haben Sie Zeit, sie zu finden«, sagte er. Seine Männer verstanden ihn und machten sich sofort auf den Weg. Nur Jack Torance blieb zurück und beobachtete, wie Morgan mit finsterem Gesicht auf dem Platz auf und ab lief.

»Soll ich Sie begleiten, Kapitän?« fragte er schließlich.

»Nein«, antwortete Morgan, ohne ihn anzusehen. »Sie wissen, was Sie zu tun haben, Jack. Ich werde sie schon allein finden.«

Es kostete einige Mühe und ein kleines Vermögen an Bestechungsgeldern, bis Morgan schließlich auf Sables Spur stieß. Während er den verschiedenen Hinweisen folgte, wurde er immer wütender. Wo, in drei Teufels Namen, war dieses Weibsbild hingegangen? Er befragte einen einäugigen Bettler, der auf einem schäbigen, verdreckten Gebetsteppich kauerte. Dieser nickte begeistert, als Morgan ihm Sable beschrieb. Doch es handelte sich um eine Dame in einem Kleid aus feiner, blauer Seide, das mit Spitzen und wertvollen Steinen verziert war. Am liebsten hätte Morgan ihn gepackt und ihm das Genick gebrochen, doch er wandte sich nur verächtlich ab. Dieses verdammte Weib sollte der Teufel holen! Wo steckte sie nur?

»Vielleicht kann ich Ihnen helfen«, flüsterte eine Stimme aus einem dunklen Durchgang.

Morgan blieb stehen und starrte in die Dunkelheit. »Kommen Sie heraus!« sagte er. »Ich mag keine Versteckspiele.«

Man hörte es rascheln, und dann schlurfte ein alter Mann langsam ins Dämmerlicht heraus. »Ich habe die Frau gesehen, die Sie suchen.« Verächtlich spuckte er auf die staubige Straße. »Dieser Bettler ist ein Lügner.« Und in gebrochenem Englisch fuhr er fort: »Die Frau trug ein Kleid aus gesponnenem Gold und hatte grüne Katzenaugen.«

»Wohin ist sie gegangen?« fragte Morgan und griff in seine Tasche, als der alte Mann zögerte.

»Sie ist in den Hamam gegangen«, antwortete der Türke rasch und steckte die Münzen weg, die Morgan ihm in seine gichtige Hand gedrückt hatte.

Sable seufzte tief und öffnete die Augen, um die verglasten Öffnungen in der gewölbten Marmordecke zu betrachten. Es fiel nur so wenig Licht in den Raum, daß die graugemaserten, grünen Marmorsäulen geheimnisvoll schimmerten. Ungefähr eine Stunde lang hatte Sable auf einer Steinplatte aus glattgeschliffenem Marmor gelegen, die von unten erhitzt wurde. Sie hatte die wohlige Wärme auf sich wirken lassen, und hatte völlig abgeschaltet.

Glücklicherweise war das Bad während ihres Besuchs

fast leer geblieben. Einige türkische Frauen hatten eine halbe Stunde in einem der abgeteilten Alkoven verbracht, waren aber bereits vor einiger Zeit wieder gegangen, so daß Sable ganz allein war. Die Wärterin hatte sich feinfühlig in den Ankleideraum zurückgezogen, nachdem sie Sable in ihrem dürftigen Englisch verständlich gemacht hatte, daß sie dort draußen auf ihre Wünsche wartete.

Schließlich streckte sich Sable wie eine Katze, bevor sie aufstand und zu einem marmornen Becken hinüberging, um sich zu waschen. Sie konnte sich nicht erinnern, sich jemals so warm und wohlig entspannt gefühlt zu haben. Heute konnte sie nicht einmal dieser langbeinige Gauner Morgan Carey aufregen, dachte sie, wobei ein winziger Ausdruck von Traurigkeit und Sehnsucht über ihr Gesicht huschte. Ja, am liebsten hätte sie –

Mit ihren kleinen, weißen Zähnen biß sie sich auf die Unterlippe. Was hätte sie sich da beinahe gewünscht? Daß Morgan hier wäre, direkt neben ihr, und sie mit seinen dunklen, glühenden Augen ansah, die sie immer schwach werden ließen? Sie mußte völlig verrückt sein.

»Sable!«

Sie sprang auf, wobei ihre seidenweichen Haare zurückflogen und sich über ihre nackten Schultern legten. Mit aufgerissenen Augen starrte sie den Gang entlang. Das konnte doch unmöglich Morgans wütende Stimme gewesen sein. Sie mußte sich täuschen.

»Sable! Bei Gott, ich weiß, daß Sie hier sind!«

Es war tatsächlich Morgan Carey, der durch den Gang auf sie zurannte. Wie ein wildgewordener Soldat stürmte er in den Raum, und die protestierende Badefrau folgte ihm auf dem Fuß.

»Sie müssen nicht schreien, Morgan. Ich kann Sie hören.«

Beim Klang von Sables klarer Stimme blieb er wie angewurzelt stehen. Als sich der wirbelnde Dampf ein wenig lichtete, stand sie auf einmal vor ihm. Obwohl sie ein Handtuch in der Hand hielt, machte sie keinerlei Anstalten, ihren Körper zu bedecken, sondern sie sah ihm geradewegs in die Augen.

Sable St. Germain stand nackt und ohne jede Furcht vor ihm. Ihr naßglänzender Körper war in ein geheimnisvolles Licht getaucht. Silbern schimmernde Tropfen rannen über ihre Schenkel und bildeten kleine Pfützen um ihre Füße. Ihr gelöstes Haar fiel bis zu den Hüften herunter. In ihrer Nacktheit erschien sie ihm wie eine Göttin von solch betörender Schönheit, daß er kaum glauben konnte, daß sie wirklich existierte.

Morgan hielt den Atem an, und plötzlich waren da weder Wut noch Angst, die er empfunden hatte, seit er von ihrem Verschwinden erfahren hatte. Statt dessen wußte er auf einmal, daß er sein ganzes Leben lang auf diesen Augenblick gewartet hatte.

Sable sah ihn immer noch unverwandt an, ohne ein Wort zu sagen, und als sie die Herausforderung in seinen Augen bemerkte, reckte sie stolz ihren Kopf. Sie hielt den Atem an und war gespannt wie ein Reh, bevor es flüchtete. Sie empfand keine Angst. Sie stand ganz im Bann einer Erregung, die weit über das hinausging, was sie beim ersten Kuß auf der Terrasse oder auch bei den verschiedenen Malen empfunden hatte, als Morgan sie an sich gepreßt und sie seine Erregung an ihren weichen Schenkeln gespürt hatte. Sie zitterte ganz leicht und verspürte schreckliche Sehnsucht nach ihm, die ihre unschuldigen Vorstellungen weit übertraf. Sie spürte sehr genau, daß diese Gefühle so lebensnotwendig waren wie die Luft, die sie atmete.

»Morgan«, flüsterte Sable so leise, daß sein Name mit dem Rauschen des Wassers verschmolz. In ihren dunklen Augen las er eine unmißverständliche Einladung.

Er ging auf sie zu, bis er dicht vor ihr stand und sie den Kopf zurücklegen mußte, um in sein Gesicht aufblicken zu können. Lächelnd sah er auf sie hinunter, doch in seinen Augen lagen weder Wut noch Spott, sondern einzig und allein ein verheißungsvolles Versprechen. Seufzend hob ihm Sable, ohne es zu merken, ihre Lippen entgegen, und ihre Wimpern streichelten seine Wangen, als sie erwartungsvoll die Augen schloß.

Hinter ihnen entfernte sich die Badefrau diskret und leise und schloß die Tür zum Ankleideraum. In ihrer Tasche klimperten die Münzen, die ihr der dunkelhaarige Engländer zugesteckt hatte, als sie ihm den Zugang zum Bad verweigern wollte. Sie vermutete, daß sicher noch eine höhere Belohnung auf sie wartete, wenn sie dafür sorgte, daß die jungen Leute ungestört blieben. Mit einem entschlossenen kleinen Lächeln schob sie den Riegel vor und setzte sich nieder.

»Ich dachte, ich hätte dich für immer verloren, meine Süße«, murmelte Morgan heiser, während er sie voller Begehren ansah. Als seine Hände über ihre runden Hüften glitten, fing sie an zu zittern. Er zog ihren Körper an sich, bis sie zwischen seinen Beinen stand. Er legte seinen Mund auf ihre Lippen, wobei ihr betäubender Duft ihn einhüllte. Morgan küßte sie so intensiv, bis das wilde Hämmern ihres Herzens mit dem Pulsschlag seines Blutes übereinstimmte.

Als seine Hände ihre Brüste berührten, drehte sich alles um sie. Sie sank gegen ihn, und ihre Brustwarzen wurden hart unter seinen Händen. Sie öffnete sich seinem Kuß, bis beide nichts anderes mehr ersehnten, als die Vereinigung ihrer Körper und ihrer Seelen.

Sanft legte Morgan Sable auf den glatten Stein zurück und betrachtete sie mit ungestillter Leidenschaft. Er zitterte, als ihre Hände ganz sanft, fast nur wie ein Hauch über seine sonnengebräunte Brust glitten. Ihre Augen spiegelten die Erwartung wieder, endlich das süße Geheimnis, das sie noch trennte, zu erfahren. Sie zitterte, als sein großer Körper sich sehnsuchtsvoll gegen sie drängte, und sie schloß die Augen, als er sie in die Arme nahm und sie ihn so nah spürte.

»Oh, Gott! Wie sehr habe ich dich begehrt, meine grünäugige Wassernixe«, murmelte Morgan in ihr Ohr, und seine Lippen hinterließen eine brennende Spur von kleinen Küssen bis hinunter zu ihrer Kehle. »Aber das hast du die ganze Zeit über gewußt, nicht wahr? Es hat dir gefallen, mich zu quälen und wie ein eitler junger Mann über das Deck zu stolzieren und deine Kehrseite so provokativ in diese verdammt engen Hosen zu zwängen.«

»Morgan«, hauchte Sable flüsternd, weil sie unter der zärtlichen Berührung seiner Hände fast verging. Sie wußte nicht mehr, was sie sagen wollte, sondern fühlte nur, daß sie ihn heftig begehrte und seine Nähe sie fast verrückt machte.

Er verbrannte ihre Lippen mit seinem Kuß, und seine Zunge untersuchte die sanften, weichen Höhlungen ihres Mundes. Als Sable ihm antwortete, stöhnte er auf, und ihre Finger glitten durch die dichten Locken in seinem Nacken. Obgleich er ihren wunderschönen Körper bereits genauestens kannte, erkundete er ihn langsam Stück für Stück und berührte und liebkoste jeden einzelnen Zentimeter. Sable bog sich ihm entgegen, und ihre Brüste rieben sich quälend an seiner nackten Brust.

»Du schmeckst süß, so süß«, hauchte Morgan hingerissen und sah sie an. In den goldgefleckten Tiefen ihrer Augen konnte er ihre große Begierde lesen.

»Ich wollte dich erwürgen, weil du weggelaufen bist«, sagte er rauh. Seine Angst um sie war grenzenlos gewesen.

»Und jetzt?« flüsterte Sable und warf ihm einen Blick zu, der seinen Pulsschlag noch mehr beschleunigte.

»Jetzt möchte ich dich nur noch lieben«, murmelte er und stöhnte, als sie ihn berührte. Sie hatte ihn verzaubert, diese grünäugige Kindfrau. Weder der Dampf noch das kühle, tanzende Licht auf ihrem Körper hatten diese mächtige Sehnsucht in ihm geweckt, sondern ganz allein Sable, ihre Nähe, ihr Duft und ihre Sehnsucht, die ihm endlich die Erfüllung versprachen, nach der er ein Leben lang gesucht hatte.

Sable wußte, was sein Herz und sein Verstand begehrten. Als sie mit den Händen über seinen glatten, muskulösen Rücken strich, konnte sie die Spannung in seinem Körper spüren. Ihre Augen öffneten sich und blickten ihn so sehnsuchtsvoll unter halbgeschlossenen Lidern an, daß Morgan sich nicht länger beherrschen konnte. Er bettete ihren Kopf auf seinen Arm und schob sie unter sich, er preßte seine Lippen auf ihren Mund. Sables seidenweiche Schenkel öffneten sich, und diese stillschweigende Einladung trieb seine Leidenschaft so stark an, wie er es bisher noch nie empfunden hatte. Während sie einander küßten, drang er tief in sie ein.

Sable stockte bei dem unerwarteten Schmerz der Atem, und ihre kleinen Hände verkrampften sich auf Morgans breitem Rücken. Er beruhigte sie mit zärtlichen Worten und streichelte sie. Als sie sich endlich entspannt hatte, fühlte er, wie sich ihre Hüften sehnsuchtsvoll unter ihm bewegten. In diesem Augenblick fiel jede Hemmung von ihm ab, und er drang wieder in sie ein. Sein Herz hämmerte wie wild, als Sable sich ihm entgegenbog und ihre Wärme und Weichheit ihn ganz umschloß.

Durch seine wilden, harten Bewegungen wurde Sable immer wahnsinniger. Sie öffnete ihre Schenkel noch mehr und antwortete jedem seiner Stöße, während ihre Lippen sich in einem unendlichen Kuß vereinigten. Feuer tobte durch ihre Adern, und sie spürte nur noch, wie sich ihre Gefühle steigerten und Morgan mit jedem seiner Stöße zu einem Teil von ihr wurde.

Schließlich wurde sein Kuß immer drängender, und Sable hing atemlos an seinen Lippen. Ihre Gefühle trugen sie höher und höher, bis sie laut aufschrie und die

Welt in ihrem Kopf explodierte. Im selben Augenblick drückte Morgan sie brutal an sich, und ihre Körper und Seelen verschmolzen, als die Ekstase in Wellen über sie hinwegfegte.

Ganz allmählich fühlte Sable, wie die taumelnde Welt um sie herum wieder ins Gleichgewicht geriet. Sie löste den krampfartigen Griff, mit dem sie sich an Morgans Nacken geklammert hatte, und genoß den Druck seiner breiten Brust und seiner muskulösen Schenkel. Zufrieden blieb sie unter ihm liegen und fühlte, wie seine Lippen ihre geschlossenen Augenlider liebkosten, während ihre zufriedenen Körper noch miteinander vereint waren.

›Ich liebe ihn‹, dachte Sable, und als sie ihn ansah, fühlte Morgan, wie sich sein Herz beim Anblick von soviel Zärtlichkeit in ihren grünen Augen bemerkbar machte.

Er umfaßte ihr Kinn mit seiner Hand und liebkoste mit seinem Daumen ihre Wange, die von der Erregung noch immer leicht gerötet war. Ihre Lippen waren von seinen Küssen geschwollen, und er berührte sie sanft. Sie schmeckten süßer als alles, was er bisher versucht hatte.

»Ich weiß jetzt, daß du keine sterbliche Frau bist«, stöhnte er heiser, als er bei der sanften Berührung ihrer Lippen spürte, wie sich sein Begehren wieder regte. »Du hast mich verzaubert, meine wunderschöne Seejungfrau, und ich fürchte, ich werde für immer dein Sklave sein.«

»Ist dieses Schicksal denn so schrecklich?« fragte Sable.

»Nein«, antwortete er und war selbst über seine Leidenschaft erstaunt. Die Sehnsucht, die sich in Sables Augen spiegelte, beschleunigte seinen Pulsschlag wieder, und er legte die Hände unter ihre Hüften und hob sie seinem Körper entgegen.

Sable schlang die Arme um seine Schultern und seufzte leise, als Morgan sie fest an sich preßte.

»Meine süße, verführerische Sable«, murmelte er. Sie öffnete sich ihm, und ihr Herz schlug wild, als sie sich seiner Liebe ergab.

11

Die sanfte, rosafarbene Dämmerung stieg langsam über den Horizont. Gleichzeitig erhob sich ein warmer, süßlicher duftender Wind, der aus östlicher Richtung wehte und das Schiff ganz sanft schaukelte. Die ersten Sonnenstrahlen ließen die Minarette aufleuchten und trafen schließlich auch das schlafende Mädchen hinter den Fensterläden der großen Kabine. Unruhig bewegte sich Sable im Schlaf und murmelte etwas, aber die Strahlen kitzelten sie weiter, bis sie schließlich die Augen öffnete. Als sie den Kopf hob und sich umsah, wußte sie zuerst nicht, wo sie sich befand. Erst ganz allmählich erkannte sie Morgans Kabine und die unberührte Koje. Ganz offensichtlich war er heute nacht nicht aus Stambul zurückgekehrt. War er wegen ihr dort geblieben?

Sie stand auf, streckte ihre schmerzenden Glieder und fuhr sich mit den Fingern durch die Locken. Sie hatte gehofft, nach seiner Rückkehr mit ihm sprechen zu können. Stundenlang hatte sie geduldig gewartet, doch wie es aussah, war er gar nicht zum Schiff zurückgekehrt. Vor dem Spiegel blieb sie stehen und betrachtete ihr Gesicht, doch die rotgeränderten Augen wirkten entsetzlich fremd.

Sie konnte gar nicht glauben, daß das wunderbare Erlebnis erst gestern stattgefunden hatte. Sie wußte zwar nicht genau, wie sich Menschen verhielten, wenn sie sich gerade erst so leidenschaftlich geliebt hatten, doch ihr war klar, daß Morgans Benehmen mit Sicherheit nicht normal war. Sie mußte wieder heftig schlucken, als sie daran dachte, wie kühl und schweigend er sie auf die verlassene Straße hinausbegleitet hatte. Als sie sein Gesicht betrachtete, konnte sie kaum glauben, daß sich diese Lippen gerade erst so leidenschaftlich auf ihren Mund gepreßt hatten, und sie überlegte fieberhaft, ob es ihre Schuld war, daß diese wunderschöne Vertrautheit zwischen ihnen zerstört war.

Nat Palmer und Harley Gump hatten sie am Hafen erwartet. Morgan hatte nur kurz den Befehl gegeben, Sable zum Schiff zurückzubringen. Auf ihren fragenden Blick hin, hatte er sie kühl mit seinen harten, blauen Augen gemustert. Sie hatte sich auf die Lippen gebissen, um die Tränen zurückzuhalten, und sich nicht mehr umgedreht, als Nat das Boot zum Schiff zurückgerudert hatte.

Wohin konnte er gegangen sein? Während sie überlegte, ging sie unruhig in der Kabine auf und ab und berührte immer wieder Morgans herumliegende Sachen. Sie mußte nur die richtigen Worte finden, um die Kälte zu verscheuchen. Er sollte wieder so aussehen wie gestern abend. Der Atem versagte ihr, als sie sich daran erinnerte, wie seine sanften Hände und heißen Lippen sie erregten und wie wunderbar Morgan ihr Verlangen gestillt hatte.

»Was, zum Teufel, tun Sie hier?«

Völlig überrascht fuhr Sable herum und starrte den finster dreinblickenden Morgan an. »Ich – ich habe hier gewartet«, stotterte sie, »und bin offenbar eingeschlafen.«

»In diesem Stuhl?« fragte Morgan ungläubig, als er ihr zerdrücktes Kleid bemerkte.

»Ich konnte ja nicht wissen, daß Sie so lange fortbleiben«, verteidigte sie sich matt.

Morgan trat über die Schwelle, zog seine Jacke aus und warf sie achtlos auf die Koje. »Ich hatte etwas zu erledigen, was mich länger als erwartet aufgehalten hat. Also: Was wollen Sie mit mir besprechen?«

Sable biß sich auf die Lippen, während sie seinen breiten Rücken betrachtete. Doch dann sagte sie tapfer: »Ich möchte über das reden, was gestern im Bad geschehen ist.«

Sie sah, wie sich Morgans Schultern strafften. Sekundenlang stand er ganz starr, doch dann drehte er sich langsam um, und sie warf ihm einen kurzen Blick zu. »Es hätte nicht geschehen dürfen«, sagte er knapp.

»Aber es ist geschehen«, brach es aus Sable hervor.

Morgan betrachtete sie mit einer Mischung aus Spott und Langeweile. »Ja, das stimmt«, gab er zu, »doch was erwarten Sie jetzt von mir?«

Verwirrt sah sie ihn an. »Ich möchte gern wissen, weshalb Sie so böse auf mich sind. Warum haben Sie mich so kalt behandelt, als Sie mich in den Hafen zurückbrachten?«

Morgan wandte sich ab und begann mit demonstrativer Gleichgültigkeit sein Hemd aufzuknöpfen. »Sicher erwarten Sie keine Treuegelübde von mir oder gar einen Heiratsantrag, was Sie mir ja bereits schon einmal unterstellt haben.«

Sables heftiges Atemholen verriet ihm, daß seine Bemerkung ins Schwarze getroffen hatte. Er drehte sich ganz langsam um und betrachtet sie mitleidig. »Ich bedauere, daß es überhaupt geschehen ist, Sable«, sagte er. »Besonders nachdem ich versprochen hatte, es nicht zu tun. Außerdem schätze ich Ihren Vater viel zu sehr.«

Sables Augen wurden immer größer. »Darüber machen Sie sich Gedanken?« flüsterte sie ungläubig. »Daß Sie die Ehre der Tochter des Grafen von Monterrey beschmutzt haben? Und was ist mit mir? Bedeuten Ihnen meine Gefühle überhaupt nichts?«

Sie haßte die Ungeduld, die sie in seinen Augen las, und fühlte sich wie ein verängstigtes, kleines Kind, das beruhigt werden mußte. »Ich fürchte, Sie sind tatsächlich so unschuldig. Für einen Mann bedeutet die Liebe eine gelegentliche Erfahrung, die man genießt und vergißt, sobald es vorüber ist. Mehr Bedeutung soll man nicht hineinlegen.«

Sable zwang sich zur Ruhe. Sekundenlang dachte

Morgan, daß sie auf ihn losgehen würde, und er bereitete sich darauf vor. Doch ein Blick in ihre Augen ließ ihn erschrecken. Instinktiv streckte er die Hand nach ihr aus, doch sie wich zurück, als ob er sie geschlagen hätte.

»Um Himmels willen, Sable!«

»Guten Morgen, Sir! Ich bringe das Frühstück, und Gilpin kommt gleich mit dem heißen Wasser. Ich – oh, Verzeihung, Mylady!«

Sable schluckte. »Es ist schon in Ordnung, Grayson. Ich wollte gerade gehen.« Sie raffte ihre Röcke und rauschte an Grayson vorbei, der keine Ahnung hatte, was in ihrem Innern vorging. Aber er spürte sehr wohl die gespannte Atmosphäre und bemerkte den Blick, mit dem Morgan ihr nachsah.

»Kaffee, Sir?« fragte er so gleichmütig wie möglich.

»Ich werde mich selbst bedienen«, brummte Morgan. »Verschwinden Sie!«

Grayson wußte, daß jedes weitere Wort überflüssig war, und gehorchte. Nachdem er die Tür leise hinter sich geschlossen hatte, ging er zu Sables kleiner Kabine. Als er gerade anklopfen wollte, hörte er unterdrücktes Weinen. Nein, er hatte kein Recht sich einzumischen, und so wandte er sich schweren Herzens ab, um wieder in die Küche zurückzukehren.

Irgend etwas war seit Lady Sables plötzlichem Verschwinden zwischen den beiden geschehen, das ihnen offenbar sehr zu schaffen machte. Er wünschte, er könnte helfen, denn er fühlte, daß die Kluft zwischen ihnen unüberbrückbar war. Doch was konnte er tun?

Als Morgan Carey eine Stunde später an Deck erschien und die wachhabenden Matrosen sein finsteres Gesicht bemerkten, erstatteten sie hastig Bericht und waren froh, als sie entlassen wurden und Morgan das Ruder selbst in die Hand nahm. Jeder ging ihm nach Möglichkeit aus dem Weg, weil er keinen dieser schrecklichen Wutausbrüche heraufbeschwören wollte. Aus diesem Grund kletterte Daniel Hayes ein Weilchen später auch nur sehr zögernd die Leiter zum Achterdeck hinauf und blieb in einigem Abstand schweigend stehen.

»Was gibt es, Hayes?« fragte Morgan schließlich nach einiger Zeit und wandte den Kopf, um den jungen Mann anzusehen.

Als Daniel in die blauen Augen blickte, wandte er rasch den Kopf ab. Kalt wie Eis waren sie, dachte er. Was war wohl diesmal der Grund? So wütend hatte er den Kapitän jedenfalls noch nie gesehen.

»Mr. Torance läßt Ihnen sagen, Sir, daß sich ein Boot nähert. Es scheint zur Flotte des Sultans zu gehören.«

Wortlos nahm Morgan das Teleskop, das Daniel Hayes ihm reichte, und richtete es auf ein kleines Schiff, das mit prallen Segeln auf sie zuhielt. Im hellen Sonnenlicht war das Wappen des Sultans am Bug klar zu erkennen und auch die luxuriöse Ausstattung – eine Schwäche, für die Sultan Abdul Asis bekannt war.

»Mr. Torance glaubt, daß dies der Abgesandte des Hofes ist«, fügte Daniel Hayes hinzu.

»Das werden wir gleich wissen«, gab Morgan zurück und schob das Glas zusammen. »Geben Sie ihnen die Erlaubnis, an Bord zu kommen, Mr. Hayes. Ich werde hier warten.«

Kurz darauf wurden der Bote und seine beiden Begleiter, die Turbane und goldene Schuhe mit aufgebogenen Spitzen trugen, zu Sir Morgan gebracht. Der bärtige Türke trug ein gerolltes Pergament in der Hand, das mit demselben zinnoberroten Band zusammengebunden war, mit dem auch die Kissen des Bootes eingefaßt waren.

Nachdem Morgan sich als Kapitän der *Defiance* vorgestellt hatte, wurde ihm das Papier schweigend mit einer tiefen Verbeugung überreicht. Erst in diesem Augenblick begriff Morgan, daß der Mann stumm war. Wie er wußte, war es durchaus üblich, stumme Palastwächter zu beschäftigen, so daß die Staatsgeheimnisse nicht ausgeplaudert werden konnten.

Während er das Pergament entrollte, bemerkte er, daß der Bote die Arme vor der Brust gekreuzt hatte und damit klar zu erkennen gab, daß er auf Antwort wartete. Es herrschte Schweigen, während Morgan die kunstvoll geschriebene Botschaft überflog. Daniel Hayes wurde zusehends nervöser. Schließlich hob Morgan den Kopf und sah den stummen Boten eindringlich an.

»Der ersten Bitte werde ich gern entsprechen und möchte Sie bitten, dem Sultan meinen Dank zu überbringen. Die zweite Bitte kann ich jedoch nicht erfüllen.«

Der Bote schüttelte entschieden den Kopf.

Morgans Augenbraue hob sich fragend. »Soll das heißen, daß der Sultan seine Einladung zurückzieht, wenn nicht auch die zweite Bedingung erfüllt wird?«

Der Bote nickte und sah den englischen Kapitän erleichtert an. Morgan drehte das Papier unschlüssig in seiner Hand und überlegte, was zu tun war. Schließlich wandte er sich wieder dem Boten zu.

»Berichten Sie Seiner Majestät, daß ich mich durch die Einladung geehrt fühle. Wir werden zu dritt kommen.«

Äußerst erleichtert verbeugte sich der Mann, so daß seine Nase fast das Deck berührte, und seine Begleiter folgten seinem Beispiel. Mit einer kurzen Geste bedeutete Morgan seinen Männern, die Gäste zu ihrem Boot zu begleiten. Sie gehorchten wortlos, während Jack Torance zu Morgan an die Reling trat und mit seinen seltsamen Augen das Gesicht des Kapitäns musterte. Schweigend beobachteten sie, wie das Schiff ablegte und über das schimmernde Wasser davonfuhr. Morgan wandte sich Torance zu.

»Das Schicksal überrascht einen doch immer wieder, Jack. Wenn man glaubt, daß man überhaupt kein Glück hat, wird es einem ganz unversehens in den Schoß geworfen.«

»Aye, Kapitän?« fragte Jack.

Ein grimmiges Lächeln erschien auf Morgans Gesicht. »Abdul Asis, der Sultan der Türkei, hat gerade dem Kapitän und dem Ersten Maat der *Defiance* die Ehre erwiesen, sie zu einer Abendgesellschaft in das Serail einzuladen.«

Der ruhige Mann aus Devonshire pfiff leise. »Das ist nicht wahr! Ich nehme an, daß wir das Mr. Disraeli zu verdanken haben.«

Morgan grinste. »Ohne Zweifel. Ich habe den Brief zwar selbst nicht gelesen, doch ich kann mir vorstellen, in welch blumenreicher Sprache der Sultan von der Anwesenheit meiner Person unterrichtet worden ist.«

»Was stand im zweiten Teil der Einladung?« fragte Jack neugierig.

Sofort verschwand das Lächeln. »Der Sultan möchte, daß ich Sable St. Germain mitbringe.«

»Lady Sable?« Jack war sichtlich beunruhigt. »Wie hat er denn von ihr erfahren?«

»Er hat sie nicht mit Namen genannt, sondern nur gebeten, daß ich die Schönheit, die sich auf meinem Schiff befindet, mitbringen soll.« Morgan sah finster drein, denn es paßte ihm überhaupt nicht, daß Sable die Aufmerksamkeit des Sultans erregt hatte.

»Ganz offensichtlich hat man uns bereits beobachtet, bevor der Brief von Disraeli angekommen ist.«

»Glücklicherweise sind wir sehr vorsichtig gewesen«, fügte Jack hinzu.

»Ich habe den Premierminister ausdrücklich darum gebeten, nichts Außergewöhnliches zu unternehmen, sondern mir nur, wenn möglich, Zutritt zum Palast zu verschaffen. Deshalb nehme ich an, daß der Sultan keinerlei Grund hat, uns zu mißtrauen.«

»Werden wir Lady Sable also mitnehmen?« wollte Jack wissen.

»Ich habe keine andere Wahl«, erwiderte Morgan kurz. »Die Einladung wäre zurückgezogen worden, wenn ich meine Zustimmung verweigert hätte. Morgen abend werden wir im Palast erwartet«, fügte er nachdenklich hinzu. »Da habe ich nicht mehr allzu viel Zeit.«

»Zeit wofür, Kapitän?«

Spöttisch zog Morgan die Augenbrauen hoch. »Um die schöne Lady Sable ein wenig auszustaffieren, natürlich. Mit Sicherheit können wir sie dem Sultan nicht in einem geflickten goldenen Chiffonkleid vorstellen. Oder schlimmer noch, in Hosen.«

Nachdem Sable ein Bad in der Wanne des Kapitäns genommen hatte, stieg sie heraus und trocknete sich rasch mit dem Handtuch ab, das Grayson besorgt hatte. Während ihre feuchten Locken in der Luft trockneten, ging sie hinüber zu Morgans Koje und besah sich noch einmal die Kleider, die man dort für sie bereitgelegt hatte. Noch immer konnte sie nicht glauben, daß sie wirklich ihr gehörten.

Sie bewunderte den Reifrock aus Walfischbein, über den einige Unterröcke gezogen wurden. Das Seidenkleid hatte die Farbe von Lavendel, wobei der Rock mit Spitzenbändern eingefaßt war, die bestens zu den raschelnden Unterröcken paßten. Blaßgelbe Handschuhe und Satinslipper, die mit lavendelfarbenen Blüten verziert waren, vervollständigten das Ganze, und man hatte sogar an ein winziges Täschchen gedacht, das mit lauter kleinen Perlen bestickt war. Als Grayson ihr die Kleider gebracht hatte, war sie völlig überrascht gewesen.

»Diese Kleider sollen Sie heute abend tragen«, hatte er ihr bestellt und ihr zugezwinkert, während er sie auf der Koje ausgebreitet hatte. Sable, die bereits in Panik geraten war, weil sie nur ein Kleid besaß, war entzückt gewesen.

»Woher kommen diese Kleider?«

»Sir Morgan hat sie für Sie besorgt.«

»Oh!« Sable war rot geworden und hatte nicht zu fragen gewagt, woher Sir Morgan diese Kleider hatte. Bestimmt hatte er sie von einer seiner früheren Damen ausgeliehen, die irgendwo im europäischen Viertel lebten. Doch daran wollte sie jetzt nicht denken, sondern nur daran, daß sie Morgan heute abend in den Palast begleiten durfte. Vielleicht gelang es ihr dort, den Morgan wiederzufinden, der sie gestern im Bad so leidenschaftlich und voller Liebe angesehen hatte. Wenn es ihr einmal gelungen war, an seine Seele zu rühren, so konnte sie das vielleicht noch einmal wiederholen. Es mußte ihr einfach gelingen, wenn sie nicht völlig verzweifeln sollte.

Schließlich schob sie diese trübsinnigen Gedanken beiseite. Wenn sie nicht zu spät kommen wollte, so mußte sie sich beeilen. Nachdem sie die Unterwäsche übergestreift hatte, hielt sie plötzlich inne. Wie, um Himmels willen, sollte sie denn das Mieder ohne Hilfe zuschnüren?

»Oh, Grayson, gut, daß Sie kommen«, rief sie, als sich die Tür hinter ihrem Rücken öffnete. »Ich brauche unbedingt Ihre Hilfe.«

»Das sehe ich«, hörte sie Morgans dunkle, spöttische Stimme sagen.

Erschrocken drehte sie sich um. Er trug einen taubengrauen Gehrock aus Satin, der ihm sehr gut stand. Seine widerspenstigen Locken waren zu einer ordentlichen Frisur gekämmt, und er sah so gepflegt aus, wie Sable ihn noch nie gesehen hatte. Er trug seine Kleider in einer Art, die jeden Londoner Dandy mit Neid erfüllt hätte. Er wirkte so männlich, daß Sable sich sofort an den Ballabend bei den Havertys erinnerte, wo sie diese wilde, ungezähmte Kraft gespürt hatte, als seine blauen Augen sie wie jetzt anstarrten.

»Ich – ich kann mein Kleid nicht allein anziehen«, stammelte sie, während sie nach Fassung rang.

Morgan zwang sich, ihre weichen Schultern und den Ansatz ihrer Brüste zu übersehen. »Drehen Sie sich um!« sagte er heiser.

Sable gehorchte und drehte sich mit raschelnden Röken um. Mit angehaltenem Atem wartete sie, daß er hinter sie trat, und als seine Finger ihre nackte Haut berührten, begann sie zu zittern. Doch sie biß die Zähne aufeinander, weil sie nicht wollte, daß er es merkte und sich vielleicht wieder über sie lustig machte. Aber insgeheim wurde sie von ihren Gefühlen übermannt, und sie spürte wieder, wie er sie so leidenschaftlich geliebt hatte.

»Und was kommt jetzt?« fragte er mit seiner tiefen Stimme so nah an ihrem Ohr, daß sie erschrak.

»Zuerst die Unterröcke und dann das Kleid«, flüsterte sie.

Die schimmernde Seide glitt raschelnd über ihre Hüften. Da der Saum mit purpurfarbenen Bändern gerafft war, waren ihre hübschen Schuhe zu sehen. Rasch wandte Sable sich um, um dem schweigsamen Morgan für seine Hilfe zu danken, doch als sie ihm so nah gegenüberstand, daß ihre Brüste seinen breiten Brustkorb berührten, blieben ihr die Worte im Hals stecken. Sie mußte rasch wegsehen, weil die Vertrautheit des Augenblicks sie zu sehr an den gestrigen Tag erinnerte.

Morgans Augen leuchteten, als er sie betrachtete. Das lavendelfarbene Kleid paßte besser zu Sables dunklen Haaren, als er gedacht hatte. Die weiten Röcke schimmerten silbrig und ergänzten das feine Haarnetz mit den zahllosen kleinen Perlen, das er für sie gefunden hatte. Es hatte ihn an die vielen geheimnisvollen Lichtpunkte erinnert, die er in Sables Haar gesehen hatte, als sie naß vor ihm gestanden hatte. Diese Frau hatte keinerlei Ähnlichkeit mehr mit dem kleinen Teufelchen, das in Hosen über das Deck der *Defiance* gehüpft war, sondern sie war wirklich Lady Sable St. Germain, die guterzogene Tochter des Grafen und der Gräfin von Monterrey und ganz nebenbei eine Frau von seltener, atemberaubender Schönheit.

»Gefalle ich Ihnen?« fragte Sable scheu, während ihre Wangen unter Morgans leidenschaftlichem Blick zart erröteten.

»Sie sehen zauberhaft aus«, murmelte er.

Sable konnte den Blick nicht von seinen Lippen wenden, sie war äußerst verwirrt. Ihr Hals war wie ausgetrocknet, und ihre Lippen mußte sie erst mit der Zungenspitze anfeuchten, bevor sie sprechen konnte. »Vielen Dank für alles«, brachte sie schließlich heraus.

»Es fehlt höchstens noch der Schmuck«, meinte Morgan, während er, ohne daß es ihm bewußt wurde, den Ansatz ihrer Brüste betrachtete.

»Ich möchte mich für das Kleid bedanken«, flüsterte Sable. Ihre Haut brannte wie Feuer, als sie Morgans Blikke fühlte.

Er wußte sehr wohl, daß es keines Schmucks bedurfte, um Sables Schönheit zur Geltung zu bringen. Diese Nacht konnte sie sogar den Teufel verführen. Er erinnerte sich, wie er sie zum erstenmal als zarten Schmetterling in einem weißen Kleid gesehen hatte. Ihre hübschen Gesichtszüge und ihr unschuldiges Lächeln hatten in heftigem Gegensatz zu den grünen Augen gestanden, in denen damals bereits das Feuer der Leidenschaft gebrannt hatte. Damals hatte er nicht geahnt, daß genau dieses Feuer ihn eines Tages zu solcher Leidenschaft hinreißen würde.

Seine Gedanken befanden sich auf einer gefährlichen Straße, doch es war längst zu spät, um den Zauber, mit dem Sable St. Germain ihn umgeben hatte, zu brechen. Es war viel zu spät, um sich noch abwenden zu können. Ihre weichen Lippen waren ein wenig geöffnet, und der süße, exotische Duft ihres Haars stieg ihm in die Nase. Er mußte daran denken, wie sich ihr nackter Körper in seinen Armen angefühlt hatte.

»Sable«, flüsterte er heiser vor unterdrückter Leidenschaft.

Mit einem sanften Stöhnen lehnte sie sich gegen ihn, und seine Arme umschlangen sie, während seine Lippen sich ihrem Mund näherten. Doch noch bevor sie einander küssen konnten, klopfte es an der Tür, und sie fuhren auseinander.

»Kapitän, das Boot ist fertig.«

»Danke, Mr. Gump«, erwiderte Morgan, während er lässig seine Krawatte zurechtrückte und Sable ausdruckslos ansah. »Sind Sie fertig?«

Beim Klang seiner Stimme hätte sie am liebsten geweint, doch sie ließ sich nichts anmerken. »Ich muß nur noch mein Haar richten.«

Er sah zu, wie sie vor dem Spiegel ihre glänzenden Locken zu einem losen Knoten feststeckte, über den sie dann das silberne Netz legte. Er war so vertieft in ihren Anblick, daß er nicht einmal ihre verräterisch zitternde Unterlippe bemerkte, als sie sich schüchtern lächelnd zu ihm umdrehte.

»Ich bin fertig«, sagte sie.

»Dann wollen wir gehen. Ich möchte den Sultan nicht warten lassen.«

Den Matrosen an Deck blieb vor Bewunderung der Mund offenstehen, als Sable an Kapitän Careys Seite erschien. Schüchtern lächelte sie ihnen zu, doch in Wirklichkeit hatte sie nur Augen für den großen Mann an ihrer Seite, der ihren Arm mit festem Griff gepackt hatte. Nachdem sie gestört worden waren, sehnte sie sich nach einem Kuß. Ob sie sich wohl jemals wieder in einer so vertrauten Situation befinden würden?

Morgans Gedanken gingen in dieselbe Richtung, doch er sah grimmig drein, während er Sable durch das Spalier der Männer zum Boot führte. Als er ihr hineinhalf, verlor sie unerwartet das Gleichgewicht, so daß er den Arm um ihre Taille legen mußte, um sie zu stützen. Als seine Hand dabei sekundenlang Sables Hüfte berührte, spürte er, wie sie zitterte.

»Setzen Sie sich hin, sonst fallen Sie!« befahl er und schob sie von sich. Seine Stimme klang vor Leidenschaft ganz heiser.

Blaß und erschrocken gehorchte Sable. Mit abgewandtem Gesicht kämpfte sie gegen ihre Gefühle an und war froh, daß Morgan hinten im Boot Platz genommen hatte und nicht auf der schmalen Bank neben ihr. Ihr Herz schmerzte, und sie überlegte, wie lange sie diese Qual wohl aushalten konnte.

Jack Torance, dem die Spannung zwischen dem Kapitän und dem jungen Mädchen nicht entgangen war, setzte sich neben Sable und schenkte ihr eines seiner seltenen Lächeln. Er gab sich große Mühe, sich von seiner besten Seite zu zeigen, und Sable mußte lächeln, als sie seine gestriegelten, feuchten Haare und seine blankpolierten Schuhe bemerkte.

»Heute abend steht uns sicher einiges bevor«, sagte er, während er sorgfältig seine Hose glattstrich. »Ich wette, daß Sie heute nacht Dinge sehen werden, die selbst Ihre kühnsten Träume in den Schatten stellen werden.«

»Glauben Sie?« fragte Sable ein wenig munterer. Sie war froh, sprechen zu können. Sie hatte befürchtet, die ganze Fahrt in eisigem Schweigen hinter sich bringen zu müssen.

Doch statt dessen erzählte ihr Jack einiges über die Geschichte des Serail und den Sultan Abdul Asis, der die Türkei seit sieben Jahren regierte. »Der Hauptpalast des Sultans ist Dolma Baghtsche«, erklärte er, während das Boot von kräftigen Ruderschlägen angetrieben durch das sanfte Wasser glitt. Die Sonne näherte sich dem Horizont und tauchte das Wasser und die großartigen Moscheen auf den entfernten Ufern in goldenes Licht. »Doch den werden wir leider nicht sehen können, weil er weiter unten am Bosporus liegt.«

»Ich bin sehr gespannt auf das Serail«, rief Sable. »Mr. Hayes hat mir schon soviel davon erzählt.«

»Das Wenige, das er weiß«, korrigierte der Erste Maat, der sich in seinem ungewohnten Aufzug nicht wohlfühlte und immer wieder an seinem hohen Kragen zerrte. »Das Serail ist einer der unzugänglichsten Orte dieser Erde, und nur wenige Europäer haben es jemals zu Gesicht bekommen.«

Sable zitterte ein wenig, als sie an Morgans Pläne zur Rettung Sergejs dachte, doch sie bemühte sich, keine Angst zu haben. »Hat uns der Brief des Premierministers diese Einladung verschafft?« fragte sie.

»Das hat er«, antwortete Jack und verzog die Lippen. »Ich nehme an, daß der Sultan darauf brennt, einen der Helden des Krimkrieges kennenzulernen.«

Beide sahen sich nach Morgan um, der jedoch nur unlustig mit den Schultern zuckte. Sable überlegte, ob er wohl hoffte, während dieses Besuchs etwas über Sergej Vilyusks Gefangenschaft zu erfahren. Ihr Herz schlug schneller. Ob er seinen Freund noch heute nacht befreien wollte? Nein, sie glaubte nicht, daß er so leichtsinnig ihre und auch seine eigene Sicherheit aufs Spiel setzte.

»Das wird ein sehr formeller Besuch, Sable«, sagt Morgan leise, nachdem er wieder einmal ihre Gedanken erraten hatte. »Machen Sie sich keine Gedanken, sondern geben Sie sich nur Mühe, einen guten Eindruck auf Seine Majestät zu machen.«

»In dieser Beziehung wird sie ganz bestimmt keine Schwierigkeiten haben, denke ich«, ließ sich Harley Gump vernehmen, während er sich heftig in die Ruder legte. »Passen Sie lieber auf sie auf, damit sie nicht im Harem des Sultans verschwindet.«

»Keine Angst, das wird ihm nicht gelingen«, meinte Morgan beiläufig. Sable hätte gern gewußt, was er dachte.

»Schauen Sie, dort!« sagte Jack Torance in die plötzliche Stille hinein. »Dort drüben liegt das Serail.«

Sable konnte nichts sehen, was auch nur im entferntesten an einen prächtigen Palast erinnert hätte. Sie erkannte nur Türme, Minaretts und Mauern, vor denen einige Kanonen standen. Innerhalb der Mauern befanden sich verschiedene Gebäude, die sehr verwirrend angeordnet waren.

Ratlos sah Sable den Ersten Maat an. »Ich sehe nur eine kleine Stadt, Sir, aber keinen Palast.«

Jack mußte lachen. »Diese Stadt ist das Serail.«

»Ich hätte nie gedacht, daß es so groß ist«, murmelte Sable.

»Seien Sie nicht zu früh enttäuscht«, meinte Morgan. »Was Sie vor sich sehen, ist die schmucklose Befestigung. Doch Sie werden staunen, was sich dahinter verbirgt.«

Wahrscheinlich hatte Morgan recht, dachte Sable, als sie an einem hellerleuchteten Steg anlegten, wo sie von mehreren verschleierten Dienerinnen empfangen und eine Marmortreppe zu einem großen Tor emporgeleitet wurden, über dem das Wappen des Sultans prangte. Dort wurden sie von Wachen und anderen Bediensteten begrüßt und schließlich von einem besonders prächtig gekleideten Diener in den ersten Hof geführt, wo sie tatsächlich eine andere Welt erwartete. Sie befanden sich in einer niedrigen Galerie, die von Marmorsäulen getragen wurde. Von dort aus führten Wege zu verschiedenen Gebäuden, in denen Ämter untergebracht waren. Diese Gebäude waren von atemberaubender Schönheit.

Nachdem sie den ersten Hof durchquert hatten, passierten sie ein zweites Tor und gelangten in einen ausgedehnten Garten, in dem einige Pavillons aus Marmor verstreut zwischen alten Zypressen und Laubbäumen standen, die von symmetrisch angelegten Grasflächen eingerahmt wurden. An verschiedenen Stellen des Gartens befanden sich plätschernde Brunnen aus rosenfarbenem Marmor mit dunkelblauen Einlegearbeiten aus Lapislazuli. Kaum daß sie den Hof betreten hatten, kam ihnen aus einem der Pavillons ein Mann entgegen, der so vornehm aussah, daß Sable ihn im ersten Augenblick für den Sultan hielt. Doch als er näherkam, konnte sie erkennen, daß er viel jünger und auch einfacher gekleidet war als der, den Jack Torance ihr beschrieben hatte.

Mit einer tiefen Verbeugung sagte er: »Im Auftrag Seiner Majestät, des Sultans Abdul Asis, heiße ich Sie willkommen. Mein Name ist Ahmun Said, und ich habe die Ehre, Sie heute abend zu betreuen.«

Er sprach ein ausgezeichnetes Englisch, und seine dunklen Augen blickten warm und freundlich. Als sie ihm in den Pavillon folgten, war Sable plötzlich sehr aufgeregt. Der Boden war von großen Teppichen bedeckt, und an den Wänden hingen lange, bestickte Stoffbahnen. Überrascht sah Sable, daß die anderen Gäste auf Seidenkissen saßen, was Morgan und Jack Torance überhaupt nicht verwunderte. Als sie vorgestellt wurden, beugten sich die drei anderen Gäste, zwei Franzosen und ein Portugiese, höflich über Sables Hand und musterten sie neugierig.

»Wollen Sie sich nicht zu mir setzen, *ma belle?*« rief einer der Franzosen, als Ahmun Said sie bat, Platz zu nehmen.

Über Sables Schulter hinweg bemerkte der Mann jedoch Morgans unwilligen Gesichtsausdruck und ließ augenblicklich Sables Hand los. Sable, die die Situation nicht übersehen hatte, lächelte ihn freundlich an.

»Vielen Dank, Monsieur Hibbert. Sehr freundlich.«

Als sie lachte und ihre Grübchen sehen ließ, vergaß Monsieur Hibbert Morgans drohenden Blick und war überglücklich, die Schönheit im lavendelfarbenen Kleid an seiner Seite zu haben.

»Sind Sie Französin?« fragte er, während er sie begierig ansah.

»Mein Großvater war Franzose«, erklärte Sable, »doch ich selbst fühle mich ganz und gar als Engländerin.«

»Das ist schade und ein großer Verlust für unser Land«, seufzte Pierre Duvall, auf den das hübsche, grünäugige Mädchen großen Eindruck machte. Er hätte sie gern näher kennengelernt, doch zweifellos gehörte sie zu diesem riesigen Kapitän, dem man seinen Besitz besser nicht streitig machte.

»In welchem Teil Englands sind Sie zu Hause, Lady St. Germain?« fragte Jules Hibbert neugierig.

Mit zusammengepreßten Lippen lauschte Morgan Sables Beschreibung von Cornwall, und als er den sehnsuchtsvollen Gesichtsausdruck auf ihrem jungen Gesicht sah, begriff er zum erstenmal, wie groß ihr Heimweh sein mußte. Ihm war das bisher noch nicht aufgefallen. Dabei hatte er ja mit eigenen Augen gesehen, wie groß die Zuneigung der St. Germains zueinander war.

Daß er allein an ihrer Traurigkeit schuld war, belastete ihn, denn er wußte sehr gut, daß er seine Reise für ein paar Stunden hätte verschieben können, um Sable vorher nach Tanger zurückzubringen. Doch er hatte es einfach nicht gewollt. Daß er sie aus ganz selbstsüchtigen Gründen auf seinem Schiff festgehalten hatte, war ihm an dem Nachmittag klargeworden, als er Sable in den Armen gehalten und sie geliebt hatte. Als er an die Leidenschaft dachte, die sie in ihm ausgelöst hatte, spürte er, wie sehr er sie begehrte.

Bei Gott, er durfte das nicht zulassen, ermahnte er sich. Es war schon verrückt, sich überhaupt nur daran zu erinnern. Sable, der seine Schweigsamkeit aufgefallen war, warf ihm einen Blick zu. Da sie seine Gedanken nicht lesen konnte, glaubte sie, daß er den Abend genoß. Er lehnte bequem in den Kissen und benahm sich ganz ungezwungen. Wie sehr sie ihn um seinen inneren Frieden beneidete. Sie wünschte sich, seine Nähe würde nicht immer wieder ein solches Durcheinander in ihrem Innern anrichten. Ganz offensichtlich erwiderte er ihre Gefühle nicht und nahm manchmal noch nicht einmal ihre Gegenwart wahr.

In diesem Augenblick traten einige Diener mit Tabletts voll goldener Gläser ein, die mit einem süßen Mixgetränk gefüllt waren, wie Sable es noch nie gekostet hatte. Sie nippte vorsichtig an ihrem Glas, während sich das Gespräch Morgans Schiff zuwandte, das die anderen Besucher bereits an seinem Ankerplatz im Hafen bewundert hatten.

Sable hörte kaum zu, sondern blickte sich in der prächtigen Umgebung um. Der Garten war zwar verlassen, doch aus einem der Gebäude drang die verführerische Weise eines fremden Instruments an ihr Ohr, und der sanfte Wind spielte leise mit kleinen Glockenspielen, die in den Platanen hingen, was die unwirkliche Atmosphäre noch verstärkte.

»Gefällt Ihnen der Palast, Madam?« fragte Ahmun Said, der ihre bewundernden Blicke sehr wohl bemerkt hatte.

Sie nickte. »Ich hoffe nur, es ist nicht unhöflich, wenn ich mir alles so genau ansehe, aber etwas so Wunderbares habe ich noch nie gesehen.«

Der dunkeläugige Türke schien erfreut zu sein. »Das Serail ist auf der ganzen Welt einzigartig. Hier arbeiten sechstausend Beamte und Bedienstete.«

Er lächelte, als er Sables Erstaunen sah, und zeigte dabei seine schönen, weißen Zähne. »Dazu gehören natürlich auch dreihundert Köche und etwa vierhundert Schiffsleute. Bei der letzten Zählung besaß Seine Majestät sechshundert Pferde und ungefähr noch einmal so viele Kutscher und Stallknechte.«

Verlegen blickte Sable auf ihr Glas. Solche Zahlen konnte sie sich nicht vorstellen. Kein Wunder, daß der

Sultan als extravagant verrufen war. Aber gleichzeitig bestätigte diese Aufzählung auch Sables Befürchtungen. Wie konnte Morgan bei so vielen Bewohnern nur ernsthaft hoffen, Sergej ungesehen zu befreien? Sie schlürfte ein wenig von dem Getränk, weil ihr Mund plötzlich völlig ausgetrocknet war. Wie wollte Morgan Sergej hier überhaupt finden? Daniel Hayes hatte ihr erzählt, daß der Sultan ganz allein Herr über Leben und Tod war. Falls Morgan gefangen würde...

»Ist Ihnen kalt, Lady St. Germain?« fragte der Portugiese, der auf ihrer rechten Seite saß und ihr Frösteln bemerkt hatte.

Sable, die plötzlich wieder Mittelpunkt des Interesses war, lächelte ihn an. »Nein, ich fühle mich wohl.«

»Aber Sie werden hungrig sein«, warf Ahmun Said ein. Er klatschte zweimal in die Hände, worauf sich die Diener zurückzogen und kurze Zeit später mit Tabletts voll honigsüßer Köstlichkeiten und mit Reis gefüllter Weinblätter zurückkehrten. Ahmun Said bot den Herren Pfeifen an, und bald darauf duftete es nach teurem persischen Tabak.

»Wollen Sie auch geschäftliche Angelegenheiten mit dem Sultan besprechen, Kapitän Carey?« fragte Jules Hibbert, während er den breitschultrigen Engländer interessiert musterte.

»Geschäfte?« fragte Morgan verwundert.

Jules Hibbert war ein wenig vewirrt. »Aber natürlich! Wir haben die Hoffnung, daß Seine Majestät uns die Erlaubnis zur Niederlassung geben wird. Sicher haben Sie ähnliche Interessen, nicht wahr?«

»Kapitän Sir Morgan ist auf private Einladung hierhergekommen«, erklärte Ahmun Said. »Da er in seinem eigenen Land so angesehen ist, wollte Seine Majestät ihn auch in unserem Land willkommen heißen.«

Alle drei Geschäftsleute waren sichtlich beeindruckt, und Sable hätte sich bestimmt amüsiert, wenn sie nicht gewußt hätte, was Morgans wirklicher Grund für seinen Aufenthalt war. Ganz offensichtlich ahnten weder Ahmun Said noch der Sultan etwas von Morgans Plänen, aber trotzdem fürchtete Sable sich. Was Morgan vorhatte, war völlig verrückt, und sie hatte entsetzliche Angst, daß man ihn gefangennehmen könnte.

Als Ahmun Said die Gesellschaft aufforderte, ihm zum Sultan zu folgen, wurde Sable plötzlich sehr nervös. Morgan, der ihre Furcht gespürt hatte, beugte sich zu ihr hinunter, um ihr auf die Füße zu helfen, und flüsterte ihr dabei leise ins Ohr: »Sie müssen nur lächeln, Sable. Wenn Sie das Herz des Sultans gewonnen haben, brauchen Sie sich vor nichts mehr zu fürchten.«

Sie dachte pausenlos an diese Worte, während sie durch einen Korridor gingen, dessen hohe Decke in byzantinischem Stil bemalt war. Als Ahmun Said schließlich vor vergoldeten Türen stehenblieb, waren sofort zwei riesige Wärter zur Stelle, um sie aufzureißen. Sable war dankbar für die Hand, mit der Morgan ihren Ellenbogen stützte. Sie wäre sonst ohne Zweifel bei ihrem Eintritt ohnmächtig geworden.

So starrte sie nur stumm auf die großartige Szene, die sich vor ihr ausbreitete. Sie hatten eine gewaltige Halle betreten, in der der große Empfangssaal des Buckingham-Palasts mindestens dreimal Platz gehabt hätte. Große Wandgemälde und die wertvollsten Teppiche bedeckten die Wände und Marmorsäulen trugen die riesige Decke. Irgendwo plätscherte ein Brunnen, dessen Geräusche sich mit den fremdländischen Tönen eines Orchesters mischten.

Sable, die im letzten Winter in Windsor Queen Victoria vorgestellt worden war, konnte den gewaltigen Unterschied zwischen der damaligen formellen Zeremonie und diesem großen Fest kaum fassen. Es waren Menschen aus aller Herren Länder anwesend, und man hörte die unterschiedlichsten Sprachen. In der Mitte des

Raums tanzten einige wunderschöne Frauen, die ihr Gesicht hinter Schleiern versteckt hatten, so daß man nur die dunklen, mandelförmigen Augen sehen konnte. Sable blickte verwirrt zu Morgan hinüber, der sie die ganze Zeit über mit wachsendem Vergnügen beobachtet hatte.

»Das haben Sie nicht erwartet, nicht wahr?«

»Ich habe noch niemals so viel seltsam gekleidete Leute gesehen«, flüsterte Sable. »Wer sind sie denn?«

»Beamte des Palasts und Besucher«, erwiderte Morgan. »Seine Majestät empfängt nur, wenn seine Leibgarde und seine Astrologen anwesend sind.«

»Kapitän Sir Morgan Carey?«

Beim Klang dieser tiefen Stimme, die mit starkem Akzent sprach, drehte Sable sich um und blickte direkt in die Augen eines dunkelhäutigen Mannes, der äußerst gepflegt und auf westliche Art gekleidet war.

»Ich bin Nikko Trimanos, der persönliche Kämmerer Seiner Majestät«, erklärte er. »Seine Majestät wird Sie jetzt empfangen.« Und zu den übrigen Anwesenden sagte er entschuldigend: »Und Sie warten bitte hier.«

Jules Hibberts Miene verfinsterte sich. »Ich bin jetzt bereits zum drittenmal in den Palast gerufen worden, Sir. Will Seine Majestät uns auch heute nicht empfangen? Wie lange müssen wir denn noch warten?«

Nikko Trimanos lächelte höflich, doch seine Augen blickten kalt. »Sie werden empfangen, sobald es dem Sultan paßt.« Dann nickte er Morgan merklich freundlicher zu. »Folgen Sie mir, bitte!«

Zwischen Morgan und Jack Torance fühlte Sable sich nicht ganz so verlassen. Sie hatte kaum Augen für die Menschen um sie herum, sondern sie blickte geradeaus auf den Thron, der auf einem Podest am Ende des Raums, umgeben von einem Meer duftender Blütenblätter, stand. Doch Sable hatte nur Augen für den Mann, der mit gelangweilter Miene dort Platz genommen hatte. Sultan Abdul Asis war ein gewaltiger Mensch mit einem ausdruckslosen Gesicht und eng zusammenstehenden Augen. Man sah ihm nicht an, daß er eines der mächtigsten Reiche dieser Erde regierte und die größte Flotte der Welt kommandierte. Als Sable sich tief vor ihm verbeugte, bewunderte sie die kostbaren Steine, mit denen sein Mantel bestickt war, den Federschmuck und den Kragen, auf dem Diamanten prangten, die so groß wie die Vogeleier waren, die Liam in North Head immer nach Hause brachte.

Morgan hatte Sable darauf vorbereitet, daß sie als Frau eine untergeordnete Rolle spielte, so daß sie nicht beleidigt war, als seine Majestät sie nur höflich begrüßte und kurz darauf entließ. In fließendem Englisch bat der Sultan Morgan und Jack näher zu sich heran und begann eine angeregte Unterhaltung mit ihnen, die Sable ausschloß. Morgan, der ihren vollendeten Knicks bewundert hatte, nickte ihr aufmunternd zu, als sie von Nikko Trimanos fortgeführt wurde.

Obgleich Sable gern gewußt hätte, welche Ämter die verschiedenen Männer innehatten, die um den Thron des Sultans versammelt waren, mochte sie doch nicht so unhöflich sein, direkte Fragen zu stellen. Gleichzeitig überlegte sie, wie Morgan hier etwas über Sergejs Aufenthaltsort erfahren wollte. Hoffentlich verhielt er sich klug, damit der Sultan nicht Verdacht schöpfte.

»Sie haben sicher viele Fragen, Lady St. Germain.«

Als sie aufsah, bemerkte sie, daß der Kämmerer sie mit dunklen, wachsamen Augen beobachtete. »Ich finde alles so faszinierend«, räumte sie ein und hoffte, daß er ihre Nervosität nicht bemerkte. »Man hat mir vorausgesagt, daß ich von dem Serail sehr beeindruckt sein würde, aber so etwas habe ich wirklich nicht erwartet.«

Der Kämmerer lächelte. »Ihre Reaktion ist ganz normal, Lady St. Germain. Das dürfen Sie mir glauben.«

Er schien guter Laune zu sein, und Sable wollte gern noch mehr hören. »Das Areal ist gewaltig. Wie weit erstreckt sich denn der Palast?«

Der Kämmerer lehnte sich gegen eine der Marmorsäulen und betrachtete Sable mit nachsichtigem Lächeln. »Meine liebe Lady St. Germain, der Palast besteht aus verschiedenen Höfen, von denen Sie erst einen winzigen Teil gesehen haben.« Er schien ihre Überraschung erwartet zu haben und fügte hinzu: »Hinter diesen Hof ist noch kein Besucher gelangt. Den meisten ist gar nicht bewußt, daß sich dahinter noch weitere Gebäude, Höfe und Gärten erstrecken.«

»Befinden sich dort die Privatgemächer?« fragte Sable neugierig.

»Ja, unter anderem auch der königliche Harem, den noch keine Menschenseele außer dem Sultan selbst gesehen hat.« Seine Augen zwinkerten. »Mich hat man auch noch nicht eingeladen.« Er nahm Sables Arm und führte sie zu einem Fenster hinüber. Inzwischen war die Dämmerung hereingebrochen, und man hatte überall Laternen entzündet. Sable hielt den Atem an, denn es war einfach ein märchenhafter Ausblick. Zahllose Fackeln flackerten an den Wänden und kleine Lämpchen tanzten in den Ästen der Bäume. Sogar die Brunnen waren beleuchtet, so daß sich die Wasserfontänen in allen Regenbogenfarben über den schimmernden Marmor ergossen.

»Die Gebäude dort drüben sind der offizielle Regierungssitz«, erklärte Nikko Trimanos, während er auf einige imposante Häuser deutete, die mehrere Stockwerke hoch waren und den Geschäftshäusern in der Fleet Street oder in der Bond Street in Nichts nachstanden.

»Darunter liegt die Schatzkammer«, fügte er hinzu und beugte sich ein wenig vor. Es gefiel ihm, daß Sable so nahe neben ihm stand und ihm der klare, süße Duft ihres Haares in die Nase stieg. »Seine Majestät besitzt so unendlich viele Reichtümer, daß Ihre Queen im Vergleich zu ihm eine arme Frau ist«, fügte er hinzu und lachte, als er in Sables staunende Augen sah.

»Und wozu gehören diese Türme?« fragte Sable, während sie auf zwei Minarette deutete, die mehrere Zypressen am Ende des Gartens überragten.

»Dort liegt das Bad. Kennen Sie die türkischen Bäder?«

Er wunderte sich, daß sie plötzlich wegsah und leicht errötete. Seine Neugier war zwar geweckt, aber er war viel zu höflich, um weiter in sie zu dringen. »Unterhalb des Bades liegt das Gebäude, das man Kafes oder Käfig nennt. Dort läßt der Sultan seine Erben gefangensetzen, und das für ihr ganzes Leben, so daß sie keine Verschwörung gegen ihn anzetteln können. Die armen Teufel erfahren nicht, was außerhalb ihrer Gefängnismauern vorgeht.«

Sable zitterte ein wenig. »Werden dort auch andere Gefangene untergebracht?«

Nikko Trimanos runzelte die Brauen. »Andere Gefangene?«

Sie nickte und bemühte sich, ganz gleichmütig zu wirken. »Vielleicht politische Gefangene oder irgendwelche Staatsverbrecher?«

»Oh, natürlich«, stimmte er ihr zu. »Das Gefängnis wurde nicht nur für die Erben errichtet. Allerdings weiß niemand, wie viele Personen dort untergebracht sind. Sehen Sie diesen Mann dort?«

Er deutete quer durch den Raum auf einen Mann in einem auffallenden Samtgewand, der an jedem Finger wertvolle Ringe trug und dessen dunkle Augen wie glühende Kohlen in seinem schmalen, abgemagerten Gesicht brannten. Er bemerkte Sables Blick nicht, da er mit einigen Männern in ein Gespräch vertieft war.

»Das ist Mahmud Nedim Pascha, der Großwesir«, erklärte Nikko Trimanos auf ihr Nicken. »Er ist der Liebling des Sultans und genießt mehr Privilegien als wir alle. Er kann Menschen, die ihm nicht gefallen, einfach einsperren, und ich habe keine Ahnung, in wie vielen Fällen er das bereits getan hat. Bestimmt sind einige darunter, die ihn lediglich beleidigt haben«, fügte er verächtlich hinzu.

»Und diese Leute schickt er alle in den Käfig?« wollte Sable wissen.

»Oh, nein, dort sind nur einige wenige Glückliche«, erklärte er. »Nach allem, was ich weiß, haben sie es dort relativ gut. Eigene Räume, Dienerinnen, die ihnen die Wünsche erfüllen –« Er unterbrach sich und lächelte entschuldigend. »Ich fürchte, das ist nicht ganz das richtige Thema für die Unterhaltung mit einer Lady. Verzeihen Sie mir? Ich bin manchmal einfach zu indiskret.«

»Das macht überhaupt nichts«, versicherte Sable. »Im Gegenteil, ich danke Ihnen für Ihre interessanten Erklärungen.«

Der Grieche warf den Kopf zurück und lachte herzlich. »Glauben Sie mir, das ist das schönste Kompliment, das ich in der letzten Zeit bekommen habe. Es war mir eine Ehre. Darf ich Sie jetzt zu Tisch führen? Aber vorher muß ich Sie warnen, denn vermutlich wird alles anders sein als zu Hause.«

»Ich bin auf alles vorbereitet«, sagte Sable, und ihre reizende Art brachte den Kämmerer wieder zum Lachen.

»Einiges wird Ihnen bekannt sein«, versprach er, »doch etliche Gerichte werden auch dem verwöhntesten Gaumen sehr exotisch vorkommen. Seine Majestät liebt es, seinen Gästen die ganze Vielfalt unserer Küche vorzuführen.«

Später mußte Sable zugeben, daß Nikko Trimanos nicht zuviel versprochen hatte. In ihren wildesten Träumen hätte sie sich nicht vorstellen können, in einer so riesigen Halle voll glitzernder Spiegel zu sitzen und sich während des Essens von kaum bekleideten Bauchtänzerinnen unterhalten zu lassen. Man speiste von goldenen Tellern und trank aus kostbaren Gläsern, in die wertvolle Steine eingearbeitet waren. Die Gerichte waren so exotisch und delikat, daß es Sable für einige Zeit tatsächlich gelang, den Grund ihres Hierseins zu vergessen und nach Herzenslust zu trinken und zu essen. Obgleich

Morgan und Jack ganz am anderen Ende der Tafel saßen, hatte sie genug Unterhaltung, denn die meisten Europäer und auch viele Türken sprachen fließendes Englisch.

Nach einiger Zeit jedoch forderte die lange Nacht ihren Tribut, und Sable sehnte das Ende des Essens herbei. Ein Gang nach dem anderen wurde von einer schweigenden Armee von Dienern hereingebracht, und von Mal zu Mal wurden sie reichhaltiger. Doch schließlich war alles zu Ende. Zu Sables großem Erstaunen schwankte sie ein wenig, als sie sich erhob, doch glücklicherweise schien es niemand zu bemerken. Die meisten der Gäste hatten sich in angrenzende Räume zurückgezogen, andere standen in kleineren Gruppen zusammen, so daß Sable einige Augenblicke lang allein war.

»Hat man Sie verlassen, Mylady? So eine Schande! Wer ist nur so dumm, Sie allein herumlaufen zu lassen?«

Sie wandte sich erleichtert um, als sie Morgans Stimme hörte, doch als er ihr gerötetes Gesicht sah, zuckten seine Lippen, und er faßte sie fest am Arm.

»Ich fürchte, die Dame hat ein bißchen zuviel getrunken, Jack. Was müssen wir daraus schließen?«

Der Erste Maat der *Defiance* grinste Sable an. »Wir sollten sie nicht aus den Augen lassen, Kapitän.«

»Oh, glauben Sie mir, das habe ich getan«, versicherte Morgan.

»Können wir jetzt gehen?« fragte Sable. »Mein Magen drückt.«

»Dabei haben Sie mir weisgemacht, daß sich nur Ihr Bruder Liam immer zuviel zumutet«, neckte Morgan sie.

Sable war froh, ihn neben sich zu wissen, und ließ sich bereitwilligst auf ein Geplauder mit anderen Gästen ein. Als es Zeit wurde, sich zu verabschieden, begleiteten Nikko Trimanos und Ahmun Said sie zu den äußeren Räumen. Sable konnte sich später nur noch vage erinnern, sich von ihnen verabschiedet und dann im Boot Platz genommen zu haben.

Die Nacht war dunkel und sehr ruhig. Die Lichter an der Anlegestelle tanzten auf dem Wasser und machten dem aufgehenden Mond Konkurrenz. Sable legte ihren Kopf in den Nacken und ließ sich von der Brise die heißen Wangen kühlen. Sie war müde, und in ihrem Kopf drehte sich alles. Sie hörte zu, wie sich Morgan und Jack im hinteren Teil des Bootes leise miteinander unterhielten. Morgen wollte sie ihn fragen, ob er etwas entdeckt oder erfahren hatte, und vielleicht war er dann auch bereit, es ihr zu erzählen. Ob er wohl von dem Käfig gehört hatte und vermutete, daß Sergej Vilyusk dort festgehalten wurde? Sie zitterte, als sie an die durchdringenden Augen des Großwesirs Mahmud Nedim Pascha dachte. War er für Sergejs Einkerkerung verantwortlich?

»Ist Ihnen kalt, Sable?«

Sie schüttelte den Kopf und versuchte, ihr Gähnen hinter der vorgehaltenen Hand zu verstecken. Morgan lachte leise.

»Ich glaube, daß derartige Abenteuer viel zu anstrengend für Sie sind.«

»Abenteuer?« wiederholte Sable neckend. »Ich habe den ganzen Abend über nichts anderes getan als gegessen und getrunken.«

»Für seinen Weinkeller verdient der Sultan einen Preis«, meinte Jack. »Solch guten Wein habe ich noch nie getrunken.«

»Das hört man«, meinte Morgan, als sein Erster Maat plötzlich aufstoßen mußte.

»Ein tüchtiger Spion bin ich doch heute abend gewesen, nicht wahr, Kapitän?« fragte Jack mit breitem Grinsen.

Morgan mußte lachen. »In der Tat!«

Nachdem man das Boot an Deck zurückgehievt hatte, half Morgan Sable beim Aussteigen. Sie wollte sofort nach unten gehen, als Morgan sie am Arm festhielt. »Mit Sicherheit brauchen Sie auch wieder Hilfe beim Ausziehen, nicht wahr?« fragte er, als sie unsicher zu ihm aufsah.

Seine Augen funkelten im Mondlicht, und sofort schlug ihr Puls schneller. Der Wein in ihrem Blut machte sie willenlos, und sie wußte, daß es nur eines Wortes bedurfte, damit er sie auf seine Arme nahm und nach unten trug.

»Ich kann nicht«, flüsterte sie, noch bevor sie begriff, was sie gesagt hatte. Obwohl sie Morgan mit jeder Faser ihres Wesens begehrte, wußte sie doch genau, daß es ihr nichts als Kummer bringen würde, wenn sie sich ihm wieder ergab. Nur zu gut konnte sie sich noch an sein grausames und verächtliches Benehmen erinnern, nachdem er sie zum erstenmal geliebt hatte. Lieber wollte sie sterben, als den Schmerz der Zurückweisung noch einmal zu erfahren.

Morgan richtete sich gerade auf, als er die Qual in ihren Augen sah. Trotz der Dunkelheit konnte sie erkennen, wie er die Zähne aufeinanderbiß. »In Ordnung, Mylady«, sagte er kühl. »Dann wünsche ich Ihnen eine gute Nacht.«

Mit Tränen in den Augen sah sie ihm nach, doch dann wandte sie sich ab und beeilte sich, so schnell wie möglich nach unten zu kommen. Sie hatte genau das Richtige getan, sagte sie wütend zu sich selbst, als sie das Licht neben ihrer Koje anzündete und dann die Nadeln aus ihrem Haar löste. Es war einfach richtig!

Aber sie konnte nicht einschlafen. Zwar dachte sie nicht an den vergangenen wunderschönen Abend, sondern an Morgan und seine kalten Augen, als er sich von ihr abwandte. Trotz seines abweisenden Benehmens sehnte sie sich nach ihm und überlegte, ob sie sich wohl jemals davon befreien konnte.

Als sie eine ganze Zeit später die Glocke hörte, die den Wechsel der Wache ankündigte, war sie immer noch wach. Mitternacht war längst vorbei, doch Sable hatte noch keine Sekunde ruhig dagelegen. Schließlich erhob sie sich seufzend. Vielleicht half ja ein kleiner Spaziergang auf Deck. Wie immer trug sie eines von Morgans abgelegten Hemden als Nachthemd. Obwohl es an den Schultern jämmerlich herunterhing, war sie viel zu müde, um sich richtig anzuziehen. Ohnehin würde sie ja um diese Zeit niemand in diesem Aufzug sehen.

Auf Deck war es kühl, denn es wehte plötzlich ein frischer Wind, der das Wasser zu kleinen Schaumkronen aufpeitschte. Die Lichter am Ufer und auf den Booten tanzten auf und ab, und die schmale Sichel des Mondes spendete nur wenig Licht. Sable war froh, daß es nicht so hell war, und ging ganz nach vorn, wo sie sich an die Reling lehnte. Weshalb fühlte sie sich nur so zerrissen? Welches grausame Schicksal hatte es zugelassen, daß sie sich ausgerechnet in Morgan Carey verlieben mußte, den sie doch eigentlich hassen sollte? Er hatte sie entführt, gequält, ihr ihre Unschuld genommen und sie danach brutal beiseitegeschoben. Sie hatte allen Grund, ihn zu verachten.

Doch so sehr sie es auch versuchte, ihre Gedanken kehrten immer wieder zu den wunderschönen Augenblicken zurück: Zu den Zeiten, als Morgan sie sanft und liebevoll während ihrer langen Krankheit gepflegt hatte, und als er ihr später die Namen sämtlicher Segel erklärt und sie auch im Gebrauch des Sextanten und der anderen Navigationsinstrumente unterwiesen hatte. Auch konnte sie nicht vergessen, wie seine Augen an diesem Abend gestrahlt hatten, als er sie in dem lavendelfarbenen Kleid bewundert hatte. Von Grayson hatte sie erfahren, daß er ganz Pera auf den Kopf gestellt hatte, um es zu finden. Und dann seine Liebe – Sables Knie gaben nach, als sie sich an die Berührung seiner Lippen erinnerte, und an den Augenblick, als ihre Körper eins wurden und er ihr Verzückungen schenkte, von denen sie nicht zu träumen gewagt hatte. Wie konnte sie einen solchen Menschen hassen?

»Was, zum Teufel, machen Sie hier draußen?«

Sie fuhr herum und war wütend, daß der Verursacher all dieser Qualen sie wieder einmal überrascht hatte. »Ich – ich konnte nicht schlafen«, gab sie zu.

Im Licht der Sterne sah sie, daß Morgans Gesicht völlig ausdruckslos war. »Ich auch nicht.«

»Ich habe an den Abend gedacht«, fuhr sie nach einer längeren Pause fort.

»Es war ein großes Erlebnis«, stimmte Morgan zu, »und ich glaube, Sie haben großen Eindruck auf den Sultan gemacht.«

Überrascht sah Sable zu ihm auf. »Tatsächlich?«

Er warf ihr einen spöttischen Blick zu. »Aber ja! Nachdem er sie entlassen hatte, konnte er von nichts anderem mehr sprechen. Wenn er ein weniger höflicher Mann gewesen wäre, hätte er bestimmt gefragt, ob er Sie für seinen Harem bekommen könnte.«

»Aha«, murmelte Sable, die von der Kälte seines Tons überrascht war.

Morgan sah auf sie hinunter, wie sie schweigend neben ihm stand und ihm kaum bis zur Schulter reichte. Sie wirkte so jung und wehrlos in diesem riesigen Hemd und mit ihren aufgelösten Haaren, die bis zur Taille reichten. Er konnte es kaum fassen, daß dieses unschuldig aussehende Kind eine solche Unordnung in seinem Leben angerichtet hatte. Ohne sie hätte er mit Sicherheit bereits versucht, Sergej aus dem Serail zu befreien. Tatsächlich bedeutete Sables Anwesenheit auf seinem Schiff, daß er sich Zurückhaltung auferlegen mußte. Er wußte sehr gut, daß sie eine gefährliche Waffe werden konnte, wenn sie in die Hände des Sultans fiel. Selbst auf seinem Schiff war Sable nicht sicher, und er konnte ihr bestimmt nicht helfen, falls die Rettungsaktion mit Gewalt enden sollte.

Durch Morgans langes Schweigen verunsichert, sah Sable fragend zu ihm auf. Im selben Augenblick zerrte ein Windstoß am Kragen und am Ausschnitt ihres Hemdes, so daß es sich ein wenig öffnete und Morgan ihre festen Brüste sehen konnte. Sofort wandte er sich ab, weil ihn dieser Anblick verunsicherte. Wie sollte er sie nur aus seinen Gedanken verbannen, wenn er sich gleichzeitig nur danach sehnte, sie in seine Arme zu reißen und sie zu küssen, bis sie sich ihm ergab?

»Haben Sie etwas gesagt, Kapitän?« fragte Sable.

»Sie sollten lieber wieder nach unten gehen«, ermahnte er sie, ohne sie anzusehen.

»Was habe ich denn getan?« fragte sie enttäuscht über seinen barschen Ton.

»Ich habe gesagt, Sie sollen nach unten gehen!« zischte Morgan.

Er packte sie am Arm, als ob er sie von sich stoßen wollte, doch in dem Augenblick, als er sie berührte, brach der Damm. Stöhnend zog er sie an sich, nahm sie in die Arme und beugte sich hinunter, um sie zu küssen. Mit einem kleinen Seufzer der Erleichterung öffnete Sable ihre Lippen für seinen endlosen Kuß, der beide zutiefst erregte. Morgans Hände tasteten sich unter ihr Hemd, und das Streicheln ihrer Brüste ließ sie aufstöhnen. Sie konnte sein hämmerndes Herz schlagen hören, und beide zitterten vor Erregung.

Rasch nahm er sie auf seine Arme und trug sie nach unten, wo er die Tür seiner Kabine mit dem Fuß hinter sich ins Schloß drückte. Sable wand sich unter seinen Küssen und spürte nur noch die muskulösen Arme, die sie umfaßt hielten. Fahles Mondlicht schien durch die weitgeöffneten Fenster und beleuchtete Morgans Gesicht, doch Sable sah nur das leidenschaftliche Glitzern in seinen Augen und wußte, wie sehr er sie begehrte. Ohne Scham legte sie ihm die Arme um den Nacken und zog ihn auf die Koje herunter. Ihr Körper bebte vor Verlangen, und sie legte den Kopf in den Nacken und erwartete seine Zärtlichkeit. Sie zitterte, als sie seinen heißen

Atem auf ihrer Kehle fühlte, während er sie mit geübten Bewegungen auszog. Brennende Küsse bedeckten sofort jedes Stückchen Haut, das er entblößte, bis sich alles um sie herum drehte, und sie nur noch den Wunsch hatte, es ihm gleichzutun. Als sie nackt war, kniete sie sich hin und knöpfte ihm das Hemd auf. Ihre hungrigen Lippen preßten sich auf seine Brust und liebkosten jeden seiner Muskeln, während ihre Hände seine Hose aufknöpften.

Sie schwiegen beide, um den Zauber nicht zu brechen. Nachdem er seine Hose abgestreift hatte, drehte Morgan sich um und sah sie an. Sie betrachtete ihn schweigend, und ihr Herz klopfte so erwartungsvoll, daß sie nach einiger Zeit die Augen schließen mußte und sich plötzlich vor ihren eigenen Gefühlen fürchtete.

»Du bist so wunderschön«, flüsterte Morgan hingerissen, und sofort zerstreute seine sehnsuchtsvolle Stimme ihre Ängste. »Du machst mich einfach verrückt, du kleine Wassernixe!«

Sable öffnete die Augen und sah ihn an. Im Licht der Sterne schimmerten ihre Haare silbrig. Morgan konnte kaum glauben, daß sie wirklich existierte und daß ihn diese grünen Augen so verführerisch und vielversprechend ansahen. Längst hatte er seinen Vorsatz vergessen, sie niemals mehr berühren zu wollen. Die wunderschöne erste Begegnung sollte gleichzeitig auch ihre letzte sein. Er spürte nur, daß er sie begehrte und seine Sehnsucht ihn langsam zum Wahnsinn trieb.

Sables Blick und das Feuer in ihren Augen verrieten ihm, daß sie ebenso empfand und wußte, daß sie füreinander geschaffen waren. Sie knieten auf der verrutschten Decke und sahen einander an. Ihre rosigen Lippen waren ein wenig geöffnet, und ihre Lust war deutlich auf ihrem Gesicht zu lesen. Morgan umfaßte ihre Hüften und zog sie so nahe an sich heran, daß sie schließlich zwischen seinen Schenkeln kniete und sein heftiges Begehren an ihrem Bauch pulsieren spürte.

Mit geschlossenen Augen hob sie ihm ihr Gesicht erwartungsvoll entgegen. Morgans Hände umfaßten ihre Brüste und massierten die Brustwarzen zu kleinen, harten Spitzen. Dann wanderten seine Hände zu ihren Hüften und packten sie. Sein Kuß raubte ihr den Atem und sog ihr die Seele aus dem Leib. Als Morgans Zunge in ihren Mund eindrang, stöhnte sie auf und ihr schwindelte vor Verlangen.

Ohne daß sein Körper sich von ihr löste, sanken sie zusammen auf die Decke. Sable spreizte ihre schlanken Schenkel, und Morgan fühlte, daß sie für ihn bereit war. Ein leises Wimmern kam über ihre Lippen, als er tief in sie eindrang.

Diesmal gab es kein schmerzliches Zucken, das den schönsten Augenblick verderben konnte. Statt dessen bewegte sich Sable unter ihm und hob ihm ihre Hüften entgegen, um ihn noch tiefer in sich aufzunehmen. Ihre Hände glitten über seine breite Schultern, und ihre Nägel gruben sich in sein Fleisch. Sie spürte seinen keuchenden Atem an ihrem Ohr, als er sich zurückzog und dann wieder in sie eindrang und sein riesiger Körper sie auf das Bett preßte. Sable klammerte sich an ihn und spürte, wie ihre Erregung mit jedem Stoß zu schwindelnden Höhen anwuchs.

Während Morgan sich immer heftiger in ihr bewegte, wurden das schmerzhafte Ziehen in Sables Lenden plötzlich so stark, daß sie von ihm überwältigt wurde. Sie schrie, doch Morgan bedeckte ihre Lippen mit einem Kuß. Sie zitterten beide, als ihre Körper von ekstatischen Wellen überschwemmt wurden. In diesem Augenblick begriff Sable, daß nichts auf der Welt ihrem Gefühl für diesen Mann gleichkam.

Nachdem es vorüber war und ihr Keuchen sich langsam beruhigt hatte, merkte Sable, daß sie immer noch in Morgans Armen war und seiner harter, brauner Körper auf ihr lag. Seine Lippen liebkosten sie zärtlich, während seine Augen sie liebevoll betrachteten. Sie seufzte tief und verstärkte noch den Griff ihrer Arme in seinem Nakken, weil sie ihn nicht weglassen wollte.

Morgan lachte leise. »Möchtest du mich etwa für immer so festhalten? Ich fürchte, ich werde dich zerdrükken.«

»Dieser Tod wäre für mich der schönste«, antwortete Sable seufzend.

Sein tiefes Lachen gefiel ihr, doch sie protestierte, als er ihre Arme von seinem Nacken löste. »Sei still, mein Schatz!« befahl er, während er seinen Arm um sie legte und sie ganz nah an sich heranzog, so daß sie geborgen an ihn geschmiegt dalag.

»Oh, Morgan«, flüsterte sie impulsiv. »Ich bin so glücklich!«

Der Arm, der sie umschlungen hielt, drückte sie, und sie fühlte seinen warmen Atem in ihrem Haar, als er die Lippen auf ihre Stirn preßte. »Ich auch.«

Bei diesem Geständnis stiegen ihr die Tränen in die Augen, und ihr Herz schien beinahe vor Freude und Schmerz zu zerspringen. Im selben Augenblick wußte sie, daß sie ihm niemals erlauben würde, sein Leben wegen Sergej Vilyusk aufs Spiel zu setzen. Sie konnte es nicht ertragen, ihn vielleicht zu verlieren, nachdem er alles für sie war.

In der großen Kabine war es still, und die gleichmäßigen Bewegungen des Schiffs hätten Sable eigentlich in den Schlaf wiegen müssen. Warm und ein wenig schläfrig schmiegte sie sich an Morgans Brust, doch sie konnte die Augen nicht schließen, weil ihr Kopf voll widerstreitender Gedanken war. Morgan war ebenfalls wach, und Sable überlegte, welche unausgesprochenen Probleme ihn wohl am Schlafen hinderten.

Sekunden später wußte sie die Antwort, denn sein Begehren regte sich heftig von neuem, und aufstöhnend drehte er sie zu sich um. »Bei Gott, du Weibsbild! Wie soll ich denn einschlafen können, wenn du dich so schamlos an mich preßt?«

Sie kicherte, dann preßte Morgan seine Lippen mit einer Leidenschaft auf ihren Mund, die keinen Zweifel an seinem wiedererwachten Verlangen ließ.

»Ich habe mich beim letztenmal viel zu sehr beeilt«, sagte er und lächelte, »doch diesmal werde ich mir endlos Zeit lassen.«

Atemlos fiel Sable auf die Kissen zurück und spürte, wie ihr Verlangen übermächtig wurde, als seine Hände auf so vertraute Art über ihren Körper glitten. »Oh, ja, bitte!« flüsterte sie und spürte nur noch das Feuer, das seine suchenden Berührungen in ihr entzündet hatten. »Du kannst dir endlos viel Zeit lassen!«

12

Als Sable am folgenden Morgen erwachte, war sie einen Augenblick lang verwirrt. Sie sah nicht die vertrauten Deckenbalken ihrer kleinen Kabine über sich, sondern weitgeöffnete Fenster, durch die das Sonnenlicht hereinfiel. Als sie sich aufsetzte, erkannte sie Morgans große Kabine.

Sie war allein, doch der Kaffeegeruch und das Geschirr, das noch auf dem Tisch stand, sagten ihr, daß Morgan gerade noch hiergewesen sein mußte. Sie strich sich das Haar aus dem Gesicht und ging barfuß über den persischen Teppich hinüber zum Waschbecken, um ihr Gesicht zu waschen. Während sie in Hemd und Hose schlüpfte, summte sie vor sich hin. Sie war zum erstenmal seit vielen Tagen wirklich glücklich.

Auf Deck angekommen, suchten ihre Blicke automatisch das Ruder. Ihr Herz fing an zu schlagen, als sie Morgan erblickte, der ihr den Rücken zukehrte. Seine dunklen Locken glänzten im Sonnenlicht, und die Hände, mit denen er in der vergangenen Nacht so leidenschaftlich ihren Körper gestreichelt hatte, hatte er in die Hüften gestützt, während er mit Jack Torance und Daniel Hayes sprach.

Sable ging bis zum Fuß der Leiter und sah fragend zu den Männern empor: »Störe ich?«

Morgan drehte sich um und lächelte sie an. Die Vertrautheit seines Blicks schloß die anderen aus. Sie fühlte eine feste Hand unter ihrem Ellenbogen, als sie die Leiter hinaufstieg. Doch als sie oben angekommen war, ließ er sie nicht los, sondern zog sie zu sich herum, bis sie dicht vor ihm stand.

»Hast du gut geschlafen?« fragte er mit seiner tiefen, zärtlichen Stimme. »Ich fürchte, du bist gestern abend viel zu spät zu Bett gegangen.«

Voller Wonne beobachtete er, wie sie leicht errötete. »Ich habe mich aber ausgezeichnet erholt«, gab sie höflich zurück, doch in ihren Augenwinkeln saß ein kleines, schalkhaftes Lächeln. Sie sah hinreißend aus, als die Sonne goldene Lichtreflexe in ihr Haar zuaberte, dessen Duft ihm verführerisch in die Nase stieg und das ihn an die vergangene Nacht erinnerte.

»Ich bin sicher, daß man dich nach deiner Rückkehr nicht mehr am Hof empfangen wird«, sagte er, während er die goldenen Sommersprossen auf ihrer kleinen Nase betrachtete. »Ich weiß aus erster Quelle, daß die Queen junge Damen ablehnt, die keine Sonnenhüte und auch keine Schirme benutzen.«

Ein übermütiges Lächeln erschien auf Sables Gesicht. »Ihre Majestät wird akzeptieren müssen, daß ich gegen meinen Willen entführt wurde und man mir nicht einmal einen Sonnenhut gegeben hat.«

»Gegen deinen Willen, Sable?« Morgan sah plötzlich ganz ernst aus, und seine blauen Augen fixierten sie. »Meinst du das immer noch? Auch jetzt noch?«

Sie konnte kaum atmen, denn seine Nähe verwirrte sie. Er hatte sich zu ihr hinuntergebeugt, und während er sprach, hatte sein warmer Atem ihre Wange gestreichelt.

»Hmm.«

Rasch hob sie den Kopf und sah, daß Jack Torance interessiert zu ihnen herüberblickte. »Ist das alles, Kapitän?« fragte der Erste Maat ahnungslos.

Seufzend richtete sich Morgan auf. Sables Augen und ihre verführerischen Lippen hatte ihn einige Augenblikke lang seine Sorgen vergessen lassen. »Wir werden uns später unterhalten, Jack. Vorläufig haben Sie ja genug zu tun. Das gilt auch für Sie. Mr. Hayes.«

»Aye, aye, Sir.«

Nachdem die beiden Männer verschwunden waren, schien Morgan Sables Gegenwart völlig vergessen zu haben, denn er beugte sich über das Logbuch um eine Eintragung zu machen. Schweigend beobachtete sie ihn einen Augenblick lang und sprach dann zögernd seinen Namen aus. Als er sie ansah, blickte sie wieder in das gewohnte, ernste Gesicht, und sie fühlte, wie sie Verzweiflung überkam. Was auch immer zwischen ihnen geschehen war, Morgan war immer noch der Kommandeur dieses Schiffes, der eine schwierige Aufgabe vor sich hatte. Sie wußte, daß sie das zu akzeptieren hatte und daß er eine Einmischung ihrerseits niemals gestatten würde. Die Tatsache, daß sie vieles von ihm nicht wußte, verletzte sie. Sie fühlte wieder die nagende Angst, die sie am Abend im Serail überfallen hatte, als sie hatte feststellen müssen, wie uneinnehmbar diese Palastanlage war.

»Hast du herausgefunden, wo sie Sergej gefangenhalten?«

»Jack und ich wußten es bereits, bevor wir die Einladung des Sultans erhielten«, sagte er ruhig.

Sable beherrschte sich und fragte ihn nicht, auf welchem Weg er es erfahren hatte. Seit sie auf sein Schiff gekommen war, hatte sie eine Menge gelernt, und dazu gehörte auch, daß das Privatleben des Kapitäns zu respektieren war. Sie wußte, daß es äußerst unklug war, sich in seine Angelegenheiten einzumischen, doch in diesem Fall durfte sie nicht einfach schweigen, denn diesmal stand sein Leben auf dem Spiel.

»Wirst du es mir sagen?«

Morgan lächelte Sable spöttisch an. »Damit du ihn selbst retten kannst, mein tapferes, vorwitziges Mädchen? Nein, sage nichts, denn ich kenne dich, und genau deshalb halte ich es vor dir geheim.« Sein Lächeln vertiefte sich. »Wenn wir zurückkommen, werde ich ein

Wörtchen mit deinen Eltern reden müssen. Oder wissen sie bereits, daß ihre Tochter wild und unzähmbar ist?«

Sable erwiderte seinen leisen Spott mit einem halbherzigen Lächeln. Ihre Liebe zu ihm zerrte an ihrem Herzen, und sie konnte solche Sätze nicht belächeln. Die augenblickliche Situation erschien ihr bedrohlich. Morgan schloß das Buch und trat neben sie.

»Du mußt keine Angst haben, Sable St. Germain«, sagte er weich. »Ich habe nicht die Absicht, Sergejs Freiheit oder das Leben irgendeines Menschen auf meinem Schiff zu gefährden. Wir werden ihn befreien, aber erst, wenn ich einen Plan ausgearbeitet habe, der jede Komplikationen ausschließt. Um deine Frage zu beantworten: Ich weiß tatsächlich, wo sich Sergej befindet, und ich denke, daß ich innerhalb der nächsten Tage meine Vorbereitungen getroffen haben werde.«

»Und wo ist er?« wiederholte Sable ihre Frage. »Etwa im Käfig? Nikko Trimanos hat mir gestern abend davon erzählt und gesagt, daß der Sultan dort seine Erben einsperren läßt, damit sie keine Intrigen gegen ihn anzetteln können.«

»Wie ich sehe, hast du schon auf eigene Faust einige Nachforschungen angestellt.« Morgan wußte nicht, ob er wütend sein sollte oder nicht.

»Es tut mir leid«, flüsterte Sable und wandte den Blick ab. »Aber ich habe Angst, da ich weiß, was du vorhast.«

»Du brauchst keine Angst zu haben«, versicherte er ihr. »Ja, Sergej ist im Käfig. Wir werden sorgfältig planen und auch auf unser Glück vertrauen müssen, wenn wir es schaffen und ihn befreien wollen. Aber genau deshalb sind wir ja nach Istanbul gekommen, nicht wahr?«

»Ich glaube nicht –«

Morgan legte Sable einen Finger auf die Lippen, um sie zum Schweigen zu bringen, und obwohl seine Stimme sanft klang, enthielt sie doch einen warnenden Unterton, der ihr nicht entging. »Ich lasse mir vieles von dir gefallen, Sable St. Germain. Mehr als von jeder anderen Frau. Aber ich werde nicht gestatten, daß du dich in diese Sache einmischst.« Als er in ihre großen Augen blickte, fuhr er fort: »Ich sage das zu deiner eigenen Sicherheit. Aus keinem anderen Grund. Hast du das verstanden?«

Sie nickte, doch der Kloß, der in ihrem Hals saß, hatte nichts mit dieser massiven Warnung zu tun. Er schien noch etwas sagen zu wollen, und sie hielt still, während seine Finger sanft und zärtlich ihre Wange liebkosten. Doch als er sich dann umdrehte, wußte sie, daß sie jetzt gehen mußte. Am liebsten wäre sie hinter ihm hergelaufen und hätte ihn gebeten, diese verrückte Unternehmung aufzugeben, doch sie zwang sich, kein weiteres Wort zu sagen und die Leiter wieder hinunterzusteigen.

Ihr Herz war schwer, als sie über das Deck ging und zum entfernten Ufer hinübersah, wo das Serail lag. In der letzten Nacht hatte sie sich geschworen, alles zu unternehmen, um Morgan daran zu hindern, sein Leben an diesem geheimen und so stark bewachten Ort zu riskieren. Im Tageslicht jedoch war ihre Angst nicht mehr ganz so groß, trotzdem suchte sie aber noch immer nach einem Weg, ihren Plan durchzusetzen. Sie war nur eine hilflose Frau und wußte nicht einmal genau, was Morgan plante. Wie konnte sie ihn beschützen, wenn er sie im Ungewissen ließ?

Fast den ganzen Vormittag über unterhielt sich Morgan mit seinen Männern. Sable war zwar froh, daß er nicht an Land gegangen war, aber sie hätte nur zu gern gewußt, was dort besprochen wurde. Nach den Gesichtern der Männer zu urteilen, ging es um ernste Dinge.

»Oh, Grayson, was plant er nur?« fragte Sable beunruhigt, als der Diener ihr das Mittagessen auf einem kleinen Tablett an den Platz brachte, wo sie saß und las.

Grayson gab sich nicht die geringste Mühe, sich dumm zu stellen. Während der vergangenen Wochen hatte er das hübsche, junge Mädchen schätzen gelernt und war ihr gegenüber so offen wie sonst zu niemandem. Als Diener eines so bestimmenden Menschen wie Morgan Carey hatte er sich schon oft eine vertraute Person gewünscht, doch mit Rücksicht auf seinen Herrn hatte er seine Gedanken bisher immer für sich behalten.

Bei Lady Sable war das jedoch etwas anderes. Sie hörte ihm immer geduldig zu, und da sie sehr verständnisvoll war, sprach er gern offen mit ihr. Morgan hatte von diesem besonderen Verhältnis natürlich keine Ahnung, aber Grayson fand es auch nicht nötig, ihn darüber zu informieren.

»Ich wüßte es selbst gern«, sagte er, während er mit besorgtem Gesicht das Tablett neben ihr abstellte. »Mir hat er bisher noch nichts erzählt, und ich hatte auch noch keine Gelegenheit, mich nach der Abendgesellschaft beim Sultan zu erkundigen.«

»Nein?« fragte Sable enttäuscht. Im stillen hatte sie gehofft, daß Morgan ihm vielleicht etwas anvertraut hätte.

»Statt dessen«, fügte Grayson verwirrt hinzu, »hat er mich heute morgen nicht einmal das Frühstück in seine Kabine tragen lassen. Ich mußte ihm das Tablett durch die Tür reichen. Ich muß sagen, ich war außerordentlich brüskiert. Aber ich möchte nicht, daß Sie ihm das sagen, Mylady.«

Sable kaute gerade auf einem Stück Orange und errötete, als sie sich vorstellte, was der Steward wohl gesagt hätte, wenn er sie schlafend in Morgans Bett vorgefunden hätte.

Graysons hatte Sables Schweigen jedoch nicht bemerkt und sprach schließlich weiter. »Dieses ganze Hin und Her zwischen Schiff und Land – ich kann nur sagen, daß mir das überhaupt nicht gefällt. Ich habe großes Vertrauen zu unserem Kapitän. Und wenn es jemanden gibt, der einen Mann aus dem Serail des Sultans befreien kann, dann ist es ohne Zweifel Morgan Carey. Aber eigentlich müßte ihm klar sein, daß auch bei sorgfältigster Planung immer etwas schiefgehen kann.«

Als er sah, daß Sable blaß geworden war, fügte er rasch hinzu: »Ich glaube ja nicht, daß es so kommen wird. Aber falls es dennoch passiert, halte ich Sir Morgan für fähig genug, um alle Schwierigkeiten zu meistern.«

»Glauben Sie das wirklich?« fragte Sable unsicher.

»Ich habe schon viele Situationen mit ihm erlebt, die er glücklich gemeistert hat«, versicherte Grayson, als er merkte, wie sehr er sie erschreckt hatte. »Wenn Sie ihn während des Krieges hätten beobachten können, dann hätten Sie jetzt keine Zweifel an seinen Fähigkeiten.«

»Aber dieser Fall liegt doch ganz anders«, protestierte Sable. »Das Serail ist so stark bewacht.« Sie zitterte, als sie an die Krummsäbel der Palastwachen dachte.

»Ich fürchte, ich werde mich einfach auf mein Glück verlassen müssen.« Morgan stand plötzlich hinter ihnen. Der ärgerliche Ausdruck auf seinem Gesicht verschwand jedoch, als er in die beiden schuldbewußten Gesichter sah. Grayson zog sich steif und förmlich zurück, während Sable den Blick abwandte und sich eingehend mit ihrem Mittagessen beschäftigte.

»Was ist das?« fragte Morgan, während er sich eines der kleinen Brote nahm, die Grayson für Sable zubereitet hatte. »Etwa Hühnchen mit Curry? Womit hast du das verdient? Nicht einmal ich bekomme so etwas.«

Sable lächelte ihn an und war grenzenlos erleichtert, daß er das Gespräch zwischen Grayson und ihr nicht erwähnte. Ihre Ängste waren nicht zerstreut, sondern eigentlich nur noch größer geworden, weil ein Blutvergießen unausweichlich schien.

»Frauen haben die Gabe, Maulwurfshügel in wahre Berge zu verwandeln«, sagte Morgan unvermittelt. Er stellte seinen Fuß auf die Bank neben Sable und beugte sich zu ihr hinunter. Seine Augen sahen sie sehr ernst an. »Hast du kein Vertrauen zu mir, Sable? Hältst du denn so wenig von mir, daß du mir das Scheitern geradezu einreden willst?«

Sable schüttelte nur den Kopf und suchte nach den richtigen Worten, um ihm ihre Ängste zu erklären. Wie konnte sie ihm denn klarmachen, daß es gerade sein grenzenloses Selbstvertrauen war, daß ihr Angst machte. Als Kapitän der *Defiance* war er sein eigener Herr und konnte zweifellos gut mit harten Männern umgehen, aber waren starkes Selbstvertrauen und ein eiserner Wille genug, um türkische Palastwachen zu überwältigen, die das Eigentum ihres Herrn mit ihrem Leben schützten?

»Du mußt nicht antworten, Sable«, sagte Morgan, als das Schweigen immer länger dauerte. »Dein Gesichtsausdruck sagt schon genug. Außerdem«, fuhr er mit einem leichten Lächeln fort, »bin ich nicht hergekommen, um dich nach deiner Meinung über mich zu fragen. Ich wollte dir nur das hier geben. Ich habe es an dem Tag, als ich dein lavendelfarbenes Kleid in Pera gekauft habe, besorgt, und seitdem hat es in meiner Kabine gelegen.«

Zögernd girff Sable nach dem Päckchen. Dabei berührten sich ihre Finger, und dieser Kontakt durchfuhr sie wie ein Blitz.

»Ich möchte, daß du es allein in deiner Kabine öffnest«, sagte Morgan schroff.

»Was ist drin?« fragte Sable erwartungsvoll wie ein kleines Kind.

Er verzog die Lippen. »Das wirst du schon sehen.«

Er drehte sich um, bevor sie ihm danken konnte. Kurze Zeit später lief sie mit glänzenden Augen in ihre Kajüte, wobei sie das Päckchen an ihr Herz drückte. Als sie es öffnete, entfuhr ihr ein leiser Schrei, denn sie konnte nicht glauben, daß Morgan tatsächlich etwas so Schönes für sie gekauft hatte. Es war ein Haremsgewand aus Seide mit karmesinroten Hosen und einem purpurfarbenen Bolerojäckchen, das verschwenderisch mit Goldfäden bestickt war. Ein Schleier und goldene Slipper, die an den Spitzen aufgebogen waren, vervollständigten das Geschenk. Sable fragte sich, wie Morgan hatte wissen können, daß sie sich genau so etwas gewünscht hatte. Sie erwähnte es Daniel Hayes gegenüber, und zwar an dem Tag, als sie im Basar waren. Doch wie hatte Morgan davon erfahren?

Sables Augen leuchteten, als sie mit zarten Bewegungen über den hauchzwarten Stoff strich. Hatte Morgan ihr dieses Geschenk gemacht, weil er sie mochte? Sie nahm sich vor, das Haremskostüm am Abend zu tragen, wenn sie mit ihm und einigen seiner Männer in seiner Kabine zu Abend aß. Was er wohl sagen würde? Sie stellte sich vor, wie er sie sehnsuchtsvoll ansah, wie er sie berührte und durch den dünnen Stoff ihren Körper liebkoste.

Plötzlich waren ihre Ängste ein wenig in den Hintergrund getreten, denn sie war glücklich, daß der Mann, den sie liebte, ihr ein solch traumhaftes Geschenk machte. Sie wollte ihm unbedingt eine Freude machen. Den restlichen Nachmittag verbrachte sie mit Vorbereitungen und machte sich sorgfältiger zurecht als am Abend zuvor für den türkischen Sultan. Da Morgan an Deck beschäftigt war, konnte sie in aller Ruhe ein Bad in seiner Kabine nehmen, wozu Grayson ihr das heiße Wasser brachte. Später setzte sie sich in die Sonne und ließ ihr Haar von einer warmen, sanften Brise trocknen, wodurch ihre Locken einen wunderschönen Glanz bekamen.

In ihrer kleinen Kabine hatte sie leider keinen Spiegel, doch sie brauchte ihn auch nicht, denn nachdem sie das Haremskostüm übergestreift hatte, fühlte sie sich augenblicklich wie verzaubert. Noch nie hatte sie etwas so Zartes auf ihrer Haut gespürt, wie diese schmeichelnde Seide. Das Bolerojäckchen saß wie angegossen, und die Hose war an den Knöcheln gerafft und brachte ihre schlanken Füße zur Geltung. Um den exotischen Eindruck zu vervollständigen, flocht sie ihre Haare zu einem dicken Zopf, den sie einfach über den Rücken hinunterbaumeln ließ. Mit ausgestreckten Armen drehte sie sich einmal um sich selbst und kicherte. Ob Morgan gefiel, wie sie aussah? Ob er sie wohl wieder so lustvoll ansehen und sie küssen würde?

»Lady Sable?«

Als sie Graysons Stimme durch die Tür hörte, hielt sie inne und fragte atemlos: »Was gibt es?«

»In einer halben Stunde werde ich das Essen servieren.«

»Ich werde pünktlich sein«, versprach sie, und Grayson wunderte sich ein wenig, weshalb ihre Stimme plötzlich so fröhlich klang.

Nachdem Sable endlich fertig geworden war, verließ sie ihre Kabine und ging auf leisen Sohlen bis zu Morgans Kabinentür. Als sie anklopfen wollte, hörte sie drinnen seine Stimme und hielt inne. Sie biß sich vor Enttäuschung auf die Lippen, denn sie wollte ihn gern allein überraschen.

»Morgen abend, Jack? Sind Sie ganz sicher?«

Sable wußte sofort, daß Morgans Frage etwas mit Sergejs Befreiung zu tun hatte.

»Ich war zweimal in der Yeni-Cami-Moschee, um mich zu vergewissern«, hörte Sable die bestimmte Antwort von Jack Torance. »Am Freitag betet der Sultan dort und fährt anschließend mit dem Hofstaat und dem Harem direkt nach Dolma Baghtsche. Das Serail wird also vermutlich ziemlich verlassen sein.«

»Normalerweise sind die Wächter dann auch nicht ganz so aufmerksam«, bemerkte Morgan.

Sable runzelte die Stirn und preßte ihr Ohr gegen die Tür, um besser hören zu können. Sie wußte sehr genau, daß es sich eigentlich nicht gehörte, doch es war ihr gleichgültig. Sie wollte alles über Morgans Pläne wissen.

»Ich habe mich außerdem mit einem von Kemals Männern getroffen«, fuhr Jack fort. Seine Worte wurden jedoch vom Quietschen der Glastür übertönt. Offenbar hatte einer der beiden die Brandyflasche aus dem Schrank geholt. »Wir haben den Plan des Gefängnisses betrachtet, er hat einige Vorschläge gemacht, die Sie sich anhören sollten.«

»Wie steht es mit Kuzlar Achasi? Können wir auf seine Hilfe zählen?« In Morgans Stimme klangen Spannung, Aufregung und Ungeduld mit, so daß Sable die Hand auf ihre Lippen pressen mußte, um nicht laut aufzuschreien und hineinzuplatzen, um ihn vor einer so wahnwitzigen Tat zu warnen.

»Wir haben uns schon über den Preis geeinigt«, erwiderte Jack. »Er verlangt nicht viel, weil er den Großwesir verabscheut und hofft, daß Sergejs Entkommen vielleicht der Anlaß dafür ist, daß es keinen Frieden zwischen der Türkei und Mütterchen Rußland geben wird.«

»Hmm!«

Mit einem leisen Schrei fuhr Sable herum und war sehr erleichtert, als sie Daniel Hayes vor sich sah. »Oh, Mr. Hayes, haben Sie mich aber erschreckt. Ich wollte gerade klopfen.«

Daniel Hayes schien ihre Verlegenheit überhaupt nicht zu bemerken, sondern war nur verblüfft, daß Lady Sable St. Germain offenbar alle Regeln des Anstands vergessen hatte. In diesem Gewand aus hauchdünner Seide und der sehr ungewöhnlichen Frisur sah sie ein wenig frivol, aber gleichzeitig auch tausendmal schöner aus als sonst.

»Woher haben Sie – ein – dieses Gewand?« stammelte er.

»Kapitän Sir Morgan war so liebenswürdig, es mir zu schenken«, erwiderte Sable, doch sie war nicht ganz bei der Sache. Seit sie wußte, wann die Rettungsaktion stattfinden sollte, war ihr der Spaß an ihrer Überraschungsaktion vergangen. Sable schluckte und fühlte, wie ihr Herz aufgeregt schlug. Es war einfach noch viel zu früh.

Sie durfte es nicht zulassen. Tränen stiegen ihr in die Augen, als sie sich klarmachte, wie hilflos sie war.

»Lady Sable, fühlen Sie sich nicht wohl?« fragte Daniel ängstlich, nachdem er endlich aus seiner Verzückung aufgewacht war und feststellte, daß sie zitterte.

»Mir geht es gut«, versicherte sie. Sie wußte, daß sie Morgan Careys Gegenwart jetzt nicht ertragen konnte. Er würde sofort spüren, daß etwas nicht in Ordnung war. Doch sie wollte ihm nicht verraten, daß sie sein Gespräch mit Jack Torance gehört hatte. »Ich leide nur ein wenig unter dem Wetter«, sagte sie mit zaghaftem Lächeln, was Daniel sofort alarmierte.

»Ich werde Doktor Pierson holen«, rief er aufgeregt und wäre davongestürzt, wenn Sable ihn nicht energisch am Ärmel gepackt hätte.

»Belästigen Sie ihn nicht unnötig. Mir geht es wirklich gut.«

»Aber irgend etwas stimmt doch nicht«, sagte Daniel. »Wollen Sie es mir nicht sagen?« fragte er besorgt. Er liebte diese Frau und konnte den Gedanken nicht ertragen, daß sie litt.

Da Sable spürte, daß er alle Hebel in Bewegung setzen würde, sah sie ihn ernst an und sagte schließlich: »Es ist wirklich nichts von Bedeutung, Mr. Hayes. Meine Mutter hat es immer ein – ein weibliches Problem genannt.«

Daniel Hayes errötete. Da er mit vier Schwestern aufgewachsen war, wußte er sehr gut, auf was Sable anspielte. Es quälte ihn sehr, daß er sie zu diesem Geständnis gezwungen hatte, und er nahm ihre kleine Hand und entschuldigte sich für seine Gedankenlosigkeit.

»Bitte«, bat er inständig, »legen Sie sich hin. Ich werde dem Kapitän sagen, daß Sie nicht am Abendessen teilnehmen.«

Ein etwas abwesendes Lächeln belohnte ihn, denn Sable war mit ihren Gedanken weit weg und überlegte, wie sie den Mann, den sie liebte, vor dem sicheren Tod bewahren konnte. Sie murmelte einen Dank und zog sich dann in ihre Kabine zurück.

Wie sahen wohl Morgans Pläne für die morgige Nacht aus? Wenn der Sultan abwesend war, war es sicher einfacher, in das Serail einzudringen, doch wie wollte er es anstellen, ungesehen zu bleiben und auch noch Sergej Vilyusk zu befreien? »Oh, wenn ich es doch nur wüßte!« flüsterte sie und rang die Hände, während sie in der kleinen Kabine auf und ab ging. »Es muß einen Weg geben, um ihn aufzuhalten!«

Die Nacht war ruhig und sehr dunkel. Ein leichter Wind hatte Wolken aus dem Norden herangeführt, so daß das blasse Licht des zunehmenden Mondes verdeckt wurde. Es roch nach Regen, doch noch war das Wetter nicht umgeschlagen. Sable kauerte unter den Zweigen einer Platane und zitterte in der kühlen Luft. Sie war viel zu dünn angezogen, doch im Augenblick bemerkte sie weder die Kälte noch die Feuchtigkeit.

Noch nie in ihrem Leben hatte sie soviel Angst wie in diesem Augenblick. Der Baum, unter dem sie Zuflucht gesucht hatte, stand inmitten von dichtem Gebüsch in einer Hofecke des Serail. Sie war noch nicht lange da, denn erst vor wenigen Sekunden hatte sie tapfer die Außenmauer überklettert, über die Morgan Carey und seine Männer Sekunden vor ihr verschwunden waren. Nachdem sie keuchend in dem Gebüsch Zuflucht gesucht hatte, blickte sie voller Angst zu den riesigen Toren hinüber, die den Käfig vom übrigen Hof abtrennten. Zwei große Eunuchen standen daneben auf Posten, und Sable überlegte, wie Morgan wohl hineingelangen wollte.

Es konnte einfach nicht gutgehen, dachte sie ängstlich, und richtete ihre Augen auf die Stelle hinter den Brunnen, wo Morgan und seine Leute verschwunden waren. Wo waren sie nur? Alles war dunkel und still, und auch in den Verwaltungsgebäuden rührte sich keine Menschenseele.

Sable wußte, daß es verrückt von ihr gewesen war, Morgan in das Serail zu folgen. An die Gefahr hatte sie überhaupt nicht gedacht, sondern nur gehofft, ihm irgendwie helfen zu können. Sie war vom Wasser aus hinter den Männern her zu der gewaltigen Mauer geschlichen. In der Dunkelheit war sie einige Male gestolpert und hatte jedesmal Angst, er könnte sie hören. Doch er war mit seinem Vorhaben so sehr beschäftigt gewesen, daß sie ungesehen hinter den Männern über die Mauer hatte klettern können. Aber zu ihrem Schrecken hatte die Dunkelheit sie kurz darauf verschluckt, und Sable hatte sich erst einmal in dem Gebüsch versteckt, weil sie nicht mehr weiterwußte.

Plötzlich warnte sie eine innere Stimme, daß sie durch diese unüberlegte Handlung vielleicht das gesamte Unternehmen und auch Morgans Sicherheit gefährdete. Doch rasch schob sie diese beunruhigenden Gedanken beiseite. Sie durfte jetzt keinesfalls die Nerven verlieren. Zum Schutz hatte sie sich eine von Morgans Pistolen in den Hosenbund geschoben, und das kalte Metall auf ihrer Haut gab ihr Selbstvertrauen. Ihr Vater hatte ihr das Schießen beigebracht, und sie war fest entschlossen, diese Waffe zu benutzen, wenn sie Morgan damit in irgendeiner Weise helfen konnte

Es war kälter geworden, und ein plötzlicher Windstoß ließ Sable frösteln. Die Äste raschelten geheimnisvoll über ihrem Kopf. Sie leckte sich nervös über die Lippen und wußte sehr wohl, daß sie auf der Stelle handeln mußte, wollte sie nicht den ganzen Mut verlieren.

Sie richtete sich auf, doch bevor sie noch einen Schritt machen konnte, legte sich eine Hand fest auf ihren Mund, und sie wurde unsanft zu Boden gestoßen.

»Wohin wollen Sie denn, Lady St. Germain?« flüsterte eine seidenweiche Stimme direkt in ihr Ohr. »Doch nicht etwa in den Käfig, um Ihrem tapferen Sir Morgan beizustehen, oder? Selbst in dieser Verkleidung werden Sie nicht durchkommen. Jeder Versuch hätte nur Ihren Tod zur Folge, was doch wirklich eine entsetzliche Verschwendung wäre.«

Sables Kopf fuhr herum, und ihr Herzschlag setzte aus, als sie in die dunklen, kalten Augen von Nikko Trimanos blickte. Sie hatte ihn als liebenswürdigen Menschen kennengelernt, doch jetzt sah sie, daß er keine Gnade kannte.

»Bewegen Sie sich nicht!« warnte er. »Ich bin vielleicht nicht so groß wie Ihr Kapitän Carey, doch Sie dürfen mir glauben, daß ich Ihr kleines Hälschen ohne Schwierigkeiten brechen kann. Ich werde jetzt die Hand von Ihrem Mund nehmen, doch sollte ich auch nur den geringsten Laut hören, werde ich dafür sorgen, daß Morgan Carey und seine Männer langsam zu Tode gequält, statt kurz und schmerzlos hingerichtet werden, wie ich eigentlich geplant hatte. Haben Sie mich verstanden?« Er lachte kurz auf, als er ihre Augen sah. »Soviel Haß in so schönen Augen«, klagte er kopfschüttelnd. »Haben Sie mich verstanden, Sable St. Germain?«

Sie nickte, so gut sie konnte, und rang nach Atem, als er sie losließ. Während sie sich ihren schmerzenden Nakken rieb, fragte sie mit zitternder Stimme: »Was tun Sie hier? Woher wußten Sie, daß Morgan heute nacht kommen würde?«

Der Kämmerer des Sultans zuckte nur die Achseln, doch seine Stimme klang selbstgefällig. »Kapitän Carey ist mit Sicherheit ein kluger und geschickter Mann, doch ich bin ihm weit überlegen. Selbst wenn Seine Majestät keine Ahnung von diesen Vorgängen hat, habe ich doch meine Augen und Ohren überall. Es war sehr einfach, den wirklichen Grund für Sir Morgans Anwesenheit herauszufinden.«

»Und Sie haben bis heute abend gewartet, um etwas

zu unternehmen?« flüsterte Sable. »Weshalb haben Sie dem Sultan Ihren Verdacht nicht einfach mitgeteilt?«

»Sollte ich mir meinen Spaß verderben?« Nikko sah beleidigt drein. »Seine Majestät hätte Sir Morgan einfach gefangengesetzt und sein Schiff beschlagnahmt. Und das wäre schon alles gewesen.« Seine Raubtierzähne blitzten in der Dunkelheit. »Wenn ich dagegen einen Ausbruch verhindere und auch noch britisches Blut fließt, werde ich in der Achtung des Sultans steigen. Mit Sicherheit werde ich verschwenderisch beschenkt werden, wenn ich ihm den Mann präsentiere, der verrückt genug ist, in den Käfig eindringen zu wollen. In diesem Fall ist es völlig gleichgültig, ob Morgan Carey noch lebt oder bereits tot ist.«

Sable zitterte, denn ihr wurde klar, daß Morgan in eine Falle lief, die ihm von einem blutdürstigen Verrückten gestellt worden war. »Wer ist noch in dieses Spiel eingeweiht?« fragte sie bitter.

»Der Großwesir und ich sind die einzigen, die den Plan kennen«, fuhr der Grieche blasiert fort, »doch ich habe ihm den Namen des Mannes noch nicht genannt. Er weiß nur, daß es sich um einige Ausländer handelt, mehr nicht.« Er lächelte breit und genoß es offensichtlich, diese schöne, junge Frau, die er als zusätzlichen Preis gar nicht einkalkuliert hatte, zu schockieren. Die Ausbeute dieser Nacht wurde immer besser.

»Es würde sich auf unsere Beziehungen zu Rußland verheerend auswirken, sollte der Zar erfahren, daß wir zwei seiner Offiziere seit zehn Jahre gefangenhalten. Der arme Mahmud Nedim Pascha, der allein die Versöhnung mit Rußland anstrebt, hat den Sultan seit Monaten gebeten, Sergej Vilyusk diskret zu beseitigen, um diesen Stein des Anstoßes aus der Welt zu schaffen. Doch der Sultan ist nicht entschlossen genug und unfähig, die Konsequenzen zu überblicken. Der Großwesir dagegen hat sofort begriffen, was geschehen könnte, sollte Vilyusk befreit werden und von seinem Schicksal berichten. Deshalb hat er meinem Plan, die Entführung zu verhindern, mit ganzem Herzen zugestimmt. Sollte Sergej Vilyusk bei diesem Befreiungsversuch getötet werden, würde er das nicht bedauern.«

»Doch weshalb gerade jetzt?« fragte Sable verwirrt. »Weshalb haben Sie überhaupt zehn Jahre gewartet, wenn Sie ihn doch loswerden wollten? Mit Sicherheit hat es doch genug Möglichkeiten gegeben, ihn auch ohne Zustimmung des Sultans verschwinden zu lassen.«

»Sergej Vilyusk ist erst in der letzten Zeit zu einer Bedrohung geworden«, teilte ihr der Grieche mit. »Als er und Major Pjotr hierhergekommen sind, litt der junge Leutnant an einer Kopfverletzung, verursacht durch einen Metallsplitter, und er hatte das Gedächtnis verloren. Zehn Jahre lang hat er Mahmud alle Informationen gegeben, die dieser verlangt hat. Doch als im vergangenen Jahr ein Fieber im Gefängnis wütete, dem auch der Major zum Opfer fiel, kehrte Vilyusks Gedächtnis plötzlich wieder zurück. Natürlich schwor er, seine Regierung über sein Schicksal zu informieren. Dadurch hätte er alle Versuche des Großwesirs, ein besseres Verhältnis zu Rußland herzustellen, torpediert. Sein Tod in dieser Nacht wird dieses schwierige Problem ein für allemal aus der Welt schaffen, und niemand wird wissen, daß Sergej Vilyusk jemals hier war.«

»Morgan schon«, protestierte Sable, und ihre Stimme zitterte vor Empörung. »Er wird Queen Victoria unterrichten, und sie wird –«

»Tote können nicht mehr reden«, erinnerte sie Nikko Trimanos ganz ruhig. »Ich bin sicher, daß die britische Königin das Wort des Sultans Abdul Asis akzeptieren wird. Morgan Carey wurde leider bei einem Unfall hier in Istanbul getötet – bei einem bedauerlichen Unfall, den ich noch heute nacht arrangieren werde. Glauben Sie mir, mein Alibi wird unanfechtbar sein, und sogar Morgan Careys Mutter käme nicht auf den Gedanken, den Unfall ihres Sohnes in irgendeiner Weise anzuzweifeln.«

»Sie sind ein Ungeheuer!« schrie Sable und stürzte sich auf ihn.

Doch Nikko Trimanos packte ihre kleinen Fäuste und preßte das Mädchen an sich. Der Duft ihres Haars umschmeichelte ihn, und er spürte, wie die Erregung von ihm Besitz ergriff. Später, beruhigte er sich. Noch war keine Zeit. Die charmante Lady Sable würde er sich später zu Gemüte führen, wenn Morgan Carey und seine Männer erledigt waren.

»Ich will Ihnen gern sagen, was ich vorhabe«, fuhr er fort. »Kapitän Carey hat den obersten Haremswächter und Herrn über alle Eunuchen, Kuzlar Achasi, bestochen, ihn in das Gefängnis hineinzuschmuggeln. Mittlerweile sind er und einer seiner Männer, beide als Frauen verkleidet, in zwei wartende Sänften gestiegen und als vermeintliche Ehefrauen des Sultans in den Käfig gebracht worden, wo sie ihre Söhne besuchen wollen. Kapitän Carey will Sergej Vilyusk in ein ähnliches Gewand hüllen um ihn auf demselben Weg herauszuschmuggeln. Ein ausgezeichneter Plan«, fügte er hinzu. »Nur schade, daß er nicht gelingen kann. Morgan Carey wird den Käfig nicht lebend verlassen.«

Bei dieser kalten Stimme fror Sable, und ihr Herz klopfte. Sie mußte hier weg und Morgan warnen. Aber wie?

»Kommen Sie, gehen wir hin und sehen wir uns den Spaß aus der Nähe an«, schlug Nikko Trimanos vor. Er packte Sables langen Zopf und wickelte ihn mehrmals um seine Hand, bis sie vor Schmerz aufschrie. »Ein falsches Wort von Ihnen, und er wird zusehen, wie Sie sterben. Verstanden?« stieß er hervor.

Sable antwortete nicht, sondern nickte nur. Ihr war schlecht vor Angst, als er sie über den Hof zerrte. Kurz vor dem Tor zu dem Gefängnis schlossen sich ihnen einige Leibwachen des Sultans an, die alle riesengroß und mit Krummsäbeln bewaffnet waren. Sables Verzweiflung wuchs, als sie eingelassen wurden und sie tatsächlich zwei Sänften vor dem Eingang stehen sah.

Neben einer Gruppe von Trägern und Dienerinnen stand ein großer, schwarzer Mann, dessen schweißnasses Gesicht nur einmal kurz zuckte, als er den Kämmerer des Sultans und seine bewaffnete Garde erblickte. Nikko Trimanos nickte Kuzlar Achasi zu, bevor er sich durch die Gruppe der flüsternden Dienerinnen drängte. Er hielt Sables Hände in eisernem Griff hinter ihrem Rücken fest und schob sie die Treppe hinauf. Als sie einmal stolperte und beinahe gefallen wäre, reagierte er unwillig. Sables Panik wuchs, als sie einen schwach erleuchteten Gang mit zahlreichen geschlossenen Türen vor sich sah. Plötzlich blieben sie vor einer Tür stehen, und Nikko Trimanos gab barsch einen Befehl, worauf sich die Männer eng um ihn scharten und ihre Waffen zogen.

»Ich habe Ramun folgenden Befehl erteilt«, informierte sie der Grieche flüsternd: »Sollten Sie auch nur einen Mucks von sich geben, um Sir Morgan auf uns aufmerksam zu machen, wird er Ihnen augenblicklich die Kehle durchschneiden.«

Sable kämpfte heftig gegen Tränen an, die ihr in die Augen stiegen. Ihr war klar, daß Morgan sterben mußte, doch sie wehrte sich gegen diesen Gedanken. Das Leben war noch so lang, und sie konnte sich nicht vorstellen, ihn zu verlieren. Besonders jetzt nicht, nachdem er ihr seine Liebe geschenkt hatte.

Leise lachend ließ Nikko Trimanos ihre Handgelenke los und wies auf die Tür. Mit breitem Grinsen hieb einer der Soldaten den Knauf seines Säbels dagegen. Sable schien es eine Ewigkeit zu dauern, bis die Tür endlich krachend aufsprang und sie Morgan erblickte. Er trug ein fließendes Gewand, doch die Kapuze war zurückgestreift, und er hatte auch den Schleier abgenommen, so daß man seine dunklen Locken und sein entschlossenes Kinn erkennen konnte.

Er schien nicht sonderlich überrascht zu sein, als er Nikko Trimanos sah. »Sie haben also alles herausgefunden, Nikko?« fragte Morgan beinahe beiläufig.

»Das habe ich!« höhnte der Grieche und versuchte seinen Ärger zu verbergen, daß der riesige Engländer offenbar ganz und gar furchtlos war.

»Wir wollen sicher keine Zeit mit kindischem Geschwätz verbringen, nicht wahr?«

Nikko wurde wütend, wie Morgan erwartet hatte. »Ramun!« bellte er. Er wollte den arroganten Engländer auf schnellstem Weg in die Hölle befördern.

Morgan spannte alle seine Muskeln, und als der Türke seinen Säbel durch die Luft schwang, schrie Sable leise auf. Sie konnte nicht tatenlos zusehen, wie er getötet wurde. Ohne zu wissen, was sie tat, und von der Verzweiflung getrieben, riß Sable die Pistole aus ihrem Hosenbund und feuerte sie auf Ramun ab.

Der Pulverdampf biß in ihren Augen, so daß sie nichts mehr sehen konnte, und der Krach war ohrenbetäubend. Als sie einen unterdrückten Schrei und gleich darauf wütende Kampfgeräusche hörte, rieb sie ihre schmerzenden Augen. Sie sah, wie Morgan mit finsterer Entschlossenheit Nikko Trimanos einen Dolch in die Kehle rammte. Zwei weitere Männer stürzten herbei und warfen sich auf die übrigen Wachen. Säbel blitzten, und die Luft war von entsetzlichen Kampfgeräuschen erfüllt. Und dann war plötzlich alles still. Sable, die sich eng an die Wand gedrückt hatte, schrie laut auf, als sie plötzlich fest am Arm gepackt wurde.

»Schweigen Sie!« hörte sie Morgan auf Türkisch befehlen. Sein vertrauter Geruch, vermischt mit Schweiß, stieg ihr in die Nase, und sie hätte am liebsten den Kopf gegen seine warme, breite Brust gelehnt. Doch Morgan, der sie ganz offenbar nicht erkannt hatte, zerrte sie rücksichtslos den Korridor entlang.

Als das Dröhnen in Sables Ohren nachließ, fühlte sie, daß hinter ihr zwei Männer waren. Der eine war Jack Torance, doch wer war der andere? Sie warf einen kurzen Blick über die Schulter und sah, daß der Mann sehr groß war. Er trug einen Kapuzenmantel, so daß sie sein Gesicht nicht sehen konnte. Aufgeregt klopfte ihr Herz. War das vielleicht Sergej Vilyusk? Hatte Morgan ihn tatsächlich gefunden? Im nächsten Augenblick stellte sie fest, daß die Männer schwer bewaffnet waren. Auch Morgan trug ein Gewehr. Es war noch ein weiter Weg, bis sie in Sicherheit waren.

Am Fuß der Treppe hielt Morgan inne. Oben war alles still, doch das schien ihn nicht zu überraschen. Keiner der Gefangenen würde den Mut haben, sein Zimmer zu verlassen oder um Hilfe zu rufen. Falls sie trotzdem in den Flur hinaussahen, würde sie der grausige Anblick von fünf blutigen Leichen blitzartig wieder in die Sicherheit ihrer Räume zurücktreiben.

»Jack!« sagte Morgan angespannt, und sofort zog der Erste Maat einen Schleier über sein Gesicht und ging vorsichtig zur Eingangstür hinüber.

Als er kurze Zeit später zurückkam, verkündete er triumphierend, daß die beiden Sänften immer noch warteten. »Offenbar sind die Wände so dick, daß sie nichts gehört haben«, bemerkte er verwundert. »Wir haben immer noch eine Chance.«

»Ich glaube nicht, daß Nikko Trimanos noch andere Wachen verteilt hat, um uns zu fangen«, meinte Morgan. »Er war sich seiner Sache zu sicher.«

»Trotzdem sollten wir uns lieber beeilen, oder nicht?« schlug der große Fremde mit starkem Akzent vor. »Ich möchte nicht, daß ihr gevierteilt und dem Sultan zum Fraß vorgeworfen werdet.«

»Was machen wir mit ihr, Kapitän?« fragte Jack Torance und deutete auf Sable. Im fahlen Licht der Gaslaterne war ihr Gesicht hinter dem Schleier sehr blaß, doch keiner der Männer schien zu bemerken, daß sie für eine Haremsfrau viel zu hellhäutig war.

»Wir nehmen sie mit«, sagte Morgan. »Jedenfalls bis zum Tor.«

»Aber, Kapitän!« protestierte Jack erschrocken. Ein Mädchen würde ihr Entkommen doch nur erschweren.

»Ich verdanke ihr mein Leben«, erinnerte ihn Morgan. »Wenn wir sie zurücklassen, wird sie für unsere Flucht mit dem Leben büßen müssen. Wir müssen sie einfach mitnehmen.«

Trotz ihrer prekären Situation konnte Sergej Vilyusk sein Grinsen nicht unterdrücken, und seine Augen leuchteten unter der Kapuze hervor. »Du hast dich nicht geändert, wenn es um Damen geht, mein Freund. Du bist immer noch ein Gentleman, nicht wahr?«

»Ich habe nicht die Absicht, sie zu behalten, du Idiot«, brummte Morgan ungeduldig.

Sergej grinste. Er war glücklich, weil die Freiheit zum Greifen nah vor ihm lag. »Das würde ich mir gut überlegen, mein Freund. Diese Palastschönheiten sind doch ihr Leben lang dazu erzogen worden, einem Mann Freude zu machen. Sie beherrschen alle Künste der Liebe.« Er schnalzte mit der Zunge.

»Kapitän, bitte!« protestierte Jack Torance. Er fand es unmöglich, die Tugenden und Vorzüge der Palastdienerinnen zu erörtern, während oben im Flur vier Wachen und ein hoher Offizier tot im Korridor lagen.

Ungeachtet der ernsten Situation mußte Morgan lachen. »Gehen wir!« meinte er, packte das Gewehr und verstärkte seinen Griff um Sables Handgelenk. »Wir nehmen sie auf jeden Fall bis zum Tor mit. Keine Widerrede, verstanden? Wir haben schon genug Zeit verschwendet.«

»Ich höre und gehorche«, sagte Sergej, und Sable wunderte sich, wie er in dieser gefährlichen Situation so lustig sein konnte. Sie hätte sich Morgan gern zu erkennen gegeben und sich von ihm beschützen lassen, doch sie hatte Angst, ihn noch länger aufzuhalten. Später, wenn sie in Sicherheit waren, würde sie den Schleier abnehmen und sich zu erkennen geben.

Morgan zog die Kapuze tief ins Gesicht und nahm Sable mit nach draußen in die Dunkelheit. Sie konnte gerade noch einen kurzen Blick auf Kuzlar Achasis Gesicht werfen, bevor Morgan sie in eine der wartenden Sänften stieß. Falls der riesige Mann überhaupt ahnte, daß sie ein Blutbad hinterlassen hatten, gab er das jedenfalls nicht zu erkennen. Auch die Anwesenheit einer weiteren Person schien ihn nicht zu überraschen. Er setzte sich an die Spitze der Prozession und drehte den Damen gleichmütig den Rücken zu, während sie in die Sänften kletterten.

Da eine Sänfte immer nur für eine Person bestimmt war, mußte Sable sich sehr dünn machen, um Morgans großem Körper Platz einzuräumen. Sie wurde gegen ihn geworfen, als die Sänfte in die Höhe gehoben wurde.

»Ruhig!« befahl Morgan in türkischer Sprache, als sich die Kolonne in Richtung auf das Tor in Bewegung setzte.

Sable hatte nicht die Absicht, etwas zu sagen, weil sie mit Recht befürchtete, daß eine Entdeckung in genau diesem Augenblick schreckliche Folgen haben würde. Später an Bord der *Defiance* war immer noch Zeit genug. Sobald Morgan außer Gefahr war, wollte sie mit Wonne jede Strafe auf sich nehmen.

Morgan dachte über das schweigsame Mädchen nach. Da er die unbedingte Loyalität der Dienerinnen ihrem Sultan gegenüber kannte, wunderte er sich, daß diese einen Mann getötet und ihr eigenes Leben riskiert hatte, um ihm zu helfen. Er warf einen kurzen Blick auf ihr schmales Gesicht, das hinter einem hauchzarten Schleier verborgen war. Morgan konnte erkennen, wie sich ihre Brüste unter dem bestickten Bolerojäckchen hoben und senkten. Sie war klein und schlank, und die Luft in der Sänfte duftete nach ihr.

Erstaunt stellte Morgan plötzlich fest, daß sich Begehren in seinen Lenden regte, als der nur mit dünner Seide bekleidete Körper gegen ihn gepreßt wurde. Es war doch wirklich verrückt, daß er mitten auf seiner Flucht aus dem Serail Sehnsucht nach einem jungen Mädchen empfand. Er hatte gerade zwei Männer getötet, und das Leben von Sergej Vilyusk und Jack Torance hing an einem seidenen Faden. Er verlagerte sein Gewicht ein wenig auf die andere Seite. In diesem Augenblick wandte das Mädchen den Kopf und sah ihn an. Fasziniert betrachtete er die glänzenden Augen. Offenbar spielte ihm die Dunkelheit einen Streich, denn er hätte schwören können, daß die Augen grün waren, so grün wie Gras und so verführerisch wie die einer bestimmten Dame, die ihn an Bord seines Schiffes erwartete.

Da Sable Morgan inzwischen recht gut kannte, entging ihr das winzige Zucken seines Gesichts nicht. Was er wohl dachte? Ob er sie durch den Schleier hindurch erkannt hatte? Rasch wandte sie sich ab und seufzte erlöst, als die Sänfte endlich abgesetzt wurde.

Es war stockdunkel, und sie stolperte, als Morgan, der zuerst ausgestiegen war, ihr heraushalf. Seine Hände glitten über ihren Körper, um sie aufzufangen, und unabsichtlich rieben sich ihre Brüste an seinem Körper. Schockiert stellte er fest, daß bei dieser leichten Berührung ein heißes Gefühl durch seinen Körper strömte. Er setzte sie mit verkniffenem Gesicht auf die Erde.

»Von hier ab trennen sich unsere Wege«, sagte Morgan, während Sergej und Jack aus der anderen Sänfte kletterten. »Kuzlar Achasi kann uns nur bis zur Mauer begleiten.«

»Und was wird aus dem Mädchen?« fragte Jack Torance.

»Ich –«, begann Morgan, doch seine Worte wurden

plötzlich von einer Musketensalve unterbrochen, die hinter ihnen losbrach. Über ihnen wurden die Äste getroffen, und langsam sank einer der Träger zu Boden, während sich ein zweiter jammernd den getroffenen Fuß hielt. Weitere Schüsse vermischten sich mit dem Geschrei der Dienerinnen, die in alle Richtungen auseinanderstoben. Als sie mit einer weiteren Salve eingedeckt wurden, sah Sable, wie Kuzlar Achasi plötzlich zu Boden sank, nachdem er von einer Kugel in die Brust getroffen worden war. Sie schrie laut auf, als Blut aus der Wunde quoll und seine Kleidung dunkelrot färbte. Ihre großen Augen suchten nach Morgan, doch im dichten Qualm konnte sie nichts und niemanden erkennen.

»Morgan!« schrie sie voller Angst. »Morgan, wo bist du?«

In dem Geschrei und der heillosen Verwirrung ging ihre Stimme beinahe unter, doch Morgan hatte sie trotzdem gehört. Sein Kopf flog herum, und die Hand mit der Pistole sank herunter, während er sich ungläubig umsah. Hatte er tatsächlich Sables dünne, ängstliche Stimme gehört? Nein, das konnte doch nicht sein. Sable war an Bord der *Defiance*.

»Morgan, wo bist du? Gib' doch Antwort!«

Ihre Stimme war fast nicht zu hören, weil die Worte immer wieder in Tränen untergingen, doch für Morgan gab es keinen Zweifel mehr. Er kämpfte sich durch den dichten Rauch hindurch, bis er sie plötzlich mitten zwischen Toten und Verwundeten erblickte. Sie trug das karmesinrote Gewand, das er für sie besorgt hatte. Den hoffnungslosen, verzweifelten Ausdruck auf ihrem kleinen Gesicht würde er wohl bis an sein Lebensende nicht mehr vergessen. Als hinter ihr wieder Kommandos erschallten, wußte er, daß sich die Wachsoldaten näherten und jeden Augenblick das tödliche Feuer auf sie eröffnen konnten.

»Nein!« schrie er aus tiefstem Herzen und ohne Rücksicht auf die Gefahr und die entsetzten Ausrufe von Sergej und Jack Torance rannte er zurück und packte Sable um die Taille. Ihr Widerstand brachte ihn beinahe zu Fall, doch er ignorierte ihre Angstschreie und barg sie an seiner Brust.

»Über die Mauer! Rasch!« schrie er seinen Gefährten zu und hob Sable hoch. »Gib' dir Mühe, mein Schatz!« drängte er sie mit rauher Stimme. »Und sieh dich nicht um!«

Die Tatsache, daß Sable als junges Mädchen häufig an der Steilküste unterhalb von North Head herumgeklettert war, rettete ihr das Leben, denn ohne diese Übung hätte sie es vermutlich niemals geschafft. Nachdem sie sich hochgezogen hatte, ließ sie sich auf der anderen Seite hinunterfallen, wobei sie sich die Knie aufschlug. Als sie Kampfgeschrei hinter der Mauer hörte, überfiel sie wieder die Angst.

»Jack, signalisieren Sie dem Boot!« hörte sie Morgan in der Nähe befehlen. »Wir müssen uns beeilen, wenn wir ungesehen hinunter zur Küste kommen wollen.«

»Aye, aye, Sir!«

Sable hörte, wie das Unterholz knackte, als der Erste Maat die Steilküste ein Stück hinunterschlitterte. Sie selbst kroch in die Richtung, aus der sie Morgans Stimme gehört hatte. Doch als sie gerade seinen Namen flüstern wollte, wurde sie vom Licht der Fackeln geblendet, das über der Mauer auftauchte. Sable schrie, als Sekunden später wieder das Feuer eröffnet uwrde.

»Sei still, Sable!« hörte sie Morgan ganz in ihrer Nähe sagen, während sie sich in den Schatten des Gebüschs unterhalb der Mauer kauerte. Fast im selben Augenblick wurde sie gegen seine breite Brust gedrückt, und seine Arme schlangen sich um ihren Körper. Instinktiv rollte sie sich zusammen, während rundherum die Schüsse auf dem Erdboden einschlugen. Wie lange es gedauert hatte, konnte sie nicht sagen, doch es hörte so plötzlich auf, wie es begonnen hatte. Die Nacht war auf einmal so still, daß sie Morgans Herzschlag an ihrer Wange hören konnte.

»Bewege dich nicht!« flüsterte er ihr zu. »Sie wollen sich bestimmt überzeugen, ob wir alle tot sind, bevor sie herunterkommen, um uns zu suchen.«

Sable drängte sich an ihn, während die Sekunden quälend langsam vergingen, und war dankbar für die starken Arme, die sie festhielten. Oben auf dem Wall war es ruhig geworden. Auch die Fackeln waren verschwunden, doch Sable spürte, daß die Soldaten ihre Positionen noch nicht verlassen hatten. Wahrscheinlich warteten sie tatsächlich nur auf eine winzige, verräterische Bewegung, um dann wieder zu schießen.

»Kapitän!« flüsterte es drängend auf der linken Seite. »Kapitän, wir brauchen Ihre Hilfe!«

»Was ist los, Jack?« flüsterte Morgan zurück und ließ Sable ganz sanft los.

»Es geht um Sergej. Ich fürchte, er ist getroffen worden.«

»Oh, nein!« stöhnte Sable. Geduckt folgte sie Morgan zu einem kleinen Gebüsch. Sergejs Körper lag regungslos und still auf dem feuchten Boden.

»Wie schlimm ist es, Kapitän?« fragte Jack Torance besorgt.

»Schlimm, fürchte ich«, Morgans Stimme war ganz sachlich. »Sie müssen allein gehen. Jack! Nehmen Sie Sable mit! Ich werde mit Sergej einen anderen Weg suchen.«

»Nein!« rief Sable, ohne auf das verwunderte Gesicht des Ersten Maats zu achten, der sie jetzt erst erkannte. Mit zitternden Händen klammerte sie sich an Morgans Gewand. »Morgan, bitte! Nicht!«

»Um Himmels willen, Sable! Tu', was ich dir sage!« kommandierte er.

»Bitte!« flüsterte sie, denn sie wußte, daß es den sicheren Tod bedeutete, wenn sie in die Hände der Türken fielen.

Morgan schwieg einen Augenblick und betrachtete ihr Gesicht und ihre Augen, die inständig baten. Alle Angst und alle Liebe, die sie für ihn empfand, waren darin zu lesen. »Bringen Sie sie hinunter zum Boot, Jack!« sagte er rauh und mußte sich entsetzlich zusammennehmen. »Wir können den Weg nicht schaffen.«

»Dann laß' mich doch hier und hau' ab, solange du es noch kannst«, flüsterte Sergej.

»Jetzt ist keine Zeit für Heldentaten, mein lieber Freund«, brummte Morgan. »Der Weg über die Klippen ist zu steil für dich, aber wir werden einen anderen Weg finden.«

»Wer ist denn hier der Held?« fragte Sergej, dessen Stimme merklich schwächer wurde, mühsam. »Du wirst nur umkommen, du dickköpfiger Idiot!«

»Morgan –« rief Sable. Sie konnte ihn unmöglich hier allein mit dem verwundeten Mann zurücklassen.

»Ich habe dir gesagt, du sollst mit Jack gehen!« schimpfte er, doch als er ihr blasses, gequältes Gesicht sah, streckte er die Hand aus. »Mein Gott, Sable!« stöhnte er. Beinahe hätte er ihr gestanden, daß er sie liebte, daß ihm nur daran lag, daß sie heil und gesund auf die *Defiance* zurückkehrte.

»Jack, bringen Sie sie weg!« befahl er und warf noch einen kurzen Blick auf ihre großen, ängstlichen Augen. Dann verschwanden sie im Unterholz. Entlang der Mauer konnte er die Rufe der Soldaten hören und wußte, daß sie jeden Augenblick hiersein konnten. Er mußte intensiv an Sable denken und bedauerte es heftig, in dieser Nacht vermutlich sein Leben zu verlieren. Dann fluchte er. Welcher Narr war er nur! Falls er diese Sache tatsächlich überleben und auf sein Schiff zurückkehren sollte, mußte er sich an seinen Schwur halten, nie wieder ihrer Verführung zu erliegen.

Er beugte sich hinunter und schlang Sergejs Arm um seine Schultern. »Wir müssen uns beeilen, alter Freund.«

Sergejs Stimme war schwach, aber ruhig. »Zeige du mir den Weg, Kamerad, und ich folge dir.«

Das Gehen war äußerst schwierig, doch beide Männer wußten, wie man einem übermächtigen Feind entkam. Zu ihrer großen Erleichterung öffneten sich in diesem Augenblick die Schleusen des Himmels, und heftiger Regen durchweichte sie bis auf die Knochen, gleichzeitig verbarg er sie vor ihren Verfolgern. Nachdem ihre Fakkeln verlöscht waren, konnten die Soldaten des Sultans so gut wie nichts sehen, was ihr Fortkommen sehr erschwerte und ihren Eifer, die Flüchtlinge zu finden, merklich dämpfte.

Sable St. Germain würde diese entsetzliche Nacht wohl ihr Leben lang nicht vergessen! Nie zuvor hatte sie solche Mühsal überstehen müssen wie diesen Abstieg in völliger Dunkelheit über die Klippen. Jeder falsche Schritt konnte in den Abgrund führen. Der Pfad, den Jack und sie hinuntergingen, war schrecklich steil, und mehrmals stolperte sie über scharfkantige Felsen. In kürzester Zeit waren ihre Kleider und ihre Schuhe hoffnungslos ruiniert, und Schrammen bedeckten Arme und Beine. Sable klammerte sich mit aller Kraft an Jacks starken Arm, doch nicht aus Angst, zu fallen und abzustürzen; sondern aus Verzweiflung, daß Morgan und der schlimm verwundete Sergej hatten zurückbleiben müssen.

»Jack«, keuchte sie und wandte ihm ihr Gesicht in der Dunkelheit zu, »was werden die beiden machen?«

»Machen Sie sich keine Sorgen«, sagte er zuversichtlich. »Der Kapitän kennt die Gegend, und er wird einen Weg finden, um Sergej hinunter ans Wasser zu bringen.«

»Aber –«

»Passen Sie auf, Mylady!« rief Jack, als sie ausrutschte

und beinahe gestolpert wäre. »Wir müssen jetzt in erster Linie an uns selbst denken.«

Sie hatten den halben Weg geschafft, als der Regen einsetzte. Innerhalb von Sekunden wurde der Pfad zu Morast. Das Wasser plätscherte um ihre Füße, und der Weg wurde zusehends schlüpfriger. In kürzester Zeit war Sable bis auf die Haut durchnäßt und fror entsetzlich. Als sie den Strand erreicht hatten, ließ sie sich widerstandslos von Jack weiterziehen, bis sie schließlich die vertraute Stimme von Harley Gump aus der Dunkelheit vernahmen, der nach ihnen rief.

»Was ist geschehen, Jack?« fragte dieser, als der Erste Maat völlig durchweicht vor ihm auftauchte.

»Der Kapitän ist noch unterwegs. Vilyusk wurde von einer Kugel in den Rücken getroffen.«

Sable konnte hören, wie Aaron Pierson hinten im Boot leise pfiff. »Damit kommt er nicht weit.«

»Lady Sable!« rief Harley Gump völlig überrascht, als er die zitternde, kleine Gestalt erkannte, der Jack ins Boot half. »Was...?«

»Keine Zeit für Erklärungen«, unterbrach ihn Jack, während er durchs Wasser rannte, um das Boot abzustoßen. Nachdem er schließlich hineingeklettert war, schüttelte er sich die nassen Haarsträhnen aus der Stirn. »Los, los, Leute! Wir müssen ein wenig Abstand zwischen uns und den Palast bringen und dann auf das Signal des Kapitäns warten.«

»Falls sie es lebend schaffen«, meinte einer der Ruderer bitter.

»Oh, Jack!« seufzte Sable.

»Nehmen Sie sich zusammen!« sagte der Erste Maat scharf. »Wir haben schließlich keine weiteren Schüsse gehört. Ich bin sicher, daß Sir Morgan seine Verfolger in der Dunkelheit abgeschüttelt hat.«

»Was haben Sie denn überhaupt dort gemacht, Mylady?« fragte Doktor Pierson, während er eine Decke um ihre zitternden Schultern legte und ihr die Brandyflasche reichte. »Hat Sir Morgan es tatsächlich gewagt, eine hilflose junge Frau in sein Abenteuer zu verwickeln?«

Sable fuhr hoch, als sie den mißbilligenden Ton hörte. »Morgan Carey hatte keine Ahnung, daß ich dort war. Ich bin ihm heimlich gefolgt, und sie haben mich erst viel später erkannt. Ich – ich wollte ihm helfen«, sagte sie und brach ab.

»Lady Sable hat mehr getan, als Sie sich vorstellen können«, fügte Jack schroff hinzu. »Sie hat einen Soldaten erschossen, der gerade unserem Kapitän das Herz durchbohren wollte.«

Die Männer murmelten beifällig, doch Sable hörte überhaupt nicht hin. Sie war sehr müde und völlig durchnäßt. Die Decke bedeutete keine große Hilfe, denn Sable zitterte aus Angst um Morgan, und sie versuchte, die Dunkelheit hinter ihnen mit den Augen zu durchdringen. Wo war er nur? War er den Soldaten entkommen, oder hatten sie ihn und Sergej bereits gefangengenommen?

»Was werden wir jetzt tun, Jack?« Sables Zähne schlugen aufeinander, doch sie biß ihre Kiefer zusammen, um es vor ihm zu verbergen.

»Der Kapitän wird versuchen, auf einem weniger steilen Weg zum Ufer hinunterzukommen.«

»Und wenn Sergej zu schwach ist, um überhaupt zu laufen?« fragte Sable mit zaghafter Stimme.

Jack Torance zögerte einen Augenblick, doch dann antwortete er sehr zuversichtlich: »Der Kapitän wird schon einen Weg finden, Mylady. In dieser Beziehung habe ich überhaupt keine Bedenken.«

Doch Sable hatte den sorgenvollen Unterton sehr wohl gehört und fühlte, wie eine kalte Hand nach ihrem Herzen griff. Morgan und Sergej befanden sich in größten Schwierigkeiten, was nicht einmal Jack leugnen konnte. Ihre Kehle schmerzte, und sie mußte schlucken, um nicht wie eine schwache Frau loszuweinen.

»Schneller, Männer!« befahl Jack Torance.

Rund herum war nur Finsternis, und das Wasser war absolut ruhig. Der Regen hatte aufgehört, und es war windstill. Die Lichter von Istanbul schimmerten sanft aus der Ferne, und der einzige Laut, der weit und breit zu hören war, war das gelegentliche Knarren der Riemen, während die Männer das Boot schweigend gegen die Strömung ruderten.

Unverwandt starrte Sable zur Küste hinüber und wartete auf Morgans Signal, bis ihr schließlich alles vor den Augen verschwamm. Wo war er, um Gottes willen? Sie wußte, daß sie das Warten nicht mehr allzu lange ertragen konnte. Sehnsuchtsvoll dachte sie an ihn und an den liebevollen Ausdruck seines Gesichts, als er ihr Kinn mit seiner starken Hand umfaßt und sie geküßt hatte. Unbemerkt lief eine Träne über Sables Wange. Wenn ihm etwas zustieß, dann wollte sie nicht mehr leben.

»Ahoi!«

Sable fuhr herum und starrte in die Richtung, aus der der Ruf gekommen war.

»Es ist alles in Ordnung, Mylady«, beruhigte sie Harley Gump. »Das ist nur das andere Boot.«

Kurze Zeit später tauchte das bleiche Gesicht des jüngsten Offiziers aus der Dunkelheit auf. »Ahoi!« rief er noch einmal. »Könnt ihr mich hören?«

»Hayes, Sie sollten doch auf dem Schiff bleiben!« explodierte Jack Torance, als auf dem anderen Boot die Ruder eingezogen wurden, und es zu ihnen herüberdriftete.

»Das stimmt, Mr. Torance, aber wir sind bereits seit drei Stunden fertig zum Auslaufen. Gilpin hat Schüsse aus der Richtung des Palastes gehört, und so haben wir uns entschlossen nachzusehen.« Daniels Erstaunen war groß, als das Licht seiner Laterne auf Sables dunkles Haar fiel. »Mein Gott, Lady Sable, was machen Sie denn hier?«

»Für Unterhaltungen ist jetzt keine Zeit«, brummte Jack. »Sie fahren sofort zurück zum Schiff und nehmen Lady Sable mit!«

»Nein!« protestierte Sable.

Der Mann aus Devonshire nahm ihre Hand und sah sie eindringlich an. »Sie werden dem Kapitän eine größere Hilfe sein, wenn Sie zurückfahren. Es müssen Betten gerichtet werden, und das Verbandszeug muß vorbereitet werden. Doktor Pierson wird Ihnen sagen, was er benötigt.«

»Ein ausgezeichneter Vorschlag«, stimmte der Arzt zu. »Vielleicht«, fügte er hoffnungsvoll hinzu, »sollte ich Lady St. Germain zurückbegleiten und selbst die Vorbereitungen überwachen.«

Jacks Augen blickten eiskalt. Nichts verachtete er so sehr wie Feigheit. »Sie werden hier benötigt, Doktor. Sie müssen Sergej Vilyusks Wunde behandeln, sobald wir ihn gefunden haben«, sagte er voller Verachtung.

»Schon gut, schon gut! Ich habe nicht nachgedacht.«

»In nicht allzu langer Zeit wird es hell werden«, meinte Jack, während er prüfend zum dunklen Himmel emporblickte. »Halten Sie das Schiff abfahrbereit! Ich bete, daß wir in Kürze folgen werden.«

»Ich ebenfalls, Sir!« erwiderte der junge Hayes ernst.

Während Jack Torance zusah, wie Sable ins andere Boot hinübergeholfen wurde, wünschte er, ihr etwas Aufmunterndes mit auf den Weg geben zu können. Wie jung und zart sie in der großen Decke aussah, die Doktor Pierson ihr gegeben hatte. Er sah den Schmerz in ihren Augen. »Ich hoffe, Sie werden alles vorbereitet haben, wenn Sir Morgan zurückkehrt«, rief er zu ihr hinüber.

Sable hob den Kopf. »Was haben Sie gesagt?« fragte sie unsicher.

»Sie werden alles vorbereiten, nicht wahr?«

»Ja, Mr. Torance«, rief sie zurück, und es klang ein wenig munterer. »Ja, natürlich. Ich werde tun, was ich kann.«

»Es wird nicht lange dauern«, fügte er hinzu, bevor die Dunkelheit das andere Boot verschluckte. Er war sehr froh, daß sie jetzt eine Aufgabe hatte und von ihren Sorgen abgelenkt wurde.

Trotz der durchdringenden Kälte und der quälenden Sorgen fiel Sable für kurze Zeit in einen Erschöpfungsschlaf, während das kleine Boot zur *Defiance* zurückfuhr. Ein lauter Ruf vom Deck weckte sie, und sie erhob sich unsicher. Sie gestattete Daniel Hayes, ihr die Leiter hinaufzuhelfen. Am oberen Ende wurde sie von Armen ergriffen und an Bord gezogen. Sekunden später fühlte sie wieder Boden unter den Füßen und starrte geradewegs in Graysons erstauntes Gesicht.

»Guter Gott, Lady Sable! Sind Sie verletzt?« fragte er ängstlich.

»Nein, mir geht es gut«, beruhigte sie ihn rasch.

»Welch ein Glück!« Dann wurde er wieder förmlich. »Folgen Sie mir nach unten! Ich werde Ihnen Tee kochen.«

Sable schüttelte den Kopf. »Dazu haben wir keine Zeit, Grayson. Wir müssen Morgans Kabine für Doktor Pierson vorbereiten.«

Erschrecken zeigte sich auf Graysons Miene. »Ist jemand verletzt worden?«

»Sergej Vilyusk ist schwer verletzt«, antwortete Sable. »Wir mußten ihn und Morgan unterhalb des Palastes zurücklassen. Sie werden versuchen, an einer anderen Stelle zum Wasser herunterzukommen, wo Mr. Torance sie aufnehmen will.«

»Wir werden startklar sein«, fügte Daniel Hayes hinzu, als er zu ihnen trat. »Wenn Sie mir jetzt endlich erklären würden«, meinte er, während er ungläubig ihre zerrissene und verschmutzte Kleidung musterte, »was Sie dort überhaupt gemacht haben. Wußten Sie denn nicht...?«

Doch Grayson legte fürsorglich den Arm um Sables Schultern und führte sie nach unten. »Später werden wir viel Zeit für Erklärungen haben, Mr. Hayes«, rief er über die Schulter zurück. Außerdem schuldete Sable seiner Meinung nach erst einmal Sir Morgan einige Erklärungen.

»Er wird uns Bescheid sagen, nicht wahr?« fragte Sable und sah Grayson mit ihren großen grünen Augen fragend an. »Sobald der Kapitän und Sergej Vilyusk zurückkommen, ja?«

»Aber natürlich. Machen Sie sich darüber keine Sorgen, Mylady.«

In Morgans Kabine war es angenehm warm, da Grayson vorsichtshalber ein Feuer in dem kleinen Ofen angezündet hatte. Rasch brachte er Sable ein großes Handtuch. »Ich möchte, daß Sie diese nassen Sachen ausziehen«, sagt er in einem Ton, der keinen Widerspruch duldete. »Trocknen Sie sich ab, und ziehen Sie diese Sachen an!« Mit diesen Worten reichte er ihr ein frisch gebügeltes Hemd sowie eine Hose und fügte hinzu, als er Sables unsicheren Gesichtsausdruck bemerkte: »Mit einem Patienten habe ich schon genug zu tun. Ich möchte nicht, daß Sie eine Lungenentzündung bekommen.«

Sable war viel zu müde, um sich mit ihm zu streiten, und außerdem war die Aussicht auf warme, trockene Kleidung einfach zu verlockend.

»Ich werde Ihnen heißen Tee holen«, sagte Grayson, während er zur Tür ging. Sein Herz zog sich vor Mitleid zusammen, als er sah, wie das Wasser aus ihrer Hose und dem Bolerojäckchen tropfte und kleine Seen auf dem Boden um ihre Füße herum bildete. Sie sah aus wie ein verlorenes, ängstliches Kind, und er mußte sich gewaltig zusammennehmen, um sie nicht einfach in die Arme zu nehmen und sie zu trösten. Das würde nicht guttun, sagte er sich. Lady Sable war zwar eine starke, tapfere Frau, doch im Augenblick war sie einem Zusammenbruch nahe, und jedes Zeichen von Zuneigung oder Mitleid hätte ohne Zweifel einen gewaltigen Tränenstrom ausgelöst.

Als er zurückkehrte, war Sable gerade dabei, die Dekken von Morgans Koje abzunehmen und die Sachen zusammenzusuchen, die Pierson brauchte. Grayson stellte das Tablett ab. »Trinken Sie das!« befahl er, während er den Kaffee in eine Tasse goß. »Ich habe Brandy hinzugefügt. Das wird wahre Wunder bewirken.«

Zu seiner Überraschung gehorchte sie widerspruchslos. Während sie ihn über den Rand der Tasse hinweg ansah, erschrak er über den leidenden Ausdruck in ihren Augen. Guter Gott! Sie liebte ihn wirklich, dachte Grayson und betete, daß Sir Morgan unverletzt zurückkehren möge.

Während der nächsten halben Stunde arbeiteten der Diener und das schweigsame Mädchen fieberhaft, um Morgan Careys Kabine in einen funktionsfähigen Operationssaal zu verwandeln. Sable befolgte Graysons Anordnungen und war froh, daß sie etwas zu tun hatte, was sie ablenkte. Gleichzeitig lauschte sie jedoch unablässig auf jeden Laut von oben, der möglicherweise die Rückkehr des Bootes ankündigte.

Nach einer unerträglichen Wartezeit hörten sie plötzlich Schritte auf Deck. Sekunden später flog die Tür auf, und einer der Matrosen stürmte herein.

»Der Kapitän ist zurück, Mr. Grayson! Ist alles fertig?«

Damit war er auch schon wieder verschwunden, und die beiden Zurückgebliebenen strahlten einander an. Sable errötete. Sie war zwar zum Umfallen müde, doch ihr Herz sang. Morgan war zurück! Endlich war er in Sicherheit!

Rasch vollendeten sie ihre Arbeit, und Sekunden später öffnete sich auch bereits die Tür. Zwei Matrosen trugen den bewußtlosen Sergej Vilyusk herein. Doktor Pierson folgte mit ernstem Gesicht. »Legen Sie ihn hierhin, aber sanft!«

»Wo ist der Kapitän?« fragte Grayson und sprach damit Sables Frage aus, die ihr auf der Zunge brannte.

»Am Ruder«, erwiderte einer der Männer. »Wir müssen machen, daß wir wegkommen.«

Sofort wandte Sable ihre ganze Aufmerksamkeit dem leblosen Mann zu, der auf der Koje lag. Sie erschrak bei seinem Anblick. Die Augen waren geschlossen, sein Hemd war naß und voller Blut. Ängstlich sah sie zu Doktor Pierson hinüber. »Wie schlimm steht es um ihn?«

»Er hat wahrscheinlich zuviel Blut verloren«, antwortete der Arzt, ohne sie anzusehen. »Glücklicherweise ist die Kugel nicht mehr in der Schulter. Aber es ist trotzdem fraglich, ob er es überleben wird. Ich konnte die Blutung während der Überfahrt stillen, aber jetzt muß die Wunde genäht werden.«

»Ich werde ihm helfen, Lady Sable«, erbot sich Grayson. »Und Sie gehen lieber zu Bett.«

Sie schüttelte den Kopf. »Lassen Sie mich hierbleiben, Grayson. Ich kann Ihnen zur Hand gehen und holen, was Sie brauchen.«

Doktor Pierson sah sie zweifelnd an. »Es wird aber kein erfreulicher Anblick werden, Mylady!«

Sables trotziger Gesichtsausdruck war nicht länger der eines kleinen, verzogenen Kindes, sondern der einer stolzen, entschlossenen Frau, zu der sie aufgrund ihrer Liebe zu Morgan herangereift war. Dieser Mann war Morgans Freund, und er hatte sein Leben für ihn aufs Spiel gesetzt. Das mindeste, was sie tun konnte, war, für sein Überleben zu kämpfen. »Bitte, ich bestehe darauf!« sagte sie sanft.

»Dann waschen Sie Ihre Hände!« kommandierte Doktor Pierson, der genau wußte, daß für Streit keine Zeit war. »Und Sie ebenfalls, Grayson! Ich erwarte von Ihnen beiden, daß Sie meine Anordnungen bis zum letzten Buchstaben befolgen. Ist das klar?«

Ein selbstsicherer, selbstbewußter Arzt sprach zu ihnen. Er erinnerte Sable in keinster Weise an den weinerlichen, seekranken Feigling, den sie bisher kannte. Sie überlegte kurz, ob Morgan wohl von diesen Fähigkeiten wußte, als er ihn für diese Reise anheuerte. Während sie ihre Hände wusch, dachte sie an Morgan, und plötzlich war ihr Herz von großem Frieden erfüllt. Sie war froh, daß er gesund auf sein Schiff zurückgekehrt war. So froh, wie sie es noch nie in ihrem Leben gewesen war.

Auf dem regennassen Deck befolgten die Männer mit größter Hast Morgans Befehle, doch trotz aller Eile arbeiteten sie mit der gewohnten Präzision, die sie sich in langen Jahren erworben hatten. Morgan hatte seinen Platz am Ruder eingenommen und verfolgte mit zusammengezogenen Augenbrauen die Arbeit seiner Männer in den Rahen. Ihre Körper zeichneten sich als dunkle Schatten vor dem etwas helleren Himmel ab. Es war kalt geworden. Morgans Hemd klebte an seinem Körper, doch er schien es nicht zu bemerken. Im Augenblick kam es auf jede Sekunde an, und später, wenn das Schiff weit draußen auf dem sicheren Meer war, wollte er an sich selbst denken.

Auf sein Nicken hin brüllte Jack Torance laute Kommandos nach oben, und Augenblicke später füllte der aufkommende Wind die flatternde Leinwand der Segel, die von den Männern festgezurrt wurden. Das riesige Schiff fügte sich willig dem Druck und gewann allmählich an Fahrt. Zufrieden faltete Morgan die Arme vor seiner Brust und stand breitbeinig auf dem Deck. Der Wind spülte Gischtfetzen auf das Schiff. Endlich war die *Defiance* unterwegs, und Sergej und Sable befanden sich unter Deck in Sicherheit. Sollte der Großwesir doch versuchen, sie aufzuhalten! Morgan hatte sein Ziel erreicht Er war zufrieden.

13

Sable St. Germain richtete sich seufzend auf und strich sich die Haare aus der Stirn. Ihr Rücken schmerzte, und sie konnte vor Müdigkeit beinahe nichts mehr sehen. Aber sie beklagte sich mit keinem Wort, denn sie wußte sehr gut, daß Grayson und Doktor Pierson mindestens ebenso müde waren wie sie. Mit den blutigen Bandagen in der Hand blieb sie einen Augenblick lang am Fußende der Koje stehen und betrachtete den Mann, der Morgan Careys engster Freund war.

Trotz der bleichen Färbung seiner Haut sah er gut aus. Dunkles Haar fiel ihm in die Stirn, und der kurzgeschnittene Bart bedeckte ein energisches Kinn. Erleichtert stellte sie fest, daß die bläuliche Farbe seiner Lippen verschwunden war, doch das unkontrollierte Zittern seiner Glieder verriet, daß er noch sehr schwach war und wahrscheinlich gerade Fieber bekam. Sie blickte kurz zu Aaron Pierson hinüber, doch als sie sein ernstes Gesicht sah, hatte sie nicht den Mut, ihn nach den Überlebenschancen des Patienten zu fragen. Er mußte einfach überleben! Morgan hatte viel zuviel riskiert, er durfte ihn nicht verlieren.

»Ich schlage vor, daß Sie jetzt ins Bett gehen.«

Grayson wollte ihr hilfreich die Bandagen abnehmen, die sie in den Händen hielt, doch sie schüttelte nur den Kopf und lächelte ihn an.

»Das werde ich, aber vorher muß ich nach oben gehen und nachsehen, wie es Mor – wie es Kapitän Carey und Mr. Torance geht.«

»Gilpin hat ihnen vor einiger Zeit Kaffee gebracht. Zu dieser Zeit ging es ihnen gut«, versicherte Grayson. »Nach dem Knarren der Schiffsbalken zu urteilen, sind wir bereits seit einer hübschen Weile unterwegs – und nicht zu langsam, wie mir scheint.« Müde massierte er sich seinen Nacken. Die Uhr auf Morgans Kommode zeigte halb sechs. Kein Wunder, daß er sich ausgehöhlt und zerschlagen fühlte. Wie mußte es da erst Lady Sable gehen, die nicht nur unermüdlich Doktor Pierson assistiert, sondern auch ein gefährliches Abenteuer überstanden hatte.

»Ich werde in wenigen Minuten zu Bett gehen«, versprach Sable, die offenbar Gedanken lesen konnte. »Das heißt, falls Doktor Pierson mich nicht doch noch braucht.«

»Hm?« Der Arzt sah sie gedankenverloren an und schüttelte dann den Kopf. »Nein, überhaupt nicht, Lady Sable. Unser Patient muß sich jetzt nur noch erholen. Wir können nichts mehr für ihn tun.«

Daraufhin verabschiedete sich Sable und sank im Flur sekundenlang gegen die geschlossene Tür. Sie war entsetzlich müde, jeder Muskel ihres Körpers schmerzte. Die Ereignisse der vergangenen Nacht verschwammen ineinander, und ihr war klar, daß ihre seltsame Starrheit nur ein Schutz ihres Körpers war, um die Schrecken der letzten Nacht ein wenig von sich fernzuhalten. Sie wußte, daß sie einen Mann erschossen hatte. Aber weiter wollte sie nicht nachdenken. Wenn sie die Pistole nicht abgefeuert hätte, hätte Ramun Morgan ohne Zweifel getötet, doch auch daran wollte sie nicht mehr denken.

Plötzlich hatte sie so große Sehnsucht nach Morgan, daß ihre Knie zitterten. Mit schweren Schritten stieg sie an Deck, wo ihr die kalte Luft fast den Atem nahm. Die *Defiance* glitt geschmeidig und schnell durch das Wasser, und die Segel über Sables Kopf standen prall im Wind. Jetzt verstand sie auch, weshalb Morgan noch nicht nach unten gekommen war, um sich nach Sergejs Befinden zu erkundigen.

Plötzlich schoß ihr ein Gedanke durch den Kopf. Fuhren sie so schnell, weil er Verfolgung befürchtete? Sie erinnerte sich, von Jack Torance gehört zu haben, daß die Türkei eine der mächtigsten Flotten der Welt besaß. Ob der Sultan ihnen ein Kriegsschiff nachschickte? Doch wie sollte er, wenn nur Nikko Trimanos wußte, wer Sergej Vilyusk entführt hatte? Und Nikko Trimanos war tot.

Wie erwartet stand Morgan auf dem Achterdeck, wo er mit Hilfe eines Teleskops das Meer im Westen absuchte. Jack Torance und Nat Palmer waren am Ruder. Sable sah, daß der Erste Maat immer noch seine nassen Kleider trug. Aber auch sie selbst trug immer noch das völlig verschmutzte Haremsgewand. Dann versuchte sie mit den Händen ihre zerzausten Locken zu ordnen.

»Eine Frau denkt noch immer zuerst an ihr Aussehen!«

Bei Morgans zynischen Worten blickte sie auf und erschrak, als sie sein Gesicht sah. Er runzelte ebenfalls die Stirn, weil er nicht wußte, wie wild und verwegen er auf sie wirkte. Dunkle Stoppeln bedeckten sein Kinn, und er trug immer noch seine reichlich mitgenommene Hose. Seine Augen waren rotgerändert, und er wirkte so wild entschlossen, wie Sable ihn noch niemals gesehen hatte. Sie zögerte ein wenig weiterzugehen, weil sie nicht sicher war, ob sie willkommen war. Doch Morgan, der ihr Zögern bemerkte, ermunterte sie.

»Komm' nur herauf! Ich werde auch nicht schimpfen.«

»Ich dachte, du wärst vielleicht wütend auf mich«, meinte Sable, ohne sich zu rühren.

Sein Gesicht blieb unbewegt. »Man sollte dich eigentlich für deinen Leichtsinn verprügeln und dich für den Rest der Reise bei Wasser und Brot in deiner Kabine einsperren. Doch ich habe mittlerweile begriffen, daß es keinen Sinn hat, dir Vorschriften machen zu wollen. Wenn ich mich durchgesetzt hätte, wärst du in der letzten Nacht nicht gekommen. Dein Eingreifen hat mir das Leben gerettet, Sable«, sagte er sanft. Er wußte sehr genau, daß ihn das Bild, wie sie mit der Pistole in der Hand tapfer auf Ramun gefeuert hatte, bis an das Ende seiner Tage begleiten würde.

»Dann – dann bist du also nicht wütend?« flüsterte Sable.

Ein seltsamer Ausdruck spielte um seine Mundwinkel. »Wütend? Nein, Sable, ich bin nicht wütend. Ich –« Er brach ab. Wie konnte er nur in Worte fassen, was ihr Mut ihm bedeutete. Wie konnte er ihr klarmachen, was er empfunden hatte, als er sie allein und ohne Waffe mitten im Kampfgewühl mit Tränen in den Augen seinen Namen hatte rufen hören.

»Wie geht es Sergej Vilyusk?« fragte Jack Torance in die Stille.

»Doktor Pierson sagt, daß wir abwarten müssen«, antwortete Sable leise. Ihr war nicht ganz wohl zumute, weil sie nicht gern entmutigende Neuigkeiten überbrachte. »Er hat sehr viel Blut verloren und ist entsprechend schwach.«

Schweigend betrachtete Morgan ihr kleines Gesicht, während der Wind an seinem Haar zerrte. »Geh' jetzt zu Bett, Sable!« sagte er schließlich sanft.

Sie wollte gerade gehen, als ein Schrei sie innehalten ließ.

»Segel achteraus!«

Sofort riß Morgan das Teleskop an sein Auge. Im Osten dämmerte es bereits ein wenig, und ein schmaler, grauer Lichtstreifen erhellte die Wasserfläche. Doch es genügte, um die weißen Flecken oberhalb der Wasserlinie auszumachen.

Nach einem Augenblick absoluter Stille kam ein weiterer Ruf von oben: »Es ist eine Fregatte, Sir!«

Morgan biß die Zähne zusammen und reichte Jack Torance das Teleskop. Abwartend stand er daneben und schien nachzudenken, bis ihn die Stimme von Jack wieder in die Wirklichkeit zurückrief.

»Was werden wir tun, Kapitän?«

»Ich denke, daß wir einige Segel wegnehmen«, erwiderte Morgan ruhig, »und abwarten, was sie wollen.«

Der Mann aus Devonshire zog erstaunt die Augenbrauen hoch. »Sind Sie sicher, Kapitän?«

Morgans blaue Augen blickten kühl. »Zum erstenmal ziehen Sie meine Anordnungen in Zweifel, Mr. Torance.«

»Aye, Sir«, sagte Jack, den der Ton des Kapitäns völlig unbeeindruckt ließ. »Es erscheint mir klüger, ihnen davonzufahren. Ich wette, daß wir schneller sind.«

»Und wenn es die Fregatte darauf anlegt, uns zu jagen? Sie kann uns doch einfach aus dem Wasser pusten.« Morgan sah sehr entschlossen aus. »Ich muß Sie doch nicht daran erinnern, daß diese Fregatten viel mehr Kraft besitzen als wir.« Seine Lippen wurden schmal. »Nein! Wir werden unsere Geschwindigkeit zurücknehmen, und wenn man etwas von uns will, werden wir nachgeben. Bisher wissen wir ja nicht einmal, ob sie uns überhaupt verfolgen.«

»Aber wenn sie es tun?« fragte Jack knapp. »Wenn sie an Bord kommen wollen?«

»Damit«, meinte Morgan ruhig, »werden wir uns beschäftigen, wenn es soweit ist.«

Obgleich er äußerlich ruhig blieb, so sorgte er sich doch. Normalerweise hätte er es auf eine Wettfahrt ankommen lassen. Er wußte, daß der Klipper das wesentlich schnellere Schiff war. Vermutlich hätte er längst das offene Meer erreicht, bevor die Fregatte auch nur Zeit gehabt hätte zu feuern. Doch unter den augenblicklichen Umständen wollte er kein Risiko eingehen. Sein eigenes Leben bedeutete ihm wenig, und er wußte auch, daß seine treue Mannschaft lieber kämpfen als nachgeben würde. Aber die Anwesenheit von Sable und dem verletzten Sergej hinderten ihn daran, dem Schicksal unerschrokken die Stirn zu bieten. Es ging diesmal einfach um zuviel.

»Ich werde die Anordnungen geben, Sir«, sagte Jack zögernd. »Vielleicht wird uns das Glück ja nicht im Stich lassen.«

Als Morgan sich umdrehte, stand Sable immer noch mit blassem Gesicht neben der Leiter. »Geh' jetzt nach unten!« befahl er. Seine Stimme war unmißverständlich.

»Werden sie uns angreifen?« fragte Sable, doch trotz aller guten Vorsätze zitterte ihre Stimme.

Daß sie Angst empfand, brachte Morgan außer sich. Sie hatte wirklich schon genug durchgemacht, diese kleine, tapfere Person. Und er mochte gar nicht daran denken, was ihr noch bevorstand, bevor diese Nacht vorüber war. »Geh' nach unten!« wiederholte er. »Ich verspreche, daß dir nichts geschehen wird.«

Er konnte nicht wissen, daß sie keinerlei Angst um sich selbst hatte. Aber sie konnte es ihm auch nicht sagen, als er sie so ernst anblickte. Sie wollte gerade gehen, als genau in dem Augenblick lautes Donnergrollen hinter ihnen erklang. Sie drehte sich noch rechtzeitig um, um weiße Rauchwolken von dem anderen Schiff aufsteigen zu sehen, das mittlerweile so nah herangekommen war, daß man die prallen Segel mit bloßem Auge erkennen konnte.

»Sie feuert auf uns, Sir!« rief einer der Matrosen.

»Mr. Torance!« brüllte Morgan, während er sich einen Weg durch die Männer bahnte, die sich mittlerweile an der Reling versammelt hatten. »Geben Sie Befehl zum Laden! Aber niemand schießt, bevor ich es sage!«

»Aye, aye, Sir!«

Dann gab er Befehl, die Segel wieder zu setzen, die sie gerade eingeholt hatten. Sofort senkte sich der Bug tiefer ins Wasser, und das Schiff gewann an Fahrt. Als Morgan sich umdrehte, sah er, daß Sable immer noch wie angewurzelt auf dem Deck stand.

»Ich habe doch gesagt, daß du nach unten gehen sollst!« bellte er. Doch als er die Furcht in ihren Augen sah, sprach er leiser weiter: »Tu' mir den Gefallen, Sable, und versprich mir, daß du unter Deck bleiben wirst. Dort bist du in Sicherheit. Bitte, keine Heldentaten diesmal. Versprichst du mir das?«

Sie versuchte zu lächeln, doch er sah nur die Zuneigung in ihren Augen leuchten. In ihrem Haremskostüm wirkte sie so zerbrechlich, daß man ihr die Taten der letzten Nacht wirklich nicht zugetraut hätte. Doch Morgan widerstand mit aller Macht der Versuchung, sich von ihrem jungen, kleinen Gesicht beeinflussen zu lassen. Als er Daniel Hayes auf dem Deck erblickte, rief er seinen Namen.

»Aye, Kapitän?« fragte dieser, als er zu ihnen trat.

»Bringen Sie Lady Sable nach unten und erklären Sie Doktor Pierson, was vorgefallen ist. Er und Grayson sind mir für Sergej Vilyusk verantwortlich, falls wir angegriffen oder gar geentert werden. Sie müssen ihn unter allen Umständen retten. Verstanden?«

»Ja, Sir! Sonst noch etwas, Sir?«

Morgans Ton war sehr entschieden. »Ich möchte, daß Lady Sable in ihrer Kabine eingeschlossen und ein Posten vor ihrer Tür aufgestellt wird.«

»Morgan, bitte!« flüsterte Sable außer sich.

»Higgins soll das machen«, fuhr er fort, ohne auf ihr Flehen zu hören. »Niemand hat Zutritt oder darf auch nur die Tür öffnen, so lange ich es nicht befehle. Machen Sie das Mr. Higgins eindringlich klar, Mr. Hayes!«

»Aye, aye, Sir!«

Ohne Sable Gelegenheit zum Protest zu geben, eilte Daniel mit ihr davon. Er hatte schon einige brenzlige Situationen auf der *Defiance* miterlebt und großes Vertrauen in die Fähigkeiten seines Kapitäns, doch die Tatsache, daß Lady Sable sich an Bord befand, machte Daniel sehr zu schaffen. Er konnte sich nicht vorstellen, wie ein so zartes Wesen die Schrecken einer Seeschlacht aushalten würde.

»Hier kann Ihnen nichts geschehen«, versicherte er, als er sie etwas gewaltsam in ihre Kabine schob. »Kapitän Sir Morgan wird es schon zu verhindern wissen, daß einem von uns ein Haar gekrümmt wird. Das ist meine feste Überzeugung.«

Als sie ihn bittend ansah, hätte er ihr am liebsten gestanden, wie sehr er sie liebte, doch dazu war im Augenblick keine Zeit. Er konnte nichts anderes für sie tun, als Sir Morgans Befehle auszuführen.

»Daniel, bitte!«

Sie sprach ihn zum erstenmal mit seinem Vornamen an, so daß er stehenblieb, doch dann besann er sich auf seinen Auftrag. »Es tut mir leid, Mylady, aber ich habe meine Befehle.«

Der Anblick ihres kleinen, bittenden Gesichts machte ihm sehr zu schaffen, doch er schloß trotzdem die Tür und drehte den Schlüssel um. Dann wartete er einen Augenblick, weil er annahm, daß sie weinen oder flehen würde. Doch als sich hinter der dünnen Holztür nichts rührte, steckte er zögernd den Schlüssel ein und machte sich auf die Suche nach Higgins.

Oben an Deck herrschte fieberhafte Aktivität. Geschwindigkeit war die einzige Devise, und wenn sie der türkischen Fregatte entkommen wollten, mußte auch das letzte Segel gehißt werden. Jack Torance stand am Ruder, während Daniel Hayes sofort seine Position am Mast einnahm, um Morgans Anordnungen unverzüglich nach oben weiterzugeben.

Wieder ertönte der Donner, doch diesmal ein ganzes Stück näher. Das sollte wohl eine Warnung an das englische Schiff sein, doch Morgan hatte nicht die Absicht, sie zu beachten. Sollte man sie gefangennehmen, so wäre es unmöglich, Sergej zu verstecken, ohne gleichzeitig sein Leben aufgrund seiner Verwundung zu gefährden. Außerdem konnte sich Morgan noch allzugut an die Bemerkungen des Sultans erinnern, die Sables Schönheit galten. Er überlegte, ob Abdul Asis vielleicht Befehl gegeben hatte, die Engländer zu töten, die schöne Lady Sable jedoch zu verschonen und in seinen Harem zu bringen. Glaubte er wirklich, daß Morgan Sable einem solchen Schicksal überlassen würde?

»Kurs Südwest!« informierte ihn der Mann am Ruder.

Rasch schüttelte Morgan die dunklen Gedanken ab und blickte zu dem prallen Tuch hinauf, das im Wind knatterte. Im blassen Licht der ersten Dämmerung standen die Segel weiß gegen den bleigrauen Himmel, und Morgan konnte die Energie, die das Schiff vorwärtstrieb, beinahe körperlich fühlen.

»Wunderbar, Mr. Torance. Weiter so!« rief er zurück, denn er wußte sehr genau, daß keinerlei zusätzliche Geschwindigkeit mehr herauszuholen war. Die *Defiance* gab ihr Bestes, und er konnte nur beten, daß es genug war.

Auf der türkischen Fregatte hatte man indessen begriffen, daß der Klipper das Signal ignoriert hatte. Auch ohne Teleskop konnte Morgan sehen, wie sich die Segel blähten und Gischt vom Bug aufstieg, als sich ihre Geschwindigkeit erhöhte. Doch er war ziemlich sicher, daß die Anstrengungen bei weitem nicht ausreichen würden. Gleichsam als Bestätigung feuerte die Fregatte eine weitere Salve ab, die diesmal jedoch noch kürzer geriet als beim erstenmal. Die *Defiance* umrundete die Landspitze und gewann immer mehr an Distanz.

»Wir lassen sie hinter uns, Sir«, überbrüllte Daniel Hayes das Geräusch des Windes in der Takelage.

»Das bedeutet für den Sultan einen Schlag ins Gesicht«, fügte Jack Torance hinzu und grinste.

Eine ganze Zeit lang sagte Morgan gar nichts, sondern sah sich nur seine Männer an. Doch dann richtete er sich auf und meinte ganz ruhig: »Ich denke, wir sollten es ihnen auch zeigen. Mr. Hayes, lassen Sie eine Salve abfeuern!«

»Aye, aye, Sir!« Aufgeregt lief Daniel davon, um die Befehle seines Kapitäns auszuführen, und kurze Zeit später dröhnten die Kanonen. Die *Defiance* antwortete mit einem Ruck, und die Männer brüllten vor Begeisterung.

»Behalten Sie den Kurs bei, Mr. Torance!« sagte Morgan. »Ich bin mir zwar sicher, daß wir ihnen entkommen sind, doch ich möchte kein Risiko eingehen.« Und dem zurückgekehrten Daniel Hayes trug er auf: »Lassen Sie Doktor Pierson Bescheid sagen, daß wir keinen Angriff mehr befürchten müssen! Und dann können Sie auch Lady Sable wieder aus ihrer Kabine befreien!«

Daniel war bereits unterwegs, als ihn die Stimme seines Kapitäns zurückrief. »Geben Sie mir den Schlüssel! Darum werde ich mich selbst kümmern.«

»Aye, Sir«, erwiderte Daniel verdrießlich und legte den Schlüssel in die ausgestreckte Hand.

Als Morgan die Tür aufschloß, erwartete er, daß Sable ihn sofort mit Fragen überfallen würde. Doch zu seiner Überraschung blieb alles ruhig, und als er die Tür vorsichtig öffnete, glaubte er, seinen Augen nicht zu trauen. Trotz der drohend bevorstehenden Attacke einer türkischen Fregatte lag seine kleine Abenteuerin auf ihrer Koje und schlief. Die Knie hatte sie angezogen, und ihr Kinn ruhte auf einer Hand. Sie schlief tief und entspannt, und Morgan betrachtete sie eine ganze Weile. Er dachte mit Schaudern daran, was es für ihn bedeutet hätte, wenn er sie in der vergangenen Nacht verloren hätte. Vorsichtig beugte er sich hinunter und streichelte sanft über ihr dunkles, glänzendes Haar, bevor er die Kajüte wieder verließ und die Tür leise hinter sich ins Schloß zog.

Als er kurz darauf seine eigene Kabine betrat, betrachtete Doktor Pierson gerade den reglosen Sergej Vilyusk. Nach einem kurzen Blick auf den Verwundeten hätte Morgan auch ohne das zufriedene Grinsen des Schotten gewußt, daß sich sein Zustand gebessert hatte.

»Ich glaube, er wird es überleben, Kapitän«, informierte ihn Doktor Pierson erleichtert. »Er wird zwar noch eine Weile fiebern und sicher einige Tage brauchen, bis er wieder bei Kräften ist, aber das Schlimmste hat er mit Sicherheit überstanden.«

»Ich habe nichts anderes erwartet«, murmelte Morgan vor sich hin, während er sich erschöpft in einen Sessel fallen ließ.

Doktor Pierson sah ihn fragend an. »Wie bitte, Sir?«

Doch Morgan lächelte nur geheimnisvoll. Er wußte, daß ihm das Glück treublieb, weil die *Defiance* diese bezaubernde, grünäugige Wassernixe an Bord genommen hatte.

Sable verschlief den ganzen folgenden Tag und erwachte erst, als bereits der Abend hereingebrochen war.

»Faules Stück!« beschimpfte sie sich. Rasch erhob sie sich und schlüpfte in ihr lavendelfarbenes Kleid. Nachdem sie ihr Haar gebürstet und frisiert hatte, wusch sie das seidene Haremsgewand in ihrer Waschschüssel. Während sie es an einem Messinghaken an der Wand zum Trocknen aufhängte, überlegte sie, ob sie es wohl noch einmal tragen konnte, ohne gleichzeitig an die Schrecken der Nacht denken zu müssen.

Sergej! Ganz plötzlich fiel er ihr ein. Wie war es ihm wohl ergangen, während sie selig geschlafen hatte? Und was war aus der türkischen Fregatte geworden, die sie verfolgt hatte? Wie hatte sie es nur geschafft, trotz aller dieser Bedrohungen friedlich zu schlafen?

Sie öffnete die Tür und sah in den Flur hinaus. Unter Morgans Tür war kein Lichtstreifen zu sehen. Wahrscheinlich schlief Sergej Vilyusk, und Morgan war an Deck und konnte ihr mit Sicherheit alle ihre Fragen beantworten.

Der Mond war beinahe voll, und seine silbernen Strahlen tanzten auf der weiten Wasserfläche, als Sable in die warme Nachtluft hinaustrat. Oben in den Rahen schlug eine metallene Öse im Takt gegen Holz und vereinte sich mit dem Geräusch der knarrenden Schiffsbalken zu der nächtlichen Melodie, die Sable nun schon seit vielen Wochen vertraut war. Sie ging zur Reling hinüber, hielt ihr Gesicht in den Wind und war froh, allein zu sein. Vielleicht war diese Nacht schon eine ihrer letzten an Bord der *Defiance*. Doch rasch schob sie diese traurigen Gedanken von sich, denn im Augenblick sollte sie sich eigentlich freuen. Morgans Mission war schließlich erfolgreich verlaufen, und keinem seiner Männer war ein Haar gekrümmt worden.

Als sie Schritte auf den Planken hinter sich hörte, wußte sie, daß er es war. Sie blieb regungslos stehen, bis er neben ihr war. Jede Faser ihres Körpers war sich seiner Gegenwart bewußt. Sie fühlte, wie ihre Nerven prickelten und wie ihr Herz schneller schlug. Ganz langsam baute sich eine Spannung zwischen ihnen, die an die Ruhe vor dem Sturm erinnerte.

»Wie geht es Sergej Vilyusk?« fragte sie, um irgend etwas zu sagen.

»Er wird gesund werden, doch es wird eine Zeit dauern«, antwortete Morgan. »Außerdem kann ich berichten, daß wir die türkische Fregatte glücklich hinter uns gelassen haben. Unserer Rückkehr nach Tanger wird jetzt wohl nichts mehr im Weg stehen.«

»Was wird aus Sergej, wenn er sich erholt hat?« fragte Sable neugierig, obwohl sie sich mehr um Morgans Zukunft Gedanken machte. »Wohin wirst du ihn bringen? Hat er noch Familie?«

»Ich fürchte, nein«, antwortete Morgan bedauernd. »Es ist möglich, daß er schon Pläne gemacht hat, aber ich kenne sie noch nicht.«

Morgan betrachtete Sables hübsches Profil und überlegte, woran sie wohl dachte.

»Und wie, glaubst du, wird Sultan Abdul Asis reagieren?« fragte sie weiter. Bestand die Möglichkeit, daß Morgan alle Ehren entzogen und er möglicherweise von einer wütenden Königin Victoria ins Gefängnis geworfen wurde.

»Solange Sergej seinem Heimatland keine offizielle Mitteilung macht, wird der Sultan vermutlich überhaupt nichts unternehmen. Für ihn ist es mit Sicherheit am besten, wenn nichts von der ganzen Angelegenheit ans Licht kommt.«

Sable wünschte, sie hätte den Mut, ihn nach seiner Zukunft zu fragen. Der Gedanke war unerträglich, nach North Head zurückzukehren, ohne zu wissen, was aus ihm werden würde. Wie wenig wußte sie doch von dem Mann, dem ihr ganzes Herz gehörte. Ihr war bekannt, daß er ein recht komfortables Leben in Devon aufgegeben hatte, um Soldat zu werden und später dann Kapitän. Doch den Grund für diesen Entschluß kannte sie nicht.

»Wirst du wieder nach Devon gehen, wenn diese Reise zu Ende ist?« fragte sie zaghaft und erhoffte sich eine Antwort, an die sie sich halten konnte.

Das Mondlicht beleuchtete Morgans klares Profil, und sie konnte ein kleines, zynisches Lächeln erkennen. »Nach Devon? Außer meinem Schiff habe ich kein Zuhause.«

»Überhaupt keines?« fragte sie ungläubig. »Jeder hat doch ein Zuhause.«

»Aber ich bin nicht ›jeder‹«, erinnerte Morgan sie sanft. »Ich habe kein Haus auf dem Land, Sable, und auch keinen so wunderbaren Besitz wie dein North Head.« Er meinte etwas spöttisch: »Ich besitze allerdings ein kleines Stadthaus in Dartmouth, wo ich wohne, wenn das Schiff überholt werden muß. Doch in meiner Abwesenheit vermiete ich es. Bist du jetzt zufrieden? Ich bin also kein Herumtreiber, jedenfalls nicht ganz.«

Sable hätte nicht sagen können, ob es Bitterkeit, Bedauern oder Gleichgültigkeit waren, die ihn so reden ließen.

»Ich bin genau das, was du vor dir siehst«, fügte Morgan hinzu. »Ein einfacher Kapitän und Herr meines Schicksals. Weißt du«, erklärte er, »es gab einmal eine Zeit, da dachte ich, daß mir das genügen würde.«

Er schwieg, und Sable sah fragend zu ihm auf. Sie hoffte auf eine Erklärung. Sie war sich nicht bewußt, wie bezaubernd sie aussah, während das Mondlicht in ihrem Haar spielte. Ihre grünen Augen waren dunkel und so verheißungsvoll, daß ein Mann sich nur zu leicht darin verlieren konnte. Während seine Augen ihren biegsamen Körper und ihre vollen Brüste streiften, biß er die Lippen aufeinander. Als er sie naß und als kleines Häufchen Elend aus dem Wasser gefischt hatte, war sie nichts anderes als ein ängstliches Kind gewesen. Doch in der Zwischenzeit war sie zu einer Frau erblüht – zu einer Frau, die für die Liebe geschaffen war.

Der Gedanke, daß eines Tages die Hände eines anderen Mannes ihren wunderschönen Körper berühren würden, machte ihn wütend. Er hatte das Gefühl, daß sie ihm gehörte, denn er hatte sie zur Frau gemacht. Er hatte ihr die Kunst der Liebe beigebracht und sie gelehrt, was sie von einem Mann verlangen konnte. Aber trotzdem hatte er kein Recht auf sie. Irgendwann würde sie ein anderer Mann zur Frau nehmen. Sie hatte ihm so viel gegeben! Er dachte wieder an die Nacht im Serail, als Sable ihr Leben für ihn riskierte. Keine andere Frau hätte das getan. Doch Morgan wußte, daß er sie niemals wieder begehren durfte – selbst dann nicht, wenn er, wie gerade jetzt, erkennen konnte, daß sie ihn ebenfalls begehrte. Ihre Lippen waren leicht geöffnet, und ihre grünen Augen blickten so verführerisch, was ihr wahrscheinlich nicht einmal bewußt war.

»Es ist schon spät, Sable. Du solltest lieber schlafen gehen«, sagte er mit heiserer Stimme. Wie oft hatte sich diese Szene schon so zwischen ihnen abgespielt. Seine Sehnsucht nach ihr war groß und ließ sich nicht mehr unterdrücken. Er konnte sie nicht einfach wegschicken. Sable stöhnte, als er die Hand nach ihr ausstreckte, und sie drängte sich ihm willig entgegen. Ihre dunklen Augen leuchteten, als sie ihm erwartungsvoll ihre Lippen bot.

Er beugte sich über sie und sehnte sich nach ihren heißen Lippen, doch es sollte nicht sein. Ein Schrei vom Achterdeck riß sie auseinander.

»Segel in Sicht!«

Morgan hob den Kopf und blickte mit zusammengekniffenen Augen in die angegebene Richtung. Es war hell genug, so daß er die Segel sehen konnte.

»Ist es ein türkisches Schiff?« fragte Sable ängstlich.

»Das glaube ich nicht. Erstens kommt es aus der entgegengesetzten Richtung, und zweitens handelt es sich, wenn mich das Mondlicht nicht täuscht, um einen Dreimaster wie mein eigenes Schiff.«

»Soll ich Alarm geben, Sir?« fragte ein Matrose, der auf Morgan zulief.

»Alarmieren Sie vorsichtshalber die Wachen und holen Sie Mr. Torance!«

»Aye, aye, Sir!«

Sable wartete ungeduldig, während Morgan das Teleskop, das man ihm gebracht hatte, an die Augen setzte, um die Situation besser einschätzen zu können.

»Der Kapitän hat es ja teuflisch eilig«, bemerkte Morgan, während er das Glas zuschnappen ließ. »Ich hoffe, er bemerkt uns früh genug, Jack«, fügte er hinzu, als sein Erster Offizier hinter ihm auftauchte. »Was halten Sie davon?«

Jack blickte argwöhnisch und brummte nachdenklich vor sich hin. »Bei dieser Beleuchtung kann ich weder Farben noch Namen erkennen. Ganz offensichtlich machen sie keinerlei Anstalten, uns auszuweichen. Bestimmt haben sie uns inzwischen bemerkt, aber ihren Kurs haben sie nicht geändert.«

Während die beiden Schiffe mit vollen Segeln aufeinander zufuhren, verringerte sich der Abstand zwischen ihnen rasch. Obwohl Sir Morgan Sable wieder nach unten geschickt hatte, war sie geblieben und stand neben ihm, als die *Defiance* einen Warnschuß abgab, um das andere Schiff zur Kursänderung zu veranlassen. Die Antwort ließ nicht lange auf sich warten. Es war klar, die anderen wollten mit ihnen zusammentreffen. Nachdem Morgan Jack verschiedene Befehle erteilt hatte, riß ihn Sables aufgeregtes Rufen zurück.

»Das darf doch nicht wahr sein!«

»Was ist los, Sable?«

»Es ist die *Orient Star*«, rief sie, »das Schiff meines Vaters.«

Morgan runzelte die Stirn. »Bist du sicher?«

»Aber natürlich! Diese Galionsfigur würde ich überall erkennen.«

»Ich kann den Namen lesen«, kam ein Ruf aus dem Mastkorb. »Das Schiff heißt *Orient Star* und führt den Union Jack.«

Morgan hörte nicht länger zu. Er beobachtete das andere Schiff, bis es schließlich neben der *Defiance* lag. Die Matrosen sparten nicht mit Beifall. Sable konnte beobachten, wie die Männer auf dem anderen Deck hin und her liefen. Und dann war eine gewaltige Stimme zu hören.

»Kapitän Carey, hier spricht Dimitri Sergejew, der Kapitän der *Orient Star* des Grafen von Monterrey. Ich fordere Sie auf, Lady Sable St. Germain zu übergeben. Ansonsten sehe ich mich gezwungen, hinüberzukommen und sie zu holen.«

Erschrocken blickte Sable zu Morgan. »Verdammt!« hörte sie ihn flüstern.

Die Matrosen, die an der Reling der *Defiance* standen,

beobachteten schweigend, wie ein Ruderboot von der *Orient Star* herüberkam, in dem ein riesiger Mann mit einem langen, dunklen Bart saß. In seiner Tunika, den Stiefeln und mit seinem Säbel sah er eher wie ein russischer Edelmann aus. Doch was die Matrosen am meisten beeindruckte, das war seine Größe. Als er Sable bemerkte, hob er die Hand und winkte ihr begeistert zu.

»Bei Gott, sein Arm ist so dick wie ein junger Baum«, flüsterte einer der Männer.

»Du hast wohl Angst, dich mit ihm anzulegen?« meinte ein anderer.

Ohne auf die Kommentare der Umstehenden zu achten, wartete Sable ungeduldig auf Dimitris Erscheinen. Aus der Nähe besehen waren sein Bart und sein Haar schon ziemlich grau geworden, doch seine dunklen Augen blickten so lebendig und verzückt wie immer, wenn er Sable zu Gesicht bekam.

»Dimitri!« schrie Sable.

Die gewaltigen Arme packten sie und preßten sie an seine breite Burst, so daß ihr beinahe der Atem wegblieb. »Ach, es ist schön, dich wiederzuhaben«, seufzte er. »Wie froh bin ich, daß wir dir nachgefahren sind, anstatt in Tanger auf die Übergabe zu warten. Ich setze voraus, daß Kapitän Carey sein Wort halten wollte.«

Die plötzliche Stille wurde von Morgan unterbrochen, der vortrat und leise fragte: »Wollen Sie damit sagen, daß ich Lady Sable entführt habe?«

»Ich beschuldige niemanden«, gab Dimitri zurück, während er Sable sanft auf den Boden stellte. Der breite russische Akzent verlieh seiner Stimme einen leisen, etwas drohenden Unterton. »Aber Ihre Handlungsweise spricht für sich, Kapitän.«

Morgan blickte finster. Daß von Dimitri Sergejew möglicherweise Schwierigkeiten zu befürchten waren, hatte er begriffen, als Sable ihm zum erstenmal von dem leicht entflammbaren Temperament des Russen erzählt hatte.

Dieser alternde Löwe hatte schon einige Kämpfe hinter sich. Sekundenlang war Morgan in großer Versuchung, die Herausforderung, die Dimitri anbot, anzunehmen. Das Feuer, das in den dunklen Augen brannte, das brannte auch in ihm. Er wußte, daß sie einander nichts schenken würden, sollte es zu einem Kräftemessen kommen. Doch er sah auch den bittenden Ausdruck auf Sables Gesicht. Sie stand neben Dimitri, und ihre Wangen waren vor Aufregung gerötet. Wenn er Dimitri in Wut brachte, würde er ihr nur Angst machen, also ließ er es.

»Gegen Ihre Anschuldigungen kann ich mich nicht verteidigen, Kapitän Sergejew.«

Dimitri blieb der Mund offenstehen. Mit einer solchen Antwort hatte er nicht gerechnet, jedenfalls nicht von diesem arroganten jungen Mann, der Sable entführt hatte. War er ein Feigling? Nein, böse Absichten oder niedrige Instinkte waren sicher nicht im Spiel. Aber weshalb zog er sich so plötzlich zurück, nachdem er ihm den Fehdehandschuh hingeworfen hatte?

»Ich war schrecklich krank, Dimitri«, sagte Sable mit sanfter Stimme. »Ich wäre gestorben, wenn man mich transportiert hätte. Er allein hat mir das Leben gerettet.«

Dimitris Augen wanderten von Sables blassem Gesicht zu Morgans ausdrucksloser Miene. War das der Grund, weshalb der Engländer so plötzlich einen Rückzieher machte? Als er wieder zu Sable hinübersah, war seine Wut vergessen, und er bewunderte ihre Ähnlichkeit mit ihrer wunderschönen Mutter. Ganz plötzlich fiel ihm ein, wie Raven häufig auf dieselbe Art vermittelt hatte, wenn Charles und er entgegengesetzter Meinung gewesen waren. Jetzt sah er in dieselben Augen und er hatte nicht das Herz, ihr Schmerzen zuzufügen.

»Es tut mir leid, mein Kleines«, meinte er gerührt. »Dein Brief hat uns die Zusammenhänge ja erklärt, aber ich wollte die Wahrheit trotzdem von Kapitän Carey persönlich hören.«

Morgan beobachtete amüsiert, wie rasch sich der gewaltige Russe von einem tobsüchtigen Bullen in einen friedliebenden, grinsenden Hund verwandelte. Daß er Sable sehr verehrte, war offensichtlich, und plötzlich war Morgan froh, daß er sich diesen Mann nicht zum Feind gemacht hatte. »Ich kann Ihr Benehmen durchaus verstehen, Sir«, bemerkte er herzlich. »Unter normalen Umständen hätte ich bestimmt nicht gezögert, Lady St. Germain zuerst nach Tanger zu bringen. Doch ihre Gesundheit stand auf Messers Schneide, und meine Angelegenheiten in Istanbul waren so dringend, daß ich sie unmöglich aufschieben konnte.«

Besänftigt streckte Dimitri ihm die Hand entgegen, und diese Geste löste die Spannung, die in der Luft gelegen hatte. Morgan war sicher, daß der Russe ihm trotz aller äußerlichen Freundlichkeit noch längst nicht traute, aber das beleidigte ihn keineswegs. Wäre es anders gewesen, hätte er seinen Respekt vor diesem Mann verloren.

»Ist Ned mitgekommen, Dimitri?« fragte Sable.

Bedauernd schüttelte dieser den Kopf. »Wir sind übereingekommen, daß es vernünftiger ist, wenn er in Tanger wartet, falls du auf einem anderen Weg zurückgekehrt wärst. Aber du freust dich bestimmt, wenn du hörst, daß Fleur hier ist.«

»Fleur?« rief Sable und war entzückt, Dimitris älteste Tochter und gleichzeitig ihre engste Freundin wiederzusehen.

»Ja, mein Kleines. Jaqueline mußte zu Hause bleiben, weil sie wieder ein Baby erwartet. Statt dessen ist Fleur mitgefahren.«

»Sollen wir diese Unterhaltung nicht in meiner Kabine fortsetzen?« unterbrach Morgan die Unterhaltung. Es ärgerte ihn ein wenig, daß Sable diesem Dimitri offenbar große Zuneigung entgegenbrachte.

Dimitri streckte seine großen Hände aus. »Nein, nein,

es gibt nichts weiter zu besprechen, Kapitän Carey«, sagte er. »Ich werde Lady Sable mit auf die *Orient Star* nehmen, sobald sie ihre Sachen zusammengepackt hat, und Sie können Ihre Reise dann ungestört fortsetzen.«

Ohne sich der Stille bewußt zu werden, die seinen Worten gefolgt war, strahlte er Sable an. »Du wirst deine alte Kabine bekommen, und Ewan Fletcher freut sich bereits darauf, dich zu verwöhnen. In Tanger werden wir nur kurz Halt machen, um Edward aufzunehmen, und dann unverzüglich nach North Head weiterfahren. Damit bist du doch einverstanden, oder nicht?«

Sable nickte, doch sie hielt die Augen gesenkt, damit niemand ihre Verzweiflung bemerkte.

»Kapitän Carey, sind Sie bitte so freundlich und lassen Lady Sables Sachen holen?« fuhr Dimitri fort und fragte sich stirnrunzelnd, weshalb ihn die versammelte Mannschaft plötzlich so feindselig musterte. Je eher er Sable von hier wegbrachte, desto besser. Edward St. Germain war zwar der Überzeugung, Morgan Carey sei ein Ehrenmann, und er habe Sable sicher anständig behandelt. Das war übrigens auch die Meinung seines Vaters. Doch Dimitri mochte nicht so recht daran glauben und mißtraute dem arroganten Engländer. Er würde erst beruhigt sein, wenn er Sable wieder in seiner Obhut wußte.

»Ich werde meinen Steward bitten, Ihre Sachen zu packen, Mylady«, sagte Morgan höflich.

Sable reckte ihr kleines Kinn und musterte ihn kühl. Niemand, nicht einmal Morgan konnte erkennen welche Qualen sie litt. Sie hatte nicht nur die Liebe bei ihm kennengelernt, sondern ebenso die Beherrschung. »Danke, das wird nicht nötig sein«, sagte sie mit klarer Stimme. »Ich besitze nicht sehr viel und bin sofort fertig.«

»Wie Sie wünschen«, erwiderte Morgan und verbeugte sich so knapp vor Dimitri, daß es beinahe eine Beleidigung war. Dann drehte er sich auf dem Absatz um und verschwand.

14

Lautes, fröhliches Kinderlachen ließ Raven St. Germain, die Gräfin von Monterrey, an das Fenster ihres privaten Salons treten. Als sie in den sonnenüberfluteten Garten hinunterblickte, lächelte sie, und in ihren goldenen Augen schimmerte Zufriedenheit. Liam tollte übermütig mit zwei rundlichen jungen Hunden, die an ihm hochsprangen und aufgeregt bellten. Kopfschüttelnd beobachtete Raven, wie einer der kleinen Kerlchen seine nadelscharfen Zähne in Liams Ärmel bohrte und daran zerrte, bis der Stoff zerriß. Liam schien es nicht im geringsten zu stören, denn er tobte genauso begeistert über den Rasen wie die jungen Hunde.

Ravens Gesichtsausdruck wurde merklich weicher, als sie zu Sable hinübersah, die unter einem Kastanienbaum saß und ihre blauen Röcke um sich ausgebreitet hatte. Sie hielt den Kopf gesenkt und streichelte hingebungsvoll die seidenweichen Ohren des kleinen Hundes, der ihr auf den Schoß geklettert war. Unter dem Rand des Strohhuts sahen gerade noch Sables Grübchen hervor, und das kleine Lächeln auf ihrem Gesicht wärmte Ravens Herz. Seit ihrer Rückkehr aus Tanger hatte sie ihre Tochter zu häufig schweigend und bedrückt erlebt. Es schmerzte sie immer noch, daß ihre Tochter soviel hatte durchmachen müssen, ohne daß ihr Mann und sie auch nur die leiseste Ahnung gehabt hatten. Sie konnte sich noch gut an ihre Angst und den wachsenden Zorn ihres Mannes erinnern, als Edward ihnen am Abend ihrer Rückkehr die Wahrheit über Sables Unfall erzählt hatte.

In hartem Ton – Raven hatte ihn noch nie so sprechen hören – hatte der Graf von seinem Sohn wissen wollen, weshalb er ihn nicht augenblicklich informiert hatte. Edward war seinem Vater mutig entgegengetreten, und Raven hatte zum erstenmal festgestellt, wie sehr die beiden einander ähnelten. Mit ruhiger Stimme hatte Edward sich gerechtfertigt. Da er Sable bei Sir Morgan in sicheren Händen wußte, hatte er sich entschieden, seinen Eltern lieber nichts von dem Unfall zu berichten. Es war ihm ja bekannt, daß seine Eltern Sir Morgan vertrauten.

»Du wärst mit Sicherheit hinter ihr hergefahren, Vater«, schloß er ernst. »Und damit hättest du deinem verletzten Rücken bestimmt keinen Gefallen getan.«

In diesem Punkt mußte der Graf seinem Sohn recht geben. Und obwohl er noch immer ernst dreinblickte, konnte Raven feststellen, daß er das Verhalten seines Sohnes respektierte. Dimitris Anwesenheit hatte zusätzlich besänftigend auf den Zorn des Grafen gewirkt. Leider mußten er und Fleur schon nach einer Woche wieder nach Barbados zurückreisen.

Liams Lachen riß sie aus ihren Gedanken. Sie beobachtete, wie ihr Sohn die kleinen rosafarbenen Zungen der Hundekinder abzuwehren versuchte. Plötzlich sprang er jedoch auf und stürmte mit einem lauten Willkommensschrei auf Charles und Edward zu, die den Gartenweg entlangkamen. Dina, die Mutter der Hundekinder, packte fürsorglich ihre Jungen und schleppte sie nacheinander in den Stall, wo Sam ihnen eine Kinderstube hergerichtet hatte. Nur das kleinste widersetzte sich und wollte die Zuwendungen seiner neuen Herrin nicht missen. Es lag mit geschlossenen Augen auf Sables Schoß, ließ sich die Sonne auf den Bauch scheinen und genoß das sanfte Streicheln. Schnüffelnd überzeugte sich Dina, daß alles seine Richtigkeit hatte, und Sable und ihre Brüder amüsierten sich gemeinsam über die fürsorgliche Hündin. Raven freute sich über das Lächeln von Sable. Dann blickte sie zu ihrem Mann hinüber, der zwischen seinen Söhnen stand und mit zurückgeworfenem Kopf herzlich in ihr Lachen einstimmte.

Sie mußte auch daran denken, was Sable durchgemacht hatte, als sie von der angeblichen Verlobung erfuhr. Dieses schmerzvolle Mißverständnis machte Raven immer noch sehr zu schaffen. Wie hätte Danny auch ahnen können, welchen Schaden sie mit ihren Lügengeschichten anrichtete? Und warum hatte Sable ihre Eltern nicht zur Rede gestellt, anstatt sich hinter dem berühmten Stolz der St. Germains zu verkriechen und Ned nach Marokko zu folgen? Raven konnte nur ahnen, was ihre sanfte Tochter hatte ertragen müssen.

»Woran denkst du, mein Liebes?«

Sie erschrak, als sie plötzlich den warmen Atem ihres Mannes an ihrer Wange fühlte. Sie war so in Gedanken versunken gewesen, daß sie nicht einmal bemerkt hatte, daß Charles sich von seinen Kindern verabschiedet hatte, um zu ihr nach oben zu gehen.

»Ich habe dich am Fenster stehen sehen«, fügte er hinzu, während er ihr die Schultern streichelte. »Du hast so gedankenverloren ausgesehen, daß ich von dir hören wollte, was dich bekümmert.«

Sie wandte sich um, um sein energisches Profil zu betrachten. »Ich habe an Sable gedacht«, gestand sie mit leiser Stimme, »und daran, welch schreckliche Konsequenzen Dannys Erzählung für sie gehabt hat.«

»Meinst du damit unsere angebliche Zustimmung zu einer Verbindung zwischen Sable und Morgan Carey?« Als Raven nickte, erwiderte ihr Mann: »Ich bedauere es sehr, daß sie das geglaubt hat. Andernfalls wäre sie niemals mit Ned nach Tanger gefahren, und dann wäre auch dieser schreckliche Unfall nicht passiert.«

Der schmerzliche Ausdruck in Ravens goldenen Augen sagte ihm, daß sie an die Reise der *Defiance* nach Istanbul dachte. Sie hatten beide gewußt, daß Morgan Carey einen Gefangenen aus dem streng bewachten Serail des Sultans befreien wollte. Charles hatte dieses Unternehmen auch befürwortet. Wie hätte er auch ahnen können, daß seine unschuldige junge Tochter dabeisein würde.

»Ich bin nur froh, daß Danny nicht weiß, was sie angerichtet hat«, bemerkte Raven. »Bestimmt würde sie diesen Schock nicht überleben. Oh, Charles, ich selbst kann ja die Vorstellung kaum ertragen, daß Sable auf diesem Schiff war, als Morgan den Zorn und die Rache des Sultans Abdul Asis herausgefordert hat.«

»Ich hätte alles getan, um Sable vor dieser Situation zu bewahren«, sagte der Graf finster. Der harte Ton in seiner Stimme veranlaßte Raven, ihm zärtlich die Wange zu streicheln.

»Wenigstens ist es gut ausgegangen«, flüsterte sie, »und unsere Tochter ist gesund nach Hause zurückgekehrt. Es war gut, daß du Edward nicht für seine Entscheidung getadelt hast. Hätte er gewußt, daß seine Schwester keine harmlose Schiffsreise mit einem Mann unternahm, dem er vertraute, sondern in eine Aktion zur Befreiung eines Gefangenen aus dem schwerbewachten Serail des Sultans geraten war, er hätte sich große Vorwürfe gemacht.« Sie zitterte, weil sie die Gedanken an die Schrecken, die ihre Tochter miterlebt hatte, verfolgten.

Charles liebkoste ihre Stirn zärtlich mit seinen Lippen. »Ned hatte recht. Ich hätte tatsächlich nichts machen können. Auch wenn ich mit der nächsten Flut ausgelaufen wäre, hätte ich sie nicht mehr aufhalten können. Dem Himmel sei Dank, daß alles gutgegangen ist, und ich bin mit dir einer Meinung, diese Geschichte nun zu vergessen. Ich verstehe allerdings immer noch nicht, weshalb Morgan unsere Tochter aus Sicherheitsgründen nicht zuerst nach Tanger zurückbrachte.«

»Sable hat wiederholt gesagt, daß sie viel zu krank gewesen sei, als daß man sie hätte transportieren können«, erinnerte ihn die Gräfin, doch das schien ihn nicht zu überzeugen. »Außerdem ist es ja jetzt egal«, fügte sie rasch hinzu. Sie wollte nicht, daß ihr Mann sich wieder in eine Erregung hineinsteigerte. »Wie Sable ja bestätigt hat, wurde sie die ganze Zeit über von Sir Morgan korrekt behandelt. Er hat erreicht, was er wollte, und wir haben unsere Tochter gesund zurückbekommen. Wir sollten damit zufrieden sein.«

Er lächelte sie an und ähnelte wieder dem jungen Mann, in den Raven sich so stürmisch verliebt hatte. »Wie immer siehst du die Dinge von der praktischen Seite, mein Schatz«, murmelte er. »Du hast recht«, und er drückte einen Kuß auf ihr schmales Handgelenk.

Raven erwiderte sein Lächeln, und aus ihren Augen leuchtete ihre Liebe zu ihm. Ihr Herz aber war schwer. Eigentlich konnten sie zufrieden sein, aber Sables ungewöhnliche Schweigsamkeit beunruhigte sie. Wenn sich ihre Tochter ihr doch nur anvertrauen würde! Doch ganz offensichtlich vermied Sable eine Unterhaltung.

Raven seufzte tief, als sie wieder aus dem Fenster blickte und sah, wie sich die drei dunklen Köpfe ihrer Kinder über das Hündchen beugten, das Sable immer noch auf dem Schoß hielt. Sie spürte, daß etwas anders geworden war, doch sie konnte beim besten Willen nicht sagen, um was es sich dabei handelte. Raven hatte beschlossen, von sich aus nichts zu sagen, sondern abzuwarten, bis Sable den ersten Schritt tat. Auch Charles gegenüber wollte sie ihre Besorgnis verbergen. Vielleicht war es am besten, in Ruhe Gras über die ganze Angelegenheit wachsen zu lassen und lieber die goldenen Sommertage in North Head zu genießen. Wahrscheinlich würde sich das Leben von ganz allein wieder zurechtrükken.

»Verzeihung, Mylord, Mylady!«

Ein Diener stand steif und verlegen hüstelnd an der Tür. Ganz offensichtlich war es ihm peinlich, daß er den Grafen und die Gräfin in ihren Privaträumen stören mußte.

»Was gibt es, William?« fragte der Graf, ohne die Hand von der Schulter seiner Frau zu nehmen.

»Master Wyecliffe Blackburn ist gekommen«, berichtete William und bemühte sich nach Kräften, seine wahren Gefühle für diesen äußerst verhaßten Gentleman zu verbergen. »Ich habe ihn in den roten Salon geführt.«

»Oh, mein Gott!« seufzte Raven, nachdem sie einen kurzen Blick auf die Uhr auf dem Kaminsims geworfen hatte. »Das bedeutet, daß wir ihn bitten müssen, zum Essen zu bleiben.«

»Wyecliffe richtet es seltsamerweise immer so ein, daß er genau zur Tischzeit bei uns erscheint«, meinte Charles trocken. »In Ordnung, William. Wir werden sofort kommen.«

Der Diener verbeugte sich höflich. »Ganz wie Sie wünschen, Mylord. Oh, vielleicht sollte ich noch hinzufügen, daß Mr. Blackburn seine Mutter mitgebracht hat.«

Der Graf und die Gräfin tauschten überraschte Blicke.

»Letitia Blackburn?« rief Raven. »Ich dachte, sie hätte geschworen, Cornwall nie wieder zu betreten.«

»Wir sollten hinuntergehen und sie begrüßen«, meinte Charles nicht gerade begeistert, während Raven seufzend noch einen letzten Blick in den Garten warf. Edward und Liam waren in eine ernsthafte Diskussion vertieft, während Sable lächelnd zusah.

»Ich finde es unerträglich, daß Wyecliffe uns schon so bald nach Sables Rückkehr besucht.«

»Soll ich ihn wieder fortschicken?« fragte Charles. Der Gedanke schien ihm Freude zu bereiten.

Raven lächelte. »Wirklich, mein Schatz, manchmal benimmst du dich immer noch wie ein Pirat. Ich wundere mich wirklich, wie wunderbar du das Leben eines Landedelmannes spielst und man dir das auch noch glaubt. Wyecliffe ist schließlich unser Nachbar. Und selbst wenn er uns als Ehemann für unsere Tochter ungeeignet erscheint, wollen wir doch nicht unhöflich zu ihm sein. Einem Gast gegenüber gehört sich das einfach nicht.«

»Wirklich, mein Schatz! Und ich bin gespannt, ob ich dich jemals dazu bringen kann, etwas Negatives gegen die Blackburns zu sagen. Du hast ein viel zu gutes Herz«, fügte Charles hinzu, während er sie in die Arme nahm und ihren Nacken liebkoste. »Und ich fürchte, daß deine Tochter diese Eigenschaft von dir geerbt hat.«

»Sable ist klug genug, um zu wissen daß Wyecliffe nicht der Richtige für sie ist«, erklärte Raven.

»Und ihm«, fuhr Charles fort, »werde ich es höchstpersönlich klarmachen.«

Raven lachte leise, weil sie genau wußte, wie sehr er solch aufregende Situationen vermißte. Obwohl die Jahre, in denen sie ihre Kinder auf North Head großgezogen hatten sehr glückliche Jahre gewesen waren, wußte sie, daß der rastlose Abenteurer, in den sie sich damals verliebt hatte, immer noch unter der Schale aus guter Erziehung und tadellosem Benehmen schlummerte. Nachdem er sich inzwischen wieder völlig von seinem Unfall erholt hatte, war Charles kräftiger und aktiver denn je. Sie reagierte aufgeregt wie ein junges Mädchen, als er sich plötzlich über sie beugte und hungrig ihre Lippen küßte, bevor sie zusammen nach unten gingen.

Als Parris in den Garten trat, um den Kindern Bescheid zu sagen, daß die Gräfin sie zu sehen wünsche, genügte Sable ein einziger Blick auf das verdrießliche Gesicht des Butlers, um zu ahnen, daß Wyecliffe gekommen war, um sie zu besuchen.

»Ich habe das ungute Gefühl, daß Wyecliffe gekommen ist«, murmelte Edward im gleichen Augenblick, denn auch ihm war der Gesichtsausdruck des Butlers nicht entgangen. »Habe ich recht, Parris?« fragte er, während er mit seinen Geschwistern zur Tür hinüberging.

»Lord Audley?« fragte Parris formell und tat so, als hätte er nichts gehört.

»Cliffe Blackburn ist da, nicht wahr?«

Die Lippen des Butlers wurden schmal. »Ich fürchte, ja, Sir! Williams hat ihn in den roten Salon geführt.«

»Das bedeutet, daß er zum Essen bleiben wird«, stöhnte Edward.

»Schade, daß Danny eine starke Erkältung hat und im Bett liegt«, piepste Liam. »Ob wir es auch ohne sie schaffen, ihn zu verjagen?«

»Niemand wird irgend jemanden verjagen«, sagte seine Schwester sehr bestimmt, doch Liam hatte den lachenden Unterton herausgehört. Er freute sich, denn er konnte es nicht aushalten, wenn sie so bedrückt war. Pausenlos hatte er ihr seit ihrer Rückkehr Blumen gebracht und versucht, sie mit den Hundekindern abzulenken. Doch er war nicht sicher, ob es half. Seiner Meinung nach hatte Wyecliffe Blackburn mit Sicherheit etwas mit Sables Stimmung zu tun, denn Liam hatte nach der Abreise seiner Geschwister verschiedene Gespräche zwischen seinen Eltern mitangehört.

»Du wirst ihn doch nicht heiraten, oder?« fragte er plötzlich voller Besorgnis. Er erinnerte sich, daß in diesen Gesprächen immer wieder von Verlobung die Rede gewesen war.

»Das wird sie keinesfalls«, sagte Ned entschieden, während die drei Geschwister den teppichbelegten Flur entlanggingen und Parris ihnen in gebührendem Abstand folgte.

»Ich wünschte, du würdest Sir Morgan heiraten«, platzte Liam plötzlich heraus. Auch seinen Namen hatte er immer wieder während der ernsten Unterhaltungen im Arbeitszimmer seines Vaters gehört. »Ich mag ihn sehr gern«, fügte er noch hinzu, ohne das Erschrecken auf dem Gesicht seiner Schwester wahrzunehmen.

»Ich werde überhaupt niemanden heiraten, Liam«, erwiderte sie, als er sie erwartungsvoll anblickte. »Weder jetzt noch später.« Sie hatte so ernst gesprochen, wie er es nicht gewohnt war, und er überlegte, ob er sie wohl mit einem seiner Sätze verletzt hatte.

»Jetzt lauf' aber schnell nach oben und säubere dich!« rief sie im nächsten Atemzug, und diesmal klang ihre Stimme so fröhlich wie immer. »Du starrst vor Dreck und außerdem ist dein Haar voller Gras. Ich werde gleich nachkommen«, fügte sie zu Edward gewandt hinzu, während sie vor dem kleinen Garderobentisch in der eleganten Halle stehenblieb, um ihren Hut abzunehmen. Als sie ihr Gesicht im Spiegel sah, biß sie sich auf die Lippen, denn sie hatte Mühe, die Fremde mit dem gequälten Blick überhaupt zu erkennen. Seit ihrer Rückkehr war sie verzweifelt darum bemüht, ihre traurige Stimmung vor den anderen zu verbergen. Lange konnte sie diese Anstrengung nicht mehr durchhalten. Doch was, um Himmels willen, sollte sie antworten, wenn man ihr Fragen stellte?

Sable hatte gehofft, daß die Heimkehr nach North Head die fürchterliche Leere in ihrem Herzen beseitigen würde, doch irgendwie war alles nur schlimmer geworden. Im Sommer war es in North Head so atemberaubend schön. Helles Sonnenlicht durchflutete die hohen Räume, die Wiesen rundum waren mit Blumen übersät, und überall gab es zahllose junge Kätzchen, Hunde und neugeborene Fohlen. Bisher hatte Sable diese Jahreszeit ganz besonders geliebt, doch plötzlich fühlte sie sich nur leer und verlassen.

Sogar während der vergangenen Woche, die Fleur und Dimitri noch gemeinsam mit ihnen verbracht hatten, war Sable immer wieder von Traurigkeit heimgesucht worden. Ihre Hoffnung, daß diese Gefühle allmählich abflauen würden, hatte sich nicht erfüllt, sondern sie waren nur stärker geworden. Sable wußte sehr wohl, daß ihre Mutter und auch ihr Vater sich Sorgen um sie machten, doch wie hätte sie ihnen begreiflich machen sollen, daß sie eine Liebe verloren hatte, die ebenso tief war wie die ihrer Eltern?

»Lady Sable?«

Sie zuckte zusammen und begriff, daß sie die ganze Zeit über mit unglücklichem Gesicht in den Spiegel gestarrt hatte. »Es tut mir leid, Parris. Wartet man schon auf mich?«

Zu ihrer Erleichterung sagte Parris nichts über ihr seltsames Benehmen. »Ja, Mylady. Sie sind bereits in den Wintergarten hinübergegangen.«

Rasch strich sich Sable die Locken glatt und machte sich auf den Weg. Ursprünglich war der Wintergarten von Sables Großvater als Gewächshaus errichtet worden, wo er seine preisgekrönten Rosen und Orchideen gezüchtet hatte. Doch inzwischen hatte Charles ein größeres Gewächshaus errichten und das alte zu einem großzügigen Wintergarten umgestalten lassen, der sich im Lauf der Zeit zum Lieblingstreffpunkt der St. Germains entwickelt hatte.

Obwohl dort normalerweise das Mittagessen eingenommen wurde, zog Raven auch nach wie vor noch einige Pflanzen in dem großen Raum. Seit Jahren bat der Graf seine Frau, auch die letzten Pflanzen in das neue Gewächshaus zu bringen, doch sie nahm seine Bitten nicht ernst. Es war viel zu schön, zwischen duftenden Rosen und unter kleinen Orangenbäumen zu speisen. Im Sommer, wenn es unter dem Glasdach zu warm wurde, öffnete man die Türen nach draußen, so daß sich die salzige Luft mit dem Duft der Blumen mischte.

Als Sable eintrat, fiel ihr Blick zuerst auf die blühenden Teerosen, und sie mußte lächeln. Doch ihr Gesicht wurde sofort wieder ernst, als sie Wyecliffe Blackburn erblickte.

»Willkommen in North Head, Lady Sable!« begrüßte er sie, während er sich erhob und ihre beiden Hände umfaßte.

»Vielen Dank«, erwiderte Sable mit gesenkten Augen. Sie hatte völlig vergessen, wie bleich und dürr Wyecliffe war und wie kalt und feucht sich seine Hände anfühlten.

»Es ist schön, daß Sie endlich wieder da sind«, fügte Wyecliffe leise hinzu, ohne das warnende Funkeln zu bemerken, das bei seinem vertrauten Ton in den Augen des Grafen aufblitzte. Wyecliffe konnte kaum glauben, wie sehr sich Sable verändert hatte. Oder hatte er nur vergessen, wie schön sie in Wirklichkeit war? Nein, entschied er, nachdem er sie sorgfältig betrachtet hatte. Sie hatte sich tatsächlich verändert. Die Sonne hatte ihre Haut golden gefärbt, und er konnte seine Augen kaum von der nackten Haut ihrer Schultern abwenden, die vom gerüschten Ausschnitt ihres Baumwollkleids freigegeben wurden. Sable war nicht länger das unschuldige junge Mädchen, das er in Erinnerung hatte, sondern sie war in ihrer Abwesenheit zu einer Schönheit erblüht. Er sehnte sich nach der Süße ihres fraulichen Körpers.

»Oh, Mrs. Blackburn!« rief Sable überrascht, als sie Wyecliffes Mutter erblickte, die mit gefalteten Händen auf dem kleinen Damastsofa saß. »Ich wußte ja gar nicht, daß Sie wieder in Cornwall sind.«

»Nur zu Besuch, meine Liebe«, bemerkte Letitia Blackburn hastig. »Ich werde schon morgen wieder nach Devon fahren.«

Der leidenschaftliche Ton, in dem sie diesen Satz sagte, erinnerte Sable wieder daran, wie sehr sie Cornwall und seine kargen Landschaften sowie das wilde Wetter gehaßt hatte. Nach dem Tod ihres Mannes war sie sofort wieder in ihr früheres Haus nach Devonshire zurückgekehrt und hatte Wyecliffe den Besitz seines Stiefvaters allein überlassen. Sable erinnerte sich allerdings an eine mausgraue, sehr zurückhaltende Frau, doch seit dem Tod von Josiah Blackburn hatte sich Letitia offenbar grundlegend verändert. Statt des Knotens trug sie Lokken, und ihre Witwenkleider hatte sie endgültig abgelegt. Insgesamt war sie längst nicht mehr so nervös wie früher, wenn sie zusammen mit dem Squire in North Head gewesen war. Sable überlegte, ob es nicht vielleicht an Josiah gelegen hatte, daß seine Frau so nervös gewesen war.

»Ich freue mich ebenfalls, daß Sie wieder zu Hause sind«, fügte Letitia hinzu, wobei sie Sable freundlich anlächelte. »Und ich bin erst recht froh, daß ich vor meiner Abfahrt noch hergekommen bin. Cliffe hat mir erzählt, daß Sie in Marokko gewesen sind. Das muß ja aufregend gewesen sein. Sie müssen mir alles genau erzählen.«

Sable warf ihrem Vater einen hilfesuchenden Blick zu, weil sie vor den Blackburns nicht die Wahrheit erzählen wollte. Von Tanger hatte sie so gut wie überhaupt nichts gesehen, und an die Fahrt auf der *Defiance* mochte sie weder denken noch sie mit der Witwe Blackburn diskutieren.

»Mein Sohn hat mich bei einer persönlichen Audienz des Sultans von Marokko vertreten«, sagte Charles, der die Nöte seiner Tochter sofort begriff. Er fühle sich nicht wohl, seit er sie nicht mehr zum Lachen bringen konnte.

»Cliffe hat mir berichtet, daß er Ihren Reitunfall verschuldet und damit Ihre Reise nach Marokko verhindert hat«, sagte Letitia bedauernd.

Der Graf zuckte nur mit seinen breiten Schultern. »Glücklicherweise wurde niemand ernstlich verletzt. Doch leider hat eines der Pferde Schaden genommen und mußte erschossen werden.«

»Haben Sie in Marokko Geschäfte gemacht?« fragte Wyecliffe Edward sehr interessiert. Nach der Genesung des Grafen war er zwar einige Male in North Head gewesen, hatte aber nichts über Sables und Edwards Aufenthalt erfahren können.

Mit zusammengezogenen Augenbrauen beobachtete Charles St. Germain den gierigen Ausdruck auf dem bläßlichen Gesicht des jungen Mannes. Es war allgemein bekannt, daß Blackburn Hall kurz vor dem finanziellen Ruin stand, und der Graf hegte den starken Verdacht, daß der zahlungsunfähige Eigentümer sich nichts Besseres vorstellen konnte, als einen Teil des St. Germain-Vermögens in seine Hand zu bekommen.

»Barrancourt Ltd. wird vor Ende nächsten Jahres dort eine Niederlassung gründen«, informierte er den jungen Mann kühl. Wyecliffe nahm die ablehnende Haltung sehr wohl zur Kenntnis und biß sich auf die Lippen, um seinen Ärger zu verbergen. Weshalb, zum Teufel, war der Graf nur immer so abweisend? Konnte er sich denn einen besseren Schwiegersohn vorstellen als ihn?

»Mein Bruder und meine Schwester haben in Tanger einen Schiffsunfall erlebt«, platzte Liam wichtigtuerisch heraus. Für ihn war dieses Ereignis das wichtigste der gesamten Reise.

Letitia Blackburn erbleichte. »Oh, um Himmels willen! Einen Unfall?«

»Es war nicht so schrecklich, wie es sich anhört«, versicherte Edward rasch. »Wir waren zum Essen auf eine Jacht eingeladen, die leider in der Dunkelheit von einem anderen Schiff gerammt wurde.«

»Ich hoffe nur, daß niemand verletzt wurde«, rief Wyecliffe und sah Sable an.

»Zwei Mitglieder der Mannschaft wurden getötet. Bei der Untersuchung hat sich herausgestellt, daß der Unfall durch den Sohn eines Fürsten verursacht wurde, der das Schiff ohne Erlaubnis benutzt hatte«, erklärte Charles St. Germain mit ruhiger Stimme, um Edward zu helfen. Es war ihm klar, daß sein Sohn eine so schreckliche Erfahrung nicht mit Außenstehenden diskutieren wollte.

»Das muß ja ein entsetzliches Erlebnis für Sie gewesen sein, Lady Sable«, murmelte Wyecliffe. Er war sehr enttäuscht, daß sie sich so weit von ihm erntfernt neben ihre Eltern gesetzt hatte, denn er hätte jetzt gern aufmunternd ihre Hand gedrückt. »Ich hoffe, Ihnen ist nichts geschehen!«

»Sable ist beinahe ertrunken«, berichtete Liam, bevor irgend jemand ihn aufhalten konnte. »Doch sie wurde von Kapitän Sir Morgan gerettet.«

»Morgan Carey?« rief Wyecliffe. »Was, zum Teufel, hat denn er in Marokko gemacht?«

Sable senkte den Kopf, um den fragenden Blicken von Wyecliffe Blackburn und seiner Mutter auszuweichen. Der Graf spürte ihre Verlegenheit und wurde immer wütender, weil man sein Kind so sehr in die Enge getrieben hatte.

Raven, die seinen wachsenden Ärger sehr wohl spürte, legte ihm sanft die Hand auf den Arm. »Charles –« begann sie, doch sie wurde vom eintretenden Butler unterbrochen.

»Kann ich jetzt das Essen servieren?« fragte er höflich.

»Ja, vielen Dank, Parris!« erwiderte Raven mit großer Erleichterung.

Da der Tisch bereits gedeckt war, mußte Raven ihre Gäste nur noch auffordern, Platz zu nehmen. Wyecliffe war sehr enttäuscht, als sich Edward St. Germain neben seine Schwester setzte, doch er versteckte seine Wut auf den jungen Erben hinter einem Lächeln.

Wegen des schwülen Sommerwetters hatte Perry eine kalte Gurkensuppe zubereitet, zu der frischgebackenes Brot gereicht wurde. Nachdem alle genommen hatten und man die Terrine beiseitegestellt hatte, ergriff Letitia Blackburn das Wort.

»Sie haben soeben den Namen Sir Morgan Carey erwähnt, nicht wahr?« fragte sie den Grafen, der an seinem üblichen Platz am Kopfende der Tafel saß. »Ich habe überlegt, woher ich den Namen kenne. Soeben ist mir eingefallen, daß früher einmal ein Gentleman dieses Namens in der Nähe von Totnes gewohnt hat. Das liegt ungefähr zehn Meilen von meinem Haus in Devon entfernt.«

»Ich habe keine Ahnung, wo Sir Morgan wohnt«, erwiderte Charles höflich, doch sein Ton machte klar, daß er das Thema nicht weiter verfolgen wollte.

Doch unglücklicherweise war Mrs. Blackburn nicht besonders feinfühlig. »Dieser Morgan Carey ist früher Armeeoffizier gewesen und ist sogar von der Queen für seine Verdienste ausgzeichnet worden. Doch mehr weiß man nicht über ihn. Er hat sehr zurückgezogen gelebt. Soviel ich weiß, heißt sein Haus Ambling Cross, weil es an einer Wegkreuzung zwischen Ambling Village und Totnes liegt.«

Sable lauschte mit niedergeschlagenen Augen und hoffte sehr, daß niemand ihr ansah, wie sehr sie das alles interessierte. Ob es stimmte, daß Morgan ein Haus in Devon besaß? Hatte Grayson von Ambling Cross gesprochen, als er das bequeme Landleben beschrieben hatte, das Morgan geführt hatte, bevor er die *Defiance* ausgerüstet und Grayson zu seinem Kabinensteward gemacht hatte? Rasch ermahnte sie sich, nicht mehr an Sir Morgan zu denken.

»Ich glaube, er hat seinen Besitz vor einigen Jahren verkauft«, fuhr Mrs. Blackburn fort, wobei sie die Augenbrauen vor Anstrengung runzelte, denn es kostete sie Mühe, sich genau zu erinnern. »Mich hat das nicht überrascht, denn ich habe ihn schon immer für einen viel zu unruhigen Mann gehalten. Ambling ist ein sehr konservatives Städtchen, und ich weiß noch, daß sein Lebensstil mehr als einmal zum Tuscheln Anlaß bot. Das alles«, fügte sie hinzu, als ihr klar wurde, daß sie möglicherweise über einen vertrauten Freund des Grafen klatschte, »hat sich zugetragen, als ich noch mit Josiah verheiratet war, und ist mir erst nach meiner Rückkehr nach Totnes berichtet worden.«

»Sir Morgan hat uns zu Beginn des Sommers besucht«, teilte Liam bereitwillig mit, um Mrs. Blackburn zu beeindrucken. »Er war sehr nett zu mir. Er ist auch auf Sables

Falstaff geritten, der normalerweise jeden abwirft, den er nicht kennt.«

Mrs. Blackburn lächelte Liam nachsichtig an, doch insgeheim fragte sie sich, weshalb der Graf und die Gräfin ihren vorlauten Sohn an der Tafel tolerierten. In diesem Alter sollten Kinder mit ihrer Nanny im Kinderzimmer essen und sich nicht in die Unterhaltung der Erwachsenen einmischen.

Wyecliffe hatte die ganze Zeit über geschwiegen und wieder daran gedacht, wie erschrocken er gewesen war, als ihm die zahnlose, alte Krähe Hannah Daniels mitgeteilt hatte, daß Sir Morgan Carey in North Head um Sable St. Germains Hand angehalten hatte. Ein unpassenderes Paar konnte er sich wirklich nicht vorstellen: die reizende, sanftmütige Lady Sable und dazu dieser brutale, jähzornige Morgan Carey! Später hatte er begriffen, daß ihn die alte Dame an der Nase herumgeführt hatte. Aber die Tatsache, daß Sir Morgan zur selben Zeit wie Lady Sable und ihr Bruder in Tanger gewesen war, machte ihn wieder mißtrauisch.

Er hatte das arrogante Benehmen des Kapitäns noch nicht vergessen, der sich in North Head aufgeführt hatte, als ob er mehr Rechte hätte, dort zu sein, als Wyecliffe. Und er wurde immer noch wütend, wenn er daran dachte, wie Morgan Carey ihn aus dem Haus gewiesen hatte, als er seinen Kopf verloren und Lady Sable geküßt hatte. Er hatte bittere Rache geschworen, er wollte sich aber nicht eingestehen, daß er sich in Gegenwart des riesigen Kapitäns immer sehr unwohl gefühlt hatte.

Gar zu gern hätte er mehr über die seltsame Verbindung zwischen dem Grafen von Monterrey und dem Kapitän Sir Morgan Carey erfahren, doch er mußte sich gedulden. Denn nun kehrte Parris mit dem nächsten Gang zurück, worauf die Unterhaltung erstarb. Wyecliffe mußte schweigen, obwohl ihm die Fragen auf den Lippen brannten.

»Oh, was gibt es denn?« fragte Liam aufgeregt, als Parris eine große, zugedeckte Schüssel auf den Tisch stellte. Der silberne Deckel war noch geschlossen, so daß man nichts sehen konnte. Der kleine hungrige Junge verging beinahe vor Spannung.

»Es ist eines Ihrer Lieblingsgerichte, Lord Liam«, zwinkerte Parris, weil er dem erwartungsvollen Lächeln des Jungen nicht widerstehen konnte. Nach Mrs. Blackburns Meinung benahm er sich viel zu familiär für einen Butler.

»Eingelegter Hering!« rief Liam, als der Butler den Deckel anhob, und packte schon seinen Löffel. Doch als er den tadelnden Blick seines Vaters spürte, hielt er inne und errötete. Er hatte völlig vergessen, daß Fremde mit am Tisch saßen, und faltete rasch seine Hände im Schoß.

Der Graf sah, daß seine Frau lächelte. Er mochte es nicht, wenn Gäste über Liams Benehmen die Nase rümpften, doch genauso wenig schätzte er die Mätzchen seines Sohnes. Als er zu seiner Tochter hinüberblickte, fiel ihm wieder das verschlossene Gesicht auf. Was hatte sie nur? Er ärgerte sich über seine Hilflosigkeit. Trotz ihrer gegenteiligen Behauptungen vermutete er, daß auf der Reise nach Istanbul irgend etwas geschehen sein mußte, das seine sanfte, unschuldige Tochter in ein trübsinniges, verschlossenes Wesen verwandelt hatte, zu dem er keinen Zugang fand.

›Dieser Morgan Carey soll verdammt sein‹, fluchte Charles im stillen. Falls Sables Stimmung sich nicht bald besserte, würde er den Mann aufsuchen und ihn trotz Ravens heftiger Einwände fragen, was mit seiner Tochter geschehen war und was sie so sehr verändert hatte.

Sable bemerkte nicht, wie nachdenklich ihr Vater sie betrachtete, sondern bedankte sich bei Parris, als dieser ihr den Teller mit Hering reichte. Sie liebte dieses Gericht mindestens so sehr wie Liam, doch als ihr plötzlich der Duft von Fisch, Zwiebeln und Sauerrahm in die Nase stieg, mußte sie unvermittelt würgen, und die Gabel, die sie bereits in der Hand gehalten hatte, fiel geräuschvoll zu Boden. Entsetzt sah sie, daß alle zu ihr hinblickten, sie erhob sich errötend.

»Was ist los, Sable?« fragte Raven besorgt.

»Mir – mir geht es gut«, versicherte Sable mit zitternder Stimme, doch sie mußte kräftig schlucken, als sie den Heringssalat ansah, der ihr noch Sekunden vorher so appetitanregend erschienen war.

»Bist du sicher?« fragte Raven. Sie legte die Serviette beiseite und machte Anstalten, sich zu erheben, doch Sable hob abwehrend die Hand.

»Mir geht es wirklich gut, Mutter. Ganz bestimmt. Ich brauche nur ein wenig frische Luft. Ich bitte um Entschuldigung.«

Rasch trat sie durch die geöffnete Tür auf die Terrasse hinaus und lief hastig um die Ecke, wo ihr der frische Wind vom Ozean direkt entgegenblies. Dort lehnte sie sich sekundenlang gegen die Balustrade und atmete tief durch, bis sich das Schwindelgefühl legte. Es war ihr rätselhaft, weshalb sie so heftig auf den Geruch des Herings reagiert hatte. Hing es etwa damit zusammen, daß sie das Gespräch über Morgan Carey so aufgeregt hatte?

»Verdammt soll er sein!« flüsterte sie, und die Tränen stiegen ihr in die Augen. Würde sie denn niemals von dieser qualvollen Sehnsucht frei werden?

Ihre Augen folgten dem Flug eines einsamen Kormorans über das aufgewühlte Wasser, und ganz plötzlich sehnte sie sich nach den sonnigen Tagen an Bord der *Defiance,* als der Wind die Segel prall füllte und Morgan stolz das Ruder des Schiffes bediente. Der Druck in ihrem Hals wurde immer stärker, doch sie unterdrückte energisch ihre Tränen. Morgan hatte sich entschieden. Er hatte sich nicht einmal verabschiedet, als Dimitri sie damals mitgenommen hatte. Irgendwie geschah es ihr ganz recht, daß sie sich in einen Mann verliebt hatte, für den sie nichts weiter als ein vorübergehenden Abenteuer gewesen war.

Sie empfand keinerlei Verlangen danach, in den Wintergarten zurückzukehren und sich den fragenden Blikken der anderen auszusetzen. Schon der Gedanke an Wyecliffes penetrante Aufmerksamkeiten war ihr zuwider und erst recht eine weitere Unterhaltung mit Letitia Blackburn über Morgan Carey.

»Ich kann es einfach nicht mehr aushalten«, flüsterte Sable. »Oh, Gott, wie sehr ich ihn hasse!«

Rasch lief sie über die Wiese zum Dienstboteneingang des östlichen Flügels hinüber, wo sie einen Diener, der mit ihrem Erscheinen überhaupt nicht gerechnet hatte, erschreckte.

»Ja, Mylady?« fragte er und blickte besorgt, weil die sonst so fröhliche Tochter des Grafen traurig aussah.

»Sagen Sie bitte meinen Eltern, daß ich in mein Zimmer gegangen bin. Ich habe Kopfschmerzen, aber sie sollen sich keine Sorgen machen.«

»Wird gemacht, Mylady.« Am liebsten hätte er noch gefragt, ob er ihr die Haushälterin mit einem Pulver schicken sollte, doch Sable war bereits an ihm vorbeigeeilt, und er hörte nur noch das Rascheln ihrer Röcke, als sie den Korridor entlang zur Treppe ging.

Während Wyecliffe etwa eine halbe Stunde später mit seiner Mutter im Wagen nach Blackburn Hall zurückfuhr, hatte er ihr allerhand Unangenehmes zu sagen.

»Du hast es versprochen, Mutter! Du hast es versprochen!« beschuldigte er die bleiche Frau, auf deren Wangen sich hektische, rote Flecken zeigten. Er sprach so leise, daß der Kutscher nicht verstehen konnte, worum es ging. »Weshalb habe ich mir wohl die Mühe gemacht und nach dir geschickt, wenn du mir doch nicht helfen willst?«

»Ich glaube nicht –«, begann Letitia Blackburn steif,

doch ihr Sohn unterbrach sie mit einer herrischen Geste.

»Du wolltest die Sprache auf meine Heirat mit Lady Sable bringen«, klagte er, »und du hast mir vor unserer Ankunft versprochen, mit Lady Monterrey allein zu sprechen. Ich bin sicher, daß sie unseren Vorschlag wenigstens angehört hätte, aber du, du konntest ja nicht schnell genug aufbrechen. Weshalb? Weshalb, frage ich dich?«

»Wyecliffe, sprich nicht so laut!« ermahnte ihn seine Mutter, während sie bedeutungsvoll auf den Kutscher zeigte. Der kleine Wagen fuhr die breite Allee entlang, die zur Poststraße führte. Es war ein wunderschöner Tag, doch weder Mutter noch Sohn hatten Augen für das verschwenderische Grün der Bäume und die Fülle der Blumen, die überall auf den Wiesen blühten.

»Nachdem es Lady Sable plötzlich schlecht wurde, hielt ich es nicht mehr für angebracht, über eine Verlobung zu reden«, sagte sie schließlich ernst. Nein, sie war wirklich nicht mehr das unentschlossene Geschöpf, das Josiah Blackburn vor vielen Jahren geheiratet hatte. Er hatte sie genommen, weil er Raven Barrancourt an einen anderen Mann verloren hatte.

»Um so mehr Grund hättest du gehabt«, widersprach Wyecliffe. »Du warst einverstanden, mit mir nach North Head zu fahren und mit der Gräfin zu sprechen. Und du hast die Gelegenheit nicht wahrgenommen. Als Sable fort war, hättest du gut mit ihr reden können.«

»Ich hatte sehr gute Gründe, es nicht zu tun, mein Sohn«, sagte Letitia und musterte ihren wütenden Sohn verächtlich. Er war seinem jähzornigen Stiefvater so ähnlich geworden, daß sie ihre Abreise geradezu herbeisehnte. »Ich hatte guten Grund aufzubrechen, ohne mit der Gräfin gesprochen zu haben, und falls du die Güte hast, mir zuzuhören, werde ich ihn dir verraten.«

Wyecliffe sah sich gezwungen, seine Wut zu unterdrücken. Inständig hatte er seine Mutter gebeten, ja sie geradezu angefleht, nach Cornwall zu kommen, nachdem er gehört hatte, daß Lady Sable zurückgekehrt war. Von ihrem Einfluß hatte er sich so viel erhofft. Doch jetzt hatte die dumme Kuh alles verdorben. Seine Anstrengungen waren umsonst gewesen. Völlig umsonst.

»Welchen Grund könntest du schon gehabt haben, nicht mit der Gräfin zu sprechen?« fragte er kalt und voller Verachtung.

Dieses Benehmen entzündete Letitia Blackburns Temperament. »Guter Gott im Himmel! Hast du denn keine Augen im Kopf, mein Sohn? Ist dir denn nicht klar, daß die Göre St. Germain etwas ausbrütet?«

Wyecliffe starrte sie an, als ob sie den Verstand verloren hätte.

»Oh, ja, ich bin meiner Sache sicher, mein liebes Kerlchen«, fuhr sie selbstgefällig fort. »Du darfst nicht vergessen, daß ich vor dir vier Kinder in die Welt gesetzt habe, auch wenn sie leider alle gestorben sind. Es ist schon viele Jahre her, aber ich habe nicht vergessen, wie rasch es einem übel werden kann, wenn man bestimmte Dinge ansieht oder auch nur riecht. Du wirst noch an unsere Unterhaltung denken! Dieses hochgeborene Weib, hinter der du her bist, brütet den Bastard eines anderen Mannes aus.«

»Du mußt völlig verrückt sein«, sprudelte es aus Wyecliffe heraus.

»Meinst du? Im kommenden Frühjahr werden der Graf und die Gräfin von Monterrey Großeltern eines namenlosen Kindes sein.« Sie schüttelte ihren Kopf. »Soweit ich gesehen habe, haben sie noch keine Ahnung und die kleine Miß Vornehm erst recht nicht. Ich kann dir nur einen guten Rat geben, Cliffe«, fügte sie höhnisch hinzu, »sieh' dich woanders nach einer guten Partie um, um dein angegriffenes Vermögen zu sanieren. Du bist viel zu schade für ein Mädchen, das sich vom ersten Mann, der ihr gefällt, ein Kind machen läßt.«

Wyecliffe sagte nichts mehr. Die Eröffnung seiner Mutter hatte ihn fassungslos gemacht. Er stütze seinen Kopf in die Hände und saß regungslos neben ihr, während sie sich in ihrem unerwarteten Sieg sonnte. Wie oft hatte sie während ihrer unglücklichen Ehe mit Josiah darunter gelitten, daß er immer noch die Gräfin von Monterrey begehrt hatte. Mit ihr hatte er nur die Ehe geschlossen, weil er Raven Barranccurt nicht hatte haben können. Die Tatsache, daß ihr Sohn ebenfalls sein Auge auf ein Mitglied dieser hochgestochenen, mächtigen Familie geworfen hatte, war für sie niederschmetternd. Auch wenn sie die kleine, sanfte Sable gut leiden konnte, so wußte Letitia doch genau, daß der Graf einer Heirat mit Wyecliffe niemals seine Zustimmung geben würde.

Sie war nur einverstanden gewesen, nach Cornwall zu kommen und sich für Wyecliffe zu verwenden, weil ihr seine pausenlosen Bitten allmählich auf die Nerven gegangen waren. Es bereitete ihr Genugtuung zu sehen, daß seine Hoffnungen zerstört waren. In ihren Augen hatte er kein Rückgrat. Schade, daß er wie sein Stiefvater geworden war, den sie während ihrer langen Ehe verachten gelernt hatte. Das Thema war erledigt, und sie war sehr zufrieden, daß sie weder dem Grafen noch der Gräfin verraten hatte, wie es um ihre Tochter stand. In derartige Geschichten wollte Letitia nicht hineingezogen werden, und es fröstelte sie, wenn sie sich vorstellte, welche Rache der aufbrausende Graf an dem Mann üben würde. Gut, daß sie die Katze nicht aus dem Sack gelassen hatte.

Als schließlich das rote Ziegeldach von Blackburn Hall in Sicht kam, schwiegen die Insassen des ramponierten Gefährts, und auch der Kutscher hing seinen eigenen Gedanken nach. Mrs. Blackburn wäre mit Sicherheit entsetzt gewesen, wenn sie diese hätte lesen können. In ihrem Eifer, Wyecliffe die Wahrheit über Sable St. Germains Zustand mitzuteilen, hatte sie unwillkürlich ihre Stimme erhoben, so daß dem Mann auf dem Kutschbock keine Einzelheit ihrer Unterhaltung entgangen war.

Mrs. Blackburn ahnte nicht, daß die Nachricht über Sables Zustand nun doch durch sie nach North Head gelangen würde, denn der Kutscher war kein anderer als Jims, der Diener und Stallmeister in Blackburn Hall war und außerdem der frischgebackene Ehemann von Lucy Walters. Jims glaubte dieser heimtückischen Frau kein einziges Wort, doch er machte sich Gedanken. Irgend jemand mußte dem Grafen mitteilen, welche Lügen Letitia Blackburn unter Umständen in die Welt setzte. So konnte der Graf noch rechtzeitig dafür sorgen, daß die Gerüchte gleich im Keim erstickt wurden.

Die Situation war nicht einfach, doch Jims fühlte sich den St. Germains von North Head mehr verpflichtet als seinem eigenen Herrn. Er wußte, wie sehr seine Frau Lady Sable St. Germain verehrte und wie entsetzt sie sein würde, wenn derartige Gerüchte in der Gegend die Runde machten. Er mußte sofort mit ihr sprechen. Lucy würde schon wissen, was zu tun war.

»Natürlich hast du recht, mein Schatz. Wir müssen sofort nach North Head gehen«, erklärte Lucy. »Oh, diese schreckliche, schreckliche Frau!« fügte sie hinzu, und ihre Augen blitzten, als sie an Letitia Blackburn dachte. »Nur gut, daß sie morgen schon nach Devon zurückfährt, sonst würde ich sie noch persönlich erwürgen. Lady Sable soll ein Kind erwarten? Und nur, weil ihr beim Essen übelgeworden ist. Bah! Diese Frau weiß ja nicht einmal, wie sich Schweine vermehren, und über Menschen sollte sie besser gar nicht erst reden.«

»Lucy, bitte!« unterbrach sie ihr Ehemann, der über die Ausdrucksweise seiner Frau ganz entsetzt war. Das Thema war so delikat, daß er es am liebsten mit niemandem, nicht einmal mit seiner eigenen Frau besprochen hätte.

»Ich werde morgen mit der Gräfin reden«, beruhigte ihn Lucy. Obwohl sie Jims geheiratet und zu ihm in sein Häuschen auf dem Land der Blackburns gezogen war, stand sie immer noch in North Head in Diensten und fühlte sich den St. Germains verpflichtet. Die kleine Katie Pendavis hatte die meisten ihrer Pflichten übernommen, doch Lucy bestand nach wie vor darauf, Lady Sable zu versorgen. Und sie war nicht gewillt, irgendeine unberechtigte Kritik an ihrer geliebten jungen Herrin hinzunehmen.

Ihre Augen sprühten vor Zorn. Niemand durfte es wagen, ihren Liebling mit derartig bösartigen Lügen zu verfolgen, solange sie lebte, und ganz besonders nicht diese hassenswerte Witwe Blackburn. Gleich morgen früh wollte sie nach North Head gehen und der Gräfin berichten, was Jims auf der Heimfahrt gehört hatte. Wenn der Graf erst davon wußte, dann konnte die Welt sich auf etwas gefaßt machen!

15

»Oh, Lady Sable, Sie sehen wunderbar aus! Wie eine Prinzessin!« Die junge Katie Pendavis seufzte, während sie die letzte vorwitzige Locke feststeckte. Sie hatte ihrer jungen Herrin Bänder und Blumen in das dunkle Haar geflochten. Nachdem sie fertig war, trat sie einen Schritt zurück und seufzte erneut. In ihrem blaßgelben Kleid mit den himmelblauen Spitzenunterröcken sah Sable wirklich wie eine Prinzessin aus. Der große Ausschnitt brachte ihre zarten Schultern und ihren langen, graziösen Hals wunderbar zur Geltung.

»Ach, hören Sie schon auf, Katie«, wehrte Sable lächelnd ab. »Mit Ihrem Geschwätz verdrehen Sie mir ja noch den Kopf.«

»Nein, Mylady! Es ist die reine Wahrheit«, sagte Katie und nahm ein kleines Glasfläschchen vom Frisiertisch und hielt es Sable hin. »Hiervon sollten Sie ein paar Tropfen benutzen«, fügte sie schüchtern hinzu. »Ich habe das Gefühl, daß Master Trevennen es ganz besonders mögen wird.«

Sable mußte lächeln, als sie sah, wie Katie errötete. Die Gute hatte wirklich eine romantische Seele, und Sable konnte sich sehr gut vorstellen, welche Wunder sich Katie von diesem Nachmittag erwartete, an dem die St. Germains ein Picknick auf der großen Wiese veranstalteten. Man hatte die Trevennens, die Derwentwaters und andere Freunde aus der Nachbarschaft eingeladen.

Sable mochte Martin, den ältesten der vier Trevennen-Söhne, sehr gern, aber mit Sicherheit nicht gern genug, um ihn zu ermutigen. Plötzlich durchzuckte sie ein Schmerz, und sie mußte den Blick abwenden. Einige Augenblicke lang hatte sie vergessen, daß sie kein unschuldiges junges Ding mehr war, das bedenkenlos mit allen jungen Männern flirten konnte, die ihr gefielen. Ganz plötzlich hatte sich die Erinnerung an Morgan Carey in ihren Gedanken breitgemacht und Bilder von leidenschaftlich glänzenden Augen, starken, streichelnden Händen und heißen Lippen vor ihre inneren Augen gezaubert.

Würde sie das nie mehr loslassen? Würde sie sich immer nach seinen Berührungen sehnen und nach seiner Liebe, die ihr mehr Erfüllung geschenkt hatte, als sie jemals für möglich gehalten hatte? Es war so quälend, ihn immer noch zu lieben und gleichzeitig genau zu wissen, daß er sie nicht wollte. Sie mußte versuchen, die schmerzliche Leere in ihrem Herzen auf eine andere Art zu füllen.

»Timms sagt, daß schon alles fertig ist«, fuhr Katie aufgeregt fort, während sie sich ausmalte, welch farbenfreudiges Bild die St. Germains und ihre Gäste unter den riesigen Bäumen böten, wenn die Kinder im Gras tollten und die Erwachsenen miteinander schwatzten und lachten.

Im gleichen Augenblick öffnete sich die Tür zu Sables Schlafraum und Lucy Walters Sullivan, die immer noch ein gewichtiges Wörtchen im Haus der St. Germains mitzureden hatte, erschien auf der Schwelle. Katie wurde blaß, denn sie fürchtete sich vor Lucys scharfem Blick. Doch sie entspannte sich augenblicklich, als sie feststellte, daß Lucy ihr Kunstwerk aus Blumen und Bändern ganz bezaubernd fand.

»Wirklich, Sie sehen aus wie ein Engel«, sagte sie. Ihr junger Schützling stand mittlerweile ihrer Mutter an Schönheit in nichts nach. Doch das kleine Gesichtchen, das sich ihr zuwandte, blickte so unschuldig, daß Lucy in plötzlichem Zorn die Lippen aufeinanderpreßte. Wie konnte jemand die Frechheit besitzen, dieses reine, liebenswerte Kind derart zu beschuldigen? Es war einfach zu absurd, um überhaupt nur einen Gedanken daran zu verschwenden.

»Katie«, sagte sie dann ernst, worauf das junge Mädchen zusammenzuckte, »laufen Sie nach oben und fragen Sie, ob Mrs. Daniels Ihre Hilfe benötigt. Die Gäste werden bald eintreffen. Falls es oben nichts mehr zu tun gibt, können Sie sich nützlich machen, indem Sie sich um Lord Liam kümmern und darauf achten, daß er sich bis zum Beginn des Festes nicht mehr schmutzig macht.«

»In Ordnung«, flüsterte Katie und verschwand.

»Oh, Lucy, ist das nicht ein wunderschöner Tag für ein Picknick?« fragte Sable, während sie mit raschelnden Röcken zum Fenster hinüberging. Sie bewunderte das tiefgrüne Wasser und den dunkelblauen Himmel, an dem weiße, luftige Wolken entlangzogen.

»Ja, Mylady«, stimmte Lucy ein wenig abwesend zu. Als sie Sables schmalen Rücken betrachtete, wußte sie plötzlich nicht mehr, wie sie anfangen wollte. Es war schwer, eine so schreckliche Lüge zu widerholen. Ob sie vielleicht besser vergaß, daß sie jemals eine derartige Beschuldigung gehört hatte? Lucy rang mit sich und war plötzlich sehr unsicher. Was sollte sie nur tun? Angenommen, dieser schreckliche Wyecliffe erzählte die Geschichte herum? War es dann nicht besser, den Grafen und seine Familie vorher davon in Kenntnis zu setzen?

»Was ist los, Lucy?« Die plötzliche Stille kam Sable komisch vor, sie drehte sich deshalb ihrem Mädchen zu. Als Lucy ihr hübsches Profil sah, fiel ihr die Entscheidung plötzlich ganz leicht. Sie konnte nicht zulassen, daß Lady Sable verletzt wurde. Sie mußte sie warnen, auch wenn das Thema heikel war.

»Ich muß mit Ihnen etwas ganz im Vertrauen besprechen, Liebes«, begann Lucy entschlossen. »Es geht um etwas, das mein Mann Jims gehört hat, als er die Witwe Blackburn und ihren seltsamen Sohn gestern nach Blackburn Hall zurückgefahren hat.«

Sable zog eine Augenbraue in die Höhe. »So?«

»Ja, es handelt sich um schrecklichen Klatsch, doch Mr. Sullivan und ich sind der Meinung, daß niemandem hier im Haus an einer Verbreitung dieser Nachricht gelegen sein kann.«

Sable runzelte die Brauen. »Das hört sich ja direkt ernst an, Lucy.«

»Ja, nicht nur ernst, sondern auch völlig verrückt. Für meinen Jims war es beinahe unerträglich, dieser schrecklichen Frau zuhören zu müssen und ihr nicht den Mund stopfen zu können.«

»Was hat Mrs. Blackburn denn gesagt?« fragte Sable sanft.

»Ich schäme mich beinahe, es zu wiederholen, Mylady«, gestand Lucy mit niedergeschlagenen Augen.

Sable lächelte. »Es kann doch unmöglich so schrecklich sein, oder? Und falls doch, so bin ich sicher, daß mein Vater den Fall in kürzester Zeit mit Mrs. Blackburn klären kann.«

»Ich hoffe wirklich, daß er das kann«, bemerkte Lucy finster. »Das Gerücht betrifft nämlich Sie ganz persönlich, Lady Sable. Und deshalb fand ich es auch richtiger, mich erst an Sie zu wenden und nicht an Ihre Mutter oder Ihren Vater. Ich möchte nicht, daß Sie es von irgendeinem tratschenden Dienstmädchen erfahren müssen und womöglich schockiert sind.«

Im stillen amüsierte sich Sable über Lucys umständliche Versuche, sie zu schützen. Glaubte denn die ganze Welt, daß sie ein so verwundbares Mädchen war? Lucy verhielt sich jedenfalls so. Ach, wenn sie nur wüßten, daß sie längst kein unschuldiges Kind mehr war. Sie hatte mit einem Mann geschlafen, sich nach seinen Berührungen gesehnt und tat das immer noch. Und außerdem hatte sie, ohne eine Sekunde zu zögern, kaltblütig einen anderen Mann erschossen. Sie schämte sich nicht für das, was sie getan hatte, und sie wußte, daß sie den

Mann immer lieben würde. Aber trotzdem brachte sie es nicht fertig, mit ihren Eltern darüber zu reden. Vielleicht konnte sie das später, wenn der Schmerz nicht mehr so groß war.

»Worum geht es, Lucy?« fragte sie. »Wyecliffe hat sich doch wohl nicht mit seiner Mutter verschworen, damit ich ihn heiraten muß, oder?«

»Oh, nein, Liebes. Nein, es ist viel schlimmer«, sprudelte es aus Lucy hervor, der das Lachen gründlich vergangen war. »Diese fette, aufgeblasene Frau hatte tatsächlich die Frechheit, ihrem Sohn – und das wohlgemerkt in Anwesenheit von meinem Jims – anzuvertrauen, daß Sie ein Kind erwarten. Endlich habe ich es ausgesprochen, obwohl ich mich direkt schäme, eine so entsetzliche Anschuldigung auch noch zu widerholen. Aber noch schrecklicher wäre es doch, wenn dieses Weib eine derartige Lüge über Sie in der Gegend herumerzählen würde, oder nicht?«

Sable war leichenblaß geworden, doch in ihrer Aufregung bemerkte Lucy es nicht. Plötzlich war es in dem Raum völlig still. Nur das aufgeregte Atmen der älteren Frau war zu hören. »Woher hat Mrs. Blackburn diese Information?« fragte Sable schließlich und war selbst überrascht, wie ruhig ihre Stimme klang.

Lucy warf die Hände in die Höhe. »Ob Sie es glauben oder nicht, sie hat es allein aus Ihrem Benehmen gestern bei Tisch geschlossen. Diese verrückte Person behauptet, daß Sie beim Anblick von Perrys Heringssalat – nein, daß Ihnen beim Geruch des Salats übelgeworden sei.« Je wütender Lucy wurde, desto lauter sprach sie. »Ich werde wohl mein Leben lang nicht begreifen, wie man auf eine solche Idee kommen kann. Zu glauben, daß Sie – Nun, vielleicht konnten Sie ja nur den Fisch nicht ausstehen. Ich wünschte, ich könnte ihr persönlich die Leviten lesen. Wenn ich doch nur –«

Sable schloß die Augen und bemühte sich, ruhigzubleiben. Während Lucy weiter schimpfte, dachte sie fieberhaft nach und überlegte, wann sie zuletzt ihre monatliche Regel gehabt hatte. Es war eine völlig unnötige Überlegung, denn sie wußte im selben Moment, daß Letitia Blackburns Behauptung der Wahrheit entsprach. Das erklärte auch, weshalb es ihr während der Rückreise nach England an Bord der *Orient Star* so entsetzlich schlecht geworden war. Die See war allerdings ungewöhnlich rauh gewesen, so daß Sable ihre Schwierigkeiten auf das Wetter geschoben hatte. Diese Empfindlichkeit war ungewohnt für sie. Sie hatte sich immer für ebenso seetüchtig gehalten, wie es ihr Vater und Ned waren. Die Erklärung für ihr häufiges Unwohlsein lag auf der Hand.

»Guter Gott!« flüsterte sie. »Hilf mir!« Obwohl sie wußte, daß keine Hilfe zu erwarten war.

Noch vor wenigen Wochen wäre Sable auf der Stelle zu ihren Eltern gelaufen und hätte sich unter Tränen mit ihnen ausgesprochen. Doch sie war nicht länger das vertrauensvolle Kind, das sie bis zu der Nacht im März gewesen war, als Morgan Carey ihre Weiblichkeit erweckt hatte. Sie war innerlich gewachsen und mußte sich nun selbst helfen. Ihre Eltern machten sich wegen ihr schon genug Sorgen, mehr konnte sie ihnen nicht aufbürden. Es war unmöglich, den Namen St. Germain mit Schande zu bedecken, und ihr Stolz gestattete ihr nur einen einzigen Ausweg.

»Oh, Lucy, welcher Unsinn!« sagte sie und fühlte, daß die Stärke inzwischen ein Teil ihres Charakters geworden war.

»Da bin ich aber froh.« Lucy war erlöst, daß ihre junge Herrin endlich etwas sagte, statt nur mit hängenden Armen und einem schrecklich verlorenen Gesichtsausdruck dazustehen.

»Es gibt überhapt keinen Grund, mit meinen Eltern über diesen Unsinn zu reden«, erklärte Sable entschieden. »Sie wissen doch, wie rasch mein Vater in Wut gerät, besonders wenn es die Blackburns betrifft.«

»Lord Monterrey ist aber meistens die Ruhe selbst«, nickte Lucy. »Master Wyecliffe jedoch hat es in der letzten Zeit ein wenig zu weit getrieben.«

»Genau das meine ich«, erklärte Sable. Dann fügte sie hinzu: »Ich möchte meine Eltern gern mit diesem Unsinn verschonen. Wahrscheinlich hat Mrs. Blackburn inzwischen längst eingesehen, wie lächerlich ihre Anschuldigung ist. Außerdem würde sie es gar nicht wagen, solch unbewiesene Gerüchte über uns in die Welt zu setzen«, erklärte sie hochmütig. »Falls sie es trotzdem tun sollte, würde ihr ohnehin niemand glauben.«

Lucy strahlte. »Daran habe ich überhaupt noch nicht gedacht.« Es stimmte. Die Frau würde sich mit solchem Tratsch nur lächerlich machen und alle Menschen gegen sich aufbringen. »Oh, Mylady, können Sie mir noch einmal vergeben, daß ich Ihnen all diesen Unsinn erzählt habe?«

Sables Unterlippe zitterte, doch sie zwang sich, die ältere Frau anzulächeln. »Ich bin sehr froh, daß Sie mir das gesagt haben, Lucy.«

»Na, gut«, meinte diese. Für Lucy war das Thema somit beendet. »Jetzt müssen Sie aber noch ein wenig Rouge auflegen. Sie sind etwas blaß, und ich möchte doch, daß Sie hübsch aussehen.«

Sable wich Lucys eifrigen Händen aus. »Das mache ich selbst. Vielen Dank. Würden Sie bitte so nett sein und meiner Mutter ausrichten, daß ich in Kürze unten sein werde?«

Lucy war nicht beleidigt, daß Sable sie wegschickte, sondern gehorchte ihr gern. Sie war wirklich ein liebes, reizendes Kind. Sie hatte sich durch die Aufregung, die die Witwe Blackburn verursacht hatte, überhaupt nicht aus der Ruhe bringen lassen. Aber so war Lady Sable. Lucy lächelte, während sie zu den Räumen der Gräfin hinüberging. Niemals sagte sie ein böses Wort über eine andere Person.

Für Sable war der schöne Sommertag plötzlich wie verwandelt. Kaum daß sich die Tür hinter Lucy geschlossen hatte, brach sie auf der Bank am Fenster zusammen und barg ihr Gesicht in den Händen. Guter Gott, es konnte doch nicht wahrsein, daß sie tatsächlich Morgan Careys Kind unter dem Herzen trug! Was sollte sie nur tun?

Als sie Stimmen von unten hörte, hob sie ihr tränenüberströmtes Gesicht und beobachtete aus dem Fenster, wie ihr Bruder Liam und der Jüngste der Trevennens um die Ecke des Ostflügels bogen. Ganz offensichtlich unternahmen sie einen kleinen Erkundungsgang hinunter zu der Höhle, die genau unterhalb des Hauses lag. Bei Ebbe waren der mit Steinen bedeckte Strand und die zurückgebliebenen Wasserlöcher aufregende Spielplätze. Liam ging voran. Obwohl er immer noch kurze Hosen trug, ging er so aufrecht wie alle St. Germains, und Sables Herz zog sich vor Liebe zusammen. Im selben Augenblick wußte sie, daß sie ihrer Familie keine Schande machen durfte und auch nicht erwarten konnte, daß ihre Fehler entschuldigt wurden. Zwar waren die St. Germains stark genug, um jeden Skandal zu überleben, doch Sable wußte, daß, sollte ihr Zustand bekanntwerden, mit Sicherheit ihr wunderbares Familienleben dadurch beeinträchtigt werden würde. Es mußte einfach einen Weg aus diesem Dilemma geben. Nur welchen?

Während sie nachdenklich auf ihre Lippe biß, überlegte sie alle Möglichkeiten. Sie konnte zu Dimitri und seiner Familie nach Barbados gehen und dort bleiben, bis das Kind geboren war. Und was dann? Sollte sie dann etwa nach Cornwall zurückkehren und jedem erzählen, daß sie in der Karibik ein Baby gefunden und beschlossen hatte, es zu adoptieren? Natürlich konnte sie auch jederzeit nach London gehen und die Schwangerschaft beenden lassen.

Sie erinnerte sich, daß Nancy Warren, die Tochter des Fischers, das im vergangenen Jahr getan hatte.

»Oh, Gott, was überlege ich da?« flüsterte sie. Nancy wäre beinahe daran gestorben. Außerdem könnte sie es niemals über sich bringen, das Leben auszulöschen, das Morgan und sie in einem Augenblick der Liebe geschaffen hatten – niemals! Lieber wollte sie sterben, als eine so schreckliche Tat zu begehen!

»Ich möchte mein Baby behalten«, sagte sie laut. Und sie wußte, daß es die Wahrheit war. Ein Gefühl der Zärtlichkeit überkam sie, und plötzlich waren ihre Wangen naß vor Freudentränen. Wenn sie schon den Mann, den sie liebte, nicht bekommen konnte, so hatte sie doch wenigstens sein Kind. Und das war vielleicht genug –

Es war ihr allerdings immer noch nicht recht klar, wie sie mit den Schwierigkeiten fertigwerden sollte, die die Geburt des Kindes hervorrufen würde. Wie sollte sie ihren Zustand vor allen verbergen?

Sables dunkelgrüne Augen blickten plötzlich hart, und der Stolz ihrer Vorfahren ließ ihr Herz eine mutige Entscheidung treffen. Sie wollte zu Morgan gehen, und dafür sorgen, daß er sich um sie kümmerte. Es war genauso sein Kind. Sie wollte ihn nicht bitten, nein, dazu war sie zu stolz, und sie wollte auch nichts für sich selbst verlangen. Einzig zum Wohl des Kindes und auch für North Head und ihre Familie wollte sie diesen Weg gehen.

Morgan mußte sie heiraten, entschied Sable. Jedenfalls für die Zeit, bis das Kind geboren war. Dann konnte er sich von ihr trennen und die Ehe annullieren lassen. Es würde ihn nicht allzu viel kosten, denn er mußte sie nach der Zeremonie nicht mehr sehen. Doch es war der einzige Weg, um dem Kind einen Namen zu geben und ihre Familie vor häßlichem Klatsch zu bewahren.

»Er wird es tun müssen!« schwor sich Sable. Aber etwas unsicher war sie doch, denn niemand wußte besser als sie, wie unmöglich es war, Morgan Carey zu irgend etwas zu zwingen, was er nicht wollte. Doch in diesem Fall mußte sie hartnäckig bleiben. Er hatte aus dem behüteten Mädchen, das sie einmal gewesen war, eine Frau gemacht. Er mußte jetzt zu seinem Handeln stehen.

»Zum erstenmal in deinem Leben wird dir deine Arroganz nicht helfen«, flüsterte Sable leise, »und du wirst mich heiraten und deinem Kind einen Namen geben, auch wenn ich dich dafür bis ans Ende der Welt verfolgen muß.«

Doch wo sollte sie Morgan suchen? Sie hatte keine Ahnung, wohin die *Defiance* gesegelt war, nachdem Dimitri sie von dort weggeholt hatte. Sie wußte auch nicht, was Morgan tun wollte, nachdem Sergej sich erholt haben würde.

Ihr Vater wußte ganz bestimmt Bescheid, dachte Sable, während sie unruhig auf und ab lief. Seit ihrer Rückkehr hatte sie ihn allerdings immer noch nicht gefragt, was Morgan in North Head gewollt hatte und welches Geheimnis Andrej Vilyusk und die St. Germains verband. Sie hatte kein Bedürfnis gehabt, ihren Vater zu fragen. Doch jetzt bedauerte sie ihre Dummheit. Wenn sie ihren Eltern die ganze Wahrheit erzählt hätte, hätten sie in aller Ausführlichkeit über Morgan geredet. Sie hatte absichtlich geschwiegen, um sich die Tränen und den Kummer zu ersparen, doch jetzt fehlte ihr genau die Information, die sie so dringend brauchte. Wenn sie jetzt zu ihrem Vater ginge, würde sie sich bestimmt verraten. Im Wissen um ihren Zustand würde sie die Wahrheit nicht zurückhalten können.

Sie fühlte sich hilflos, und die Tränen stiegen ihr in die Augen, doch sie weigerte sich, das zur Kenntnis zu nehmen. Es war nur ein Zeichen von Feigheit. Sie mußte jetzt all ihren Mut zusammennehmen.

Plötzlich hob Sable den Kopf und blieb wie angewurzelt stehen. Natürlich! Ambling Cross! Das war doch das Haus, in dem Morgan nach Aussage von Letitia Blackburn gewohnt hatte. Es war weit und breit ihr einziger Anhaltspunkt, und die Chancen, daß die augenblicklichen Eigentümer wußten, wohin Morgan gegangen war, standen nicht schlecht. Falls sie dort nichts in Erfahrung bringen konnte, gab es immer noch das Stadthaus in Dartmouth, von dem er ihr erzählt hatte. Seine Mieter mußten eigentlich wissen, wo sich der Besitzer aufhielt.

Sable konnte nur den Kopf schütteln. Sie hatte Letitia Blackburn nicht nur das Wissen um ihren Zustand zu verdanken, sondern von ihr auch noch erfahren, wo sie den Vater ihres Kindes finden und zur Verantwortung ziehen konnte.

»Sable, du faules Ding! Bist du etwa wieder eingeschlafen?« hörte sie jemanden aus dem Garten rufen, und gleichzeitig prasselten unzählige kleine Steinchen gegen die Fensterscheiben. Rasch ging sie hinüber und mußte lächeln, als sie Ned unten stehen sah und neben ihm den schüchtern grinsenden Martin Trevennen. Wie ähnlich ihr Bruder doch dem Vater war, dachte Sable.

»Ich komme auf der Stelle«, rief sie, nachdem sie das Fenster geöffnet hatte. Auf dem Weg nach unten warf sie einen kurzen Blick in den Spiegel. Ihr Gesicht war zwar bleich und ihre Augen ein wenig gerötet, doch sie wußte, daß sich niemand darüber wundern würde, wenn sie nur lustig und fröhlich war.

»Ich fühle mich ausgezeichnet«, sagte Sable zu ihrem Spiegelbild. Dann lief sie rasch weiter und schenkte einem Diener, der in der Halle stand, ein so strahlendes Lächeln, daß er prompt errötete. Wenn sie Morgan erst ausfindig gemacht hatte, würde alles in Ordnung kommen. Zu ihrem Glück hatte sie die Beharrlichkeit und den Mut sowohl der Barrancourts als auch der St. Germains geerbt. Jetzt konnte nichts mehr schiefgehen. Überhaupt nichts!

Als Sable aus dem Wagen stieg, den sie gemietet hatte, und die zahlreichen Kamine und das ziegelgedeckte Dach von Ambling Cross vor sich sah, wußte sie sofort, daß Morgan nicht hierher gehörte. Der Besitz war viel zu behäbig und vornehm und die sorgfältig gepflegten Rasenflächen und der Park waren viel zu ordentlich. Aber es war ein sehr eindrucksvolles Gebäude, das die Form eines ›E‹ hatte. Auf den hügeligen Wiesen grasten behäbige Kühe, deren Muhen durch die stille Luft bis zu Sable herüberdrang.

Sie hatte den Kutscher gebeten, sie am Ende der Auffahrt abzusetzen. Es war ein warmer, etwas bedeckter Tag, und die feuchte Luft ließ bereits den Regen ahnen. Ein warmer Wind fuhr durch die Äste der Bäume, so daß die Blätter rauschten.

»Soll ich Sie nicht vielleicht doch bis vor die Tür fahren?« fragte der Fahrer höflich. »Es ist noch ein hübsches Stück, und außerdem ist es heute sehr heiß.«

»Nein, vielen Dank«, versicherte Sable. Sie wollte ihre Gedanken sammeln und sich ihre Worte zurechtlegen, bevor sie an die große Tür klopfte. So kurz vor dem Ziel fühlte sie sich plötzlich unsicher. Sie knüpfte die Bänder ihres Huts unter dem Kinn zusammen und marschierte entschlossen los. Wenn sie ihrer Angst nachgab, würde sie nicht einmal bis zur Haustür kommen.

In den Blumenbeeten, an denen sie vorüberging, summten die Bienen, und auf einem kleinen See zog ein hochmütiger Schwan seine Bahn. Sable konnte sich überhaupt nicht vorstellen, daß Morgan tatsächlich hier gelebt hatte. Diese Umgebung war eher für Menschen geschaffen, die eine große Familie und zahlreiche Freunde besaßen. Welch einsames Leben mußte er geführt haben. Sie hätte so gern vieles von ihm gewußt, doch dann erinnerte sie sich wieder, daß es im Grunde unwichtig war. Sie verlangte von Morgan Carey nichts weiter, als daß er ihrem Kind seinen Namen gab. Dann konnte er von ihr aus zur Hölle fahren.

»Achtung! Passen Sie auf!« rief es völlig unerwartet aus einem Gebüsch. Erschrocken drehte Sable sich um und sah, wie ein Kricketball auf sie zuflog. Sie hatte gerade noch Zeit, beiseitezutreten, als er schon vor ihren Füßen auf den Boden fiel. Es raschelte in der Hecke, und dann erschien das runde, sommersprossige Gesicht eines Jungen, der nur ein wenig älter als Liam war. Mit riesengroßen Augen starrte er sie an. »Es tut mir sehr leid. Ich habe Sie doch nicht getroffen, oder?«

Sable schüttelte den Kopf, worauf er erlöst grinste.

»Puh! Großvater würde mir sonst den Kopf abreißen. Er versucht nämlich, mir das Kricket auszureden.«

Sable mußte lächeln. Er erinnerte sie so sehr an ihren jüngeren Bruder, daß sie ihn einfach gern haben mußte. Beim Gedanken an ihre Familie stockte ihr der Atem. Mittlerweile hatte man ihre Abwesenheit sicher entdeckt, und sie malte sich aus, wie Katie in ihr Zimmer hinaufging, um sie zu wecken, nur ein leeres Bett vorfand und einen kleinen Zettel, auf dem stand, daß sie den Tag über nach Devon fahren und bei Einbruch der Dunkelheit wieder zurück sein wolle.

Mühsam versuchte sie, ihre Schuldgefühle zu unterdrükken, denn sie wußte sehr gut, daß ihre Eltern angesichts ihres seltsamen Benehmens beunruhigt sein würden. Hoffentlich wurde ihr Vater nur nicht zu wütend. Bisher hatte sie sich noch nicht überlegt, was sie ihren Eltern nach ihrer Rückkehr sagen wollte. Aber das hatte noch Zeit.

»Kann ich Ihnen helfen, Miß?« fragte der Junge höflich.

Ohne Zweifel hatte er eine Lady vor sich, denn sie sprach so sanft und fein, und ihr Kostüm mit der taillierten Jacke und dem passenden Hut war hübscher als alle Kleider, die seine Schwester Bridget aus London hatte kommen lassen.

»Ich würde gern mit deinem Vater sprechen«, antwortete Sable. »Ist er zu Hause?«

Der Junge schüttelte den Kopf und drängte sich dann ganz durch die Hecke. Seine Hemdsärmel waren aufgerollt, und er hielt einen Kricketschläger in seiner kleinen Hand. »Mein Vater ist tot«, sagte er einfach. »Bridget und ich leben seit März bei unserem Großvater.«

»Dann gehört Ambling Cross deinem Großvater, oder nicht?« fragte Sable, während sie zu dem Haus am Ende der baumbestandenen Auffahrt hinübersah.

»Ja, Miß. Früher hat Großvater in London gelebt, doch als er älter wurde, hat er dieses Haus gekauft. Nachdem Papa gestorben war, hat er uns zu sich geholt.«

»Das war sehr nett von ihm.«

Der Junge zog eine Grimasse. »Na, ja. Er mag Kinder nicht allzu gern. Wir müssen uns vorsehen, damit wir keinen Lärm machen und auch keinen Schmutz ins Haus tragen. Trotzdem gefällt mir das Leben hier besser als in Brighton.« Er warf Sable einen neugierigen Blick zu. »Weshalb möchten Sie Großvater sprechen?«

»Ich möchte ihm einige Fragen über den Mann stellen, von dem er Ambling Cross gekauft hat.«

Der Junge runzelte die Brauen. »Ich weiß nicht –«

»Raymond! Raymond Blair, wo steckst du? Du scheußlicher kleiner Kerl! Versteckst du dich wieder vor mir?«

Er grinste Sable an. »Das ist Mrs. Ferris, meine Gouvernante. Sie ist eine schreckliche Frau, doch meine Schwester Bridget sagt, daß sie es in Wirklichkeit gut mit uns meint.« Er schien darüber allerdings anders zu denken.

»Raymond! Master Raymond! Wenn Sie nicht augenblicklich erscheinen, werde ich es Ihrem Großvater bei seiner Rückkehr mitteilen müssen.«

»Los, kommen Sie!« flüsterte Raymond und packte Sables Hand. »Wir werden uns durch den Seiteneingang ins Haus schleichen.«

Da Sable keine andere Wahl hatte, raffte sie ihre Röcke und folgte ihm durch einen kleinen Rosengarten. Sie kletterten dann über eine niedrige Steinmauer und erreichten eine Steintreppe, die sie hinaufgingen. Als sie oben angekommen waren, keuchten sie, und der Junge grinste triumphierend.

»Hier kann sie uns nicht erwischen. Kommen Sie, ich bringe Sie zu Bridget. Sie weiß wahrscheinlich mehr über das Haus als Großvater, denn sie liebt diese langweiligen, historischen Bücher. Außerdem glaube ich nicht, daß Großvater überhaupt mit Ihnen reden wird.«

Zögernd folgte ihm Sable durch einen düsteren Flur, in dem es intensiv nach Bienenwachs und Politur roch. Ganz offensichtlich ging Großvater Blair die Pflege seines Hauses über alles, denn die Räume, an denen sie vorbeikamen, sahen aus, als ob sie seit Jahren nicht betreten worden wären. Die Möbel waren mit Schonbezügen versehen, um die Polsterung zu erhalten, und auf den wertvollen Teppichen lagen einfache Läufer. Trotz der großen Hitze waren alle Fensterläden geschlossen, so daß nur schwaches Tageslicht hereinsickern konnte. Als Morgan noch hier gelebt hatte, war es vielleicht ein liebenswertes altes Haus gewesen, dachte Sable, doch jetzt glich es eher einem düsteren Museum.

Vorsichtig öffnete Raymond eine Tür am Ende des Korridors und blickte hinein. Als Sable eine sanfte, freundliche Stimme hörte, entspannte sie sich.

»Wo bist du denn gewesen, mein Schatz? Hast du denn nicht gehört, daß Mrs. Ferris dich gerufen hat?«

»Ich bin durch den Seiteneingang hereingekommen«, erwiderte Raymond, »weil ich ihr nicht über den Weg laufen wollte.«

»Wahrscheinlich hast du wieder gespielt, anstatt zu arbeiten, nicht wahr?«

»Das stimmt«, gab Raymond zu, »und außerdem habe ich Besuch mitgebracht. Ich weiß zwar nicht, wie sie heißt, aber sie scheint sehr nett zu sein.«

Er trat zur Seite, um Sable den Vortritt zu lassen. Der

Wohnraum, in den sie eintraten, wurde von einem großen Kamin beherrscht, der mit wunderschönen Delfter Kacheln bedeckt war. Geradezu erleichtert nahm Sable die leichte Unordnung auf dem Damastsofa zur Kenntnis, wo Bücher und Handarbeiten herumlagen. Als sie den Kopf wandte, erblickte sie eine hübsche junge Frau, die gerade aufstand und ihr entgegenkam.

Bridget Blair war nicht viel älter als zwanzig Jahre und eine einfache, liebenswerte Frau mit dunklen Haaren und weit auseinanderstehenden grauen Augen. Auf ihrer Nasenspitze thronte eine Brille, sie hatte gerade gelesen.

»Ja?« fragte sie höflich.

»Es tut mir leid, daß ich so einfach hier hereinplatze, Miß Blair, aber ich bin extra aus Cornwall hergekommen, weil ich Ihnen einige Fragen wegen Ihres Hauses stellen möchte.«

Ein freundliches Lächeln erschien auf Bridgets Gesicht. »Wie nett. Setzen Sie sich doch bitte!« Dann wandte sie sich an ihren Bruder. »Geh und bitte Betty, uns Tee zu machen, Raymond! Rasch!«

»Ich möchte Ihnen aber keine Umstände machen«, begann Sable, doch Bridget unterbrach sie.

»Bitte! Das sind keine Umstände. Wir haben so selten Gäste, und erst recht keine, die sich für Ambling Cross interessieren. Setzen Sie sich doch endlich«, wiederholte sie freundlich. »Sie sehen müde aus. Es ist scheußlich heiß heute, nicht wahr? Sind Sie allein gekommen?«

Sable nickte, während sie sich in den Armsessel setzte, den Bridget ihr angewiesen hatte. »Ich habe meinen Wagen an der Straße warten lassen.«

»Sagen Sie nicht, daß Sie den ganzen Weg gelaufen sind«, rief Bridget.

»Doch, denn ich wußte ja nicht, wie man mich empfangen würde. Ich wollte deshalb lieber nicht im Wagen vorfahren«, sagte Sable, die sehr gut wußte, daß man andere Leute nicht unangemeldet überfiel, und erst recht nicht, wenn man fremd war.

»Großvater hätte sicher gezetert, doch er ist im Augenblick nicht da. Raymond und ich sind allein. Ah, Betty, vielen Dank«, fügte sie hinzu, als eine Frau in weißer Schürze und gestärktem Häubchen mit einem Tablett eintrat. Sable sah zu, wie Bridget mit geübten Bewegungen den Tee einschenkte, und nahm dankend ihre Tasse entgegen.

»Was hat Sie denn nach Ambling Cross geführt?« fragte Bridget, nachdem sie sich wieder zurückgelehnt hatte. Über den Rand ihrer Brille hinweg betrachtete sie Sable neugierig. Eine so reizende Frau, dachte sie, aber ganz offensichtlich hatte sie Kummer. »Sie sagten, Sie wollten mir Fragen stellen?«

Sable war erleichtert, daß Bridget Blair ihren Besuch nicht als ungewöhnlich empfand.

»Ich fürchte, ich kann Ihnen nicht allzu viel sagen«, fuhr Bridget fort. »Raymond und ich leben erst seit ungefähr sechs Monaten in diesem Haus. Unser Vater ist im letzten Jahr gestorben, und dann hat Großvater uns aufgenommen.« Sie sah traurig aus, als sie ihren Vater erwähnte. Sable fand die Geschwister äußerst liebenswert. Dieses düstere alte Haus war mit Sicherheit nicht der richtige Platz für sie. Es mit ihrem warmen, lebensfrohen Zuhause in North Head zu vergleichen, war Bridget und Raymond Blair gegenüber nicht fair.

»Ich interessiere mich nicht so sehr für das Haus«, sagte Sable, während sie in ihrem Tee rührte, »sondern mehr für den Mann, dem das Haus gehört hat, bevor Ihr Großvater es kaufte. Er heißt Sir Morgan Carey. Haben Sie schon von ihm gehört?«

Bridget nickte. »Natürlich habe ich das. Er hat hier zwar nur einige Jahre gelebt, aber die ganze Gegend spricht noch von ihm. Ich glaube, ich habe noch niemals soviel Tratsch über einen Menschen gehört. Er muß ein ungewöhnlicher Mensch sein, nach den Geschichten zu schließen, die man sich erzählt.«

Es sah Morgan ähnlich, Gesprächsstoff zu liefern, dachte Sable, ohne zu merken, wie zärtlich ihr Gesichtsausdruck dabei wurde, als sie an ihn dachte. Was sollte sie Bridget Blair als Grund für ihr Kommen nennen? Bisher hatte sie sich ja nicht einmal vorgestellt.

»Ich möchte eigentlich nur wissen«, begann sie entschlossen, nachdem sie sich zuvor geräuspert hatte, »ob Sir Morgan beim Verkauf von Ambling Cross Ihrem Großvater eine Adresse hinterlassen hat. Ich muß ihn nämlich unbedingt finden und habe keinen weiteren Anhaltspunkt, wo ich mit meiner Suche fortfahren soll.«

Bridget schüttelte den Kopf. »Ich fürchte, in dieser Beziehung kann ich Ihnen nicht helfen. Der Verkauf des Hauses wurde in Abwesenheit Sir Morgans von einem Rechtsanwalt erledigt. Ich glaube nicht, daß Großvater seinen Aufenthaltsort kennt. Vielleicht sollten Sie –«

»Bridget! Bridget, Mädchen, wo bist du?«

»Oh, nein!« flüsterte sie und wurde blaß, als sie die Stimme in der Halle rufen hörte. »Es ist Großvater. Er muß früher zurückgekommen sein.« Rasch stellte sie ihre Tasse auf das Tablett und sah Sable entschuldigend an. »Ich fürchte, Sie werden jetzt gehen müssen. Er kann es nämlich nicht leiden, wenn wir Besucher im Haus haben, und wird wahrscheinlich sehr unfreundlich zu Ihnen sein.«

»Zeigen Sie mir bitte den Weg?« bat Sable, der der Gedanke, diese sanfte junge Frau in Schwierigkeiten gebracht zu haben, äußerst unangenehm war.

»Ich werde Sie zum Hinterausgang führen«, sagte Bridget und war froh, daß ihr Gast Großvaters exzentrisches Benehmen akzeptierte. Sie schämte sich für ihn, doch sie beklagte sich nicht. Sie wußte es zu würdigen, daß der alte Mann zwei unerwünschte Menschen in sein Haus aufgenommen hatte.

Doch es war bereits zu spät. Als Bridget zur Tür hinüberging, wurde sie von außen aufgerissen, und ein alter Mann mit hängenden Schultern und langem weißen Haar erschien auf der Schwelle. Seine Augen wurden riesengroß, als er das blasse Gesicht seiner Enkeltochter erblickte und die entsetzten Augen eines fremden jungen Mädchens.

»Was soll das bedeuten?« fragte Benton Blair ungläubig. »Ich verlasse das Haus für einen halben Tag, und was finde ich, wenn ich zurückkomme? In meiner Abwesenheit hast du jemanden ins Haus geschmuggelt. Mrs. Ferris hat mir geöffnet und mir mitgeteilt, daß du eine Freundin eingeladen hast. Doch ich wollte es nicht glauben. Du kennst die Regeln für Besucher in diesem Haus doch ganz genau, Mädchen.«

»Es tut mir leid –« begann Bridget mit zitternden Lippen, doch Sable war so wütend über das herrische Benehmen des alten Mannes, daß sie sie unterbrach. Wie konnte er sein eigenes Fleisch und Blut nur so eiskalt behandeln.

»Sie kann nichts dafür, Mr. Blair«, erklärte sie mutig. »Ich bin unangemeldet gekommen, und Ihre Enkelin hat mich freundlicherweise empfangen. Ich wollte nur einige Fragen über den früheren Besitzer von Ambling Cross stellen.«

Benton Blairs Nasenflügel bebten, und hektische Röte stieg in seine Wangen. »Um so schlimmer!« schimpfte er. »Ich kann es nicht leiden, aufdringliche junge Frauen in meinem Haus zu haben, die nur Schmutz und Staub hereinbringen und neugierige Fragen stellen. Verlassen Sie augenblicklich mein Haus!«

»Großvater! Bitte!« bat Bridget.

»Mit dir werde ich später reden, du vorlautes Mädchen«, fuhr er sie an. »Ich wußte, daß es ein Fehler war, euch aufzunehmen. Dich und auch deinen unerzogenen Bruder.« Und zu Sable, die ihn unverwandt anstarrte und langsam an seinem Verstand zu zweifeln begann, fügte er hinzu: »Raus, sage ich! Verlassen Sie augenblicklich dieses Haus!«

Noch nie in ihrem Leben war Sable so beleidigt worden. Sie lief an ihm vorbei und rannte den Korridor entlang. Ihre Wangen brannten vor Wut, während sie die Treppen hinunterstolperte. In der Aufregung hatte sie nicht einmal bemerkt, daß sie ihre Handschuhe und ihren Hut liegengelassen hatte. Sie wollte nur auf schnellstem Weg dieses düstere Haus verlassen und den Verrückten, der dort wohnte.

Erleichtert stellte sie fest, daß der Wagen immer noch am Ende der Auffahrt wartete. Die Pferde schlugen mit den Schwänzen, um die Fliegen zu vertreiben, und der Kutscher hatte es sich im Schatten bequem gemacht. Als er Sable kommen sah, stand er auf.

»Können wir fahren, Miß?« fragte er und schien sich überhaupt nicht zu wundern, daß sie vom Laufen völlig außer Atem war und ihre Röcke von oben bis unten mit Staub bedeckt waren.

»Ja, bitte!« stieß Sable hervor, die nur noch von diesem Ort fortstrebte.

»Miß! Warten Sie bitte!«

Als sie Raymonds Stimme hörte, drehte sie sich um. Mit hochrotem Kopf rannte der Junge hinter ihr her. »Ich soll Ihnen von Bridget sagen, wie leid es ihr tut«, keuchte er, als er schließlich vor ihr stand.

»Wie schrecklich euer Großvater ist«, brach es aus Sable heraus.

Ein Schatten wanderte über das sommersprossige Gesicht. »Bridget sagt, daß er früher nicht so schlimm war. Er hat sein ganzes Leben lang Geldsorgen gehabt, und seit er Großmutter vor einigen Jahren verloren hat, kann er niemanden mehr leiden. Manchmal ist er ja ganz nett«, fügte er hinzu, obgleich Sable das Gefühl hatte, daß er sich das nur einredete.

»Bitte, richte deiner Schwester aus, daß es mir leid tut, ihr solche Schwierigkeiten gemacht zu haben«, sagte Sable bedauernd. »Er wird sie doch nicht bestrafen, oder?« fügte sie ängstlich hinzu.

Raymond zuckte gleichgültig die Achseln, so als ob Bestrafung ein ganz normaler Aspekt seines Lebens war. »Vielleicht nimmt er ihr für eine oder auch für zwei Wochen ihre Bücher weg, aber deshalb hat sie mich nicht hinter Ihnen hergeschickt«, fuhr er rasch fort, als Sable schon etwas entgegnen wollte. »Sie läßt Ihnen ausrichten, daß Sie zu den Howells nach Glamorgan gehen sollen.«

Sable runzelte die Brauen. »Glamorgan? Wo liegt das?«

»In Südwales, glaube ich. Sir Morgan stammt von dort. Und dort weiß man vermutlich, wo Sie ihn finden können. Bridget sagte –«

»Master Raymond! Kommen Sie sofort zurück!«

Als Sable sich umwandte, sah sie einen Diener am Ende der Auffahrt stehen, der die Hände trichterförmig an den Mund gelegt hatte.

»Das heißt, daß ich bestimmt eine Woche lang kein Kricket spielen darf«, seufzte Raymond resigniert.

Sables Herz sank. Was hatte sie durch ihr Kommen nur angerichtet. Wenn sie es doch nur eines Tages wieder gutmachen könnte. Doch so blieb es erst mal bei einer Entschuldigung, und als der Wagen anfuhr, schwor sie sich, eines Tages Raymond und Bridget Blair dabei zu unterstützen, diesem trostlosen Leben in Ambling Cross zu entkommen.

Doch wenige Augenblicke später hatten sie wieder ihre eigenen Sorgen eingeholt. Sie konnte doch unmöglich allein nach Wales reisen, dachte sie, während der Wagen zurück nach Ambling fuhr. Sie lehnte ihren Kopf gegen die Lederkissen und schien die heiße, staubige Fahrt gar nicht wahrzunehmen. Sable dachte unablässig an Raymonds Satz und überlegte, was zu tun war. Die Fahrt nach Wales und zurück dauerte nicht allzu lange, und mit Sicherheit hatte sie auch genug Geld. Sollte sie es einfach wagen? Natürlich konnte sie ihren Eltern eine Nachricht schicken, doch gleichzeitig überlegte sie, ob es klug war, sie so zu beunruhigen. Ihr wurde ein wenig unheimlich bei dem Gedanken, allein in eine schroffe, gebirgige Gegend zu fahren, um Leute aufzusuchen, die sie überhaupt nicht kannte. Vielleicht waren die Howells in Glamorgan noch verrückter als Benton Blair.

»Ich muß unbedingt fahren«, beschloß sie schließlich. Aber wenn sie nach North Head zurückkehrte, mußte sie ihren Eltern die Wahrheit beichten, das aber konnte sie unmöglich tun. Sie konnte erst wieder nach Hause kommen, wenn sie ihre Probleme gelöst hatte.

Wieder stiegen ihr Tränen in die Augen, doch sie drängte sie entschlossen zurück. Sie wollte nicht eher ruhen, als bis Morgan Carey für das bezahlt hatte, was er angerichtet hatte.

16

Sergej Vilyusk saß auf dem Deck der *Defiance* in der Sonne und hatte seine langen Beine lässig gegen eine große Holzkiste gestemmt. Seine Augen waren halb geschlossen, und ein flüchtiger Beobachter hätte meinen können, daß er in der warmen Augustsonne eingeschlafen war. Doch Sergej war hellwach. Seine Schulter verheilte zusehends, und seine Gedanken beschäftigten sich unablässig mit der Zukunft.

Die *Defiance* lag in Le Havre vor Anker, die Segel waren fein säuberlich zusammengerollt, und die leeren Masten ragten in den Himmel. Auf dem fast völlig leeren Schiff hatte sich eine seltsame Stille ausgebreitet, die nur gelegentlich vom heiseren Schreien der Seemöven unterbrochen wurde. Auch auf dem Kai unter ihnen war es still, denn alle waren aus der Nachmittagshitze in die Gaststätten und Cafés geflüchtet. Es war ungewöhnlich schwül, und der leise Donner weit draußen über dem Kanal versprach baldigen Regen, an den Sergej jedoch noch nicht so recht glauben mochte.

»Verzeihen Sie, Master Sergej, möchten Sie etwas essen? Ich will gerade für Mr. Hayes Hühnersalat machen und dachte, daß Sie vielleicht ebenfalls hungrig sind.«

Sergej öffnete ein Auge und lächelte. Seit es ihm ein wenig besser ging, wurde er nicht nur von Doktor Aaron Pierson, sondern auch von Grayson bemuttert, der es sich offenbar in den Kopf gesetzt hatte, seinen Patienten mit verlockenden Speisen zu mästen.

»Hühnersalat ist herrlich«, sagte er sofort, weil er genau wußte, daß der Diener ihn mit weiteren Vorschlägen bombardieren würde, wenn er nicht sofort nachgab. »Und vielleicht noch eine Flasche Wein dazu. Sehen Sie doch einmal nach, was Ihr Spitzbube von Herr in seinem Geheimschrank verwahrt.«

»Geht in Ordnung, Sir!« Grayson zögerte noch einen Augenblick, und Sergej, der die Augen bereits wieder geschlossen hatte, wandte den Kopf und sah ihn fragend an.

»Gibt es noch etwas, Grayson?«

»Nein, Sir«, antwortete der Steward hastig, doch dann gestand er unsicher: »Nun, es gibt vielleicht doch etwas.«

Sergej legte seinen gesunden Arm hinter den Kopf und sah zu Grayson auf. Er mochte ihn mittlerweile sehr gern, auch wenn er ein wenig umständlich war. Er bewunderte vor allem seine Geduld, mit der er Morgan Careys schwierigen Charakter so viele Jahre lang ertragen hatte. »Und das wäre?«

»Es geht um Sir Morgan. Ich wüßte gern, ob Sie eine Ahnung haben, wann er aus Paris zurückkommen wird. Wir liegen jetzt schon eine Woche lang hier tatenlos im Hafen, und ich mache mir Gedanken, weshalb er so lange ausbleibt.«

Sergej mußte lachen, und um seine blassen blauen Augen bildeten sich unzählige Fältchen. »Machen Sie sich keine Gedanken, Grayson.« Er strich sich nachdenklich über den Bart und fuhr fort: »Eine Woche ist sicherlich nicht zu lange für das, was er vorhat. Ich wünschte nur, er hätte mich mitgenommen«, fügte er düster hinzu. Morgans Weigerung, ihn mitzunehmen, belastete ihn. Sergej hatte akzeptieren müssen, daß eine halsbrecherische Reise von Le Havre nach Paris seiner verletzten Schulter nicht gerade guttat. Aber trotzdem machte ihm die Weigerung zu schaffen, denn die Information, die Morgan suchte, betraf auch ihn.

Graysons Gesicht drückte Furcht und Unsicherheit aus. Er hatte sich niemals in die persönlichen Angelegenheiten seines Herrn eingemischt, und er hatte auch jetzt nicht das Recht dazu, doch Sir Morgans Verhalten in der letzten Zeit gab ihm Anlaß zur Besorgnis.

»Worüber denken Sie nach, Grayson?« fragte Sergej schließlich. Der arme Mann schien äußerst nervös zu sein. Ganz offensichtlich brauchte er ein wenig Trost.

Der treue Diener seufzte aus tiefstem Herzen. »Ach, Master Sergej, seit Lady Sable dieses Schiff verlassen hat, ist nichts mehr so wie früher. Welch schöne Stunden haben wir doch mit ihr verbracht. In ihrer Gegenwart war der Kapitän wie ausgewechselt.«

Sergej rollte die Augen. Diesen Satz hatte er pausenlos von der Besatzung zu hören bekommen. Aber es stimmte. Morgan war zur Zeit jähzornig und unausstehlich, und wenn man seinen Männern glauben wollte, hing diese Veränderung mit Lady Sable zusammen. Sergej mußte zugeben, daß er auf diese junge Frau neugierig geworden war, von der jedermann mit Respekt und voller Wärme sprach. Morgan allerdings nicht, und schon die leiseste Andeutung ihres Namens reichte, um ihn noch unfreundlicher und feindseliger zu stimmen. Doch Sergej wußte natürlich, daß es noch andere Sorgen gab, die während dieser Tage auf Morgans breiten Schultern lasteten und die ihn überhaupt veranlaßt hatten, nach Istanbul zu fahren.

»Ich kann nicht wirklich beurteilen, wie sehr sich Morgan verändert hat«, sagte Sergej. »Ich begegnete ihm vor zehn Jahren das erste Mal, und zu dieser Zeit litt er unter einer schmerzhaften Verwundung. Somit habe ich ihn nicht von seiner besten Seite kennengelernt.« Er grinste. »Im Vergleich dazu kann man sein augenblickliches Benehmen geradezu zivilisiert nennen.«

»Ich wünschte nur, ich wüßte, was ihn belastet«, sagte Grayson. »Man muß ihm doch irgendwie helfen können.«

Sergej stand auf und ging zur Reling hinüber, der Wind zerrte an seinen kastanienbraunen Haaren, und er kniff die Augen zusammen, als er über die Wasserfläche starrte. Dann stützte er seinen verletzten Arm auf, den er in einer Schlinge trug, und schüttelte nachdenklich den Kopf.

»Ich fürchte, im Augenblick kann ihm niemand helfen, mein Freund. Er kämpft gerade mit Gespenstern, die aus einer Zeit stammen, als wir beide ihn überhaupt noch nicht kannten.«

»Wollen Sie mir wirklich nichts Näheres sagen?« fragte Grayson. Der Wunsch, seinem Herrn beizustehen, ließ ihn alle Zurückhaltung vergessen.

»Morgan würde uns wahrscheinlich beide in Öl sieden, wenn er wüßte, daß wir uns so über ihn unterhalten«, sagte Sergej und hob die Hand, um Graysons Protest im Keim zu ersticken. »Ich denke allerdings, daß Sie das Recht haben, einige Einzelheiten zu erfahren, da Sie diesen schwierigen Menschen während all der Jahre betreut haben. Was wissen Sie eigentlich über Sir Morgans Vergangenheit?«

Überrascht sah Grayson Sergej an. »Über seine Vergangenheit? Nun, er lebte erst wenig Monate in Devon, als er mich einstellte. Er war kurz zuvor aus dem Krimkrieg zurückgekehrt und litt noch an einer Verletzung, die glücklicherweise keine Schäden hinterlassen hat.«

»Dank meiner ausgezeichneten Fürsorge«, bemerkte Sergej und schüttelte den Kopf über die Ironie des Schicksals. So viele Männer waren damals verwundet worden oder auf dem blutdurchtränkten Schlachtfeld gestorben. Und er hatte sich ausgerechnet den Tapfersten ausgesucht. Genausogut hätte er Morgan mit einem seiner Offiziere als Gefangenen nach Norden schicken können. Doch der Mut des Engländers hatte ihn tief beeindruckt, und er hatte beschlossen, ihm mit allem, was ihm möglich war, zu helfen. Welch seltsame Fügung das doch gewesen war.

»Dann wissen Sie also gar nichts über die Jahre, bevor Morgan Carey nach Devon gezogen ist?« fragte er.

Grayson schüttelte den Kopf. »Sir Morgan ist in dieser Beziehung nicht sehr gesprächig. Obwohl ich nun schon so viele Jahre in seinen Diensten stehe, weiß ich nur, daß er in Wales geboren wurde und daß irgendeine Familiengeschichte ihn gezwungen hat, seine Heimat in jungen Jahren zu verlassen. Natürlich möchte ich nichts wissen, was er mir nicht anvertrauen möchte«, fügte er etwas unbehaglich hinzu. »Wenn Sir Morgan das gewollt hätte, hätte er es sicher schon getan.«

»Er konnte niemandem vertrauen«, sagte Sergej bitter. »Nicht einmal mir. Jedenfalls anfangs nicht. Narben auf der Seele verschwinden nicht so leicht, mein Freund. Und ich bin sehr froh, daß das Wissen, das ich mit in das Serail genommen habe, für ihn wichtig genug war, um mich dort herauszuholen. Sonst wäre ich dort wohl langsam verrottet, und Morgan wüßte nicht mehr als vorher.«

»Das Wissen um was?« fragte Grayson, der diese rätselhaften Andeutungen nicht länger ertragen konnte. Was sonst hatte wohl Sir Morgan bewogen, sein Leben im Serail aufs Spiel zu setzen, wenn nicht ein Gefühl für Pflichterfüllung und Ehre einem Mann gegenüber, der ihm vor lnger Zeit das Leben gerettet hatte?

»Das Wissen um eine schöne Frau namens Gwenna Howell«, antwortete Sergej sanft, »die sich vor mehr als dreißig Jahren in einen äußerst gutaussehenden Offizier in Paris verliebt hatte.«

»Howell hieß Sir Morgans Mutter, bevor sie Thomas Carey geheiratet hat«, erinnerte sich Grayson.

»Augenblicklich sucht Sir Morgan in Paris einen Beweis dafür, daß zwischen Gwenna Howell und dem Offizier eine Heirat stattgefunden hat, was einige Dinge in seinem Leben ändern würde. Soviel ich weiß, hat Lady Sables Vater geholfen, ihm in Paris einige Türen zu öffnen.«

»Der Graf von Monterrey?« fragte Grayson überrascht.

Sergej nickte geheimnisvoll. »Jetzt habe ich aber genug verraten«, sagte er und richtete sich auf. »Alles weitere können Sie Sir Morgan fragen. Wenn seine Suche erfolgreich war, wird er Ihnen mit Sicherheit den Rest der Geschichte erzählen. Doch jetzt habe ich wirklich Hunger, Grayson. Ich hätte gern ein wenig von Ihrem herrlichen Hühnersalat.«

Sofort nahm das Gesicht des Stewards wieder den diensteifrigen Ausdruck an, den man von ihm gewohnt war. »Aber natürlich, Sir Ich bringe Ihnen sofort etwas nach oben.«

»Wunderbar! Vielen Dank«, meinte Sergej, während er sich wieder setzte und seine langen Beine übereinanderschlug. Ach, Morgan, mein Freund, dachte er im stillen. Ich wünsche dir wirklich von Herzen Erfolg, damit du endlich den Frieden findest, den du dein Leben lang vermißt hast.

Als Morgan zwei Tage später auf die *Defiance* zurückkehrte, hatte die Mannschaft die lange Wartezeit bereits satt. Die Tage ohne Aktivitäten forderten ihren Tribut. Man stritt wegen Nichtigkeiten, was für den aufmerksamen Kapitän das beste Zeichen war, endlich wieder in See zu stechen.

»Ja, bei der nächsten Flut werden wir auslaufen«, versicherte Morgan allen, die ihn nach seiner Rückkehr nach seinen weiteren Plänen fragten. »Wir müssen nur noch eine Sache unterwegs erledigen.«

»Und wo, Kapitän?« fragte Harley Gump neugierig, der immer ein wenig vorlauter als die anderen war.

»In Dartmouth. Ich muß einige persönliche Dinge dort holen.«

In Harleys Augen erschien ein Leuchten. »Und wohin werden wir von dort aus fahren, Kapitän? Nach Westen? Ich sehne mich regelrecht nach tropischen Gewässern.«

Der finstere Gesichtsausdruck, mit dem Morgan auf das Schiff zurückgekommen war, wich einem leichten Grinsen. »Sobald ich meine Angelegenheit geregelt und Master Vilyusk dort abgesetzt habe, wo er es wünscht, werden wir einen Kurs nehmen, der Ihnen gefallen wird.«

Grinsen begleitete seine Ankündigung, und die Männer fanden, daß ihr Kapitän alles in allem gesehen doch ein recht netter Kerl war. Sie kehrten auf ihre Plätze zurück und spekulierten noch eine Weile darüber, ob sie wohl als nächstes Holz aus Südamerika holen oder vielleicht doch Tee aus China nach New York transportieren würden.

»Merkt euch meine Worte: Was auch immer der Kapitän anpacken wird, es wird uns Geld in die Taschen bringen«, prophezeite Harley.

Nat Palmer war nicht so überzeugt. »Der Kapitän macht mich wirklich neugierig. Ich glaube, daß wir noch eine weitere Angelegenheit erledigen müssen, bevor wir wieder ins Geschäft einsteigen«, teilte er selbstbewußt mit. »Ich würde mich nicht wundern, wenn wir vorher noch einen kleinen Abstecher nach Cornwall machen würden, um Lady Sable einen Besuch abzustatten.«

Harley Gump schnaubte. »Das glaube ich nicht. Er wird seine Meinung nicht ändern, so stolz wie er ist. Wenn er sie einmal hat gehen lassen, wird er ihr bestimmt nicht nachlaufen.«

»Jeder kann einmal einen Fehler machen«, fuhr Nat unbeeindruckt fort, doch Harley war anderer Meinung.

»Das stimmt schon, doch unser Kapitän ist nicht der Mann, der das zugibt. Ich versichere euch, daß er mit den St. Germains nichts mehr zu tun haben will.« Er sagte das mit leisem Bedauern.

Als der Klipper im alten Hafen von Dartmouth festmachte, lastete schwüle Sommerhitze über Land und Meer. Obgleich der Himmel bedeckt war, wehte kein Lüftchen, und auch kein drohendes Gewitter versprach Abkühlung. Kaum daß das Schiff in der Mündung des Dart River festgemacht hatte, waren die meisten der Männer in den Kneipen am Kai verschwunden.

Nachdem man in Le Havre die Fahrt wieder aufgenommen hatte, hatte niemand Sir Morgan zu Gesicht bekommen. Jack Torance übernahm das Ruder, während Morgan unter Deck blieb. Sergej wartete geduldig an Deck, wo die Hitze ein wenig leichter zu ertragen war als in den stickigen Kabinen. Außerdem wußte er, daß Morgan ihn rufen lassen würde, sobald er ihm etwas mitzuteilen hatte.

Erst als sie in Dartmouth vor Anker gingen, erschien Morgan an Deck. In Hemdsärmeln sprach er einige Minuten lang mit seinem Ersten Maat, wobei Sergej ihn neugierig von seinem Platz am mittleren Mast aus beobachtete. Als Morgan schließlich auf das Hauptdeck kam, ging er ihm entgegen.

»Weshalb sind wir hierhergekommen?« Er wollte jetzt informiert werden.

»Ich muß einige persönliche Dinge holen, bevor wir weiterfahren können«, war Morgans Antwort.

»Wohin weiterfahren?« fragte Sergej. »Verdammt, Morgan! Du führst uns alle an der Nase herum. Ich kann verstehen, wenn deine Männer allmählich ärgerlich werden. Nach einer sechstägigen Abwesenheit sagst du uns nur, daß du noch einige Dinge erledigen mußt, bevor wir neuen Kurs nehmen können. Welche Dinge? Und wohin fahren wir?«

Morgan biß die Zähne aufeinander, doch Sergej ließ sich nicht entmutigen. Die Sache, wegen der Morgan nach Paris gefahren war, betraf ihn ebenso, und er wollte verdammt sein, wenn er nicht sofort Auskunft bekam.

»Was hast du in Paris erfahren?« fragte er und verstellte Morgan kurzerhand den Weg, als dieser an ihm vorbeigehen wollte.

Beide Männer waren ungefähr gleich groß und von ähnlicher Statur. Morgans stahlblaue Augen fixierten den entschlossenen Sergej, und sekundenlang sah es so aus, als ob er ihn einfach beiseitedrängen wollte. Doch dann antwortete er: »Lord Monterreys Kontakte waren sehr hilfreich, Sergej. Ich habe den Beweis, den ich brauche. Und zwar eine Eintragung im Kirchenbuch. Meine liebe Mutter Gwenna Howell hat tatsächlich Andrej Vilyusk geheiratet, bevor sie nach Hause zurückkehrte, um mich zur Welt zu bringen. Das bedeutet, daß ich nicht länger ein uneheliches Kind bin«, fügte er etwas bitter hinzu. »Und du, Sergej, mußt dich damit anfreunden, daß du mein Bruder bist.«

Ohne ein weiteres Wort zu sagen, schubste er den Russen beiseite und verließ das Schiff. Augenblicke später beobachtete Sergej, wie er in einer Straße verschwand, die zum Zentrum des Städtchens führte. Alles war so schnell gegangen, daß Sergej nur mit offenem Mund hinter ihm herstarren konnte.

»Hallo, Sie! Ich möchte mit dem Kapitän dieses Schiffes sprechen.«

Sergej fuhr herum. Er war hellwach, als er die stahlharte Stimme hörte. Mit zusammengezogenen Augenbrauen betrachtete er den riesigen Mann, der offenbar ganz leise die Gangway heraufgekommen war und ihn jetzt mit feindlichem Gesichtsausdruck musterte. Er war nicht mehr der Jüngste, doch sein mächtiger Körper schien nur aus Muskeln zu bestehen. Sein Blick war kühl, und eine kleine Narbe auf seiner Wange verlieh ihm ein etwas verwegenes Aussehen.

»Ich fürchte, er hat soeben das Schiff verlassen«, erwiderte Sergej vorsichtig. Ihm war klar, daß dieser Mann trotz der sonnenverbrannten Gesichtshaut und der lässigen Kleidung ein Gentleman war, und zwar einer, mit dem man sich besser nicht anlegte.

Der Mann sah ihn mißtrauisch an. »Wie ist denn das

möglich? Man hat mir gesagt, daß Sie gerade erst vor fünfzehn Minuten angelegt haben.« Mit erfahrenem Blick registrierte er die verschiedenen Aktivitäten der Matrosen.

»Sir Morgan muß etwas in der Stadt erledigen«, erklärte Sergej, während er sein Gegenüber genau beobachtete. »Möchten Sie vielleicht mit dem Ersten Maat sprechen?«

Der Mann lächelte etwas, so daß die Narbe in seinem Gesicht deutlich hervortrat. »Ich nehme an, daß Sie Leutnant Sergej Vilyusk sind, der bis vor kurzem im Gefängnis des Serail gesessen hat.«

Sergej runzelte die Brauen. »Der bin ich«, gab er kühl zurück. »Und Sie, mein Freund, wer sind Sie?«

»Charles St. Germain, der Graf von Monterrey.«

Sergej nickte kurz und verbeugte sich leicht. »Und was führt Sie nach Devon?«

Der Graf ärgerte sich. Er benötigte keinen Beweis, um zu wissen, daß Sergej Vilyusk und Morgan Carey Halbbrüder waren. Die Arroganz war ihnen gemeinsam und ebenso der durchdringende Blick der blauen Augen, sowie der muskulöse Körperbau. Doch im Augenblick interessierte es ihn nicht, ob Morgan in Paris die Papiere bekommen hatte, nach denen er suchte. Im Augenblick interessierte ihn nur eine einzige Sache, und er wollte nicht ruhen, bis er Morgan Carey damit konfrontiert hatte.

»Wann erwarten Sie den Kapitän zurück?«

»Ich weiß es nicht.«

Charles fluchte wütend, und sein Temperament ging mit ihm durch. »Ich habe nicht genug Zeit, um auf ihn zu warten. Also richten Sie ihm bitte folgendes aus, sobald er zurückkommt: Meine Tochter Sable ist seit dem frühen Morgen verschwunden. Sie hat einen Zettel hinterlassen, daß sie nach Devon fahren und Sir Morgan Carey suchen will.« Ohne Sergejs Überraschung zur Kenntnis zu nehmen, fuhr er fort: »Ich weiß nicht, weshalb sie das getan hat, aber ich garantiere, daß ich sie zurückholen werde. Und Kapitän Carey können Sie ausrichten, daß er mit mir rechnen muß.«

Mit diesen Worten machte er kehrt und ging vom Schiff. Dann rief er noch: »Ich habe gehört, daß Sir Morgan irgendwo in der Stadt ein Haus besitzt. Das werde ich jetzt suchen, und sollte er vor mir zurückkommen, dann halten Sie ihn bitte fest.«

Noch bevor Sergej etwas antworten konnte, war Charles St. Germain verschwunden. Kopfschüttelnd beobachtete Sergej, wie er denselben Weg einschlug, den Morgan kurz zuvor gegangen war. Er spitzte seine Lippen. Ein so wütender und zum Kampf entschlossener Mann wie Charles St. Germain war ihm noch nie in seinem Leben begegnet. Jetzt war ihm auch klar, woher Lady Sable St. Germain den Mut genommen hatte, Morgan in den Serail zu folgen und einen Mann zu töten. Selbst ein weiblicher Nachkomme dieses brüllenden Löwen mußte ein furchterregender Gegner sein.

Weshalb war die Tochter des Grafen nach Devon gefahren, und was wollte sie von Morgan? Nach allem, was er von Grayson erfahren hatte, war Lady Sable froh gewesen, die *Defiance* verlassen zu können, und Morgan schien darüber erleichtert gewesen zu sein. Wieder schüttelte Sergej den Kopf. Morgan Carey wurde für ihn zu einem Rätsel, wenn es um Sable St. Germain ging. Und jeder seiner Versuche, ein wenig mehr über dieses Mädchen zu erfahren, war mit Schweigen und manchmal sogar mit einem Wutausbruch vereitelt worden.

Gefühle, die so tief gingen, waren nur schwer zu ergründen, dachte Sergej. Die seltsame Beziehung zwischen Morgan und der mutigen jungen Frau, die er vor dem Ertrinken gerettet hatte, interessierte ihn sehr, doch mit dem Vater dieses Mädchens wollte er nichts mehr zu tun haben.

»Oh, Gott! Ich glaube, im Gefängnis war ich sicherer als hier unter diesen Heißspornen«, murmelte er vor sich hin. Morgan stand eine unangenehme Überraschung bevor, und Sergej hoffte, ihn warnen zu können, bevor Charles St. Germain ihn erwischte.

Sein Vorhaben erledigte sich von selbst, denn Morgan kehrte zehn Minuten später zurück. Unterwegs hatte er bereits erfahren, daß der Graf von Monterrey in der Stadt war. Er wußte, daß der Besuch ihm galt und hatte deshalb seine Besorgungen abgebrochen. Sable hatte inzwischen bestimmt berichtet, was zwischen ihnen vorgefallen war, und Morgan war nicht gerade begeistert von der Idee, sich mit Charles St. Germain auseinandersetzen zu müssen. Als er das Deck betrat und Sergej ihm entgegeneilte, wußte er, daß er erwartet wurde. Verwundert schüttelte er den Kopf, denn er konnte immer noch nicht so recht glauben, daß dieser Mann tatsächlich sein Halbbruder war und sein letzter lebender Blutsverwandter, den er auf der Welt besaß. Das Schicksal hatte ihm wirklich gute Karten gegeben.

Der Zufall spielte ihm die Information zu, daß Sergej in Istanbul im Gefängnis saß. Und seinem Glück hatte er es zu verdanken, daß er sich an Großbritanniens Premierminister Disraeli um Hilfe gewandt hatte – ausgerechnet an den Mann, der sich bei dem Namen Vilyusk an Andrej Vilyusk erinnern konnte, der vor ungefähr dreißig Jahren an der russischen Botschaft in Paris gearbeitet hatte. Diese Bemerkung hatte Morgan nicht sonderlich interessiert, bis der Premierminister erwähnte, daß sich unter den vielen Frauen des Schürzenjägers Andrej auch eine junge Dame befunden hatte, die Howell hieß, zauberhaft war und aus Wales stammte. Morgan sei doch ebenfalls Waliser und kenne vielleicht eine Familie dieses Namens, hatte Disraeli gemeint.

In der Tat war Morgan der Name vertraut, doch er ging nicht darauf ein. Statt dessen suchte er auf Disraelis

Vorschlag hin Charles St. Germain auf. Der Graf hatte sich nämlich in diesen Jahren in Paris aufgehalten. Er wußte vielleicht Näheres über das Mädchen, das Andrej offensichtlich sehr geliebt hatte.

Morgan erinnerte sich an ihr Gespräch und an den Schrecken, der ihm in die Glieder gefahren war. Der Graf erinnerte sich sehr genau an Gwenna Howell, deren Schönheit und Klugheit damals jeden Mann bezaubert hatte. Einer von ihnen war Andrej Vilyusk gewesen, und man hatte sich allerhand Geschichten über die beiden erzählt. Obgleich Morgan seit vielen Jahren wußte, daß Thomas Carey nur dem Namen nach sein Vater war, konnte er nicht ohne weiteres glauben, daß sein wirklicher Vater möglicherweise Andrej Vilyusk war. Er brauchte Beweise. Sergej kannte vielleicht die Wahrheit, doch er befand sich im bestbewachtesten Gefängnis der Welt.

»Morgan!« rief Sergej, als er ihn erblickte.

»Du brauchst mir gar nichts zu sagen, Sergej«, sagte Morgan finster. »Ich weiß bereits, daß Monterrey hier ist. Was will er denn?« fragte er ungeduldig. »Will er meinen Kopf, weil ich seine Tochter entehrt habe? Oder ist er sich zu fein für einen anständigen Faustkampf und hat statt dessen Pistolen oder Säbel angeboten? Oder muß ich die Dame ehrbar machen und heiraten?«

»Du lieber Gott! Wovon sprichst du überhaupt?« fragte Sergej. »Ja, St. Germain war hier, und er war wütend. Aber von einem Duell war nicht die Rede. Er sucht seine Tochter und hat angenommen, daß sie hier ist.«

»Was sollte sie wohl hier auf diesem Schiff zu suchen haben? Zuletzt habe ich sie in der Gesellschaft des bärbeißigen Sergejew gesehen, den Seine Lordschaft als Kapitän beschäftigt.«

»Nein, mein Freund, du hast mich falsch verstanden. Lady Sable ist seit dem Morgen verschwunden und hat nur einen Zettel hinterlassen, daß sie nach Devon fährt, um dich zu suchen.«

Morgan schwieg, und das spöttische Lächeln verschwand von seinen Lippen. »Weshalb, um Himmels willen, sollte sie denn so etwas tun? Sie schien doch froh zu sein, mich endlich loszuwerden, als Sergejew sie abholte.«

»Ich glaube, daß ihr Vater das auch gern wissen möchte. Er hat angekündigt, dich in deinem Haus zu suchen, und hat darum gebeten, daß du hierbleiben sollst, falls du vor ihm zurückkommst.«

»Grayson!« brüllte Morgan, als er den Diener auf dem Deck auftauchen sah.

»Ja, Sir?«

»Bringen Sie meine Reitstiefel und die Jacke! Und schicken Sie Gilpin los, um mir ein Pferd zu mieten. Und zwar ein bißchen plötzlich, oder ihr baumelt alle!«

»Ja, Sir!« rief Grayson und rannte davon.

Sergej runzelte die Brauen. »Was hast du vor?«

»Nach Ambling Cross zu reiten, was denn sonst?«

»Zu deinem früheren Haus? Weshalb denn das?«

Morgan antwortete seinem Bruder voller Ungeduld. »Falls Sable nach mir gesucht hat und nicht in Dartmouth ist, dann ist es klar, daß sie nach Ambling Cross gefahren ist.«

»Doch woher sollte sie wissen, daß du früher dort gelebt hast?«

Morgan musterte ihn kühl. »Daß du diese Frage stellst, ist der beste Beweis dafür, daß du diese Dame nicht kennst.«

»Und was wird aus dem Grafen?« fragte Sergej, als Grayson mit den gewünschten Sachen erschien. »Er hat darum gebeten, daß du auf ihn wartest.«

»Ich habe keine Zeit«, erwiderte Morgan knapp, während er in die Jacke schlüpfte. »Außerdem brauche ich seine Hilfe nicht. Das geht allein Sable und mich etwas an.«

»Dann laß' wenigstens mich mitkommen.«

Morgans entschlossener Gesichtsausdruck wurde weich, als er in das bärtige Gesicht blickte, das seinem, wie er plötzlich feststellte, doch recht ähnlich war. »Ich danke dir, Sergej, aber ich muß allein gehen.«

»Verflucht noch mal! Ich möchte dir helfen! Weise mich nicht immer zurück!«

Die beiden Männer starrten sich an und maßen einander mit Blicken. Grayson überlief ein Schauer, als er ihnen zusah. Doch schließlich zuckte Morgan die Achseln. »Nun gut, aber ich muß sehr schnell reiten. Falls deine Schulter das nicht aushalten kann, muß ich dich zurücklassen.«

»Mach' dir darüber keine Gedanken«, sagte Sergej finster entschlossen.

»Sir, was soll ich Seiner Lordschaft sagen, wenn er zurückkommt?« fragte Grayson beunruhigt. Er hatte begriffen, daß Sables wütender Vater jederzeit wieder auftauchen konnte.

»Es wird Ihnen schon etwas einfallen, Grayson«, rief Morgan über die Schulter zurück. Doch er sah ein, daß er den Grafen nicht im unklaren lassen konnte, so fügte er hinzu: »Sagen Sie ihm ruhig, wohin ich geritten bin. Ich hoffe sehr, daß wir Sable gefunden haben, bis er uns einholt.«

Schweigend standen die beiden Männer nebeneinander, während sie darauf warteten, daß ihre Pferde gesattelt wurden. Morgan klopfte sich ungeduldig mit der Reitpeitsche gegen seinen Stiefel und schien überhaupt kein Auge für die architektonische Schönheit des alten Postgasthauses zu haben, in dessen Einfahrt sie warteten. Er wirkte so verschlossen, daß Sergej ihn nicht anzusprechen wagte. Erst als sie die kleine Stadt hinter sich gelassen hatten und über das freie Feld galoppierten, nahm er seinen Mut zusammen.

»Ist es wahr«, rief er ihm zu, »hast du tatsächlich Lady Sable entehrt?«

Morgans Antwort war klar. »Entehrt? Ich habe sie geliebt, falls es das ist, was du meinst.« Er lachte, als er Sergej ansah. »Willst du mich jetzt auch verurteilen? Ich habe sie nicht mit Gewalt genommen. Oh, Gott, dabei hat es Zeiten gegeben, da hätte sie mich beinahe zu solchen Verrücktheiten getrieben.«

»Du liebst sie, nicht wahr?«

Die stahlblauen Augen musterten ihn. »Habe ich das gesagt?«

Aus der Fassung gebracht, schwieg Sergej.

Neben der Straße blühten wilde Rosen. Die Gegend war sehr hügelig, und auf den kleinen Feldern wurde bei dem heißen, trockenen Wetter überall geerntet. Das ländliche England gefiel Sergej sehr. Aber er nahm es gar nicht richtig wahr, weil er über das, was Morgan gesagt hatte, nachdenken mußte. Nun wußte er, woher die wechselnden Stimmungen seines Bruders kamen.

»Beantworte mir nur eine Frage«, sagte er, als sie langsamer reiten mußten, weil sie durch ein kleines Dorf kamen. Die jungen Mädchen auf der Straße blickten den beiden gutaussehenden Reitern interessiert nach. »Weshalb hast du sie gehen lassen?«

Morgan runzelte die Brauen. »Was hätte ich sonst tun sollen?« fragte er bitter. »Sie als meine Geliebte behalten? Nein, Sergej, dagegen hätte ihr Vater wohl einige Einwände gehabt, und außerdem verdient sie etwas viel, viel Besseres.«

»Du hättest sie ja heiraten können«, entgegnete Sergej. »Nach allem, was ich gehört habe, muß sie eine wahre Schönheit sein.«

»Und viel zu gut für einen Seemann«, ergänzte Morgan mürrisch, während seine großen Hände die Zügel fester packten. »Lord Monterrey hat für seine Gräfin die Seefahrt aufgegeben, doch ich kann das nicht. Nicht einmal für sie. Sie hat es aber mit Sicherheit nicht verdient, wie eine Matrosenfrau auf mich zu warten, bis ich von meinen Reisen wiederkomme. Außerdem kann ich ihr kein Haus wie North Head bieten.«

»Nun, zumindest in dieser Beziehung irrst du dich, mein Freund«, erinnerte ihn Sergej. »Du bist nicht länger der rechtlose, uneheliche Enkelsohn von Llewelyn Howell, der keinen Anspruch auf Penllys Wells hat. Du bist ehelich geboren. Du kannst zurück nach Wales gehen und beanspruchen, was rechtmäßig dir gehört – ein Haus, das der Frau, die du liebst, würdig ist.«

Morgan antwortete nicht, sondern zwang sein Pferd zu einem scharfen Galopp, kaum daß sie das kleine Dorf hinter sich gelassen hatten. Sergej warf einen verzweifelten Blick auf seinen breiten, unbeugsamen Nacken und schüttelte den Kopf. Verdammter britischer Stolz! Oder war es russischer Stolz? Er konnte nicht einmal lächeln, weil ihn seine Wunde zusehends mehr schmerzte. Als Morgan schließlich sein Tempo verminderte, war Sergej am Rand seiner Kräfte, doch er wollte es nicht zur Kenntnis nehmen.

»Dies ist also Ambling Cross«, sagte er, als die beiden Pferde in die baumbestandene Auffahrt einbogen und man die beeindruckende Fassade mit ihren hohen Säulen und den vielen Fenstern sehen konnte. »Ich wundere mich allerdings, wie du dir das von deinem Offiziersgehalt leisten konntest.«

»Es gehörte einer entfernten Kusine, die es mir bei ihrem Tod hinterlassen hat«, erwiderte Morgan kurz. »Ich war damals bei meinem Regiment, doch das Haus war eine Zuflucht für mich, als ich entlassen wurde.«

»Weshalb hast du es nicht behalten? Es ist sehr eindrucksvoll.«

Morgan zuckte die Achseln. »Es hat mir nicht gefallen.«

»Ich bin gespannt, ob wir Sable hier finden.«

»Ich hoffe das Gegenteil«, gab Morgan knapp zur Antwort, während er sein Pferd vor der Haustür zum Stehen brachte. Als Sergej ihn fragend ansah, fuhr er fort: »Der augenblickliche Besitzer Benton Blair ist reichlich exzentrisch. Er befürchtet, daß die Besucher Schmutz und Unrat in sein Haus bringen. Mein Anwalt Forbes hat mir geschrieben, daß Blair das Haus nach dem Kauf vom Keller bis zum Dachstuhl mit Lauge hat schrubben lassen und alle verbliebenen Einrichtungsgegenstände entweder verbrannt, verkauft oder zumindest gründlich gelüftet hat.

»Bei einem Lebemann wie dir als Vorbesitzer hätte ich das vielleicht auch getan«, bemerkte Sergej grinsend, doch ein warnender Blick von Morgan brachte ihn zum Schweigen. Ein kleiner Junge kam angerannt, um ihre Pferde zu holen.

»Ist Mr. Blair zu Hause?« fragte Morgan.

»N – nein, Sir!« stammelte der Junge und mußte den Kopf weit in den Nacken legen, um in Morgans finsteres Gesicht sehen zu können. »Er ist nach P – Plymouth gefahren.«

»Aber Mistreß Blair ist da, Sir.«

»Wie bitte? Hat Mr. Blair geheiratet?« fragte Morgan.

»Nein, Sir. Mistreß Bridget ist Master Blairs Enkelin. Sie und ihr Bruder Raymond leben seit dem Frühjahr hier.«

»Die armen Teufel!« murmelte Morgan, während er das Haus betrachtete. Es war lange her, daß er hier gelebt hatte. Er erinnerte sich, daß er damals voller Haß gewesen war und außerdem sehr ungeduldig, weil seine Verwundung so langsam verheilt war.

»Ist Mistreß Blair zu Hause?«

»Sie müssen fragen, Sir!«

Mit Riesenschritten stürmte Morgan die Treppe hinauf und klopfte einfach an die Tür. Ein Blick auf sein entschlossenes Gesicht genügte der Haushälterin, um sie zum Nachgeben zu bewegen. Knicksend teilte sie ihm mit, daß Mistreß Blair zu Hause sei. Sie wolle nur schnell Bescheid sagen.

»Ich mag die Art, wie du Untergebene behandelst«, bemerkte Sergej, der hinter ihm langsam die Treppe hinaufgestiegen war. »Hast du diesen drohenden Blick geübt, oder ist er dir angeboren?«

Morgans Ungeduld war offensichtlich. Doch als er Sergejs blasses, schweißnasses Gesicht sah, war er plötzlich sehr besorgt. »Du hättest doch lieber auf dem Schiff bleiben sollen, du Narr!«

»Um mir alle diese Erlebnisse entgehen zu lassen?« fragte Sergej mit hochgezogenen Augenbrauen. »Du vergißt, daß ich die vergangenen zehn Jahre in einem Gefängnis verbracht habe. Ich dürste geradezu nach etwas Abenteuer. Ich hoffe nur«, fügte er leise hinzu, als Morgan den Blick abwandte, »daß Lady Sable nicht davon betroffen ist. Ich kann nicht glauben, daß sie in ernsthaften Schwierigkeiten ist, denn Devon liegt doch schließlich –«

»Miß Blair läßt bitten«, sagte die Haushälterin im selben Augenblick. In stocksteifer Haltung, die ihr Mißfallen ausdrückte, führte sie die beiden Männer in den Wohnraum. Glücklicherweise war der alte Leuteschinder nicht zu Hause, dachte sie. Der Anblick der staubbedeckten Stiefel und der schwache, aber unverkennbare Geruch nach Pferden, der diesen Riesen anhaftete, hätte ihn mit Sicherheit zur Raserei gebracht.

Im Gegensatz zu der dunklen, düsteren Atmosphäre des Hauses war der Wohnraum hell und einladend. Die schweren Vorhänge waren zurückgezogen, so daß das Sonnenlicht hereinströmen und die wunderbaren Farben des Teppichs richtig zur Geltung bringen konnte. Sofort erinnerte sich Morgan wieder, daß er dieses Stück vor vielen Jahren auf einer Auktion in London gekauft hatte. Damals hatte er noch daran geglaubt, daß ihm das Leben eines Landedelmanns gefallen könnte. Erst jetzt, nachdem er endlich die letzte Wahrheit über seine Herkunft in Händen hielt, begriff er, wie ruhelos die Zeit seiner Jugend gewesen war. Doch auch jetzt war er noch nicht wirklich zufrieden. Es fehlte ihm noch etwas, von dem er nicht zugeben mochte, daß es ihm wichtiger war als der Besitz von Penllys Wells.

Seine Gedanken wurden in die Gegenwart zurückgebracht, als sich bei ihrem Eintritt eine junge Frau vom Sofa erhob und ihnen mit ausgestreckten Händen entgegeneilte.

»Sir, Ihnen geht es nicht gut!«

Morgan sah zu Sergej hinüber, der ohnmächtig zu werden schien. Rasch griff er zu und konnte seinen Bruder noch rechtzeitig auffangen.

»Legen Sie ihn hierhin!« befahl die junge Frau, während sie die Kissen vom Sofa nahm. »Betty!« rief sie der Haushälterin zu, die vor der Tür gewartet hatte. »Bringen Sie Wasser und Kompressen! Rasch! Was fehlt ihm denn?« fragte sie und sah Morgan an. Sein Blick irritierte sie. Er war so ganz anders als die Männer, die sie kannte, so groß und breitschultrig. Er schien den Raum auszufüllen.

»Mein – mein Bruder«, sagte Morgan, doch bei der ungewohnten Formulierung zögerte er immer noch ein wenig, »wurde vor einigen Wochen verletzt. Ich fürchte, er hat sich immer noch nicht ganz erholt.«

Bridget Blair blickte ihn tadelnd an und entwickelte dabei mehr Temperament, als man ihr bei ihrem etwas altmodischen Benehmen zugetraut hätte. »Dann hätten Sie ihn aber besser nicht mitgebracht, Sir!«

Morgan mußte lächeln, als er sah, wie ihn die grauen Augen hinter den Brillengläsern anfunkelten. Obwohl sie ihr dunkles Haar zu einem altmodischen Knoten geschlungen hatte, konnte man erkennen, daß es mahagonifarben glänzte, und Morgan überlegte, wie hübsch sie wohl aussehen mochte, wenn sie es offen trug.

Inzwischen war Betty zurückgekommen, und Bridget machte sich mit Geschick daran, Sergejs Stirn zu kühlen. Morgan beobachtete sie, während sie sich mit gerunzelten Augenbrauen auf ihre Arbeit konzentrierte. Sekunden später bewegte sich Sergej und öffnete schließlich die Augen. Als Bridget sehr unvermittelt in seine bezaubernden blauen Augen blickte, errötete sie heftig und stand abrupt auf.

»Geht es jetzt besser?« fragte Morgan, der besorgt war.

Sergej versuchte sich aufzusetzen, und schrie leise auf, als ihm ein Schmerz durch den Rücken fuhr. »Oh, Gott! Ich fühle mich, als ob ich von einem halben Dutzend Betrunkener verprügelt worden wäre«, stöhnte er.

»Bleib' still liegen, bis es dir besser geht«, meinte Morgan. »Miß Blair, haben Sie Brandy im Haus?«

»Noch lieber Wodka«, mischte sich Sergej ein.

Bridget ignorierte die beiden und ging hinaus, um eine eiskalte Limonade für ihren Patienten zu bestellen. Als sie wieder ins Zimmer trat, bemerkte sie, daß den großen Mann außer der Sorge um seinen Bruder offenbar auch noch andere quälten. Sie betrachtete ihn kühl. »Womit kann ich Ihnen helfen, Sir?« fragte sie.

Morgans finsterer Gesichtsausdruck verschwand. »Verzeihen Sie unser unangemeldetes Eindringen, Miß Blair. Mein Name ist Morgan Carey, und ich bin –«

»Doch nicht Kapitän Sir Morgan Carey, dem dieses Haus einmal gehört hat?« unterbrach ihn Bridget mit ungläubigem Staunen.

Morgan lächelte, und Bridget spürte, wie sie errötete. »Doch, genau der.«

»Wie seltsam«, murmelte Bridget vor sich hin. »Gerade heute hat jemand nach Ihnen gefragt. Sie hat ihren Namen nicht genannt«, erklärte sie rasch. »Sie hatte gar nicht mehr die Gelegenheit dazu, denn Großvater hat sie vor die Tür gesetzt. Aber sie hat diese Sachen hier vergessen. Vielleicht können Sie sie ihr zurückgeben, denn ganz offenbar kennen Sie sie.« Sie öffnete eine Schublade und entnahm ihr einen Hut und mit kleinen Perlchen bestickte Sommerhandschhuhe, die sie Morgan entgegenhielt.

Als Morgan die Sachen in die Hand nahm, machte sein Herz einen Sprung. Er kannte die Dinge zwar nicht, aber es entströmte ihnen ein zauberhafter Jasminduft, der ihm deutlich sagte, wem sie gehörten.

»Was wollte sie?« fragte er. »Ich weiß, daß sie nach mir sucht. Hat Sie Ihnen vielleicht verraten, weshalb?«

Bridget schüttelte den Kopf. »Sie war ganz reizend«, erinnerte sie sich, »doch ich hatte das Gefühl, daß sie Sorgen hatte. Sie hatte keine Gelegenheit mehr, mir mehr zu sagen. Ich fürchte, ich war ihr keine allzu große Hilfe.«

»Wann ist sie weggegangen?« fragte Sergej. Man hatte ihm Limonade eingeflößt, die zwar nicht nach seinem Geschmack war, ihn aber immerhin erfrischt hatte.

»Schon vor Stunden. Sie ist ziemlich früh gekommen.«

»Hat sie gesagt, wohin sie von hier aus gehen wollte?« fragte Morgan.

»Ich bin sicher, daß sie nach Hause gefahren ist«, meinte Sergej, doch Bridget schüttelte den Kopf.

»Das glaube ich nicht. Eher ist sie nach Wales gefahren.«

»Weshalb, glauben Sie, daß sie nach Wales gefahren ist?« fragte er ruhig.

Bridgets Herz klopfte etwas. Nie in ihrem Leben war sie einem so finster und bedrohlich aussehendem Mann begegnet. Seinen bärtigen jüngeren Bruder, dessen Augen so viel freundlicher blickten, mochte sie wesentlich lieber. »Kurz vor ihrer Abfahrt hat mein Bruder Raymond ihr noch gesagt, daß sie wahrscheinlich in Glamorgan Hinweise auf Ihren Aufenthaltsort erhalten könnte«, erklärte sie zögernd, weil sie nicht wußte, wie er darauf reagieren würde. »Ich weiß ja nichts über Ihre Familie und habe nur gehört, daß Sie mit den Howells in Glamorgan verwandt sind. Allerdings weiß ich nicht, ob sie meinen Rat befolgt hat«, fuhr sie mit gesenktem Kopf fort.

Morgan brachte es nicht fertig, auf dieses hilflose Wesen wütend zu sein. Er schwieg einige Augenblicke und kämpfte mit seinen Gefühlen. Dann sah er Sergej durchdringend an. »Ich muß ihr nachreiten«, sagte er kurz, »und ich möchte, daß du hierbleibst, bis du dich stark genug fühlst, um nach Dartmouth zurückzureiten. Sage Lord Monterrey, wohin ich geritten bin, und bitte Jack, so rasch wie möglich Kurs auf Llanelly zu nehmen.«

»Ich werde dich begleiten«, antwortete Sergej und versuchte mühsam, auf die Füße zu kommen.

»Nein!« sagte Morgan kühl und bestimmt. »Du wirst mir nur hinderlich sein. Und dieses Mal kann ich nicht auf dich warten. Es tut mir leid, Sergej«, fügte er hinzu und sah seinem enttäuschten Bruder nicht ins Gesicht. »Diesen Ritt kannst du unmöglich schaffen, denn Penllys Wells liegt mitten in den Bergen, und die Reise ist schon für einen gesunden Mann beschwerlich.«

»Und weshalb hast du es überhaupt so eilig?« fragte Sergej, der enttäuscht und wütend zugleich war. »Weshalb segelst du nicht mit der *Defiance* dorthin und fängst Sable ab?«

Morgan schüttelte nur den Kopf. Sein Gesicht wurde immer verbissener. »Sie hat knappe sechs Stunden Vorsprung, und ich hoffe, sie noch vor dem Bristol-Kanal einzuholen. Du kennst Sébastien Fabois nicht«, fügte er hinzu. »Ich kann es nicht verantworten, daß ihm Sable in die Hände fällt.«

Mit diesen Worten drehte er sich auf dem Absatz um und verschwand. Ein Gefühl der Leere blieb zurück, nachdem die Tür ins Schloß gefallen war. Bridget sah Sergej mit riesengroßen grauen Augen an. Sie hatte zwar nichts von allem verstanden, aber aus dem Gespräch hatte sie entnehmen können, daß die junge, hübsche Frau, offenbar in Gefahr war.

»Oh, Gott! Falls ihr irgend etwas geschieht, wird es allein meine Schuld sein«, flüsterte sie und hielt sich erschrocken die Hände an die Lippen.

»Das ist doch blanker Unsinn«, protestierte Sergej, doch Bridget wollte sich nicht trösten lassen.

»Ich habe sie doch nach Wales geschickt, oder etwa nicht? Wer ist denn Sébastien Fabois? Sir Morgan sah so ernst aus, als er diesen Namen erwähnte.«

»Er ist Franzose, und stammt aus der mütterlichen Linie von Morgans Familie«, antwortete Sergej, während er wieder versuchte, auf die Füße zu kommen. Doch ein plötzlicher Schwindelanfall ließ ihn schwanken. Als er Bridget Blairs stützende Hand an seinem Arm fühlte, lächelte er sie an, worauf sie heftig errötete und sich abwandte. »Fabois hat den jungen Morgan aus seinem Haus vertrieben und Anspruch auf sein Land erhoben«, fuhr er nachdenklich fort. »Falls Sie ein Geschichtsbuch zur Hand haben, Miß Blair, können Sie leicht feststellen, daß mit jeder Bluttat in der französischen Geschichte ein Fabois verbunden ist. Ihr Reichtum hat ihnen soviel Einfluß verschafft, daß niemand sie aufhalten konnte. Allerdings glaube ich«, fügte er hinzu, er erinnerte sich an Morgans entschlossenes Gesicht, »daß Sébastien eine hübsche Überraschung erleben wird, wenn Morgan Howell Carey ihm nach fünfzehn Jahren plötzlich wieder gegenübersteht.«

17

Es dämmerte bereits, als Morgan endlich Ilfracombe erreichte. Sein Pferd war schaumbedeckt und der Erschöpfung nahe. Unterwegs hatte er einige Male das Pferd gewechselt und sich auch ab und zu in einem Gasthaus an der einsamen Straße durch das Moor mit einem kühlen Bier erfrischt. Er hatte sich nicht damit aufhalten müssen, unterwegs nach Sable zu fragen, denn gleich außerhalb von Totnes hatte er von einem Gastwirt erfahren, daß Sable die Kutsche nach Ilfracombe genommen hatte. Ursprünglich hatte er gehofft, sie unterwegs abfangen zu können, doch sie hatte bereits zuviel Vorsprung. Bei Einbruch der Dämmerung ritt er endlich in den Hof des Gasthauses, das in Sichtweite der grauen Klippen am Bristol-Kanal lag.

Morgan übergab sein Pferd einem herbeieilenden Stallknecht und ging mit steifen Gliedern ins Gasthaus hinüber. Noch nie in seinem Leben war er so scharf geritten, aber seine Angst um Sable war immer größer geworden, je intensiver er sich ausgemalt hatte, wie gewissenlos die Leute waren, in deren Hände sie fallen würde, sobald sie Penllys Wells betrat.

»Möchten Sie ein Zimmer und ein Abendessen, Sir?« fragte die Frau, die hinter der Theke stand. Sie betrachtete den großen, etwas zerzausten Fremden voller Wohlwollen und leckte sich die Lippen. Derartig gutaussehende Gäste kamen selten nach Ilfracombe.

Morgan schüttelte nur den Kopf, während er seine Jakke auszog. »Wann geht die nächste Fähre nach Swansea?« fragte er.

Sie lächelte ihn bewundernd an und zeigte dabei ihre Zähne, auf die sie offenbar sehr stolz war. »Die letzte hat vor zwei Stunden abgelegt, Sir. Morgen früh fährt die nächste.«

Morgan fluchte leise. »Gibt es vielleicht einen Fischer, der mich für einen anständigen Preis hinüberbringt?«

»Sie wollen uns doch wohl nicht gleich wieder verlassen, nicht wahr?« fragte sie.

In diesem Augenblick kam ein Mann aus der Küche. Als er ihre letzten Worte hörte, schubste er sie beiseite. »Mach', daß du in die Küche kommst, Prue«, sagte er verlegen. Konnte das Weib denn nicht sehen, daß dieser Mann ein Gentleman war, der sich für ihre Angebote überhaupt nicht interessierte? »Womit kann ich dienen, Sir?« fragte er während er seine roten Hände an der Schürze abwischte und den Schmollmund seiner Frau geflissentlich übersah.

»Wie ich erfahren habe, gibt es heute abend keine Möglichkeit mehr, über den Channel zu kommen.«

Der Gastwirt schüttelte den Kopf. »Erst wieder morgen früh um sieben, Sir. Möchten Sie unter diesen Umständen ein Zimmer?«

»Das weiß ich noch nicht.« Morgan betrachtete den Mann nachdenklich und entschied nach kurzer Zeit, die Wahrheit zu sagen. »Eigentlich suche ich nach einer jungen Frau, die wahrscheinlich heute nachmittag mit der Postkutsche aus Totnes angekommen ist. Sie wollte nach Wales, und ich nehme an, daß sie vor der Abfahrt des Schiffes hier Station gemacht hat.«

Ein Lächeln erschien auf dem Gesicht des Wirts. »Ein hübsches Ding mit dunklen Haaren und grünen Augen?« fragte er sofort. »Diese Augen kann man einfach nicht vergessen. So groß und dunkel! Sie spricht mit leichtem Dialekt, nicht wahr?« fügte er hilfreich hinzu und war glücklich, als der riesige Gentleman lächelte.

»Wissen Sie, mit welchem Schiff sie hinübergefahren ist?«

»Mit gar keinem, Sir. Als ich ihr sagte, daß sie zwei

Stunden auf die nächste Fähre warten müsse, hat sie lange geschwiegen, so daß ich nicht wußte, ob sie mich überhaupt verstanden hatte. Dann sah sie mich plötzlich traurig an und meinte, nach Hause fahren zu wollen.«

Morgan schrak zusammen. »Wie bitte?«

»Ja, Sir. Sie sagte, sie hätte sich entschieden, nach Hause zu fahren. Ich bot ihr noch etwas zum Essen an, doch sie bedankte sich höflich und machte sich auf den Weg.«

Morgan schwieg eine ganze Weile und dachte über das Gehörte nach. War es möglich, daß Sable tatsächlich den Mut verloren und aufgegeben hatte? Er wußte nicht, ob er über diese Nachricht erleichtert oder enttäuscht sein sollte. Im stillen hatte er gehofft, was er sich natürlich nicht hatte eingestehen wollen, daß Sable Sehnsucht nach ihm gehabt hatte. Doch gleich darauf schüttelte er den Kopf und lächelte spöttisch. Er war ein Narr, so etwas zu glauben. Sable St. Germain hatte ihn oft genug bis zum Wahnsinn gereizt, doch er hatte bereits vor langer Zeit beschlossen, daß sie etwas Besseres verdiente als das, was er ihr geben konnte. Obwohl es ihm sehr schwer gefallen war, sie gehen zu lassen, wußte er doch, daß er genau das Richtige getan hatte. Es war zwecklos, über eine gemeinsame Zukunft nachzudenken.

»Ich nehme ein Zimmer und möchte zu Abend essen«, sagte er schließlich, während er die Erinnerung an die schimmernden grünen Augen und die hübschen, lächelnden Lippen energisch von sich schob. »Und ich möchte bis zur Abfahrt der ersten Fähre nicht gestört werden!«

Der Gastwirt nickte und war sehr angetan, einen so vornehmen Gast beherbergen zu dürfen. »Aber natürlich, Sir. Ich werde Prue schicken, um Ihr Bett zu richten und Ihnen das Essen zu servieren.«

Als er schon davongehen wollte, fühlte er, wie sich eisenharte Finger um seinen Arm schlossen. Als er aufsah, blickte er geradewegs in stahlblaue, harte Augen.

»Falls Sie es einrichten können«, sagte Morgan, »soll jemand anderer mein Zimmer herrichten. Ich möchte heute nacht nicht gestört werden, falls Sie verstehen, was ich meine.«

Der Gastwirt lächelte und seufzte erleichtert. »Aber selbstverständlich, Sir. Wird gemacht. Ich werde mich selbst um alles kümmern, wenn Ihnen das recht ist.«

Morgan nickte zustimmend. Er folgte dem Wirt die knarrenden Stufen hinauf zu einem sauberen, einfach möblierten Zimmer mit weicher Matratze. Morgan hatte jedoch keine Augen dafür, sondern ging sofort zum Fenster hinüber und zog die Spitzenvorhänge beiseite. Der Mond war beinahe voll, und sein silbriges Licht beleuchtete die Dächer der kleinen Stadt. Unterhalb der weiß gestrichenen Häuschen erstreckte sich das dunkle Wasser, und man konte gerade noch die Masten einiger Fischerboote erkennen, die unten vor Anker lagen.

Nachdem er sich endlich abgewandt hatte, zog er seine Stiefel und sein Hemd aus und wusch sich am Becken, das in der Ecke stand. Während er sich mit dem bereitgelegten Handtuch abtrocknete, ging er wieder zum Fenster hinüber. Irgendwie war er erleichtert, daß Sable einer Begegnung mit Sébastien Fabois entgangen war, doch er hatte keineswegs die Absicht, es ihr gleichzutun. Morgen abend würde er in Penllys Wells eintreffen und endlich dem Mann gegenübertreten, der ihn vor fünfzehn Jahren seines Erbes beraubt hatte.

Er biß die Zähne aufeinander, als wieder einmal die Bitterkeit über die durchlittenen Qualen in ihm hochstieg. Immer wieder hatte er sich eingeredet, daß die Vergangenheit tot wäre und Penllys Wells für ihn nicht länger existierte. Er hatte das erst wieder in Frage gestellt, als er durch die Bemerkungen von Benjamin Disraeli auf den Gedanken gekommen war, daß Andrej Vilyusk möglicherweise sein leiblicher Vater war. Und somit wahrscheinlich auch der Vater des jungen Soldaten, der ihm vor vielen Jahren im Krimkrieg das Leben gerettet hatte.

Nachdem sich Sergej an Bord der *Defiance* endlich von seinem Fieber erholt hatte, war er gern bereit gewesen, über seinen Vater zu sprechen. Ja, es stimmte, daß Andrej Vilyusk längere Zeit in Paris verbracht hatte. Wegen der zahlreichen Skandale, in die er immer wieder verwikkelt gewesen war, hatte ihn der Zar jedoch eines Tages zurückgerufen. Andrej Vilyusk hatte zahllose Geliebte gehabt, und darunter war auch ein Mädchen aus Wales mit Namen Gwenna Howell gewesen.

Morgan erinnerte sich noch gut an den Schrecken, der ihm durch die Glieder gefahren war, als er den Namen seiner Mutter aus Sergejs Mund gehört hatte, obwohl er doch darauf gefaßt gewesen war. Ungläubig hatte Sergej zugehört, als Morgan ihm seine eigene Geschichte erzählt und dann noch hinzugefügt hatte, daß er nach Paris fahren und nach einem Beweis dafür suchen wolle, daß Gwenna Howell und Andrej Vilyusk geheiratet hatten.

»Ich kann das alles nicht glauben«, hatte Sergej gesagt. »Falls mein Vater tatsächlich deine Mutter geheiratet hat, verstehe ich nicht, daß er sie dann wieder verlassen hat. Wie konnte er nach Hause zurückkehren, noch einmal heiraten und wieder einen Sohn zeugen? Ich versichere, daß ich ganz bestimmt sein Sohn bin, und daß an dieser Tatsache niemand zweifeln kann.«

»Ich will sie ja auch nicht in Zweifel ziehen«, hatte Morgan geantwortet. Im Lauf der Zeit hatte er eine echte Zuneigung zu dem blassen, aber sehr willensstarken Mann gefaßt, der, so wie es aussah, sein Bruder war. »Aber ich brauche Beweise«, hatte er barsch hinzugefügt. »Ich möchte wissen, ob meine Mutter deinen Vater geheiratet und mich somit nicht unehelich zur Welt gebracht hat. Meine Mutter war keine leichtsinnige Frau, und ich kann mir nicht vorstellen, daß sie Paris einfach so verlassen hat und ohne Andrej nach Wales zurückgekehrt ist. Außerdem kann ich vielleicht erfahren, weshalb sie Thomas Carey geheiratet hat und mich in dem Glauben hat aufwachsen lassen, er sei mein richtiger Vater.«

»Hat deine Mutter dir das niemals gesagt?«

Morgan hatte nur den Kopf geschüttelt. »Als ich acht Jahre alt war, kam Thomas bei einem tragischen Brand ums Leben. Danach ist meine Mutter dann mit mir nach Penllys Wells gezogen. Als Sébastien Fabois dort viele Jahre später auftauchte, ist sie leider gestorben, bevor sie mir die Wahrheit anvertrauen konnte.«

Während Morgan über die dunklen Dächer von Ilfracombe hinwegsah, erinnerte er sich wieder an vergangene Zeiten. Heute nacht war sie ihm so nahe wie die Küstenlinie von Wales auf der anderen Seite des Kanals. Vom ersten Augenblick an, als er das Haus seines Großvaters betreten hatte, hatte er diesen Mann geliebt. Und Llewelyn Howell hatte ihn gelehrt, den Besitz zu lieben. Es war klar gewesen, daß er seinen Enkelsohn zu seinem Nachfolger erzog. Nach und nach war Morgan mit allen Pflichten vertraut gemacht worden und hatte zunehmend Verantwortung übernommen. Die Sand- und Kalksteinbrüche von Penllys Wells hatten sogar im weit entfernten London einen guten Namen. Außerdem züchteten die Pächter in den rauhen Bergen hauptsächlich Schafe, deren Wolle einen bedeutenden Anteil an ihrem Einkommen hatte. Morgans Augen wurden feucht, als er sich daran erinnerte, wie viele Stunden er mit seinem Großvater in den Bergen verbracht hatte, wie die Kälte ihnen zugesetzt hatte, während er dort die wesentlichen Grundlagen der Schafzucht erlernt hatte. Ja, schließlich hatte er Penllys Wells mit der gleichen Intensität geliebt wie sein Großvater. Wenn Morgan sich schließlich stark genug gefühlt hätte, hätte er die Leitung übernehmen sollen, doch das war alles geschehen, bevor Sébastien Fabois in ihr Leben getreten war.

Für den rauhbeinigen Kapitän, der am dunklen Fenster des Gasthofs stand, war immer noch nicht genug Zeit vergangen, als daß er das scharfgeschnittene Gesicht und die stechenden schwarzen Augen hätte vergessen können. Sébastien Fabois war eines Tages ohne jegliche Vorwarnung in Penllys Wells erschienen und hatte einen Brief vorgelegt, den Morgans Mutter fast siebzehn Jahre zuvor an ihre Tante Louise in Paris geschrieben hatte. Darin hatte sie auf ihren ›Zustand‹ hingewiesen und ihre Angst ausgedrückt, ihr Vater könnte alles entdecken. Sie hatte um Rat gefragt und geschrieben, daß sie den Vater ihres ungeborenen Kindes liebte, ihn aber nicht mit dieser Bürde belasten wollte. Morgan hatte niemals erfahren, wie Sébastien in den Besitz dieses Briefes gelangt war. Da Louise aber seine Schwägerin war, war es durchaus möglich gewesen, daß er ihm rein zufällig in die Hände gefallen war.

Rein zufällig. Er konnte diese Worte noch immer nicht denken, ohne in Wut zu geraten. Hatte Sébastien vorausgesehen, welche Auswirkungen dieser so unschuldig aussehende Brief auf die Bewohner von Penllys Wells haben würde? Hatte er Tod und Zerstörung einkalkuliert oder waren sie nur unvorhergesehene Glücksfälle seines teuflischen Spiels gewesen?

»Ihr Essen, Sir!« Als der Wirt mit dem Tablett ins Zimmer trat, sah er seinen Gast am Fenster stehen und in die Dunkelheit hinaussehen. »Aber, Sir! Sie haben ja noch nicht einmal Licht!« rief er, während er rasch das Tablett abstellte und sich beeilte, die Lampe anzuzünden. Glücklicherweise gelang es ihm nicht sofort, so daß Morgan noch ein wenig Zeit blieb, sich zu fassen.

»Ich hoffe, es ist alles nach Wunsch, Sir«, sagte der Wirt, während er den Deckel hob und eine kleine, gut gebratene Ente und duftende, frische Kartoffeln zum Vorschein kamen. Rasch entkorkte der Wirt noch die Flasche, die er mitgebracht hatte, und sagte dann: »Ich habe mir erlaubt, Ihnen einen meiner besten Weine zu bringen, denn ich glaube, daß Sie derartige Genüsse zu schätzen wissen.«

Morgan wandte ihm sein finsteres Gesicht zu. Der Wirt erschrak etwas, Morgan sah zu bedrohlich aus. »Brauchen Sie sonst noch etwas?« fragte er seinen Gast, während er das Glas mit der schimmernden Flüssigkeit füllte. Morgan verneinte.

»Nun gut, Sir. Dann werde ich später noch einmal heraufkommen.«

»Das wird nicht nötig sein«, erwiderte sein Gast. »Ich möchte frühzeitig zu Bett gehen und wünsche, nicht mehr gestört zu werden.«

»In Ordnung, Sir! Gute Nacht, Sir!«

Während er die Treppe hinunterstieg, hörte er, wie der Riegel vorgeschoben wurde. Verwundert schüttelte er den Kopf. Ein seltsamer Kauz, dachte er. Prue konnte froh sein, daß er nicht nach ihrer Gesellschaft verlangt hatte. Das Glitzern in den Augen seines Gastes war dem Wirt regelrecht unheimlich. Wahrscheinlich tat jeder gut daran, diesem Mann nicht in die Quere zu kommen.

Morgan schenkte der kleinen Ente keinerlei Beachtung, sondern widmete sich dem Wein und dachte sorgenvoll an den folgenden Tag. Nachdem er das erste Glas rasch hinuntergestürzt hatte, goß er sich ein weiteres ein. Auch wenn Sable ihre ursprüngliche Absicht aufgegeben hatte, nach Wales zu reisen – für ihn kam das nicht in Frage. Bevor er an die Zukunft denken konnte, mußte er die Geister der Vergangenheit besiegen. Und das bedeutete, daß er mit Sébastien Fabois abrechnen mußte. Seine Finger schlossen sich fest um den Flaschenhals, und er blickte so finster, daß wahrscheinlich auch seine treuesten Gefährten sich gefürchtet hätten. Ja, die Zeit war gekommen, um endgültig reinen Tisch zu machen, und irgendwie war er erleichtert, daß Sable nicht Zeuge davon wurde.

Sable – Der Gedanke an sie, ließ ihn die Stirn runzeln. Er hatte noch ein Wörtchen mit ihr zu reden. Wie konnte sie es nur wagen, allein nach Wales zu fahren und einem Menschen gegenüberzutreten, den sie überhaupt nicht kannte? Glaubte sie wirklich, daß ihr Charme sie vor Menschen wie Sébastien Fabois retten konnte? Er hoffte immer noch, daß sie sich zur Heimkehr entschlossen hatte. Ob er sie noch einmal wiedersehen würde? Er machte eine ungeduldige Geste und stürzte auch das zweite Glas in einem Zug hinunter. Nein, er würde nicht nach Cornwall fahren, um sie zu besuchen und damit vielleicht in unnötige Schwierigkeiten zu bringen, indem er sich den Zorn von Charles St. Germain zuzog. Er hatte in der Nacht, als Dimitri sie abgeholt hatte, eine unwiderrufliche Entscheidung getroffen. Obwohl er Sehnsucht danach verspürte, sie in seine Arme zu nehmen, wollte er sich das nicht eingestehen. Er redete sich ein, daß Sable St. Germain nur ein flüchtiges Glück in seinem Leben gewesen war und daß er kein Recht hatte, mehr zu verlangen. Mit finsterem Gesicht streckte er die Hand nach der Weinflasche aus. Es würde eine lange, einsame Nacht werden, und so wollte er sich wenigstens am Wein erfreuen.

Vor dem Morgengrauen war er bereits auf und konnte die Zeit bis zur Abfahrt der Fähre über den Kanal kaum erwarten. Von Swansea aus war es noch ein dreistündiger Ritt durch tiefe Täler und teils zerklüftete, teils mit blühenden Wiesen bedeckte Berge. Die jungen Industrieanlagen um Swansea und Cardiff gefielen Morgan überhaupt nicht, und er war sehr erleichtert, als das Land in nördlicher Richtung immer unberührter wurde. Er ritt durch zahllose Flüsse mit kristallklarem Wasser und kam an vielen Farmhäusern vorbei, deren Bewohner heraustraten und ihn freundlich in der Landessprache grüßten. Er hatte vergessen, wie einfach und liebenswert die Bevölkerung war, und die Wut in ihm wuchs, als er an die vielen Jahre dachte, die er verschwendet und verloren hatte.

Den ersten Blick auf Penllys Wells würde er wohl bis ans Ende seiner Tage in Erinnerung behalten. Die Sonne stand bereits tief am Himmel, als er sein Pferd auf der Spitze eines felsigen Berges zügelte und in das Tal hinunterblickte, das sich unter ihm ausbreitete. Diesen atemberaubenden Anblick hatte er nun seit beinahe siebzehn Jahren mit sich herumgetragen, und er konnte die Gefühle gar nicht beschreiben, die in ihm aufstiegen, als er die Türme und Mauern von Penllys Wells vor sich liegen sah. Das Schloß war am Ufer eines Flusses errichtet worden, und zwar zur Zeit der Normannen. Später wurde es von englischen Adligen bewohnt.

Kurz nachdem die Tudors auf den englischen Thron gelangt waren und Heinrich VII. König geworden war, war den Howells das Schloß von Penllys Wells und das umliegende Land übereignet worden. Seit dieser Zeit hatte die Familie das Bergland regiert. Die Lords von Howell hatten das Schloß einige Male verändert, erweitert und die gewaltigen Festungstürme und Mauern erneuert, und von ihren Reisen auf den Kontinent hatten sie zahlreiche Kostbarkeiten und Schätze mitgebracht, um das Innere angenehmer zu gestalten.

Auf den ersten Blick sah Morgan, daß Sébastien Fabois während seiner Abwesenheit nur wenig am Äußeren des Schlosses verändert hatte. Die gewaltigen Mauern wurden von vier großen Ecktürmen gehalten. Das gewölbte Tor war fest geschlossen, wie es in unruhigen Zeiten immer geschlossen gewesen war. Penllys Wells war im Lauf seiner Geschichte niemals eingenommen worden.

Doch Morgan dachte nicht lange über die glorreiche Geschichte des Schlosses nach, sondern betrachtete nachdenklich den wunderschönen Garten im Schloßinnern, wo Hortensien und Sommerblumen blühten, die noch seine Mutter gepflanzt hatte. Er erinnerte sich lebhaft an die warmen Sommernachmittage, wenn sie einen breitrandigen Sonnenhut getragen und Blumen für den Tisch gepflückt hatte oder auch nur einfach mit ihrem jungen Sohn gelacht hatte, wenn dieser versucht hatte, seinen jungen Hunden Manieren beizubringen.

Der freundliche Ausdruck auf seinem Gesicht wich jedoch kurz darauf wieder einer wütenden Miene, als Morgan daran dachte, daß jetzt Sébastien Fabois Herr in Penllys Wells war. Während der Jahre seines freiwilligen Exils hatte sich Morgan solche Gedanken nicht gestattet, doch jetzt spürte er, wie Rachsucht in ihm aufstieg. Er wußte, er würde nicht eher ruhen, als bis der Mann, der ihm all das genommen hatte, tot war. Mit grimmig entschlossener Miene wandte Morgan Carey sein Pferd und ritt den gewundenen, steinigen Pfad hinunter zum eisenbeschlagenen Tor.

18

Sable schreckte in die Höhe. Sie erhob sich zitternd von der harten Matratze, auf der sie geschlafen hatte, und lief zum Fenster hinüber. Durch die verdreckte Scheibe konnte Sable nur ein winziges Stückchen Wiese erkennen und dahinter den Fluß, der am Schloß vorbeifloß. Rasch wandte sie sich ab, und während sie sich ihre aufgelösten Haare aus dem Gesicht strich, zwang sie sich dazu, nicht zu weinen. Das hatte sie bereits gestern zur Genüge getan, und es hatte nicht den geringsten Erfolg gehabt. Wenn sie jetzt die Nerven verlor, dann konnte sie alle Hoffnung aufgeben.

Wen interessierte es schon, ob sie weinte. Sie lief in dem Turmzimmer auf und ab. Sie konnte es einfach nicht glauben, daß sie von einem Verrückten im Turm von Penllys Wells eingesperrt worden war, um dadurch Morgan nach Wales zu locken.

Als sie an das schreckliche Durcheinander dachte, das sie angerichtet hatte, mußte sie wieder weinen. Obgleich sie schreckliche Angst vor Sébastien Fabois hatte, weigerte sie sich zu glauben, daß er ihr wirklich etwas antun würde. Während sie sich auf dem Rand des eisernen Bettgestells niederließ, betrachtete sie ohne jeden Appetit das Stück Brot und den Krug mit Wasser, der ihr vor einiger Zeit von einem Diener hereingereicht worden war. Ein bitterer Zug lag um ihre Lippen. Schließlich befanden sie sich nicht im Mittelalter. Die Zeiten waren vorbei, in denen Schloßbesitzer Leute gefangennahmen.

Aber trotzdem war es geschehen. Und sie versuchte, sich an alles noch einmal zu erinnern. Sie war völlig erschöpft in Ilfracombe angekommen und von dem Schaukeln der Kutsche war ihr ziemlich übel gewesen. Als sie dann vom Wirt der Poststation erfahren hatte, daß das nächste Schiff erst in zwei Stunden ablegen würde, hatte sie sich zur Umkehr entschlossen. Ihr Vorhaben war sowieso verrückt gewesen. Man unternahm keine Reisen, ohne das Ziel zu kennen. Es war ungewiß, ob ihr in Swansea auch tatsächlich jemand sagen konnte, wo die Howells lebten. Vielleicht weigerte man sich, ihr eine Auskunft zu geben.

Nein! Sie hatte sich entschieden, nach Hause zurückzukehren. Sie wollte sich ihrem Vater anvertrauen und das Beste hoffen. Es war ihr gleichgültig, ob Morgan sich jemals um das Wohl seines Kindes kümmerte. Sie würde schon allein zurechtkommen, und mit ihrer Familie im Rücken konnte sie auch den unvermeidlichen Klatsch ertragen.

Doch das Schicksal hatte gegen sie entschieden, denn an diesem Tag gab es keine Kutsche mehr, die nach Westen in Richtung Cornwall fuhr. Mutlos war Sable hinunter zum schmalen, sandigen Ufer gegangen, wo sie einen freundlichen Fischer getroffen hatte, der gerade seine Segel zusammengerollt hatte. Ihr unglückliches, kleines Gesicht hatte ihn so gerührt, daß er sie nach ihrem Kummer gefragt hatte. Nachdem er von ihrem Pech gehört hatte, hatte er angeboten, sie in seinem starken, kleinen Boot über den Kanal zu bringen. Ohne sich zu besinnen, hatte Sable sein Angebot angenommen. Eine kleine Hoffnung war da, Morgan in Wales zu finden. Oh, wie sehr verlangte es sie nach seiner Gegenwart, obwohl sie ihn gleichzeitig haßte!

So war sie von Swansea aus in nördlicher Richtung nach Aberdare gefahren, weil sie von einem Polizisten erfahren hatte, daß sich die Familie dort befand. Die langweilige Gegend um Swansea hatte ihr nicht besonders gefallen, doch sie war erleichtert gewesen, als gleich hinter der Stadtgrenze das hügelige Land begann. In Aberdare schien jeder die Howells zu kennen, so daß Sable keinerlei Schwierigkeiten gehabt hatte, den Weg nach Penllys Wells zu finden. Die Waliser waren freundlich und warmherzig gewesen und hatten keinerlei überflüssige Fragen gestellt, was Sable als äußerst wohltuend empfunden hatte. Sie hatte mit niemandem über Morgan reden wollen, aber trotzdem hatte es sie sehr erleichtert festzustellen, wie geachtet der Name in dieser Gegend war. Mit Sicherheit war das keine Familie, die sie abweisen würde, wenn sie um ihre Hilfe bat.

In Penllys Wells hatte die Sache jedoch gleich ganz anders ausgesehen, erinnerte sich Sable, während sie ängstlich und verlassen in ihrem winzigen Gefängnis saß. Wie hatte sie nur so verrückt sein können, die Einladung von Sébastien Fabois anzunehmen, obwohl ihr doch in dem Augenblick, als sie durch den dunklen Torbogen gegangen war, bewußt geworden war, daß irgend etwas nicht in Ordnung war. Oh, natürlich war er äußerst höflich gewesen und hatte sie im Schloß herumgeführt, dessen Ausmaße und prachtvolle Ausstattung sie in Erstaunen versetzt hatten. Nie hätte sie erwartet, so viele wertvolle Ölgemälde von holländischen, deutschen und italienischen Meistern in einem so düsteren Schloß vorzufinden und erst recht nicht diese wunderbaren flämischen Tapisserien.

Erst nachdem sie sich schließlich in einem der zahllosen Wohnräume niedergelassen und Tee getrunken hatten, der ihnen von Sébastiens blasser, schweigsamer Frau serviert worden war, war er auf den Grund ihres Besuchs zu sprechen gekommen. »Sie sind also nach Penllys Wells gekommen, um meinen Neffen zu suchen, nicht wahr?«

Sable war völlig überrascht gewesen und hatte fragend in seine dunklen, durchdringenden Augen geblickt. Sébastien Fabois war ungefähr sechzig Jahre alt und erinnerte mit seiner großen Statur ein wenig am Dimitri. Sein Haar war so schwarz wie seine Augen, doch in seinem sorgfältig gepflegten Bart zeigten sich einige weiße Strähnen. An den Fingern trug er wertvolle Ringe, und sein Anzug stammte offensichtlich von einem erstklassigen Londoner Schneider. Sein leichter französischer Akzent verlieh ihm einen sehr kultivierten Anstrich und verbarg die eiskalte Strenge ein wenig, die Sable sehr wohl spürte.

»Ich sehe, ich habe Sie überrascht«, hatte er lächelnd bemerkt, was Sable zu diesem Zeitpunkt noch für liebenswert gehalten hatte. »Morgan ist nicht mein leiblicher Neffe. Wir sind durch die Hochzeit seines Großvaters Llewelyn mit Angélique de Bernard verwandt, deren Schwester Louise meinen älteren Bruder geheiratet hat. Wie ich sehe, finden Sie das verwirrend, ja? Doch machen Sie sich keine Gedanken, meine Liebe. Unser Stammbaum ist sehr weit verzweigt, und ich erwarte nicht, daß Sie alle Zusammenhänge verstehen.«

»Ich kann nicht glauben, daß Morgan hier aufgewachsen ist und es niemandem erzählt hat«, hatte Sable vor sich hingemurmelt.

»Morgan hat Penllys Wells vor fünfzehn Jahren verlassen. Er hat dem Namen Howell keine Ehre gemacht«, hatte Sébastien ihr in etwas schärferem Ton mitgeteilt. Nachdem er seiner Frau, die gerade etwas hatte einwenden wollen, einen herrischen Blick zugeworfen hatte, hatte er hinzugefügt: »Ich möchte nicht unfreundlich erscheinen, wenn ich so von ihm spreche, aber Sie werden verstehen, daß alte Wunden nur schlecht heilen.«

Sable hatte ihre Tasse zurückgestellt und sich gefragt, weshalb sie sich von Sébastien Fabois bedroht fühlte. Er hatte sie in seinem Haus willkommen geheißen, obwohl sie sich kaum richtig vorgestellt hatte, und ihr das Schloß gezeigt und sie auch noch zum Tee eingeladen. Woher kam also dieses ungute Gefühl?

»Was hat Morgan denn getan?« hatte sie mit fester

Stimme gefragt. Dabei war ihr entgangen, daß Sébastien Fabois sie plötzlich sehr aufmerksam angesehen hatte.

»Getan? Nichts, meine Liebe. Es war eher die Schuld seiner Mutter, einer etwas unmoralischen Dame, die offenbar den Blicken gutaussehender Männer nicht widerstehen konnte.«

»Sébastien!« hatte seine Frau gebeten.

»Jetzt ist es genug! Verlasse bitte den Raum! Lady St. Germain und ich haben noch einiges zu besprechen.«

Sable erinnerte sich gut an den hilflosen Blick, den Marie Fabois ihr zugeworfen hatte, bevor sie aus dem Zimmer geeilt war. Wenn sie doch nur begriffen hätte, daß die Angst der kleinen Frau allein ihr gegolten hatte. Wenn sie doch nur überhaupt nicht dorthin gegangen wäre.

Danach hatte Sébastien Fabois Morgans Vergangenheit nicht mehr berührt. Statt dessen hatte er sie über ihr eigenes Leben und ihre Bekanntschaft mit Morgan ausgefragt. Sable hatte seine Fragen höflich beantwortet, hatte sich aber über sein Interesse etwas gewundert. Sie ärgerte sich, daß sie nicht ihrer Intuition gefolgt war und sich verabschiedet hatte.

Ein leises Pochen an der Tür ließ sie aufhorchen. Mit klopfendem Herzen verhielt sie sich ganz still, um ihre Anwesenheit nicht zu verraten.

»Lady St. Germain?«

Sable schluckte, als sie die sanfte Stimme von Marie Fabois erkannte. »Ja?«

»Ich würde gern hineinkommen und mit Ihnen sprechen. Ich habe einen Schlüssel, von dem Sébastien nichts weiß, aber Sie müssen mir Ihr Wort geben, daß Sie nicht zu fliehen versuchen.« Ihre Stimme sank zu einem leisen Flüstern herab. »Wenigstens nicht, solange es noch hell ist. Später, wenn er zu Bett gegangen ist, werde ich Sie holen kommen.«

Sable fühlte, wie ihr die Tränen in die Augen stiegen. »Sie wollen mir wirklich helfen?«

»Aber natürlich will ich das. Ich kann nicht länger danebenstehen und tatenlos zusehen, wie mein Mann seine Verbrechen begeht.«

Der Schlüssel drehte sich im Schloß, und Sekunden später öffnete sich die uralte Tür. Marie Fabois zwinkerte ein wenig, bis sich ihre Augen an das schwache Licht gewöhnt hatten. Als sich ihre Blicke begegneten, sah Sable Sympathie in ihren Augen. Nachdem sie die Tür hinter sich geschlossen hatte, zog Marie ein frisch gebackenes Brot und ein Stück Käse aus ihrer Schürzentasche. Sable schüttelte den Kopf, als sie die Sachen sah, doch Marie blieb fest. »Sie müssen stark bleiben, Liebes.«

»Oh, Mrs. Fabois!« brach es aus Sable hervor. »Warum hat er mir das angetan? Er sagte, es sei wegen einiger Dinge, die ich über Morgan gesagt hätte, aber ich verstehe nicht, was er damit gemeint hat.«

»Bevor wir uns unterhalten, müssen Sie essen«, erklärte Marie kategorisch. »Sébastien ist fortgegangen, und wir haben vor seiner Rückkehr noch genügend Zeit.«

Obwohl Sable nicht den geringsten Appetit verspürte, brach sie der anderen Frau zuliebe ein Stückchen Brot ab. Während sie kaute, stellte sie fest, daß sie großen Hunger hatte. Marie beobachtete schweigend und hocherfreut, wie Sable sich über das Essen hermachte. Dann begann Marie mit leiser Stimme zu sprechen.

»Während der vergangenen fünfzehn Jahre war ich unfreiwillig Zeuge von so manchem Verbrechen meines Mannes, müssen Sie wissen. Anfangs habe ich einmal versucht, ihn zu verlassen. Das war kurz nach Gwenna Howells Tod. Doch er hat mich verprügelt, so daß ich um mein Leben fürchten mußte. Seit dieser Zeit habe ich niemals wieder versucht wegzulaufen. Ich werde Ihnen aufzählen, was er getan hat«, fügte sie leidenschaftlich hinzu. »Vielleicht können ja Sie jemanden finden, der etwas gegen ihn unternimmt. Sie sind eine tapfere junge Frau, das habe ich auf den ersten Blick gesehen. Und in Ihrem

Herzen ist soviel Liebe, daß Sie stark genug sind, der Gerechtigkeit zum Sieg zu verhelfen. Sébastien muß endlich einmal für alles bezahlen, und Sie müssen dafür sorgen, daß Morgan Carey ihn zur Verantwortung zieht.«

Sie machte eine kleine Pause, weil ihr plötzlich bewußt wurde, wie sehr sie ihren Mann haßte. Während sie einen Blick aus dem kleinen, verdreckten Fenster warf, rang sie nervös die Hände. »Es fällt mir schwer, darüber zu sprechen, sogar jetzt noch. Und ich fürchte, daß ich gar nicht genug Zeit haben werde, um Ihnen alles zu erzählen. Sie müssen mir gut zuhören, Lady St. Germain, und mich nicht durch unnötige Fragen unterbrechen.«

»Fangen Sie an!« hauchte Sable, die vor lauter Spannung zu essen vergaß.

Marie Fabois räusperte sich. »Zuerst möchte ich Ihnen Sébastiens Verwandtschaft mit den Howells erklären«, sagte sie, während sie Sable eindringlich ansah. »Sie wissen bestimmt, daß Morgan Careys Großvater Llewelyn Howell ein direkter Nachkomme der ersten Howells war, die hier gesiedelt haben.«

Sable nickte schweigend.

»Llewelyn heiratete Angélique de Bernard aus Lyon und hatte mit ihr eine Tochter namens Gwenna.«

»Das war Morgans Mutter.«

Marie nickte. »Angélique hatte eine Schwester namens Louise, die nach dem Tod von Angélique engen Kontakt mit Gwenna hatte. Gwenna war oft in Lyon zu Besuch, auch nachdem Louise Guy Philippe Fabois geheiratet hatte.«

»Das ist Sébastiens Bruder«, erinnerte sich Sable.

»Ja. Guy Philippe war ein nettes Familienmitglied«, sagte Marie mit Bitterkeit in der Stimme. Sie erinnerte sich noch lebhaft an ihre eigene Hochzeit und wie reizend Sébastien zu dieser Zeit zu ihr gewesen war. Erst viel später hatte sie entdeckt, welch bösartigen Charakter ihr machthungriger Ehemann besaß. Gewaltsam riß sie sich von diesen düsteren Gedanken los und sprach weiter. »Llewelyn Howell hat seine Tochter sicher geliebt, doch er war ein machtvoller, fordernder Mensch, so daß es niemanden überraschte, daß Gwenna sich an ihre Tante in Lyon um Rat wandte, nachdem sie sich in Paris verliebt hatte und ein Kind erwartete. Louise drängte darauf, daß sich Gwenna an den Vater ihres Kindes wenden sollte, doch Gwenna weigerte sich. Sie war eine stolze, willensstarke Frau, die dazu erzogen worden war, von niemandem etwas zu verlangen.«

Als Sable das hörte, wandte sie den Blick ab und schämte sich ihrer eigenen Schwäche. Sie hatte nicht den Mut einer Gwenna Howell.

»Und was hat Gwenna getan?« fragte sie, während ihr Herz Mitleid mit Morgans Mutter empfand, die in ihrem Leben offenbar sehr viel Unglück hatte erdulden müssen.

»Sie kehrte nach Penllys Wells zurück, um Thomas Carey zu heiraten und ihm einen Sohn zu gebären. Natürlich wußte Thomas, daß der Junge nicht von ihm stammte, doch er liebte Gwenna genug, um sie trotzdem zu heiraten und das Kind als sein eigenes anzunehmen.«

»Und Sie wissen, daß es nicht so war?« mußte Sable einfach fragen.

»Ich allein kenne die Wahrheit über Gwenna Howells Leben, Lady St. Germain. Sie hat sie mir an ihrem Todestag anvertraut. Sie hatte eingewilligt, Thomas Carey zu heiraten, doch ihre Ehe war ein einziger Betrug, eine Lüge.«

Als sie Sables fragenden Blick sah, nickte sie eifrig. »Ich weiß, daß ich Sie jetzt verwirrt habe. Also lassen Sie mich erklären. Ich möchte, daß Sie die Wahrheit erfahren und dann Morgan holen, damit er die Gespenster endlich begraben kann.« Sie machte eine kleine Pause. Dann fuhr sie fort. »Sébastien kennt selbst nur die halbe Wahrheit. Doch die hat ihm genügt, um Penllys Wells in seine

Hand zu bekommen und dafür zu sorgen, daß Llewelyn Howell und auch seine sanfte Tochter vor Kummer starben.«

Sable schnappte nach Luft, weil ihr allmählich aufging, in welcher Gefahr sie sich befand. Sie war die Gefangene eines Verrückten, und sie begriff, daß Marie Fabois ihr helfen wollte. Sie bemühte sich, ganz ruhig zu bleiben, denn in Morgans Interesse mußte sie soviel wie möglich erfahren, bevor sie floh.

»Der Grund, weshalb Sébastien sich entschloß, hierherzukommen, war ein Brief, den er nach dem Tod von Louise Fabois unter ihren persönlichen Dingen gefunden hatte«, erklärte Marie. »Er war von Gwennas Hand, und sie teilte ihrer Tante ihren unumstößlichen Entschluß mit, ihr ungeborenes, illegitimes Kind zu behalten. Obwohl sie den Namen des Vaters nicht genannt hatte, genügte der Brief Sébastien, um Penllys Wells zu beanspruchen und Gwenna Howell und ihren Sohn zu verleumden. Sie müssen wissen, daß Sébasien schon immer ein Auge auf das Schloß geworfen hatte, nachdem Angélique gestorben war und Gwenna ihr Vermögen geerbt hatte. Er hatte immer wieder versucht, Llewelyn davon zu überzeugen, daß er ein würdiger Nachfolger für die Übernahme der Steinbrüche, Minen und des Landes war. Er hätte vielleicht sogar Erfolg gehabt, wenn sich Llewelyn nicht in seinen Enkelsohn verliebt hätte.«

»Als Morgan in das Schloß zog, entwickelte sich zwischen ihm und seinem Großvater eine sehr enge Bindung, und irgendwann stand es fest, daß Morgan das Erbe der Howells übernehmen würde. Diese Tatsache ärgerte Sébastien«, erinnerte sich Marie, und sie zitterte, als sie an die Wutausbrüche ihres Mannes und seine haßerfüllten Flüche gegen den jungen Mann dachte, der seine Pläne vereitelt hatte. »Die Entdeckung, daß Morgan nicht Thomas Careys Sohn war, bestärkte Sébastien in seiner Überzeugung, daß Morgan das Erbe nicht verdiente. Er zeigte Llewelyn den Brief und hoffte, damit Morgan von der Erbfolge ausschließen zu können. Aber was dann geschah, damit hatte er nicht gerechnet.«

Sables Hände verkrampften sich in ihrem Schoß. »Was war denn geschehen?« flüsterte sie.

»Der Schock war so groß, daß der alte Mann tot umfiel. Er war schon ziemlich alt, doch war er noch bei bester Gesundheit. Ich glaube, daß sein Herz diesen Schmerz einfach nicht ertragen konnte.«

»Und dann hat Sébastien Morgans Platz als Familienoberhaupt eingenommen?« fragte Sable, die ihre eigene schlimme Lage völlig vergaß und nur noch an Morgan dachte. Bei dem Gedanken an die Qualen, die er hatte erdulden müssen, schmerzte ihr Herz.

»Ganz so einfach war es nicht«, sagte Marie bitter, während sie sich an die schrecklichen Ereignisse erinnerte, die auf Llewelyn Howells Tod folgten. »Morgan tat alles, um sich seine Heimat zu erhalten, doch sein Großvater, der nicht mit einem so plötzlichen Tod gerechnet hatte, hatte noch kein Testament gemacht.« Mit traurigem Gesicht zuckte sie die Schultern. »Was hätte ein fünfzehnjähriger Junge denn tun sollen? Obgleich er seinem Großvater sehr ähnlich und obwohl er auch schon recht erwachsen war, war er dennoch nicht in der Lage, sich gegen Sébastien zu behaupten. Außerdem berührte ihn der Tod seiner Mutter so tief, daß er keine Kraft zum Weiterkämpfen hatte.«

Sable mußte schlucken. »Wie – wie ist sie denn gestorben?«

Marie Fabois sah traurig drein. »Sie hat sich eines Nachts von dem Turm gestürzt, der diesem hier genau gegenübersteht. Obwohl einige Diener sahen, wie sie ins Wasser stürzte, wurde ihre Leiche niemals gefunden.«

Sable vergrub ihr Gesicht in den Händen. »Oh, Morgan!« stieß sie hervor und dachte an die vielen Male, als sie ihn für gefühllos und kalt gehalten hatte. Wie konnte man ihm Vorwürfe machen, wenn man wußte, wie sehr er gelitten hatte.

Schließlich riß sie Maries Stimme aus ihren trüben Gedanken. »Danach war es für Sébastien sehr einfach. Morgan verließ Penllys Wells und trat in die Armee ein. Außer ihm gab es niemanden, der es gewagt hätte, Sébastien die Nachfolge in Penllys Wells streitig zu machen. Ich weiß, daß die Bediensteten und auch alle Einwohner dieses Tals den rechtmäßigen Erben begeistert willkommen heißen würden, doch gegen Sébastien kommen sie alle nicht an. Er hat sie in der Hand, und sie alle wissen das.«

»Sie haben gesagt, daß Gwenna Howells Hochzeit mit Morgans Vater eine einzige Lüge war«, erinnerte sich Sable. »Dann gibt es also noch etwas, was Ihr Mann nicht weiß?«

Marie nickte. »Es war nicht allein der Schock über den plötzlichen Tod der geliebten Menschen, der Morgan von hier vertrieben hatte, obwohl das weiß Gott Grund genug gewesen wäre. Ich kenne ihn nicht sehr gut, doch ich weiß, daß er sehr stolz darauf war, ein Howell zu sein. Mit Sicherheit hat sein Selbstbewußtsein gelitten, als er erfuhr, daß er einen anderen Vater hatte. Von diesem Tag an war sein Wille, Sébastien zu widerstehen, gebrochen.«

»Sie mögen recht haben«, stimmte Sable ihr zu. Sie konnte sich gut an eine zynische Bemerkung Morgans erinnern, als sie stolz von ihrer Familie und von ihrer Liebe zu dem Haus ihrer Vorfahren gesprochen hatte. Es mußte ihn unsagbar geschmerzt haben, sein eigenes Haus an einen Mann vom Schlage Sébastiens verloren zu haben.

»Doch die Wahrheit ist, daß Morgan überhaupt kein Bastard ist«, sagte Marie und war sehr erleichtert, Gwenna Howells Geheimnis endlich jemandem anvertrauen zu können. »Gwenna hat den Vater ihres Kindes in Paris geheiratet, heimlich natürlich, und so kam es, daß weder Louise noch Llewelyn davon wußten.«

»Das ist ja kaum zu glauben. Aber Morgan muß es doch gewußt haben.«

Marie schüttelte traurig den Kopf. »Gwenna hat ihm niemals die Wahrheit gesagt. Nicht bei Thomas Careys Tod und auch nicht beim Erscheinen von Sébastien. Statt dessen hat sie sich mir anvertraut und mich angefleht, Morgan nichts davon zu sagen, denn der Beweis ihrer Eheschließung existierte nicht mehr, und sie wollte nicht so grausam sein, ihren Sohn auf eine vergebliche Suche zu schicken. Der Mann, den sie geheiratet hat, Morgans leiblicher Vater also, ist offenbar unmittelbar nach der Hochzeit umgekommen – das hat Gwenna die ganzen Jahre über geglaubt.«

Marie schwieg und sah auf ihre dünnen, abgearbeiteten Hände hinunter. Sie vermied es, Sable anzusehen, weil sie den qualvollen Ausdruck in diesen wunderschönen grünen Augen nicht ertragen konnte. Ganz offenbar liebte diese Frau Morgan Carey, und Marie überlegte verzweifelt, wie diese zarte Frau ihrem grausamen Mann entkommen konnte.

Es mußte einfach gelingen. Sie hatte viel zu lange in Sébastiens bösem Schatten gelebt und hatte sich davor gefürchtet, sich jemandem anzuvertrauen. Jede ihrer Bewegungen und ihre gesamte Korrespondenz waren von Sébastien und seinen ihm treu ergebenen Helfershelfern überwacht worden. Doch plötzlich empfand sie keinerlei Furcht mehr. Sable St. Germains Mut war auf sie übergegangen, und sie war fest entschlossen, auch unter Gefahr für ihr eigenes Leben diesem Kind zur Flucht zu verhelfen.

»Die traurige Wahrheit«, sagte sie schließlich gefühlvoll, »ist, daß Llewelyn Howell die ganze Zeit über Bescheid gewußt hatte, daß Gwenna sich verliebt hatte. Obwohl das Mädchen sehr verschwiegen war, gelangte der Klatsch bis in diese entfernte Ecke der Welt. Da Llewelyn absolut dagegen war, daß seine Tochter einen untergeordneten russischen Attaché heiratete, beschloß er, die beiden auseinanderzubringen. Er setzte seine Macht und seinen Einfluß ein, um den Zar zu bewegen, diesen Mann nach Rußland zurückzuholen. Doch das reichte ihm noch nicht, weil er seine energische Tochter sehr gut kannte und befürchtete, daß sie ihrem Liebhaber bis ans Ende der Welt folgen würde. Deshalb arrangierte er ein Komplott, das die beiden für alle Ewigkeiten trennen sollte. Ich weiß nicht genau, was er im einzelnen tat, doch irgendwie war es ihm gelungen, Gwenna davon zu überzeugen, ihr Liebhaber sei bei einem schrecklichen Unfall ums Leben gekommen – und ihm wurde umgekehrt dasselbe von ihr berichtet.

»Anfangs weigerte sich Gwenna, an den Tod ihres Mannes zu glauben, doch nachdem sich immer mehr Leute fanden, die Llewelyns Geschichte unterstützten, mußte sie es schließlich akzeptieren. In ihrem Schmerz kehrte sie nach Hause zurück. Llewelyn hat niemals erfahren, daß sie den Mann geheiratet hatte und daß sie ein Kind von ihm erwartete. Wenn er das gewußt hätte«, schloß Marie traurig, »hätte er die beiden sicherlich nicht so brutal auseinandergetrieben und erst recht nicht gestattet, daß Gwenna Thomas Carey heiratete. Llewelyn war kein schlechter Mensch, aber er war sehr stolz und konnte den Gedanken nicht ertragen, daß sein Besitz in die Hände eines untergeordneten russischen Offiziers fallen könnte, der noch dazu ein notorischer Schürzenjäger war.«

»Aber dieser Russe ist nicht wirklich gestorben, nicht wahr?«

Marie schüttelte ihren Kopf. »Ich habe keine Ahnung, was aus ihm geworden ist, aber auf jeden Fall war Gwennas Heirat mit Thomas Carey ungültig. Kurz vor seinem Tod hat er seiner Tochter die Wahrheit gesagt. Ich glaube nicht, daß sie es ihm verzeihen konnte. Ebenso wenig konnte er ihr verzeihen, was sie vor ihm geheimgehalten hatte. Aus lauter Verzweiflung hat sie sich daraufhin in den Fluß gestürzt.«

»Und dieser russische Attaché? Lebt er noch? Wissen Sie, wie er heißt?«

»Seinen Namen habe ich weder von Gwenna noch von Llewelyn jemals gehört«, sagte Marie ruhig. »Sie hat ihn mir nicht verraten, obwohl sie mich ins Vertrauen gezogen hat.« Sie lachte bitter. »Vielleicht können Sie ermessen, welch wunderbare Frau sie gewesen ist.«

»Wenn sie doch nur Morgan die Wahrheit gesagt hätte«, flüsterte Sable. »Vielleicht hätte er dann mehr Energie gehabt, Sébastien entgegenzutreten.«

Marie hob ihre Hände. »Das konnte er nicht, Liebes. Niemand, und erst recht kein kleiner Junge, kann den Teufel besiegen.«

»Ich danke dir für das Kompliment, Marie«, erklang die spöttische Stimme von Sébastien Fabois hinter ihnen.

Marie schrie auf, und Sable schlug die Hände vors Gesicht, als er plötzlich in der Tür stand. Sie konnten nicht sagen, wie lange er sie schon belauscht hatte. Sable fürchtete sich, als sie die Wut in seinen schwarzen Augen sah.

»Wer hätte daran gedacht, daß du deinen eigenen Ehemann hintergehst«, sagte Sébastien leise. Er warf den Kopf zurück und lachte verächtlich. »Ich muß zugeben, daß mich dein Mut überrascht. Ich dachte, daß dich die Strafe, die du beim letztenmal bekommen hast, für immer kuriert hätte.«

Während er sprach, hatte er Maries Arm gepackt und sie in die Höhe gerissen. Sie jammerte vor Angst, was ihn aber nur noch mehr amüsierte. Mit der anderen Hand schlug er ihr brutal ins Gesicht. Sie schrie vor Schmerzen auf und hielt sich ihre rote Wange.

»Lassen Sie sie in Ruhe!« rief Sable, während sie aufsprang und sich mit erhobenen Fäusten auf ihn stürzte. Doch Sébastien wehrte sie einfach ab, indem er sie auf das Bett zurückschleuderte. Kalt betrachtete er Marie, die schluchzend ihr Gesicht in den Händen vergraben hatte. »Geh' in dein Zimmer! Mit dir rede ich später«, sagte er.

Marie floh, ohne Sable noch einen Blick zuzuwerfen. Eine ganze Weile war Schweigen. Sables Mund wurde trocken, doch mutig hielt sie dem Blick von Sébastiens dämonischen Augen stand.

»Sie«, sagte er schließlich, »machen mir mehr Scherereien, als die Sache wert ist, Sable St. Germain. Wenn ich nicht so sicher wäre, daß ich Morgan durch Sie hierher locken kann, würde ich mich Ihrer entledigen.«

Sable bemühte sich, ihre Angst zu unterdrücken. Er würde doch nicht so verrückt sein, sie umzubringen? »Weshalb glauben Sie, daß Morgan herkommen wird?« fragte sie mit fester Stimme. »Er weiß ja nicht, wo ich bin.«

»Vielleicht noch nicht«, räumte Sébastien ein, »doch er wird es mit Sicherheit herausfinden. Seit fünfzehn Jahren warte ich auf seine Rückkehr«, fügte er hinzu. »Glauben Sie mir, ich freue mich auf unsere Konfrontation. Er war damals seinem Großvater sehr ähnlich, obwohl er noch sehr jung war. Doch nach allem, was Sie mir von ihm erzählt haben, hat er mich nicht enttäuscht. Er ist offenbar ein richtiger Mann geworden.«

»Er wird bestimmt nicht herkommen«, wiederholte Sable. Sie hätte ihn nur zu gern überzeugt. »Sie haben doch, was Sie wollen. Weshalb vergessen Sie ihn denn nicht einfach?«

Sébastien biß die Zähne zusammen. »Weil er mich nicht vergessen kann. Während all dieser Jahre habe ich seinen Haß gespürt, und ich wußte, daß es nur eine Frage der Zeit sein würde, bis er zurückkehren und für sich beanspruchen würde, was seiner Meinung nach ihm gehört. Oh, ich habe während der vergangenen Jahre sehr wohl sein Leben verfolgt, und ich weiß, daß er von eurer dicken Königin für seine Tapferkeit im Krimkrieg ausgezeichnet worden ist. Nur schade, daß er nicht erzählt hat, daß er das letzte Mitglied einer ehrenvollen Familie ist, die für ihre Macht und ihren Reichtum berühmt ist. Das hätte bestimmt alle beeindruckt. Doch jetzt«, erklärte er, während er den Kopf hochmütig in den Nacken warf, »gehört mir diese Macht, und ich denke nicht daran, sie aufzugeben.«

Als Sable zu ihm aufblickte, sah sie Haß in seinen Augen. Dieser Mann hatte Morgan große Qualen zugefügt und ihm alles genommen, was ihm doch zustand. Ihr selbst lag an Penllys Wells nichts, doch sie wußte, was es für Morgan bedeutete und möglicherweise eines Tages auch für sein Kind bedeuten konnte. Plötzlich war Morgans Kampf auch der ihre geworden, und Sable war entschlossen, alles daran zu setzen, um Sébastien seiner gerechten Strafe zuzuführen.

»Ich habe kein einziges Gesetz gebrochen«, sagte Sébastien, er schien ihre Gedanken gelesen zu haben. »Kein Gerichtshof in Großbritannien kann mir noch etwas wegnehmen. Dazu habe ich die Zügel bereits viel zu lange in der Hand. Die einzige Möglichkeit, die Feindschaft zwischen uns beiden zu beenden, ist die, daß einer von uns beiden stirbt.«

»Sie müssen ja verrückt sein«, flüsterte Sable mit furchtsam aufgerissenen Augen.

Er richtete sich auf und lachte. »So? Ich schlage vor, wir warten einfach ab, was geschieht, wenn Morgan zurückkommt.«

»Das wird er nicht. Das habe ich Ihnen doch bereits gesagt.«

»Sie mögen ja eine sehr mutige Frau sein, Lady Sable St. Germain, aber Sie sind auch eine Närrin oder eine schreckliche Lügnerin.«

Während er das sagte, schloß er die Tür hinter sich. Sable barg ihr Gesicht in den Händen, als sie hörte, wie der Schlüssel herumgedreht wurde. Ganz offensichtlich erwartete Sébastien, daß Morgan ihr folgte. Man mußte ihr nicht erst sagen, daß dieser bittere Haß in Gewalt umschlagen konnte und Morgan vielleicht getötet werden würde, wenn Sébastien Sables Anwesenheit als Waffe gegen ihn benützen würde. Sie stöhnte auf und kämpfte gegen die wachsende Verzweiflung, die ihr Herz erfüllte. Falls Morgan getötet werden würde, wäre es allein ihr Fehler. Sie war aus egoistischen Motiven hierhergekommen, damit er sich zu seinem Kind bekennen sollte, doch statt dessen würde sie mitschuldig an seinem Untergang.

»Ich muß etwas unternehmen«, flüsterte sie. Sie konnte unmöglich hier sitzenbleiben, während Morgan dem sicheren Tod entgegenritt. Sie mußte irgendwie herauskommen und ihn vor Sébastien warnen.

Während ihre Augen durch den Raum irrten, fiel ihr Blick plötzlich auf den Käse und das Brot, die Marie ihr gebracht hatte. Ein kleiner Freudenschrei entrang sich ihren Lippen, als sie daneben den Messingschlüssel entdeckte, mit dem Marie die Tür aufgeschlossen hatte. Offenbar hatte sie ihn auf den Tisch gelegt, bevor sie das Essen aus ihrer Schürzentasche genommen hatte. Sable nahm ihn mit zitternden Fingern vom Tisch und suchte dann nach einem sicheren Versteck. Im hellen Tageslicht auszubrechen, das wagte sie nicht. Sébastien war wahrscheinlich gerade bei seiner Frau. Er würde bestimmt noch einmal zurückkommen, wenn er den Schlüssel bei ihr nicht fand. Sie mußte ihn verstecken und die Dunkelheit abwarten.

Schließlich fiel ihr Blick auf einen losen Stein oberhalb der Tür. Nachdem sie mit ihren Fingern gerade genug Mörtel abgekratzt hatte, um den Stein ein wenig verrutschen zu können, gelang es ihr, den Schlüssel dazwischenzuschieben, ohne daß man etwas davon sah. Dort würde ihn Sébastien nie finden.

Sie warf einen Blick aus dem Fenster und sah, daß die Sonne im Westen unterging. Sable fror etwas. Bald würde die Nacht hereinbrechen, und dann würde sie es wagen.

19

Im großen Kamin brannte ein lebhaftes Feuer, um die kalte Bergluft zu vertreiben. Die Flammen warfen tanzende Schatten auf die Holzdecke und wurden von der sanft glänzenden Täfelung reflektiert. Wandbehänge aus Seide und goldene Brokatvorhänge milderten den gewaltigen Eindruck des großen Raumes. Sébastien Fabois saß in einem großen Sessel nahe beim Feuer und hatte die Beine gemütlich ausgestreckt. Er wirkte ernst, aber nicht bedrohlich, und bot den Anblick eines gutaussehenden, kultivierten Gentlemans, dem niemand die Verantwortung am Tod zweier unschuldiger Menschen zutrauen würde.

»Ah, Guillaume!« sagte Sébastien zu seinem französischen Diener, als dieser den Raum betrat. »Stellen Sie es hierhin! Ich werde mich selbst bedienen.«

Guillaume verbeugte sich und stellte das Tablett wie befohlen auf einen Tisch, der neben Sébastiens Sessel stand. Der Diener war ein stiller Mann, dessen Gesicht entsetzlich entstellt war. In seiner Kindheit hatte er einen Unfall gehabt. Mit gebeugtem Rücken und ausdruckslosem Gesicht zog er sich zurück.

Kurz darauf hörte Sébastien leise Schritte in der Halle. Er wunderte sich, daß Guillaume noch einmal zurückkam, obwohl er ihm doch klargemacht hatte, daß er nicht mehr gestört werden wollte.

»Guten Abend, Sébastien! Wie ich sehe, störe ich dich nicht.«

Die tiefe, arrogante Stimme klang genau wie die von Llewelyn Howell, so daß Sébastien ein eiskalter Schauer über den Rücken lief. Behend sprang er auf, drehte sich um und lächelte, als er einen großen Mann vor sich stehen sah. Morgan trug einen Mantel aus Leder und dazu ein weißes Hemd. Seine Reitstiefel waren dick mit Staub bedeckt. Sein dunkles Haar fiel ihm in die Stirn, und seine blauen Augen blickten eiskalt, als er in das bärtige Gesicht seines Todfeindes starrte. Er war groß und ohne Zweifel sehr kräftig, stellte Sébastien fest, und außerdem benahm er sich wie ein Mann, der die Welt um sich herum fest im Griff hatte. Ihn loszuwerden, war mit Sicherheit kein leichtes Unterfangen, doch Sébastien Fabois liebte gerade die schwierigen, gefährlichen Aufgaben.

»Welch ein gutaussehender Kerl doch aus dir geworden ist, mein lieber Neffe«, bemerkte er mit leisem Lächeln. »Es freut mich, daß das Howellsche Blut zu erkennen ist. Das wird meine Aufgabe wesentlich reizvoller gestalten.«

»Was hast du vor?« fragte Morgan kühl. »Willst du mich etwa umbringen?« Sein stahlharter Blick wich keine Sekunde lang von Sébastiens Gesicht, dem zum erstenmal ein Mann gegenüberstand, der keine Furcht vor ihm empfand.

»Für mich war schon immer klar, daß unsere unumgängliche Auseinandersetzung mit dem Tod von einem von uns beiden enden würde.« Sébastien hob sein Glas und trank einen Schluck Wein. »Möchtest du auch ein Glas? Er ist ausgezeichnet.«

Morgan schwieg. Der Haß, der so viele Jahre in ihm geschlummert hatte, regte sich, und er überlegte, weshalb er bisher mit seiner Rückkehr gezögert hatte. Sébastien Fabois hatte sich in den vergangenen fünfzehn Jahren offenbar überhaupt nicht verändert, nur sein Bart war etwas grau geworden. Ganz offensichtlich war er noch im Vollbesitz seiner Körperkräfte, und Morgan spürte, wie sich sein Überlebenswille regte, denn er wußte sehr wohl, daß ihm keine alltägliche Auseinandersetzung bevorstand.

»Ich muß sagen, daß ich dich eigentlich schon früher

erwartet habe«, bemerkte Sébastien beiläufig. »Du bist doch in der Dunkelheit nicht vom Breacan Hill heruntergeritten, oder?«

»Ich war seit dem frühen Nachmittag im Haus von John Lloyd und habe mich über alle deine Aktivitäten aufklären lassen, die du seit der Übernahme von Penllys Wells unternommen hast.«

Sébastien verzog die Lippen. »Welch kalte Wut in deinem Ton, mein Freund. Haßt du mich jetzt etwa noch mehr als damals, als du weggelaufen bist? Welch rückgratsloser Junge du doch damals warst. Hast du dich in der Zwischenzeit verändert?«

Morgan nahm sich zusammen, denn er wußte sehr genau, daß Sébastien ihn absichtlich reizte. Jetzt die Kontrolle zu verlieren, war ein Nachteil, den er sich nicht leisten konnte. Zwar fürchtete er niemanden, aber er war auch kein Dummkopf, Sébastien trotz seiner sechzig Jahre zu unterschätzen. Er war immer noch ein gefährlicher Rivale.

»Wie ich sehe, hast du dazu nichts zu sagen«, meinte Sébastien, als sich das Schweigen in die Länge zog. »Es macht überhaupt nichts, denn dafür habe ich dir um so mehr zu sagen. Ich habe einiges am Verwaltungsstil deines Großvaters geändert, aber ich bin sicher, daß Master Lloyd dich bereits darüber informiert hat.« Er schüttelte den Kopf, als er an den alten Verwalter dachte, der seit Llewelyns Zeiten in Penllys Wells arbeitete. »Dieser aufsässige, alte Kerl! Vielleicht werde ich ihn für seine Gesprächigkeit belohnen, indem ich ihn hinauswerfe.«

»Tatsächlich? Bist du sicher, daß du morgen noch in der Lage sein wirst, das zu tun?«

Sébastiens Augen funkelten. »Soll das eine Drohung sein, mein Junge? Ich kann dich nur warnen, meinen Zorn nicht herauszufordern, denn ich kann häßlich sein, wenn man mir in die Quere kommt. Außerdem habe ich eine Waffe zu meiner Verfügung, deren Einsatz du sicher nicht sehr schätzen wirst.«

»Ich habe ebenfalls Waffen, Sébastien«, entgegnete Morgan sanft. »Unter anderem den unabänderlichen Beweis, daß ich das Produkt einer legalen Ehe bin und daß das Blut der Howells, das in meinen Adern fließt – im Gegensatz zu deinem –, mir das Recht gibt, mir zurückzuholen, was du mir einst genommen hast.«

Sébastiens regelmäßige Züge verzerrten sich vor Wut. »So kühne Worte!« stieß er hervor. »Du bist vielleicht von eurer komischen Königin geehrt worden und genießt Respekt und Bewunderung unter deinesgleichen, doch offenbar hast du vergessen, daß du nichts anderes bist als ein rechtloser, kleiner Bastard, den ich vor Jahren davongejagt habe.«

Morgan hielt sich zurück, um nicht zuzuschlagen, weil er genau wußte, daß Sébastien genau das von ihm erwartete. Dieser Mann war so heimtückisch und unberechenbar wie eine Schlange und trug vielleicht ein verborgenes Messer bei sich, das er sicher ohne Zögern benutzen würde. Morgan war von seinen Gefühlen aufgewühlt, doch er bewegte sich nicht, sondern seine Hände umklammerten statt dessen die Lehne des Stuhls, hinter dem er stand.

Sébastien erwiderte seinen Blick und lächelte plötzlich wissend. »Ich muß zugeben, daß du es mittlerweile ausgezeichnet gelernt hast, dein Temperament zu zügeln, mein Junge. Disziplin ist nicht einfach zu lernen, doch eine Zeit bei der Armee ist dabei recht hilfreich, oder etwa nicht? Das Wissen, daß du ein eheliches Kind bist, hat dein Selbstbewußtsein ganz hübsch gestärkt. Komm, sieh mich doch nicht so finster an. Mit diesem Gesichtsausdruck hast du in der Vergangenheit sicher viele Männer eingeschüchtert. Doch selbst wenn du dich verändert hast, trifft das nicht unbedingt auch auf mich zu. Ich bin immer noch derselbe Mann, der ich war, als ich nach Wales kam, und ich kann immer noch so mit dir umspringen, wie ich es damals getan habe.«

»Bist du dessen so sicher?« fragte Morgan mit seidenweicher Stimme. Während er den älteren Mann kühl musterte, zog er sich ganz langsam die Handschuhe aus. »Du warst schon immer ein prahlerischer Bastard – falls du mir diese Formulierung gestattest.«

Sébastien trank einen weiteren Schluck Wein, wobei er sich so normal und ruhig bewegte wie Morgan. Während er seinen Kopf arrogant in den Nacken warf und seine schwarzen Augen vor Vergnügen glitzerten, sagte er sanft: »Jetzt aber genug mit diesen verbalen Auseinandersetzungen! Ich habe es leid und werde dir verraten, was ich habe, um dir endgültig den Wind aus den Segeln zu nehmen.« Er machte eine kleine Pause und genoß den Augenblick der Spannung, während er das Weinglas in seinen Händen drehte.

»Ich habe eine junge Frau im Turm eingesperrt«, sagte er einfach. »Da ich verhindern möchte, daß du unbesonnene Dinge tust, habe ich meinem Diener Guillaume Anweisung gegeben, sie auf der Stelle zu töten, solltest du mich angreifen. Ihr Name ist Sable St. Germain.«

Morgan wurde kreidebleich, während Sébastiens dämonisches Gelächter den Raum füllte. Jede Faser seines Körpers schrie danach, sich auf diesen Menschen zu stürzen und ihm das Genick zu brechen, doch Morgan zwang sich zur Ruhe, um Sables Leben nicht in Gefahr zu bringen. Es war unnötig zu fragen, ob Sébastien log, denn ein einziger Blick in das grinsende Gesicht genügte, um Morgan zu überzeugen, daß er die Wahrheit gesprochen hatte. Er fuhr fort, ganz langsam seine Handschuhe abzustreifen, doch Sébastien entging das leise Zittern seiner Finger keineswegs.

»Die Überraschung ist mir gelungen, nicht wahr?« fragte er voller Zufriedennheit. »Darauf hatte ich gehofft. Ja, das Weib ist hier, und ich muß dir gratulieren, denn du hast dir wirklich ein hübsches ausgesucht. Nur schade, daß es für euch beide keine Zukunft mehr gibt. Temperamentvoll seid ihr ja beide, doch ihr zartes Äußeres ist ein herrlicher Gegensatz zu deinem finsteren Aussehen. Es ist wirklich schade«, wiederholte er und schüttelte bedauernd den Kopf.

»Bei Gott, wenn du ihr etwas antust«, flüsterte Morgan, »dann werde ich –«

»Oh, ich denke nicht im Traum daran«, versicherte Sébastien. »Es würde mir leid tun, ihre fleckenlose Schönheit zu ruinieren.«

Morgan ertrug es nicht länger und machte einen stürmischen Schritt nach vorn, doch sofort erschien eine Pistole in Sébastiens Hand. Der Lauf war auf Morgans breite Brust gerichtet und brachte ihn augenblicklich zum Stehen.

»Wie klug von dir, die Waffe zu respektieren«, schnurrte Sébastien fast und amüsierte sich königlich. Dieses Zusammentreffen entwickelte sich ja prächtiger, als er sich das vorgestellt hatte. Er stand Morgan nicht nur gegenüber, was er sich die ganzen Jahre über gewünscht hatte, sondern er besaß auch noch die Möglichkeit, Morgans empfindlichste Stelle zu treffen – sein Herz.

»Laß' sie frei, Sébastien!« sagte Morgan ganz ruhig. »Schließlich ist das unser Kampf. Sie hat nichts damit zu tun und muß da nicht hineingezogen werden.«

Der Pistolenlauf zitterte nicht im geringsten. »Galant bist du schon, mein Junge, aber ich habe nicht die Absicht, meine Trümpfe aus der Hand zu geben. Im Gegenteil. Ich werde sie nacheinander ausspielen und mit deiner hübschen, kleinen Sable werde ich beginnen. Ich bin gespannt, wie rasch ich deinen Widerstand brechen kann«, sagte er genüßlich, »wenn ich sie vor deinen Augen foltere. Nein, nein«, fügte er warnend hinzu, als Morgan sich bewegte, »du darfst dich nicht rühren.

Noch ein weiterer Schritt, mein Freund, und ich werde dir –«

Der Knall einer Pistole hallte so ohrenbetäubend durch den Raum, daß Morgan glaubte, Sébastien habe versucht, auf ihn zu schießen. Er war aber nicht verletzt, sondern der Schmerzensschrei, den er hörte, stammte von Sébastien. Als er aufsah, bot sich ihm ein Bild, das er bis ans Ende seiner Tage nicht vergessen würde: Sébastien war gegen die Wand gesunken und preßte seine blutende Hand gegen seine Brust, während Sable in der Tür stand und die immer noch qualmende Pistole krampfhaft umklammerte. Sie war leichenblaß und zitterte am ganzen Körper, doch die Hand mit der Pistole war ruhig. Ihr Musselinkleid war völlig verstaubt und in ihren offenen Haaren hingen Spinnweben. Sie war unverletzt und sah unsagbar hübsch aus.

»Sable, mach', daß du wegkommst! Schnell!« befahl Morgan und hoffte, daß sie ihm gehorchen würde.

»Das werde ich nicht tun«, flüsterte sie, während sie ihn mit riesengroßen Augen ansah. »Jedenfalls nicht ohne dich.«

Er fluchte und lief zu ihr hinüber, um ihr die Pistole aus den steifen Fingern zu nehmen. Während er schützend den Arm um sie legte, warf er einen letzten Blick auf Sébastiens zusammengesunkene Gestalt. Dann zog er Sable hinaus. Als sie am Ende des Korridors um eine Ecke bogen, schrie sie auf, weil ihnen ein großer Mann mit abscheulich aufgerissenem Mund und nur einem Auge den Weg versperrte. Es war Guillaume, der seinem Herrn zur Hilfe eilte. Geistesgegenwärtig schubste Morgan Sable hinter sich und schlug dem erschrockenen Diener mit der Pistole direkt unter das Kinn, so daß er ohne einen Laut zusammenbrach. Rasch packte Morgan Sable wieder, doch eine Bewegung im hinteren Teil des Flurs erregte seine Aufmerksamkeit. Es war Sébastien, der aus dem Wohnraum herausstolperte und seine Pistole immer noch schußbereit in seiner blutigen Hand hielt. Blitzartig warf Morgan Sable zu Boden und sich selbst als Schutz über sie, als auch schon der Schuß durch den Korridor hallte. Nachdem die Kugel, ohne Unheil anzurichten, über ihre Köpfe gesaust war, verlor Morgan keine Sekunde und zerrte Sable weiter.

»Haltet sie auf!« schrie Sébastien wild, nachdem er hatte feststellen müssen, daß er nicht getroffen hatte. »Haltet sie auf!«

Es waren zwar fünfzehn Jahre vergangen, doch Morgan erinnerte sich noch an jeden Winkel des großen Baus, sowie an die zahlreichen Gänge und Räume. Da mit Sicherheit in kürzester Zeit alle in der Halle zusammenlaufen würden und Morgan nicht wußte, wie viele von ihnen Sébastien helfen würden, zog er Sable eine kleine Treppe hinunter in den Flur, der die Küchenräume mit den Empfangsräumen im Nordteil des Schlosses verband. Auf der Treppe war es stockfinster, und dort hielt er einen Augenblick inne, als Sable stolperte.

»Kannst du es schaffen, mein Liebes?«

»Ich glaube schon«, antwortete sie, doch ihre Stimme zitterte, und er spürte, daß sie den Tränen nahe war. Ein Gefühl der Zärtlichkeit überkam ihn. Diese junge Frau hatte schon so viel für ihn getan, und sein Herz schmerzte bei dem Gedanken, daß er ihrer Liebe, die sie so selbstlos gab, gar nicht wert war.

Er zog sie in seine Arme und fühlte, wie ihre Wärme und der vertraute Duft ihn in der Dunkelheit einhüllten. Als sich ihre Arme um seinen Nacken legten und er sie fest an sich drückte, spürte er, wie ihre Schultern zuckten.

»Oh, Morgan, es tut mir leid, daß du herkommen mußtest. Sébastien hat mich im Turm eingeschlossen, doch ich hatte einen Schlüssel. Ich habe bis zur Dunkelheit gewartet, und bin dann herausgeschlichen. Hier unten habe ich Stimmen gehört. Als ich deine erkannte, konnte ich doch nicht zulassen, daß er dich verletzt. Ich habe an einem Haken neben dem Dienstboteneingang ein Pistolenhalfter mit einer Waffe gefunden. Ich habe doch nur versucht, ihn aufzuhalten, Morgan.«

Er hielt sie fest umschlungen und schloß die Augen, als er sein Gesicht in ihrem weichen Haar vergrub. »Mach' dir keine Gedanken«, murmelte er. »Du warst sehr tapfer, und jetzt sind wir in Sicherheit.«

Er spürte, wie ihre heißen Tränen sein Hemd durchnäßten.

»Wirklich?«

Morgan hätte es gern wiederholt, doch ihre Aussichten waren nicht ganz so gut. Ohne Zweifel hatte Sébastien inzwischen Alarm ausgelöst, und jeden Augenblick konnten die Hunde losgelassen werden. Für sich selbst fürchtete er nichts, denn er wußte, daß er ihnen auf seinem eigenen Grund und Boden entkommen konnte. Doch er mußte Rücksicht auf Sable nehmen. Er mußte sie unter allen Umständen von diesem Verrückten wegbringen, dessen dämonische Augen sie so voller Haß und gleichzeitig mit unverhüllter Lust angesehen hatten.

»Dieser Korridor führt zu den Vorratshäusern«, erklärte Morgan leise. »Von dort aus können wir über den äußeren Hof zu den Ställen gelangen. Wenn wir ins Freie kommen, wirst du dich wegen der Hunde beeilen müssen. Traust du dir das zu, mein Liebes?«

Seine Augen hatten sich mittlerweile so gut an die Dunkelheit gewöhnt, daß er ganz schwach den Glanz ihrer grünen Augen erkennen konnte, als sie zu ihm aufsah. Sie nickte stumm, weil ihr die Stimme versagte, und Morgan fühlte, wie sein Herz vor lauter Zärtlichkeit schmerzte.

»Sable –«, flüsterte er heiser, doch das leise Quietschen einer Tür in ihrem Rücken ließ sie auseinanderfahren. Rasch drängte Morgan das Mädchen hinter sich und griff vorsichtshalber nach der Pistole, die er in seinen

Gürtel geschoben hatte. Sie war zwar nicht geladen, aber sie war die einzige Waffe, die er besaß. Ein schmaler Lichtstreifen erhellte die Dunkelheit vor ihnen, und Morgan spürte, wie sich Sables Finger in seinen Arm gruben.

»Master Morgan? Sind Sie es? Kommen Sie nur unbesorgt heraus. Ich bin Owen Harold.«

Morgan lachte. »Owen, Sie alter Geselle! Sind Sie immer noch hier?«

Das Licht einer Laterne erhellte den Gang, und als Sable sich hinter Morgan auf die Zehenspitzen stellte, um über seine Schulter zu schauen, sah sie einen verhutzelten, alten Mann auf sie zukommen. Er trug dicke, plumpe Lederschuhe und eine alte Schürze über seinem einfachen Hemd und einer ebensolchen Hose. Als das Licht auf Morgans Gesicht fiel, strahlte er. »Der junge Lord Howell persönlich«, schnatterte er fröhlich. »Ich wußte doch, daß niemand sonst die Bestie Guillaume platt auf den Flur gelegt haben konnte. Sie sind ein starker Mann geworden, Master. Ein Ebenbild Ihres Großvaters.« Tränen stiegen in seine Augen, als er mit seinen alten, abgearbeiteten Händen Morgans Hand umschloß. »Sind Sie endlich nach Hause gekommen?«

Morgan sah grimmig drein. »Ich muß Lady Sable hier herausbekommen, bevor ich mich um etwas anderes kümmern kann.«

»Aye, Master, aye!« stimmte Owen zu, der sehr wohl bemerkt hatte, wie nah dieses hübsche, junge Mädchen neben Morgan stand und wie ihre großen, grünen Augen ihn unverwandt ansahen. »Ich habe Quentin Bescheid gegeben, ein Pferd zu satteln. Aber nicht, weil ich erwartet habe, daß Sébastien Fabois Sie gleich wieder davonjagt«, fügte er hastig hinzu, weil er seine Worte nicht mißverstanden wissen wollte, »sondern nur als Vorsichtsmaßnahme. Außerdem können Sie den Tunnel benutzen. Dort wird Sie niemand finden.«

»Sie sind wirklich ein Goldstück, Owen«, brummte

Morgan erleichtert. Als er Sables blasses, kleines Gesicht sah, wurde sein Gesichtsausdruck weich. »Es gibt einen geheimen Gang zwischen dem äußeren Hof und den Ställen. Er wurde irgendwann von meinen Vorfahren gebaut, und ich glaube nicht, daß Sébastien von seiner Existenz weiß. Willst du es versuchen?«

Sie nickte wortlos. Morgan hätte sie am liebsten in die Arme genommen und ihr gesagt, daß sie sich nicht länger fürchten müsse, doch dazu war im Augenblick keine Zeit. Selbst durch die dicken Mauern hindurch konnten sie aus weiter Ferne das Kläffen der Hunde hören. Sable seufzte nur tief, und Morgan nahm ihre Hand.

»Los!«

Schweigend folgte ihm Sable in den dunklen Gang hinunter, wobei Owens Laterne ihre Schatten in grotesken Figuren über die Wände tanzen ließ. An Morgans Hand empfand sie keine Furcht. Morgan durfte Sébastien nicht noch einmal in die Hände fallen!

In dem Gang war es scheußlich kalt und feucht, und Sable war sehr erleichtert, als sie endlich in den warmen Stall hinaufstiegen. Ein netter, junger Mann in Kniehosen und einer ledernen Jacke stand an der Falltür, durch die sie emporstiegen, und begrüßte sie. Bewundernd blickte er zu dem großen Mann empor, der für die Leute in Penllys Wells schon fast zu einer Legende geworden war.

»Ich habe Damaskus für Sie gesattelt, Sir. Er ist der Schnellste«, sagte er.

»Vielen Dank, Quentin. Bringen Sie ihn her und auch das Pferd, das ich vorhin hiergelassen habe!«

»Ja, Sir.«

Sable war erleichtert, als sie den schwarzen Araber betrachtete, den Quentin aus einer Box führte. Diesen konnte Sébastien mit ziemlicher Sicherheit nicht einholen. Morgan nahm die Zügel des schnaubenden Pferdes in Empfang und führte es in den engen Hof. Dort hob er

Sable in den Sattel, wobei seine Hände einige Augenblikke lang auf ihrer schmalen Taille ruhten. Die Nacht war mondlos, doch er konnte auch so erkennen, wie blaß sie war, während sie zu ihm hinuntersah.

Er drückte ihre Hand. »Ich verspreche, dich hier herauszubringen, Sable. Soweit ich das beurteilen kann, suchen sie im Augenblick noch im inneren Hof. Wir werden durch das südliche Tor reiten und dann dem Fluß folgen, statt den Weg über die Berge zu nehmen, wie Sébastien sicher vermutet.« Er warf einen raschen Blick auf das Gebäude, das hinter ihm lag. Vielleicht war ja sogar noch Zeit, über die Pässe zu entkommen. Doch dann beschloß Morgan, wegen Sable keinerlei Risiko einzugehen. Von Schmerzen und Rachedurst gepeinigt, würde Sébastien sich bestimmt schlimmer als ein verwundeter Tiger benehmen.

»Morgan! Wohin werden wir gehen? Gibt es denn überhaupt jemanden, der sich nicht fürchtet, uns zu helfen?«

»Du kannst auf die Mithilfe der gesamten Bevölkerung dieser Gegend rechnen, sobald es um Sébastien geht. Ansonsten würde ich dich nicht dorthin bringen.«

»Willst du mich etwa wieder verlassen?« fragte sie, und als er stumm nickte, befeuchtete sie ihre trockenen Lippen. »Weshalb?«

»Ich muß unbedingt hierher zurückkommen, um mich mit Sébastien auseinanderzusetzen.«

Sable starrte ihn voller Entsetzen an. »Du hast doch nicht vor, ihn zu töten?«

Der Ausdruck seiner Augen erschreckte sie. »Ich werde dich bis ins nächste Dorf bringen, Sable, doch dann werde ich hierher zurückkommen.«

»Das kannst du doch nicht tun«, brach es aus ihr hervor. »Oh, Morgan! Es ist doch etwas anderes, wenn du ihm etwas antust, um ihm zu entkommen, aber in voller Absicht zurückkehren, um – das – das ist kaltblütiger Mord!«

»Hier ist Ihr Pferd, Sir«, unterbrach sie Quentin, der einen großen Wallach herbeigeführt hatte, während Owen Morgan die Peitsche reichte. »Sie sollten sich lieber beeilen«, fügte er besorgt hinzu. »Ich fürchte, sie werden zuallererst hier nach Ihnen suchen, wenn sie merken, daß Sie nicht mehr im Schloß sind.«

»Morgan«, flüsterte Sable, und in diesem einen Wort lag die ganze Liebe, die sie für ihn fühlte.

Sein innerer Kampf spiegelte sich deutlich auf seinem Gesicht wider. Doch dann schüttelte er den Kopf. »Es tut mir leid, Sable«, sagte er knapp. »Ich muß es einfach tun.«

»Ist es wirklich so wichtig?« fragte sie bitter. »Dir ist doch klar, daß du vielleicht dein Leben wegwirfst, und das nur aus Rachsucht. Ist es denn nicht genug, daß du dein Recht bekommst? Ja, ich habe gehört, was du Sébastien gesagt hast, und ich verstehe nicht, weshalb du dir Penllys Wells nicht über die Gerichte dieses Landes zurückholen kannst, statt ein Blutvergießen heraufzubeschwören, bei dem auch du dein Leben verlieren kannst.« Ihre Stimme zitterte vor Erregung, so daß sie kaum sprechen konnte. Sie sah ihn nicht an, sondern packte die Zügel ihres Pferdes fester.

»Sable, bitte!« flehte Morgan sie an, als er die aufsteigenden Tränen in ihren Augen sah.

»Oh, Gott! Wie sehr hasse ich dich!« stieß sie hervor, ohne Rücksicht darauf zu nehmen, daß Owen und Quentin sie hörten. »Nichts außer deinem Stolz hat Bedeutung für dich, oder? Also gut, dann laß' dich von deinem Haß zerstören. Wie ich sehe, interessiert es dich überhaupt nicht, ob ich durch deinen Tod leiden muß. Aber vielleicht überlegst du es dir noch einmal, wenn du an das Wohlergehen deines ungeborenen Kindes denkst.«

Morgan wurde leichenblaß, und seine Hände umklammerten den Peitschengriff. »Um Gottes willen, Sable –«

Sie riß den Araber herum, wobei dieser nervös in die Höhe stieg und seine eisenbeschlagenen Hufe Morgan gefährlich nahekamen. »Laß' mich durch!« schrie sie, während ihr die Tränen über das Gesicht strömten. »Es ist mir gleich, was aus dir wird. Wenn dir Penllys Wells und dein schrecklicher Stolz mehr bedeuten als unser Kind, dann habe ich dir nichts mehr zu sagen. Du mußt mich nicht begleiten, den Weg finde ich auch allein.«

Sie drückte dem Hengst die Stiefel in die Seiten, so daß er mit ihr in die Dunkelheit davonjagte. Lautes Hundegebell begleitete das Klappern der Hufe auf dem Pflaster. Doch Morgan wartete nicht, er sprang in den Sattel des Pferdes, das Quentin am Halfter hielt, und bearbeitete die Flanken des ahnungslosen Tieres mit der Peitsche.

Als er mit halsbrecherischer Geschwindigkeit in die Dunkelheit davongaloppierte, wollte er nur noch Sable wiederfinden. Doch Sekunden später wurde er aufgehalten, weil plötzlich zahllose Fackeln den Hof vor ihm erleuchteten. Er mußte sein Pferd so hart zügeln, daß es sich aufbäumte. Er starrte die Männer an, die ihm den Weg versperrten. Auf den ersten Blick sah er, daß sie alle bewaffnet waren, und plötzlich mußte er lächeln. Ganz offensichtlich hatte es Sable geschafft, ihnen zu entkommen, und das war alles, was ihn im Augenblick interessierte.

»Du kannst deine Hunde zurückrufen, Sébastien. Ich habe nicht die Absicht zu fliehen«, sagte er, als er sah, wie sich der bärtige Franzose einen Weg durch die schweigenden Männer bahnte. Kaum war Morgan abgestiegen, als sich auch schon drei der Männer auf ihn stürzten, doch er schüttelte sie mit Leichtigkeit ab. »Falls deinen Männern ihr Leben lieb ist, sollen sie mich in Ruhe lassen«, warnte er.

Sébastien machte eine Geste, worauf sie sehr erleichtert wieder auf ihre Plätze zurückkehrten. Morgan spürte, wie das Blut in seinen Adern pochte; er war plötzlich sehr aufgeregt. Sable war frei. Und sie trug sein Kind. Was interessierte ihn da alles andere.

»Wie ich sehe, hast du dich entschlossen nachzugeben«, bemerkte Sébastien, während er näherkam. In seinen Augen glühte der Haß. »Erwarte nur keine Nachsicht für deinen Mut, jedenfalls jetzt nicht mehr, nachdem deine Hexe mir das hier angetan hat.« Er hielt Morgan seine bandagierte Hand entgegen. »Wahrscheinlich hat sie mich zum Krüppel gemacht! Ich nehme an, daß sie entkommen ist, denn sonst hättest du sicher nicht so kampflos aufgegeben.« Seine Stimme war zu einem Flüstern herabgesunken. »Und du ständest bestimmt nicht so friedlich herum, nicht wahr? Nun gut, ich werde mir auch mit dir allein die Zeit vertreiben.« Er stand nun dicht vor Morgan. »Du wirst sterben, Morgan Howell Carey, und ich schwöre dir, daß es kein leichter Tod sein wird.«

Morgan zog eine Augenbraue in die Höhe. »Erwartest du von mir, daß ich um Gnade bitte?«

Sébastien verbarg seine Enttäuschung hinter einer drohenden Grimasse. Es ärgerte ihn, daß der jüngere Mann keinerlei Angst zeigte, sondern sich offenbar auch noch über alles, was er zu ihm sagte, amüsierte. War ihm denn nicht klar, daß er den nächsten Morgen nicht mehr erleben würde? Nun gut, in Kürze würde er anders reden. Sobald es hell genug war, wollte er Männer ausschicken, die in den Bergen nach Sable St. Germain suchen sollten. Sie konnte in der Dunkelheit nicht allzu weit gekommen sein. Letzten Endes würde er seine Rache doch noch bekommen.

»Wovor fürchtest du dich eigentlich, Sébastien?« fragte Morgan plötzlich mit erhobener Stimme. »Du redest von Folter und Rache, doch wo bleibt der Spaß, wenn du nur zusehen kannst, wie deine Handlanger die schmutzige Arbeit für dich erledigen?«

»Was hast du vor, Carey?« fragte Sébastien. »Willst du

Zeit schinden? Ich verhandle nicht gerne mit Todgeweihten.«

»Wenn du nun schon all die Jahre gewartet hast, verstehe ich nicht, daß du jetzt so einfach aufgibst«, sagte Morgan. »Rufe deine Männer zurück und laß' uns den Kampf gleich hier und jetzt austragen.«

Sébastien grinste, und dann warf er plötzlich den Kopf in den Nacken und lachte aus vollem Hals. »Du mußt wirklich verrückt sein«, stieß er hervor, als er wieder sprechen konnte. »Vor nicht ganz einer Stunde hat man meine Hand durch einen Schuß verletzt, und in meinem Kopf dreht sich noch alles. Und du glaubst ernsthaft, daß ich deine Aufforderung zum Zweikampf annehmen werde?«

»Ich weiß sehr gut, daß du mit der linken Hand genauso geschickt bist wie mit der rechten«, erinnerte ihn Morgan kühl. »Außerdem kannst du dich bewaffnen.«

Sébastien konnte es nicht länger ertragen, daß der jüngere Mann so ruhig und herausfordernd vor ihm stand. Vor fünfzehn Jahren hatte er dasselbe Kerlchen davongejagt. Und wie er damals den Schwanz eingezogen hatte! *Mon dieu*, dasselbe konnte er auch heute noch wiederholen, selbst mit einer hoffnungslos verstümmelten Hand.

»Bei Gott, Carey«, sagte er leise, wobei sein Gesicht vor Aufregung leicht errötete, »ich glaube beinahe, du kennst mich besser, als ich mich selbst kenne. Ja, ich begrüße die Chance, dich persönlich zu vernichten. Falls du dabei umkommen solltest, dann um so besser. Antoine!«

Die umstehenden Männer machten nur widerwillig Platz, um einen kleinen, kahlköpfigen Diener durchzulassen. Morgan beachtete Sébastiens Gefolgschaft gar nicht, sondern richtete seine ganze Konzentration auf Sébastien Fabois, den er töten mußte, wenn er selbst überleben wollte. In diesem Augenblick wurde ihm klar, daß Sable recht gehabt hatte. Sein Haß und seine Rachsucht hatten ihn beinahe aufgefressen. Im Augenblick konnte er sich jedoch nichts Schöneres vorstellen, als sein restliches Leben mit ihr zu verbringen. Doch an eine Zukunft für sie beide konnte er erst denken, wenn Sébastien tot war. Wenigstens waren seine unmittelbare Wut und die entsetzliche Unruhe verschwunden, so daß er seinem Feind mit kaltem, klarem Kopf und Entschiedenheit entgegentreten konnte. Er kämpfte nicht nur um sein Leben, sondern auch um das Leben seines ungeborenen Kindes und für Sable, die er mehr als alles auf dieser Welt liebte. Gott sei Dank war Sébastien überheblich genug, seine Herausforderung anzunehmen und ihm damit die einzige Überlebenschance zu geben, die er besaß.

Morgan beobachtete zähneknirschend, wie Antoine seinem Herrn ein kleines, aber tödliches Jagdmesser reichte, dessen Klinge im Fackellicht aufblitzte. Sébastien wog das Messer geübt in seiner linken Hand und schien den Schmerz in seiner rechten vergessen zu haben. Sekundenlang fühlte sich Morgan unsicher, als er sich an Sébastiens beinahe unmenschliche Stärke erinnerte, doch dann wischte er die Jugenderinnerungen beiseite und besann sich darauf, daß er mittlerweile ein Mann geworden war.

»Sobald du bereit bist, mein Freund«, zischte Sébastien.

Morgan bewegte sich langsam, aber für einen Mann seiner Größe eher leichtfüßig, nach vorn. In der Hoffnung, ihn auf dem falschen Fuß zu erwischen, stieß Sébastien zu, und Morgan hatte gerade noch Zeit, um beiseite zu springen, bevor das blitzende Messer neben ihm einen Bogen durch die Luft beschrieb. Er wirbelte herum und schlug zu, doch Sébastien hatte den Schlag kommen sehen und duckte sich, so daß Morgans Faust über seinem Kopf ins Leere ging. Während Sébastien seine bandagierte Hand gegen die Brust drückte, wog er das

Messer in der anderen. Gleichzeitig trat er mit seinem Fuß nach ihm, wobei es ihm gelang, Morgan zu Fall zu bringen. Instinktiv rollte dieser zur Seite, so daß die Schneide des Messers nur wenige Zentimeter neben seinem Kopf in den Boden fuhr.

Sofort sprang er auf und schlug mit seiner Faust zu. Voller Genugtuung spürte er, daß er Sébastiens Kinn getroffen hatte. Der ältere Mann stolperte durch die Wucht des Schlags, doch er fing sich rasch. Schwer atmend ließ er das Messer heruntersausen. Morgan brummte unwillig, als er spürte, daß sein Arm getroffen war. Die Wunde fing augenblicklich heftig an zu bluten. Morgan reagierte darauf, indem er Sébastien seine Faust in den ungeschützten Magen rammte.

»Jetzt sind wir wenigstens quitt, nicht wahr?« keuchte der Franzose, nachdem er sich aufgerichtet hatte. »Wir sind beide verwundet. Komm', mein Junge, jetzt fängt der Spaß erst an!«

Morgan verlor keine Zeit, sondern täuschte Sébastien mit seinem gesunden Arm, weil er wußte, daß ihn das ablenken würde. Dann schlug er völlig unerwartet mit seinem verwundeten Arm zu, wobei er die Zähne zusammenbeißen mußte, um nicht vor Schmerz laut zu brüllen. Er fühlte, wie seine Faust auf harten Knochen prallte und sah Sébastiens Kopf zurückfliegen. Wieder schlug Morgan zu, und diesmal fiel seinem Gegner das Messer aus der Hand, und er heulte vor Schmerzen, denn Morgan hatte die bandagierte Hand getroffen. Sébastien ging auf die Knie und keuchte, während Morgan mit geballten Fäusten vor ihm stand. Die umstehenden Männer beobachteten das Geschehen angespannt, doch niemand bewegte sich, um einzugreifen.

»Du glaubst also, du hast gewonnen«, stieß Sébastien zwischen zusammengebissenen Zähnen hervor. Das Blut lief ihm über Hand und Knie. »Es ist wirklich schade, daß du so leicht zu täuschen bist, mein Freund.« Mit diesen Worten zog er eine kleine, in Deutschland hergestellte Pistole aus den Falten seines Hemds. Antoine mußte sie ihm zugesteckt haben, als er ihm das Messer übergeben hatte.

Morgan richtete sich gerade auf und wartete gefaßt auf den unvermeidlichen Tod. Er wußte, daß er gespielt und verloren hatte. Er dachte an Sable und überlegte bekümmert, wer wohl für sein Kind sorgen würde. Ob Sable einen anderen Mann fand, der diese süßen, verführerischen Lippen küßte? Er stöhnte, weil er den Gedanken, sie verlieren zu müssen, kaum ertragen konnte. In der Zwischenzeit hatte Sébastien sich hochgerappelt, doch die Pistole war die ganze Zeit über unverändert auf Morgan gerichtet.

»Ich hatte meinen Spaß, Morgan«, keuchte er. »Doch jetzt ist es Zeit, das Spiel zu beenden. Schade nur, daß —«

Ein Pistolenschuß hallte durch die stille Nachtluft. Morgan konnte gerade noch rechtzeitig sehen, wie Sébastien mit überraschtem Gesichtsausdruck nach vorne kippte, Blut quoll aus seiner Brust. Von allen umstehenden Männern sprang nur Antoine hinzu, um Sébastien zu helfen. Doch bevor er die Waffe, die er trug, entsichern konnte, hallte ein weiterer Schuß durch die Dunkelheit. Er stürzte an der Seite seines Herrn nieder.

Erst jetzt wandte Morgan den Kopf in die Richtung, aus der die Schüsse gekommen waren. Aber entlang der Schloßmauern war nichts zu sehen, und einige Augenblicke lang war es totenstill.

»Ich hoffe, du begreifst allmählich, daß du dich nicht immer nur auf deine eigenen Kräfte verlassen kannst«, tönte eine klare Stimme durch die Dunkelheit.

Morgan lächelte wehmütig. »Du verdammter Kerl!« murmelte er, als Sergej Vilyusk mit zwei Pistolen in den Händen ins Licht trat.

»Empfängt man so seine Retter?« fragte Sergej. »Ich

bin Tag und Nacht geritten, um dich einzuholen, und meine Gesundheit hat beträchtlich gelitten.« Sein Grinsen verschwand augenblicklich, als er die Blutflecken auf Morgans Hemdsärmel sah. »Oh, Gott, du bist ja verwundet!«

Morgan zuckte nur die Achseln und weigerte sich, den Schmerz zur Kenntnis zu nehmen.

»Ich werde Sie verbinden, Sir!« hörte Morgan eine vertraute Stimme sagen. Er wandte sich überrascht um.

»Sie sind auch hier, Jack? Wer, zum Teufel, führt dann mein Schiff?«

»Der Graf von Monterrey«, gab Jack knapp zurück, während er Morgans Hemdsärmel aufschlitzte. »Die *Defiance* müßte jetzt eigentlich in Llanelly sein, jedenfalls nach der Art zu urteilen, wie der Graf das Schiff gesegelt hat.« Er pfiff durch die Zähne, als er Morgans Arm betrachtete. »Ich fürchte, das wird genäht werden müssen. Pierson ist immer noch auf dem Schiff, aber –«

»Verbinden Sie mich!« unterbrach ihn Morgan knapp. »Ich habe keine Zeit. Quentin!« rief er über seine Schulter. »Bringen Sie mir mein Pferd!«

»Ja, Sir!«

»Wohin willst du denn jetzt?« fragte Sergej, der den Ausdruck auf dem Gesicht seines Bruders nur allzu gut kannte. Er wußte, daß Morgan keinesfalls warten würde, bis man seine Wunde anständig gesäubert und verbunden hätte.

»Ich muß Sable nachreiten«, erwiderte Morgan entschlossen. »Sie ist irgendwo dort draußen in der Dunkelheit.« Kühl musterte er die Männer, die um die Leichen von Sébastien Fabois und seinem Diener Antoine herumstanden. »Laß' dir von Owen sagen, wer von ihnen vertrauenswürdig ist«, fügte er in einem Ton hinzu, der keinen Widerspruch duldete. »Ich möchte, daß sie Waffen bekommen. Die übrigen Männer soll man im Weinkeller einsperren, bis ich entschieden habe, was ich mit ihnen tun werde. Schicke jemanden, um nach Marie Fabois zu suchen, und sieh' nach, ob es ihr gutgeht! Ich vermute, daß Sébastien sie irgendwo eingeschlossen hat. Oh, und paßt auf Guillaume auf! Er ist Sébastiens Diener und ein ganz übler Geselle, dem man nicht den Rücken zudrehen darf, denn er ist mindestens so durchtrieben wie sein Herr.«

Ungeduldig schüttelte Morgan Jacks Hände von sich und band sich selbst die Binde um den Arm, während er zu Sébastien hinüberging. Respektvoll machten ihm die Leute Platz, und er stand einen Augenblick lang reglos und blickte auf den Mann hinunter, der soviel Unglück in sein Leben gebracht hatte. Plötzlich fühlte er sich leer. Nicht einmal Sébastiens Tod gab ihm ein Gefühl der Zufriedenheit. Statt dessen dachte er unablässig an Sable. Er mußte sie so schnell wie möglich finden. Ob es bereits zu spät war, um sie davon zu überzeugen, daß er nicht aus Haß nach Penllys Wells zurückgekehrt war? Im Grunde hatte ihn nur der Wunsch getrieben, hier in den Bergen von Wales ein Heim für sie zu schaffen. Insgeheim hatte er gehofft, daß es ihr eines Tages genauso ans Herz wachsen würde wie ihr geliebtes North Head.

»Quentin!« brüllte er, während der Wind ihm die Locken in die Stirn wehte.

»Hier ist Ihr Pferd!« rief Quentin eifrig, während er das Pferd herbeiführte.

»Laß' mich mitkommen!« bat Sergej, während er zu ihm herüberkam.

Behend schwang sich Morgan in den Sattel, ohne auf den stechenden Schmerz in seinem Arm zu achten. »Es tut mir leid, mein Freund, aber das geht nur Sable und mich etwas an.«

Er gab dem Wallach die Sporen und verschwand durch das Tor. Entschlossen ritt er zum Fluß. Er mußte Sable finden. Wenn er an die schreckliche Hoffnungslosigkeit dachte, die er in ihren Augen gesehen hatte, so befürchtete er das Schlimmste.

Damaskus hinkte stark. Ein Stein hatte sich so unter sein Eisen geschoben, daß Sable ihn nicht entfernen konnte. Sie ließ ihn langsam gehen und sich selbst den Weg am Flußufer entlang suchen. Trotz der Dunkelheit wußte sie, daß sie auf dem richtigen Weg war, denn sie hörte beständig das leise Murmeln des Wassers neben sich. Das erste schwache Licht am entfernten Horizont sagte ihr, daß es in wenigen Stunden hell sein würde. Unten am Fluß war es empfindlich kühl. Sable zitterte und wünschte, sie hätte etwas Wärmeres angezogen als dieses dünne Baumwollkostüm, in dem sie Cornwall verlassen hatte.

Sie war erschöpft, und ihr Rücken schmerzte. Doch das nahm sie gar nicht wahr, sondern sie dachte nur an Morgan. In ihrem Herzen war eine große Leere. Während sie ihr Gesicht in den kühlen, nach Kiefern duftenden Wind hob, weinte sie leise vor sich hin. Ganz allmählich gewann die schmerzliche Überzeugung Raum, daß sie ihre Liebe an den falschen Mann verschwendet hatte.

Ursprünglich hatte sie die Absicht gehabt, nach Aberdare zu reiten, um Hilfe zu holen. Doch unter diesen Umständen konnte es Stunden dauern, bis sie dort ankam. Sie wollte umkehren, doch es fehlte ihr an Kraft. Verzweiflung und Hilflosigkeit hatten sich in ihr breitgemacht. Was konnte sie schon gegen einen Mann wie Sébastien Fabois unternehmen?

In diesem Augenblick fielen ihr Owen Harold und Quentin ein. Sie schienen Morgan gegenüber loyal zu sein. Vielleicht gab es ja auch noch andere Bedienstete, die Sébastien Fabois haßten und nur darauf warteten, den wirklichen Erben in Penllys Wells willkommen zu heißen. Ganz plötzlich riß sie den Araber herum und zwang ihn zu einem leichten Trab, wobei sie entschuldigend seinen schmalen Nacken tätschelte.

»Es tut mir leid«, flüsterte sie ihm zu. »Aber ich muß einfach zurück.«

Ihr Zorn auf Morgan war ganz plötzlich verschwunden, und sie hatte nur noch den Wunsch, seine Männer dazu zu bringen, ihm beizustehen. »Oh, Morgan, vergib mir, daß ich dich im Stich gelassen habe!«

Es würde ihr recht geschehen, sollte sie zu spät kommen, sagte sie sich. Die Tränen liefen über ihre Wangen und raubten ihr immer wieder die Sicht. Langsam wurde es heller, so daß sie schon die Umrisse der Bäume, die am Ufer wuchsen, unterscheiden konnte. Sable konnte Damaskus bei dem gleichbleibenden Tempo halten, doch das feinfühlige Pferd widersetzte sich ganz energisch, als sie es zum Galopp zwingen wollte. Nach ein oder zwei stolpernden Schritten blieb er schließlich stehen.

Sable rutschte von seinem Rücken und hob seinen Huf, um das Eisen zu überprüfen. Ein Stein hatte sich zwischen Eisen und Huf verklemmt. Sable wußte auf den ersten Blick, daß das Pferd lahmen würde, wenn sie es weiter belastete. Niedergeschlagen richtete sie sich auf. Sie sah sich plötzlich dem entstellten Gesicht von Sébastiens Diener gegenüber. Vor Entsetzen schrie sie laut auf. Guillaume war ihr offenbar gefolgt. Er grinste triumphierend, und sie konnte seine Zahnlücken sehen. In einer Hand hielt er die Zügel und in der anderen eine Pistole. Sable war vor Angst zu keiner Bewegung fähig. Sie schwieg eine Weile, doch dann sah sie mutig in das entstellte Gesicht. »Sébastien hat Sie geschickt, nicht wahr? Ist Morgan tot?«

Guillaume antwortete nicht, und Sable überlegte, ob er vielleicht nur Französisch sprach oder sie einfach nur nicht verstanden hatte. Es fiel ihr nicht leicht, das groteske Gesicht mit dem schiefen Auge anzusehen, doch sie mußte die Wahrheit erfahren.

»Ist er tot?« wiederholte sie. »Sagen Sie es mir doch endlich!«

Seltsam unmenschliche Laute drangen aus Guillaumes Mund. Sable wich einen Schritt zurück und legte ihren Arm hilfesuchend um den Hals von Damaskus. Guillaumes starrer Blick wirkte seltsam bedrohlich, und Sable spürte instinktiv, daß sie einem ähnlich bösen Menschen wie Sébastien gegenüberstand.

Guillaumes Erregung wuchs, als er feststellte, wie direkt ihn diese dunkelhaarige Engländerin anstarrte. Bisher hatte sich noch jede Frau erschreckt von seinem entstellten Gesicht abgewandt, und es war schon endlos lange her, seit er mit einer Frau, die seinen Anblick hatte ertragen können, im Bett gelegen hatte. Sie war in seiner Gewalt und gehörte jetzt ihm. Sébastien hatte sie über seinem Bestreben, Morgan endlich in seine Gewalt zu bekommen, völlig vergessen. Wie gut, daß sonst niemand daran gedacht hatte, sie zu verfolgen. Er sehnte sich danach, seine Bedürfnisse an ihr zu befriedigen, denn ihre Schönheit brachte ihn um den Verstand.

Während er sich die Lippen leckte, blickte er rasch zum Flußufer und zurück in die Richtung, aus der er gekommen war. Nirgendwo regte sich etwas, und er wußte, daß er viel Zeit hatte, um sich mit dieser Hexe zu befassen, falls Sébastien überhaupt jemanden nach ihr ausschicken würde.

Als der Diener vom Pferd stieg, preßte sich Sable enger an Damaskus. Der Lauf der Pistole war ununterbrochen auf sie gerichtet, Sable war sich der großen Gefahr, in der sie sich befand, sehr wohl bewußt. Fieberhaft suchten ihre Augen den Boden ab, doch sie sah keine handlichen Steine, die sie als Waffe hätte benutzen können. Guillaume kam langsam näher, und Sable biß sich vor Verzweiflung auf die Lippen, weil sie den Anblick seines Gesichts und der Spucke, die sich in seinen Mundwinkeln gesammelt hatte, nicht mehr ertragen konnte.

»Sagen Sie mir jetzt endlich, ob Morgan noch am Leben ist!«

Guillaume schwieg immer noch. Im bleichen Morgenlicht sah sein Gesicht besonders brutal aus, so daß Sables Angst immer größer wurde. Er stand nun dicht vor ihr und zeigte ihr mit einer Geste, daß sie das Pferd loslassen sollte. Damaskus tänzelte unruhig hin und her, da er die gespannte Atmosphäre spürte, und Sable griff die Zügel noch ein wenig fester. Guillaume wiederholte seine Geste, doch diesmal stieß er heisere, wütende Laute dabei aus. Erst in diesem Augenblick wußte Sable was er von ihr wollte. Sie schrie angsterfüllt auf.

Guillaume stieß warnende Laute aus, und Sable wollte nur fliehen. Ohne nachzudenken, schlug sie mit der Peitsche heftig auf Damaskus ein, gleichzeitig ließ sie die Zügel los. Das erschrockene Pferd machte einen gewaltigen Satz und brachte dabei Guillaume zu Fall. Dann galoppierte es davon. Sable raffte ihre Röcke und rannte einfach davon. Sie wollte nur weg von diesem entsetzlichen Verrückten, der sie vergewaltigen wollte. Deutlich konnte sie sein wütendes Grunzen hören. Und sie wußte, daß sie verloren hatte. Sie stolperte über einen Strauch und fiel der Länge nach hin. Guillaume, der dicht hinter ihr war, brach in triumphierendes Gelächter aus. Gleich darauf fiel ein Schuß, und sie sah Guillaume zusammenbrechen.

»Sable!«

Sie fing hemmungslos an zu weinen, als sie Morgan auf sich zureiten sah. Er hielt die rauchende Pistole noch in der Hand. Sie erschrak, als sie die blutdurchtränkte Bandage an seinem Arm sah und den blutunterlaufenen Fleck an seinem Auge, wo Sébastiens Stiefel ihn während ihres Kampfes getroffen hatte. Sie wollte in seine Arme laufen, doch sie war wie gelähmt. Hilflos zitternd stand sie da und sah ihn an, während er näherkam.

»Sable, hat er dich verletzt?«

Ihr Weinen wurde heftiger, als sie seine Stimme hörte. Sie wußte plötzlich, daß er sie unendlich liebte.

»Oh, Morgan!« rief sie und stolperte auf ihn zu. Er sprang vom Pferd und nahm sie in die Arme.

»Sable!«

In diesem Augenblick hörten sie Rufe, die vom Fluß her kamen. Sie sahen einige Menschen auf sie zugaloppieren, an ihrer Spitze den Grafen von Monterrey.

»Vater!« Sable winkte, um ihm zu zeigen, daß sie unverletzt war, und Augenblicke später drückte Charles St. Germain seine Tochter an seine Brust. Er schien sehr erleichtert zu sein. Morgan beobachtete sie schweigend, denn er wollte ihr Wiedersehen nicht stören.

»Bist du wirklich unverletzt, mein Schatz?« fragte Charles besorgt. Über Sables gesenkten Kopf hinweg sah er auf Morgan Carey, der traurig und niedergeschlagen wirkte.

»Mir geht es gut, Papa«, flüsterte Sable. Während der Graf seine Tochter immer noch im Arm hielt, musterte er Morgan schweigend und durchdringend.

»Ich nehme an, daß Sie mir alles erklären können. Jetzt möchte ich allerdings nicht darüber sprechen. Zuerst werde ich Sable nach Aberdare bringen. Sie braucht Ruhe, und ich möchte, daß ein Arzt sie untersucht.«

»Ich verstehe«, antwortete Morgan ruhig.

Sable löste sich aus den Armen ihres Vaters und sah Morgan an. Der stolze, unschlagbare Kapitän war plötzlich verschwunden. Sie wollte sprechen, doch die Worte blieben ihr im Hals stecken, weil übermächtige Gefühle sie daran hinderten.

Morgan konnte es nicht mehr ertragen, noch länger in ihr kleines, zartes Gesicht zu schauen. Er wandte sich niedergeschlagen ab, doch Sables sanfte Stimme hielt ihn zurück. »Morgan, warte!«

Er blieb nur unwillig stehen, denn er wußte, daß er es kaum ertragen konnte, sie noch einmal anzusehen. Der bittere Schmerz und das Gefühl, sie für immer verloren zu haben, waren unerträglich. Er begriff jetzt, daß ihm Penllys Wells nichts bedeutete, daß sein Leben ohne Sables stützende Liebe bedeutungslos war.

»Ich muß zurückgehen«, sagte er ruhig, »denn ich habe viel zu tun.«

Herausfordernd sah sie ihn an, und ihre Schönheit schnitt ihm ins Herz. Trotz ihres verschmutzten Gesichts und ihrer verwirrten Locken sah sie so liebenswert aus, daß er sie am liebsten in die Arme genommen hätte.

»Ich werde mit dir gehen«, sagte sie in demselben leichtfertigen Ton, der ihn schon bei ihrer ersten Begegnung maßlos erregt hatte. Ihre grünen Augen sahen ihn voller Entschlossenheit an. »Du kannst es unmöglich allein schaffen, Penllys Wells wieder in den alten Zustand zu versetzen.«

Morgan wagte kaum zu sprechen, doch eine kleine Hoffnung schimmerte in seinen Augen. »Ich brauche eine Frau und keinen Stachel in meinem Fleisch, Madam«, brachte er schließlich hervor.

»Ich fürchte, du wirst beides bekommen, wenn du mich willst«, warnte ihn Sable.

»Oh, Gott, Sable!« stöhnte er. Und als sie zu ihm kam, wußte er, daß sich nichts in seinem Leben bisher so süß angefühlt hatte. Seine Lippen suchten ihren Mund, und sein Kuß löschte den Schmerz ihrer stürmischen Vergangenheit aus. Es gab nur noch eine vielversprechende Zukunft und die Liebe, die sie für den Rest ihres Lebens aneinander binden würde.

Als Morgan schließlich den Kopf hob, um zärtlich in Sables Augen zu blicken, wurde ihm bewußt, daß Charles St. Germain schweigend und stumm vor unterdrückter Wut vor ihm stand. Zögernd schob Morgan Sable beiseite und bereitete sich darauf vor, dem Zorn seines zukünftigen Schwiegervaters zu trotzen.

»Vater –« flüsterte Sable. Sie wußte, daß sie es nicht

ertragen würde, wenn der Graf den Mann, den sie liebte, zurückwies.

Für einige Augenblicke sagte keiner ein Wort. Der Graf sah nur die Augen seiner Tochter, in denen er eine Bitte las, und Morgans entschlossene Miene. Ohne eigentlich recht zu wissen weshalb, lächelte er plötzlich und schüttelte nur den Kopf.

»Deine Mutter hat etwas in dieser Art vermutet«, sagte er rauh. »Natürlich habe ich ihr nicht geglaubt. Aber ich sehe jetzt ein, welcher Narr ich war. Ich weiß doch, daß sie sich niemals irrt.«

Während er sprach, streckte er die Hand aus, und Tränen traten in Sables Augen, als Morgan sie ergriff.

Epilog

Eine sanfte Brise wehte durch den Garten. Sie bewegte die Köpfe der Osterglocken und den breiten Rand des Sonnenhuts, den Lady Sable Carey auf ihren dunklen Locken trug. Mit geschlossenen Augen legte sie den Kopf in den Nacken, um den süßen Fichtenduft und die würzige Bergluft, die sie so sehr lieben gelernt hatte, in sich aufzunehmen. Frühling in Wales bedeutete eine Mischung aus einzigartigem Blütenduft und dem würzigen Geruch der Wildkräuter.

Sable lächelte, als sie an ihren gerade zu Ende gegangenen ersten Winter in Penllys Wells dachte. Sie hatte ein wenig Zeit gebraucht, um sich an den vielen Schnee zu gewöhnen, doch im Grunde hatte es ihr nichts ausgemacht, und sie hatte die langen Winterabende am gemütlichen Feuer mit Morgan genossen.

Als sie plötzlich Morgans liebkosende Lippen auf ihrer Wange spürte, erschrak sie, doch sie öffnete ihre Augen nicht. Sein dunkles Lachen wärmte ihr Herz, und als sie sich ihm endlich zuwandte, staunte sie über den lustvollen Ausdruck in seinen Augen.

»Träumst du schon wieder?« fragte Morgan.

»Ich habe mich nur über diesen wunderschönen Tag gefreut«, antwortete Sable.

»Träumst du nicht vielleicht von anderen Gegenden?« neckte er sie, denn es gefiel ihm nur zu gut, wieviel Sehnsucht seine junge Frau nach dem Meer verspürte. Er betrachtete ihr Gesicht voll Freude, besonders ihre schmale, kleine Nase, das Leuchten ihrer dunkelgrünen Augen und den goldenen Schimmer, den die Sonne auf die dunklen Locken zauberte, die sich unter dem Hut hervorgewagt hatten.

»Das Warten fällt mir nicht leicht«, gab Sable zu, während ein rosiger Hauch auf ihren Wangen deutlich verriet, daß sie die bewundernden Blicke ihres Ehemanns sehr wohl bemerkt hatte. Die *Défiance* wurde am folgenden Morgen in Llanelly erwartet, um Kapitän Sir Morgan und seine Frau aufzunehmen. Die erste Etappe ihrer Reise würde sie nach North Head führen, wo der Graf und die Gräfin von Monterrey bereits gespannt auf ihren Enkelsohn warteten, der erst vor knapp zwei Monaten geboren worden war.

Charles Sergej Carey, der von seinen Eltern und allen Bediensteten in Penllys Wells nur liebevoll Chase genannt wurde, war mitten in einem Schneesturm geboren worden. Dieser Umstand hatte es Raven und Charles unmöglich gemacht, pünktlich zur Geburt des Kindes nach Wales zu kommen. Sable war sehr enttäuscht gewesen, doch jetzt freute sie sich darauf, daß Chase in wenigen Tagen in North Head im Kreise all ihrer Lieben getauft werden würde.

Die langen Monate der Schwangerschaft hatten sie nicht belastet, doch als sie schwerfälliger geworden war, hatte sie die meiste Zeit im Schloß verbracht, das durch den vielen Schnee ohnehin beinahe von der Außenwelt abgeschnitten worden war. Sable hatte mit einer Decke auf den Knien neben dem Feuer gesessen und gelesen. Morgan dagegen hatte öfters nach Aberdare reiten müssen. Dort hatte eine Untersuchung über Sébastiens Tod stattgefunden, außerdem hatte er verschiedene Rechtsgeschäfte erledigen müssen und sich obendrein auch noch um das Wohlergehen von Marie Fabois gekümmert. Morgan hatte es ermöglicht, daß sie nach Frankreich zurückkehren konnte. Glücklicherweise war die Untersuchung ohne Schwierigkeiten verlaufen. Sable war nicht sehr glücklich über Morgans häufige Abwesenheit gewesen. Ganz offensichtlich hatte er sich auf dem Heimweg immer beeilt, denn er war immer völlig zerzaust und außer Atem nach Hause gekommen, und der liebevolle Ausdruck seiner Augen hatte sie mehr gewärmt als irgend etwas anderes. Sogar in den letzten Tagen ihrer Schwangerschaft, als ihre Stimmung nicht gerade die beste war, war Morgan ein liebender, besorgter Ehemann gewesen, und seine Geduld und seine Freundlichkeit hatten Sable mehr als einmal die Tränen in die Augen getrieben. Ihre Liebe zu ihm wuchs von Tag zu Tag.

Sehr viel war nach Sébastien Fabois' Tod geschehen. Penllys Wells gehörte jetzt Morgan, und er hatte ein wunderbares Heim daraus gemacht. Loyale Pächter und Diener, die froh waren, endlich wieder für einen Howell arbeiten zu dürfen, hatten bereitwillig daran mitgearbeitet, Penllys Wells wieder zu dem zu machen, was es einmal gewesen war. Alle hatten so ausgezeichnete Arbeit geleistet, daß Sable das Schloß inzwischen ebenso sehr liebte wie Morgan.

Natürlich würde auch North Head immer noch ein Stück Heimat für sie sein, und wahrscheinlich würde sie sich immer dort aufhalten, wenn Morgan auf Reisen war. Das war zumindest sein Wunsch. Sie dagegen hatte keineswegs die Absicht, ihn allein segeln zu lassen. Was Morgans neue Firma Howell Ltd. anging, so gab es schließlich noch Sergej, der sich in ihrer Abwesenheit um alles kümmern konnte.

Es hatte niemanden gewundert, als Wyecliffe Blackburns Haus und Land in diesem Winter zum Verkauf angeboten wurde. Doch alle, außer dem Grafen natürlich, der die ganze Sache eingefädelt hatte, waren überrascht gewesen, als der Besitz an Morgans Halbbruder Sergej verkauft wurde. Wahrscheinlich hatte die Herausforderung, die darin bestand, das erstklassige Gut wieder in einen florierenden Betrieb zu verwandeln, Sergej gereizt. Doch Sable war sich sicher, daß der eigentliche Grund Bridgets sanfte, graue Augen gewesen waren, die den

Russen davon abgehalten hatten, nach Hause zurückzukehren. Morgan hatte sie wegen dieser närrischen Gedanken ausgelacht. Doch seine Freude war dann sehr groß gewesen, als Sergej um Bridgets Hand angehalten und ihre Zustimmung erhalten hatte. Die Hochzeit sollte stattfinden, sobald Morgan und Sable aus Barbados zurückgekehrt waren. Sable hoffte inständig, daß Sergej und Bridget das gleiche Glück kennenlernen würden, das Morgan und sie miteinander teilten. Sie wußte, daß nichts im Leben so wichtig war wie die Liebe.

»Ich bin nicht sicher, wer sich mehr über unsere Ankunft freuen wird«, sagte Sable, während sie zärtlich über die Wange ihres Kindes strich, das auf der Decke neben ihr schlief. »Meine Eltern oder vielleicht doch Liam und Raymond, weil sie dann mit uns nach Barbados fahren dürfen?«

Morgan konnte ihrem liebevollen Lächeln nicht widerstehen, mit dem sie auf ihren Sohn hinunterblickte. Er nahm ihr Kinn in seine Hand, so daß sie ihn ansehen konnte. Er war glücklich, als er in ihre dunkelgrünen Augen blickte, die ihn mehr verzaubert hatten als das Meer.

»Ich wünschte, du würdest es dir noch einmal überlegen und lieber zu Hause bleiben«, sagte er sanft. »Die Fahrt wird ja nicht sehr lange dauern.«

»Ich kann es dir doch nicht antun, einige Wochen auf uns verzichten zu müssen«, erwiderte Sable. »Außerdem möchte ich Dimitri und seine Familie gern besuchen. Mrs. Pallfrys irrige Meinung, junge Mütter hätten mindestens einen Monat lang im Bett zu bleiben, halte ich für völlig verrückt.« Sie lächelte ihn an, während sie an die Haushälterin der Careys dachte, deren mütterliche Fürsorge sehr groß war.

Während Morgan das Gesicht seiner jungen Frau betrachtete, kam er zu dem Entschluß, daß eine solche Reise ihr keinen Schaden zufügen konnte. Sie war bezaubernd schön, und die Geburt ihres Sohnes hatte sie nur noch schöner werden lassen. Er konnte ihr unmöglich widerstehen. Während er mit seiner großen Hand immer noch ihr Kinn festhielt, streichelte er mit dem Daumen ganz sanft ihr Kinn. Er stellte begeistert fest, daß sie errötete.

Er beugte sich hinunter und berührte ganz zart ihren Mund. Obwohl diese Berührung nur als liebevolle Zärtlichkeit gemeint war, spürte er, wie die Flamme des Begehrens aufloderte. Seine Hand umfaßte Sables Kopf, und er zog ihr Gesicht zu sich heran und küßte sie hingebungsvoll. Ihre Lippen schmeckten süß, und er konnte sein Verlangen kaum zurückhalten, als sie die Arme um seinen Nacken schlang und sich an ihn schmiegte. Langsam wanderten seine großen Hände über ihren Körper, und er vertiefte sich ganz in das sanfte Streicheln ihrer Haut, bis sie beide plötzlich gefährlich außer Atem gerieten.

»Morgan, du mußt aufhören«, hörte er sie schließlich flüstern.

»Wie soll ich das anstellen?« brummte er, während er sie noch fester in die Arme nahm.

»Weil Jennifry jederzeit herauskommen kann, um das Baby zu holen. Was soll sie denn denken, wenn sie uns so sieht?«

»An diesen Anblick hat sie sich doch allmählich gewöhnt«, murmelte Morgan, und sein warmer Atem streichelte über ihre Wange. Er seufzte, als sein Sohn erwachte und sie mit seinem Geschrei unterbrach. Das kleine Gesichtchen wurde ganz rot, so sehr verlangte er nach Nahrung. Schweigend sah Morgan zu, wie Sable das Baby in den Arm nahm und ihm die Brust gab. »Weshalb erfüllst du ihm eigentlich alle Wünsche auf der Stelle, während ich immer warten muß?« neckte er sie. Er hatte schreckliche Sehnsucht nach ihr.

Sable lächelte sanft und drückte ihre Wange auf das

daunenweiche Köpfchen ihres Sohnes. »Er schläft länger, wenn er satt ist«, erinnerte sie ihn. Als sie ihn dann ansah, spürte sie sein Verlangen.

»Habe ich dir eigentlich schon gesagt, wie sehr ich dich liebe?« fragte er rauh, während er beide in die Arme nahm.

Auf Sables Wangen erschienen hübsche Grübchen. »Das mußt du gar nicht erst«, flüsterte sie.

»Soll ich ihn jetzt mitnehmen, Mylady?« fragte Jennifry, als sie wenige Minuten später in den Garten hinaustrat. Sie war nicht im geringsten überrascht, zu sehen, wie Lady Carey ihren Sohn stillte und Sir Morgan sie beide im Arm hielt. Jennifry war eine junge Frau mit einem frischen Gesicht, die im nächsten Dorf wohnte und selbst drei Kinder hatte. Sable war entzückt gewesen, als Morgan sie eines Tages als Kindermädchen ins Haus geholt hatte.

»Vielen Dank, Jennifry«, sagte Sable lächelnd, während sie ihr das Kind reichte, das inzwischen eingeschlafen war. Zärtlich verweilte ihre Hand noch einen Augenblick lang auf dem dunklen Haarflaum ihres Sohnes, und ihr Herz zog sich voller Freude zusammen, als sie daran dachte, wie sehr er doch seinem Vater ähnelte.

Sable wartete, bis Jennifry im Haus verschwunden war. Dann versuchte sie, ihre Bluse zuzuknöpfen. Ihre Wangen brannten, weil sie wußte, daß Morgan sie beobachtete, und entsprechend umständlich fummelte sie an den Knöpfen herum.

»Komm, laß mich helfen«, hörte sie ihn sagen. Doch es geschah nichts, so daß sie ihn nach dem Grund fragte.

»Ich habe gerade daran gedacht, daß es doch eigentlich Zeitverschwendung ist, alle diese Knöpfe zu schließen, wenn ich sie doch gleich wieder öffnen werde.«

»Aber doch nicht hier, Sir«, bemerkte Sable kichernd. Doch als sie den lustvollen Ausdruck seiner Augen sah, verschwand das Lächeln von ihren Lippen.

Morgan zog seine Frau auf die Füße und legte den Arm um ihre schmalen Schultern. »Es ist doch ganz gleichgültig, wo ich dich vergewaltige«, murmelte er in ihr Haar. »Doch um des lieben Anstands willen werde ich meine Gier noch einen Augenblick lang bezähmen, bis wir im Haus sind.«

»Wie reizend von dir«, lachte Sable atemlos. Für Morgan war sie so wunderschön, daß er kaum glauben konnte, daß sie tatsächlich aus Fleisch und Blut war. So oft hatte sie in der Vergangenheit ihre Liebe zu ihm bewiesen, indem sie ihr Leben für ihn gewagt hatte. Er erinnerte sich an die glitzernden Gänge des Serail und an den dunklen Korridor von Penllys Wells. Und er hätte sie beinahe verloren, nur weil er zu stolz war, sich seine Liebe einzugestehen, bevor er nicht sein Geburtsrecht geklärt hatte. Doch nun wußte er, daß er die Liebe einer Frau gewonnen hatte, die mutig und stark war und für die er sein Leben geben würde.

»Woran denkst du?« fragte Sable, als Morgan so lange schwieg. Charmant legte sie den Kopf auf eine Schulter und sah ihn mit einem frechen Lächeln an. »Hast du etwa schon genug von mir?«

Morgans Augen leuchteten vor Leidenschaft, und seine Arme umschlossen sie besitzergreifend. »Das wird wohl niemals geschehen, mein Schatz. Viel eher glaube ich, daß du mich irgendwann nicht mehr leiden kannst.«

Sables dunkelgrüne Augen leuchteten liebevoll, als sie sein kantiges Gesicht betrachtete. »Dann darf ich also annehmen, daß du dir sehr viel Mühe geben wirst, damit ich mich nicht nach anderen Zerstreuungen umsehe?«

Sie schnappte nach Luft, als er ihre nackten Brüste unter der spitzenbesetzten Bluse liebkoste und das Verlangen, das aus seinen Augen sprach, machte sie atemlos.

»Eine schönere Beschäftigung kann ich mir nicht vorstellen«, murmelte Morgan heiser, um sie dann leidenschaftlich zu küssen. »Dich zufriedenzustellen, Sable Carey, wird eine Aufgabe sein, der ich mich für den Rest meines Lebens mit größter Wonne widmen werde.«